Oskar Meding

Zwei Kaiserkronen

Oskar Meding

Zwei Kaiserkronen

Reproduktion des Originals.

1. Auflage 2022 | ISBN: 978-3-36841-604-1

Verlag: Outlook Verlag GmbH, Zeilweg 44, 60439 Frankfurt, Deutschland
Vertretungsberechtigt: E. Roepke, Zeilweg 44, 60439 Frankfurt, Deutschland
Druck: Books on Demand GmbH, In de Tarpen 42, 22848 Norderstedt, Deutschland

Erstes Kapitel

Ein reges Leben herrschte am 18. Februar 1868 auf den Straßen von Hietzing, dieses kleinen Fleckchens, der die große kaiserliche Residenz Schönbrunn umgibt und sich aus freundlichen und eleganten Sommerwohnungen für das Wiener Publikum zusammensetzt.

Zu anderen Zeiten war um diese Jahreszeit Hietzing verödet und still, denn seine Saison beginnt erst mit dem Mai und Juni, und während der Winterzeit sieht man nur die Eingeborenen über die Straßen gehen und sich abends in kleinem Zirkel im Hinterzimmer von Dommayers Kasino versammeln, um in Gruppen, welche einen würdigen Vorwurf für Hogarths Griffel abgeben würden, die einfachen Tagesereignisse des winterlichen Stilllebens zu besprechen bei einem Glase Schwechater Bier oder einem Schoppen Vöslauer.

Anders war es an jenem hellen, schönen Februartage des Jahres 1868.

Auf der großen Hauptstraße von Hietzing, welche in langer Windung durch den ganzen Ort läuft, zogen Männer jeden Alters hin, alle von nordländisch blondem Typus, kräftig gebaut, groß und stark – alle erkennbar als dem Stande der Bauern oder kleinen Bürger angehörig – alle im Sonntagsstaat, – alle mit gelb und weißen Seidenschleifen auf der Brust, – alle den Ausdruck feierlicher Stimmung, tiefer Rührung in den starken Zügen der markigen Gesichter.

Es waren die Hannoveraner, welche aus allen Teilen des Landes herbeigekommen waren, um teils einzeln, teils als Deputationen von Körperschaften und Gemeinden ihre Teilnahme zu beweisen und auszudrücken an dem Feste der silbernen Hochzeit des Königs Georg und der Königin Marie, dieses so seltenen und schönen Familienfestes, das das entthronte Königspaar hier in der Fremde, in der Verbannung beging, – so anders, als sie wohl früher es gedacht hatten in den Tagen des Glückes und des königlichen Glanzes.

In großer Anzahl waren die Hannoveraner nach Wien gekommen, und lebhafter und inniger vielleicht war die Teilnahme an dem häuslichen Fest des entthronten Herrschers, als sie es wohl gewesen wäre, wenn dies Fest in Hannover gefeiert worden wäre im Bestände des alten welfischen Königreiches.

4

Viele waren gekommen von denen, welche die preußische Herrschaft für eine vorübergehende Okkupation ansahen und, von den Traditionen aus dem Anfange des Jahrhunderts erfüllt, die Wiederherstellung des welfischen Thrones in früherer oder späterer Zeit als einen Glaubensartikel im Herzen trugen. – Andere mochten vielleicht die veränderten Zeitverhältnisse berücksichtigen und an eine Wiederkehr der vergangenen Zustände nicht mit religiöser Zuversicht glauben, – aber darum doch liebten sie die Vergangenheit, welche hinabgesunken war in den Strudel der großen Katastrophe von 1866, und sie waren gekommen, um dieser lieben Vergangenheit in der Person des Königs Georg ein Zeichen treuer Erinnerung zu bringen.

Außer diesen Vertretern der Bewohner des hannoverischen Landes waren nach Hietzing gekommen zahlreiche Mitglieder des Adels, welche dem Hof in Hannover nahe gestanden hatten und es sich zur Ehre anrechneten, an diesem Festtage ihres früheren Königs als die Höflinge des Unglücks zu fungieren. – Viele aber freilich waren auch ausgeblieben aus der Zahl derer, welche einst in dem Galakleide der Hofchargen und Kammerherren sich im Lichtglanz des hannoverischen Hofes gesonnt.

Alle aber, die da waren, waren gekommen aus wirklicher Teilnahme, aus wahrer Anhänglichkeit, – dieser verbannte König hatte keine Gunst und Gnade mehr zu vergeben – er konnte keine Ehren und Stellen verteilen, und alle, welche ihm Liebe und anhängliche Erinnerung bewiesen, hatten bei den im Lande herrschenden Behörden der neuen Regierung keine freundliche Begünstigung zu erwarten. Der unglückliche König hatte so ein Bewusstsein, das kein Fürst auf dem Throne in voller Reinheit jemals haben kann, das Bewusstsein, dass alle, die da kamen, um ihm zu seinem Feste Glück zu wünschen, wirklich aus vollem, warmem Herzen sich ihm nahten und dass kein äußerer Beweggrund ihre Huldigung veranlasste. Dies Bewusstsein, welches nicht nur den König erfüllte, sondern allen Anwesenden sich mitteilte, gab denn auch dem ganzen Feste, der ganzen Bewegung so zahlreicher Menschen in dem kleinen Orte einen ruhig ernsten, rührend feierlichen, fast andächtigen Charakter, – es waren die Vertreter eines braven und tapferen Volkes, welche hier an dem noch offenen Grabe einer lieben und ruhmreichen Vergangenheit standen; sie schütteten Blumen auf Blumen in dies Grab und konnten sich immer und immer nicht entschließen, es mit der kalten Erde des Vergessens zu bedecken.

Der König Georg hatte sich von der Villa Braunschweig nach dem sogenannten Kaiserstöckl, dem kleinen Palais am Eingang des Parkes von
Schönbrunn, begeben, welches die Königin bewohnte.

Hier, in dem Zimmer neben dem großen Empfangssaal, hatte die königliche Familie sich vereinigt, um persönlich die Glückwünsche jedes Einzelnen zur Feier der silbernen Hochzeit Gekommenen entgegenzunehmen.

Der Hof des Kaiserstöckls war dicht angefüllt mit Hannoveranern. Die
Glück wünschenden stiegen die große Treppe hinauf und traten dann
aus dem Vorsaal in das Zimmer der königlichen Familie, um nach der
Vorstellung und Gratulation wieder über die Treppe hinab zurückzukehren, da die inneren Räume des Palais nicht ein Zehntel der aus Hannover Herübergekommenen fassen konnten. Die Räume des Dommayer-
schen Kasinos waren bis zum Erdrücken voll von Hannoveranern, welche von dem Glückwunsch bei den Herrschaften zurückkamen und jetzt
versuchten, ihren handfesten niedersächsischen Appetit mit den Er-
zeugnissen der Wiener Küche zu befriedigen. An allen Tischen sah man
sie sitzen, diese kräftigen, schweren Gestalten, vergeblich bemüht, die
Geheimnisse einer Wiener Speisekarte zu entziffern und sich über die
Bedeutung der Fisolen, des Risi Bisi und der Nockerlsuppe klar zu werden.

»Das muss ich sagen,« rief ein starker Mann mit kurzem Haar und Bart,
im Sonntagsanzuge eines hannoverischen Bürgers, indem er mit einem
kleinen Löffel in einem goldbraunen Auflauf herumfuhr, – »das muss ich
sagen, hätte ich früher gewusst, wovon die Leute hier in Österreich
eigentlich leben, – ich hätte nicht mitgeschrien im Jahre 66 für die österreichische Allianz – bei solcher Kost ist es ja gar nicht möglich, dass ordentliche Soldaten aus diesem Lande kommen können, die gegen norddeutsche Jungens etwas ausrichten sollen.«

»Ihr habt recht, Meyer V.,« sagte ein anderer Bürger, dessen kleine gedrungene Gestalt und behäbig glänzendes Gesicht den Beweis lieferte,
dass die Ernährungstheorie bei ihm sehr ernsthaft und erfolgreich zur
praktischen Ausführung gebracht werde, – »da habe ich die berühmten
Backhendl« – und missmutig wendete er einige Stücke dieses weltbe-
kannten österreichischen Nationalgerichts hin und her, – »gebacken ist
das Zeug, – aber wo der Hahn sitzen soll, das möcht' ich wissen.«

»Ich begreife nur gar nicht, wie es der König aushält in dem Land – und wie er überhaupt noch hier warten kann,« – sagte ein Dritter, der es vorgezogen hatte, von der Speisekarte ganz zu abstrahieren, und ein norddeutsches Butterbrot, mit kaltem Fleisch belegt, mit einem großen Glase Schwechater Bier hinabspülte, – »ich glaube nicht, dass man ihm hier wieder zu seinem Lande verhelfen wird, – das sieht mir gar nicht danach aus, – habt ihr wohl bemerkt, wie scheel sie uns ansehen, diese Wiener? – so nimmt man nicht alte Bundesgenossen auf, die fest gestanden und geschlagen haben und die nun zu leiden haben dafür, dass sie mit Österreich gegangen sind.«

»Das versteht ihr wieder nicht,« sagte der Musikdirektor Joseph Lohse, ein hagerer kleiner Mann mit nervös beweglichem Gesicht, welcher eine große weißgelbe Schärpe über die Brust geschlungen hatte, – »das versteht ihr nicht, – ihr versteht weder die Speisekarte noch die Politik; – über die Politik kann ich euch nun nicht aufklären, – da müsst ihr eben warten, bis die Ereignisse kommen, die man erwartet und über die man eben nicht mit jedem sprechen kann,« fügte er mit geheimnisvoller Miene, sich in die Brust werfend, hinzu, – »Aber kommt einmal her, was die Speisekarte betrifft, da will ich euch helfen und ihr sollt sehen, dass man hier in Wien ganz gut zu essen versteht.«

Er nahm die Karte und ging sie mit den Bürgern durch, indem er ihnen erklärte, was die unverständlichen Namen bedeuteten, und bald hatten die Hungrigen einigermaßen genügende Schüsseln voll »Kälbernem« und »Jungschweinernem« vor sich, welche sie zwar immer noch mürrisch mit einem gewissen Misstrauen betrachteten, denen sie aber doch endlich volle Gerechtigkeit widerfahren ließen.

»Hier lernt man die treuen Hannoveraner kennen,« sagte Herr Lohse, während seine Mitbürger ihre Leibeskräfte stärkten – »wer hierher kommt, ist wirklich ein guter Patriot, und hier kann man einmal so recht nach Herzenslust alles aussprechen, was man zu Hause in sich verschließen muss.«

Ein großer Mann von etwa fünfundvierzig Jahren, mit bleichem Gesicht, niedriger Stirn, ziemlich langem, dichtem Haar und dünnem blonden Schnurrbart, ging in diesem Augenblick an dem Tisch der Bürger vorbei. Es war des Königs Finanzsekretär Elster, früher Kanzlist bei der hannoverischen Gesandtschaft in Berlin. Bei den laut gesprochenen Worten des Musikdirektors Lohse hielt er an, warf einen Blick aus seinen fast unmerkbar schief blickenden Augen auf die Gruppen umher, grüßte, die Hand auf die Brust legend, mit tiefer Verneigung die Bürger und berührte dann leicht die Schulter des Herrn Lohse.

Dieser erhob sich eilig und trat mit wichtiger Miene einige Schritte seitwärts zu dem Beamten des Königs.

»Mein lieber Lohse,« sagte Herr Elster mit leiser, etwas salbungsvoller Stimme, »ich möchte Sie darauf aufmerksam machen, dass selbst hier im Kreise der Getreuen unseres geliebten allergnädigsten Herrn sich Kundschafter befinden, welche jedes unvorsichtige Wort auffangen, – die Folgen der hier gemachten Äußerungen können dann später für die Betreffenden sehr unangenehm werden. Ich kann mich nicht näher auslassen, – aber wenn Sie genau beobachten, so werden Sie selbst Gesichter sehen, – die, – Sie werden mich verstehen, Herr Lohse, – Vorsicht!« Er legte den Finger auf den Mund und schritt weiter.

»Ich verstehe,« sagte Herr Lohse, ihm etwas verblüfft nachblickend, indem er wie unwillkürlich ebenfalls einen Augenblick seinen Finger auf den Mund legte, – »ich verstehe« – und mit wichtig geheimnisvollem Ausdruck kehrte er zu dem Tische zurück; er überlegte noch, in welcher Weise er die vertrauliche Warnung, die ihm soeben geworden, seinen Mitbürgern mitteilen solle, um diese zu etwas größerer Vorsicht in den bereits sehr lauten und sehr ungenierten Äußerungen ihres Patriotismus zu bestimmen, – als diese sich erhoben und ehrerbietig einen alten Herrn mit etwas schleppendem Gange begrüßten, der, gestützt auf den Arm eines jungen Offiziers in der Uniform der früheren hannoverischen Cambridgedragoner, an dem Tische vorbeiging.

»Das ist der Oberamtmann von Wendenstein,« sagte der dicke Bürger, – »das ist auch einer von den Festen; er tut nichts, weshalb man ihm beikommen könnte, – aber innerlich ist er gut und, ein tüchtiger Patriot. – Der durfte auch hier nicht fehlen.«

»Und der Offizier ist sein Sohn?« fragte der andere Bürger.

»Jawohl«, rief Herr Lohse, »der Leutnant von Wendenstein, der auf so geheimnisvolle und bis jetzt unerklärte Weise aus dem preußischen Polizeigefängnis entkommen ist.«

»Ja, das war eine sehr merkwürdige Geschichte,« sagte der wohlbeleibte Bürger, mit einer großen Brotrinde den Teller auswischend, – »niemand kann sich denken, wie das hat möglich sein können.«

»Ja,« sagte Herr Lohse, sich aufrichtend mit geheimnisvoller Würde, – »bei so wichtigen Sachen kann eben nicht jeder ins Vertrauen gezogen werden; später vielleicht kommt einmal die Zeit, wo man darüber reden könnte«, fügte er hinzu, indem er den Blick stolz über die erstaunt aufhorchenden Bürger gleiten ließ; – dann aber plötzlich zuckte er zusammen, blickte scheu nach den Gruppen an den nächsten Tischen, und indem er seine Rede schnell abbrach, begrub er sein Gesicht in das große Glas voll Schwechater Bier, das er vor sich stehen hatte.

Der alte Herr von Wendenstein, welcher ein wenig weißer geworden war und den podagrischen Fuß etwas mehr nachschleppte, sonst aber in seinem rot und gesund blühenden Gesicht den Ausdruck rüstiger Frische zeigte, hatte sich an einen kleinen entlegenen Tisch gesetzt und begann mit großem Appetit einem kleinen Frühstück und einer Flasche Tokaier zuzusprechen, welche sein Sohn für ihn herbeigeschafft hatte.

»Lass dich jetzt einmal ordentlich ansehen, Junge,« rief der alte Herr, indem er seinen Blick voll väterlichen Stolzes über die schlanke Gestalt des jungen Offiziers hinstreichen ließ – »wir haben uns lange nicht gesehen, – und kaum konnte ich denken, dich hier zu treffen.«

»Ich habe mich auch ganz schnell entschlossen«, sagte der Leutnant, »als ich hörte, dass du hierher kommen würdest, – eine so gute Gelegenheit, dich zu sehen, lieber Vater, ließ sich nicht wiederfinden, und du kannst dir denken, wie sehr ich mich danach sehnte, dich noch zu umarmen, bevor wir nun definitiv nach Frankreich übergehen.«

Der alte Herr hob langsam sein Glas empor, blickte einen Augenblick in die Reflexe, die das durchscheinende Licht in dem ungarischen Rebensaft bildete, und trank dann mit einem langen Zuge das Glas leer.

»Nach Frankreich?« – sprach er dann, langsam den Kopf schüttelnd, – »nach Frankreich! Das will mir so gar nicht recht gefallen, – muss ich dir sagen, dass die hannoverische Emigration, welche man ja wieder die Legion nennt, nach Frankreich geht. – Die Legionäre der alten Zeit gingen nur nach Frankreich hinein, um den alten Erbfeind Deutschlands niederzuwerfen – und jetzt –«

»Aber lieber Vater,« rief der Leutnant, – »die Verhältnisse sind ja vollständig andere geworden, – Frankreich, das damals die Unabhängigkeit Hannovers zertrümmert hatte und mit dem ganzen legitimen Recht im Kriege stand, – Frankreich ist heute die einzige Macht, welche dem sich ermannenden und für seine Unabhängigkeit und seine Selbstbestimmung in den Kampf tretenden Deutschland zur Seite stehen kann, und nur von Frankreich aus kann eine hannoverische Armee aufbrechen, um die Selbstständigkeit des Landes wieder zu erobern.«

»Eine hannoverische Armee,« – sagte der alte Herr seufzend, – »glaubst du denn, dass je eine hannoverische Armee wieder unter den alten Fahnen des Landes erstehen könne? – Ich sehe,« fuhr er fort, mit trübem Blick die Gestalt seines Sohnes umfassend, – »ich sehe, du trägst da die alte Uniform, – nun, das ist recht, am heutigen Tage, – man muss den Herrn im alten Dienstkleide begrüßen, das ja ein hohes Ehrenkleid geblieben ist und bleiben wird, solange noch Herzen vorhanden sind, welche unter dieser Uniform am Tage von Langensalza geschlagen haben; aber ich bin auch überzeugt, dass das Ehrendenkmal, welches an jenem Tage der hannoverischen Armee und ihrer Uniform errichtet worden, zugleich ein Grabmal ist, – ein Grabmal, an welchem nur die Hoffnung auf die einstige Erstehung eines mächtigen, ewigen und glücklichen Deutschlands Trost geben kann.«

Mit einer gewissen Ungeduld, welche die Ehrfurcht vor dem Vater zügelte, erwiderte der junge Offizier:

»Verzeih' mir, lieber Vater, – aber du lebst dort in den engen, traurigen und niedergedrückten Kreisen, – unter der preußischen Herrschaft, – das trübt immer den Blick – hast du nicht eine kleine Broschüre gelesen – ›des Königs Legion‹ – sie sagt in kurzen Worten alles, was man über die Emigration und ihre politischen Aufgaben sagen kann.«

»Ich habe die kleine Schrift gelesen,« sagte der Oberamtmann, – »sie ist nicht ungeschickt gemacht und einige Stellen haben mich warm angesprochen, – aber, mein lieber Sohn, ich sehe das mit dem Auge des Alters an, das ruhiger blickt, – das alles sind Illusionen, ähnliche Illusionen, wie sie einst zu dem schmerzlichen kleinen Feldzug im österreichischen Fahrwasser führten, der dem Könige den Thron gekostet hat. Frankreich wird ebenso wenig die deutsche Einheitsbewegung jemals rückgängig machen, wie Österreich sie hat aufhalten können.«

Eine Bewegung machte sich unter den Gruppen bemerkbar, – man eilte an die Fenster und in den Garten, aus welchem man die Straße und den Kaiserstöckl übersehen konnte.

Der Leutnant von Wendenstein hatte sich dem Fenster genähert. »Der Kaiser ist eben bei den Herrschaften vorgefahren«, sagte er, zu seinem Vater zurückkehrend.

»Es muss für den Kaiser ein trauriger Anblick sein,« sprach der alte Herr, »diese vertriebene Königsfamilie zu sehen, welche im Kampfe auf Österreichs Seite ihren Thron verloren hat.«

Die Equipage des Kaisers Franz Joseph war inzwischen langsam durch die dicht gedrängte Menge von Hannoveranern in den Hof des Kaiserstöckls eingefahren.

Der Jäger sprang vom Bock und öffnete den Schlag. Rasch trat der Kaiser in der großen weißen Generaluniform mit den roten Beinkleidern, den Hut mit dem grünen Federbusch auf dem Kopf, aus dem Wagen. Er stutzte ein wenig, als er diese dichten Menschenreihen sah, welche das untere Vestibül und die Treppen erfüllten.

»Der Kaiser, – der Kaiser«, tönte es flüsternd ringsumher und ehrerbietig öffnete sich eine Gasse, um dem Monarchen den Weg freizumachen.

Rechts und links grüßend stieg der Kaiser, welchem an der unteren Stufe der Treppe bereits der Graf Alfred Wedel in der Uniform der hannoverischen Kammerherren entgegengetreten war, zu den hannoverschen Herrschaften herauf, die ihn an dem oberen Ende der Treppe empfingen.

Der Kaiser bot der Königin den Arm und schritt durch das dicht gefüllte Vorzimmer in den Salon der Herrschaften; der König mit dem Kronprinzen und den Prinzessinnen folgte.

Die Türen schlossen sich hinter den fürstlichen Herrschaften.

Ein flüsterndes Gespräch bewegte sich durch die Gruppen. Diese Hannoveraner, welche zu einem großen Teil an eine Wiederaufnahme des Kampfes von 1866 und an eine Wiederaufrichtung des welfischen Thrones glaubten, erblickten in dem so natürlichen Höflichkeitsbesuch des Kaisers ein Zeichen fortdauernder politischer Allianz – es freute sie, Zeuge zu sein und demnächst zu Hause erzählen zu können, in wie innigen Freundschaftsbeziehungen die verbannte Königsfamilie zum Kaiser stehe, und die Wünsche und Hoffnungen aller dieser Herzen griffen mit Begierde auch nach diesem Strohhalm.

Der Kaiser blieb nicht lange.

Nach kurzer Zeit öffneten sich die Flügeltüren des Salons, und die Herrschaften kamen wieder durch den Vorsaal.

An der Treppe verabschiedete sich der Kaiser von den hannoverischen Herrschaften und wehrte mit Herzlichkeit dankend das weitere Geleit des Königs ab; der Kronprinz begleitete den Monarchen die Treppe hinab.

Der Kaiser Franz Joseph erwiderte mit freundlichem Kopfnicken die tiefen Verbeugungen, mit welchen die zu beiden Seiten dicht gedrängt stehenden Hannoveraner ihn begrüßten.

Ziemlich schnell, als wolle er sich diesen Huldigungen baldigst entziehen, stieg er die Treppe hinab.

Sein Wagen fuhr vor und dem Kronprinzen die Hand reichend, setzte er den Fuß auf den Wagenschlag.

Da ertönte aus einer Ecke des dicht mit Menschen gedrängten Hofes eine starke Stimme, welche rief:

»Hoch lebe Seine Majestät der Kaiser, der erhabene Freund und Bundesgenosse unseres Königs!«

Mit lautem, brausendem Schall pflanzte sich dieser Ruf fort durch die dichten Gruppen auf dem Hofe, von der Treppe schallte er herab, die Fenster des Kaiserstöckls öffneten sich, dicht gedrängt erschienen die Köpfe der oben weilenden Hannoveraner, einstimmend in den Ruf, mit welchem man unten den Kaiser begrüßt hatte – in dem Garten von Dommayers Kasino schwenkte man die Hüte und Mützen und überall scholl es mit donnerndem Ton und mit aller Macht niedersächsischer Lungen:

»Hoch lebe der Kaiser, der Verbündete unseres Königs!«

Eine schnelle Röte flammte in dem Gesichte des Kaisers auf, es zuckte in eigentümlichem Mienenspiel um seine Lippen, er biss in seinen Schnurrbart, legte leicht die Hand an den Federhut und sprang in den Wagen, der anfangs langsam durch den mit Menschen gefüllten Hof fuhr und dann im schnellsten Trabe auf der Straße nach Wien fortrollte, – immer begleitet von den gewaltigen, weithin schallenden Hochrufen der Hannoveraner.

»Die guten Leute«, sagte der Oberamtmann von Wendenstein zu seinem Sohn, als diese Rufe an sein Ohr drangen. – »Es ist ja sehr schön von ihnen, dass sie den edlen und ritterlichen Kaiser so warm begrüßen, aber die Hoffnungen, die in diesem Ruf erklingen, werden wohl kaum sich jemals erfüllen und der arme Herr muss traurige und bittere Gefühle haben bei dieser Begrüßung der Hannoveraner, die auf Österreich ihr Vertrauen in die Zukunft bauen –«

»Doch nun,« fuhr er fort, indem er mit freundlichem Lächeln zu seinem Sohne hinüberblickte, »komm mit mir nach Wien, ich habe eine Überraschung für dich und hätte ich dich heute nicht schon hier gefunden, so hätte ich dir telegrafiert, zu kommen. Schaffe schnell einen Fiaker!«

Der Leutnant, der seinen Vater ein wenig erstaunt angesehen, eilte hinaus, der Oberamtmann berichtigte seine Rechnung an den unvermeidlichen Zahlkellner und bald stieg er, auf den Arm seines Sohnes gestützt, in einen jener feschen Fiaker Wiens, welche den Vorrang vor allen öffentlichen Fuhrwerken der Welt behaupten und an Schnelligkeit mit den besten herrschaftlichen Equipagen wetteifern.

»Nach dem Hotel Munsch!« rief der Leutnant dem Kutscher zu. Dahin eilte der Wagen nach Wien.

Zweites Kapitel.

Nachdem der Gratulationsempfang vorüber war, hatte sich der König Georg in das kleine Wohnzimmer der Königin zurückgezogen und dorthin den Grafen Platen und den Regierungsrat Meding, welcher von Paris zur Feier der silbernen Hochzeit des Königs herüber gekommen war, bescheiden lassen.

Beide Herren erschienen, der sonstigen Gewohnheit des Hietzinger Hofes entgegen, in der gestickten hannöverischen Galauniform, welche sie bei dem vorhergehenden Empfang getragen.

Der König hatte den geheimen Kabinettsrat und den Kronprinzen rufen lassen und sprach, indem er die Uniform aufknöpfte und sich etwas ermüdet in das Sofa zurücklehnte, auf welchem er Platz genommen:

»Ich muss auch an dem heutigen Festtage die freie Zeit benutzen, um einige ernste Angelegenheiten mit ihnen, meine Herren, zu besprechen, denn keine Stunde soll der Arbeit für meine Sache verloren sein. Sie haben mir vorher eine kurze Andeutung gemacht, Graf Platen, über eine Mitteilung, welche von dem Reichskanzler von Beust an Sie gelangt sei. Was betrifft es?«

Graf Platen, dessen bleiches Gesicht den Ausdruck nervöser Abgespanntheit zeigte, und der nicht mehr wie früher einen mit der Farbe seines schwarzen Haares übereinstimmenden Backenbart trug, zog ein Papier aus seiner Uniform und sprach, indem er dasselbe entfaltete und einen Blick hineinwarf:

»Herr von Beust, Majestät, hat mir eine vertrauliche Note geschickt, in welcher er es für nötig hält, mich darauf aufmerksam zu machen, in wie große Verlegenheiten die österreichische Regierung kommen würde, wenn die vielen hierher zusammengekommenen Hannoveraner ihre Anwesenheit zu politischen Demonstrationen benützen würden. Er spricht die Erwartung aus, dass von mir in diesem Sinne gewirkt würde, damit die so gerne gewährte Gastfreundschaft den Kaiser nicht in eine schiefe Stellung zu Preußen bringe.«

Der König biss einige Male heftig in seinen Schnurrbart, ein zischender scharfer Atemzug fuhr aus seinen Lippen. Dann fragte er, indem seine Hand sich fest um die Lehne des Sofas spannte:

»Ist irgendetwas vorgekommen, was zu dieser Belehrung des Herrn von Beust hätte Veranlassung geben können?«

»Nicht das Geringste, soviel ich weiß, Majestät,« erwiderte Graf Platen, – »man hat allerdings den Kaiser soeben mit sehr lebhaften und vielleicht etwas demonstrativen Rufen begrüßt, allein, darauf kann sich die Note, die ich schon diesen Morgen erhielt, nicht beziehen.«

»Und darauf könnte sie sich auch nicht beziehen, wenn es gestern vorgefallen wäre,« rief der König lebhaft, mit zwei Fingern in die flache Hand schlagend, »soll es so weit mit dem Hause Habsburg gekommen sein, dass man in der Hofburg vor einem Stirnrunzeln in Berlin zittert, wenn loyale Gäste Österreichs dem Kaiser Hoch rufen?«

»Der ganzen Note,« sagte Graf Platen, »liegt wohl nur die Absicht zum Grunde, sich nach allen Seiten zu decken, und bei etwaigen diplomatischen Interpellationen den Beweis liefern zu können, dass man das Seinige getan habe, um alle möglichen Rücksichten auf Preußen zu nehmen.«

Der König zuckte die Achseln.

»Und was wollen Sie tun?« fragte er nach einem augenblicklichen Schweigen.

»Ich glaube allerdings, Majestät,« sagte Graf Platen, seine geschmeidige Gestalt zusammenbiegend, »dass man dahin wirken muss, die etwas erregten Hannoveraner von allen unnützen Demonstrationen zurückzuhalten, um so mehr, da noch eine andere Angelegenheit vorliegt, über welche ich demnächst sprechen werde, und welche der österreichischen Regierung einige Verlegenheit bereitet.«

»Vor allen Dingen aber müsste man doch«, bemerkte Regierungsrat Meding, »auf diese Note des Herrn von Beust eine sehr feste Antwort geben und sehr klar und bestimmt aussprechen, dass Eure Majestät sich vollkommen aller der Pflichten bewusst wären, welche der Genuss der österreichischen Gastfreundschaft Allerhöchst Ihnen auferlegte. Diese Gastfreundschaft ist in der Tat nach den vorhergegangenen Ereignissen so natürlich und selbstverständlich und wird von Eurer Majestät doch in der Tat in so bescheidenem Maße in Anspruch genommen, dass sie mir wirklich nicht die Verpflichtung für Eure Majestät zu bedingen scheint, Belehrungen solcher Art zu empfangen. Eure Majestät wissen,« fuhr er fort, »wie sehr ich stets darauf gedrungen habe, dass Allerhöchstdieselben sich in vollkommenster Unabhängigkeit nach allen Seiten erhalten, und in keiner Weise sich unter die Leitung der österreichischen Politik oder des Herrn von Beust zu begeben. Man hat in Paris zu meinem großen Erstaunen schon einige Mal den Versuch gemacht, sich in die Angelegenheiten Eurer Majestät zu mischen.«

Der König horchte gespannt auf.

»Eure Majestät wissen,« fuhr der Regierungsrat Meding fort, »dass durch den Tod des Herrn Holländer die Angelegenheiten des Journals *la Situation*, in große Verwirrung geraten sind, da die Erben des Verstorbenen jetzt formell Herren der ganzen Sache sind, und es für mich ohne Bloßstellung des Namens Eurer Majestät nicht ganz leicht ist, den Behörden gegenüber die Sachlage klarzustellen. Die französische Regierung ist mir dabei mit außerordentlicher Bereitwilligkeit behilflich, ich war daher nicht wenig überrascht, als mir vor einigen Tagen Herr von St. Paul, der Unterstaatssekretär des Innern, ganz erstaunt sagte, dass der österreichische Botschafter auf Veranlassung des Herrn von Beust ihn ersucht habe, diese Angelegenheit doch durch seinen Einfluss schleunigst zu Ende zu bringen. Herr von St. Paul drückte mir darüber sein um so mehr berechtigtes Erstaunen aus, als er ja bereits alles, was in seinen Kräften stand, zu meiner Unterstützung getan habe.«

»Unbegreiflich!« rief der König. – »Wissen Sie etwas davon, Graf Platen?«

»Ich erinnere mich allerdings, Majestät,« erwiderte der Graf, »dass ich mit Herrn von Beust vor einiger Zeit über die Schwierigkeit der Angelegenheit der › Situation‹ gesprochen habe, kann mich aber durchaus nicht erinnern, dass dabei von irgendeiner *démarche* der österreichischen Botschaft in Paris die Rede gewesen sei.«

»Und was haben Sie getan?« fragte der König sich zu Herrn Meding wendend.

»Ich habe der französischen Regierung sehr bestimmt erklärt,« erwiderte dieser, »dass ich niemand in der Welt kenne, der ein Recht habe, in den Angelegenheiten Eurer Majestät irgendetwas zu erklären oder zu verlangen: dass ich jede derartige Intervention auf das Bestimmteste ablehnen müsste, wenn ich auch die freundliche Absicht des Fürsten Metternich nur dankbar anerkennen könnte.«

Graf Platen neigte sich vornüber und hustete leicht. »Sie haben vollkommen recht gehabt und ganz in meinem Sinne gehandelt,« sagte der König lebhaft, »und ich bitte Sie, in jedem ähnlichen Fall nach gleichen Grundsätzen zu verfahren.«

Eine kleine Pause entstand.

»Sie wollten von einer anderen Angelegenheit sprechen,« sagte der König, »welche Österreich Verlegenheit bereite?«

»Eure Majestät erinnern sich,« erwiderte der Graf, dass einen Augenblick die Absicht bestand, die hannöverischen Emigranten, welche sich in der Schweiz nicht mehr halten konnten, auf das österreichische Grenzgebiet zu bringen, und dass deshalb die hiesige Polizei uns eine Anzahl von Pässen für jene Leute gegeben hat. Die Emigranten haben nun jene Pässe bei dem Eintritt nach Frankreich an der Schweizer Grenze überall vorgezeigt, darüber ist der österreichischen Regierung eine sehr gereizte Vorhaltung von Berlin gemacht worden, wo man in dieser Passerteilung eine entschiedene Parteinahme für die Emigration und für deren Übergang nach Frankreich erblickte.«

»Es ist mir sehr lieb,« sagte der König, »dass Sie die Emigration gerade hier erwähnen, denn ich wollte Meding bereits darnach fragen. Ist denn die Angelegenheit vollständig in Ordnung?« fragte er, sich an den Regierungsrat wendend, »und sind meine armen getreuen Hannoveraner endlich in Ruhe?«

»Erlauben Eure Majestät,« erwiderte der Regierungsrat Meding, »dass ich zunächst die vom Grafen Platen erwähnte Passangelegenheit berühre. Als Eure Majestät bei meiner letzten Anwesenheit hier im Dezember vorigen Jahres erklärten, dass die Emigration in der Schweiz, wegen der Schwierigkeiten, welche mir die dortigen Behörden bereiteten, nicht mehr bleiben könne, und dass Eure Majestät ihr ein Asyl in Frankreich, wo ja alle politischen Flüchtlinge Aufnahme finden, geöffnet zu sehen wünschte, habe ich diesen Wunsch sogleich der französischen Regierung zu erkennen gegeben, und der Kaiser hat sofort befohlen, dass die Emigranten die freundlichste Aufnahme in Frankreich finden sollten. Für die französischen Behörden sind die Hannoveraner also Flüchtlinge, welche unter den Schutz der französischen Gastfreundschaft aufgenommen werden. Sie bedürfen daher keines Passes und keiner Legitimation, die sie ja eben als Flüchtlinge in legitimer Weise gar nicht haben können. Es genügt vielmehr vollkommen, dass sie von mir der französischen Regierung als hannöverische Flüchtlinge bezeichnet und überwiesen werden. Ich vermag deshalb nicht zu begreifen, weshalb man die österreichischen Pässe überhaupt nach der Schweiz gesendet hat und weshalb man sie dieselben hat vorzeigen lassen, da beides ganz und gar überflüssig war.«

»Es wird auf einem Missverständnis beruhen,« sagte Graf Platen, »welches sich aus den früheren anderen Absichten erklärt; jedenfalls befindet sich die österreichische Regierung in wirklicher Verlegenheit –«

»Dieser Verlegenheit«, sagte der Regierungsrat Meding, lässt sich sehr leicht abhelfen. Ich werde auf der Stelle den Emigranten die österreichischen Pässe abnehmen lassen und sie hierher senden, damit die corpora delicti aus der Welt verschwinden, die in Frankreich in der Tat gar keinen Zweck und Nutzen haben.«

»Das wird Herrn von Beust unendlich erfreulich sein!« rief Graf Platen aufatmend. »Ich kann ihn also versichern, dass binnen Kurzem die unglücklichen Pässe hierher zurückgeliefert sein werden?«

»Zuversichtlich,« erwiderte Herr Meding, – »doch möchte ich«, fuhr er fort, »Eure Majestät, so ungern ich zur Verlängerung der Konferenz gerade an dem heutigen Tage beitrage, in derselben Angelegenheit noch um einen Befehl bitten. Der Eintritt der Emigration nach Frankreich hat schon zu verschiedenen Missverständnissen Veranlassung gegeben, die für die Folge noch unangenehmer werden müssen, wenn ihre Wiederkehr nicht ein- für allemal verhindert wird. Wie ich Eurer Königlichen Majestät schon zu bemerken die Ehre hatte, sind die Emigranten für die französische Regierung eben nur einzelne politische Flüchtlinge, denen der Kaiser – ebenso wie den Polen – seinen Schutz gewährt, – keineswegs aber dürfen sie irgendwie eine militärische Organisation ersehen lassen.« »Das sollte ja aber auch gar nicht der Fall sein!« rief der König.

»Und doch, Majestät,« sagte der Regierungsrat Meding, »sind Dinge vorgekommen, die recht unangenehme Verwicklungen veranlassen. Ich habe«, fuhr er fort, »gar keine Mitteilung über den Zeitpunkt des Eintritts der Emigration nach Frankreich erhalten, habe also auch zu meinem großen Bedauern der französischen Regierung keine Anzeige machen können, um die Instruierung der unteren Provinzialbehörden zu veranlassen, vielmehr gingen mir plötzlich und ganz unerwartet aus einer Reihe von Orten des Elsasses telegrafische Anzeigen von den Abteilungskommandanten zu, dass sie wegen der Quartierung der Leute in Verlegenheit seien, und die Ortsbehörden ihrer Aufnahme Schwierigkei-

ten entgegenstellten. Die französische Regierung war natürlich darüber
sehr bestürzt und unzufrieden, um so mehr, als zugleich von den Unter-
präfekten Meldungen einliefen, nach welchen die Abteilung der Emigranten sich vollständig als militärische Korps gerierten, und die führenden Offiziere sich sogar bei dem französischen Truppenkommandan-
ten militärisch gemeldet hätten.«

»Ich begreife nicht –« sagte Graf Platen, die Hände reibend.

»Mir ist es in der Tat auch unbegreiflich,« fuhr der Regierungsrat Meding fort, »wie dies hat geschehen können, da ich doch zu wiederholten
Malen dringend beantragt hatte, dass jeder sichtbare Schein von militärischer Organisation der Emigranten vermieden werden sollte; was nun
einmal geschehen, ist leider nicht mehr zu ändern und der Kaiser Napoleon wird zu seinem Bedauern nicht umhin können, die Emigranten in-
ternieren zu lassen, wenn dies auch mit der größten Rücksicht und
Schonung ausgeführt werden wird, und ihnen wesentlich nur der Aufenthalt in der Nähe der Grenze untersagt werden soll, damit der preußischen Regierung keine Veranlassung zu gegründeten Interpellationen
gegeben werde. Um nun aber für die Folge ähnliche Vorkommnisse zu
vermeiden, welche mir immer persönlich die größten Unannehmlichkeiten bereiten, so möchte ich Eure Majestät dringend bitten, dass alle Befehle, Geldsendungen usw., welche von hier aus an die Emigration gehen, nicht an deren Kommando direkt, sondern an den Major von Düring, den Eure Majestät mir für die militärischen Angelegenheiten beige-
geben haben, erlassen werden. Der Major von Düring wird das Nötige
vermitteln, um alles so anzuordnen, dass keine Ombrage entsteht, und
ich werde in der Lage sein, für die Emigration im Einverständnis mit der
französischen Regierung zu sorgen, ohne dass ich persönlich von irgendwelchen militärischen Verhältnissen innerhalb derselben Notiz zu
nehmen nötig habe, was ich schon meiner Stellung wegen nicht darf.«

»Gewiss, gewiss!« rief der König, »Sie haben vollkommen recht und ich
bitte Sie, Graf Platen, dafür zu sorgen, dass in diesem Sinne der Verkehr
der Emigration organisiert wird.«

Graf Platen verneigte sich schweigend.

»Ich lege hierauf,« fuhr der Regierungsrat Meding fort, »ein ganz besonderes Gewicht, nicht nur wegen der Verlegenheiten der französischen
Regierung, welche mich persönlich peinlich berühren, sondern ganz
vorzüglich auch wegen der Vermögensverhältnisse Eurer Majestät.«

Der König richtete den Kopf empor und horchte auf.

»Eure Majestät haben,« fuhr der Regierungsrat Meding fort, »den Vertrag mit Preußen geschlossen, nach welchem Allerhöchstdenselben die Revenüen des im preußischen Depositum verbleibenden welfischen Vermögens gezahlt werden. Ich habe Eurer Königlichen Majestät bereits, als Sie mir im September vorigen Jahres die Ehre erzeigten, mich über den Abschluss dieses Vertrages um Rat zu fragen, meine Meinung dahin ausgesprochen, dass Eure Majestät den Vertrag abschließen müssen nicht aus Rücksicht auf die augenblickliche Lage, sondern aus Rücksicht auf die Zukunft Allerhöchst Ihres Hauses. Denn durch den Vermögensvertrag ist das zweifellose Eigentumsrecht an dem zu ermittelnden Äquivalent des welfischen Domanialvermögens festgestellt und für alle Zeiten gesichert worden. Ich habe damals Eurer Majestät ferner bemerkt, dass ich diese Feststellung für um so wichtiger halte, als sie Allerhöchst Ihrem Hause eine gedeckte Rückzugslinie und die Sicherheit einer großen fürstlichen Existenz bietet für den Fall, dass die Hoffnungen, welche Eure Majestät jetzt hegen und an deren Erfüllung wir arbeiten, sich nicht realisieren sollten. Ich war schon damals der Meinung, dass die gegenwärtige Zahlung der Vermögensrevenüen an Eure Majestät nicht allzu lange dauern würde, denn, wenn Eure Majestät den Kampf fortsetzen, so muss früher oder später der Zeitpunkt kommen, an welchem die preußische Regierung erklären wird, dem Gegner die Mittel zur Kriegführung nicht mehr gewähren zu wollen und zu können.«

»Dazu hat aber die preußische Regierung gar kein Recht«, rief Graf Platen.

»Die Rechtsfrage zu erörtern möchte zu weit führen,« sagte der Regierungsrat Meding ruhig, »über die Tatsache habe ich keinen Augenblick Zweifel. Nach Äußerungen, welche der Finanzminister von der Heydt in Berlin in Abgeordnetenkreisen getan hat und über welche mir Mitteilungen zugegangen sind, die auch bereits durch Zeitungsnotizen bestätigt werden – nach diesen Äußerungen scheint es, dass man in Berlin geneigt sei, gerade den Übertritt der Emigration nach Frankreich als Veranlassung zur Beschlagnahme des Vermögens Eurer Majestät zu benutzen.

»Das wäre doch aber unerhört!« rief der Kronprinz, indem er leicht mit den Zähnen die Nägel seiner linken Hand biss.

»Wir dürfen von unseren Gegnern keine Sentimentalität erwarten, Königliche Hoheit,« erwiderte der Regierungsrat Meding, »und müssen gerade in unserer Lage doppelt darauf sehen, nur mit wirklichen Tatsachen zu rechnen. – So sehr ich nun überzeugt bin,« fuhr er fort,»dass früher oder später die Beschlagnahme des Vermögens stattfinden wird, so halte ich es auch für sehr wichtig, dass unserseits nichts geschehe, dieselbe zu provozieren und vor den Augen des Publikums zu rechtfertigen. Eine hervortretende militärische Organisation aber und der Nachweis der Überweisung von Geldmitteln an dieselbe von hier aus würde der preußischen Regierung die Rechtfertigung der Beschlagnahme an die Hand geben. Unsere Politik aber muss es sein, einmal den Zeitpunkt dieser Beschlagnahme selbst so weit wie möglich hinauszuschieben und sodann der Rechtfertigung derselben so wenig Haltpunkte als möglich zu bieten. Ich möchte deshalb besonders darauf aufmerksam machen, dass im Verkehr mit der Emigration die äußerste Vorsicht beobachtet, dass namentlich der Gebrauch des Telegrafen ganz vermieden werde, und dass alle Befehle und Sendungen durch den Major von Düring ergehen, in allen wirklichen diskreten Fällen durch meine Vermittlung und der diplomatischen Chiffre.«

»Ich begreife nicht recht,« bemerkte Graf Platen,»wie ein direkter Verkehr mit der Emigration bekannt werden könnte.«

»Ich halte, wie Eure Majestät wissen,« sagte der Regierungsrat Meding lächelnd,»sehr wenig von dem Geheimnis des Telegrafenverkehrs, und besonders dürfen wir nicht vergessen, dass wir uns einer Macht gegenüber befinden, welche im Besitze einer sehr bedeutenden und ausgedehnten Polizeigewalt ist und den festen Willen hat, sich dieser Macht rücksichtslos zu bedienen.«

»Wäre es aber nicht besser,« sagte der Kronprinz mit zögernder Stimme, »wenn man diese Emigration ganz abschaffte, die doch so viel Geld kostet?«

»Nachdem die Emigration einmal da ist,« sagte der Regierungsrat Meding,»würde ihre Abschaffung dem Aufgeben des Kampfes von seiner Majestät gleichkommen, und da Seine Majestät den Kampf nicht aufgeben wollen–«

»Niemals!« rief der König lebhaft, mit zwei Fingern der rechten Hand stark auf den Tisch schlagend,»niemals werde ich den Kampf für mein Recht aufgeben, solange ich noch einen Taler übrig habe; keine finanziellen Rücksichten würden mich jemals bestimmen, in der Verfolgung meines Rechtes nachzulassen.«

»Da Eure Majestät nun also gesonnen sind,« sprach der Regierungsrat Meding weiter, »so kann von einer Auflösung der Emigration um so weniger die Rede sein, als Eure Majestät den Leuten Ihre königliche Unterstützung versprochen haben; jedenfalls müsste man dann doch denjenigen, welche sich durch ihre Auswanderung straffällig gemacht haben, zunächst die freie Rückkehr nach der Heimat erwirken, was auch wieder nur durch eine Anerkennung der Annexion geschehen könnte.«

»Warum sind die Leute aber fortgelaufen?« sagte der Kronprinz achselzuckend, »sie hätten zu Hause bleiben sollen – jetzt haben wir sie auf der Tasche.«

»Sie sind fortgegangen,« sagte der Regierungsrat Meding, während der König schweigend in seinen Schnurrbart biss und den Kopf in die Hand stützte, – »sie sind fortgegangen aus Liebe und Anhänglichkeit zu dem königlichen Hause, dessen Vorfahren seit tausend Jahren in ihrem Lande herrschten; wenn auch der eine oder der andere unter der Zahl dieser jungen Leute sein mag, der aus Lust zu einem abenteuerlichen Leben sich der Emigration angeschlossen hat, so besteht doch die weitaus größte Mehrzahl derselben aus Söhnen der besten Bauernfamilien des Landes, und es wäre unverantwortlich, dieselben einfach ihrem Schicksal zu überlassen, das dann nur ein sehr trauriges sein könnte. Ich werde meinesteils niemals aufhören, für diese braven Leute, ganz abgesehen von der hohen Bedeutung, welche sie für die Sache Eurer Majestät haben, zu plädieren und ihre Sache zu der Meinigen zu machen.«

»Und bei mir,« rief der König, sich hoch aufrichtend, »werden Sie niemals Schwanken und Zögern finden, wo es meine heilige Sache und das Schicksal meiner Getreuen gilt.«

»Davon bin ich überzeugt, Majestät«, erwiderte der Regierungsrat Meding, »und hätte ich diese Überzeugung nicht, so würde ich nicht cm dem exponierten Platz im Kampfe für die Rechte Eurer Majestät stehen, an welchem ich mich jetzt befinde.«

Der König erhob sich.

»Ich will etwas ruhen, um mich vorzubereiten zu dem Feste in dem Stadtpark, das mir noch viele schmerzliche Aufregungen bringen wird,« sagte er mit tiefem Seufzer – »aber,« fuhr er dann fort, indem ein glückliches Lächeln wie Sonnenschein sein Gesicht erleuchtete, »wo ich auch das stolze Bewusstsein haben werde, mich trotz meines Unglücks und

trotz meines Exils von so vielen Vertretern meines treuen Volkes umgeben zu wissen.« Er faltete die Hände und richtete einen Moment das Auge nach oben. Dann nahm er den Arm des Kronprinzen, verneigte sich
gegen die anwesenden Herren und schritt die Treppe hinab, um in seinen Wagen zu steigen und begleitet von den jubelnden Zurufen der auf
den Straßen versammelten Hannoveraner nach der Villa Braunschweig
zurückzukehren.

Drittes Kapitel.

Der Oberamtmann von Wendenstein war inzwischen mit seinem Sohne in Wien angekommen. Unter der großen Einfahrt des Hotel Munsch hielt der Fiaker und der alte Herr stieg, auf den Arm des Leutnants gestützt, langsam und vorsichtig zu seinen Zimmern im ersten Stockwerk hinauf.

Mit einem eigentümlich forschenden Blick auf seinen Sohn öffnete er lächelnd die Tür seines Zimmers und schob, etwas zur Seite tretend, den jungen Mann über die Schwelle des tiefen und durch schwere Vorhänge etwas verdunkelten Gemachs.

Ein leichter Aufschrei ertönte aus dem Innern des Zimmers. Von einem Fauteuil erhob sich eine dunkle in Seide gekleidete weibliche Gestalt und streckte die Arme der Tür entgegen.

Der Leutnant blieb einen Augenblick auf der Schwelle stehen, wie geblendet durch diese unerwartete Erscheinung – dann atmete er tief auf, eilte mit rascher Bewegung in das Zimmer und kniete im nächsten Augenblick zu den Füßen Helenens.

Er ergriff ihre Hände und drückte sie leidenschaftlich an seine Lippen, während die in sanftem Licht strahlenden Augen des jungen Mädchens das Bild ihres Geliebten in durstigen Zügen zu trinken schienen.

»Helene, meine süße Helene, welche selige Überraschung!« rief der junge Offizier in entzücktem Ton.

»Mein Geliebter, ich sehe dich wieder nach so langer schmerzvoller Trennung,« flüsterte Helene mit erstickter Stimme.

Dann machte sie sanft ihre Hände los, legte sie auf die Schulter des vor ihr knienden Geliebten und drückte ihre Lippen auf dessen Stirn, während ihre Augen sich in einen leichten Tränenschleier hüllten.

»Habe ich es recht gemacht?« fragte der Oberamtmann, welcher langsam herangetreten war, in munterem Ton, durch welchen jedoch eine Nuance tiefer Rührung zitterte, und während zugleich die ältere der Schwestern des Leutnants aus dem Nebenzimmer herantrat und mit liebevollem Blick den Bruder und die Freundin betrachtete.

Der Leutnant sprang auf, umarmte stürmisch seinen Vater und seine Schwester und rief mit jubelnder Stimme:

»Dank, tausend Dank euch allen für die Freude des Wiedersehens!«

Dann schloss er seine Braut von Neuem in seine Arme; während sie ihr Haupt an seiner Schulter ruhen ließ, bedeckte er ihr weiches glänzendes Haar mit zärtlichen Küssen.

Schweigend hatte der Oberamtmann seiner Tochter einen Wink gegeben, beide zogen sich in das Nebenzimmer zurück, das junge Paar sich selbst überlassend.

Der Leutnant führte seine Geliebte zu einem Lehnstuhl in der Nähe des Fensters; indem er sie sanft darauf niedersetzte, ließ er sich zu ihren Füßen auf die Kniee sinken und blickte liebevoll zu ihr empor.

Das volle Licht fiel auf die schönen Züge des jungen Mädchens, – der Leutnant sah dieses liebe Gesicht wieder und alle Erinnerungen der Vergangenheit stiegen in reinen Bildern aus der Tiefe seiner Seele wieder herauf. Die Spiele seiner Kindheit, das erste Erwachen der Jugendliebe, der gewaltige Kampf, sein Leiden an den Grenzen des Todes, das alles zog durch sein Herz unter dem Blick dieser so sanften und doch so still beredten Augen.

Beide jungen Leute sprachen miteinander, was schon so viele Tausende vor ihnen gesprochen hatten. Worte der Erinnerung, Worte der Liebe, – für jeden Dritten wären es eben leere, oft nichts bedeutende Worte gewesen, die kaum in einem inneren Zusammenhange miteinander standen. Für sie aber waren es Erzählungen von tiefem Inhalt, Gedichte von hoher Poesie, denn zwischen den Worten sprachen ihre Blicke und auf dem magnetischen Strom dieser Blicke zogen von Herz zu Herz Tausende jener Mitteilungen des inneren Lebens, welche kein Ton ausdrückt und keine Sprache in Worte kleidet.

Im vollen Tageslicht aber sah der Leutnant mit stillem Erbeben seines Herzens, dass die immer schon so zarten Züge seiner Geliebten eine fast durchsichtige Blässe angenommen hatten. Ihre Augen glänzten in krankhaftem perlmutterartigem Schimmer. Eine fast fieberhaft scharfe Röte zeigte sich auf ihren Wangen, ließ den Glanz der Augen noch mehr hervortreten und aus den zuweilen wie schmerzhaft zuckenden Lippen drang der heiße Atem mühsam hervor.

Der junge Mann sah das alles. Er fühlte bei diesem Anblick, wie tief Helene durch die Trennung gelitten haben musste. Er schlug die Augen nieder, um ihr den Ausdruck tiefer Besorgnis in seinem Blick nicht zu zeigen.

Wunderbar und chaotisch waren die Gefühle, welche sein Herz bewegten.

Dieses junge Mädchen, welchem sein Herz sich einst unter dem Eindruck der Kindererinnerung und der großen, mit erschütternder Gewalt in sein Leben hereinbrechenden Katastrophe mit so stiller inniger Liebe zugewendet hatte, sah er vor sich wie ein verkörpertes Bild der Träume der Vergangenheit. Aber dies Bild, so süß und lieb es seinem Herzen war, war umhaucht vom Schimmer der Krankheit, und wie mit einem Nebelschleier bedeckt erschien es neben dem glühenden Farbenreiz der tausendgestaltigen Bilder des großen Weltlebens, welche die letztvergangene Zeit vor ihm aufgerollt hatte.

Sie sprach ihm von jenem kleinen stillen Leben in der einfachen Heimat. Unter ihren Worten traten jene ruhigen eng begrenzten Lebensverhältnisse vor ihn hin, in denen er einst sich bewegt und welche sein Denken, Wünschen und Hoffen ausgefüllt hatten. Das alles mutete ihn lieb und heimisch an, aber es stand doch auch farblos und kühl da neben dem lichtvoll glühenden Leben, das sein junges Herz voll durstigen Entzückens in sich aufgesogen hatte. Unter den Bildern dieses Lebens stieg lockend und berauschend jene Frau vor ihm empor mit den Blicken voll dämonischer Geheimnisse, mit dem Atem so glühend wie der Duft der Tropengewächse, und mit schauerndem Erbeben erinnerte er sich, dass dieser Atem über sein Gesicht gestrichen war und dass aus jenen Augen ihm ein voller Feuerstrom verzehrender Wonne entgegengeflutet war. Als er von diesen, in seinem Innern aufsteigenden Bildern den Blick erhob zu der zarten, einfachen, krankhaft gebrechlichen Gestalt vor ihm, da zuckte ein tiefes Mitleid zwar, eine innige, tiefe und treue Teilnahme durch sein Herz, aber es stieg auch ein Seufzer aus seiner Brust herauf, den er zu unterdrücken nicht die Macht hatte.

Der Oberamtmann trat wieder ins Zimmer.

»Nun habt ihr Zeit gehabt«, sagte er, »euch zu erzählen, was so junge verliebte Leute sich zu sagen haben und wovon ein anderer vernünftiger Mensch kein Wort versteht, – jetzt lasst uns zu Tisch gehen und nach alter, rechtlicher, norddeutscher Sitte ein ordentliches Diner zu uns nehmen. Ich habe die Karte gemacht und auch einen ganz genießbaren Bordeaux in diesem Hotel gefunden. Man wird uns bald zu Tische rufen. –

Inzwischen will ich noch mit euch jungen Leuten ein ernstes vernünftiges Wort sprechen, das ihr, wie ich hoffe, gern hören werdet.«

Er zog einen Stuhl neben Helene, während der Leutnant sich zur anderen Seite seiner Braut setzte, ihre Hand in der seinen haltend. Fräulein von Wendenstein war im anderen Zimmer geblieben, mit der Vollendung ihrer Toilette beschäftigt.

Der Oberamtmann lehnte sich in seinen Stuhl zurück und sprach, mit freundlichem Wohlwollen die jungen Leute anblickend:

»Es ist eine recht dumme Geschichte, mein Sohn, dass du durch deine Flucht und deinen Prozess auf lange hinaus, vielleicht auf immer aus der Heimat verbannt bist. Doch das ist nun einmal so und kann vorläufig nicht geändert werden. Es ist aber nicht möglich, wegen dieser unglücklichen Verhältnisse die Zukunft unsicher und unklar zu lassen und dich einem einsamen und unruhigen Leben ins Unbestimmte hinein zu übergeben. Ich bin deshalb der Meinung, dass es am besten ist, eure Verbindung nicht weiter hinauszuschieben und denke, dass ihr euch vorläufig in der Schweiz, Zürich oder Luzern, niederlassen sollt. Das Gut, das ich für euch gekauft, habe ich verpachtet. – Im Sommer kommen wir zu euch, – den Winter freilich möchte ich in der alten Heimat und unter den alten Bekannten zubringen.

Die feine Röte auf den Wangen Helenens hatte bei den Worten des Oberamtmanns einem dunklen Purpur Platz gemacht. In raschem Aufblitzen leuchtete ihr Auge zu ihrem Geliebten hinüber und verhüllte sich dann wieder unter den herabgesenkten Lidern. Der Oberamtmann schien eine freudige, dankbare Zustimmung vonseiten seines Sohnes zu erwarten und blickte ein wenig überrascht zu ihm hin, als der junge Mann mit dem Ausdruck einer gewissen Befangenheit auf seinem Platze unbeweglich blieb und die Augen zu Boden senkte.

Ein leichtes Zittern flog durch die Gestalt Helenens, tiefe Blässe folgte der dunklen Glut, welche soeben noch ihre Wangen gefärbt hatte, und wie in tiefem Erschrecken warf sie einen starren Blick auf den jungen Mann hinüber, während ihre fest aufeinander gedrückten Lippen die tiefen Atemzüge ihrer Brust zurückhalten zu wollen schienen.

»Nun, Junge!« rief der Oberamtmann in verwundertem Ton, »was soll das heißen, du sitzest da wie ein Steinbild, du dankst mir nicht, du freust dich nicht, du umarmst deine Braut nicht? Ist das die Art, wie du die Nachricht deines Glückes aufnimmst?«

Ein heftiger Kampf malte sich auf dem Gesichte des Leutnants. Rasch ergriff er die Hand seiner Braut, welche diese ihm in unwillkürlicher Bewegung entzogen hatte, und sprach zu seinem Vater:

»Was könnte mich glücklicher machen, als die Hoffnung einer baldigen Verbindung mit meiner Helene! Verzeihe mir, meine Geliebte, wenn ich nicht des Vaters Mitteilung mit jubelndem Entzücken aufgenommen habe. – Aber du wirst verstehen, was in diesem Augenblick die freudige Aufwallung meines Herzens dämpft. – Es sind soeben alle diese armen hannoverischen Emigranten, welche ihr Vaterland verlassen haben aus Anhänglichkeit an den König, und welche weder in Holland noch in der Schweiz ein Asyl finden konnten, nach Frankreich gegangen. Ich habe in der Schweiz ihr Schicksal geteilt und der König hat mir nun den Auftrag gegeben, auch in Frankreich eine der dortigen Abteilungen zu führen. Wie würden diese armen Leute über mich urteilen, was würden meine Kameraden, die Offiziere in Frankreich sagen, wenn ich mich jetzt von der Emigration trennte und in stiller und sicherer Zurückgezogenheit nur meinem Glücke lebte! In kurzem, in wenigen Monaten vielleicht,« fuhr er fort, »wird es möglich sein, mich mit Ehren von der Legion loszumachen. – Jetzt aber –«

Er kniete vor seiner Braut nieder und drückte ihre Hand an sein Herz.

»Helene, meine Geliebte,« sagte er mit gepresster Stimme, »würdest du glücklich sein können, wenn du auf meiner Stirn die Röte der Scham erblicken würdest, der Scham darüber, dass ich die Gefährten des Unglücks verlassen habe, weil mir ein gütiger Vater die Möglichkeit gibt, mein Schicksal von dem ihren zu trennen?«

»Dummes Zeug,« sagte der Oberamtmann mürrisch in verstimmtem Tone, »ich weiß auch, was Ehre und kameradschaftliche Pflicht erfordern. – Das aber scheint mir überspannte Ansicht zu sein, den armen Legionären würde es um kein Haarbreit schlechter gehen, wenn du nicht bei ihnen bist. Ich werde dem König die Sache vortragen, – er wird dich auf der Stelle der Verpflichtungen, die du eingegangen bist, entheben –«

»Das wird der König gewiss tun,« rief der junge Mann, »aber kann das meinem Bewusstsein genügen? Wenn alle Offiziere handelten, wie ich handeln soll, welches würde das Schicksal der armen Leute in fremdem Lande sein?«

»Wohin sie gar nicht hätten gehen sollen,« warf der Oberamtmann finster ein, – »wenn du –«

Helene hatte einige Augenblicke stumm dagesessen.

Jetzt schlug sie ihr gesenktes Auge voll zu ihrem Geliebten auf. Ein Strahl von Begeisterung leuchtete aus ihrem Blick, Glauben und Vertrauen strahlten von ihren Zügen, ein Lächeln voll unendlicher Liebe glitt um ihre Lippen.

»Du hast recht, mein Geliebter,« sprach sie, sich sanft zu ihm hinüber neigend, »welches Glück könnten wir genießen, wenn du den Stachel in deinem Herzen trügst, gegen deine Überzeugung von Ehre und Pflicht gehandelt zu haben? – Niedrig handelt das Weib, das den Mann herabzuziehen sucht von den Wegen, die sein Bewusstsein ihm zu verfolgen befiehlt. – Wir müssen im Gegenteil den Mann unserer Liebe anspornen und begeistern, stets würdig zu handeln des hohen Ideals der Ehre, das er in seinem Innern trägt.«

Sie blickte wie träumend vor sich hin.

»Als Herkules am Scheidewege stand,« sprach sie dann mit leiserer Stimme, »da war es die himmlische Gestalt, welche ihn auf den rauen Weg der Ehre und Pflicht wies, und himmlisch soll ja der Beruf eines edlen Frauenherzens in seiner Liebe sein.

»Du hast recht, tausendmal recht, mein Geliebter,« rief sie dann mit gehobenem Ton, »wir werden warten, bis deine Pflichten dir erlauben, ohne Schamröte glücklich zu sein – o, ich liebe dich mehr wegen deiner edlen Zögerung, als wenn du nur an das Glück des Augenblicks gedacht hättest, und nie soll deine Liebe zu mir dich mit den Geboten der Ehre in Widerspruch bringen.«

Der Leutnant senkte das Haupt.

Eine dunkle Röte erschien auf seiner Stirn.

War es der Schmerz, dass er sein Glück, das ihm so nahe winkte, hinausschieben müsse?

War es die Scham, dass in seinem innersten Herzen noch andere Gedanken und Gefühle wogten, als diejenigen, welchen Helene eine so edle und begeisterte Anerkennung ausgesprochen hatte?

»In kurzer Zeit vielleicht,« sagte er mit etwas unsicherer Stimme, »wenn das Leben und die Verhältnisse der Emigration in Frankreich geordnet sind, oder der König vielleicht anderweitig für die Leute zu sorgen Gelegenheit findet, dann werde ich von allen meinen Pflichten frei sein, und dann, meine Helene, – dann –« »Dann werden wir glücklich sein, ohne Stachel im Herzen,« flüsterte Helene, indem sie mit den Lippen seine Stirn berührte und dann mit einem glücklichen Lächeln dem noch immer finster dasitzenden Oberamtmann die Hand reichte.

Ein leichter Husten ließ ihre Brust erzittern. Sie bog sich wie schmerzhaft zusammen und presste die Lippen aufeinander.

Erschrocken blickte der Leutnant zu ihr auf, aber schon lag wieder das heitere ruhige Lächeln auf ihrem Munde.

Der alte Herr stand auf.

»Ihr seid mir ein merkwürdiges Paar,« sagte er, zwar ein wenig besänftigt, aber noch immer mit einem Klange von Unzufriedenheit in der Stimme, »solche Subtilitäten kannte man zu meiner Zeit nicht – die Mama wird recht traurig sein –«

»Die Mama wird mich und ihren Sohn vollständig verstehen,« sagte Helene mit einem aus schwärmerischer Begeisterung und schalkhafter Neckerei gemischten Ausdruck.

»Ihr seid ja immer einig gegen den alten Papa,« erwiderte der Oberamtmann lächelnd.

Ein Kellner des Hotels trat ein und meldete, dass für die Herrschaften im kleinen Speisesaal serviert sei.

Fräulein von Wendenstein erschien an der Tür des Nebenzimmers.

»Nun zu Tische,« rief der alte Herr, wieder bei vollständig guter Laune, »mögen die Zeiten so schlecht sein, wie sie wollen, durch ein ordentliches Stück Roastbeef und ein Glas guten Wein können sie niemals schlechter werden. – Da ihr so lange getrennt gewesen seid,« sagte er zu seinem Sohn, »so will ich dir heute Helene abtreten, obwohl es eigentlich mein Recht wäre, sie zu Tische zu führen.«

Er reichte seiner Tochter den Arm und führte sie die Treppe zum Speisesaal hinab.

Der Leutnant folgte mit seiner Braut.

Die prachtvollen Räume des Kursaals im Stadtpark in Wien strahlten am Abend desselben Tages im tageshellen Glanze unzähliger Gasflammen und Kerzen. Berittene Gendarmen hielten die Ordnung aufrecht vor dem Kursaal und in dichten Reihen fuhren von neun Uhr an Wagen auf Wagen vor dem großen Portal vor, umdrängt von noch zahlreicheren Fußgängern, welche dem festlich erleuchteten Bau zuströmten.

König Georg V. versammelte hier zu dem Feste seiner silbernen Hochzeit die Getreuen aller Stände, welche so zahlreich aus Hannover herübergekommen waren, und die Ausschmückung der an sich schon so schön dekorierten Räume des Stadtparks ließ den ganzen Glanz des versunkenen hannoverischen Königtums noch einmal in hellen Strahlen aufleuchten.

In dem großen Mittelsaal, einem Meisterwerk der Architektur, waren die wunderbaren reichen und schönen Schätze der hannoverischen Silberkammer, dieser Jahrhunderte alten Sammlung der englischen Könige aus dem hannoverischen Hause, ausgebreitet. Man sah dort den Tafelaufsatz mit dem heiligen Georg, der den Drachen niederschlägt, viele kostbare Schilder und Pokale, das Taufbecken aus massivem Golde und den prachtvollen ostfriesischen »Upstallsboom«, drei große Eichen aus Silber mit neunzigtausend beweglichen Blättern, unter denselben einen Ritter mit dem Schwert, das Sinnbild der ausübenden Gerechtigkeit. Die zahllosen Silbergeschirre dieses Schatzes, wie ihn kaum ein fürstliches Haus in Europa zum zweiten Male aufzuweisen imstande ist, waren auf den reichen, mit den erlesensten Speisen und Weinen besetzten Büfetts aufgestellt. Unter der Kuppel, welche, der Hauptwand gegenüber, eigentlich für das Orchester errichtet war, erblickte man eine hohe Estrade, auf welcher die zur silbernen Hochzeitsfeier eingelaufenen Geschenke ausgebreitet waren. Hier sah man das große, reich verzierte Album, welches die dem König in die Verbannung Gefolgten mit ihren Bildnissen geschenkt hatten. Hier sah man prachtvolle Gaben des reichen, hannoverischen Adels, hier sah man aber auch kleine, unbedeutende Gaben aus den Kreisen des Volkes, – unscheinbare Stickereien, Leinengewebe und viele kleine Dinge, welche rührend ansprachen, da sie den Beweis lieferten für die innige Teilnahme, die dem gefallenen Könige aus dem Lande seiner Väter in die Verbannung gefolgt war.

In diesen so glänzenden Räumen bewegte sich eine zahlreiche und unendlich verschiedene Gesellschaft. Man sah die Galauniformen des früheren hannoverschen Hofes im Glanz der reichen Goldstickerei. Daneben die hannoverischen Bürger und Bauern in der einfachen Sonntagstracht ihres Standes. Man sah die Damen der ersten hannoverischen Familien in reichen Hoftoiletten und daneben die einfachen Frauen des Landes in schlichtem Busentuch und weißer Schürze. Es war eben ein Bild des ganzen Volkes, das seinem früheren Könige zu seinem schönen Familienfeste einen Gruß liebevoller Erinnerung gesendet hatte. »Alle diese verschiedenen Gruppen bewegten sich durch die Säle in auffallender Stille, man hörte nur das dumpfe Murmeln flüsternder Stimmen. Es lag über all diesem Glanz ein Hauch tiefer Wehmut, und alle diese Herzen empfanden mehr oder weniger deutlich, dass hier das glänzende Leichenbegängnis eines tausendjährigen Königtums sich vollziehe.

Außer den Hannoveranern waren nur wenige Österreicher zu dem Feste geladen, niemand aus den Kreisen des Hofes und der Diplomatie, – es sollte eben ein rein häusliches Fest sein und bleiben und der österreichischen Regierung keine Verlegenheit bereiten. Vorzugsweise waren es Vertreter der Wiener Presse, welche hier gegenwärtig waren, und einer dieser Fremden, ein junger Mann mit intelligentem, scharf geschnittenem Gesicht von dunklem slawischen Typus, stand an die Türe des Saales gelehnt und ließ seinen Blick mit trauerndem Ausdruck über die Versammlung schweifen, während er sich mit einem Manne von ungefähr zweiunddreißig Jahren, in der Uniform der hannoverischen Diplomatie, unterhielt, dessen rosig frisches Gesicht mit dichtem blond gelockten Haar und kleinem zierlichen Bart ihn noch jünger erscheinen ließ.

»Der Anblick dieser Versammlung macht mich tieftraurig, Herr Graf,« sagte der Doktor Pribro, ein talentvoller Journalist böhmischer Abkunft, »wollte Gott, dass allen Herrschern auf den Thronen Europas so große Anhänglichkeit bewiesen würde, als hier ein kleines treues Volk dem gefallenen Könige entgegenträgt.«

»Gerade diese Treue und Anhänglichkeit«, erwiderte lebhaft der Graf Georg Platen, der Neffe des Ministers des Königs Georg, »ist eine Bürgschaft dafür, dass die Dynastie nicht für immer gefallen ist. Wo ein solches Band der Liebe den Fürsten und das Volk vereinigt, da kann eine dauernde Trennung nicht stattfinden.«

Der Doktor Pribro blickte den Grafen etwas erstaunt an und schüttelte mit traurigem Ausdruck den Kopf.

»Sie glauben also wirklich«, sagte er, »ernsthaft an eine Wiederherstellung des hannöverischen Thrones, Sie glauben, dass die Agitationen, welche jetzt in Hannover geschehen, zu einem Resultat führen könnten?«

»Zuversichtlich!« rief der Graf Platen, »das glaubt der König, und wir alle arbeiten für seine Sache und sein Recht, in dem vollen Bewusstsein zwar, dass wir etwas unendlich Schwieriges unternommen haben, doch auch mit dem Glauben an den endlichen Sieg, wenn die Verhältnisse nur einigermaßen sich günstig gestalten.«

»Der König glaubt an den Sieg seines Rechts,« sagte der Doktor Pribro, »und er hat wohl auch den festen Stolz und unbeugsamen Mut, um den Kampf für sein Recht, den er unternommen, bis auf das Äußerste durchzuführen. Auch hat er treue und gewandte Diener, die sich rücksichtslos für ihn exponieren, aber«, fuhr er fort, »Ihre Dynastie steht auf vier Augen, – hat Ihr junger Prinz die Eigenschaft, der Erbe einer solchen Aufgabe zu sein, wie sie der hohe Mut seines königlichen Vaters sich gestellt hat?«

Er blickte forschend in das Gesicht des Grafen Platen.

Dieser schlug die Augen zu Boden und schwieg einen Augenblick.

»Der Prinz ist jung,« sagte er dann, »sein Charakter wird sich bilden, sein Geist sich entwickeln. – Übrigens«, fuhr er lebhafter fort, »liegt die Sache des Welfenhauses nicht so ausschließlich in den persönlichen Eigenschaften seiner Vertreter, es ist eine Sache der Selbstständigkeit des deutschen Volkes, und wenn alle die Elemente, welche im letzten Kampfe unterlegen sind, sich wieder aufraffen, die endliche Entscheidung der deutschen Frage herbeizuführen, wenn Österreich –«

»Österreich?« – rief der Doktor Pribro, ihn lebhaft unterbrechend. »Glauben Sie, dass Österreich jemals wieder den Wahnsinn begehen könnte, den Kampf vom vorigen Jahr von Neuem aufzunehmen?«

Graf Platen blickte ihn befremdet an.

»Nun,« sagte er dann, »ich meinesteils kann es nicht glauben, dass eine Macht, welche jahrhundertelang an der Spitze Deutschlands gestanden hat, sich durch einen einzigen Feldzug für immer aus dem Lande ihrer früheren Herrschaft sollte hinauswerfen lassen. – Man hat hier doch auch Verpflichtungen gegen Deutschland, Verpflichtungen gegen die Bundesgenossen –«

»Die erste Verpflichtung eines jeden Staates«, rief Doktor Pribro, »ist die Selbsterhaltung, und Österreich würde bei einem neuen Kriege unfehlbar in zersplitternde Trümmer auseinanderfallen. Wir brauchen wenigstens zehn Jahre, um uns von dem Schlage von 1866 zu erholen. Die Pflicht eines jeden Österreichers ist es, unsere Regierung von jeder abenteuerlichen Revanchepolitik zurückzuhalten.«

»Doch die innere Kraft Österreichs erstarkt ja mächtig unter dem neuen Regiment,« sagte Graf Platen, »wie Ihre Journale beteuern, und alle Freunde des Herrn von Beust versichern. Wozu wäre diese Regeneration der Staatskräfte, wenn sie nicht dazu benützt würde, dem Kaiserstaat seine historische Stellung wieder zu erobern?«

»Regeneration der Staatskräfte?« sagte Doktor Pribro mit leichtem Achselzucken. – »Ja, den guten Willen hat man gewiss dazu, – der Kaiser vor allem, Herr von Beust nicht minder – aber es wird halt etwas langsam damit gehen.«

»Das sagen Sie mir?« rief Graf Platen lebhaft, »und Sie haben mir doch noch vor einigen Tagen mit so vieler Schärfe und Klarheit Ihre Ideen über die Wiedergeburt Österreichs entwickelt, Ideen, die mich durch ihre überzeugende Logik lebhaft frappiert haben! Warum«, fuhr er fort, »bringen Sie Ihre Gedanken über die Organisation der Verwaltung, über die ökonomische Verwertung der reichen produktiven Kräfte Ungarns nicht in ein Memoire? Herr von Beust würde Ihnen unendlich dankbar dafür sein.«

»Ich habe dazu keine Gelegenheit,« – erwiderte Doktor Pribro zögernd.

»So geben Sie Ihr Memoire mir,« rief Graf Platen lebhaft, »ich werde es an Herrn von Beust gelangen lassen!«

»Um Gottes willen, Herr Graf,« rief Doktor Pribro erschrocken, »machen Sie keinen Gebrauch von unserer Unterhaltung, – das würden mir ja die Hofräte nie verzeihen.«

»Die Hofräte?« fragte Graf Platen erstaunt. – »Welche Hofräte?«

»Nun, alle diese Bureauchefs in den Ministerien,« erwiderte Doktor Pribro, »welche an die alte Verwaltungsmaschine gewöhnt sind und jede Neuerung scheuen wie die Sündflut. Würden sie ahnen, dass ich mich mit solchen Gedanken von Neuerungen beschäftige, – ich wäre ihrer ewigen Feindschaft gewiss, und ich bin nicht unabhängig genug, diese Feindschaft zu ertragen.«

»Was brauchen Sie die Feindschaft der Hofräte zu fürchten,« rief Graf Platen, »wenn Herr von Beust Ihre Ansichten billigt und seine Hand schützend über Sie hält?«

Ein eigentümliches Lächeln spielte um die Lippen des Doktor Pribro.

»Herr Graf,« sagte er, »ich kann nicht wissen, ob der Herr von Beust im nächsten Jahre noch Reichskanzler von Österreich ist, und ob sein Schutz dann noch eine Macht hat. – Was ich aber ganz gewiss weiß, ist, – dass die Hofräte in zehn Jahren noch an ihrem Platze sein werden. Es wäre also gewiss sehr töricht, sich einer vielleicht ephemeren Macht zu Gefallen die Feindschaft der bleibenden Träger der Herrschaft auf den Hals zu laden.«

Graf Platen blickte starr in das Gesicht des Sprechenden.

Bevor er etwas erwidern konnte, ging eine rasche und lebhafte Bewegung durch die Versammelten. Alles drängte der Eingangstür zu, in welcher der Graf Wedel erschien und den großen Stab des Hofmarschalls auf den Boden stieß. Das Orchester intonierte das »God save the King« Die Königin am Arm erschien die hohe Gestalt Georgs V. in der großen hannoverischen Generaluniform, das rote Band des St. Georgsordens über der Brust, das Kommandeurkreuz des Maria-Theresien-Ordens um den Hals, daneben die Medaille von Langensalza.

Hinter dem königlichen Paar erschien der Kronprinz, in der früheren Uniform der hannoverischen Gardehusaren, zwischen seinen beiden Schwestern.

Hoch und stolz trat die Prinzessin Friederike in den Saal, ihre königliche Haltung war überhaucht von dem Duft zarter Weiblichkeit. Sie trug ein weißes Kleid aus leichtem Stoff, in welchen goldene Sonnen gewebt waren, in dem reichen aschblonden Haar glänzte ein Blumenkranz aus großen Opalen und Diamanten. In ihren großen leuchtenden Augen stammte der ganze fürstliche Stolz des tausendjährigen Geschlechts Heinrichs des Löwen, und der Blick, den sie über die Versammlung gleiten ließ, war der einer zum Herrscher geborenen Königin.

Schüchtern und fast ängstlich trat ihre jüngere Schwester Marie, ebenfalls gelb und weiß gekleidet, in den Saal.

Ein lauter und brausender Hochruf begrüßte die königliche Familie. Einzelne Stimmen begannen, und bald fiel die ganze Versammlung einstimmig in die Klänge des Liedes ein, das die Musik spielte.

Der König war bis zur Mitte des Saals vorgegangen.

Hier blieb er stehen und lauschte, – tiefe Rührung auf dem schönen, edel geschnittenen Gesicht, – dem Gruß der Liebe, der ihm entgegenklang. Die Königin und die Prinzess Marie hielten die Taschentücher vor die Augen und weinten leise – die Prinzessin Friederike blickte voll Liebe auf ihren Vater hin und biss die schönen Zähne auf die Lippen mit dem Ausdruck stolzen Mutes. Der Kronprinz sah nach den nächststehenden Gästen hinüber und nickte freundlich dem einen oder andern Bekannten zu.

Nachdem die erste Erregung, welche die Erscheinung des Königs hervorgerufen, vorüber war, machten die Herrschaften ihren Cercle und wechselten mit unermüdlicher Leutseligkeit die freundlichsten Worte mit den Herren und Damen des Hofs sowie mit allen den einfachen Leuten, die hier zum ersten Male in der Atmosphäre eines Hoffestes erschienen.

Dann aber trat der König an das Büfett, ließ sich einen mit Rheinwein gefüllten Pokal reichen und trank auf das Wohl seiner Gäste.

»Dank, Dank«, rief er mit lauter Stimme, »für eure Treue, die belohnt werden wird. In der Geschichte meines Hauses finden sich Beispiele von exilierten Fürsten, die wieder in die Heimat zurückgekehrt sind; der Ahnherr meines Hauses musste sein Land verlassen und kehrte wieder; ihr alle wisst, dass viele eurer Väter zehn Jahre lang in der Fremde leben mussten und dann doch wiederkehrten. So gibt mir die Vorsehung die Berechtigung zu dem Glauben, dass ich als freier und unabhängiger König wieder nach Hannover zurückkehren werde. Ich fordere euch auf, zu trinken auf die Wiederherstellung des Welfenreiches, des Welfenthrones, auf meine Rückkehr in eure Mitte. Gott gebe eine baldige Auferstehung des Thrones von Hannover, meine Rückkehr zu einem Volke, dessen Treue und Anhänglichkeit ein leuchtendes Vorbild sein könnte für alle Völker der Erde. Ein Hoch auf unser baldiges Wiedersehen im Welfenreiche!«

Der König schloss mit dem althannöverischen Rufe:»Hep, hep, Hurra!« und:»Hurra, Hurra!« tönte es brausend durch die Säle. Alle Anwesenden waren tief ergriffen, und die große Mehrzahl derselben fasste in der Bewegung des Augenblicks die Worte des Königs wie eine prophetische Verkündigung der Zukunft auf.

Der Pokal, aus welchem der König getrunken, wurde von Neuem gefüllt und machte die Runde durch die Versammelten; das Souper begann und trotz der allgemein bewegten, aus Rührung und Begeisterung gemischten Stimmung verleugnete sich der niedersächsische Nationalcharakter nicht, und alle die guten Dinge, welche die silberschweren Büfetts darboten, fanden freudige Anerkennung und schnelle Vertilgung.

Die Stunden vergingen schnell. Der Jubel des Festes wurde lauter und lauter. In der Tür des Nebenzimmers stand der Regierungsrat Meding im Gespräch mit dem Prinzen Philipp von Hanau, Offizier in der Leutnantsuniform der österreichischen Kürassiere, das rote Band des Löwenordens über der weißen Uniform. Das jugendlich frische, geistvolle Gesicht des hoch und schlank gewachsenen jüngsten Sohnes des Kurfürsten von Hessen zitterte vor tiefer Bewegung. Er blickte mit dem Ausdruck inniger Teilnahme nach den königlichen Herrschaften hinüber.

»Ich habe eine unendliche Liebe und Verehrung für Ihren allergnädigsten Herrn,« sagte der Prinz, »ich könnte für ihn mein Leben einsetzen – wie doch alles, was er tut, so königlich und edel ist! Gott gebe nur, dass seine Wünsche erfüllt werden und alle großen Anstrengungen des Kampfes, welchen er unternommen, zum Siege führen mögen. – Jedenfalls wird dieses Fest«, fuhr er fort, »mächtig dazu beitragen, die Treue und Beharrlichkeit der Hannoveraner zu stärken. Alle Gäste, die heute hier versammelt sind, werden neue Begeisterung in die Heimat zurückbringen.«

»Mit alledem aber,« sagte der Regierungsrat Meding ernst, »mit alledem wird der Sache des Königs nichts genützt, – wenigstens gewiss kein dauernder Erfolg erzielt werden, wenn die Sache der entthronten Fürsten nur eine Frage des legitimen Rechts bleibt, wenn sie nicht innig verbunden wird mit den großen Prinzipien, welche das Leben der Völker bewegen und welche die Zukunft zum Siege führen muss. Sehen Sie, Prinz,« fuhr er fort, – »demjenigen wird der Sieg in diesem Kampf um die Zukunft Deutschlands zufallen, der es verstehen wird, die großen Grundsätze wahrer Freiheit und wahrer Selbstbestimmung des Volkes aufrichtig und kräftig zu vertreten, und der sich von diesen Grundsätzen, denen nichts widerstehen kann, emportragen lässt. In diesem Augenblick,« sprach er weiter, indem sein Blick achtlos über die dichte Menschenmenge in den Sälen hinglitt, – »in diesem Augenblick tritt die preußische Regierung jenen Grundsätzen rücksichtslos scharf entgegen, – sie muss es, um zu erhalten, was sie gewonnen hat, – um die Konsequenzen der Annexionen durchzuführen, – dieser Annexionen, die nach meiner Überzeugung ein politischer Fehler waren. – Hätte im August 1866 Preußen den Kaiserthron der Hohenstaufen wieder aufgerichtet, – die jubelnde Begeisterung des deutschen Volkes hätte diese Tat begleitet. – Jetzt aber muss man dort der freien Bewegung in vielen Richtungen entgegentreten, und doch wird das Ringen nach freier Selbstständigkeit im deutschen Volke mächtiger und mächtiger. Wenn die entthronten Fürsten neben der alten Anhänglichkeit ihrer Völker diesen Geist der Freiheit ehrlich und fest zu ihrem Bundesgenossen machen und mit diesem Geist ihr Recht vermählen, dann werden sie in kurzem eine gewaltige Macht sein, – und bei der nächsten Katastrophe, mag sie nun von außen hereinbrechen, mag sie aus dem inneren Leben des Volkes heraus sich entwickeln, wird diese Macht zu entscheidender Geltung kommen, sei es, dass man mit ihr zu paktieren gezwungen wird, sei es, dass sie mit den Waffen in der Hand ihre Forderungen durchsetzt. – Wenn man aber,« fuhr er trüben Tones fort, »den einzig möglichen Weg zögernd und mit halbem Herzen geht, wenn man auch in der Verbannung und im Unglück noch die alten Vorteile behält, – wenn dann vielleicht ein Augenblick kommt, in welchem man in Berlin sich kühn und rücksichtslos auf die Seite der nationalen Einheit und Freiheit stellt, – dann, mein Prinz, werden alle die Hoffnungen, welche diese Herzen hier erfüllen, zu leichten Seifenblasen werden, welche der Atem der Weltgeschichte in nichts verweht.«

»Und glauben Sie,« sagte der Prinz Philipp, »dass man sich in Berlin je zu einer solchen Auffassung erheben könne?«

»Sie widerspricht ein wenig der preußischen Tradition,« erwiderte der Regierungsrat Meding, – »aber ich halte den Grafen Bismarck jedes großen Ideenaufschwungs für fähig – kann er den preußischen Partikularismus überwinden, so wird er Sieger bleiben. – Sie wissen, dass Trabert hier ist?« fragte er nach einer augenblicklichen Pause, während deren der Prinz sinnend vor sich hinblickte.

»Ich habe es gehört,« erwiderte Prinz Philipp, – »das ist auch ein Mann, dem man großes Unrecht getan hat.«

»Wie vielen,« – sagte der Regierungsrat Meding seufzend, – »o, wenn man es zur rechten Zeit verstanden hätte, die Bewegung der Geister im deutschen Volke zu lenken! – Ich werde Trabert morgen sehen,« fuhr er fort, – »es wäre sehr gut, wenn der Kurfürst mit ihm in Verbindung träte; – als ich vor einigen Tagen in Prag war, fand ich Seine Königliche Hoheit sehr gut disponiert für eine Verbindung mit den Vertretern der freien Selbstständigkeit des deutschen Volkes, – und der Kabinettsrat Schimmelpfennig besonders schien mir sehr lebhaft diesen Gedanken zu erfassen. Es regt sich ja auch bei Ihnen in Hessen mächtig – aber all dieser negativen Bewegung muss eine große Fahne gegeben werden, welcher die Begeisterung des Volkes folgt.«

»Sie haben recht – sehr recht,« sagte der Prinz nachdenklich, – »ich werde versuchen, was möglich ist, – jedenfalls werde ich mit Trabert sprechen. Apropos,« sagte er dann, – »wissen Sie, dass die vortreffliche Pepi Gallmeier bei der Vorstellung, die der König morgen im Karltheater für seine hannoverischen Gäste geben lässt, ganz in den hannoverischen Landesfarben – gelb und weiß erscheinen wird, – das wird den Leuten große Freude machen –«

»Fräulein Gallmeier ist eine ausgezeichnete Person, die für mich eine große sympathische Anziehungskraft hat,« – sagte der Regierungsrat, – »ich bin ihr platonischer Verehrer.«

Der Prinz lachte herzlich.

»Die Herrschaften werden aufbrechen,« sprach er dann, als eine Bewegung in der Menge nach der Tür hin bemerkbar wurde, – »wie wäre es, wenn wir zu Sacher gingen und nach der Anstrengung des Abends in stiller Ruhe einige Dutzend Austern schlürften?«

»Und so in würdiger Weise den Morgen erwarteten,« – sagte Herr Meding lachend. – »Sie wissen, Prinz, dass ich zu einem solchen Vorschlag niemals Nein sage, – sehen Sie, da kommt der kleine George Platen, – den müssen wir mitnehmen, – die Herrschaften gehen fort, – also – brechen wir ebenfalls auf.« Beide verließen mit dem Grafen Platen, der sich ihnen bereitwilligst anschloss, den Kursaal, stiegen in einen der draußen haltenden Fiaker und fuhren in schnellem Trabe nach dem eleganten Lokal des Sacherschen Restaurants dem neuen Opernhause gegenüber.

Viertes Kapitel

Am Morgen nach den Festlichkeiten im Stadtpark hielt ein kleiner soge-
nannter Komfortable, dieses Gefährte zweiter Klasse, unter den öffentlichen Kommunikationsmitteln Wiens, vor einem Hause in der Hauptstraße von Hietzing, welches, hinter großen Bäumen zurücktretend, nach
außen hin fast ganz versteckt im Garten dalag.

Ein nicht großer, sehr einfach gekleideter Mann in den fünfziger Jahren
stieg aus.

Er trug in seinen etwas welken Zügen die Spuren der Sorgen und geistigen Arbeit, – die dünnen Lippen waren zwar geschlossen, aber zeigten
doch durch ein unwillkürlich zuckendes Muskel- und Nervenspiel, dass
sie sich wohl möchten öffnen können, zu lebendig geistvoller Beredsamkeit. Die klaren grauen Augen blickten voll Intelligenz und Schärfe,
wenn auch etwas ermüdet, unter dem Rande des kleinen runden Hutes
hervor, der das ergraute dünne Haar bedeckte.

Mit kleinen, etwas unsicher schwächlichen Schritten ging dieser Mann
durch den Vorgarten und stieg eine Treppe im Hause hinauf zu der
Wohnung des Doktor Elster, des Finanzbeamten der königlichen Hof-
verwaltung.

Auf den Ton der Glocke, welche er zog, erschien Herr Elster selbst, begrüßte den Angekommenen herzlich und führte ihn in sein Zimmer, in
welchem sich bereits der Regierungsrat Meding befand, in einen Fauteuil
zurückgelehnt und die Wiener Morgenjournale durchblätternd.

Der Regierungsrat erhob sich und trat dem Angekommenen in artigster
Höflichkeit entgegen.

»Herr Trabert,« sagte der Doktor Elster, den Fremden vorstellend, »der
gern die Freundlichkeit gehabt hat, zu einer Unterredung mit Ihnen he-
rauszukommen.« »Ich freue mich,« sagte der Regierungsrat Meding,
»einen Mann kennenzulernen, dessen bisherige politische Tätigkeit ihn
auf eine, meinen politischen Überzeugungen und Pflichten entgegenste-
hende Seite gestellt hat, dessen Charakter und Gesinnung mir jedoch
stets die höchste Achtung eingeflößt hat.«

Die Herren setzten sich.

Herr Trabert blickte scharf beobachtend mit einer gewissen Zurückhaltung aus seinen klaren Augen herüber.

»Die Achtung vor den Überzeugungen politischer Gegner ist stets einer meiner ersten Grundsätze gewesen«, sagte er dann. – »Leider ist man auf Ihrer, und – ich muss es einräumen – oft auch auf unserer Seite von diesem Grundsatz abgewichen.«

»Der politische Kampf bringt eben Erbitterungen mit sich,« erwiderte Herr Meding, »welche tief beklagenswert sind und der Ermittlung der objektiven Wahrheit großen Schaden tun. Da wir beide,« fuhr er in verbindlichem Ton fort, »von solchen Vorurteilen frei sind, so werden wir uns um so leichter verständigen können.«

»Wir haben einen gemeinsamen Gegner,« sagte Herr Trabert, indem seine Züge sich in geistiger Bewegung belebten, »ich vertrete das Recht des Volkes, die demokratischen Forderungen der Zeit – Sie das legitime Fürstenrecht. Beide sind durch die Ereignisse des Jahres 1866 schwer verletzt. Selbstständige Staatsbildungen sind ohne Achtung vor dem autonomischen Selbstbestimmungsrecht des Volkes zerstört, und legitime Throne sind umgestoßen. Wäre dies geschehen im Namen der Freiheit für das Volk und durch das Volk, ich würde, wie ich Ihnen aufrichtig gestehe, nichts dagegen zu erinnern finden, jetzt aber ist es geschehen zugunsten einer andern Macht, welche an wahrer Freiheit dem Volke eher weniger als mehr bietet im Vergleich mit den gestürzten Regierungen – ein straffer Militarismus hält jede freie Bewegung nieder, und was das Traurigste ist, Deutschland bleibt gespalten.

»Wir fuhr er fort, »das heißt die wahre und aufrichtige Demokratie, welche der Macht und dem Erfolge keinen nationalliberalen Weihrauch zu streuen gesonnen ist, müssen daher daran arbeiten, dass das Werk eines plötzlichen und überraschenden Militärerfolges wieder zerstört, Deutschland zu einer einigen und freien nationalen Organisation geführt werde. Sie Ihrerseits haben dasselbe Interesse, das Werk des Militarismus zu zerstören und Ihrem Fürsten wieder zu ihrem Recht zu verhelfen. Unsere Wege gehen also eine Zeit lang zusammen im Kampf gegen den gemeinschaftlichen, für den Augenblick übermächtigen Gegner, – wir gebieten beide über eine nicht unbedeutende Summe intelligenter Kräfte – wir unsererseits greifen hinab in die Tiefen des Volkes – Sie haben die Verbindungen mit den Kabinetten und die größeren materiellen Mittel – wenn wir unsere Kräfte und unsere Arbeit vereinigen, so potenzieren sich die Aussichten auf den siegreichen Erfolg. Hierin sehe ich die Grundlage einer Verständigung, eines gemeinschaftlichen Handelns, eines Bündnisses gegen den gemeinschaftlichen Gegner.«

Der Regierungsrat Meding hatte mit gespannter Aufmerksamkeit den Worten zugehört, welche der Märtyrer des hessischen Verfassungskampfes mit leisem, aber eindringlichem Ton gesprochen.

»Ich stimme vollkommen mit Ihrem Ideengange überein«, sagte er, »und erkenne den Standpunkt gemeinschaftlichen Kampfes gegen den gemeinschaftlichen Gegner in vollem Maße an, nur möchte ich mir erlauben, einen bedeutenden Schritt weiterzugehen, denn Ihre Auffassung der Sachlage erscheint mir – ich bitte um Verzeihung – ein wenig zu eng und zu kalt.

»Führt uns«, fuhr er fort, »bloß die Abwehr des gemeinsamen Feindes zusammen, so hat unsere Verbindung nur eine negative Basis, und eine solche ist schwach und gebrechlich. Wir würden uns vereinigen, um einen gemeinsamen Feind zu stürzen, mit dem Hintergedanken, uns dann wieder als erbitterte Gegner untereinander zu bekämpfen. Ich traue einem solchen Bündnisse, welchem vor allem der stärkste Kitt, das gegenseitige Vertrauen, fehlt, keine große Kraft zu, namentlich einer so gewaltigen, kompakt geschlossenen Macht gegenüber, wie diejenige unserer Gegner es ist.

»Außerdem aber«, sprach er weiter, indem der Ton seiner Stimme eine wärmere Nuance annahm, »muss ich Ihnen aufrichtig bekennen, dass ein Bündnis auf solcher Grundlage in diesem Falle meinem Gefühl widerstrebt. Ein Bündnis mit dem Hintergedanken späterer Kämpfe mag abgeschlossen werden zur Erreichung eines unmittelbaren Zweckes zwischen zwei Kabinetten, welche sich in eifersüchtiger Rivalität gegenüberstehen; wo aber das Fürstenrecht mit dem Recht des Volkes sich verbinden will, diese beiden Rechte, welche ja in Deutschland, Gott sei Dank, eine und dieselbe Wurzel haben, da sollte kein Hintergedanke bestehen und die Basis des Bündnisses keine Negation sein. Wenigstens sollten wir versuchen, diejenigen Gesichtspunkte zu finden, unter denen die monarchische Legitimität und die wahre Demokratie auch nach der Überwindung ihrer gegenwärtigen Gegner in positiver und fruchtbarer Verbindung bleiben können zum Heil des öffentlichen Volkslebens.«

Herr Trabert zuckte unwillkürlich mit der Achsel, ein leichtes Lächeln spielte um seine Lippen – indessen verneigte er sich artig, durch seinen

Blick und den Ausdruck seiner Züge andeutend, dass er zu hören bereit
sei.

»Ich finde«, fuhr der Regierungsrat Meding fort, »das Recht der legitimen Monarchie mit den Rechten des Volkes und den Forderungen einer
aufrichtigen und vernünftigen Demokratie durchaus nicht unvereinbar,
im Gegenteil scheinen mir beide durch eine ehrliche Verbindung an
Kraft zu gewinnen. – Das monarchische Recht, wenn es sich von den
Forderungen der Zeit abschließt und den Fortschritt der Volksentwick-
lung ignoriert, führt zur Stagnation, zur Erstarrung und damit zur Vernichtung alles gesunden öffentlichen Lebens. – Die demokratische Bewegung aber, wenn sie, vom monarchischen Boden getrennt, vorwärts-
geht, muss zu republikanischen Zielen führen. Glauben Sie,« fuhr er fort,
»dass solche Ziele ohne gewaltige Erschütterungen erreichbar sind, Erschütterungen, bei denen, wie die Geschichte aller Revolutionen zeigt,
oft mehr von wahrer Freiheit verloren geht, als unter absoluter Regierung? Glauben Sie, dass überhaupt eine Republik in Deutschland möglich sei? Und vor allem fürchten Sie nicht, dass einer gewaltsam herge-
stellten Republik, den Lehren der Geschichte gemäß, die Militärdiktatur
folgen müsse? Liegt in einer solchen Perspektive, deren Berechtigung Sie
gewiss nicht bestreiten werden, nicht eine größere Gefahr für die demokratische Freiheit des Volkes, als in der verfassungsmäßigen Entwicklung der monarchischen Staatszustände?

»Ich bin,« fuhr er nach einer augenblicklichen Pause fort, während Herr
Trabert mit nachdenklich niedergeschlagenem Blick die Finger seiner
kleinen Hände gegeneinander schlug, – »ich bin gewiss kein Gegner der
republikanischen Staatsformen an sich; würden wir heute darüber zu
debattieren haben, welche Staatsform einer neu zu bildenden menschlichen Gesellschaft zu geben sei – ich würde mich vielleicht für die Republik entscheiden. Für mich aber ist diese Frage nicht offen, für mich ist
die Monarchie etwas Gegebenes, zu Recht Bestehendes, von der Geschichte der Jahrhunderte Überkommenes, ein Recht und eine Form, zu
der ich nach Überzeugung und Pflicht zu stehen habe. Wenn ich nun die
Berechtigung der Demokratie und des Fortschritts im Völkerleben in hohem Grade anerkenne, wenn ich überzeugt bin, dass nur die wahre Demokratie befruchtend auf das Wesen der Geister einwirken könne, so
muss ich doch wünschen und dafür streben, dass die Blüten und Früchte
der demokratischen Freiheit auf dem alten Rechtsboden der Monarchie
erzogen werden, weil sie dort allein die Sicherheit dauernden Bestandes
finden können, und in dieser Auffassung liegt für mich die Grundlage

zu einem Bündnis zwischen der Legitimität und der Demokratie, auch über die Grenzen des Kampfes gegen den gemeinschaftlichen Gegner hinaus, – zu einem Bündnis, dessen Wirkungen sich immer segensreicher für das öffentliche Leben der Völker gestalten müssen. Es kommt nur darauf an, sich über dasjenige zu verständigen, was Sie zur demokratischen Entwicklung der Freiheit für notwendig halten: Ich bin überzeugt, dass bei ruhiger Erörterung das alles vom Standpunkt der legitimen Monarchie aus unbedenklich zugestanden werden kann.«

Herr Trabert schlug langsam den Blick empor.

»Ich habe«, sagte er, »durch meine ganze politische Tätigkeit gezeigt, dass ich gewiss kein prinzipieller Gegner der Monarchie bin. In den politischen Kämpfen meines Vaterlandes habe ich fortwährend dahin gestrebt, auf dem Boden einer freien Verfassung in der Monarchie dem Volke die Teilnahme, die berechtigte volle Teilnahme am öffentlichen Leben und an der Leitung seiner eigenen Angelegenheiten zu sichern, und ich verkenne die Gefahren nicht, welche eine republikanische Entwicklung der demokratischen Bewegung für die wahre Freiheit in sich schließt.

»Allein,« fuhr er fort, indem er seinen Blick scharf und forschend auf dem Regierungsrat Meding ruhen ließ, »sind es nicht die Fürsten, welche jede Entwicklung des öffentlichen Lebens in der Art, wie Sie selbst soeben als wünschenswert geschildert haben, unmöglich machen? Haben nicht die Fürsten,« sprach er in erregterem Tone, »stets auch dem kleinsten und bescheidensten Fortschritt sich entgegengestellt, haben sie nicht jede Zugeständnisse an die Rechte des Volkes sich erst durch lange und schwere Kämpfe abtrotzen lassen? Haben sie nicht die Führer in solchen Kämpfen als Hoch- und Landesverräter verfolgt und so ihre Gefängnisse mit den besten Männern ihres Volkes angefüllt? Kann die Demokratie nach solcher Erfahrung an ein ernstes Bündnis mit der fürstlichen Legitimität glauben? Ich möchte fast meinen: nicht das Prinzip der Monarchie ist mit der Demokratie unvereinbar, sondern die Personen der Fürsten, welche von ihrer unnahbaren Höhe nicht herabsteigen wollen, welche dem Volk die Hand nicht reichen wollen, welche sich auf diese Weise selbst zu Feinden des Volkes machen, das gezwungen wird, zur Erreichung seiner edelsten Ziele über sie hinzuschreiten.«

»Es liegt eine tiefe Wahrheit in dem, was Sie sagen,« erwiderte der Regierungsrat Meding ernst, »und wäre diese Wahrheit früher erkannt

worden, es stände wahrlich besser um das öffentliche Leben. Allein,«
fuhr er fort, »seien Sie gerecht – sind es nur die Fürsten gewesen, welche
sich dem Volke feindlich gegenüberstellten? Haben nicht die Führer der
Freiheitsbewegung im Volk fast immer und überall die Personen der
Fürsten von vornherein als die Feinde des Volkes dargestellt, ohne auch
nur den Versuch zu machen, die Wahrheit anders als in der Form gehäs-
siger Angriffe durch die Presse und von der Tribüne an den Thron zu
bringen? Günstiger als jetzt kann die Gelegenheit nie sein, um ein positi-
ves, vertrauensvolles Bündnis zwischen Fürstenrechten und Volksrech-
ten zu schließen. Die durch äußere Kriegsgewalt entthronten Fürsten haben Gelegenheit gehabt, sich zu überzeugen, welch eine tiefe Treue und
Pietät auch für ihre Rechte im Volke lebt. Auch bei Ihnen in Hessen, wo
man nach den früheren öffentlichen Stimmen kaum an eine persönliche
Anhänglichkeit für den Kurfürsten hätte glauben sollen, zeigt sich jetzt
sehr erkennbar, wie tief doch noch das Bewusstsein für das dynastische
Recht im Volke wurzelt.«

Herr Trabert nickte mehrmals mit dem Kopfe.

»Ja, ja,« sprach er, »es regt sich allerseits in Hessen, und ich selbst,« fügte
er hinzu, »muss aufrichtig gestehen, der äußeren Gewalt gegenüber fühle ich mich versucht, den Kurfürsten, der mich hat verfolgen und einker-
kern lassen, zu verteidigen. Es ist das,« sagte er lächelnd, »wie ein Streit
zwischen uneinigen Eheleuten – sie schlagen sich wohl, aber wenn ein
Dritter dazwischenkommt, so werden sie schnell gegen ihn wieder einig.«

Herr Meding lachte.

»Sie sprechen jetzt selbst für meine Auffassung. Wenn aber jetzt,« fuhr er
ernst fort, »die Fürsten zu klarerer und besserer Einsicht über ihre Stellung dem Volke gegenüber kommen, sollte es denn da so schwer sein,
die Grundlage zu einem ernsten und festen Bündnis zu vereinbaren? –
Was,« sagte er, »ist die wesentlichste Bedingung für die Sicherheit eines
wirklich demokratischen Fortschritts im öffentlichen Leben? Meiner Auffassung nach nicht dieses oder jenes Gesetz, nicht dieser oder jener Para-
graf der Verfassung, sondern vielmehr die Garantie dafür, dass das ganze Volk in allen seinen Elementen einen ungeschmälerten, vollen und
maßgebenden Anteil am öffentlichen Leben erhalte. Diese Garantie ist in
dem allgemeinen Wahlrecht ohne alle Einschränkung und in der Berech-

tigung der Volksvertretung zur Initiative auf allen Gebieten des öffentlichen Lebens enthalten.«

Herr Trabert nickte zustimmend mit dem Kopf.

»Ich glaube,« fuhr der Regierungsrat Meding fort, »dass, wenn diese beiden Prinzipien ohne Rückhalt in das Staatsleben eingeführt werden, dass dann der Fortschritt im Sinne der wahren und idealen Demokratie gesichert ist.«

»Wir können weiter nichts verlangen,« sagte Trabert ruhig, – »alles Übrige, die Anwendung der freiheitlichen Grundsätze auf die einzelnen Zustände und die besonderen Fälle bleibt dann der eigenen Arbeit des Volkes überlassen, – hat es nur das volle und ungeschmälerte Recht der Mitwirkung, dann wird es bald in langsamerem, bald in schnellerem Vorgehen sich den stetigen Fortschritt zu sichern wissen.«

»Da sind wir also schon ganz einig,« sagte Herr Meding lächelnd, – »einig in den Prinzipien und haben gar nicht nötig, uns noch über Detailfragen und besondere Punkte zu unterhalten, die sich dann von selbst ergeben.«

»Wir sind einig,« erwiderte Herr Trabert mit Betonung; – »ich zwar kann versichern, dass hinter mir die ehrliche Demokratie steht, und mich nicht desavouieren wird, – aber die Fürsten? – würden sie jenen Grundsätzen beistimmen, – würden sie, wenn ein gemeinschaftlicher Kampf uns zum Siege führte und ihnen die Herrschaft wiedergäbe, – würden sie dann dem Volke die ungeschmälerte und volle Teilnahme an der Leitung der öffentlichen Angelegenheiten zugestehen? Antworten Sie mir aufrichtig ohne diplomatische Umschweife!«

»Ich sage Ihnen als ehrlicher Mann,« erwiderte Herr Meding, – »ich glaube es von meinem Könige, – gibt er sein Wort, so wird er es halten, und wie ich seine Gesinnungen und Anschauungen kenne, ist er überzeugt von der Richtigkeit der Grundsätze, welche Sie selbst soeben als die Grundfundamente alles freiheitlichen und volkstümlichen Fortschritts bezeichnet haben.«

Herr Trabert schwieg längere Zeit.

Gespannt blickte der Regierungsrat Meding in sein ernstes Gesicht.

»Zwischen zwei Parteien,« sagte der hessische Volksmann endlich, –
»welche solange in scharfer und oft erbitterter Gegnerschaft einander
gegenübergestanden haben, kann das Vertrauen, – das volle und ganze
Vertrauen nicht mit einem Augenblick kommen.«

Der Regierungsrat neigte den Kopf.

»Doch erkenne ich an,« fuhr Herr Trabert fort, »dass unser Gespräch die
Elemente zur Herstellung eines solchen Vertrauens und zu einem nützlichen und fruchtbaren Zusammenwirken bietet. Gern bin ich bereit, mit
meinen Freunden in dem hier erörterten Sinne zu wirken.«

Er reichte dem Regierungsrat Meding die Hand. Dieser ergriff sie und
sprach:

»Möge unsere Verständigung für die Zukunft der Fürsten und des Volkes segensreich werden.«

»Würden Sie nicht, Herr Regierungsrat,« sprach Herr Doktor Elster,
»wünschen, auch einige andere Herren von der Volkspartei kennenzulernen? Freese wird hierherkommen – Struve ist hier –«

»Struve?« rief der Regierungsrat erstaunt, »der alte Struve von 49, von
dem man einst sang

»Hecker, Struve, Zitz und Blum,
Kommt und bringt die Preußen um!«

»Derselbe,« sagte Doktor Elster, »er hat noch seine alte Feindschaft bewahrt, – er war hier, hat uns jedoch eigentlich weniger von der Politik als
von der Phrenologie unterhalten, und besonders sehr aufmerksam den
Kopf des Doktor Onno Klopp untersucht –«

»Und was hat er gefunden?« fragte der Regierungsrat leichthin.

»Ungeheuer viel Knechtssinn«, erwiderte Doktor Elster.

Der Regierungsrat Meding lachte.

»Es würde mir allerdings sehr interessant sein, mich mit Herrn Struve
über die Phrenologie zu unterhalten,« sagte er dann, »da ich diese Wissenschaft ebenfalls mit ganz besonderer Vorliebe traktierte, indes in Betreff der politischen Fragen können Verhandlungen mit verschiedenen

Personen nur zersplitternd wirken – ich glaube, nachdem ich mich mit Herrn Trabert verständigt habe, wird es vollkommen genügen, wenn er die Verbindung mit seinen politischen Freunden aufrechterhält. – Ich würde persönlich diese Verbindung ja doch nicht fortsetzen können, da ich schleunig nach Paris zurückkehren muss – mit August Rödel habe ich ausführlich gesprochen und hoffe ihn demnächst bei mir zu sehen. Ist einmal die Verständigung erzielt, so wird ja hier das Zusammenwirken immer enger und fester werden, ich werde mir später erlauben, Herrn Trabert ein Memoire über die Art und Weise einer praktischen Tätigkeit zur Verwertung unserer Verständigung im Falle großer Katastrophen zugehen zu lassen.«

Herr Trabert verneigte sich.

»Ihre Aufgabe, mein lieber Doktor, ist es jetzt,« fuhr der Regierungsrat fort, »die Beziehungen der Herren mit dem Hofe zu unterhalten und Missverständnisse zu vermeiden.«

»Sie können sich vollständig auf mich verlassen,« erwiderte der Doktor Elster, die Hand breit auf die Brust legend und die Augen aufwärtsrichtend. »Ich werde mit meinen geringen Kräften dahin wirken, dass hier immer nach Ihren Ideen gehandelt wird, und dass die großartigen Auffassungen unseres Allergnädigsten Königs nicht durch kleine Nebenrücksichten, die ihn umgeben, wieder vernichtet werden.«

»Und halten Sie mich *au fait* über alles, was hier in dieser Beziehung geschieht,« sagte der Regierungsrat; – »nun,« fuhr er fort, sich zu Herrn Trabert wendend, »danke ich Ihnen nochmals für Ihr Entgegenkommen und für das Vertrauen, welches Sie zunächst mir wenigstens persönlich bewiesen haben. Hoffen wir, dass dies Vertrauen sich auch auf die Sache, die wir vertreten, ausdehne und dieselbe zum Siege führe.«

Mit herzlichem Händedruck verabschiedete er sich von Herrn Trabert, verließ das Haus und begab sich nach der Villa Braunschweig, wo er sich durch den in dem chinesischen Talon wartenden Kammerdiener bei dem Könige melden ließ.

Er wurde unmittelbar darauf in das kleine schottische Kabinett, mit Hochlandwaffen, Ölbildern aus Walter Scotts Romanen dekoriert, eingeführt.

»Was bringen Sie Gutes, mein lieber Meding?« rief ihm Georg V. entgegen, welcher noch im österreichischen Militärmantel, seinem gewöhnlichen Morgenkostüm, vor seinem Tische saß, der mit einer aus roter Seide und Gold gewirkten Decke belegt war.

»Ich möchte mich von Eurer Majestät verabschieden,« sagte der Regierungsrat Meding, indem er auf einen Wink Seiner Majestät dem Könige gegenüber Platz nahm, »da ich notwendig nach Paris zurückkehren muss, um die Verhältnisse der Emigration in Ordnung zu bringen.«

»Ich sehe das vollkommen ein, dass Sie dorthin zurückkehren müssen,« sagte der König, »indes bedaure ich lebhaft, dass ich Sie nicht teilen kann, ich möchte Sie hier und dort zugleich haben.«

»Euer Majestät sind zu gnädig,« erwiderte der Regierungsrat, »so oft Allerhöchstdieselben befehlen, bin ich ja augenblicklich hier, – ich möchte aber«, fuhr er fort, »Allerhöchstihnen noch über eine Unterredung berichten, welche ich soeben mit Herrn Trabert hatte.«

»Haben Sie sich mit ihm verständigt?« rief Georg V. lebhaft.

»So gut, als dies bei einer ersten Unterredung möglich war,« erwiderte der Regierungsrat, »es wird nun die Aufgabe der hiesigen Organe Eurer Majestät sein, die angebahnten Verbindungen weiterzuführen – ich habe Herrn Trabert gesagt –«

»Warten Sie einen Augenblick!« rief der König, die goldene Glocke bewegend, welche hier auf seinem Schreibtische stand, wie in seinem Kabinett zu Herrenhausen und im Hauptquartier zu Langensalza.

»Eine Zigarre!« rief er dem eintretenden Kammerdiener zu.

Dieser brachte in wenigen Augenblicken eine angebrannte Zigarre in einer langen hölzernen Spitze.

»Rufen Sie den Kronprinzen!« befahl der König, indem er einige lange Züge tat.

»Es war ein schönes Fest gestern, nicht wahr?« sprach er dann zum Regierungsrat Meding gewendet, »es hat mich tief ergriffen, alle diese treuen Hannoveraner um mich zu wissen, die im Unglück so innig an ihrem Königshause festhalten.«

»Ich habe bei meinem Toast«, fuhr er dann lachend fort, »ziemlich deutlich gesprochen, das wird in der Staatskanzlei wieder etwas Angst und Unruhe verursachen!«

»Euer Majestät waren in Ihrem Hause,« sagte der Regierungsrat Meding, »denn Sie hatten den Kursaal des Stadtparkes gemietet und befanden sich unter eingeladenen Gästen. Sie hatten also vollkommen das Recht, zu sagen, was Sie wollten.«

»Gewiss, gewiss,« rief der König, »und ich werde auch in diesem Sinne jede Bemerkung beantworten lassen, die Herr von Beust etwa machen könnte. Graf Platen wird freilich etwas Zuckungen bekommen,« fügte er hinzu, sich lebhaft die Hände reibend.

»Es ist in der Tat recht sehr zu bedauern,« erwiderte der Regierungsrat, »dass der Graf bei soviel Geschmeidigkeit in der Auffassung und bei soviel wirklich guten Herzenseigenschaften nicht ein wenig mehr Festigkeit in seinem Charakter hat.«

»Ja, ja,« sprach der König nach ernstem Nachdenken, »das ist sehr traurig, aber doch ist es kaum möglich, ihn zu ersetzen.«

»Daran dürfen Eure Majestät, glaube ich nach meiner untertänigsten Auffassung, gar nicht denken,« rief der Regierungsrat Meding lebhaft, »Graf Platen ist mit Allerhöchstihnen in das Exil gegangen, ihn zu entlassen, würde Euer Majestät dem gerechten Vorwurf der Undankbarkeit aussetzen.«

Der König neigte mehrmals nachdenklich das Haupt.

»Seine Königliche Hoheit der Kronprinz,« meldete der Kammerdiener, den Türflügel öffnend, und der Prinz Ernst August in dem Interimsrock der hannoverischen Gardehusarenuniform trat in das Kabinett. Er rauchte eine kurze Pfeife mit braunem Meerschaumkopf.

Der Prinz ging auf seinen Vater zu und küsste ihm die Hand.

Der König drückte die Lippen auf die Stirn seines Sohnes.

»Darf ich rauchen, Papa?« fragte der Prinz.

»Gewiss«, erwiderte der König – dann aber plötzlich die Nase rümpfend, rief er:

»Was um Gotteswillen rauchst du für schlechten Tabak, das ist ja ein entsetzlicher Geruch!«

»Ich finde ihn sehr gut, und er ist sehr wohlfeil«, erwiderte der Prinz ein wenig befremdet.

Der König bewegte lebhaft die Glocke.

»Mahlmann,« rief er dem eintretenden Kammerdiener zu, »geben Sie dem Kronprinzen eine von meinen Zigarren, und tragen Sie seine Pfeife hinaus!«

Nachdem der Befehl befolgt war, wendete sich Georg V. zum Regierungsrat Meding und forderte denselben auf, über seine Unterredung mit Herrn Trabert zu berichten.

Der Regierungsrat erzählte genau, was er mit dem hessischen Volksmann gesprochen hatte.

»Sie haben ganz und gar in meinem Sinne gesprochen,« rief Georg V., als der Vortrag geendet. »Ich erkenne vollkommen die Wichtigkeit einer Verbindung mit den wahren Vertretern des Volkes an, des Volkes, das ja in diesem Augenblick die einzige Stütze meiner gekränkten Rechte ist.«

»Sie werden uns nur schließlich betrügen,« sagte der Kronprinz, ein wenig mit der Zunge anstoßend, »man muss doch mit diesen Leuten sehr vorsichtig sein – es ist ihnen nicht zu trauen.«

»Ich höre aus den Worten Eurer Königlichen Hoheit die Besorgnis des Grafen Platen wiederklingen,« erwiderte der Regierungsrat, »ich meinerseits habe sehr hohe Achtung vor diesen Vertretern der Volksrechte und halte sie für durchaus ehrliche Leute, mit denen man freilich auch wieder ehrliches Spiel spielen muss.

»Würde es aber,« fuhr er mit leichtem Lächeln fort, »bei einer Verbindung mit der Demokratie jemals dahin kommen, dass es sich um gegenseitige Überlistung später handeln sollte, so bin ich in der Tat durchaus nicht geneigt, mich so ohne Weiteres von vornherein für den dümmeren Teil zu halten und bestimmt anzunehmen, dass ich der Betrogene sein müsse.«

Der König lachte.

»Staatsminister Graf Platen«, meldete der Kammerdiener, und auf den Wink des Königs erschien der Minister im Kabinett.

»Ich habe Eurer Majestät wichtige und leider nicht erfreuliche Nachrichten mitzuteilen«, sagte er, mit tiefer Verneigung den König und den Kronprinzen begrüßend.

»Nun,« fragte der König, die Stirn runzelnd, »setzen Sie sich und erzählen Sie – ich bin die unangenehmen Nachrichten gewohnt,« fügte er seufzend hinzu.

»Euer Majestät erinnern sich,« sagte Graf Platen, einige Papiere aus seiner Tasche hervorziehend, »dass vor Kurzem die zur Erhaltung der Legion notwendigen Summen an den Hauptmann von Hartwig gesendet wurden. Das Telegramm, welches ihn davon in Kenntnis setzte, ist auf eine unerklärliche Weise in die Hände der preußischen Regierung gekommen, und bereits spricht man in Berlin laut von einer Beschlagnahme des welfischen Vermögens. Ich glaube zwar nicht, dass man es wagen wird, mit einer solchen Maßregel vorzugehen –«

»Ich bin überzeugt, dass dies geschehen wird,« sagte der Regierungsrat Meding, »und ich möchte doch dringend raten, dass alle die Vermögensobjekte, welche sich noch in Hannover in den Händen des Herrn von Malortie befinden, schleunigst hierher beordert werden, damit sie bei der wohl in kurzem zu erwartenden Beschlagnahme nicht so gar bequem zur Hand liegen.«

»Dasselbe, Majestät,« sagte Graf Platen mit dem Ausdruck einer gewissen Verlegenheit, »befürwortet auf das Dringendste der geheime Finanzrat von Klenk, indem er darauf aufmerksam macht, wie wichtig für den Fall einer Beschlagnahme die noch in Hannover befindlichen Wertpapiere im Betrag von fast einer Million werden können. Ich kann indes,« fuhr er achselzuckend fort, »die Besorgnisse der Herren nicht vollständig teilen, man wird gewiss nicht so schnell mit der Beschlagnahme vorgehen, und Herr von Malortie würde sehr böse sein, wenn man jene Werte schnell und plötzlich seiner Verwaltung entziehen und hierherkommen lassen wollte –«

»Ich kann in der Tat nicht begreifen,« rief der Regierungsrat Meding lebhaft, »dass wegen eines bösen Blicks des Herrn von Malortie Seine Majestät der Gefahr ausgesetzt werden soll, fast eine Million zu verlieren, denn ich bin, wie ich wiederholen muss, fest überzeugt, dass, nachdem jene Depesche an die Legion bekannt geworden ist, die Beschlagnahme des Vermögens erfolgen, und zwar sehr schnell erfolgen wird.«

»Man könnte,« sagte Graf Platen, »Herrn von Malortie –«

»Schreiben Sie ihm auf der Stelle,« rief der König in bestimmtem Ton, indem er einen scharfen Atemzug durch die Zähne herausstieß, – »oder besser, schicken Sie ihm sofort eine vertraute Person mit dem Befehl, augenblicklich alle Wertpapiere, welche sich in seinen Händen befinden, hierher zu senden!«

»Zu Befehl, Majestät,« sagte Graf Platen, sich zusammenbiegend, – »Eure Majestät werden aber doch gewiss wollen, dass Herrn von Malortie so schonend als möglich geschrieben werde –«

»Gewiss, gewiss,« rief der König mit einem leichten Anflug von Ungeduld in der Stimme, »obgleich ich nicht recht einsehe, welche Schonung nötig sein soll, wenn ich meinem Diener gegenüber über mein Vermögen disponiere!«

»Dürfte ich Eure Majestät bei dieser Gelegenheit nochmals daran erinnern,« sagte der Regierungsrat Meding, »wie dringend notwendig es ist, dass in dem Verkehr mit der Emigration in Frankreich die äußerste Vorsicht beobachtet werde. Das Bekanntwerden der unglücklichen Depesche beweist, wie begründet meine Warnung war, – und wenn die Folgen davon überhaupt noch vermieden oder hinausgeschoben werden können, so ist das nur möglich, wenn von jetzt an wenigstens alles vermieden wird, was der Emigration den Charakter eines militärischen Korps geben kann. – Diese neueste Nachricht, Majestät,« fuhr er fort, »macht es übrigens für mich notwendig, meine Abreise keinen Augenblick aufzuschieben – ich bitte Eure Majestät, mich alleruntertänigst beurlauben zu dürfen, – ich möchte noch heute Nachmittag die Rückreise nach Paris antreten.«

»Sie haben recht, – Sie haben ganz recht,« rief der König aufstehend – »Sie sind dort nötiger als hier, – Gott segne Sie, und geben Sie mir bald günstige Nachrichten von meinen armen Emigranten. – Bald werde ich Sie hoffentlich wieder hier sehen, – ich hoffe, Sie werden uns in Gmunden besuchen, wo wir den Sommer zubringen wollen, – die Bergluft wird Ihnen ebenfalls gut tun – also auf Wiedersehen, auf baldiges Wiedersehen!«

Er reichte dem Regierungsrat die Hand, die dieser an die Lippen führte.

Darauf verließ er mit dem Grafen Platen das Kabinett, während der König sich von dem Kronprinzen in sein Schlafzimmer führen ließ, um sich für den Empfang der einzelnen hannoverischen Festdeputationen ankleiden zu lassen.

Fünftes Kapitel

Es ist ein eigentümliches Land, die alte Provinz Ostpreußen, welche sich an der nördlichsten Grenze von Deutschland dem Strande der Ostsee entlang ausdehnt. Reich bewaldete Bergrücken durchziehen den inneren Teil des Landes und umschließen wunderbar romantisch gelegene Binnenseen. Weiter nach dem Strande der See zu fällt das Land flacher ab in reichen Fruchtfeldern und üppigen Wiesen, die entweder nach der See hin in wellenförmige, seegrasbewachsene Dünen auslaufen oder auch, zu hohen, wiederum waldgekrönten Ufern aufsteigend, in jähem weißsandigen Abhang zu dem schmalen Meeresstrande abfallen.

Die Bevölkerung dieses entlegenen Landes ist im Allgemeinen urdeutsch, abstammend von den Kolonien, welche der deutsche Orden einst hierher zog, um die in blutigen Kriegen fast gänzlich ausgerotteten Ureinwohner zu ersetzen. Die Erinnerung an die Ordensherrschaft lebt im Lande fort in tausend Gestalten. Alle größeren Städte lehnen sich an alte Burgen des deutschen Ordens, welche in ihrem massiv gotischen Bau der Verwüstung der Zeit siegreich getrotzt haben und in unveränderter Schönheit heute noch ebenso stolz in das Land blicken, wie zu den glänzenden Zeiten Siegfrieds von Feuchtwangen und Winrichs von Kniprode, wenn sie auch heute nicht mehr die Komtureien der deutschen Herren enthalten, sondern für Kreisgerichte und andere Behörden benutzt werden.

In den kleineren oder größeren Städten, welche sich am Fuße der Burghügel ausdehnen, findet man die Marktplätze und Rathäuser in mehr oder weniger einfacher Miniaturnachahmung nach dem Modell des St. Markusplatzes in Venedig erbaut, von wo der Orden einst nach Preußen kam. Häuser mit Laubengängen fassen die viereckigen Marktplätze ein, und erst in der neuesten Zeit fangen die eigentümlichen Spitzbögen dieser Gänge bei Neubauten allmählich an zu verschwinden. Wie im Äußeren in den Burgen und Städten die Erinnerung an die vergangene Zeit der Ordensherrschaft in das heutige Leben hereinragt, so lebt sie auch fort in den romantischen und von Generation zu Generation sich vererbenden Volkssagen sowie in den städtischen und ländlichen Gemeindeeinrichtungen, in welchen sich die vortrefflichen Gesetze und Verwaltungsgrundsätze der geistlichen Ordensregierung bis auf unsere Tage erhalten haben. Unter der vollkommen deutschen Bevölkerung haben sich aber in einzelnen Gegenden, völlig abgeschlossen in ihren Dörfern und Gemeinden, Überreste jenes merkwürdigen alten Volksstammes der

Letten erhalten, welche, hoch und schlank gewachsen, flachsblond und blauäugig, von eigentümlich edler Schönheit der Gesichtszüge, einen ganz besonderen, nirgends sich wiederfindenden Volkstypus zeigen, und unter sich eine Sprache reden, gesangreich und voll Poesie, welche nach den sorgfältigen Forschungen der Gelehrten fast genau mit dem Sanskrit übereinstimmt. Die deutsche wie die vereinzelte lettische Bevölkerung behält unverändert ihre Eigentümlichkeiten und Gebräuche. Denn da bis vor Kurzem die Provinz vom Eisenbahnverkehr abgeschlossen war, mithin der erschwerte Absatz der ländlichen Produkte und die fast unmögliche Konkurrenz mit andern Produktionsgebieten den Wert des ländlichen Grundbesitzes auf einer verhältnismäßig sehr geringen Stufe erhielt, so haben sowohl die ritterschaftlichen, wie die bäuerlichen Güter im Vergleich zu andern Ländern eine sehr bedeutende räumliche Ausdehnung, und die dünn gesäte Bevölkerung der Einzelnen, meist noch durch weit ausgedehnte Forsten getrennten, Ortschaften kommt wenig miteinander in Berührung noch weniger aber dringt in dieselbe ein fremdes Element aus jener Welt da draußen, von welcher man wohl hört und in den Zeitungen liest, in welche aber selten jemand hinauskommt. Die großen ausgedehnten Güter der adeligen Familien des Landes, die meist von den mit dem letzten Hochmeister zum Protestantismus übergetretenen Ordensrittern abstammen, sind fast sämtlich von ihren Besitzern bewohnt, und es findet zwischen denselben ein reger geselliger Verkehr statt. An den Sonntagen begegnet man auf den Straßen den eleganten, meist vierspännigen Equipagen der Gutsherrschaften mit den schönen selbst gezogenen Pferden, einem hauptsächlichen Absatz- und zugleich Luxusartikel der dortigen Landwirtschaft. Im Winter vermittelt sich der Verkehr auf den kleinen, pfeilschnell über die gefrorenen Flüsse und Niederungen und die weiten Schneeflächen dahinschießenden Schlitten. Heiterer kann kaum ein geselliges Leben sein, als die sonntäglichen Zusammenkünfte auf den Schlössern der ostpreußischen Güter. Wenn unter diesen Verhältnissen eine nach dem Vermögen der Gutsbesitzer mehr oder weniger großartige, immer aber herzliche und das Beste, das man hat, darbietende Gastfreundschaft allgemein geübt wird, so liegt darin vielleicht ein wenig Egoismus. Man ist eben so sehr von der Welt abgeschlossen und auf den stets gleichen Menschenkreis angewiesen, dass man die Abwechslung, welche ein Fremder in das tägliche Leben bringt, mit Freuden begrüßt und sich so lange als möglich zu erhalten sucht.

Einige Meilen von Königsberg, dieser Stadt der reinen Vernunft, welche in ihrer abgeschlossenen Sonderart die Eigentümlichkeit der ganzen

Provinz repräsentiert, liegt das große Rittergut Kallehnen mit seinen ausgedehnten Vorwerken und seinen weiten, vortrefflich bestandenen Forsten. Seit Jahrhunderten gehörte diese reiche Besitzung den Herren von Grabenow, die fast immer auf dem Gute gewohnt und infolgedessen das alte Schloss zu einem mächtigen, weit ausgedehnten Bau erweitert hatten, welcher zwar keine architektonische Schönheit zeigte, aber überall vornehme Eleganz und behagliche Bequemlichkeit erblicken ließ. Der alte Park, welcher das Schloss von allen Seiten umgab und sich den Baulichkeiten geschmackvoll anschloss, trug viel zur Schönheit des Ganzen bei. Es war in der Tat kaum möglich, einen anmutigeren und großartigeren Landsitz zu sehen, als diese alte Besitzung der alten Familie von Grabenow.

In dem großen Speisesaal des Schlosses, dessen bis zur Erde gehende Fenster auf einen weiten Altan sich öffneten, von welchem man die Aussicht über die Dünen und das Meer hatte, saß an einem schönen Märztage eine zahlreiche und heitere Gesellschaft bei dem Diner versammelt, das man nach alter guter Sitte um ein Uhr zu sich nahm; die Tafel war reich mit Silbergeschirr besetzt, der Duft der Speisen und feinen Weine bewies, dass man hier in diesem fernen und abgelegenen Lande vollständig die Trüffeln von Perigord und die Reben von Bordeaux und der Champagne zu würdigen verstand, ohne darum den heimischen Rebensaft von den grünen Uferhügeln des Rheins zu vernachlässigen.

In der Mitte der Tafel saß der alte Herr von Grabenow, ein Herr hoch in den Fünfzigern mit fast weiß gewordenem, aber vollkommen dichtem, krausgelocktem Haar und kurz geschnittenem Schnurrbart. Seine feurigen, blitzenden grauen Augen, welche voll heiterer Lebenslust, aber auch mit einem Ausdruck von harter Strenge aus dem roten Gesicht mit den vollen frischen Lippen hervorblickten, bewiesen, dass die eigentliche Schwäche des Alters an ihn noch nicht herangetreten war. Ihm gegenüber machte die Honneurs der Tafel seine Gemahlin, eine hohe schlanke Frau von fast gleichem Alter als ihr Mann, aber von merkwürdig konservierter Schönheit. Ihre weiße Haut hatte noch alle Frische der Jugend, ihr volles blondes Haar fing kaum an, sich mit leichtem Grau zu färben, und ihre fast hellblauen Augen blickten so klar, ruhig und stolz umher, dass man diesem Blicke ansah, die Dame sei kaum jemals in ihrem Leben dem Kummer und Missgeschick begegnet. Am unteren Ende des Tisches saß der einzige Sohn des Hauses, ein schlanker junger Mann, der in dem scharfen Schnitt seines Gesichts an den Vater erinnerte, aber von seiner Mutter den Schmelz der zarten Farben, das hellblonde Haar und die klaren blauen Augen empfangen hatte, doch lag in seinem Blick weder die ruhige, glückliche Sicherheit seiner Mutter noch die feurige und lebhafte Strenge des Vaters. Sein Auge blickte wie träumerisch vor sich hin und verschleierte sich oft mit dem Hauch einer tiefen Melancholie, welche mit dem schmerzlich traurigen Ausdruck harmonierte, der zuweilen um seinen Mund spielte.

Herren und Damen aus den Familien der umliegenden Gutsbesitzer, welche dem Grabenowschen Hause ihren Sonntagsbesuch gemacht, bildeten die übrige Gesellschaft. Neben dem jungen Herrn von Grabenow saß eine Dame von etwa achtzehn Jahren und von einer auffallenden und distinguierten Schönheit; ihre Gestalt war hoch, schön und kräftig, von jener vollendeten Eleganz der Formen, welche man in so vollkommener Reinheit bei den vornehmen Damen der nördlichen Länder findet. Ihr reiches kastanienbraunes Haar war rückwärts hinaufgekämmt und in kurze Locken frisiert, sodass die hohe, schön gewölbte Stirn vollkommen frei hervortrat. Unter hoch und rein geschwungenen Augenbrauen blickten die dunkelblauen Augen feurig und glühend mit dem Ausdruck leidenschaftlicher Willenskraft hervor. Die stolz aufgeworfenen Lippen gaben dem ganzen Gesicht einen Ausdruck, der an die Erscheinung der Amazonen hätte erinnern können, wenn nicht auf dem ganzen Wesen der jungen Dame der Stempel der feinsten Bildung und Erziehung gelegen hätte. Es war eine entfernte Cousine des Grabenowschen Hauses – denn in jenem Lande sind die Gutsbesitzer bis auf zwölf Meilen in der Runde fast sämtlich in mehr oder weniger entfernten Graden miteinander verwandt, – Fräulein Marie von Borkau, die einzige Tochter eines der wohlhabendsten Gutsbesitzer der Gegend, dessen Besitzungen an die des Herrn von Grabenow anstießen. Sie hatte mit dem jungen Grabenow als Kind gespielt, es war in der Gegend bekannt, dass die Eltern eine Verbindung der jungen Leute wünschten, um die beiden großen Besitzungen dereinst zu vereinigen. Die jungen Leute selbst hatten schon seit ihrer Kinderzeit diesen Wunsch ihrer Eltern aussprechen gehört, ohne ernster darüber nachzudenken; der junge Mann war zur Universität gegangen, hatte den Feldzug von 1866 mitgemacht, war dann längere Zeit in Paris gewesen, während Fräulein von Borkau ihre Ausbildung in Königsberg vollendete. Sie waren sich daher vollkommen fremd geworden, als der junge Grabenow von Paris in die Heimat zurückkehrte, nachdem kurz zuvor Fräulein Marie, vollständig ausgebildet in allen Wissenschaften einer vornehmen jungen Dame, ihre Pension verlassen hatte. Es war natürlich, dass das junge Mädchen, welcher die Wünsche ihrer Eltern kein Geheimnis waren, mit ziemlich hochgespannter Neugierde ihren Vetter wiedersah. Diese Neugier war bei dem häufigen Verkehr, den die beiden Familien miteinander hatten, nicht befriedigt, sondern viel eher noch mehr angeregt worden, denn der junge Mann unterschied sich auf das Wesentlichste von allen andern Herren, welche Fräulein Marie bis jetzt kennengelernt hatte. Die Referendare und Offiziere in Königsberg sowie die Landjunker auf den Gütern der Umgegend, – so gute Manieren und so vielseitige Bildung manche derselben haben mochten, – blieben doch weit hinter der distinguierten Eleganz des Herrn von Grabenow zurück, der aus der wirklich großen Welt, aus dem glänzenden Paris zurückkehrte, und in dessen Gespräch sich soviel Überlegenheit, soviel weite und große Weltanschauung zeigte. Bei allen diesen Eigenschaften, welche ihn zum Mittelpunkt der Gesellschaft seiner Heimat hätte machen müssen, war jedoch der junge Mann fast menschenscheu; artig und zuvorkommend erfüllte er alle Pflichten der Höflichkeit, wenn er sich in Gesellschaft befand, – aber wo er konnte, suchte er die Einsamkeit, und es bedurfte oft des ernsthaften Antreibens seiner Eltern, um ihn derselben zu entreißen und zu Besuchen in der Nachbarschaft zu veranlassen. Dabei hatte er niemals weder mit einem Blick noch mit einem Wort das leiseste Zeichen gegeben, dass er eine Ahnung von den Plänen der Eltern in Bezug auf ihn und Fräulein von Borkau habe, – Grund genug für diese junge Dame, sich ernsthaft mit diesem sonderbaren Vetter zu beschäftigen, welcher für die Vorzüge blind zu sein schien, die ihr der Spiegel und ihre Selbsterkenntnis zeigten und die bereits die glühende Bewunderung so mancher Herren der Königsberger Gesellschaft erweckt hatten.

Man servierte einen vortrefflich gemästeten und getrüffelten Puter. Der alte Herr von Grabenow ergriff das Glas, welches ein Lakai soeben mit Champagner gefüllt hatte, und nachdem er sich durch einen raschen Rundblick überzeugt hatte, dass jeder seiner Gäste ebenfalls mit diesem moussierenden Getränk versehen war, erhob er sich und sprach ohne Umschweife und Einleitung die einfachen Worte:

»Seine Majestät, unser allergnädigster Herr, soll leben!«

Die ganze Gesellschaft hatte sich ebenfalls erhoben und leerte stehend ihre Gläser, die dann schleunigst von den Lakaien wieder gefüllt wurden.

So ist es Sitte seit alter Zeit im ostpreußischen Lande. Der Adel, die Gelehrten, die Bürgerschaft, alles macht zu allen Zeiten Opposition gegen die Regierung, wie sie es schon getan haben zur Zeit des Ordens und zur Zeit der Herzöge und Kurfürsten. Dabei aber tragen sie alle im Herzen eine tiefe pietätvolle Liebe für die Dynastie und die Person der Könige. Dieselbe Provinz, welche ihr erhebliches Kontingent zu den oppositionellen Fraktionen der Kammer stellt, ist durch ihre Söhne reich vertreten unter den Dienern der Könige in der Verwaltung des Staates und im Heere, und wo immer es die Größe und den Ruhm des preußischen Vaterlandes und Deutschlands gilt, da stehen die Söhne des alten Ostpreußen stets in der ersten Reihe.

»Jetzt,« sagte ein alter Herr mit militärisch geschnittenem grauen Bart, »ist es Zeit, die Gesundheit dessen zu trinken, was man liebt; – jeder kann sich dabei denken was er will, dann wird der Toast um so aufrichtiger getrunken werden.«

Und mit einer etwas altfränkisch galanten Bewegung erhob er sein Glas und stieß mit einer neben ihm sitzenden Dame an, die auf der Altersstufe angekommen zu sein schien, auf welcher die unverheirateten Damen längere Zeit neunundzwanzig Jahre alt zu bleiben pflegen.

Der junge Herr von Grabenow blickte still und nachdenkend vor sich hin. Fast schien es, als habe er die Aufforderung des lustigen alten Herrn gar nicht gehört.

»Nun, Vetter,« sagte Fräulein von Borkau in neckischem Ton, durch welchen jedoch ein fast zorniger Unmut hindurchklang, »willst du denn die altgewohnte Gesundheit nicht mittrinken?«

Sie erhob ihr Glas und sah den jungen Mann mit ihren blitzenden Augen forschend und erwartungsvoll an.

Er fuhr empor, erhob schnell sein Glas und stieß mit demselben an das seiner Cousine.

Durch die hastige Bewegung, mit welcher er aus seiner Träumerei aufgeschreckt war, wurde der Zusammenstoß zu heftig, und mit schrillem Klang zerbrach der Kristallkelch. Der Wein floss auf das Tischtuch und das Kleid des jungen Mädchens.

»Verzeihung, Cousine, wie ungeschickt bin ich doch!«, rief Herr von Grabenow, indem er mit seinem Taschentuch die Volants ihres Kleides zu trocknen versuchte.

Aber das jähe Zerspringen des Glases schien einen sehr peinlichen Eindruck auf ihn gemacht zu haben, denn eine tiefe Blässe legte sich über sein Gesicht und ein schmerzlich, wehmütiger Zug wurde um seinen Mund sichtbar.

»Zerbrochenes Glas und vergossener Wein,« rief der alte Herr, welcher die Gesundheit ausgebracht, »das bedeutet ja ungeheures Glück!«

»Das wünsche ich dir von Herzen, Vetter,« sagte Fräulein von Borkau, indem sie ihn mit einem eigentümlichen Blick ansah.

Die Gesellschaft machte darauf eine Reihe jener Scherze, wie sie bei solchen Gelegenheiten überall üblich sind, und – wie es stets der Fall ist in einem Kreise, der aus denselben regelmäßig zusammenlebenden Elementen besteht, – waren die meisten dieser Scherze den meisten Personen bereits sehr bekannt und geläufig, wurden aber dennoch mit behaglicher Heiterkeit wiederholt und allgemein belacht. Bald erhob man sich, die älteren Herren zogen sich zurück, um eine Zigarre zu rauchen, und begaben sich später in den Hof, wo die jungen, auf dem Gute gezogenen Pferde vorgeführt wurden und den Gegenstand lebhafter Unterhaltung über ihre Abstammung und ihre künftigen Eigenschaften bildeten. Einige Offiziere schlugen den jungen Damen eine Spazierfahrt nach dem Strande vor; der Gedanke fand allgemeinen Beifall, und bald hielten einige jener leichten, offenen, viersitzigen Wagen mit den schlanken, hocheleganten Pferden der Trakehnerzucht vor dem großen Tor des Schlosses.

Heiter lachend und plaudernd stieg die Gesellschaft ein.

Für den jungen Herrn von Grabenow war ein kleiner, ganz leichter zweisitziger Wagen vorgefahren, bespannt mit zwei äußerst edlen und schönen Pferden, – schwarz ohne alle Abzeichen, welche ungeduldig den Boden scharrten.

Der junge Mann bot seiner Cousine, welche dies zu erwarten schien, die Hand, leicht und gewandt schwang sie sich auf den kleinen Wagen. Er setzte sich neben sie, der Reitknecht ließ die Pferde los und in schnellem, sicherem Trabe jagte das Gespann durch das Dorf dahin, wo die Gutsbauern in sonntäglichem Putz vor den Türen standen, ehrerbietig den Sohn ihrer Herrschaft begrüßend. – Bald blieben die anderen Wagen in einiger Entfernung zurück, und die jungen Leute fuhren – den Übrigen weit voraus – aus dem Dorf und den daranstoßenden Fruchtfeldern hinaus, dem Meeresstrande zu.

Am Anfange der Dünen dehnte sich ein grüner Tannenwald aus; – ohne die schnelle Gangart zu verändern, zogen die Pferde den leichten Wagen durch den tiefen Sand des Weges hin, die Tannen hörten auf, bald sah man nur noch jenes spitzige, raschelnde Seegras auf den wellenförmigen Dünen.

Noch einige Augenblicke, und man hatte den Strand des Meeres erreicht, diesen eigentümlichen Strand der Ostsee, welcher durch keine Ebbe und Flut verändert wird, und der deshalb, wenn auch nicht so großartig wie die Ufer der Nordsee, doch durch seine Festigkeit und Unveränderlichkeit um so schöner ist. In jenem leisen, aus der weiten Ferne heranklingenden Rauschen rollten die langen Wellen des wenig bewegten, im hellen Sonnenschein tiefblau schimmernden Meeres an das Ufer heran, und am fernen Horizont senkte sich der immer schärfer abgegrenzte Sonnenball zu der weiten Wogenfläche herab. In langsamem Flug strichen heute die zur Zeit des Sturmes wild daherwirbelnden Vögel des Meeres, die weißen Möven, dahin, und weit draußen an der Grenzscheide zwischen Himmel und Wasser sah man hie und da die weißen Segel eines großen Schiffs im Lichte der sinkenden Sonne schimmern.

Herr von Grabenow, von Jugend auf bekannt mit den Fahrten am Meeresstrand, lenkte sein Gespann dicht zum Rande des Ufers hin, sodass zwei Räder des Wagens durch die heranspülenden Wellen rollten. Der Sand war hier hart, fest und eben wie eine Diele, und im pfeilschnellen Lauf eilten die Pferde dahin, scharf der oft sich krümmenden Linie des Strandes folgend. Die frische Märzluft, gemildert durch den weichen Hauch, welcher vom Meere aufsteigt, wehte den jungen Leuten entgegen, welche einsam zwischen Himmel, Wasser und Dünen daherfuhren, denn in einer weiteren Entfernung blieben die anderen Wagen zurück. In frischer Lebenslust sog Fräulein von Borkau den belebenden Atem des Meeres ein, ihre Wangen glühten, – ihre Augen funkelten wie die Wellenspitzen im Strahle der sinkenden Sonne, und der durch die rasche Fahrt verdoppelte Luftzug spielte in ihren unter dem schwarzen Samthut hervorquellenden Haaren.

Die jungen Leute waren bis jetzt, abgesehen von einigen gleichgültigen Bemerkungen, stumm nebeneinander gefahren, – die schnelle Fahrt hatte zwar auch auf Herrn von Grabenow ihren belebenden Reiz ausgeübt, aber dennoch war von seinem Gesicht jener melancholische Ausdruck, der fortwährend darauf ruhte, nicht verschwunden.

Fräulein Marie ließ ihren strahlenden Blick über das Meer und die weiß schimmernden Dünen hingleiten, dann sah sie lange auf ihren Vetter, welcher die Gangart seiner Pferde mit tiefer Aufmerksamkeit zu beobachten schien, und sprach:

»Ist sie nicht wunderbar schön, diese Natur in ihrem ewigen Einerlei, das doch wieder die ewige Abwechslung in sich schließt und uns kaum jemals ganz dasselbe Bild wiederbringt? – Du hast die großen Weltstädte gesehen und die gewaltigen Naturschönheiten der Alpengletscher, – sage mir, kann das alles einen mächtigeren Eindruck machen, als dies einfache Bild des Meeresstrandes, dieses lieben Strandes, der zugleich unsere Heimat ist und uns anmutet mit allen trauten Erinnerungen der vergangenen Kinderzeit?«

Und wie hingerissen von dem Eindruck der großartigen Szenerie hob sie leicht die Arme empor, als wollte sie das Meer und den Himmel umarmen, während ein tiefer Atemzug aus ihren frischen geöffneten Lippen hervordrang.

Der junge Mann richtete sich empor. Wohl lag Bewunderung und herzliche, liebevolle Freude in dem Blick, den er nach dem Horizont hinübergleiten ließ, aber doch schien sich dieser Blick über die Grenzen des vor ihm aufgerollten Bildes hin in noch weitere Fernen zu richten. Mit leichtem Seufzer sprach er:

»Ja, sie ist wunderschön, die alte Heimat, und schöner als das wechselnde, bunt glühende Bild des großen Weltlebens, schöner noch als die gewaltigen Berge ist dieses Meer, das uns in dem für den menschlichen Blick fassbaren Rahmen das Bild der Unermesslichkeit zeigt: – es ist um so schöner, wie du sagst, weil es uns anspricht, mit dem Gruß der Heimat als ein Teil der eigenen Seele.«

»Man sollte die Heimat niemals verlassen,« fuhr er nach einem kurzen Schweigen fort, während seine Cousine ihn mit warmer Teilnahme ansah, – »man sollte niemals heraustreten aus dem Kreis, in welchem das Herz und der Geist in friedlicher Entwicklung sich gebildet haben, – denn alles, was da in den vielen Gestalten der großen Welt auf uns eindringt, drückt seine tiefen Spuren in unser Wesen, und die Töne, welche dort mit berauschenden Melodien uns berühren, werden zu schmerzlichen Dissonanzen, wenn sie hinüberklingen in den stillen Kreis, in welchem wir einst glücklichen und friedlichen Herzens gelebt haben.«

Er hatte die letzten Worte etwas leiser und wie zu sich selbst gesprochen – dennoch hatte seine Cousine sie gehört, und es war ein eigentümlicher Ausdruck in dem Blick, mit welchem sie ihn ansah, als er, sich vorn überneigend, seine Aufmerksamkeit wieder dem Gange der Pferde zuzuwenden schien.

»Vetter,« sagte sie dann mit dem Tone eines raschen Entschlusses, indem aber doch eine gewisse verlegene Befangenheit in ihren Zügen sichtbar war, – »es ist vielleicht indiskret, wenn ich dich frage, – aber es tut mir leid, dich traurig zu sehen. – Ist dir etwas Schmerzliches auf deinen Reisen widerfahren? Du bist so anders, als ich dich in unserer Jugend gekannt habe – etwas träumerisch warst du zwar immer, oft mochtest du lieber allein in den Dünen umherschweifen, als mir Gesellschaft leisten – jetzt aber bist du wirklich traurig und melancholisch, – es scheint, dass ein ernster Kummer dich drückt: – kann es dich trösten, auszusprechen, was dir Schmerz macht, so glaube mir,« fuhr sie in treuherzigem Tone fort, indem sie ihn groß ansah und ihre Hand auf die seine legte, »glaube, dass du bei mir herzliche und aufrichtige Teilnahme findest.«

Herr von Grabenow hatte bei den Worten seiner Cousine den Kopf tief auf die Brust sinken lassen, eine dunkle Röte zog über sein Gesicht, seine Brust hob sich in raschen Atemzügen.

Dann blickte er zu ihr auf. Ein feuchter Tränenschimmer verhüllte sein Auge.

»Du bist gut, Marie,« sagte er mit weichem Ton, »deine freundliche Teilnahme tut mir wohl wie die Lösung von einem schmerzlichen Bann, der mich befangen.«

Er seufzte tief und ließ seinen Blick weithin nach dem Horizont schweifen, wo der in dunklen Flammen glühende Sonnenball schon fast die leicht gekräuselten Fluten berührte.

»Ja,« sagte er, »ich habe etwas Schmerzliches erfahren, etwas so tief Schmerzliches, dass durch mein ganzes Leben mein Herz der Freude und dem Glück verschlossen bleiben wird.«

»So schmerzlich?« fragte das junge Mädchen mit tief wehmütigem Lächeln, – »*kann* ein Kummer, sei er noch so traurig – *darf* er das ganze Leben eines Mannes zerstören?« Er schwieg einen Augenblick.

»Marie,« sagte er dann, indem er ihr voll und klar in die Augen sah, »du kennst wie ich die Gedanken, welche unsere Eltern über uns haben, und auf welche sie so viele Hoffnungen bauen.«

»Ich kenne sie«, flüsterte Marie leise, indem sie die Augen niederschlug und ihre Hand, welche noch immer auf der seinen geruht hatte, zurückzog.

»Ich habe«, fuhr er fort, »bis jetzt niemals von diesen Gedanken und Hoffnungen gesprochen – ich wusste die Worte nicht zu finden, – mein Herz litt schmerzlich unter widersprechenden Gefühlen – aber ich bin dir Wahrheit und Aufrichtigkeit schuldig, doppelt schuldig, da du mir in so treuer Teilnahme entgegenkommst. – »Marie,« sprach er mit gepresster Stimme, »mein Herz ist nicht frei, es ist voll von einer Liebe, die so tief ist, wie das Meer hier neben uns, – die mich einst mit so leuchtendem Glück erfüllte, wie die Strahlen der sinkenden Sonne dort, und die mich für die Zukunft mit ihrer schmerzlichen Erinnerung in eine ebenso tiefe Nacht verhüllen muss, als sie sich bald auf diese goldglänzenden Wellen niedersenken wird.«

Das junge Mädchen war bei seinen Worten erbleicht. Der sonst so lebensfrische, stolze und fast kecke Ausdruck ihres Gesichts verschwand und machte einer tiefen Wehmut Platz. – »Und deine Liebe hat keine Hoffnung?« fragte sie mit gepresster Stimme.

Sie fuhren an einem scharf hervortretenden Vorsprung des an dieser Stelle hoch aufsteigenden weißen Sandufers vorüber. Auf der vorspringenden Spitze, entfernt von dem weiter zurücktretenden Ausläufer der Waldung, stand eine einzelne schlanke Tanne, leicht herabgeneigt zu dem im Abendlicht schimmernden, von unten herauf rauschenden Meer.

Herr von Grabenow blickte zu dem emporspringenden Ufer hinauf, deutete mit der eleganten Spitze seiner Peitsche nach oben und sprach mit tieftraurigem Ton:

»Ein Tannenbaum steht einsam
Im Norden auf kahler Höh'!«

Fräulein von Borkau hatte ihren Blick der Richtung folgen lassen, nach welcher er zeigte.

Halb leise, mit einer Stimme, welche nichts von dem hellen, fröhlichen Ton hatte, der ihr sonst eigentümlich war, fiel sie ein:

»Ihm träumt von einer Palme,
Die fern im Morgenland
Einsam und schweigend trauert
An brennender Felsenwand!«

»Bei uns,« fuhr sie dann fort, und ein tief schmerzlicher Seufzer hob ihre Brust, »bei uns in unserem kalten, einförmigen Lande wachsen freilich keine Palmen, und die glühende Pracht des Südens erschließt sich nicht unter unserem Himmel.«

Schweigend fuhren sie einige Augenblicke hin.

»Kann es dich trösten,« fragte sie dann, »mir das zu erzählen?«

Er schwieg eine Zeit lang in sinnendem Nachdenken, und dann atmete er tief auf, wendete sich zu ihr und sagte:

»Es will mir oft das Herz zersprengen, wenn ich meine Schmerzen so einsam in mir herumtragen muss, und ich bin dir dankbar, wenn du hören willst, was doch nur ich allein ganz verstehen kann.«

Dann begann er, wie erleichtert von dem Druck einer Last, die lange auf ihm gelegen, ihr zu erzählen, von seiner Liebe zu Julia Romano. Er sprach ihr von dem traurigen Leben des jungen Mädchens, von ihrer unnatürlichen Mutter, von ihrem unglücklichen Vater, von der Zeit ihrer Liebe, und immer schneller flossen seine Worte, immer beredter wurde seine Sprache, immer glühender die Schilderung der vergangenen Zeit.

Marie hörte ihm schweigend zu. Ihre glänzenden Augen hafteten mit einem wunderbar eigentümlichen Ausdruck auf seinem bewegten Gesicht, von welchem zuweilen das ganze lichte Glück der Erinnerung widerstrahlte. Ihre Brust hob und senkte sich in schnellen Atemzügen; es öffnete sich da vor ihr eine Welt, wie sie sie kaum in ihren Träumen jemals geahnt hatte, eine Welt voll flammender Leidenschaft und berauschenden Glückes, eine Welt so anders als das regelmäßig stille Leben, das sie in vornehmer Gleichmäßigkeit bisher umgeben hatte.

Wohl kräuselten sich ihre Lippen wie in stolzer Verachtung, wenn er von Julias Mutter sprach und von den Verhältnissen, die seine Geliebte umgeben hatten. Wenn er aber dann wieder von seiner Liebe erzählte und von dem treuen, reinen Herzen der jungen Italienerin, dann öffneten sich ihre Lippen zu heißen Seufzern, und ein schimmerndes Feuer zitterte in ihren feucht glänzenden Augen. Sie blickte immerfort in sein durch die Erinnerung erwärmtes Gesicht, dann zuweilen blitzte es in ihren Augen auf wie ein Strahl auflodernden Zornes – sie senkte den Blick vor sich nieder und presste krampfhaft die Spitzen ihrer Finger aneinander.

Er erzählte weiter.

Mit tief schmerzlichem Ton erzählte er, wie seine Geliebte verschwunden sei, wie er sie immer und immer wieder vergeblich gesucht habe, ohne eine Spur von ihr zu entdecken, und wie er endlich abgereist sei, um die Ruhe seiner Seele in einem tätigen Leben wiederzufinden, mit der einzigen Hoffnung, dass es den Nachforschungen des Grafen Rivero gelingen könne, die Spur der Verschwundenen zu entdecken.

»Die Ruhe, die ich gefunden habe,« schloss er, »ist die Ruhe des Kirchhofs. Aber das Gespenst der Erinnerung irrt wie ein ruheloser Geist um das Grab meines gestorbenen Glücks!« –

Mit tiefer Teilnahme hatte sie dem Schlusse seiner Erzählung zugehört. Mitgefühl mit seinem Schmerz leuchtete aus ihren Blicken, aber zugleich auch lag in denselben etwas wie eine innere Befriedigung, wie eine unwillkürlich hervorbrechende Freude, welche sie unter den schnell gesenkten Augenlidern rasch wieder verbarg.

Es war eine eigentümliche Beziehung, welche sich hier am einsamen Strande des Meeres zwischen den beiden jungen Leuten gebildet hatte. Sie hatten Dinge und Verhältnisse besprochen, welche sonst von der Unterhaltung zwischen jungen Herren und jungen Damen der guten Gesellschaft ausgeschlossen zu sein pflegen; dennoch aber hatte keiner von ihnen dabei einen Gedanken an etwas Auffallendes oder Unziemliches gehabt. Er hatte von seiner Liebe gesprochen mit der ganzen inneren Reinheit, wie er sie im Herzen trug, und sie hatte nur die Gefühle seines Herzens vor sich entfaltet gesehen, wenn auch die Glut der Leidenschaft, welche aus seinen Worten hervorbrach, zuweilen die Tiefen ihrer Seele in wunderbarer Weise ergriffen und bewegt hatte.

Die Sonne war immer tiefer herabgesunken, noch einmal leuchtete ihr letzter Lichtgruß wie der Strahl eines Sternes fern herüber, dann legte sich eine graue Dämmerung über das Land, während am Horizont die Nebelwolken sich goldrot färbten und ihre Reflexe über die weite Wasserfläche hinspielen ließen. Ein scharfer kühler Wind wehte über das Wasser her, die Spitzen der Wellen krönten sich mit weißem Schaum, und rascher strichen die Möwen kreischend durch die Luft.

»Wir müssen umkehren,« sagte Marie, »es wird dunkel.«

In weit geschweiftem Bogen ließ Herr von Grabenow die Pferde wenden – die schönen Tiere hoben die Köpfe empor, und in schnellerer Gangart noch als bisher eilten sie den Weg nach dem Schlosse zurück.

Nach kurzer Zeit begegnete man den andern Wagen.

»Mit euren Pferden kann man nicht mithalten,« riefen die Herren, während die Damen Fräulein von Borkau freundlich begrüßten und einige scherzhafte und neckende Worte herüber und hinüberflogen.

Alles wendete sich ebenfalls zur Rückkehr.

Bald aber war der leichte Wagen des Herrn von Grabenow den übrigen wieder weit voraus. Die jungen Leute fuhren wieder allein unter dem immer tiefer dunkelnden Himmel am höher im Nachtwind aufrauschenden Meer dahin.

Das Schweigen des Herrn von Grabenow war gebrochen, er wurde nicht müde, von seinem vergangenen Glück und seinen Schmerzen zu sprechen. Aufmerksam hörte seine Cousine zu, mit Blicken von Teilnahme ihn anschauend, während von Zeit zu Zeit ein Atemzug wie ein schmerzlicher Seufzer aus ihrer Brust heraufstieg und vom scharf daherstreichenden Nachtwind über die unendliche Meeresfläche hin fortgetragen wurde.

»Und hast du,« fragte sie endlich, als er einen Augenblick schwieg, in einem Tone, als ob ein Gedanke ihres Innern unwillkürlich auf ihre Lippen träte, »hast du die Gewissheit – hast du das volle Vertrauen, dass –« sie stockte einen Augenblick, – »dass sie dich nicht verlassen hat, dass sie wirklich zwingenden und übermächtigen Verhältnissen gefolgt ist?«

Sie blickte mit einer Art von ängstlicher Spannung in sein Gesicht.

Er sah sie groß an.

»Könnte es Liebe ohne Vertrauen geben?« fragte er, »kann man sein Herz hingeben, wenn man zweifelt? – Schon an der Möglichkeit des Zweifels würde meine Liebe gestorben sein!«

Sie seufzte tief auf und schlug die Augen nieder.

»Verzeih' meine Frage,« sagte sie, – »ich kenne ja deine Julia nicht, und alle meine Anschauungen wurzeln in der strengen Ordnung des regelrechten Lebens, in welchem ich mich bewegt habe. – Ich finde mich schwer in die Verhältnisse jener großen und von unsern Sitten so weit abweichenden Welt und hätte bisher kaum geglaubt,« fügte sie mit einer gewissen Bitterkeit im Tone hinzu, »dass dort wahre Liebe zu finden sei.«

»Und glaubst du denn,« fragte er, »dass sie auf den schnurgeraden Wegen unseres Lebens zu finden sei? – Die Blume der wahren Liebe muss wild wachsen und duftet in voller Schönheit nur im Waldesgrün der freien Natur – man kann sie nicht künstlich erziehen auf den abgezirkelten Beeten und in den Treibhäusern der Gärten.«

Sie schlug die Augen auf und sah ihn mit einem tiefen Blick an. Es lag ein sonderbarer Ausdruck in ihrem Auge, halb fragend, halb zürnend, – es sprühte daraus hervor wie tiefe verborgene Glut – aber schnell senkte sich ihr Blick wieder nieder – ihre Lippen, welche sich geöffnet hatten, als wollten sie sprechen, schlossen sich fest aufeinander, und schweigend fuhren beide eine Zeit lang dahin.

Bald hatten sie das Dorf erreicht, in welchem die Lichter durch die kleinen Fenster der niedrigen Häuser schimmerten – sie bogen in das große Hoftor und hielten vor dem Portal des Schlosses – die Diener sprangen hinzu, die Pferde in Empfang zu nehmen, und Herr von Grabenow führte seine Cousine die Treppe hinauf.

Beide erschienen in dem bereits hell erleuchteten Gesellschaftszimmer; – in einiger Zeit folgte lachend und plaudernd die übrige Gesellschaft, von der Spazierfahrt zurückkehrend.

Die älteren Herren und Damen hatten inzwischen ihre Whisttische arrangiert und machten mit feierlicher Würde ihre Rubber, während einzelne Gruppen der Herren in einem Nebenzimmer bei Punsch und Zi-

garren ihre Ansichten über die auswärtige Politik und die Kammerver-
handlungen mit ebenso viel Eifer austauschten, als ob von dem Resultat
ihrer Unterhaltung die Geschicke des Staates abhingen.

Die jüngere Gesellschaft hatte sich schnell in dem Saal zusammengefunden – abwechselnd setzten sich die jungen Damen an den Flügel – man
improvisierte einen kleinen Ball und tanzte mit ebenso viel Lust und
Eifer, als ob die glänzendste Regimentsmusik dazu gespielt hätte.

Der junge Herr von Grabenow war wie verwandelt.

Der Ausdruck verschlossener Resignation war von seinem Gesicht verschwunden, – zwar blickte noch eine gewisse wehmütige Trauer aus seinen Augen, aber seine Lippen lächelten, und er hatte Worte artiger
Unterhaltung für die Damen, – heitere Antworten für die Scherze seiner
Bekannten aus den Kreisen der jungen Herren.

Auch Fräulein von Borkau war verändert. Sie blickte nicht mehr so keck
und herausfordernd umher. Ein weicher Schmelz lag in ihren Augen, ein
sinnender Zug milderte den übermütigen Ausdruck ihrer aufgeworfenen Lippen, und oft ruhte ihr Blick lange und träumerisch auf ihrem Vetter.

Frau von Grabenow war in die Tür des Saales getreten und blickte auf
die tanzenden Paare. Ihr Sohn war mit seiner Cousine zu einem Contre-
tanz angetreten und es lag eine gewisse Innigkeit in der Art, wie er seiner Tänzerin die Hand reichte, eine gewisse Vertraulichkeit in ihrer
Unterhaltung, und wenn ihre Blicke sich begegneten, so schien ein stilles
Einverständnis aus denselben zu sprechen.

Frau von Grabenow bemerkte dies, und eine glückliche Befriedigung
zeigte sich auf ihrem Gesicht.

Auch der übrigen Gesellschaft entging dies nicht, und manche Bemerkung wurde über die beiden jungen Leute gemacht; man nahm als aus-
gemacht an, dass sie sich verständigt und gefunden hätten, und dass die
Verlobung, welche schon lange als vorher bestimmt galt, nunmehr bald
würde proklamiert werden.

Fräulein Marie hatte ihren Vetter verlassen und trat zu einem Kreise
ihrer Freundinnen.

Man unterließ nach Art der jungen Damen nicht, sie über den Tanz mit ihrem Vetter zu necken, und verschiedene scherzhafte Anspielungen tönten ihr entgegen.

Sie blickte groß und verwundert auf.

»Welche Torheit!« rief sie achselzuckend, indem ein dunkles Rot ihr Gesicht färbte – dann wendete sie sich schnell ab, verließ den Saal und trat hinter den Stuhl einer alten Dame, welche mit großer Aufmerksamkeit ihr Whist mit dem Strohmann spielte. Sie blickte auf die Karten herab, als folge sie dem Gange des Spiels, aber die bunten Blätter auf dem grünen Tisch verflossen vor ihrem Blick, denn ihre Augen füllten sich mit Tränen, krampfhaft presste ihre Hand das Spitzentuch zusammen, und ihre leise zuckenden Lippen flüsterten unhörbar:

»Kann die Blume der Liebe auf den schnurgeraden Wegen unseres Lebens blühen?« –

Früh schon brach die Gesellschaft auf. Die meisten hatten ziemlich weite Wege zu machen. Die Wagen fuhren vor, – der Hof füllte sich mit Licht, – laute Stimmen und fröhliches Lachen erschallten – dann rollte ein Wagen nach dem andern hinaus, und bald lag das Schloss in einsamer Ruhe da.

Herr von Grabenow hatte seine Cousine in den Wagen gehoben. Mit herzlichem Händedruck hatte er von ihr Abschied genommen, und unter dem Portal stehen bleibend folgte er mit seinen Blicken lange ihrem fortfahrenden Wagen.

Als er seinen Eltern »gute Nacht« sagte und sich auf seine Zimmer zurückzog, sah seine Mutter ihn lächelnd und forschend an – ein Wort schien auf ihren Lippen zu schweben, aber sie sprach es nicht aus und küsste schweigend seine Stirne.

»Ich glaube, er hat sich endlich einmal gegen sie ausgesprochen«, sagte sie zu ihrem Manne.

»Ich wüsste auch nicht,« erwiderte dieser, »wo der Junge eine bessere Partie finden wollte – und ein schöneres und liebenswürdigeres Mädchen dazu – ich war schon recht böse auf ihn, dass er solange zögerte – aber,« fuhr er lachend fort, »die Verliebten sind merkwürdige Leute, und man muss sie ihre eigenen Wege gehen lassen, wenn dieselben nur zum vernünftigen Ziele führen.«

Er küsste seiner Frau die Hand und folgte dem voraneilenden Diener nach seinem Schlafzimmer.

Sechstes Kapitel

In dem großen, reich ausgestatteten Arbeitszimmer seiner eleganten Wohnung in Paris ging der Advokat und Abgeordnete zum *Corps législatif*. Jules Favre, langsam und nachdenklich auf und nieder. Das große starke Gesicht mit den über der Stirn aufgestrichenen und an den Schläfen lang herabfallenden, leicht ergrauten dichten Haaren zeigte den Ausdruck tiefen Nachdenkens und zugleich einer gewissen peinlichen Verstimmung. Die großen, von dichten Brauen überragten Augen blickten unruhig hin und her. Er hielt ein Papier in der Hand und blieb zuweilen stehen, wie gewohnheitsmäßig seine große und volle Gestalt in oratorischer Haltung aufrichtend.

»Es ist eine eigentümliche Lage,« sprach er, einen Blick auf das Papier in seiner Hand werfend, »in welche dieser Pariser Zweigverein der internationalen Arbeiterassoziation uns gebracht hat. – Sie fordern die Abgeordneten auf, bei der Feierlichkeit auf dem Montmartre bei Gelegenheit der Überführung der Gebeine Daniel Manins zugegen zu sein und uns an der Demonstration zu beteiligen, welche ihre Spitze gegen die römische Politik der Regierung kehren wird. Das wäre ein falscher politischer Schritt – eine große Prinzipienfrage darf nicht bei Gelegenheit einer ganz speziellen und persönlichen Demonstration zur Erörterung gebracht werden, wenigstens nicht von Abgeordneten, die ihre Stellung auf einer über fruchtlosen Demonstrationen erhabenen Höhe erhalten müssen. Ich bin deshalb damit einverstanden gewesen, jene Teilnahme abzulehnen – die Herren von der Internationale gehen aber weiter und verlangen nun von mir und meinen Kollegen von der Opposition, dass wir unser Mandat niederlegen, um die Regierung zu zwingen, mit der römischen Frage vor die Wähler zu treten –

»Das hieße *va banque* spielen mit der fast gewissen Chance des Unterliegens.«

»Die Herren,« rief er, das Papier auf seinen Schreibtisch werfend, »führen in ihrer Zuschrift eine Sprache, die an die Dekrete der Kommune und des Wohlfahrtsausschusses erinnert. Es scheint, dass sie sich für die Herren der Lage halten und den Staat und die Gesellschaft bereits an ihren Fäden glauben regieren zu können. »Soweit ist es noch nicht, und soweit darf es auch nicht kommen, – nicht die rohe Masse darf die Herrschaft in ihre unsicher schwankenden Hände nehmen – der bürgerliche Besitz ist der Schwerpunkt der sozialen Ordnung, die Intelligenz ist ihre treibende und belebende Kraft, ihnen müssen die rohen Arbeitskräfte gehorchen, wenn nicht alles im Chaos versinken soll.«

Ein Diener trat ein.

»Herr Tolain und seine Freunde sind im Vorzimmer.«

Jules Favre schwieg einen Augenblick. Aus seinem Blick verschwand die unruhige Bewegung, seine Züge nahmen den Ausdruck kalter Überlegenheit an und im ruhigen Tone sprach er:

»Lassen Sie die Herren eintreten.«

Einen Augenblick darauf trat der Präsident des Pariser Zweigvereins der Internationale, der Bronzearbeiter Tolain, in das Kabinett, ihm folgte der Buchbinder Barlin und der Graveur Bourdon. Alle drei trugen den schwarzen Sonntagsrock der arbeitenden Klasse.

Tolain mit seinem bleichen, geistig bewegten Gesicht und den schwärmerisch sinnenden Augen blickte mit gespannter Erwartung auf den berühmten Führer der liberalen Opposition.

Barlin, den Kopf etwas vornüber geneigt, ein leichtes höhnisches Lächeln um die fest geschlossenen Lippen, ließ seine scharfen Blicke von unten herauf über die glänzende und reiche Ausstattung des Zimmers gleiten. Das Lächeln auf seinen Lippen wurde noch höhnischer und feindlicher.

Bourdon stand unbeweglich und kalt da – ausdruckslose Ruhe in seinen Zügen.

»Diese Herren erzeigen mir die Ehre ihres Besuches,« sprach Jules Favre mit vornehmer Sicherheit und im Tone einer gewissen abwehrenden Höflichkeit »als Vertreter der hiesigen Sektion der Internationale?«

»Wir sind von unseren Genossen an Sie abgesendet, mein Herr,« sagte Tolain mit seiner klangvollen weichen Stimme, »als an den hervorragendsten, geistvollsten Vertreter der Opposition in dem gesetzgebenden Körper –«

Jules Favre verneigte sich.

»– Um Ihnen persönlich den Wunsch zu wiederholen, den wir bereits schriftlich den Abgeordneten ausgesprochen haben, dass sie ihr Mandat niederlegen möchten.«

Jules Favre hob den großen ausdrucksvollen Kopf in die Höhe und richtete auf den Sprechenden einen Blick voll stolzer Überlegenheit.

»Bevor ich mir erlaube,« sprach er in gemessenem Ton, »mich mit ihnen über den Inhalt ihrer Sendung zu unterhalten, kann ich nicht umhin, darauf aufmerksam zu machen, dass die Fassung der Aufforderung, welche Sie an mich und meine Kollegen gerichtet haben, mir sehr herrisch und diktatorisch erschienen ist. Ich kann nicht unterlassen, es auszusprechen, dass ich als Mitglied des *Corps législatif,* ebenso wenig wie als Privatmann der internationalen Assoziation das Recht zugestehen kann, mir irgendwelche Befehle über mein politisches Verhalten zu erteilen, welches ich lediglich nach den Pflichten gegen mein Gewissen und gegen das Land zu bestimmen habe. – Meine Kollegen denken darüber wie ich, und ich halte mich für berechtigt, auch in ihrem Namen den Ton zurückzuweisen, in welchem die Internationale uns ihren Wunsch ausgesprochen hat. – »Wir sind gern bereit,« fuhr er mit etwas verbindlicherem Ausdruck fort, »die Wünsche der Internationale, in welcher sich so viele Interessen des Arbeiterstandes vereinigen, entgegenzunehmen, und werden dieselben gewiss mit der größten Aufmerksamkeit in Erwägung ziehen, aber – ich muss wiederholen – wir können diese Wünsche niemals als unbedingt maßgebend für uns erkennen.«

Tolain lächelte mit sanftem Ausdruck.

»Die Botschaft,« sagte er, »ist in der Form der vom hiesigen Zweigverein angenommenen Resolution abgefasst – jede Resolution hat – durch die Kürze schon, in welche man sie der Einfachheit und allgemeinen Verständlichkeit wegen zu kleiden gezwungen ist, etwas Diktatorisches, – Sie werden daher in dieser Form keine Anmaßung eines Rechtes, Ihnen Befehle zu erteilen, suchen dürfen –«

»Ein solches Recht besteht gewiss nicht und soll auch nicht in Anspruch genommen werden,« fiel Barlin mit scharfer Stimme ein, indem er einen Schritt näher trat – »ich glaube aber, dass es den Vertretern der Arbeiter, welche doch eigentlich den Kern des Volkes bilden, wohl erlaubt sein muss, ihre Meinung in bestimmten und klaren Worten ohne Umschweife und Verhüllungen auszusprechen – haben sie auch kein Recht, die Befolgung ihres Willens und ihrer Beschlüsse von den Abgeordneten unbedingt zu verlangen, so ist doch die Meinung des zahlreichsten und gewiss bedeutungsvollsten Teils des Volkes jedenfalls der Gegenstand ernstester Aufmerksamkeit und Beachtung für diejenigen, welche das Volk zu vertreten die Aufgabe haben. Der Wille der Arbeiter,« fuhr er in einem Ton fort, der hart und schneidend durch das Zimmer klang, – »der Wille der Arbeiter kommt früher oder später entschieden und ausschließlich zur Geltung, und diejenigen, welche die Klugheit haben, sich zu Organen dieses Willens zu machen, werden am besten für ihre Stellung in der Zukunft sorgen.«

Jules Favre hatte sich zuerst mit dem Ausdruck des Erstaunens zu dem Sprechenden gewendet. Er richtete seinen Blick groß und voll auf denselben, auf seinem Gesicht lag ein kalter, fast verächtlicher Stolz.

Aber aus dem scharf von unten heraufblickenden Auge des unbedeutenden Buchbinders, der dem berühmten, reichen und hochgebildeten Redner des Barreau und der Tribüne gegenüberstand, blitzte so unbeugsame Willenskraft, so unversöhnlicher, tiefglühender Hass hervor, dass der große Advokat, wie unwillkürlich zusammenschauernd, den Blick zu Boden schlug.

Der Vertreter der liberalen Bourgeoisie, welche im Vollgenuss der Güter des Lebens die liberalen Ideen zu einer Waffe gegen die Regierung im Kampf um die Herrschaft macht, fühlte sich hier zum ersten Mal einem bewusst und fest auftretenden Repräsentanten jenes in den tiefen Gründen der Gesellschaft finster brütenden Volkes gegenüber, jenes Volkes, das, ausgeschlossen von den lichten Höhen des Lebens, sich wenig kümmert um die Parteidoktrinen, die Theorien politischer Systeme – das vielmehr seinen Anteil am Licht und am Genuss des Lebens verlangt und in erbitterter Verblendung dieses Ziel zu erreichen denkt, indem es alles zertrümmert, was frei von der harten Kette der Arbeit in der Welt des materiellen und geistigen Genusses lebt.

Wie einer Anstrengung seines Willens gehorchend, richtete Jules Favre seinen Blick, das Haupt emporhebend, nochmals auf Barlin, aber wieder senkte er ihn zu Boden, denn hart, feindlich, unerschütterlich blitzte ihm das Auge des Buchbinders entgegen.

Er wendete sich mit freundlicherer Miene zu Tolain.

»Ich weiß,« sagte er, »dass die Form von Resolutionen, welche von größeren Versammlungen angenommen werden, kurz und bestimmt sein muss, und durch Ihre Erklärung halte ich eine Bemerkung, die ich in Rücksicht auf meine Stellung habe machen müssen, für erledigt.«

»Ich erlaube mir nun,« fuhr er fort, »auf den Inhalt Ihrer Botschaft einzugehen. Sie wissen – ich habe niemals ein Hehl daraus gemacht – dass ich die unglückliche Politik der jetzigen Machthaber Frankreichs für verderblich halte. Ich bin guter Katholik, aber ich beklage es, dass Frankreich seine Macht und seine Ehre aufs Spiel setzt, um die Weltliche Macht des Oberhauptes der Kirche gegen die nationale Entwicklung des italienischen Volkes gewaltsam aufrechtzuerhalten. Auch bin ich der Meinung, dass Artikel in der Presse, – selbst Reden in der Volksvertretung keinen Einfluss auf die Entschließungen der Regierung haben werden. – Ich billige daher im Prinzip den Gedanken einer Mandatsniederlegung, durch welche die Regierung gezwungen würde, mit dieser brennenden Frage vor die Wähler zu treten.«

Tolain neigte zustimmend das Haupt. Barlin blickte forschend und erwartungsvoll auf, während ein höhnisches Lächeln auf seinen festgeschlossenen Lippen erschien.

»Allein,« fuhr Jules Favre fort, »ich würde die Mandatsniederlegung nur dann für wirkungsvoll und demzufolge für vernünftig halten, wenn die Gesamtheit der Pariser Abgeordneten dafür gewonnen werden könnte. – Würde nur ein einzelner Abgeordneter sein Mandat niederlegen, so wäre dieser Schritt nicht nur nutzlos, sondern er würde sogar wie ein öffentlicher Tadel des Benehmens derjenigen seiner Kollegen aussehen, welche anders handeln, und damit würde die so notwendige Einigkeit unter den Mitgliedern der liberalen Opposition gefährdet werden.

»Ich bin nun aber gewiss,« sagte er weiter, »dass die übrigen Abgeordneten ihre Mandate nicht niederlegen werden – was sollte es nützen, wenn ich allein diesen Schritt täte? – Ich würde mich dem aussetzen, mein Mandat zu verlieren – vielleicht würde es der Regierung gelingen, meine Wiederwahl zu verhindern – in jedem Fall würde das erstrebte Ziel nicht erreicht und die Kraft der Opposition mehr oder minder abgeschwächt. Sie werden begreifen, dass ich, diesen Erwägungen folgend, mich nicht zu dem von Ihnen gewünschten Schritt entschließen kann, und Sie werden, wenn sie meine Gründe würdigen und prüfen, selbst mir recht geben.«

Er schwieg.

»Ihr Einfluss, mein Herr,« sagte Tolain, »auf die übrigen Abgeordneten ist groß, und wenn sie denselben – von Ihrer so glänzenden und überzeugenden Beredsamkeit unterstützt – dazu anwenden wollten, um Ihre Kollegen zu bestimmen, dass sie mit Ihnen gemeinschaftlich handeln, so zweifle ich nicht, dass eine Mandatsniederlegung der Gesamtheit erreicht werden würde.«

»Ich glaube,« erwiderte Jules Favre artig, aber mit dem Ton kühler Ablehnung, »dass Sie meinen Einfluss ein wenig überschätzen.«

Barlin trat einen Schritt vor.

»Die Antwort,« sagte er, »welche der Herr Deputierte uns zu geben die Güte hat, muss uns zur Erörterung einer ernsten Frage führen, welche für die Entwicklung des öffentlichen Lebens von großer Wichtigkeit ist.« –

Jules Favre blickte den Sprechenden verwundert an, auf seinem Gesicht stand deutlich geschrieben, dass er nicht begreife, welche Frage, nach der von ihm gegebenen bestimmten Erklärung, hier noch weiter besprochen werden könne.

»Es kann sich hier nicht darum handeln,« fuhr Barlin durch diesen Blick unbeirrt fort, »zu erörtern, wie weit der Einfluss des Herrn Abgeordneten auf seine Kollegen sich ausdehne. Wenn der Herr Abgeordnete diesem Einflusse selbst schon keinen Erfolg zutraut, so dürfte ein solcher vielleicht kaum zu erwarten sein, da bei eigenem Zweifel ein richtiger Nachdruck nicht geübt werden möchte.«

»In der augenblicklichen Lage,« fuhr er fort, »tritt zum ersten Mal das Verhältnis zwischen uns, den Arbeitern und dem liberalen Mittelstande scharf in die Erscheinung.«

»Die Herren von der Opposition und der Kammer haben ebenso wie wir die Überzeugung, dass der gegenwärtige Zustand bekämpft werden müsse. Jene Herren haben viel gesprochen und vortreffliche Reden gehalten – wir haben gehandelt und organisiert und unsere Macht durch die Assoziation immer fester begründet. Jetzt zum ersten Mal tritt die Gelegenheit ein, der Regierung, welche den von uns für verderblich erkannten Zustand aufrechterhält und unterstützt, den Kampf – den ernsten Kampf nicht durch Phrasen, sondern durch Taten anzubieten. Wir sind bereit zu diesem Kampf, wir sind entschlossen und vorbereitet, seine Durchführung bei den Wahlen durch unsere geschlossene Macht zu unterstützen.« – »Diese Herren aber,« fuhr er ohne besondere höhere Betonung, aber mit einem gewissen schneidenden Ton in der Stimme fort, »scheinen unsere Anschauung nicht zu teilen; da aber der Kampf das einzige Mittel zum Ziele ist, da der Kampf, den wir aufnehmen wollen, entschlossen und konsequent fortgeführt werden soll, so müssen wir miteinander klar werden.«

Jules Favre hatte, augenscheinlich durch die Worte des Sprechenden unangenehm berührt, zugehört. Eine leichte Bewegung der Ungeduld ließ seine Hand zucken, er wollte antworten. –

»Ich frage,« fuhr Barlin, ohne die Bewegung Jules Favres zu beachten, mit erhöhter Stimme fort, – »ich frage im Namen des arbeitenden Volkes Sie, mein Herr, den Vertreter der Bourgeoisie, des wohlhabenden und intelligenten Mittelstandes, der zu verschiedenen Zeiten den Versuch gemacht hat, uns in der Bewegung des öffentlichen Lebens unter seine Führung zu nehmen – ich frage Sie, wenn wir Ihnen diese Führung überlassen, – werden Sie bereit sein, sobald der Augenblick dazu gekommen ist, die Waffen zu ergreifen?«

Er war bei den letzten Worten noch näher herangetreten und richtete seinen Blick scharf und durchdringend auf den Deputierten.

Jules Favre machte augenscheinlich eine Anstrengung, um sich dem Einflusse dieses merkwürdig stechenden Blickes zu entziehen, der wie eine Dolchspitze auf ihn eindrang.

Er warf den Kopf empor, strich das lange dichte Haar von der Stirn zurück und sprach mit ruhig gemessenem Ton, durch welchen eine Aufwallung ungeduldigen Zornes hindurchklang:

»Die Waffen zu ergreifen? – Das ist die Revolution, das letzte und – verzeihen Sie mir, brutalste Mittel, um seine Grundsätze im politischen Leben zur Geltung zu bringen. Ich verurteile dieses Mittel nicht,« fuhr er fort, »wenn es eben kein anderes mehr gibt, aber ich bin der Meinung, dass man mit der Anwendung dieses Mittels wirklich bis zum äußersten Augenblick warten müsse, da es die Gefahr in sich trägt, alles Gute neben vielem Schlechten zu vernichten, und,« sagte er, indem seine Lippen sich hochmütig kräuselten, »ich bin der Meinung, dass es uns, die wir auf der Höhe des Umblicks über das öffentliche Leben uns befinden, – dass es uns zustehe, uns überlassen bleiben müsse, zu erwägen und zu bestimmen, wann der Augenblick der Anwendung jenes letzten gewaltsamen Mittels gekommen sei.«

»Die Herren,« sagte Barlin kalt, »haben freilich in ihrer angenehmen Situation« – er ließ einen raschen Blick durch das Zimmer schweifen – »die Herren haben freilich bessere Muße, den Augenblick abzuwarten, als wir in den niedrigen und dunklen Wohnungen der Arbeit, doch haben wir wohl das größere Interesse an dem endlichen Austrage des Kampfes und damit auch das Recht, über den Augenblick des Handels zu entscheiden, der ohne unsere Mitwirkung vielleicht so weit hinausgeschoben werden möchte, dass die Früchte unseres Strebens künftigen Generationen zugutekämen. Ich aber,« fuhr er mit einem leichten Lächeln fort, – »ich lege einen gewissen Wert darauf, mich selbst an dem Genüsse der Früchte des Sieges zu beteiligen.«

Eine dunkle Röte flog über das Gesicht Jules Favres.

Diesmal hielt er den Blick Barlins voll aus, – indem seine breite Brust sich mächtig ausdehnte, sprach er mit tönender Stimme:

»Die Zustände der gegenwärtig in Frankreich herrschenden Macht sind innerlich schwach, ihre Grundlagen zerbröckeln von Tag zu Tag mehr, und nach meiner Überzeugung wird der Augenblick kommen und vielleicht in nicht zu langer Zeit kommen, wo diese ganze scheinbar so starke Macht ohne gewaltige Erschütterung zusammenbricht. Ich wünsche und ich hoffe es mit Zuversicht, dass dieser Augenblick möge herbeigeführt werden können durch die Gewalt der öffentlichen Meinung und durch die stetige, wohlüberlegte Arbeit der intelligentesten und edelsten Geister der Nation. Das persönliche Regiment wird der fortgesetzten Kritik der Opposition, welche sich immer mehr durch alle Schichten des Volkes verbreitet, nicht Widerstand leisten können, es wird ohne die blutigen Schrecken einer Revolution freieren Staatseinrichtungen Platz machen, welche dem politischen wie dem sozialen Fortschritt freien Spielraum gewähren werden –«

»Und unter denen,« fiel Barlin ein, »die Arbeiter in derselben Knechtschaft wie bisher ihr dunkles Leben fortführen werden, während das Kapital um so unumschränkter herrschen wird, da es dann nicht mehr diese persönliche Regierung geben wird, welche im Interesse ihrer Selbsterhaltung von Zeit zu Zeit daran denkt, der gefährlichen Spannung der Atmosphäre in der Arbeitswelt ein Sicherheitsventil zu öffnen.«

»Ich glaube nicht, meine Herren,« sagte Jules Favre, indem er einen Schritt zurücktrat und die Hand auf den vor seinem Schreibtisch stehenden Lehnstuhl stützte, »ich glaube nicht, dass es nützlich sein könne, diese Diskussion, welche doch augenblicklich ohne praktisches Resultat bleiben muss, hier weiter zu führen. – Ich habe Ihnen über diejenige Frage, welche Sie unmittelbar zu mir geführt hat, meine Meinung gesagt und meine Gründe gegeben, – über weitergehende theoretische Prinzipienfragen zu disputieren, überlassen wir gewiss besser einer anderen Zeit und Gelegenheit.«

Und mit einer leichten Neigung des Kopfes schien er anzudeuten, dass er seinerseits die Unterhaltung für beendet halte.

»Ich bedaure,« sagte Tolain mit trübem Ausdruck, »dass wir ohne eine Verständigung über die gegenwärtige Frage auseinandergehen, indes bin ich überzeugt,« fügte er mit einer wärmeren Betonung hinzu, »dass wir uns über die großen Fragen, welche ein gemeinschaftliches Handeln so wünschenswert machen, demnächst weiter aussprechen und verständigen werden.«

Jules Favre verneigte sich schweigend.

»Ich glaube nicht,« sagte Barlin, »dass der Herr Deputierte diese Hoffnung meines Freundes teilt – ich meinesteils wenigstens bin überzeugt, dass zwischen den Prinzipien, welche wir vertreten, und den Kreisen des Herrn Abgeordneten keine Verständigung über gemeinsames Handeln jemals stattfinden wird. – Wir müssen eben unseren Weg allein gehen und entschlossen sein, alles niederzuwerfen, was sich uns entgegenstellt.« Und mit einer kaum merkbaren Neigung des Kopfes gegen Jules Favre wendete er sich um, umfasste noch einmal mit seinem kalten höhnischen Blick das Ameublement des Zimmers und ging hinaus. Bourdon folgte ihm schweigend – Tolain grüßte artig und ging dann ganz traurig und niedergeschlagen seinen Gefährten nach.

Als sie auf der Straße angekommen waren, blieb Barlin stehen, warf einen in Zorn und Hass funkelnden Blick nach den Fenstern des Hauses hinauf und sprach mit grimmigem Ton:

»Ihr habt es jetzt gesehen, was wir von diesen Bourgeois und liberalen Advokaten zu erwarten haben. Sie streiten sich mit den Machthabern um die Herrschaft, aber an die Befreiung des in die Arbeitsketten geschmiedeten Volkes denken sie so wenig als jene, und wir würden, wenn sie siegen, nur den Tyrannen wechseln. – Und wahrlich, ihre Tyrannei würde schlimmer sein, als die jetzige, weil sie heuchlerischer sein würde, aber die Zeit wird kommen,« fügte er leise und finster hinzu, – »die Zeit wird kommen, wo wir Abrechnung mit ihnen halten werden, – jene werden wir niederschlagen, – diese aber müssen wir vernichten, – ausrotten mit Feuer und Schwert!«

Und er trat heftig auf das Trottoir mit einer Miene und einem Ausdruck, als habe er den Kopf eines zu Boden geworfenen Todfeindes unter seinem Fuß.

»Mein lieber Freund,« sagte Tolain ruhig, »man verständigt sich nicht in einer Unterredung und Herr Favre ist ja nicht der einzige Vertreter seiner Kreise, so groß sein Einfluss in denselben auch sein mag.

»Mich hat,« fuhr er fort, »diese ganze Unterredung noch weit mehr in der Überzeugung bestärkt, dass die Richtung, in welche wir durch die Kongresse von Genf und Lausanne gedrängt worden sind, eine falsche sei und dass wir besser getan hätten, in unseren Bestrebungen niemals das Gebiet der Politik zu berühren, sondern uns ausschließlich mit dem Wohle der arbeitenden Klasse zu beschäftigen –«

»Das uns, wie ein Mairegen vom Himmel gefallen wäre, nicht wahr?« rief Barlin bitter. – »Wie sollen wir denn für das Wohl der Arbeiter sorgen, wie sollen wir ihre Lage verbessern, wenn wir nicht den alten Staat und die alte Gesellschaft vorher in Trümmer schlagen! Doch,« fuhr er fort, fast mitleidig die Achseln zuckend, »darüber werden wir uns ja niemals verständigen. – Ihr, mein guter Freund Tolain, werdet immer in utopistischem Wohlwollen durch blaue Wolken segeln und wir können doch nur zum Ziele kommen, wenn wir unseren Fuß fest auf den Boden der Wirklichkeit stellen und vor der Konsequenz nicht zurückschrecken, die Mittel zu wollen, wenn wir den Zweck als richtig erkannt haben.«

Tolain schwieg und schritt seufzend die Straße entlang.

An der nächsten Windung trennten sich die drei Gefährten. – – –

Zahlreiche Arbeiter sah man zur vorgerückten Abendstunde desselben Tages in die enge und dumpfe Straße des Gravilliers einbiegen. Sie schritten über den finsteren Hof des Hauses Nr. 44, stiegen die Treppe zum Hinterhause empor und traten in das große Zimmer, in welchem der Pariser Zweigverein der internationalen Assoziation seine Sitzungen hielt.

Es war alles hier wie sonst. Der alte Héligon saß an der Tür, die Legitimationskarten der Eintretenden empfangend und prüfend. An dem Tisch an der Langseite des Zimmers saß der Ausschuss, Chémalé, Bourdon und Barlin, – Tolain auf dem einfachen Präsidentenstuhl. Das große Zimmer war dicht mit Arbeitern gefüllt und sowohl diese außergewöhnlich zahlreiche Versammlung als der Ausdruck hochgespannter Erwartung, den man auf allen Gesichtern bemerken konnte, ließ vermuten, dass irgendetwas Außerordentliches vorgehen solle.

Tolain erklärte die Versammlung für eröffnet und teilte mit wenigen einfachen Worten die Antwort mit, welche er von Jules Favre auf seine Aufforderung zur Mandatsniederlegung erhalten hatte.

Ein tiefes Schweigen folgte zunächst dieser Mitteilung. Jedermann schien zu erwarten, dass der einfachen Erzählung der Tatsachen noch irgendwelche weitere Erklärungen folgen werden. Als Tolain schwieg, begannen einzelne Stimmen sich aus der Versammlung zu erheben. Man machte seinem Unwillen über die Deputierten Luft in oft nicht sehr gewählten und schmeichelhaften Ausdrücken.

»Man muss diesen Herren Phraseurs ein Misstrauensvotum geben, – man muss eine Agitation unter den Wählern organisieren, wenn sie ihr Mandat nicht niederlegen wollen, so muss man es ihnen entziehen –« so rief es von allen Seiten – die Stimmen wurden lauter und lauter – die Aufregung stieg und drohte in einen Tumult auszuarten – alles sprach und schrie durcheinander – Tolain versuchte vergeblich, Ruhe zu schaffen.

Da erhob sich Barlin. Sein bleiches, scharfes Gesicht zeigte den Ausdruck gebieterischen Befehls, er erhob leicht die Hand gegen die Versammlung und sprach mit wenig erhöhter, aber einschneidend durchdringender Stimme: »Ruhig, meine Freunde, und hört mich an!«

Es war mehr der Blick, die ganze Erscheinung des Mannes, als seine Worte, welche diese ganze aufgeregte Versammlung fast augenblicklich zum Schweigen brachte.

»Meine Freunde,« sprach er, »die gerechte Entrüstung über die feigen und heuchlerischen Gesinnungen der Bourgeoisie und ihrer Führer reißt euch fort, aber glaubt mir, man führt euch auf falsche Bahnen – den Deputierten ein Misstrauensvotum zu geben – wozu sollte das führen? – Ihr Mandat könnt ihr ihnen doch nicht entziehen und ihr würdet weiter nichts erreichen, als die eigene Arbeit für das Wohl der Zukunft zu erschweren. – Nein, meine Freunde, keine Demonstration, keine äußeren Zeichen eurer gerechten Entrüstung – jede Demonstration warnt den Gegner und schadet dadurch uns selbst. – Benutzen wir die gemachte Erfahrung, werden wir uns alle klar darüber, dass wir nichts gemeinsam haben können mit den Elementen der alten Gesellschaft, dass die liberale Bourgeoisie uns noch viel feindlicher ist, als die Vertreter der absoluten monarchischen Regierung. Der Absolutismus stellt uns einen Gegner entgegen, dessen Macht wir bisweilen für unsere Zwecke benutzen können, und den wir, wenn die Stunde gekommen ist, mit einem Male niederzuwerfen imstande sind. Diese Bourgeoisie aber ist ein tausendfältiger ineinander gegliederter Organismus, den wir nicht mit einem Streich überwinden können – wir müssen ihn zersetzen: Wenn wir endlich siegen wollen, so werden wir ihn ebenso mit Blut und Feuer vernichten müssen, wie das einst der große Marat mit der alten Gesellschaft vor 1793 tat. – Organisieren wir uns fester, gehen wir ruhig, langsam und unerschütterlich nach wohlüberlegtem Plane vorwärts, seien wir uns bewusst, dass wir einen Vernichtungskrieg gegen die Bourgeoisie führen, aber zeigen wir ihr nicht unsere Absicht und unseren Entschluss, denn,« sagte er mit einem finsteren Lächeln, »ein gewarnter Mann lebt lange. Diese liberalen Advokaten, hinter welchen die Bourgeoisie hermarschiert, sind uns unendlich nützlich – sie unterminieren mit ihrer systematischen Opposition die Autorität der Staatsgewalt, zersetzen die alten konservativen Glieder der Gesellschaft und zerstören die Macht der Religion und der Priester. – Das alles tun sie nicht für uns – sie tun es, um für sich die Herrschaft zu erlangen – sie ahnen nicht, dass sie unsere Minierer sind und dass wir einst die Früchte ihrer langsamen Arbeit ihnen mit raschem Griff vor dem Munde wegpflücken werden.

»Sollen wir, meine Freunde, diese Leute aus ihrer Verblendung reißen? – sollen wir sie erkennen lassen, wohin sie gehen? – sie würden in demselben Augenblick unsere Gegner werden, sie würden sich mit der Macht der Autorität verbinden und unsere Arbeit unendlich erschweren. – Unterstützen wir nicht das Spiel des Herrn Polizeipräfekten,« rief er höhnisch, »welcher von Zeit zu Zeit gern das Phantom der roten Republik über den Hintergrund der politischen Bühne marschieren lässt, um diese guten Bourgeois einzuschüchtern. – Sie glauben ihm nicht – aber wenn sie uns ernsthaft in geschlossener Front gegen sich anrücken sähen, so würden sie mit starrem Entsetzen sich unter die Flügel der Regierung flüchten und wir würden statt zweier getrennter, sich untereinander bekämpfender Gegner eine fest verbundene Phalanx uns gegenübersehen, welche zu durchbrechen wir vielleicht noch lange nicht die Kraft hätten. Darum, meine Freunde,« rief er mit erhöhter Stimme, »lernen wir durch die Erfahrung, welche wir soeben gemacht, aber benutzen wir das Erlernte in stiller Vorsicht. Unsere Losung sei: »Schweigen und Handeln!«

Er schwieg.

»Barlin hat recht – was soll es nützen, gegen die Bourgeoisie zu demonstrieren – warten wir unseren Augenblick ab und zertreten wir diese Heuchler –« so rief es hier und dort in der Versammlung. – Die Ruhe hatte sich vollständig wieder hergestellt – man wartete, was da kommen würde, denn man fühlte, dass noch etwas kommen musste. Barlin hatte sich noch nicht gesetzt und ließ seinen kalten scharfen Blick über die Versammlung schweifen.

»Meine Freunde,« sprach er nach einigen Augenblicken, »ich freue mich, dass ihr alle die Gründe einseht und billigt, welche mich bestimmt haben, euch von jeder demonstrativen Handlung abzuraten, ebenso aber glaube ich auch, dass ihr die Notwendigkeit des Kampfes mit der Bourgeoisie, die Notwendigkeit des Bruches mit der Halbheit und Unklarheit verstehen und billigen werdet. Ihr werdet gewiss jetzt gern geneigt und bereit sein, einen scharfen und unermüdlichen Kämpfer für unsere Sache anzuhören, welcher der großen Weltverbindung des wahren Fortschritts angehört und aus der Schweiz hierher gekommen ist, um euch seine Ansichten auszusprechen.«

Ausrufe der Neugier und gespannter Erwartung machten sich in der Versammlung vernehmbar.

Tolain richtete sich empor und blickte fragend auf Barlin.

Es war ein Eingriff in seine Präsidentenrechte, dass Barlin hier in der Sitzung des Pariser Zweigvereins einen Fremden ankündigte, von dessen Anwesenheit er nichts wusste.

Bevor er jedoch seinem Erstaunen Worte gegeben hatte, fuhr Barlin zu sprechen fort:

»Ich bitte also unsern Freund Tolain um die Erlaubnis, in unsere Versammlung einführen zu dürfen den Bürger Michel Bakunin, welcher die Welt durchreist, und auf beiden Hemisphären die Zustände der Staaten und der Gesellschaft gründlich studiert hat, der überall mit glühendem Eifer der Sache diente, welche die unsere ist. Er ist heimlich hierhergekommen – er hat in den russischen Bergwerken die Märtyrerkrone seiner Gesinnung erhalten, er darf von der hiesigen Polizei nicht entdeckt werden – ich weiß, dass unter uns kein Verräter ist.«

Eine dunkle Röte erschien auf dem bleichen Gesicht von Tolain.

»Unsere Versammlung,« sagte er, »ist konstituiert aus Pariser Arbeitern als Pariser Zweigverein der internationalen Assoziation – ich kann es nicht für zulässig halten, in diese Versammlung jemand einzuführen, der ihr weder angehört, noch von einem der anderen Vereine, mit denen wir in Beziehung stehen, an uns abgeordnet ist.«

»Ich kann meinem Freunde Tolain nicht recht geben,« sprach Barlin kalt und ruhig, »denn, wenn wir uns in so engherzigen Formenzwang einschließen wollten, so wäre unsere Verbindung ja nichts anderes als jene mittelalterlichen Zünfte und Gilden, welche das Leben des damaligen Arbeiterstandes in tötende Fesseln schlugen. Wir arbeiten für die Freiheit, und wenn wir hier eine Pariser Verbindung sind, weil wir uns räumlich von der Abhängigkeit vom Ort nicht freimachen können, so dürfen wir uns doch geistig nicht in lokale Grenzen einengen und dem Geist, der mit uns nach denselben Zielen strebt und geistig und innerlich mit uns einig ist, dürfen wir den Zutritt nicht versagen.«

»Jede Organisation,« erwiderte Tolain, gewaltsam seine innere Erregung niederdrückend, mit leicht zitternder Stimme, »kann nur dann stark sein, wenn sie den Gesetzen, die sie sich gegeben, unverbrüchlich gehorcht, und ich glaube nicht, dass nach unseren Gesetzen jemand, der nicht zu den Pariser Arbeitern gehört –«

»Das oberste Gesetz unserer Verbindung,« sprach Barlin, »ist der Wille des Volkes, welcher jedes Mal durch den Beschluss der Majorität der Versammlungen sich ausspricht, – kein Gesetz steht höher als dieser Wille – das Gesetz ist der Tod – die Majorität ist der Fortschritt, – die Freiheit – das Leben. – Ich frage deshalb die Versammlung, ob sie den Bürger Michel Bakunin hören will oder nicht?« Noch bevor Tolain irgendeine Bemerkung machen konnte, erhoben sich laute Rufe der Zustimmung aus allen Teilen des Zimmers.

Tolain warf einen traurigen Blick umher und setzte sich schweigend nieder.

Barlin gab dem alten Héligon einen Wink, dieser ging hinaus und kehrte nach wenigen Augenblicken mit einem großen, breit untersetzten Mann in den Saal zurück, den er an den Tisch des Vorstandes führte.

Der Eingetretene erregte die gespannteste Aufmerksamkeit der Versammlung.

Seine ganze Erscheinung trug den Stempel schrankenloser Wildheit. Man konnte glauben, dass dieser Mann soeben aus den weiten Steppenwüsten hergekommen sei – das Kleid der zivilisierten Welt, das er trug, passte nicht für seine Glieder – seine Züge hatten den Ausdruck tartarischer Abkunft, sein Bart, sein tief in die Stirn herabwachsendes Haar, seine aufgeworfenen Lippen, selbst die Bewegung seiner Hände – das alles erschien fremdartig in dieser Versammlung von Menschen des romanischen Stammes – und je wilder und fast erschreckend seltsam diese ganze Erscheinung dastand, um so mehr überraschte der tief gutmütige Ausdruck der ein wenig hervorstehenden und schief geschlitzten Augen.

Eine tiefe Stille trat ein.

Michel Bakunin, der russische Wilde, – der König von Sachsen, wie man ihn als Spitznamen von der sächsischen Revolution her nannte, – streckte die Hand gegen die Versammlung aus und sprach mit einer Stimme, deren tiefe Gutturaltöne ein wenig an das Brüllen der Wüstentiere erinnerten, in jenem, den Russen eigentümlichen Französisch mit den scharf betonten Konsonanten:

»Ich grüße euch, Freunde und Brüder, im Namen der Erlösung der arbeitenden Menschheit aus den Fesseln, in welche Könige, Priester und Weiber sie geschlagen haben. Ich komme zu euch, um euch zu verkündigen die Grundsätze des neuen Evangeliums, das sich verbreiten muss über die ganze Welt hin, und von dessen Wahrheit die freiesten Geister aller Weltteile durchdrungen sind. Dies Evangelium duldet keine Halbheiten und Unklarheiten. Das Alte muss ausgerottet werden, um dem neuen Platz zu machen. Die Lüge muss vernichtet werden, um der Wahrheit den Sieg zu schaffen.«

Er hielt einen Augenblick an.

Lautlose Stille herrschte im Zimmer.

Alle Welt war betroffen von dieser eigentümlichen Erscheinung in ihrer wilden Ursprünglichkeit, von dieser rollenden Stimme, von diesen Worten, welche da erklangen wie die Verkündigung aus dem Munde eines Propheten der Vernichtung.

»Die Lüge müssen wir zerstören, meine Freunde und Brüder,« fuhr Bakunin fort, »und damit müssen wir anfangen beim Anfange. Der Anfang aller Lügen, aus denen die Knechtschaft in der Welt geschmiedet wird – ist Gott!«

Ein Rauschen ging durch das Zimmer, wie ein einziger großer Atemzug.

Die ganze Versammlung bog sich zusammen bei diesem gewaltigen Faustschlage, den der tartarische Prophet so ohne Vorbereitung gegen das Grundfundament alter Gesellschaftsordnungen führte, welche im Lauf der Jahrtausende das Leben der Völker geregelt haben.

In einzelnen Herzen klang dieses gewaltige Wort der Verneinung wie ein Trost, wie eine letzte Befreiung von Skrupeln und Bedenken, welche hier und da noch sich erhoben im Kampfe gegen die Schranken des Bestehenden. – Andere fühlten sich bis ins Innerste hinein erbeben bei dieser wilden Kriegserklärung des Geschöpfes gegen den Schöpfer – alle, welche eine ideale Verbesserung der menschlichen Gesellschaftszustände erstrebten, zitterten bei diesem Bekenntnisse, das jeden idealen Aufschwung ausschloss und die Zukunft der Menschheit in den Abgrund des rohesten Materialismus hinabstürzte.

»Die Könige und die Priester,« fuhr Bakunin fort, »haben seit Generationen in die Geister und Herzen der Menschen den Glauben an einen über dieser Welt thronenden Gott eingeimpft. Sie haben den Menschen die Vorstellung beigebracht, dass nach ihrem Leben eine zweite Existenz beginnen würde, in welcher der von den Tyrannen erfundene Gott sie bestrafen würde mit ewigen Qualen, wenn sie den zu ihrer Knechtung geschaffenen Gesetzen hier auf Erden nicht gehorcht hätten.

»Dieser Gott ist weiter nichts als ein Scherge der absoluten Tyrannei, als ein Gespenst, das man erscheinen lässt, um durch Lockungen oder Drohungen *neun* Zehntel der Menschheit von *einem* Zehntel abhängig zu machen. – Gäbe es einen Gott, meine Freunde,« rief er mit wildem Klang der Stimme, »wahrlich, dieser Gott müsste damit anfangen, den Blitzstrahl, den man ihm ja in die Hand gibt, herabzuschleudern, um die Throne zu zertrümmern, an deren Stufen man die geknechtete Menschheit in Ketten schmiedet, um die Altäre zu zerschlagen, von denen aus man die Wahrheit mit lügnerischen Weihrauchwolken verhüllt. – Reißt darum aus euren Herzen den Glauben an Gott, den die Priester von Jugend auf in euch gesenkt haben wie einen Angelhaken in die Eingeweide eines Fisches, denn solange noch eine Spur von diesem törichten Aberglauben in euch lebt, werdet ihr nie zur wahren Freiheit gelangen!«

Die tiefe Stille im Zimmer wurde nur durch die Atemzüge der Versammelten unterbrochen. Barlins scharfes Auge verfolgte umherspähend den Eindruck der Worte Bakunins. – Tolain saß mit gebeugtem Haupt schweigend da.

»Habt ihr,« fuhr Bakunin fort, »den Glauben an Gott und die Furcht vor diesem Schreckensgespenst der Priester in euren Herzen vernichtet, habt ihr die Überzeugung gewonnen, dass das Wesen eurer Existenz ebenso wie diese ganze Welt, die euch umgibt, gebildet ist durch die nach dem Gesetz der Schwere und der Attraktion bedingte Zusammensetzung der Atome, so habt ihr den ersten und wichtigsten Schritt zur Freiheit getan und werdet leicht in euch den Glauben an die zweite Lüge zerstören, welche die Tyrannei erfunden.

»Die *erste* Lüge war Gott – die *zweite* Lüge ist das Recht!

»Die Macht, um sich Dauer und Bestand zu sichern, erschuf die Fiktion des Rechts, des Rechts, das sie selbst nicht achtet, das nur die Schranke bilden soll, um die schüchterne Dummheit der Masse von jedem Angriff zurückzuhalten.

»Die Macht, meine Freunde, ist das einzige Fundament der Gesellschaft, die Macht gibt das Gesetz und hebt es wieder auf – und die Macht, meine Freunde, ist bei uns, sie ruht in den Händen der Majorität dieser neun Zehntel der menschlichen Gesellschaft, deren überlegene Kraft von dem einen Zehntel unterjocht wird, weil dies eine Zehntel die lügnerische Fiktion des Rechts zu seiner unnatürlichen Herrschaft benutzt und euch alle daran gewöhnt hat, vor dem Recht eure Häupter und Arme zu senken. Durchdringt euch mit dem Gefühl und dem klaren Bewusstsein eurer Macht, zertrümmert diesen Götzen des Rechts, welcher selbst bei vielen von euch noch aufrecht dasteht, die längst die Lüge des nebelhaften Gottes der Priester erkannt haben. – Habt ihr die Furcht vor Gott verbannt – habt ihr die kindische Achtung vor der Fiktion des Rechts vernichtet, dann werdet ihr wie dünne Fäden alle jene übrigen Ketten zerreißen, mit welchen man euch in die Knechtschaft geschmiedet hat – die Ketten, welche man nennt Wissenschaft: – Zivilisation – Eigentum – Ehe – Gesetz!

»Euer Gesetz ist euer Wille, aber um dieses Gesetz zur Anerkennung zu bringen und das richtige Verhältnis zwischen der Majorität und der Minorität der Menschheit wieder herzustellen, müsst ihr alles zertrümmern, was in den tausendjährigen Bauten der Staats- und Gesellschaftsordnung aufgerichtet ist.

»Erzieht euch selbst, erzieht eure Kinder in diesen Grundsätzen der Wahrheit, damit, wenn der große Augenblick des Schlages gekommen ist, um die neue Welt aufzurichten, euer Blick nicht geblendet werde durch die falschen Truggebilde, welche die Tyrannen des Thrones und Altares vor euch aufsteigen lassen.

»Ich fordere euch nicht auf, etwas zu beschließen oder zu tun – die Negation ist die Bedingung für das Heil der Zukunft –, euer erstes Werk muss die Zerstörung sein – die Vernichtung alles Bestehenden. – *Verneint* alles – denn ihr müsst alles zerstören lernen, das Gute mit dem Schlechten, denn wenn nur ein Atom von der alten Welt übrig bleibt, so wird die neue niemals erbaut werden. –

»Haben doch jene Priester, als einst die große Zerstörungsflut über die Menschheit hereinbrach, das Märchen erfunden von jenem Noah, der durch ihren Gott ganz besonders errettet wurde – nur damit der Samen und Keim der alten Lügenherrschaft hinüber wuchere in die neue Welt.

»Wenn ihr einst,« fuhr er mit fast brüllender Stimme fort, »das Werk der Zerstörung beginnt – wenn die Fluten der lange geknechteten Massen sich vernichtend daher wälzen werden über die Tempel und Paläste, – dann, meine Freunde, tragt Sorge, dass in keiner Arche ein Atom jener Welt, die wir der Vernichtung weihen, hinübergerettet werde.«

Er schwieg, ließ noch einmal seinen aus Gutmütigkeit und wahnsinniger Wildheit gemischten Blick über die Versammlung gleiten und trat zum Tisch des Vorstandes zurück.

Einige Augenblicke blieb alles schweigend unter dem Eindruck seiner Worte. – Dann erhoben sich die Stimmen brausend wie der Sturm – Tolain sprang auf, sein sonst so scharfes Auge sprühte Flammen – er erhob die Hand – er wollte sprechen – aber eben so gut hätte man zu den vom Orkan aufgewühlten Wogen des Ozeans sprechen können oder zu den im Kampf der Elemente am Himmel zusammengeballten Wetterwolken, als zu dieser Versammlung.

Barlin saß schweigend da und blickte mit kaltem Lächeln in den Tumult.

Tolain erhob endlich den Hammer, der vor ihm lag, ließ ihn mit tönenden Schlägen auf den Tisch niederfallen und erklärte die Versammlung für geschlossen.

Niemand hörte diese Erklärung – niemand beachtete sie – alles sprach, schrie und gestikulierte. Gruppen auf Gruppen verließen den Saal und man hörte im Hof und auf der Straße die lauten Stimmen weitertönen.

Bakunin hatte das Zimmer ebenfalls verlassen, – ein Mann in blauer Bluse, mit einem gemeinen, von wilden Leidenschaften und gemeinen Debauchen zerrissenen Gesichte, dessen unterer Teil von einem dichten blonden Bart bedeckt war, folgte ihm in einiger Entfernung bis zu einer kleinen Straße in der Nähe der Boulevards des Batignolles, wo der tartarische Agitator in ein kleines, unscheinbares und schmutzig aussehendes Restaurationslokal eintrat. –

Als das Zimmer in der Rue des Gravilliers leer geworden, packte Tolain schweigend die auf den Tischen liegenden Bücher und Papiere zusammen und schloss sie in einen großen Kasten, der in einer Ecke stand – dann grüßte er mit mildem und tieftraurigem Lächeln seine Gefährten und schritt in die Nacht hinaus, indem er leise vor sich hin sprach: »Das ist der Anfang vom Ende!«

Der Mann in der blauen Bluse, welcher Bakunin verfolgt hatte, begab sich nach dem Faubourg St. Antoine und stieg dort die dunklen Treppen eines vierstöckigen Hauses hinauf. Er trat in ein kleines Zimmer, eine einfache Arbeiterwohnung. Aus einem verschlossenen Schrank, welcher nebst einem Bett, einem Tisch und einigen Stühlen das Ameublement dieses Zimmers bildete, nahm er einen schwarzen Rock und hohen Hut, kämmte seinen verwilderten Bart und verließ nach kurzer Zeit fast unkenntlich verändert das Haus.

Er ging raschen Schrittes nach der Polizeipräfektur, zeigte dem Huissier eine Karte und wurde trotz der vorgerückten Stunde in das Kabinett des Herrn Pietri eingeführt.

Eine Stunde später erschien ein Trupp von fünf bis sechs Sergeants de Ville, begleitet von zwei Kommissären in Zivil, in dem Hause Nr. 44 der Rue des Gravilliers. Der Concierge, welchem die Kommissäre eine schriftliche Ordre vorzeigten, zog sich schweigend zurück – man stieg zu dem Zimmer im Hinterhause hinauf, welches einige Zeit vorher der Schauplatz so bewegter Szenen gewesen war – man öffnete mit Leichtigkeit die Tür und fand ebenso wenig Widerstand an dem einfachen Schloss des Kastens, in welchem die Papiere des Zweigvereins von Paris verwahrt waren. Die Kommissäre nahmen die Papiere zu sich – man legte die Siegel an die Tür und bald war diese ganze Angelegenheit beendet, ohne dass die übrigen Bewohner des Hauses irgendetwas Außerordentliches bemerkt hätten.

Siebentes Kapitel

In ziemlich früher Morgenstunde fuhr die einfache Equipage des Marschalls Niel in den Hof der Tuilerien.

Der Marschall stieg aus und trat durch das große, von einem Zeltdach überragte Portal in das Palais. Die Haltung des französischen Kriegsministers war militärisch fest und kräftig, sein etwas bleiches und abgespanntes Gesicht aber trug den Ausdruck körperlicher Leiden, welche jedoch durch energische Willenskraft niedergedrückt wurden. Der Marschall trug den einfachen schwarzen Morgenanzug und kaum hätte man in dieser so bescheiden einhertretenden Persönlichkeit, welche nur durch das geistig erleuchtete, scharf blickende Auge ausgezeichnet war, den ersten militärischen Würdenträger des Kaiserreichs erkennen mögen.

Der Marschall stieg, ohne in das Zimmer der Adjutanten vom Dienst einzutreten, gerade zu den Appartements des Kaisers empor, er fand den alten Kammerdiener Felix im Vorzimmer und wurde von diesem mit all dem ehrerbietigen Eifer, welcher sowohl seinem Rang als seiner persönlichen Vertrauensstellung zum Kaiser entsprach, in das Kabinett des Souveräns eingeführt.

Napoleon III. saß neben seinem Frühstückstisch in einen großen Fauteuil zurückgelehnt. War auch das Aussehen des Kaisers nicht kräftiger und gesünder geworden, und zeigten sich an seinen Schläfen mehr graue Haare als früher, so war doch sein Blick in diesem Moment frei und heiter, ein zufriedenes Lächeln war auf seinen Lippen, mit besonderem Genuss; schien er die blauen Ringelwölkchen seiner Zigarette in die Luft zu blasen, während er aufmerksam anhörte, was der kaiserliche Prinz ihm von einem Papier vorlas, das er in der Hand hielt.

Der junge Prinz, diese Hoffnung der kaiserlichen Dynastie, war ziemlich stark in die Höhe geschossen und seine Haltung sowohl als sein bleiches, etwas nervös gezogenes Gesicht, das in seinem untern Teil an die Kaiserin erinnerte, während es des Vaters eigentümliche Stirnbildung zeigte, ließen die Spuren der langen und schweren Krankheit erkennen, welche der Prinz im vorigen Jahre überstanden hatte. Seine großen Augen aber blickten trotz ihres sinnenden, fast träumerischen Ausdrucks frei und klar und das jugendlich sympathische Gesicht des Prinzen war leicht gerötet und bewegt durch den Vortrag, den er seinem Vater hielt.

Der Kaiser erhob sich bei dem Eintritt des Marschalls und reichte ihm mit freundlichem Gruß die Hand, während der Prinz in militärischer Haltung ehrerbietig die Begrüßung dieses hohen Würdenträgers der französischen Armee erwiderte.

»Sie sehen hier, mein lieber Marschall,« sagte der Kaiser lächelnd, indem er sich wieder niederließ und der Kriegsminister auf seinen Wink ihm gegenüber Platz nahm, – »Sie sehen hier einen künftigen Soldaten Frankreichs, welcher den Gesinnungen Ausdruck gegeben hat, die stets in den großen Zeiten die edelsten Krieger unserer Nation beseelt haben, – den Gesinnungen der Ehrfurcht gegen die Religion und die Kirche. Ich habe mich,« fuhr er nachdenklich emporblickend fort, »noch bei meiner Anwesenheit in Orleans vor wenigen Tagen davon überzeugt, wie tief diese Gesinnungen in das Herz des Volkes gesenkt sind und mit wie treuer Pietät Volk und Armee die Tradition jenes großen Wunders bewahren, das Gott einst durch die Jungfrau zur Errettung Frankreichs verrichtet.«

Ernst erwiderte der Marschall:

»Ich hoffe, Sire, dass diese Gesinnungen immer in der französischen Armee werden lebendig bleiben, wenn ich auch als Minister Eurer Majestät die Wunder der göttlichen Allmacht nicht in meine Berechnungen ziehen darf, sondern vielmehr dahin arbeiten muss, die materiellen Kräfte Frankreichs zu organisieren und anzuspannen.«

»Sie haben recht – Sie haben recht,« sagte der Kaiser freundlich, – »*mais toi et Dieu t'aidera!* – immerhin aber ist auch materiell die Kirche ein starker und mächtiger Bundesgenosse, den die Herrscher sich erhalten müssen.

– Der Prinz hat«, fuhr er fort, »ein Dankschreiben an den Heiligen Vater verfasst für den apostolischen Segen, den Seine Heiligkeit ihm zu seiner ersten Kommunion zu übersenden die Güte hatte. Mein Sohn hat das Schreiben ganz nach seinen eigenen Gedanken aufgesetzt, und es hat also wenigstens den Vorzug, der aufrichtige Ausdruck seiner Gesinnungen zu sein.«

Er nahm den Brief aus der Hand des Prinzen und reichte ihn dem Marschall.

Dieser las ihn langsam mit Aufmerksamkeit durch, während der Kaiser forschend zu ihm hinüberblickte.

Die Miene des Marschalls drückte Zufriedenheit aus – er nickte mehrmals zustimmend mit dem Kopf.

»Der Brief ist vortrefflich,« sagte er dann, »und drückt in seiner einfachen, natürlichen Sprache vollkommen die Gesinnungen aus, welche ein guter Franzose und künftiger Soldat haben muss.«

Der Prinz errötete vor Vergnügen. Sein lebhaft bewegtes Gesicht, voll Stolz über das Lob des Marschalls, war wirklich schön in diesem Augenblick – der Blick des Kaisers ruhte mit dem Ausdruck zärtlicher und inniger Liebe auf seinem Sohn.

»Jetzt,« sagte er, »gehe hin und schreibe deinen Brief ins Reine, damit er morgen nach Rom abgehen kann.«

Der kaiserliche Prinz verstand, dass er entlassen sei, küsste die Hand seines Vaters und verließ, mit tiefer Verneigung den Gruß des Marschalls erwidernd, das Kabinett.

Der Kaiser blickte ihm mit warmem Gefühl nach, richtete sich dann ein wenig in seinem Sessel empor, stützte den Arm leicht auf die Seitenlehne und sah den Minister erwartungsvoll an, zum Zeichen, dass er bereit sei, zu hören, was derselbe ihm vorzutragen habe.

»Sire,« begann der Marschall mit seiner festen und klaren Stimme, »Eure Majestät erinnern sich, welche Aufgabe ich mir gestellt habe, als ich vor fast zwei Jahren das Portefeuille des Krieges aus Ihren Händen empfing.«

Der Kaiser drehte die Spitze seines Schnurrbarts zwischen den Fingern und nickte schweigend mit dem Kopf.

»Es kam darauf an,« fuhr der Marschall fort, »die französische Armee zu der Höhe der Schlagfertigkeit zu erheben, welche notwendig ist, um dem unter preußischer Führung geeinigten Norddeutschland mit Siegeszuversicht den Kampf anbieten zu können, was damals nach der übereinstimmenden Ansicht aller Marschälle nicht möglich war.« Der Kaiser neigte abermals zustimmend das Haupt und hörte in schweigender Aufmerksamkeit zu.

»Ich komme heute,« fuhr der Marschall Niel fort, »um Eurer Majestät zu sagen, dass die mir gestellte Aufgabe im Großen und Ganzen erfüllt ist.«

Das Auge des Kaisers leuchtete auf.

»Die Bewaffnung der Armee mit den Chassepotgewehren«, fuhr der Marschall fort, »ist fast ganz durchgeführt – es wird nur noch darauf ankommen, das Exerzitium, welches die neue Waffe bedingt, den Truppen zur vollständigen Gewohnheit zu bringen, um alsdann die ganze Armee mit dem vollen Übergewicht der neuen Bewaffnung in das Feld rücken zu lassen.«

»Und Sie haben die Überzeugung,« fragte der Kaiser, »dass die Chassepots vollständig den Zündnadeln das Gleichgewicht halten?«

»Sire,« erwiderte der Marschall, »es ließe sich viel über die Vorzüge der einen oder der anderen Waffe sagen, und es wird sehr schwer sein, wie Eure Majestät noch besser als ich beurteilen können – genau festzustellen, welches die absolut bessere sei. – Nach meiner militärischen Überzeugung aber ist die Erörterung dieser Frage von keinem praktischen Wert. – Bei dem fast märchenhaften Prestige, welches das Zündnadelgewehr umgibt, war es für das moralische Bewusstsein der Soldaten eine unerlässliche Notwendigkeit, ihnen ebenfalls ein Hinterladungsgewehr zu geben und sie mit der Überzeugung zu erfüllen, dass dies noch besser sei, als die preußischen Zündnadelgewehre. – Das ist geschehen, die Armee ist von der Überlegenheit des Chassepots überzeugt und wird mit dem vollen Gefühl der Siegesfreudigkeit in den Kampf gehen – damit ist erreicht, was zunächst nötig war, die vollständige Einübung mit der neuen Waffe wird gegenwärtig vollendet und in Chalons, Lannemezan und den übrigen von Eurer Majestät befohlenen Lagern auf die letzte Probe gestellt werden. Nachdem dies geschehen, wird die Armee jeden Augenblick bereit sein, auf Eurer Majestät Befehl jeden Kampf mit jedem Gegner aufzunehmen.«

»Und die Mitrailleusen?« fragte der Kaiser. »Eure Majestät wissen,« erwiderte der Marschall, offen und frei den Blick seines Souveräns erwidernd, »dass ich dieser technisch so vortrefflichen Waffe für die Feldoperationen der Armee und für die militärischen Erfolge in großen Aktionen einen verhältnismäßig nur geringen Wert beilege. Es mag immerhin gut sein, dass der geheimnisvolle Nimbus, der die Mitrailleusen noch umgibt, den Soldaten noch höheres Vertrauen einflößt und die Gegner mit Schrecken erfüllt, – der entscheidende Erfolg aber wird in den Kriegen der Gegenwart mehr und mehr immer von den taktischen Bewegungen abhängen, und demjenigen wird immer der Sieg zufallen, dem es gelingt, jedes Mal zur rechten Zeit am rechten Ort mit der Genauigkeit mathematischer Berechnungen das numerische Übergewicht an Streitkräften zu versammeln. – Eure Majestät haben die Berichte des Oberstleutnants Baron Stoffel gelesen?« fragte er.

Der Kaiser nickte bejahend und blickte den Marschall erwartungsvoll an.

»Mit vollem Recht,« fuhr dieser fort, »findet der Oberstleutnant die Grundlage der erfolgreichen Kraft der preußischen Armee in der hohen Intelligenz und allseitigen Bildung des großen Generalstabs der Armee sowie der einzelnen Generalstäbe der Korps, wodurch in Verbindung mit der ebenfalls außergewöhnlichen militärischen und wissenschaftlichen Bildung der sämtlichen Offiziere eine Sicherheit und Leichtigkeit für die kombiniertesten taktischen Bewegungen hergestellt wird, welche der preußischen Armee eine hohe Überlegenheit gibt und welcher dieselbe ausschließlich ihre Erfolge gegen Österreich zu danken hat, dessen Truppen an persönlicher Tapferkeit und Tüchtigkeit gewiss nicht hinter den preußischen zurückstanden.«

»Der Oberst hat gewiss recht,« sagte der Kaiser, »indes« – fügte er mit verbindlichem Lächeln hinzu, »glaube ich, dass der große Generalstab der französischen Armee unter Ihrer Leitung, mein lieber Marschall, niemals hinter demjenigen irgendeiner Macht zurückstehen wird.«

»Ich will Eurer Majestät,« erwiderte der Marschall, »ohne alle falsche Bescheidenheit aussprechen, dass ich glaube, so viel Kenntnisse und Erfahrungen gesammelt zu haben, um es unternehmen zu können, mich im Felde jedem Gegner gegenüberzustellen, aber,« fuhr er fort, »die Fäden, an welchen die Bewegungen großer Armeen geleitet werden, bilden einen sehr künstlichen und sehr weitverzweigten Mechanismus, zu welchem eine große Anzahl theoretisch und praktisch ausgebildeter Offiziere gehören, wenn die Gedanken des Chefs richtig und ohne Zögerungen durchgeführt werden sollen. Solche Offiziere, Sire, finden sich in der französischen Armee nicht in so großer Anzahl als in der preußischen, es wird daher erforderlich sein, die geeigneten Elemente überall aufzusuchen und in den Generalstäben zu vereinigen. Zugleich werden die Offiziere aller Grade so schnell und so gründlich als möglich auf einen eventuellen Feldzug nach dem Rhein hin vorbereitet werden müssen – ich habe zu diesem Zweck Karten mit erläuterndem Text vorbereiten lassen, und es müssten dieselben jedenfalls einige Zeit, bevor Eure Majestät den

Moment einer ernsten Aktion für gekommen erachten werden, an die einzelnen Korps verteilt werden.«

»Ich bitte Sie, mein lieber Marschall,« sagte der Kaiser, »alles zur Ausführung Ihrer Ideen, die ich vollkommen teile, anzuordnen – ich bin überzeugt, dass die französische Armee, namentlich im Geniekorps und der Artillerie, die genügenden Kräfte darbieten wird, um einen Generalstab zusammenzusetzen, der Ihre Pläne ausführen kann.«

»Auch ich zweifle daran nicht,« sagte der Marschall, »indessen müssen jene Kräfte sorgfältig gesucht und vereinigt werden. Sodann,« fuhr er fort, »ist die von Eurer Majestät angeordnete Organisation der Kadres der mobilen Nationalgarde nunmehr völlig beendet. – Das ganze Land ist in Bataillonsbezirke eingeteilt und es sind die Kadres für vierundneunzig Bataillone geschaffen, welche jeden Augenblick aufgestellt werden können.«

»Da haben wir also nun die preußische Landwehr,« sagte der Kaiser lächelnd.

»Nicht ganz, Sire,« erwiderte der Marschall, »die preußische Landwehr, nach der neuen Organisation namentlich, ist, wie auch der Oberstleutnant Stoffel ganz richtig hervorhebt, eine feldtüchtige Truppe, welche ergänzend in die Reihen der Linienregimenter eintritt; unsere mobile Nationalgarde dagegen wird zunächst für den Felddienst nicht zu gebrauchen sein, – sie wird uns vielmehr nur den Vorteil gewähren, die ganze Linie hinausrücken lassen zu können, ohne einen großen Teil der Truppen für die innere Sicherheit und den Festungsdienst zurück zu behalten.«

»Glauben Sie,« fragte der Kaiser rasch mit einem schnellen Aufblitzen seines Auges, »dass die mobile Nationalgarde gegen innere Unruhen zuverlässig sein würde?«

»Ich glaube es gewiss,« erwiderte der Marschall, – »sie erhält eben durch die festen Kaders einen militärischen Kern, welcher sie wesentlich von den uniformierten Bourgeois der früheren Nationalgarden unterscheidet, die stets so gern mit den Revolutionen fraternisierten.«

Der Kaiser schwieg.

»Für die Verproviantierung der Festungen,« fuhr der Marschall fort, »ist alles geschehen, und wenn die Truppen in den Lagerübungen dieses Sommers ihre Proben werden abgelegt haben, so können Eure Majestät jeden Augenblick diejenige aktive Politik aufnehmen, welche vor zwei Jahren leider unmöglich war.«

»Die Lagerübungen werden im Herbst beendet?« fragte der Kaiser nachdenklich.

»Und eben dann,« fiel der Marschall lebhaft ein, »ist nach meiner Überzeugung der Augenblick für eine militärische Aktion gekommen, wenn Eure Majestät eine solche aus politischen Gründen zu beginnen für geeignet halten sollten.«

»Sie haben also noch immer,« fragte der Kaiser, »die Idee, dass man gegen Preußen einen Winterfeldzug machen müsse?«

»Ganz gewiss, Sire,« sagte der Marschall im Ton der Überzeugung, »und je länger ich über die Eventualität eines solchen Feldzuges nachgedacht habe, um so mehr bin ich in meiner früheren Ansicht bestärkt worden. – Die sonst so treffliche Landwehrorganisation, welche Preußen erlaubt, schnell und sicher eine unverhältnismäßige Zahl von Truppen ins Feld zu stellen, hat zugleich die Folge, dass alle Kräfte des Landes dem Ackerbau, der Industrie, dem Handel entzogen werden, und dass das wirtschaftliche Leben des Staats während der Dauer des Krieges fast stillsteht. Ein solcher Zustand ist nicht lange zu ertragen, je länger er ertragen werden muss, um so mehr wird das Gefühl des Volkes sich gegen den Krieg sträuben, um so mehr wird in der Armee selbst Widerwillen und Unzufriedenheit Platz greifen. Preußen muss schnell schlagen und schnell siegen, wenn es seine Kraft behalten will, denn diese Kraft ist nach meiner Überzeugung stark und intensiv, aber nicht dauerhaft nachhaltig. Ein Winterfeldzug,« fuhr er fort, »muss aber der Natur der Verhältnisse gemäß lange dauern und die Aufgabe unserer Taktik wird es sein, jeden entscheidenden Schlag möglichst lange zu vermeiden und die Feinde durch kleine Kämpfe hinzuhalten, um so die Zersetzung ihrer Kraft eintreten zu lassen.

Der Kaiser neigte mehrmals zustimmend den Kopf.

»Der Winterfeldzug hat außerdem den Vorteil,« sprach der Marschall weiter, »dass durch denselben Preußen gezwungen wird, dem Lande die Arbeitskräfte gerade im Momente der Ernte zu entziehen, in welchem dieselben am empfindlichsten entbehrt werden, und endlich kommt noch hinzu, dass die Soldaten der Landwehr, so wenig sie gewiss an Mut und Tapferkeit zurückstehen, dennoch nicht an den harten Dienst- und die Strapazen eines Winterfeldzugs so gewöhnt sind, wie unsere Truppen. In dieser Beziehung also muss ich die Überzeugung aussprechen, dass die Wahl des Winters als Kriegszeit die Chancen des Erfolgs für uns verdoppelt.«

»Aber,« warf der Kaiser ein, »im Winter wird unsere Flotte, durch welche wir dem Gegner so weit überlegen sind, nicht manövrieren können.«

»Ich muss Eurer Majestät offen bekennen,« sagte der Marschall, »dass ich auf die Mitwirkung der Flotte in einem Kriege mit Preußen sehr wenig Wert lege.«

Der Kaiser blickte erstaunt auf.

»Unsere Flotte, Sire,« sprach der Marschall, »ist von hohem Wert für unsere Kolonien und für den Schutz des französischen Handels auf den großen Meeren – was aber könnte sie tun in einem Kriege mit Preußen? – die Häfen blockieren – den Handel lahmlegen – das aber würde gerade der Punkt sein – abgesehen davon, dass solche Mittel der Kriegführung meinem militärischen Gefühl widerstreben – durch welchen wir England aus seiner Neutralität zu unseren Ungunsten herausbringen könnten, und der Schaden einer solchen Verwicklung im Augenblick solcher ernsten Aktionen würde nach meiner Überzeugung schwerer wiegen als alles, was die Flotte durch Zerstörung des preußischen Handels uns nützen könnte. Es würde also nichts übrig bleiben, als dass die drohenden Spazierfahrten unserer Schiffe die Gegner zwängen, ihre Aktionsmacht durch Aufstellung von Beobachtungskorps an den Küsten zu schwächen – ich aber, Sire,« fuhr er fort, – »würde, wenn ich Chef des preußischen Generalstabs wäre, solche Beobachtungskorps gar nicht aufstellen – ich würde die Flottendiversionen ganz unbeachtet lassen und die Küsten einfach durch richtig gelegte Torpedos schützen.«

Der Kaiser schwieg einen Augenblick sinnend.

»Und Sie glauben,« fragte er dann, »dass der preußische Generalstabschef dieselben Gedanken über die Wirksamkeit unserer Flotte haben wird?«

»Der General von Moltke,« erwiderte Niel, »ist einer der bedeutendsten Männer, die ich jemals kennengelernt, ich zweifle nicht, dass er den möglichen Feldzug ebenso genau durchdacht hat wie ich, und dass er sich keine Illusionen über die Bedeutung und den Wert der gegenseitigen Mittel macht. – Ich glaube nicht, dass er sich besonders vor unserer Flotte fürchtet.«

Der Kaiser drehte schweigend seinen Schnurrbart.

»Um Eurer Majestät,« fuhr der Marschall fort, »meinen Feldzugsplan vollständig zu entwickeln, muss ich besonders noch hinzufügen, dass ich es für nötig halte, von Holland her den Gegner im Norden anzugreifen.«

Der verschleierte Blick des Kaisers trat einen Moment frei hervor und richtete sich mit dem Ausdruck aufmerksamster Spannung auf den Sprechenden.

»Die Neutralität Hollands und Belgiens,« sagte er, »ist schwer anzutasten, – das würde einen europäischen Sturm hervorrufen.«

»Sire,« sagte der Marschall in festem Tone, – »wenn es die Erreichung eines großen Zweckes gilt, so darf man vor den Schritten, die zum Ziele führen, nicht zurückschrecken. Sturm genug wird durch die Welt wehen, wenn der große Kampf um die Herrschaft in Europa zwischen der romanischen und germanischen Rasse entbrennt, – ob dann die Wetter ein wenig lauter toben oder nicht, ist gleichgültig, – die französische Fahne ist es gewöhnt, in sturmbewegter Luft zu wehen.«

Der Kaiser blickte sinnend vor sich hin.

»Erlauben mir Eure Majestät,« fuhr der Marschall fort, »meine Idee weiter zu entwickeln.«

»Die ganze Armee Frankreichs,« sprach er, indem die Züge seines kränklichen, geistdurchleuchteten Gesichts sich belebten, – »müsste nach meinem Plane in drei große Korps geteilt werden. Das Zentrum würde langsam und in geschlossenem Aufmarsche gerade gegen den Rhein vorrücken. Der rechte Flügel der großen Armeeaufstellung würde, von Straßburg und dem verschanzten Lager von Belfort aus operierend, gegen Baden vorgehen und im Großen und Ganzen den Feldzug Moreaus wiederholen – indem jedem der süddeutschen Staaten an seinen Grenzen die Alternative mit vierundzwanzig Stunden Bedenkzeit gestellt würde,

– ob die französischen Truppen als Feinde oder als Alliierte in das Land einzurücken hätten.«

»Die Wahl würde allen diesen Regierungen nicht schwer werden,« sagte der Kaiser, – »ich bin überzeugt, dass sie mit Freuden die Gelegenheit ergreifen werden, sich vor der drohenden, mehr oder minder vollständigen Mediatisierung zu schützen, – die antipreußischen Parteien werden bei einem solchen Druck mächtig zu handeln beginnen, und den Entschluss der Regierungen noch erleichtern.«

»Eure Majestät müssen darüber durch Ihre Gesandtschaften unterrichtet sein,« sagte der Marschall ruhig, – »wie dem aber auch sei, militärisch wird bei keinem der süddeutschen Staaten ein Widerstand zu besorgen sein, – Preußen kann sie nicht schützen, wenn von uns nur rasch und energisch vorgegangen wird, wenn die Vorbereitungen rechtzeitig und im tiefsten Geheimnis getroffen werden, und wenn keine Zeit mit diplomatischen Verhandlungen verloren wird. – Derjenige wird in diesem Kampf ein ungeheures Übergewicht haben, dessen Armee zuerst marschiert – Preußen handelt rasch – aber es bedarf immer vierzehn Tage zur Marschfertigkeit und kann in Süddeutschland keine Vorbereitungen treffen. – Diese vierzehn Tage müssen wir gewinnen, – das wiegt soviel als eine große gewonnene Schlacht!«

Der Kaiser ließ den Kopf tief herabsinken und strich mit der Hand über den Knebelbart.

»Der linke Flügel, Sire,« sprach der Marschall weiter, – »wird nach meinem Plane von Holland her in raschem Vormarsch über Hannover hereinbrechen. Dort ist eine unzufriedene, unter dem Druck der preußischen Herrschaft seufzende Bevölkerung, und auf diesem Boden wird die Widerstandskraft der preußischen Armee schon durch die inneren Schwierigkeiten halb gebrochen sein. – Hier,« fuhr er fort, – »ist der einzige Punkt, an welchem eine Flottendiversion von Bedeutung werden könnte, – denn wenn man auf eine Erhebung der hannöverschen Bevölkerung rechnen dürfte, so würde dort eine Landung möglich sein, da das Landungskorps sich auf die ausständigen Bewohner des Landes stützen, ihnen wieder zum Mittelpunkt und Halt dienen würde.«

»Der Kaiser erhob sich – trat an seinen Schreibtisch und öffnete mit einem kleinen Schlüssel eines der Schubfächer.

Er nahm ein Heft von mehreren Bogen daraus hervor, reichte es dem Marschall und setzte sich wieder in seinen Lehnstuhl.

»Hier,« sagte er, »hat man mir ein Memoire über eine Beteiligung Hannovers an einer militärischen Aktion gegen Preußen zur Wiedereroberung seiner Selbstständigkeit gegeben, – es scheint mir vieles sehr Beachtenswerte und Richtige zu enthalten, – ich bitte Sie, es zu lesen und vom militärischen Standpunkt mit Rücksicht auf Ihre Operationspläne zu prüfen. – Freilich,« fuhr er fort, – »verlangt man von mir, wenn eine Beteiligung Hannovers an einer Aktion gegen Preußen gesichert werden solle, dass ich jeden Gedanken an eine Vergrößerung Frankreichs nach der Rheinseite hin aufgeben soll, dass ich bei dem Beginne der militärischen Operationen mich in einer Proklamation an das deutsche Volk bestimmt verpflichte, keine Eroberungen auf deutschem Boden zu machen. Auch für die Süddeutschen, sagt man mir, wäre eine solche bestimmte Verpflichtung notwendig. – Es handelt sich dabei um ein großes Prinzip, und ich muss gestehen, dass es nach meiner Auffassung mir sehr viel richtiger erscheint, die chauvinistischen Eroberungsgedanken aufzugeben, und lieber die Freundschaft des deutschen Volkes zu erwerben, das, nach föderativen Grundsätzen geeinigt, für uns keine Gefahr bildet.«

Der Marschall schüttelte den Kopf.

»Ich kann Eurer Majestät Ansicht über diesen Punkt nicht teilen,« sprach er, – »eine Proklamation, wie Eure Majestät sie eben angedeutet haben, würde vielleicht die Sympathien der deutschen Bevölkerung gewinnen, dagegen aber den Elan der französischen Armee sehr erheblich dämpfen. Die Eroberung des Rheins ist der Lieblingsgedanke der französischen Nation und insbesondere des französischen Soldaten. Wenn Eure Majestät beim Beginn eines so ernsten Kampfes erklären, dass das in allen Herzen ruhende Ziel der Wünsche definitiv aufgegeben werden soll, so wird dies eine tiefe Unzufriedenheit hervorrufen, welche von der nachteiligsten Wirkung auf die für den großen Kampf so notwendige Anspannung der nationalen Kräfte sein muss. Außerdem,« fuhr er fort, »halte ich die Eroberung des Rheins vom militärischen Standpunkt für notwendig, um dauernde Ruhe zwischen Frankreich und Deutschland herzustellen und das französische Übergewicht vollkommen zu sichern. Wir müssen den Rhein haben, oder – was Gott verhüte, in die vollständige Unmöglichkeit versetzt werden, ihn jemals zu erobern; so allein wird ein dauernder Friede möglich sein.

»Wenn Eure Majestät,« sprach der Marschall mit fester Stimme weiter, »Sympathien und die eventuelle militärische Mitwirkung der deutschen Bevölkerung nur dadurch erhalten können, dass Sie einen wesentlichen nationalen Wunsch Frankreichs opfern, so kann ich Ihnen nur raten, auf jene Sympathien und Unterstützungen zu verzichten.« Der Kaiser blickte einen Augenblick sinnend zu Boden.

Dann stand er auf und sprach:

»Es ist mir von hohem Interesse gewesen, mein lieber Marschall, auch über diesen Punkt Ihre Ansicht zu vernehmen, ich werde über das, was Sie mir gesagt, ernsthaft nachdenken, – nach Ihrer Überzeugung,« sagte er, den Marschall fest anblickend, »wird also die Armee im September vollständig fertig sein, um ins Feld zu rücken?«

»Vollständig, Sire,« erwiderte der Marschall.

»Nun,« sprach der Kaiser, »ich hoffe, dass die Diplomatie nicht hinter dem Militär zurückbleiben wird, dass wir es bald erleben, den Ruhm und die Größe Frankreichs frei und hell strahlen zu sehen, befreit von den Flecken, die der Erfolg dieses preußischen Glücksspiels von 1866 darauf geworfen hat.«

Er reichte dem Marschall die Hand und begleitete ihn einige Schritte zur Türe hin.

»Ich stehe allein,« sagte er dann, als der Kriegsminister das Kabinett verlassen hatte, »ich stehe allein mit meiner Ansicht über die Eroberungen zur Vergrößerung Frankreichs. Der Chauvinismus durchdringt die ganze Nation, und selbst dieser ruhige Mann ist von ihm durchdrungen – – Oh,« rief er, indem er sich in seinen Fauteuil niedersinken ließ – »sie alle kennen die Deutschen nicht, sie leben in den Traditionen von 1806, – sie haben 1813 vergessen, sie wissen nicht, wie mächtig und gewaltig eine Idee in dem deutschen Volke werden kann – und die Idee nationaler Einigkeit und Größe ist sorgfältig gepflegt in diesem nachdenkenden Volk – – da sagt man mir, dass ich die Eroberung des Rheins auf die Fahne schreiben müsse, um die volle nationale Kraftentwicklung des französischen Volkes zu erreichen, und auf der andern Seite bin ich tief davon überzeugt, dass ich dadurch nur das Spiel dieses Grafen Bismarck mischen würde, der nur darauf wartet, Frankreich als den drohenden Feind der Integrität des deutschen Gebiets darstellen zu können, um selbst seine größten Gegner in Deutschland unter der nationalen Fahne zu vereinigen.

»Aber,« fuhr er nach einem längeren Nachdenken fort, »es muss der Ausweg gefunden werden, über den ich mir schon lange selbst klar bin, – die Herstellung eines neutralen Gebiets zwischen Deutschland und Frankreich – – wäre dieser preußische Minister auf meine Ideen eingegangen,« – sprach er seufzend, – »wir hätten gemeinschaftlich Europa beherrschen können, – doch,« rief er, stolz den Kopf emporwerfend, »wenn ich Sieger im unvermeidlichen Kampfe bleibe, so bin ich allein Herr dieses Weltteils – und vielleicht,« sprach er leiser, indem sein Kopf wieder auf die Brust zurücksank, – – »vielleicht lässt sich noch im letzten Augenblick – –«

»Der Herr Marquis de Moustier steht zu Eurer Majestät Befehl«, meldete der eintretende Kammerdiener.

Der Kaiser gab durch ein Kopfnicken die Zustimmung zur Einführung des Ministers der auswärtigen Angelegenheiten.

»Das Schwert Frankreichs ist geschärft,« sagte er mit festem Tone, – »die Zeit der Untätigkeit ist vorüber, das große Spiel der Entscheidung kann beginnen – jetzt noch einmal leuchte mir, du heller Stern, dessen Strahl mich geführt hat durch die dunkeln Wege meiner Jugend bis herauf zum Throne des großen Kaisers – stärke durch dein Licht die Kraft meines gebrochenen Körpers, dass sie aushalte für diese letzte große Kraftanstrengung, die mein Werk vollenden soll!«

Mit stolzem, freudigem Lächeln trat er dem Marquis de Moustier entgegen.

Achtes Kapitel

»Sie kommen erwünscht, Marquis,« sagte der Kaiser, indem er seinem Minister die Hand reichte und ihn einlud, neben ihm Platz zu nehmen, – »ich habe Ernstes mit Ihnen zu sprechen – Sie werden zufrieden sein, wie ich hoffe –«

»Eure Majestät scheinen heiterer Stimmung zu sein,« sagte der Marquis, indem er einige Papiere aus seinem Portefeuille hervorzog, – »ich bedaure, dass ich in der Notwendigkeit bin, Eurer Majestät gute Laune durch eine Mitteilung zu stören, die ich soeben erhalten.«

Betroffen blickte Napoleon empor, sein Auge verschleierte sich, er stützte den Arm auf das Knie, neigte den Kopf zur Seite und sagte mit ruhiger Stimme:

»Sprechen Sie, Marquis, – je schneller man eine unangenehme Nachricht erhält, um so besser ist's – und Sie wissen, dass ich mich nicht zu leicht affizieren lasse. Mein Wahlspruch ist das Wort des großen römischen Dichters:

>*Aequam memento rebus in arduis*
Servare mentem – !«

»Es ist nicht,« sagte der Marquis lächelnd, »ein so arges Unglück, das ich Eurer Majestät mitzuteilen habe, – es ist nur wieder einer jener preußischen Schachzüge, durch welche man von Berlin aus alle unsere Kombinationen durchkreuzt.«

Das Gesicht des Kaisers drückte fast freudige Genugtuung aus.

»Nun?« – fragte er.

»Eure Majestät erinnern sich,« sagte der Marquis de Moustier, »dass die Ostbahngesellschaft die luxemburgische Wilhelmsbahn angekauft hat –«

»Gewiss, gewiss!« rief der Kaiser lebhaft, »es ist dies ja eine der vortrefflichsten Kombinationen, welche wir haben machen können, – durch den Vertrag, welchen wir unsererseits wieder mit der Ostbahngesellschaft abgeschlossen haben, ist eine Frankreich ausschließlich zur Verfügung stehende strategische Bahnlinie nach Deutschland geschaffen, welche von größter Wichtigkeit werden muss –«

»Diese Wichtigkeit, Sire,« sagte der Marquis, »hat man auch, wie es scheint, in Berlin erkannt –«

»Oh!« fiel der Kaiser ein, »man ist sehr scharf blickend dort, – sollte man es gewagt haben, darüber Vorstellungen zu machen,« fuhr er mit voller Stimme fort, – »über eine reine Privatangelegenheit zwischen zwei Eisenbahngesellschaften?«

»Das nicht, Sire,« erwiderte der Marquis, – »indes hat der Staatsrat in Luxemburg die Bestätigung der Übereinkunft zwischen der Wilhelm-Luxemburg-Bahn und der Ostbahn verweigert, da er internationale Verwicklungen befürchtet. – Zugleich berichtet die Gesandtschaft im Haag, dass jene Befürchtungen des Staatsrats veranlasst seien durch Bemerkungen des preußischen Vertreters an den Minister des Auswärtigen von Holland, und auch Benedetti schreibt Ähnliches aus Berlin.«

»Hat Graf Bismarck ihm etwas über diesen Punkt gesagt?« fragte der Kaiser lebhaft.

»Das nicht,« erwiderte der Minister, »indes glaubt Benedetti nach hingeworfenen Äußerungen in politischen Kreisen, sowie nach einzelnen Notizen und Artikeln der Journale annehmen zu sollen, dass von Preußen aus sehr bestimmte und ernste Erklärungen über den Gegenstand in Holland abgegeben worden sind –«

»Es ist wunderbar,« sagte der Kaiser lächelnd, »hinter welchen Proteusgestalten sich diese große Frage der europäischen Zukunft verbirgt. – Da sind zwei einfache Eisenbahngesellschaften, welche einen einfachen Kaufvertrag abschließen, und hinter diesen Gesellschaften stehen die beiden stärksten Militärmächte Europas, jede weiß, dass die andere ihr gegenübersteht – aber die Welt sieht die furchtbaren Gewalten nicht, welche da hinter so harmlosen Dingen gegeneinanderrücken – erinnert das nicht an jene alten Götter des Olymps, welche auf den Gefilden von Troja in Wolken gehüllt in den Reihen der Streitenden standen, von den Völkern ungesehen, nur sich selbst gegenseitig erkennbar?« –

Der Marquis verneigte sich.

»Jene Götter, Sire,« sagte er, »schleuderten aber aus ihren Wolken heraus ihre Speere, und wenn das Volk sie nicht sah, so fühlte es doch ihre Macht, ihre Anwesenheit –«

»Nun,« sagte der Kaiser, immer mit demselben Ausdruck auf seinem Gesicht – »auch unsere Macht und unsere Anwesenheit soll man fühlen!«

Der Marquis blickte erstaunt auf.

»Der Gesandte im Haag,« sprach er, »bittet um Instruktionen über die von ihm zu beobachtende Haltung und die Sprache, welche er etwa zu führen habe.«

»Wir können,« sagte der Kaiser, nachdenklich den Schnurrbart streichend, »nicht so ohne Weiteres aus unserer Wolke heraustreten – das würde unser Spiel dekuvrieren. –« Er schwieg einen Augenblick.

»Hat man der Ostbahn bereits Mitteilung über die verweigerte Genehmigung gemacht?«

»Ich zweifle daran nicht,« sagte der Marquis.

»Lassen Sie,« sagte der Kaiser, »sofort darüber Erkundigungen einziehen, veranlassen Sie die Direktion der Ostbahn, die Unterstützung meiner Regierung zur Durchführung des von ihr geschlossenen Kaufvertrages zu erbitten.«

»Und Eure Majestät wollen – –«

»Ich will,« sagte der Kaiser mit festem Ton, »mit voller Energie für ein französisches Verkehrsinteresse eintreten und eine ernste Intervention der holländischen Regierung gegenüber eintreten lassen.«

»Wenn aber dann,« fragte der Marquis, »die preußische Regierung die Maske abwirft und bei der holländischen Regierung im Namen Deutschlands im entgegengesetzten Sinn interpelliert – wenn dann die beiden Götter angesichts der Welt aus ihren Wolken heraustreten –«

»Dann,« rief der Kaiser, »mag es versucht sein, in welche Schale der Waage des ewigen Fatums das Los des Sieges fallen wird!«

Der Marquis zuckte fast erschrocken zusammen. Ein heller Strahl der Freude erleuchtete sein blasses Gesicht.

– »Oder glauben Sie nicht,« fuhr der Kaiser fort, »dass es ein vortrefflicher Grund zur Aufnahme des Kampfes sein würde, wenn Preußen Einspruch erhebt gegen den Abschluss eines rein privaten Vertrages, der dem französischen Verkehr hochwichtig und nützlich ist, und wenn ich dann, um jenes nationale Interesse Frankreichs zu schützen, ohne jeden politischen Hintergedanken die Waffen ergreife?«

»Eure Majestät sind also entschlossen, die Waffen zu ergreifen?« fragte der Marquis hoch aufatmend.

Der Kaiser richtete den Kopf empor. Ein Strahl jugendlichen Feuers erleuchtete seine Züge.

»Die Waffen sind geschliffen,« sagte er mit tönender Stimme, – »das Schwert Frankreichs, das vor zwei Jahren stumpf war, blitzt jetzt schneidend in meiner Hand – und ich habe die Pflicht gegen meinen Namen und gegen die Ehre der Nation, es zu schwingen zum entscheidenden Kampf. An der Diplomatie ist es jetzt, die Akten der großen Streitfragen für das Endurteil des Krieges spruchreif zu stellen.«

»Wir haben fast in jeder europäischen Frage einen *casus belli* in der Hand, wie er besser nicht geschaffen werden kann,« – sagte der Marquis de Moustier lebhaft, – »der Prager Frieden bietet uns die nordschleswigsche Sache, – die Militärverträge mit den Süddeutschen, – außerdem gibt diese luxemburgische Eisenbahnfrage die vortrefflichste Gelegenheit –«

»Ich würde diese letztere vorziehen,« fiel der Kaiser ein, – »sie berührt nicht die deutschen Angelegenheiten unmittelbar, und es würde zugleich die gebieterisch unwiderstehliche Stimme Frankreichs in derselben Sache mit alter voller Kraft ertönen, in welcher wir im vorigen Jahre durch die Klugheit zu einem teilweisen Rückzug gezwungen waren, – doch,« fuhr er dann fort, – »Sie haben recht, – der *casus belli* bedarf keiner Vorbereitung, – wohl aber die Frage der Allianzen –«

»Wenn Eure Majestät wirklich zu ernstem Handeln entschlossen sind,« sagte der Marquis de Moustier, »so scheint zunächst die österreichische Allianz vollkommen sicher zu sein –«

»Österreich?« – rief der Kaiser mit einer leichten Handbewegung – »Österreich? – glauben Sie denn, dass Österreich irgendeinen Allianzvertrag schließen wird, – und dass seine Allianz von irgendeinem Nutzen sein könne?« –

– »Ich habe es eine Zeit lang auch geglaubt,« fuhr er nach einer kurzen Pause fort, – »ich habe daran gedacht, in Verbindung mit dem regenerierten Österreich in die Aktion zu treten, – aber, mein lieber Marquis, – ich überzeuge mich mehr und mehr davon, dass dieses Österreich nicht regenerationsfähig ist, – und dass dieser Herr von Beust ganz gewiss nicht der Mann ist, um die alte habsburgische Monarchie wieder auf den ihr gebührenden Platz in Europa zu heben.«

»Man hat da,« – sprach er, »einen künstlichen parlamentarischen Mechanismus geschaffen, in welchem die einzelnen Kräfte sich gegenseitig hemmen und lähmen, – statt dass man sie verbinden und zur gegenseitigen Ergänzung entwickeln sollte, – man hat ein österreichisches und ein ungarisches Parlament geschaffen und über dasselbe wieder einen parlamentarischen Körper gestellt, der sich aus Delegierten jener beiden Parlamente zusammensetzt. Jeder Streit – und streiten wird man sich fortwährend – wird also in die höhere Instanz hinübergetragen und zwischen den Delegierten wiederum weitergeführt werden. Dadurch wird die Verfassungsfrage in Österreich stets offen gehalten werden, – und wenn die Verfassung eines Staates infrage steht, – wie soll man da verwalten, – wie soll man handeln?

»Nein, mein lieber Marquis,« fuhr er achselzuckend fort, – »die Allianz mit Österreich ist es nicht, worin ich eine Verstärkung unserer Kräfte für den bevorstehenden Kampf suchen will, – Österreich wird schon durch die Verhältnisse gezwungen werden, bis zu einem gewissen Punkt uns nützlich zu sein, – es muss jede weitere Vergrößerung Preußens auf das Äußerste fürchten, – und wenn ein erster Erfolg von uns errungen ist – – –«

Er schwieg einen Augenblick, während der Marquis mit äußerster Spannung auf seine Worte wartete.

»Es ist überhaupt,« sprach der Kaiser weiter, »weniger eine positive Unterstützung, die ich suche, – wenn die beiden eigentlichen Gegner allein auf dem Terrain stehen,« sagte er, die Spitzen seines Schnurrbarts emporkräuselnd, – »dann wollen wir unserer Armee und dem Stern Frankreichs vertrauen, – aber wir müssen eben den Gegner isolieren, – wir müssen um jeden Preis verhindern, dass er sich durch Kräfte verstärke, welche an sich vielleicht nicht bedeutend, doch im Augenblick so ernster Entscheidungen uns in hohem Grade gefährlich werden könnten.«

»Eure Majestät denken an Italien,« – sagte der Marquis, – »glauben Sie, Sire, dass man dort wagen würde –«

»Man wird alles wagen,« sagte der Kaiser ruhig, – »um die extremste Forderung der nationalen Einheit durchzusetzen – hat man doch selbst die Bomben Orsinis nicht verschmäht!« – sagte er leise mit düsterem Blick, – »dieser nationalen Einheit, die ich vielleicht mit Unrecht begründet habe, – Sie wissen, welche Mühe ich mir gegeben habe, um die Koalition mit Österreich und Italien herzustellen, – denn mit Italien wäre Österreichs Bündnis etwas wert gewesen, – aber seit Mentana ist das alles unmöglich, dieser Zug Garibaldis im vorigen Herbst hat alle meine Pläne zerstört – bei den besten Gesinnungen des Königs Viktor Emanuel wird Italien doch jede Gelegenheit benutzen, sobald wir engagiert sind, – Rom zu nehmen – und uns nach dieser Seite hin Sicherheit zu schaffen, muss die Aufgabe der Diplomatie zur Vorbereitung der militärischen Aktion sein.«

Eine leichte Unruhe zeigte sich auf dem bleichen Gesicht des Marquis de Moustier.

»Eure Majestät denken an eine Transaktion mit Italien in Betreff Roms?« fragte er ein wenig zögernd.

Napoleon lächelte. Er schlug das Auge auf und sah den Minister mit einem eigentümlichen Blick an.

»Mein lieber Marquis,« sagte er langsam und mit Betonung, – »ich habe nicht den Einfluss Österreichs in Italien bei Solferino gebrochen, um demnächst denjenigen Frankreichs aufzugeben, für welchen schon seit den Zeiten Franz des Ersten so viel französisches Blut geflossen ist.«

Der Marquis atmete auf.

»Niemals,« sagte der Kaiser mit fester Stimme, – »niemals werde ich Rom aufgeben. Rom ist für mich nicht nur die Bedingung der Freundschaft der katholischen Kirche, dieser Macht, welcher die Frauen Frankreichs gehorchen, und welche dadurch immer wieder die französische Nation beherrschen wird, – Rom ist für mich der Schwerpunkt des französischen Einflusses in Italien, – dieses berechtigten Einflusses des ersten Volkes der lateinischen Rasse. Rom also«, fuhr er fort, – »werde ich nicht aufgeben, – aber es wird unsere Kraft in empfindlicher Weise hemmen, wenn ich es halten soll, während wir nach anderer Seite so ernstlich engagiert sind. – Jetzt genügt eine unbedeutende Besatzung in Rom, – die französische Fahne mit einem Bataillon würde genügen, weil man weiß, dass die ganze Macht Frankreichs dahintersteht, – wenn aber diese Macht in einen furchtbaren Kampf verwickelt ist, – wenn vielleicht einzelne – vorübergehende Misserfolge –« Der Marquis lächelte ungläubig.

»Selbst im Falle fortwährender Siege,« fuhr der Kaiser fort, – »würde eine Besatzung wie die gegenwärtige nicht genügen, um Rom zu decken, – wir müssten eine Truppenzahl disponibel halten, welche es nötigenfalls mit den italienischen Armeen aufnehmen könnte, – und Sie begreifen, um wie viel dadurch unsere Aktionsfähigkeit gegen Deutschland geschwächt werden würde, – wie wenig wir besonders auf Süddeutschland rechnen könnten, wenn Italien feindlich gegen uns in die Schranken träte.«

Er hielt inne.

Der Marquis sah ihn gespannt an.

Der Kaiser blickte einen Augenblick sinnend zu Boden.

»Glauben Sie,« sagte er dann, – »dass die spanischen Truppen es mit den italienischen aufnehmen können?«

Ein Blick des Verständnisses blitzte aus dem dunkeln, scharf blickenden Auge des Marquis de Moustier.

»Sire,« sagte er, »der spanische Soldat besitzt große Tapferkeit, – zähe Ausdauer und eine bewundernswürdige Genügsamkeit, – gut geführt, müssten diese Truppen vortrefflich sein gegen das so viel untergeordnete italienische Material – besonders wenn es einer dem spanischen Gefühl sympathischen Sache gälte –«

»Und glauben Sie, dass der Schutz des Heiligen Stuhles die Spanier begeistern könnte –«

»Gewiss, Sire, – denn wenn Spanien nicht mehr monarchisch ist, wie in alter Zeit, so ist es doch noch fast ebenso katholisch, als in den Tagen Ferdinands und Isabellas –«

»Isabellas,« – sagte der Kaiser leicht lächelnd, – »nun, – eine Isabella sitzt ja wieder aus dem spanischen Thron, und wenn sie auch nicht ganz ihrer großen Vorgängerin gleicht; so ist sie doch gewiss ebenso katholisch als jene. Mit einem Worte, mein lieber Marquis,« fuhr er fort, - »will ich Ih-nen meinen Plan mitteilen, - ich denke an eine ernste, feste Allianz mit Spanien zum Schutze des Heiligen Vaters, - die Truppen der Königin Isabella sollen Rom besetzen, während ich gegen Preußen marschiere, - wenn dann Italien schlagen will, so mögen jene beiden lateinischen Na-tionen zweiten Ranges sich miteinander messen, - jedenfalls wird meine ganze Macht frei, und schwerlich dürfte dort eine Entscheidung erfol-gen, bevor der Kampf in Deutschland beendet ist. - Uns wird es dann später immer leicht werden, die Stellung wieder einzunehmen, die wir für einige Zeit aufgegeben haben, um sie durch Spanien für uns frei hal-ten zu lassen.«

»Und glauben Eure Majestät,« fragte der Marquis, - »dass Ihre Ideen, - die ich auf das Höchste bewundere, - in Madrid gute Aufnahme finden werden? -«

Der Kaiser warf einen schnellen Blick auf seinen Minister - dann strich er mit der Hand über den Knebelbart und sprach in fast gleichgültigem Ton:

»Die Kaiserin steht in Korrespondenz mit der Königin Isabella, - ich weiß, dass die Königin von dem eifrigsten Wunsche beseelt ist, - auch ihrerseits etwas für den Papst und die Unabhängigkeit des Heiligen Stuhles tun zu können - sie würde mit Empressement die Gelegenheit ergreifen, um ihren Gesinnungen tätigen Ausdruck zu verleihen - außerdem würde ihr dadurch die Möglichkeit gegeben werden, etwas für die italienischen Bourbons zu tun, - denn wenn einmal ein Kampf zwischen Italien und Spanien ausbricht, und wenn Italien unterliegt, so würde man vielleicht bei der bloßen Verteidigung des römischen Gebie-tes nicht stehen bleiben. - Es macht sich da, wie es scheint, eine noch en-gere Verbindung der beiden Linien, - der Graf von Girgenti ist zum Ge-mahl der Infantin Isabella ersehen, - wie mir die Kaiserin sagt, - und um so mehr würde die Königin erfreut sein, wenn sich ihr die Gelegenheit böte, etwas für die Wiederaufrichtung des neapolitanischen Thrones zu tun.«

»Eure Majestät sehen mich erstaunt darüber,« sagte der Marquis mit dem Tone einer leichten Verstimmung, »wie vortrefflich die erlauchten Damen der Diplomatie vorgearbeitet haben, welcher fast nichts mehr zu tun übrig bleibt; - würden denn aber«, fuhr er fort, - »Eure Majestät da-mit einverstanden sein, wenn unter Umständen die Dinge so weit gin-

gen, dass das Gebäude der italienischen Einheit wieder zusammenbrä-
che -?«

»Finden Sie,« fragte Napoleon, - »dass ich und Frankreich besonderen
Dank geerntet haben für unsere Mitwirkung bei der Aufrichtung jenes
Gebäudes?«

»Wahrlich nicht, Sire,« rief der Marquis, - »ich bin überzeugt, dass, wenn
die Gelegenheit sich böte, Italien nicht zögern würde, uns alle erdenkli-
chen Übel zuzufügen -«

»Nun also,« sagte Napoleon lächelnd, - »überlassen wir die Entwicklung
dort sich selbst, - und wenn sie den Weg rückwärts nehmen will - *che
bien – Italia fara da se.*

»Doch nun,« fuhr er fort, - »handelt es sich darum, das Werk auszuführen, welches Sie mit mir für zweckmäßig zur Wiederherstellung der vollen Macht Frankreichs in Europa halten. Die vortrefflichsten Dispositio-
nen der Königin Isabella sind sehr wichtig und sehr nützlich, - indes
wird es darauf ankommen, den Ansichten der Königin bei ihren Minis-
tern Eingang zu schaffen, und ich fürchte, weder die Rücksicht auf den
Heiligen Vater noch die bourbonischen Familieninteressen möchten bei
jenen Herren maßgebend sein.«

»Diese Aufgabe«, sagte er verbindlich, »bleibt Ihnen, mein lieber Marquis - und«, fügte er mit Würde und Hoheit hinzu, - »seien Sie überzeugt, - ich werde Ihren Eifer und Ihre Geschicklichkeit, die gewiss von
Erfolg gekrönt sein werden, anzuerkennen wissen.«

Der Marquis verneigte sich.

»Ich werde sogleich mit Herrn Mon über die Sache sprechen,« sagte er, -
»erlauben Eure Majestät, dass ich den Grafen Chaudordy, der in Madrid
die Geschäfte der Botschaft führt, instruiere?«

»Er ist geschickt und verschwiegen?« fragte der Kaiser.

»Der Graf Chaudordy ist einer der Tüchtigsten und Bedeutendsten unter
der jüngeren Diplomatie,« erwiderte der Minister, - »Herr Drouyn de
Lhuys hatte großes Vertrauen zu ihm, er wird ohne Zweifel noch ausgezeichnete Dienste leisten.«

»So weihen Sie ihn vollständig in meine Ideen ein, – ein Unterhändler kann nur dann reüssieren, wenn er den letzten Zweck kennt, den er erreichen soll.«

Er dachte einen Augenblick nach.

»Bravo Murillo,« sagte er dann, »wird gewiss sehr zufrieden sein, eine Gelegenheit zu finden, um sich den unsicheren Zuständen im Innern gegenüber die Freundschaft Frankreichs zu sichern und die katholischen Elemente des Landes vollständig an sich zu ketten. Man muss ihm in dieser Richtung eine feste Unterstützung versprechen, – außerdem aber muss man die ewig wunde Stelle Spaniens, die Frage von Kuba benutzen, – versprechen Sie in dieser Beziehung unsern nachdrücklichsten Schutz der spanischen Interessen, – diese Rücksichten – und die Abhängigkeit, in welcher sich das innerlich ziemlich schwache Kabinett doch von der Königin befindet, werden genügen, um eine wirksame Pression auszuüben.«

– »Die hoffentlich bald zur vollständigen Realisierung der Ideen Eurer Majestät führen wird.«

»Halt,« sagte der Kaiser nach einem augenblicklichen Nachdenken, wie von einer plötzlichen Idee erfasst, – »man ist in Madrid nicht ohne Besorgnis über die Umtriebe des Herzogs von Montpensier, die mit den orleanistischen Elementen hier in Frankreich in Zusammenhang stehen, – ich weiß, dass die Königin ihrem Schwager sehr misstraut, – man muss auch das benutzen. – Bravo Murillo hat das höchste Interesse, eine solche Bewegung zu fürchten, stellen Sie ihm eine scharfe Überwachung der hierher laufenden Fäden in Aussicht, – Chaudordy war mit Drouyn de Lhuys sehr liiert?« fragte er, sich unterbrechend.

»Der Graf Chaudordy ist vor allem der Sache der katholischen Kirche sehr ergeben und wird in dieser Angelegenheit ohne Zweifel seinen ganzen Eifer aufbieten,« erwiderte der Marquis.

Der Kaiser nickte langsam mit dem Kopf.

»Also, mein lieber Marquis,« sagte er, – »behandeln Sie diese Negoziation mit Ihrer gewohnten Geschicklichkeit und Energie – und denken Sie daran, dass im September alles zum Beginn der Aktion fertig sein muss.«

Der Marquis verneigte sich.

»Zugleich«, sprach der Kaiser weiter, »halten Sie in der luxemburgischen Eisenbahnfrage wie in den mit dem Prager Frieden zusammenhängenden Angelegenheiten alles offen, sodass wir um einen Kriegsfall nicht in Verlegenheit sind, – und«, – fügte er hinzu, – »suchen Sie die besten Beziehungen zu Russland zu erhalten, – ich glaube zwar nicht, dass es jemals gelingen kann, diese Macht von Preußen zu trennen, – allein es ist immer gut, alles anzuwenden, um wenigstens ihre Kooperation an der preußischen Politik auf das geringste Maß zu beschränken, – man muss dem Petersburger Kabinett immer die Möglichkeit zeigen, seine Wünsche im Orient auch ohne Deutschland mit unserer Unterstützung erreichen zu können, – aber natürlich dürfen wir uns in keiner Weise binden –«

»Seine Exzellenz der Staatsminister bittet Eure Majestät um Audienz«, meldete Felix, des Kaisers Kammerdiener.

»Eure Majestät dürfen überzeugt sein, dass ich nach allen Richtungen mit Eifer die Ausführung Ihrer Ideen vorbereiten werde«, sagte der Marquis de Moustier, indem er seine Mappe ergriff und sich zum Gehen anschickte.

Der Kaiser winkte dem Kammerdiener und entließ den Marquis mit freundlichem Gruße, indem er ihn einige Schritte zur Tür hin begleitete und ihm sagte:

»Ich hoffe, bald von dem Resultat Ihrer Tätigkeit zu hören.«

Kaum hatte der Minister der auswärtigen Angelegenheiten das Kabinett verlassen, als Herr Rouher eintrat.

Die große, volle Gestalt dieses unermüdlichen Arbeiters und Redners hatte eine gewisse würdevolle Sicherheit in ihrer Haltung, die gleichwohl jeder vornehmen Eleganz entbehrte.

Sein etwas aufgedunsenes Gesicht hatte einen Zug von klarer und scharfer Intelligenz um Mund und Augen, wenn es auch mehr den Advokaten hätte vermuten lassen, als den dirigierenden Minister, – der gewöhnlich in seinen Zügen liegende Ausdruck von fast herausforderndem Selbstbewusstsein war in diesem Augenblick vollkommen verschwunden, und eine beinahe schüchterne Befangenheit drückte sich in seinen Mienen aus.

Er ergriff ehrerbietig des Kaisers dargereichte Hand und setzte sich dann auf dessen Wink ihm gegenüber.

»Ich komme,« begann er, den Blick seines scharfen Auges forschend auf das völlig ruhige und gleichgültige Gesicht Napoleons richtend, – »ich komme, um Eurer Majestät Zustimmung zu einer wichtigen Maßregel zu erbitten, die mir im Interesse der öffentlichen Sicherheit geboten erscheint.«

Der Kaiser neigte den Kopf ein wenig auf die Seite, ohne durch eine Bewegung seines Gesichtes Spannung oder Neugier zu verraten.

»Eure Majestät haben sich stets lebhaft für die Bestrebungen der Arbeiter zur Verbesserung ihrer Lage interessiert«, fuhr der Staatsminister fort, – »und insbesondere auch die internationale Assoziation Ihrer Teilnahme und ihres Wohlwollens gewürdigt.«

»Ich finde,« sagte der Kaiser ruhig, »dass diese Leute vollkommen das Recht haben, für ihre Interessen zu arbeiten, wie jeder Mensch und jeder Stand für die Seinigen arbeitet, – um so mehr, als ihre Lage in der Tat eine ungünstige ist.«

»Niemand kann mehr das sympathische Interesse teilen, welches Eure Majestät für die Bestrebungen der Arbeiter haben, als ich,« sagte der Staatsminister, – »ich habe es ja sogar versucht, mich persönlich mit ihren Führern in Verbindung zu setzen, – doch lehnten sie, wie Eurer Majestät bekannt, – damals jede Beziehung mit der Regierung ab –«

»Doch aber,« fiel der Kaiser ein, »leisteten sie bei Gelegenheit der Unruhen der Weber von Roubaix sehr erhebliche Dienste –«

»Die von der Regierung durch einen stillschweigend ihnen gewährten Schutz belohnt sind,« sagte Herr Rouher, – »immer in der Hoffnung, dass die Internationale ihren Einfluss auf die Massen zur Bekämpfung jener alles zersetzenden Agitatoren der politisch-sozialen roten Republik anwenden würden, – wie man das nach den Gesinnungen ihrer Führer zu erwarten berechtigt war.«

Der Kaiser drehte schweigend seinen Schnurrbart.

»Nun aber«, fuhr der Staatsminister fort, – »begibt sich die Internationale auf einen neuen und gefährlichen Weg, von welchem sie zurückgeschreckt werden muss. Auf dem Kongress zu Lausanne ist ein Antrag gestellt und angenommen, dass die Internationale mit der republikanischen Bewegung der Zeit in Verbindung gebracht werden solle.«

»Und jene Führer der Internationale, der ruhige, idealistische Tolain, – der nachdenkliche Fribourg haben dem zugestimmt?« fragte der Kaiser.

»Sie sind überstimmt worden,« antwortete Herr Rouher, – »aber sie haben sich der Majorität gefügt, – und seitdem in jenem Sinne gehandelt. Jetzt stehen sie mit den politischen Agitatoren der roten Republik in Verbindung – sie haben teilgenommen an dem Bankett, welches man dem verwundeten Garibaldiner Combatz gab, – sie haben ihre Rolle gespielt bei dem Leichenbegängnis Daniel Manins –«

»Glauben Sie,« fragte der Kaiser, lächelnd den Kopf schüttelnd, »dass diese Demonstrationen eine ernste Bedeutung haben?«

»Die Internationale führt den Phraseurs, welche sonst bedeutungslose Worte machen würden, die Massen zu, welche mehr und mehr erhitzt werden,« erwiderte der Staatsminister, »und darin sehe ich, wenn es fortgesetzt wird, eine ernste Gefahr, – auch haben die Führer der Internationale eine Konferenz mit Jules Favre gehabt, um ihn zu veranlassen, sein Mandat niederzulegen und die römische Frage vor die Wähler zu bringen.«

»Des Kaisers Stirn faltete sich. Er blickte gespannt zu dem Minister hinüber.

»Zwar hat Jules Favre die Niederlegung seines Mandats abgelehnt –« fuhr Rouher fort.

Der Kaiser lächelte.

»Er geht sicher«, sagte er.

»Dennoch«, sprach der Staatsminister weiter, – »ist es notwendig, den Faden zu zerschneiden, welcher die Internationale mit den politischen Agitatoren verbindet, – denn wenn auch diese Verbindung jetzt noch eine sehr lose ist, so kann sie doch im Augenblick ernster politischer Aufregung sehr gefährlich werden. – Ich habe,« fuhr er, einen fast scheuen Blick auf den Kaiser werfend fort »das Büro der Internationalen in der

Rue des Gravilliers aufheben lassen und dann die ausgedehntesten Korrespondenzen mit den rührigsten Agitatoren gefunden.«

Er zog einige Papiere aus seiner Tasche.

»Ich habe Eurer Majestät die hier kompromittierendsten Schriftstücke mitgebracht,« – fuhr er fort, – »Schreiben von Cäsar de Paëpe–«

»Dem Feinde des Privateigentums?« fragte der Kaiser.

»Demselben, Sire,« sagte Herr Rouher, – »ferner von Hertzen, – von Ogareff, – es ist eine weitverzweigte Verschwörung, welche den Umsturz alles Bestehenden in ganz Europa erstrebt –«

»Fantasten – Fantasten,« – sagte der Kaiser achselzuckend, – »Aufhebung des Privateigentums! – das heißt, der menschlichen Natur den Krieg erklären, – das heißt, die mächtigste Eigenschaft des Menschen, den Eigennutz, außer der Berechnung zu lassen.«

»Es scheint mir nötig,« sprach Herr Rouher weiter, ohne auf die Bemerkung des Kaisers zu erwidern, »die Internationale von der politischen Agitation zu trennen, und ich glaube, wenn man den Führern der Arbeiterassoziation deutlich die Gefahren zeigt, denen sie sich aussetzen, indem sie sich mit der politischen Revolution verbinden, dass Tolain, Fribourg und die ersten Begründer der Internationale sehr zufrieden damit sein werden, wenn man ihnen hilft, ihre Verbindung mit den Agitatoren zu lösen und den Arbeitern den Beweis zu liefern, wohin eine solche führen muss.«

»Und wie wollen Sie dahin gelangen?« fragte der Kaiser.

»Man muss sie vor Gericht stellen,« – erwiderte Rouher, »und ihnen zeigen, dass sie keinen gesetzlichen Bestand in Frankreich haben –«

»Aber man hat sie bis jetzt bestehen lassen«, – warf der Kaiser ein. »Es wird nichts im Wege stehen,« erwiderte der Staatsminister, »sie auch ferner bestehen zu lassen, wenn sie sich von der politischen Revolution trennen, sobald nur einmal durch ein Erkenntnis der Gerichte festgestellt ist, dass sie gesetzlich kein Recht der Existenz haben.«

»Aber worauf hin wollen Sie sie anklagen lassen?« fragte Napoleon.

»Als Mitglieder einer geheimen Gesellschaft«, erwiderte Herr Rouher.

»Geheime Gesellschaft?« rief der Kaiser, – »unmöglich, jedermann kennt ihre Existenz und Sie selbst, mein lieber Minister, haben mit ihnen verkehrt, – unmöglich.«

Der Staatsminister schwieg betroffen.

»Man kann auch die Anklage gegen sie erheben als Mitglieder einer gesetzlich nicht erlaubten Gesellschaft –« sagte er.

»Die Welt wird fragen, warum so spät?« sagte der Kaiser.

»Lassen Sie mir die Papiere hier, welche man im Bureau der Internationale gefunden,« fuhr er dann fort, – »ich werde sie prüfen und Ihnen meine Meinung sagen.«

Napoleon hatte dies in einem Ton gesprochen, welcher den Staatsminister verstehen ließ, dass in diesem Augenblick die Angelegenheit nicht weiter erörtert werden dürfe.

Er reichte dem Kaiser die Papiere, welche dieser auf seinen Schreibtisch legte.

»Ich erlaube mir noch, Eure Majestät darauf aufmerksam zu machen, dass Michael Bakunin hier ist und in der letzten Sitzung der Internationale sehr aufregende Reden gehalten hat. Ihn auszuliefern, wäre unwürdig und bedenklich, – sein Aufenthalt hier aber ist gefährlich und würde auch von der russischen Regierung sehr übel vermerkt werden, – ich würde Eurer Majestät Erlaubnis erbitten, ihn aufheben und über die Grenze bringen zu lassen.«

»Michael Bakunin? – der Nihilist *par excellence*?« sagte der Kaiser, ohne besondere Überraschung zu verraten, – »gut, – lassen Sie ihn fortbringen – und sorgen Sie dafür, dass diese Maßregel der russischen Regierung als eine besondere Rücksicht und Aufmerksamkeit gegen sie zur Kenntnis gebracht werde.«

»Seine Kaiserliche Hoheit der Prinz Napoleon,« rief der Kammerdiener, »bittet Eure Majestät einen Augenblick um Gehör.«

»Wir sind mit unsern Angelegenheiten fertig, nicht wahr?« fragte der Kaiser den Minister, indem er mit einem leichten Seufzer sich erhob.

Der Staatsminister verneigte sich, und auf den Wink des Kaisers öffnete Felix den Flügel der Eingangstür. Herr Rouher verneigte sich ehrfurchtsvoll vor dem Kaiser, der ihm die Hand reichte, und erwiderte dann mit gemessener Würde den flüchtigen Gruß des Prinzen, der, rasch eintretend, seinem kaiserlichen Vetter entgegeneilte.

Es war kaum möglich, einen größeren Kontrast zu finden, als ihn die Erscheinung des Kaisers und seines Vetters bildete. Die unsichere, etwas schwankende Haltung des Kaisers stand im scharfen Gegensatz zu der vollen, starken Gestalt des Prinzen. Die phlegmatische Ruhe in den Gesichtszügen des Kaisers, seine müden, verschleierten Augen, sein starker militärischer Bart stachen merkwürdig ab gegen das bewegliche Mienenspiel des glatten Gesichts seines Vetters mit den dunkeln, lebhaft und beinahe unstet umherblickenden Augen. Das Gesicht des Prinzen zeigte eine frappante Ähnlichkeit mit Napoleon I., eine Ähnlichkeit, die früher noch hervortretender gewesen, bevor der Prinz so stark geworden, als es in der letzten Zeit der Fall war. Nur fehlte diesem Gesicht die antike marmorne Ruhe, welche dem Kopfe des großen Imperators etwas so wunderbar Imponierendes gibt, – es war, als sähe man die Kopie eines Kopfes von Raphael, von einem geringeren Maler gemalt. Der Prinz trug einen schwarzen Morgenüberrock, – den Hut in der Hand.

Als der Staatsminister das Kabinett verlassen, lud der Kaiser seinen Vetter ein, sich neben ihn zu setzen, und sprach mit jener gewinnenden Freundlichkeit, welche ihm so sehr zu Gebot stand, und welche die Franzosen so sehr treffend *politesse du coeur* nennen:

»Was bringst du, mein Vetter? – ich hoffe, dass es ein Wunsch ist, den ich zu erfüllen imstande bin, damit ich die Freude habe, dir einen Dienst zu leisten.«

»Ich danke Eurer Majestät für Ihre gnädigen Intentionen,« erwiderte der Prinz in einem zeremoniellen Ton, – »es ist keine persönliche Bitte, die mich zu Ihnen führt, sondern nur der Wunsch, Ihnen meine Meinung über eine Sache zu sagen, welche, wie ich glaube, von der höchsten Wichtigkeit für Frankreich und für unsere Dynastie ist.«

Der Kaiser lächelte.

»Du sprichst in so feierlichem Tone,« sagte er, »dass es sich in der Tat um etwas Ernstes handeln muss. – Ich fürchte, dass meine Politik schon wieder nicht deinen Beifall gefunden hatte.«

»Ich komme nicht zu dem Vetter,« erwiderte der Prinz, »sondern zu dem Souverän meines Landes, und zu demjenigen, welchem die Vorsehung die Geschicke unserer Familie anvertraut hat, weil ich sehe, dass man im Begriff steht, einen falschen und gefährlichen Schritt zu tun, – und die Anwesenheit des Herrn Rouher, der soeben fortging, lässt mich fast fürchten, dass ich zu spät komme.«

Der Kaiser neigte leicht den Kopf auf die Seite, strich den Schnurrbart langsam in die Höhe und sagte ruhig:

»Ein guter Rat kommt nie zu spät, – ich bin, wie du weißt, stets bereit, zu hören und zu prüfen, was man mir sagt.«

»Du weißt,« rief der Prinz lebhaft, den gezwungen feierlichen Ton seiner ersten Anrede vollständig aufgebend, – »Du weißt, wie lebhaft ich mich für die Arbeiterassoziation interessiere, – und für wie nützlich ich diese Leute halte, die uns so große Dienste zu leisten imstande sind –«

»Du kannst dich nicht mehr für sie interessieren, als ich das tue,« sagte der Kaiser, – »auch ich erblicke in ihnen wichtige Bundesgenossen für gewisse Fälle, – wir haben ja schon öfter darüber gesprochen, und ich freue mich, dass du mit ihnen Verbindungen unterhältst.«

»Nun,« rief der Prinz heftig, – »soeben ist Tolain bei meinem Sekretär Hubaine gewesen und hat sich bitter beklagt, dass die Polizei in die Bureaus der Internationale eingebrochen und ihre Papiere fortgenommen habe. Er befürchtet weitere Verfolgungsmaßregeln, und ich bin deshalb zu dir geeilt, um dich zu warnen, den Einflüsterungen einer törichten Reaktion kein Gehör zu geben. Die Internationale ist eine sehr starke Macht und kann ebenso gefährlich als nützlich werden, – je nachdem man sich mit ihr stellt, – vernichten kann man sie nicht, – also muss man sie nicht reizen.

»Weißt du etwas von jener Maßregel,« fuhr er fort, als der Kaiser schwieg, – »und hast du sie genehmigt?«

Er blickte erwartungsvoll in das völlig bewegungslose Gesicht des Kaisers, während er eine Art von krampfhaftem Gähnen unterdrückte, das ihn mit unwillkürlichem Nervenreiz überfiel.

»Ich weiß davon,« sagte Napoleon III.

»Und du billigst es?« rief der Prinz.

»Soeben hat mir der Staatsminister die Papiere gebracht, welche man in dem Bureau der Internationale gefunden hat,« sagte der Kaiser, »und mich um die Erlaubnis gebeten, die Führer der Gesellschaft als Mitglieder einer gesetzlich nicht erlaubten Gesellschaft vor Gericht zu stellen – er war sehr dringend und wünschte schnell vorzugehen –«

»Und du?« rief der Prinz.

»Ich habe die Papiere genommen,« erwiderte der Kaiser lächelnd, »und meine Entscheidung vorbehalten.«

»So ist also noch alles zu redressieren,« rief der Prinz freudig, – »und wir haben jene Leute noch nicht zu unversöhnlichen Feinden gemacht. – Und was denkst du zu tun?« fragte er mit einem fast ängstlichen Blick auf den Kaiser.

»Ich muss dir gestehen,« sagte Napoleon III., »dass ich aus dem Vortrage des Staatsministers noch keine mich überzeugenden Gründe für die ernstliche Verfolgung der Internationale zu entnehmen imstande gewesen bin.«

Der Prinz atmete auf.

»Du siehst mich hocherfreut,« rief er, »denn aus deinen Worten schöpfe ich die Hoffnung, dass jene törichte und unpolitische Maßregel nicht durchgeführt werden wird. Das ist nun auch aus persönlichen Gründen sehr angenehm, – denn in der Tat, ich wäre diesen guten Leuten gegenüber ein wenig kompromittiert gewesen, wenn man sie verfolgt hätte, – ich habe mit ihnen verkehrt, – ich habe oft meine Übereinstimmung mit ihren Bestrebungen ausgesprochen, – sie setzen jetzt ihre Hoffnung auf mich, und wenn sie sich täuschten, würde ich jeden Einfluss auf sie verlieren.

Der Kaiser neigte den Kopf und verbarg unter seinen herabsinkenden Augenlidern den eigentümlichen Blick, welcher bei den letzten Worten schnell und scharf zu dem Prinzen hinüberfuhr.

Der Prinz stand auf.

»Ich will deine Zeit nicht lange in Anspruch nehmen,« sagte er, – »da ich
Hoffnung geschöpft habe, den gefürchteten Fehler vermieden zu sehen,
so ist der Zweck meines Besuches erfüllt, und ich gehe beruhigt fort.«

»Wie geht es deiner Frau?« fragte der Kaiser.

»Sie ist ein wenig leidend,« antwortete der Prinz, – »nichts Bedeutendes
– aber es betrübt mich, denn wenn es ihr so ginge, wie sie es verdient, so
dürfte sie niemals leiden, – sie ist in der Tat ein Engel an Güte, Sanftmut
und Frömmigkeit, – ich habe das ein wenig nötig,« fügte er lächelnd hinzu, – »und hoffe, dass die Gebete meiner Frau bei dem Himmel wieder
gut machen werden, was ich zuweilen gegen seine Gebote begehe.«

»Ich hoffe, das Beispiel deiner Frau wird dich bessern,« sagte der Kaiser,
mit dem Finger drohend, – »hast du Nachrichten aus Italien, – wie sieht
es dort aus?«

»Alles ist voll Hass und Abneigung gegen Frankreich und uns,« rief der
Prinz, – »die Folge der Priesterpolitik und des unglücklichen Tages von
Mentana.«

»Ich bitte dich, die Prinzessin zu grüßen,« sagte der Kaiser aufstehend, –
und mit herzlichem Händedruck verabschiedete er den Prinzen, der sich
ganz zufrieden zurückzog.

»– Er würde allen Einfluss auf die Internationale verlieren,« sagte der
Kaiser nachdenklich, als er allein war. – »Sein Einfluss war vielleicht
schon ein wenig zu groß geworden – ich fürchte, Conti hat das unter-
schätzt – und man kann bei einem solchen brausenden und unklaren
Kopf niemals wissen, wozu er solchen Einfluss benutzt.

»Ich glaube, Rouher hat nicht unrecht,« fuhr er fort, – »wenn man den
Führern der Internationale zeigt, dass sie mit der Politik keine Verbindung haben können, ohne die Existenz der Assoziation auf das Spiel zu
setzen, so wird man es ihnen selbst erleichtern, die Masse der Arbeiter
auf dem richtigen Wege zu erhalten, und sie werden zu ihren ursprüng-
lichen Bestrebungen zurückkehren.«

Er öffnete eine dunkle Portiere im Hintergrunde des Kabinetts und rief
seinen geheimen Sekretär Pietri. Dieser erschien nach einigen Augenblicken.

»Mein lieber Pietri,« sagte der Kaiser, indem er die Papiere der Internationale von seinem Schreibtisch nahm und seinem Sekretär reichte, – »fahren Sie sogleich zu dem Staatsminister, bringen Sie ihm diese Papiere, und sagen Sie ihm, dass ich die gerichtliche Verfolgung der Führer der internationalen Arbeiterassoziation genehmige. Doch soll dem kaiserlichen Prokurator zur Pflicht gemacht werden, die Angeklagten mit Freundlichkeit und mit besonderer Achtung vor ihrem persönlichen Charakter und ihrer Ehrenhaftigkeit zu behandeln.«

Pietri verneigte sich.

»Dann,« sagte der Kaiser, »habe ich noch einen ganz persönlichen Auftrag.«

»Ich erwarte Eurer Majestät Befehle,« erwiderte der geheime Sekretär, – »die pünktlichst ausgeführt werden sollen.«

»Michel Bakunin ist hier,« fuhr Napoleon fort, – »Sie werden seinen Aufenthalt leicht ermitteln –«

»Ich kenne ihn«, sagte Pietri.

»Gut,« – sagte der Kaiser, – »die Polizei soll ihn aufheben und zwangsweise über die Grenze bringen. Die Anordnungen sind getroffen und werden schnell ausgeführt werden, – ich wünsche indes nicht, dass die Maßregel wirklich zur Anwendung komme, – es wird mir besonders lieb sein, wenn Bakunin von der Polizei nicht gefunden wird.«

»Er wird sicher und unangefochten Paris verlassen, Sire«, sagte Herr Pietri.

»So eilen Sie. – Ist die Kaiserin im Palais?« fragte der Kaiser den Kammerdiener.

»Zu Befehl, Sire.«

»So melden Sie mich Ihrer Majestät.«

Und langsam dem voraneilenden Kammerdiener folgend, verließ er das Kabinett.

Neuntes Kapitel

In dem Hause Nr. 107 des Boulevard Malesherbes wohnte im zweiten Stock Alexander Dumas, außerordentlich alt geworden, mit seiner Tochter Marie, welche nach der Trennung von ihrem Gatten, Herrn Petel, den berühmten Namen ihres Vaters wieder angenommen und als Marie Alexander Dumas sich einen nicht unbedeutenden Namen in der literarischen Welt gemacht hatte.

Es mochte etwa zwei Stunden vor der Zeit des Pariser Diners sein.

Madame Marie Dumas saß in ihrem kleinen Salon, der zugleich in einer mit grauen Vorhängen verhüllten Nische ihr Bett enthielt und so als Schlafzimmer diente, während er durch eine Tapetentür mit einem kleinen Toilettenkabinette in Verbindung stand. Dieser kleine Raum war ein Wunder in seiner Art und legte durch seine ganze Ausstattung und Einrichtung Zeugnis ab von dem Leben und den Beschäftigungen seiner Bewohnerin.

Die eine Wand mit dem Kamin war vollständig bedeckt durch eine große symbolische Zeichnung, alle Heiligen der Kirchengeschichte in sinnreichen Gruppierungen darstellend, ein Werk, welches Madame Dumas einst ausgestellt hatte, und welchem wegen seiner genialen Komposition und korrekten Ausführung allgemeine Anerkennung zuteilgeworden war.

Der kleine Marmorkamin war fast überladen mit Kunstgegenständen aller Art. Silberne Schalen waren angefüllt mit antiken Schmucksachen, Ziselierungen von Benvenuto Cellini, wunderbaren Schnitzwerken aus Elfenbein und allen jenen tausend seltenen und kostbaren Dingen, welche der feine Geschmack Alexander Dumas' gesammelt, oder welche die Huldigung seiner Verehrer aus allen Weltteilen dem großen Romancier dargebracht hatte. Über dem großen venezianischen Spiegel sah man einen schön gearbeiteten Blason mit dem Wappen der Marquis de la Pailleterie, deren Namen und Titel der Großvater Alexander Dumas während der Revolution unter dem einfachen Namen verborgen hatte, dem er als General der Republik einen ehrenvollen Klang verschaffte, und dessen Ruhm sein Enkel über den ganzen Erdball verbreitet hatte.

An der Seite des einen Fensters, das sich nach den prachtvollen Baumgruppen des Parks von Monceau öffnete, stand ein kleiner Schreibtisch, fast ganz mit Büchern, Zeitungen und Papieren bedeckt – in der Mitte desselben lag ein Heft kleiner Blätter, auf welche Madame Marie Dumas ihren neuesten Roman schrieb, der unter dem einfachen Titel »Madame Benoit« interessante und fesselnde Episoden aus der Geschichte Österreichs und Ungarns und aus dem Leben des Orients enthielt. Daneben sah man einen großen Rahmen mit einer wunderbar kunstvollen Stickerei aus farbiger Seide, Perlen und Gold in chinesischer Manier, welche bewies, dass die Bewohnerin dieses Raums die Nadel der weiblichen Arbeit mit gleich geschickter Hand zu führen verstand, wie den Griffel und die Feder. Die Wände waren bedeckt mit wertvollen Ölgemälden, Kupferstichen und Familienbildern. In einer Ecke, als Gegenstand besonderer Pietät, stand das Bild des unglücklichen Kaisers Maximilian mit Immortellen und Immergrün bekränzt; große Blattpflanzen, geschmackvoll arrangiert, füllten jeden noch freien Raum dieses Zimmers aus und umgaben alle diese Zeugen eines so vielfach gebildeten und reichen Geisteslebens mit der duftigen Frische der Natur.

Die Tochter Alexander Dumas' trug ein weites faltenreiches Gewand von himmelblauem feinen Wollenstoff mit Silberstickerei eingefasst und durch einen Gürtel aus Silberfäden leicht über den Hüften zusammengehalten. Die fast bis zur Erde herabhängenden weiten Ärmel waren vorn mit einer silbernen Spange aufgenommen und gewährten dem schön geformten Arm freie Bewegung. Das ebenholzschwarze Haar war in einen Kranz von einfachen Flechten geordnet und ließ die schön gewölbte Stirn frei hervortreten, die etwas scharfen und fast strengen Züge ihres Gesichts wurden gemildert durch das lebendig wechselnde Mienenspiel und das anmutige Lächeln ihres Mundes. Das Wunderbarste und Anziehendste aber in diesem Gesicht, das man nicht leicht wieder vergaß, wenn man es einmal gesehen, waren die Augen – diese seltsam großen Augen, aus deren weißem Perlmutterschimmer die Augensterne hervorleuchteten, in deren tiefschwarzem Glanz phosphoreszierende Blitze zuckten, sodass man zuweilen das ganze Farbenspiel des Regenbogens zu erblicken glaubte. Madame Marie Dumas saß leicht zurückgelehnt in ihrem kleinen Kanapee zur Seite des Kamins, ihre Füße in weit ausgeschnittenen hellblauen Schuhen mit Silberschleifen ruhten auf einem türkischen Kissen, und ihre Finger spielten mit einem Rosenkranz von jenen großen duftenden orientalischen Rosenperlen.

Ihr zur Seite auf einem kleinen niedrigen Taburett saß der Vertreter des Königs von Hannover, der Regierungsrat Meding, aufmerksam den Mitteilungen zuhörend, welche die Dame in halbleisem Tone ihm machte.

»Glauben Sie mir, mein Freund,« – sagte Marie Dumas, indem sie zur Bekräftigung ihrer Worte die Spitzen ihrer schlanken Finger aneinanderschlug, – »glauben Sie mir, wir nahen uns einem äußerst kritischen Moment, und Sie haben es nötig, Ihre ganze Aufmerksamkeit auf das zu konzentrieren, was hier unter dem Schein der äußersten Ruhe vorgeht. – Ich bin ein wenig«, – fuhr sie lächelnd fort, – »der Freund von aller Welt, ich höre und sehe viel – die einen haben Vertrauen zu mir, wie zu einem ernsthaften Mann – die andern scheuen sich nicht, in meiner Gegenwart ihre Gedanken auszusprechen, weil sie mich für eine Dame halten, das heißt für ein Wesen *sans consequence* in ernsten Dingen – so höre ich denn von allen Seiten – und ich habe ein wenig Geschicklichkeit, zu kombinieren, was ich hier und dort höre, – nun – ich sage Ihnen, es bereitet sich etwas vor, und in nicht langer Zeit vielleicht wird diese schwüle Friedensruhe, welche auf Europa liegt, durch einen urplötzlich aufleuchtenden grellen Gewitterschein unterbrochen werden. – Der Kaiser fühlt, wie ihm die Fäden des Einflusses in Europa mehr und mehr entschlüpfen, – er spielt heute auf dem Welttheater nur noch die Rolle gewisser Fürsten im Drama, welche mit Krone und Hermelin auf der Bühne erscheinen, vor denen sich alles verneigt, welche aber auf den Gang des Stücks keinen Einfluss haben, und unter deren fürstlichem Purpurmantel ein gewöhnlicher Statist steckt, welcher hinter den Kulissen in sein Nichts zurücksinkt.«

Herr Meding lächelte.

»Sie lieben den Kaiser nicht – Sie lieben die Bonapartes nicht –«

»Bonaparte?!« rief Madame Dumas achselzuckend mit eigentümlichem Tone.

»– Und deshalb«, fuhr Herr Meding fort, – »beurteilen Sie die Stellung des Kaisers vielleicht ungünstiger als sie wirklich ist – sein Prestige und sein Einfluss ist gewiss sehr vermindert, aber zum Statisten kann doch niemals derjenige herabsinken, welcher über die Macht Frankreichs gebietet.«

»Über die Macht Frankreichs,« – rief Marie Dumas, – »er? – Ja, wenn er diese Macht wirklich beherrschte, dann wäre alles anders, – aber diese Macht entschlüpft ihm – das alles ist nur noch der Schein, dem das innere Wesen und die Kraft schon längst fehlt – er selbst weiß das besser wie irgendjemand, und gerade dieser Umstand ist es, der ihn zum Handeln nach außen treiben wird, und ich sage Ihnen, leise, leise bereitet er in diesem Augenblick alles vor – wie der Tiger zieht er sich zusammen, um mit plötzlichem Sprunge seine Beute zu erfassen – denn er ist der Tiger,«– rief sie, indem ihr Auge wunderbar blitzend aufleuchtete –»wie sein großer Oheim der Löwe war – er ist der Geier, der mit mattem Fluge den Bahnen des Adlers zu folgen versucht.«

»Ich möchte lieber sagen,« – bemerkte Herr Meding, – »er ist der kluge Ingenieur, der mit vorsichtiger Berechnung Stein auf Stein zu seinem Gebäude fügt, während sein Oheim mit Titanenkraft, aber auch mit der Verwegenheit der Titanen den Ossa auf den Oeta türmte und den zerschmetternden Blitzstrahl des Himmels herausforderte.

Marie Dumas schloss ein wenig die Augen und blickte mit schalkhaftem Lächeln auf.

»Ihre Bewunderung für den Kaiser ist unzerstörbar,« sagte sie, – »ich verstehe das – Sie haben ihn nötig und müssen demgemäß als geschickter Diplomat Ihre Rolle spielen.«

»– Und wenn es so wäre,« – erwiderte Herr Meding, – »muss man nicht bei seinen Freunden seine Rolle lernen, um sie den Gegnern gegenüber gut spielen zu können?«

»Ich gebe es auf, auf den Grund Ihrer Gedanken zu dringen«, – rief sie halb unmutig.

»Und doch müssten Sie in diesem Augenblick den Kern meiner Gedanken sehr deutlich sehen können – er besteht halb aus Dankbarkeit für Ihre Teilnahme an meiner Sache, halb aus Neugier auf das, was Sie mir mitteilen wollen.«

»An die Neugier glaube ich – was die Dankbarkeit betrifft – *Vederemo!* –

»Doch nun ernsthaft gesprochen, denn die Sache ist ernst, und Sie müssen Ihre ganze Tätigkeit entwickeln, um den kommenden Ereignissen gegenüber Stellung zu nehmen, und um nicht von Ihrem so bewunderten Kaiser als überflüssig beiseite geworfen zu werden, nachdem er Sie lange genug als Karte in seinem Spiel benützt hat. –

»Hören Sie mich an,« fuhr sie fort, indem sie die Stimme dämpfte und sich zu Herrn Meding hinüberneigte, »ich weiß bestimmt, dass man mit Spanien ernsthaft unterhandelt, um während eines Feldzuges nach dem

Rhein hin Rom durch die Truppen der Königin Isabella besetzen zu lassen, zu gleicher Zeit wird die ganze Armee in aller Stille auf den Kriegsfuß gebracht, und dies alles soll fertig sein bis zum Herbst, denn der Kaiser drängt jetzt selbst zur Entscheidung, da er genau fühlt, dass die Opposition der Geister gegen das persönliche Regiment immer höher steigt, und wenn er nicht durch einen großen Erfolg den Nimbus der napoleonischen Legende wieder herstellt, so wird eines Tages das Gebäude, an dessen Krönung er arbeitet, in seinen Fundamenten unter ihm zusammenbrechen.«

»Was Sie mir sagen, stimmt mit einer Andeutung überein, die mir vor Kurzem zugegangen ist,« sagte Herr Meding ernst und nachdenklich, – »und in der Tat, es scheint mir vollständig in die Situation zu passen, – denn das Vertrauen auf Österreich scheint mir nicht sehr groß zu sein.«

»Ich werde das Vertrauen auf Österreich nicht verlieren,« rief Madame Dumas, – »denn ich liebe Österreich – und wo man liebt, da glaubt und hofft man, – aber, mein lieber Freund, – was ich Ihnen sage, ist keine Vermutung, – es ist die vollständigste Gewissheit.«

»Ich zweifle keinen Augenblick an Ihren Informationen,« sagte Herr Meding, »von deren Sicherheit und Genauigkeit ich mich schon so oft zu überzeugen Gelegenheit gehabt habe, – nur werde ich stets ein wenig irre, da mir Graf Platen aus Wien schreibt, dass man dort überzeugt sei, der Kaiser sei in diesem Augenblick ferner von einer Aktion als je.«

Madame Marie Dumas richtete sich ein wenig empor, faltete ihre Hände über den Knien und blickte Herrn Meding aus ihren großen glänzenden Augen halb verwundert, halb mitleidig an.

»Graf Platen?« rief sie, – »glauben Sie, dass der Kaiser oder Herr von Beust den Grafen Platen wählen würden, um bei ihm ihre geheimen Pläne niederzulegen?«

Herr Meding lächelte.

»Doch scheint der Graf sich für sehr tief eingeweiht in die Geheimnisse der Gegenwart und Zukunft zu halten,« sagte er, »denn er behandelt meine Mitteilungen über die hiesigen Vorbereitungen als Fantasien –«

»Bah,« rief Marie Dumas, – »lassen Sie ihn dabei, – sehen Sie, er hat in den kleinen Kreisen der früheren hannoverischen Politik gelebt, – Sie stehen jetzt hier inmitten der großen Weltbewegung – er ist Ihnen gegenüber in ähnlicher Lage wie ein Huhn, das Enten ausgebrütet hat und sich vom Ufer nicht entfernen kann, während die junge Brut weit auf dem Wasser dahin schwimmt. Jedenfalls seien Sie vorsichtig mit der Mitteilung, die ich Ihnen eben gemacht habe. – Übrigens können Sie die Sache bald sehr genau konstatieren. Sie haben ja hier einen Geistlichen, – den ich einmal bei Ihnen sah –«

»Herrn Schlaberg, – den früheren Pfarrer von Hannover, einen sehr klugen und gewandten Mann,« – sagte Herr Meding.

»Nun wohl,« rief Madame Dumas, »das ist vortrefflich, – die ganze spanische Verhandlung geht neben der Diplomatie durch die Geistlichkeit, – die Umgebung der Kaiserin und den Beichtvater der Königin Isabella, – bringen Sie Ihren Pfarrer auf die Spur, – es sollte mich sehr wundern, wenn er nicht bald den Faden fände –«

»Sie sind ein wunderbares Wesen,« sagte Herr Meding, »ich weiß nicht, ob man in Ihnen mehr die Schärfe und Feinheit des Diplomaten bewundern soll oder den feinen Geschmack und die schöpferische Kraft der Künstlerin–«

»Keine Komplimente, ich bitte,« – rief Madame Dumas, – »ich bin ehrlich und aufrichtig, – und was ich erfasse, das erfasse ich stets mit ganzem Willen und ganzer Kraft, – daher gelingt mir manches – vor allem aber bin ich der Freund meiner Freunde, und für sich und Ihre Sache können Sie auf mich zählen. –

»Sehen Sie da,« fuhr sie fort, indem sie sich ein wenig erhob und aus einer Vase auf dem Kamin einen trockenen Zweig von eigentümlicher Form nahm, – »da ist eine jener Rosen von Jericho, welche auf den Trümmern der Mauern wachsen, die einst vor den Posaunen Josuas zusammenstürzten. Diese Rose hat die Eigentümlichkeit, dass sie, längst getrocknet und in ferne Länder versendet, immer wieder erblüht, sobald man sie in frisches Wasser stellt. – Sie ist das Sinnbild der Freundschaft – die Liebe blüht einmal, und nichts erweckt sie wieder, sobald sie dahin gewelkt ist – die Freundschaft aber soll trotz Zeit und Raum immer wieder neue Blüten treiben, bespült von dem frischen Quell, der aus einem guten und treuen Herzen strömt. – Nehmen Sie«, fügte sie mit anmutigem Lächeln hinzu, »diese bedeutungsvolle Blume als ein Zeichen der Erinnerung und möge sie Ihnen und Ihrer Sache stets frische Blüten des Glücks und Erfolgs bringen!«

Herr Meding nahm den trockenen Blütenzweig, den sie ihm reichte, und drückte ihr herzlich die Hand.

Ein großer, schön gewachsener, ebenholzschwarzer Neger trat in das Zimmer und meldete:

»Herr Leon Gambetta fragt, ob Madame ihn empfangen wolle?«

Herr Meding stand auf.

»Bleiben Sie, mein lieber Freund,« sagte Madame Marie Dumas, leicht mit der Hand seinen Arm berührend, »Sie werden vielleicht einige interessante Bemerkungen über die Situation hören.«

Zugleich winkte sie dem Neger, welcher hinausging und nach einigen Augenblicken Heim Gambetta eintreten ließ.

Dieser junge Advokat, welcher durch seine eifrige Tätigkeit in dem Kreise der sogenannten Unversöhnlichen die Aufmerksamkeit auf sich gezogen hatte, war eine eigentümliche und außergewöhnliche Erscheinung.

Seine Gestalt war klein und schmächtig, – seine Haltung gebückt. Sein Gesicht, von langem, zurückgestrichenem Haar umgeben und mit einem unregelmäßig wachsenden, wenig gepflegten Bart bedeckt, zeigte gewöhnlich den Ausdruck müder Gleichgültigkeit. Um die festgeschlossenen Lippen lag ein Zug feindlicher Abgeschlossenheit, der seinem ganzen Ausdruck etwas entschieden Unsympathisches gab, ein Eindruck, der noch dadurch erhöht wurde, dass das eine Auge erblindet war, wodurch der Blick des andern sehenden Auges um so schärfer und stechender erschien. Die Toilette des jungen Mannes war entschieden vernachlässigt, doch konnte man nach seiner ganzen Erscheinung im Zweifel darüber sein, ob der Grund dafür Gleichgültigkeit oder etwa demonstrative Eitelkeit sein möchte.

Herr Gambetta näherte sich mit ein wenig schleppendem Schritte der Dame und ergriff deren dargereichte Hand.

»Ich komme von Ihrem Vater«, sagte er, »und habe mich herzlich über seine Rüstigkeit und Frische gefreut – doch hat er mich nach einigen Minuten wieder vor die Türe geschickt – da kann ich nicht umhin, mich nach Ihrem Befinden zu erkundigen und mich in Ihr freundliches Gedächtnis zurückzurufen.«

»Nur weil mein Vater Sie vor die Türe gesetzt hat?« fragte Marie Dumas mit einem mutwilligen Lächeln – doch schnell abbrechend fügte sie hinzu: »Setzen Sie sich daher und erzählen Sie nur ein wenig, wie es in unserer guten Stadt Paris aussieht und welche neuen Waffen die Herren Unversöhnlichen gegen unsern vortrefflichsten und großmächtigsten Kaiser Napoleon III. schmieden?«

Herr Gambetta warf mit halb umgewendetem Kopfe aus seinem sehenden Auge einen schnellen Blick auf Herrn Meding.

»Ein Freund,«, rief Madame Dumas, »für den ich einstehe – ich höre viel«, fuhr sie fort, »von großen kriegerischen Vorbereitungen, von Übungslagern, von Verproviantierung der Festungen, das alles sieht aus, als ob man ins Feld rücken wolle – ich bin nicht wie die andern Damen, die den Krieg fürchten, – o, ich hasse sie, diese Sieger von Sadowa, welche meinem lieben Österreich so wehe getan haben, und welche sich anmaßen, die Weltordnung umzustürzen, als ob Frankreich gar nicht mehr da wäre – und wenn der Kaiser gegen sie zu Felde zieht, so werde ich ihm viel vergeben, und meine besten Wünsche werden ihn begleiten!«

»Sie haben recht,« sagte Herr Gambetta, – »es werden allerdings überall die kriegerischen Vorbereitungen mit der größten Energie betrieben, trotz der Abrüstungskomödie, welche zwischen Paris und Berlin gespielt wird – aber,« fuhr er fort, indem der Ausdruck grimmigen Hasses um seine Lippen zuckte, – »er soll nicht zu diesem Kriege kommen, der blutige Tyrann, wir werden ihm Schwierigkeiten auf Schwierigkeiten in den Weg werfen, er soll eingeschlossen werden in den Kreis seiner eigenen Fehler und Verbrechen, bis er in unsern Händen ist – es soll ihm nicht gelingen, herauszubrechen aus den Netzen, mit denen wir ihn fester und fester umspinnen, es soll ihm nicht gelingen, von Neuem mit dem blutigen Glanze falschen Ruhmes die Gemüter des Volkes irrezuführen und seine Herrschaft von Neuem zu befestigen.«

»Wissen Sie, dass ich Ihnen sehr böse sein werde, wenn Sie und Ihre Kollegen von der Opposition diesen Krieg verhindern?« sagte Marie Dumas – »und wissen Sie, dass das nicht sehr patriotisch ist, Schwierigkeiten gegen einen Krieg zu erheben, durch welchen sich Frankreich von allen seinen moralischen Niederlagen wieder aufrichten würde?«

»Dieser Krieg würde den Kaiser retten!« rief Gambetta eifrig, indem sein gelblich blasses Gesicht sich rötete, »und darum darf er nicht stattfinden.

– Patriotismus!« rief er achselzuckend, – »was heißt Patriotismus? Bin ich nicht erst Mensch und dann Franzose, soll ich für einen nichtigen Siegesruhm des Landes, auf dessen Erde ich zufällig geboren bin, weil meine Mutter zufällig dort lebte, die großen Grundsätze vergessen, welche für das Wohl der ganzen Menschheit maßgebend sind? – Dieser Krieg würde die Macht des Kaisers neu befestigen und damit der Monarchie, dieser unnatürlichsten und ungerechtesten aller Gesellschaftsformen, auf lange Zeit Dauer und Bestand verleihen. – »Ja,« fuhr er mit finsterem Ausdrucke fort, – »wenn man wüsste, dass der Kaiser geschlagen würde –«

»Was,« rief Marie Dumas, indem sie sich schnell emporrichtete, während ihre Augen Flammen sprühten – »Sie würden den Krieg wünschen, wenn der Kaiser geschlagen würde? – Ist es möglich, dass solche Gedanken in dem Herzen eines Franzosen auch nur einen Augenblick auftauchen können, dass persönlicher Hass und der Fanatismus politischer Doktrinen Ihnen mehr gelten können, als der Ruhm und die Ehre des Vaterlandes?«

Die Gesichtsmuskeln Gambettas zuckten wie Wetterleuchten, eine düstere Glut brannte in seinem sehenden Auge, und mit zitternder, rau anklingender Stimme sprach er:

»Mein Vaterland ist die Menschheit – das Heil der Menschheit ist die demokratische Republik – der Arbeit zur Erreichung dieses Ziels gehören alle Gedanken meines Geistes, alle Wallungen meines Herzens. – Ich lebe«, fuhr er fort, »verhältnismäßig arm inmitten von diesem wogenden Meere des Lebensgenusses, das Paris mit seinen berauschenden Fluten erfüllt – ich habe darauf verzichtet, meinen Teil aus diesen Fluten zu schöpfen, – die Natur«, fuhr er fort, indem er die Lippen zusammenpresste, »hat mich stiefmütterlich behandelt, – ich habe verzichtet auf die Liebe mit allen süßen Reizen, welche sie dem Leben geben kann, – so stehe ich da, frei von allen Fesseln, welche das Individuum in geschlossene Lebenskreise bannt, – wenn ich mich aber entkleidet habe von allem Reiz, von aller Freude an dem Leben des Einzelnen, so habe ich auch das Recht, nur die ganze Menschheit und die Prinzipien, auf denen ihr künftiges Glück beruht, zum Gegenstand meines Strebens zu machen. Die Lebensbedingung für eine gesunde und glückliche Zukunft der Menschheit aber ist die Vernichtung der Monarchie, die dauernde Aufrichtung der Republik.«

Er hielt inne.

Madame Dumas blickte ihn halb mit Verwunderung, halb mit Schrecken an.

»Übrigens«, fuhr er nach einem kurzen Schweigen fort, – »bin ich nicht ein so schlechter Franzose, als Sie annehmen wollten, – wenn in einem ersten Zusammenstoß die Armeen des Kaiserreichs zersprengt und zurückgeworfen würden, – so bin ich gewiss, dass das Volk von Frankreich sich wie ein Mann erheben wird, – getragen von der hoch anschwellenden Woge der demokratischen Freiheitsbewegung, – dieser Kaiserthron wird verschwinden, aber auf seinen Trümmern wird sich die Republik erheben, – siegreich durch ihre Waffen wie 1793, – siegreich noch mehr durch ihre Prinzipien, deren Wahrheit heute schon tief in die Geister in aller Welt gedrungen ist. Die deutschen Heere, welche gegen die kaiserlichen Truppen zu Felde zogen, werden sich weigern, gegen die Legionen der Republik zu fechten, der Krieg wird zu Ende sein – und er wird uns nur die Erlösung von dem Fluch der Monarchie gebracht haben, – und das Beispiel des befreiten Frankreichs wird dem übrigen Europa voranleuchten.«

Er hatte immer erregter gesprochen, – der brennende Blick seines sehenden Auges lichtete sich wie in prophetischer Vision in die Ferne der Zukunft, in fanatischer Erregung zitterten die Muskeln seines Gesichts.

»Sie sehen also,« sagte er dann mit einem kalten Lächeln, – »dass ich vom Standpunkt meiner Auffassung und meines Strebens aus wohl recht habe, wenn ich den Krieg wünschen möchte, sobald ich sehen würde, dass der Kaiser und seine Prätorianerarmee geschlagen würde, – leider aber bin ich dessen nicht sicher, – ich habe,« fügte er in bitterem Sarkasmus hinzu, »noch zu viel patriotisches Vertrauen auf die Tapferkeit und Unbesiegbarkeit der französischen Waffen.«

»Wissen Sie wohl,« sagte Madame Dumas, »dass Sie ein sehr gefährlicher Mensch sind? – Sie haben den Fanatismus Ihrer Überzeugung und würden die Schäden der menschlichen Gesellschaft mit der Kaltblütigkeit Marats durch Blutbäder heilen!«

»Sind denn nicht«, fragte Herr Gambetta, »alle gesunden Ideen, welche heute in der Menschheit leben und den Fortschritt bedingen, noch immer die Folgen jener Kur?«

»Wenn ich der Kaiser wäre,« sprach Madame Dumas weiter in scherzendem Ton, aber mit dem Ausdruck der Überzeugung in ihrem Gesicht, – »wenn ich der Kaiser wäre, ich würde Sie arretieren lassen und in einem festen Staatsgefängnis verwahren, – einen Gegner wie Sie unschädlich zu machen, würde seinem Thron mehr Sicherheit geben, als eine gewonnene Schlacht.«

»Er würde recht haben, wenn er es täte,« sagte Gambetta kalt und ruhig, – »aber er wagt es nicht.«

Der Neger trat ein und meldete Herrn Mirès.

Gambetta erhob sich.

»Ich muss weiter gehen«, sagte er, sich verabschiedend, – und habe mich sehr gefreut, Sie und Ihren Vater wohl gefunden zu haben.«

»Auf Wiedersehen,« rief Madame Dumas – »und«, fügte sie, lächelnd mit dem Finger drohend, hinzu, – »arbeiten Sie mir nicht zu sehr gegen meinen Krieg!«

Herr Mirès trat ein.

Dieser merkwürdige Finanzmann, welcher durch ebenso kühne und gewagte, als sicher und geschickt durchgeführte Operationen sich in der Geldwelt rasch auf eine schwindelnde Höhe erhoben hatte, um dann ebenso rasch unter der Anklage des Betruges bis zum Gefängnis von Mazas und zur Anklagebank herabzusinken, wo er in seiner Verteidigung ebenso viel wunderbare und zähe Energie entwickelt hatte, als früher in seinen großen Unternehmungen, stand damals in den letzten fünfziger Jahren. Seine kleine, zierliche Figur war von einer großen Beweglichkeit, sein spitzes, bartloses Gesicht mit ergrauendem kurzen Haar erinnerte ein wenig an die Porträts des Abbé Dubois, jenes bösen Genius des Regenten von Orleans, seine scharf blickenden Augen waren fast geschlossen, und seine dünnen Lippen bewegten sich, wenn er rasch und scharf akzentuiert sprach, fast allein in diesem eigentümlichen Gesicht, dessen übrige Züge stets in glatter Ruhe verharrten.

»Es scheint,« rief Marie Dumas, »dass heute alle besonderen Freunde Seiner Majestät Napoleons III. sich bei mir versammeln, – soeben geht Herr Gambetta hinaus, der das Kaiserreich ganz besonders liebt, und ich glaube, dass Sie, was Ihre Gefühle betrifft, ihm nichts nachgeben.«

Herr Mirès setzte sich auf den Stuhl, den Gambetta eben verlassen hatte, und sprach achselzuckend:

»Dieser Gambetta nimmt das alles zu ernst, – er verschwendet seine Kraft, – man hat wahrlich nur nötig, ruhig zuzusehen, wie das Gebäude zusammenbröckelt, das den stolzen Namen Empire führt, – es lohnt kaum der Mühe, noch daran zu rütteln.«

»Sie sehen,« sagte Madame Dumas, sich an Herrn Meding wendend, »wie ich recht habe, – das ist auch einer von den Verehrern des Kaisers, und er hat ein wenig ein Recht dazu, – aber nehmen Sie sich in acht,« fuhr sie zu Herrn Mirès sprechend fort, – »hier ist ein Hannoveraner, der mit seinen Landsleuten die Gastfreundschaft des kaiserlichen Frankreichs genießt und dafür den Kaiser verehrt.«

»Für mich,« sagte Herr Meding, – »ist der Kaiser Frankreich, – und die emigrierten Hannoveraner haben hier eine so freundliche Aufnahme und einen so großmütigen Schutz gefunden, dass ich dafür immer dankbar sein muss.«

Herr Mirès warf einen raschen Blick auf den Sprechenden und sagte mit einer leichten artigen Verbeugung:

»Frankreich wird immer den Unglücklichen ein Asyl öffnen, mein Herr, – und der Kaiser kann nicht gegen diesen Charakterzug der Nation handeln, – aber wenn Sie von ihm etwas für Ihre Sache hoffen, so täuschen Sie sich, – er wird Sie missbrauchen zu Demonstrationen und Agitationen, aber er wird Sie schließlich im Stiche lassen, wie er alles im Stiche lässt; glauben Sie ja nicht, dass er irgendetwas Großes oder Kluges bis zu Ende durchführen wird, – ich kenne ihn, – und ich bin das Opfer meines Glaubens, den ich – nicht an sein Herz und seinen Charakter, – aber an seinen Verstand hatte, – denn in der Tat, ich hielt ihn einer solchen Torheit, wie er sie gegen mich begangen hat, nicht für fähig.

»Ich wollte«, fuhr er lebhaft fort, »dem Glanz und der Größe dieses Kaiserreichs, das durch die Kriege in der Krim und Italien sich einen ziemlich unsicheren Nimbus geschaffen hatte, eine feste und großartige ökonomische Basis geben; mächtige Kreditinstitute, auf die Ressourcen des Staates begründet und nach richtigen Finanzgrundsätzen aufgebaut und geleitet, sollten die ganze Finanzwelt Europas von Paris abhängig machen, von hier aus sollte sich der Lebensstrom des Geldverkehrs durch die Adern der Welt ergießen. Denken Sie sich gewaltige Institute, durch die Mittel des Staates genährt und dem Staate wieder die reichen Erträge ihrer alles überragenden Kapitalmacht zuführend – auf einer solchen goldenen Basis hätte die Größe Frankreichs sicherer und fester gestanden, als auf allen vorübergehenden, mit so vielen Menschenleben und Existenzen erkauften Waffenerfolgen, – Frankreich hätte das Börsenleben, die Industrie und den Handel von Europa beherrscht, – niemand hätte gegen uns Krieg führen können, weil niemand ohne uns das Geld dazu hätte erhalten können. – Er schien diese Gedanken zu begreifen, – er schien meine Pläne zu erfassen, und im Vertrauen auf ihn arbeitete ich mit schnellem Erfolg daran, alle Fäden in meinen Händen zu vereinigen, alle Finanzmacht zu konzentrieren, um die große Kombination auszuführen, die ich im Sinne hatte, und die die Ökonomie des Staates aus einer primitiven Naturalwirtschaft zu einer in arithmetischer Proportion fortschreitenden und gewinnbringenden Finanzwirtschaft gemacht hatte. – Freilich«, fuhr er bitter lächelnd fort, »hätte neben dieser Kombination keine andere Größe bestehen können, – Rothschild – Pereire – und alle diese Steine der Finanzwelt wären wie Irrlichter versunken, – es hätte nur eine Macht gegeben – eine Macht, die geheißen hätte: Frankreich und Mirès! Und um dies große Ziel zu erreichen, durfte er nichts tun, – gar nichts, als mich gewähren lassen, – aber er fürchtet jede Kraft, – auch diejenige, die sich mit ihm verbinden will, die gar kein Interesse hat, ihm zu schaden, – und so fürchtete er mich, – er kennt ja nur dies eine roheste und kindlichste Mittel der Herrschaft, alle Kräfte sich gegenseitig bekämpfen und aufreiben zu lassen; er fürchtete mich, und darum opferte er mich Pereire und Rothschild, – ohne zu bedenken, dass er damit sich und die Zukunft seiner Dynastie opferte, – ich hätte ihn gehalten und ihn und sein Haus für immer mit der nationalen Ökonomie Frankreichs verbunden, ich hätte Größeres und Dauerndes für ihn geschaffen, als einst Colbert für Ludwig den Vierzehnten – jetzt ist das alles zerbrochen, und die finanzielle Basis des Kaiserreichs ist zerstört; – was ist Pereire? – was ist Rotschild?« rief er mit höhnischem Lachen, »Pereire und seine Unternehmungen sind Triebsand, in welchem dies Empire langsam versinken wird, – und Rothschild, – nun er wird wahrlich für Frankreich nichts tun, aus seinen Kassen wird, wenn er etwas verdienen kann, das Geld fließen, mit welchem man uns den Vernichtungskrieg macht. – Die mexikanischen Obligationen – das sind die Eroberungen der finanziellen Feldzüge des Kaiserreichs!

»Nun,« sagte er achselzuckend, – »mich hat er nicht vernichtet durch seinen Verrat, – aber sich selbst hat er zerstört, – für mich handelt es sich nur um den traurigen Zusammensturz eines großen Werkes, an welches ich meine ganze Kraft und Arbeit gesetzt hatte, für ihn handelt es sich um die Existenz. Er wird nicht an Gambetta, nicht an der Demokratie und der Revolution zugrunde gehen, – nein, er wird langsam und schmachvoll versinken in dem Schlamm der faulen Finanzwirtschaft, die er beschützt, damit seine Freunde aus ihren trüben Quellen Gold schöpfen können.«

Noch ehe jemand nach der heftigen Rede des tief erbitterten gestürzten Börsenfürsten etwas gesprochen, öffnete sich rasch die Türe, und Alexander Dumas trat in das Zimmer seiner Tochter, welche ihm, schnell aufspringend, entgegeneilte und ihn herzlich und liebevoll umarmte.

Die hohe und volle, etwas gedrungene Gestalt des großen Romanciers hatte durch das Alter und das wachsende Embonpoint etwas Schwerfälliges erhalten – die Bewegungen hatten nicht mehr die leichte Eleganz der früheren Jahre, wenn sie auch noch immer edel und anmutig waren. Der große Kopf mit dem krausen, wolligen, bereits stark ergrauten Haar war ein wenig vorgebeugt, die Augen funkelten von Geist und Humor und leuchteten zugleich von einer unbeschreiblichen kindlichen Gutmütigkeit, die vollen, hoch aufgeworfenen Lippen öffneten sich leicht über noch immer schönen Zähnen.

Alexander Dumas trug ein weites Beinkleid von gelbem Nanking und ein weites, faltiges, weißes Hemd, – sehr empfindlich für die Hitze, wie er war, fand man ihn in seinem Zimmer morgens nie in einem andern Kostüme – alle seine Freunde waren daran gewöhnt und fanden nichts Außerordentliches darin.

Ihm folgte ein großer magerer Mann, eckig und ungelenk in seiner Gestalt und Haltung – etwas über dreißig Jahre alt, aber in seinen von Leidenschaften zerrissenen Zügen alter erscheinend. Die Züge waren hässlich, nicht nur durch ihre eigentümlich unregelmäßige Bildung, die eingedrückte Stirn, die stark hervorstehenden Backenknochen, den festgeschlossenen Mund mit den dünnen blutlosen Lippen – sondern besonders auch durch den Ausdruck unsteter Hast, welcher auf ihnen lag, – durch den feindlich stechenden Blick der in fieberhaftem Glanz brennenden Augen.

Alexander Dumas begrüßte den Regierungsrat Meding herzlich, drückte Mirès die Hand und setzte sich dann neben seine Tochter, welche seine Hand in der ihren behielt und ihn mit inniger Zärtlichkeit anblickte.

»Da bringe ich dir Rochefort,« rief er, auf den mit ihm Eingetretenen deutend, – »den Vicomte von Rochefort, – den Nachkommen jenes Rochefort, des großen Kardinals, welchem d'Artagnan so hübsche Degenstiche beibringt, – dieser aber ist kein Diener der Fürsten, – was eigentlich schade ist für einen Mann seines Namens, – er ist ein Mann des Volks, – des Volks, das freilich der größte und mächtigste Fürst ist – aber auch der undankbarste, – er heißt nur noch Henri Rochefort und hat mir eine sehr hübsche Idee mitgeteilt, – er will eine kleine, regelmäßig wieder erscheinende Broschüre herausgeben, – ›die Laterne‹, welche in kleinen scharfen Streiflichtern unsere Zustände ein wenig beleuchten soll. Das scheint mir ein ganz verdienstvolles Werk zu sein – und verspricht auch sehr amüsant zu werden.«

Herr Mirès lächelte. »Sehr amüsant und lehrreich,« sagte er, – »vielleicht, mein Herr, kann ich Ihnen hie und da eine kleine Notiz zur Verwendung geben, – ich habe manches gesehen unter der Oberfläche unserer Zustände.« –

»Herr Mirès«, sagte Alexander Dumas, »hat allerdings auch seine kleine Laterne, welche auf gewisse Punkte recht helles Licht werfen kann.«

»Ich danke, mein Herr,« sagte Rochefort mit einem scharfen, forschenden Blick auf den so bekannten Finanzier, – »ich werde gern alles annehmen, was dazu beiträgt, die Strahlen, welche meine Laterne werfen soll, so vielseitig als möglich zu machen.«

»Ich vermute,« warf Madame Marie ein, »dass diese Laterne nicht eben ein freundliches Licht auf unsern Kaiser und seine Regierung werfen wird«, – sie legte den Kopf auf die Schulter ihres Vaters und blickte lächelnd zu Rochefort hinüber.

»Warum, Madame?« erwiderte dieser, indem ein höhnischer Zug um seine Lippen zuckte, – »ich bin guter Bonapartist.«

Alexander Dumas sah ihn verwundert an.

»Nur«, fuhr Rochefort fort, »suche ich mir unter den Regenten dieser Dynastie denjenigen aus, welchem ich meine besondere Zuneigung und Verehrung zolle, und das ist Napoleon II., – unter seiner Regierung hat man keine Kriege geführt, – unter seiner Regierung sind keine Steuern erhoben, keine Todesurteile vollstreckt worden, – und doch wird mir niemand entgegnen können, dass er niemals regiert habe, – denn unser glorreichster Kaiser, der jetzt die Zierde des Thrones von Frankreich ist, heißt ja Napoleon III.«

»Sehr gut,« sagte Mirès, – »sehr gut, – das würde ein vortreffliches Entrefilet in der Laterne sein!«

Alexander Dumas lächelte – dann aber schüttelte er langsam den mächtigen Kopf.

»Als Bonmot ist das ganz gut,« sagte er, – »aber es gefällt mir doch nicht, – der arme König von Rom! – Das Schicksal dieses Kindes ist so tragisch, dass es mir widerstrebt, seinen Namen zum Gegenstand feindlicher Bonmots zu machen.«

Madame Marie warf aus ihren großen leuchtenden Augen einen Blick voll Liebe und Bewunderung auf ihren Vater. Dann beugte sie sich auf seine Hand und drückte einen Kuss darauf.

Rochefort drehte ein wenig verlegen an seinem kurzen Schnurrbart.

Der Neger trat ein und meldete:

»Die Frau Gräfin Dash.«

Mirès und Rochefort verabschiedeten sich.

Die Gräfin Dash, diese in der Damenwelt einst so beliebte Schriftstellerin, trat ein.

Sie war mit äußerster Eleganz und Einfachheit zugleich gekleidet – ihr volles schneeweißes Haar war sorgfältig frisiert und umrahmte ihr fein geschnittenes Gesicht, dessen Züge zwar ihr hohes Alter anzeigten, das aber noch die frischen Farben und die lebhaften feurigen Augen der Jugend bewahrt hatte.

Alexander Dumas war ihr entgegengeeilt und reichte ihr mit einer Bewegung voll sympathischer Herzlichkeit beide Hände entgegen.

»Sie werden jedes Mal jünger, meine teure Freundin,« rief er, »so oft ich Sie sehe, geben Sie mir das Geheimnis Ihrer ewigen Frische – ich werde alt, meine Kraft verlässt mich allgemach, – bald wird die Lampe verlöschen!«

Und er führte sie langsam nach dem Sofa, in welches er sie mit sorgsamer Aufmerksamkeit niedersetzte. Es war ein eigentümlicher und wehmütig reizvoller Anblick, diese beiden alten Leute zu sehen, welche herüberragten in unsere Tage aus einer vergangenen Zeit voll Poesie und frischen Lebens, – welche einer bei dem Anblick des andern mit trauriger Klarheit die Spuren der über alle Blüten des Menschenlebens erbarmungslos dahinschreitenden Zeit erblickten, – welche aber auch in ihren warmen Herzen die ewige Frische der Jugend bewahrten, die unter den alternden Zügen des Freundes das lichte Bild der Vergangenheit herauftauchen lässt.

»Sie scherzen, mein lieber Alexander,« erwiderte die alte Dame auf das Kompliment ihres Freundes, indem sie das weiße Haupt schüttelte, das ihr in Verbindung mit ihrer ganzen vornehmen und distinguierten Haltung das Ansehen einer jener alten Herzoginnen des *ancien régime* gab, – »Sie scherzen, – ich fühle zu sehr die Macht des Alters, um den Illusionen Glauben zu schenken, welche mir mein Herz zuweilen vorspiegeln möchte, – dies Herz, das so langsam alt wird und so schwer stirbt.«

»Wissen Sie,« sagte Alexander Dumas, »dass unsere gute Dejazet noch einmal aus dem Grabe der Vergessenheit sich erhebt und ihre alten Rollen auf ihrem kleinen Theater spielt, – ihre jugendlichen Glanzrollen, in ihrem Alter von fast achtzig Jahren?«

»Ich habe davon gehört,« sagte die Gräfin Dash, – »sie will ihrem Sohn Vermögen schaffen, – und die Zugkraft ihres Namens soll groß genug sein, um alle Tage das Theater zu füllen.«

»Ich habe nicht hingehen mögen,« rief Alexander Dumas, – »man kann vergangenes Leben nicht galvanisieren, ohne der Schönheit Eintrag zu tun und Hässliches hervorzubringen, – mir würde es einen schaurigen Eindruck machen, die zusammensinkende Ruine der schönen und anmutigen Dejazet auf derselben Szene wie ein Gespenst heraufsteigen zu sehen, auf welcher sie einst das Entzücken von ganz Paris bildete.«

»Ich habe sie gesehen,« bemerkte Herr Meding, – »als Napoleon in Brienne und als Richelieu in den *premiers armes de Richelieu* – sie war sehr merkwürdig durch die Leichtigkeit und Eleganz ihres Spieles und durch die so korrekte und elegant pointierte Deklamation, die man in unseren Tagen außer im *théâtre français* fast gar nicht mehr hört, – mehr aber hat mir ein Nachspiel gefallen, in welchem sie im Kostüme einer alten Bäuerin, von jungen Mädchen umgeben, Berangers reizendes Lied der Erinnerung an Jugend und Schönheit singt. Es war in der Tat rührend, und tiefe Bewegung erfasste das ganze Haus.«

»Die alte Dejazet, – wie sie das Lied ihres toten Freundes singt,« – sagte die Gräfin Dash, indem eine Träne an ihrer Wimper perlte, – »das ist in der Tat schön und kann von der jetzigen Generation nicht so verstanden werden, wie von uns, die wir sie jung und schön wie eine Liebesgöttin gekannt und gesehen haben, wie Beranger seine schönsten Lieder zu ihren Füßen sang. – Um das zu hören, könnte ich mich auch entschließen, hinaus nach dem kleinen Theater zu gehen, wo wir so oft heitere Stunden verlebten, – aber meine Kräfte erlauben es nicht – ich kann nicht so lange die Ruhe meines Lehnstuhles entbehren.«

»Sie sprachen ja von einer Kur in Bagnères de Luchon, welche Ihr Arzt Ihnen vorgeschrieben hat?« fragte Madame Marie.

»Meine liebe Freundin,« sagte die Gräfin, »es ist traurig, wenn mit den Schwächen des Alters sich die Armut verbindet, – meine Mittel erlauben es mir nicht, die Reise zu machen, die mir die Gesundheit bringen sollte.«

»Was?« rief Alexander Dumas auffahrend, – nachsinnend beugte er das Haupt, – dann schlug er sich vor die Stirn.

»Ich habe nichts in diesem Augenblick,« rief er, – »ich habe einem armen Teufel, der zu mir kam, die letzten hundert Franken gegeben, die ich in dem Schubfach meines Tisches fand, – aber«, sagte er in rascher Wendung, Herrn Meding die Hand auf die Schulter legend, »hier ist der Vertreter des Königs von Hannover, eines der edelsten und ritterlichsten Herren der Welt, den ich verehre, ohne ihn zu kennen, weil er so würdevoll und königlich gefallen ist, – Sie hören, mein Freund, dieser alten vortrefflichen Dame fehlt das Geld, ihre Gesundheit zu stärken, – ich bin überzeugt, wäre Ihr König hier zur Stelle, er würde bereits das schönste Recht der Fürsten ausgeübt haben – edle Herzen glücklich zu machen.«

»Wenn die Frau Gräfin mir erlaubt, mich in Ihre Angelegenheiten zu mischen,« sagte Herr Meding, – »so werde ich sogleich dem Könige, meinem allergnädigsten Herrn, schreiben, und ich bin überzeugt, dass es den König glücklich machen wird, Ihnen eine jener elenden Sorgen der materiellen Welt abzunehmen, welche eine Dame wie Sie niemals berühren sollten.«

»Sie sehen,« sagte Alexander Dumas, »dass fürstliche und ritterliche Gesinnung in der Welt nicht ausstirbt, – wir können ruhig entschlafen, – es wird immer noch Helden für die Romanciers der Zukunft geben.«

Die Gräfin Dash neigte freundlich und anmutig dankend das Haupt.

Herr Meding stand auf.

»Wir erwarten Sie also heute zum Diner,« sagte Madame Marie, – »Sie werden eine kleine amüsante Gesellschaft finden, – Lord Haugthon unter andern, den Freund Palmerstons – und Ihren Hannoveraner, den Sie mir neulich vorstellten, bringen Sie mit, nicht wahr, – Herrn – Herrn –?«

»Von Wendenstein?« sagte Herr Meding.

»Von Wendenstein,« sprach sie mit komischer Bewegung des Mundes nach, – »der junge Mann ist entschieden liebenswürdiger als sein Name.«

»Apropos,« rief Alexander Dumas, »ich habe noch eine Dame eingeladen, die mich besucht hat, – eine sehr liebenswürdige und schöne Dame, eine Italienerin, die Marchesa Pallanzoni, – die seit dem vorigen Jahre hier ist und alle Welt entzückt.«

»Ich werde mich freuen, sie zu sehen, – ich habe schon von ihr sprechen gehört«, sagte Marie Dumas.

»Also auf Wiedersehen in zwei Stunden«, sprach der Regierungsrat Meding, sich verabschiedend, und verließ den Salon.

Zehntes Kapitel

Zwei Stunden später versammelte sich in dem Empfangssalon Alexander Dumas' eine kleine Gesellschaft zu einem jener Diners, welche so gesucht und berühmt waren, sowohl wegen der eigentümlich vortrefflichen Küche, als wegen der wunderbar anziehenden und reizenden Plauderei, welche der geistsprühende Wirt anzuregen und zu unterhalten verstand.

Der Salon war einfach mit großen Fauteuils möbliert, ein langer Diwan lief an der Wand her, ein Pianino stand in der einen Ecke, von großen reichen Blattpflanzen umgeben. In die Wände gefügt sah man große Medaillons in feinen Goldrahmen, welche in sauberer und korrekter Ölmalerei Szenen aus Goethes Faust zeigten, nach den Kartons von Kaulbach von Madame Marie Dumas gemalt, welche durch diese Dekoration dem sonst so einfachen Salon einen ganz besondern und außergewöhnlichen Charakter zu geben verstanden hatte.

Die Dame des Hauses in einfacher Sommertoilette von weißem Stoff mit gelben Bändern und Schleifen empfing ihre Gäste mit aller Anmut der Dame der großen Welt und zugleich mit all der freimütigen Leichtigkeit und Ungezwungenheit, welche der Künstlerin und der Tochter des berühmten Schriftstellers eigentümlich war.

Sie saß in einem Fauteuil neben dem Kamin, – ihr zur Seite die Marchesa Pallanzoni, deren vornehme und distinguierte Schönheit womöglich noch frischer und reizender geworden war. Sie trug ein weißes, mit ganz kleinen schwarzen Sternen durchwehtes Kleid von leichter Seide, ein einfaches Kreuz von Gold an schwarzem Band um den schlanken Hals und schwarze Samtbänder um die schönen Handgelenke.

Die Marchesa ließ ihre dunkeln Augen mit dem Ausdruck einiger Verwunderung über die Wandgemälde gleiten und sprach mit liebenswürdigem Lächeln:

»Ich hätte kaum erwarten sollen, in Ihrem Salon, Madame, und im Hause Alexander Dumas' diese schmachtende Mondscheingestalt des deutschen Gretchens zu finden.«

»Ich habe selbst diese Panneaux gemalt,« erwiderte Madame Dumas, »und ich muss Ihnen gestehen, dass ich es mit besonderer Vorliebe getan habe. Ich verstehe es leider nicht, die deutschen Dichter in ihrer Sprache zu lesen, und ich höre von meinen Freunden aus Deutschland, dass ein großer Teil ihres eigentlichen Geistes durch die Übersetzung verloren geht, – aber doch liebe ich diese Dichtungen, die mich anmuten wie Klänge aus einer andern fremden Welt. – Das deutsche Gretchen ist eigentlich doch das Bild der reinsten Weiblichkeit, – vielleicht würde eine solche Erscheinung, wenn man ihr im wirklichen Leben begegnete, sehr langweilig sein, da sie doch dann nicht immer Sentenzen und reizende Naivitäten sprechen könnte, – als Gestalt der Dichtung aber spricht sie mich ungemein an.«

»Zu solchem Gretchen«, sagte die Marchesa, »gehört aber auch vor allen Dingen, dass sie schön sei, denn denken Sie sich nur, welche Figur würde ein Gretchen spielen ohne die schlanke ätherische Gestalt, ohne die großen blauen Augen, das blonde Haar, den zarten Teint und den frischen Mund! Da ziehe ich doch den französischen Typus der Weiblichkeit vor, der seinen Reiz behält auch ohne die physische Unterstützung von Jugend und Schönheit.«

Der Regierungsrat Meding und der Leutnant von Wendenstein traten ein, – die Augen der Marchesa öffneten sich einen Augenblick weit, als sie den jungen Mann erblickte, – es sprühte daraus hervor wie ein Funke elektrischen Lichts – um ihre Lippen zitterte es wie triumphierende Freude, – dann schlug sie die Augen wieder zu Boden und erwartete ruhig die Begrüßung der Herren, welche Madame Dumas ihr vorstellte.

»Ich erinnere mich, den Herrn von Wendenstein im vorigen Jahre gesehen zu haben,« sagte sie mit einem leichten, beinahe höhnischen Lächeln, – »er erzeigte mir sogar die Ehre, mich einige Male zu besuchen, – seit jener Zeit aber habe ich ihn nicht wieder gesehen.«

Der junge Mann blickte die Marchesa beinahe mit Schrecken an. Er hatte sie nicht wieder gesehen, seit er im vorigen Jahre vor ihr gekniet und fast ihre Lippen auf den seinen gefühlt hatte – seit jener Zeit war sein Herz erfüllt von den Bildern einer lieben stillen Vergangenheit, – das Leben in der Schweiz, wo er mit der hannoverischen Emigration in ruhiger Stille den Winter verbracht, hatte ihm die Eindrücke seines ersten Aufenthaltes in Paris wie einen schnell vorübergeflogenen Traum erscheinen lassen, wenn auch immer aus dem Grunde seiner Seele die lockenden Bilder wieder aufgetaucht waren, welche seine Sinne so glühend erregt hatten. Seit er aber mit dem Kommando der hannoverischen Emigration, welche man jetzt die Welfenlegion zu nennen begonnen hatte, wieder zurückgekehrt war in diese berauschende Atmosphäre von Paris, hatten ihn jene Bilder mehr und mehr wieder umschwebt, und oft schon hatte er sich, in träumende Gedanken versunken, plötzlich vor dem Hause der Marchesa wieder gefunden, hinaufblickend nach den Fenstern jener Räume, in welchem sich ihm eine so wunderbar süße Blume mit betäubendem Duft erschlossen hatte.

Es durchzuckte ihn wie ein Blitz, als er, der Einladung Alexander Dumas folgend, sich hier plötzlich der Frau gegenüber befand, welche mehr, als er es selbst sich gestand, seine Gedanken erfüllte.

Er stammelte einige Worte, um mit seiner Abwesenheit zu entschuldigen, dass er nicht wieder zurückgekehrt sei, welche von der Marchesa mit leichtem Achselzucken und spöttischem Lächeln aufgenommen wurden, während zugleich ein ganz flüchtiger Blick ihrer halb sich aufschlagenden Augen etwas wie einen Schimmer von Bedauern ausdrückte.

Herr von Wendenstein hatte alle Fassung verloren und seine Verlegenheit hätte nicht unbemerkt bleiben können, wenn nicht die übrigen Eingeladenen in schneller Folge eingetreten wären.

Lord Haughton war zuerst erschienen, ein mittelgroßer Mann von etwa fünfzig Jahren, seine Züge waren ausdrucksvoll und geistreich, – trugen aber nicht den Charakter der scharf geschnittenen Profile der alten englischen Aristokratie, sein etwas langes und dunkles Haar hing glatt an den Schläfen herab und sein sanftes Auge blickte klar und ruhig beobachtend umher.

Dem vielgereisten Engländer folgte Herr Narischkin, ein junger Russe von jener ersten Familie des Reiches, welche nie einen Titel angenommen hat, aber den Rang vor allen Fürsten behauptet. Seine Gemahlin, eine schöne junge Frau mit dunkelblondem Haar und tiefblickenden schwärmerischen Augen, in zartes Grau gekleidet, setzte sich neben die Damen, – Monsieur Clay Ker Seymer, Sekretär der englischen Botschaft und seine Gemahlin, eine hochblonde Engländerin mit lebhaften geistvollen Augen, vervollständigten die Gesellschaft.

»Wissen Sie wohl,« sagte die Marchesa Pallanzoni, sich an Madame Marie Dumas wendend, – »dass ich Ihrem Vater böse bin? Es ist nicht galant, dass er uns seine Gesellschaft entzieht, er sollte in diesem Punkt eben so freigebig und großmütig sein, wie in allen anderen.«

»Mein Freund Dumas«, sagte Lord Haughton, »hat niemals die Bedeutung der Zeiteinteilung gekannt, – ich wette, er sitzt in seinem Zimmer, in irgendeine Lektüre oder Arbeit vertieft, und hat vollständig vergessen, dass wir hier sehnsüchtig auf seine Gesellschaft warten.«

»Ich muss meinen Vater verteidigen, Mylord,« erwiderte Madame Marie lächelnd, – »ich bin überzeugt, er beschäftigt sich in diesem Augenblick sehr angelegentlich mit seinen Gästen, indem er dafür sorgt, dass sie etwas zu essen bekommen, – ich glaube, dass mein Vater in der Küche ist und das Diner bereitet.«

»Alexander Dumas kocht?« rief Madame Clay Ker Seymer erstaunt und auf allen Mienen zeigte sich ungläubiger Zweifel.

»Wollen wir ihn in seiner kulinarischen Werkstätte überraschen?« fragte Madame Marie Dumas aufstehend, – »folgen Sie mir – Sie werden sehen, wie der Schöpfer des d'Artagnan und des Père Gorenflot seine Theorien praktisch ausführt.«

Lachend und scherzend folgte ihr die ganze Gesellschaft.

Die Marchesa Pallanzoni blieb ein wenig zurück, sodass sie in der Türe fast den Herrn von Wendenstein streifte.

»Es ist nicht schön, seine Freunde so schnell zu vergessen«, sagte sie leise, mit einem Blick voll feuriger Glut, und schnell folgte sie den übrigen Damen.

Der junge Mann fühlte, wie eine Blutwelle nach seinen Schläfen strömte, und keines klaren Gedankens fähig, schritt er hinter der Gesellschaft her, einen langen Korridor entlang, an dessen Ende Madame Marie eine Türe öffnete und, sich zur Seite stellend, ihre Gäste in eine große und helle Küche eintreten ließ, ausgerüstet mit einer unvergleichlichen Batterie de Cuisine, glänzend von hell poliertem Kupfer, schimmerndem Porzellan und weißem Holzgerät.

In der Mitte dieses Raumes, einige Schritte von dem weißen, mit glänzendem Messingreif eingefassten Herd, stand ein großer, mit schneeigem Leinentuch überdeckter Tisch und vor demselben erblickte man Alexander Dumas in untadelhafter Dinertoilette, die Spitzen der Ärmel seines Fracks und die weißen Manschetten ein wenig aufgeschlagen. Vor ihm auf dem Tisch standen mehrere Porzellanschalen mit Löffeln von

Silber und Horn und eine große Anzahl Flaschen mit dem grünlich goldgelben Olivenöl von Nizza, dem duftigen Essig von Bordeaux und allen jenen Soßen und Essenzen, welche die kulinarische Chemie in England und Amerika so vortrefflich zu bereiten versteht. Neben dem Tisch stand eine hübsche kräftige Frau von dreißig bis fünfunddreißig Jahren, eine weiße Schürze über dem einfachen Kattunkleid von fast eleganter Sauberkeit und lauschte mit ehrfurchtsvoller Aufmerksamkeit den Bemerkungen, die der berühmte Küchenmeister in abgebrochenen Sätzen machte.

Als die Gesellschaft mit einem allgemeinen Ausruf des Erstaunens über das so unerwartete und außergewöhnliche Bild, das sich ihr darbot, in der Küche erschien, blickte Alexander Dumas auf, grüßte mit dem liebenswürdigen Lächeln seine Gäste und sprach, ohne sich in seiner Beschäftigung einen Augenblick stören zu lassen:

»Verzeihen Sie, meine Damen und meine lieben Freunde, dass ich Ihnen nicht entgegenkomme und Ihnen nicht einzeln die Hand drücke, – aber ich bin so sehr mit Ihrem körperlichen und moralischen Wohl beschäftigt, dass ich glaube, Sie werden mir die äußere Form der Höflichkeit in diesem Augenblick erlassen, da deren Beobachtung mich in meiner Arbeit stören müsste.«

»Es ist eine etwas kühne Behauptung, mein lieber Dumas,« sagte Lord Haughton lachend, »dass Ihre gewiss sehr nützliche und für unsere Gaumen und unsere Zungen sehr wohltätige Beschäftigung auch dem moralischen Teil unserer Existenz heilsam sein soll. Die Moralprediger warnen uns ja vor der Gourmandise als vor der größten Feindin der moralischen Kraft der Seele.«

»Sie haben unrecht– wie in so vielen anderen Punkten ihrer aszetischen Theorien,« erwiderte Alexander Dumas, indem er ein Ei am Rande eines Glases zerschlug, vorsichtig den Dotter abklärte und in eine der Porzellanschalen fließen ließ, – »Sie haben vollkommen unrecht – denn ein hungriger und schlecht ernährter Mensch ist böse – allen schlechten Leidenschaften zugänglich, – ein Mensch aber, der sich mit groben, schlecht präparierten Nahrungsstoffen ernährt hat – wird dumm und unfähig, seine und edle Gefühle zu empfinden. Ich habe stets an mir beobachtet,« fuhr er fort, indem er das Eigelb mit seinem Pfeffer und Salz durchrührte und es mit ganz sein im Mörser zerstoßenem Fleisch von scharf gebratenen Bekassinen zusammenknetete, – »dass die verschiedenen Nahrungsstoffe, die wir zu uns nehmen, ihren ganz bestimmten Einfluss auf unser Denken und Empfinden ausüben, – sie bestimmen sozusagen die Tonart, in welcher die Saiten unseres Seelenlebens anklingen – vorausgesetzt natürlich, dass jene Stoffe möglichst von den rohen Teilen ihrer Materie befreit sind.

»Ich werde heute zum Beispiel«, fuhr er fort, »die Ehre haben, Ihnen eine *bisque aux écrevisses* servieren zu lassen, – die *bisque aux écrevisses* ist eines der vortrefflichsten Nahrungsmittel, das ich kenne, es gibt Ihnen die Lebenskraft zweier Elemente –in der Bouillon die Kraft des Rindes, das sich auf der Erde von den Blumen und Kräutern der Wiesen ernährt, und zugleich den seinen Geschmack der Krebse, die auf dem kühlen, dunkeln Grunde des Wassers leben. Das Wasser ist die träumende, flutende und rauschende Poesie, – die Erde und ihre Marschen und Wiesen, das ist die Realität mit ihrem Reiz und ihren Genüssen – und so haben wir für die zwei Rosse, welche Plato vor den Wagen der menschlichen Seele spannt, in der Krebssuppe für jedes das angemessene Futter, natürlich werden sie nach solcher Nahrung mutiger anspringen, als nach einem *boeuf bouilli aux pommes de terre*.

»Ein Glas Madeira, Madame Humbert, und die Trüffelpüree«, sagte er, sich zu seiner Köchin wendend, welche mit eifriger Pünktlichkeit ihm das verlangte reichte.

»Platos Theorien angewendet auf die Küche Alexander Dumas,« rief Lord Haughton lachend – »das beweist, dass die großen Geister aller Zeiten sich berühren und ergänzen, und wäre es auch nur durch das Medium einer *bisque aux écrevisses*!«

»Unser großer Meister hat recht,« rief die Marchesa Pallanzoni, – »was er soeben sagte, ist mir aus der Seele gesprochen, – es ist, was ich lange gedacht habe und wofür ich so schwer Verständnis gefunden. – Zum ersten Male sehe ich das Küchenhandwerk, – denn ein Handwerk ist die an stets gleiche Rezepte und Vorschriften gebundene Speisenbereitung – zum ersten Male sehe ich hier das Küchenhandwerk zur hohen und freien Kunst erhoben, – doch wie könnte auch etwas nicht zur Kunst werden, was die schöpferische Hand Alexander Dumas berührt und mit seinem Geiste durchdringt!«

Alexander Dumas winkte der schönen Frau mit der Hand zu und dankte durch ein verbindliches Kopfnicken für das Kompliment, während er zugleich sorgfältig und aufmerksam seinen Teig mit dem Trüffelpüree vermischte und langsam mit dem Madeira befeuchtete.

»Hier sehe ich«, fuhr die Marchesa fort, »zum ersten Male die Inspiration des Genius in die Kochkunst eintreten, und so habe ich mir immer das Ideal des Genusses vorgestellt, der bei dem Menschen auf der Höhe seiner Entwicklung an die Stelle der tierischen Ernährung treten soll. – Der Geschmack hat ebenso seine Grundtöne wie das Gehör, und diese Töne sind an gewisse Stoffe gebunden, wie die Töne der musikalischen Skala an die Saiten der Instrumente, – diese Töne in immer neuen Kombinationen zu einfachen und wieder kunstvoll verschlungenen Verbindungen zusammenzufügen, ist die Aufgabe des Kochkünstlers, und wie der Komponist Lieder, – Symphonien, – Opern schreibt, so sollte auch der Kochkünstler dem Sinne des Geschmacks, der doch ebenso edel ist, als der des Gehörs, Genüsse bieten, die sich der Gesellschaft, der Zeit und dem Orte anpassen, statt jenes ewigen Einerlei von Wiederholungen.«

Alexander Dumas verneigte sich nunmehr sehr tief gegen die Marchesa und sagte:

»Es gibt für den schaffenden Künstler nichts Schöneres und Erhebenderes, als von edlen Geistern verstanden zu werden, – dies Glück haben Sie mir gegeben, Frau Marchesa, – das Diner, das ich Ihnen heute zu servieren die Ehre haben werde, ist eine Komposition, welche den Titel führen soll: *Hommage à la beauté et à l'ésprit* – der Schönheit und dem Geiste, dessen liebenswürdige Vertreterinnen ich heute an meinem Tische sehe,« fügte er mit einer Verbeugung gegen Madame Clay Ker Seymer und die Fürstin Narischkin hinzu. – »Sie haben recht,« fuhr er dann fort, »den Genuss der Zunge möglichst von den rohen Fasern der Urstoffe zu reinigen, – das ist die Aufgabe der Kochkunst, – was war die Ambrosia der Olympier anders als die Quintessenz alles Wohlgeschmacks, in ätherischer Reinheit von dem Element der Schwere befreit, das den irdischen Körper immer wieder zum Staub der Erde herabzieht, – könnten wir diese Quintessenz wieder erreichen, so wäre das Elixier des Lebens erfunden, an dessen Aufsuchung von Nostradamus und Albertus Magnus bis zu Cagliostro so viele Geister ihre Kraft und Arbeit verschwendeten.«

»Sie haben aus schönem Munde so hohe Anerkennung gefunden,« sagte Lord Haughton, »dass ich mich begnügen werde, Ihnen meine Bewunderung durch meinen Appetit zu beweisen, – erlauben Sie mir nur eine kleine kulinarische Anekdote zu erzählen, welche beweist, dass Ihre

Theorie der Konzentrierung der Genüsse auch schon früher von verständnisvollen Gourmands anerkannt wurde. – Zur Zeit des ersten Kaiserreichs hatte man eine kulinarische Erfindung, welche man *rôti à l'Impératrice* nannte. Man nahm eine in Milch gebadete Sardelle, tat sie in eine Olive, die Olive in eine Lerche, die Lerche in eine Wachtel, die Wachtel in ein Rebhuhn, dies in eine Poularde und so weiter, bis das ganze Raum in dem Innern eines holsteinischen Ochsen fand – Alles wurde am Spieß gebraten, und der gourmand incroyable aß zuletzt – die Sardelle.«

Alle lachten. Alexander Dumas blinzelte mit etwas sarkastischem Ausdruck den Lord an und sprach mit leichtem Achselzucken:

»*Ben trovato*, Mylord, – aber nicht richtig, – denn die Sardelle wird höchstens den Geschmack der Olive annehmen, – beiläufig eine sehr unvollkommene Komposition, etwa einem Quinten- oder Septimenakkord vergleichbar, – wie die Marchesa sagen würde, – die Sache wäre richtig, wenn man die feinsten und konzentriertesten Säfte dieses ganzen Konvoluts von Fleisch in eine Tasse Bouillon vereinigen könnte.«

Er hatte seinen Teig vollendet und auf seinen Wink reichte ihm Madame Humbert eine Platte, auf welcher sorgfältig aneinandergereiht eine Anzahl von *fonds d'artichauds* sich befanden.

»Sehen Sie hier, meine Damen«, sagte er, »diese Artischocke – das Werk Borgias ist getan – sie sind ihrer Blätter entkleidet, – das passt ja mit der Situation der Gegenwart, denn die Artischockenblätter Italiens sind ja ebenfalls verspeist,« fügte er lächelnd hinzu, – »ich fülle den Fond,« fuhr er fort, indem er mit einem silbernen Löffel vorsichtig den Teig in die Höhlung des Grundes einer Artischocke strich, – »mit diesem Püree von Bekassinen, – der Lust der wahren Jäger, – wie das nicht anders sein kann bei einem, das Waidwerk in Wald und Feld so sehr liebenden König wie Seine Majestät Viktor Emanuel. Dieser Teig ist durchsetzt mit einem Püree der Trüffeln von Perigord – das lässt in unserem Geiste die Erinnerung aufsteigen an Lamoignon und Tartuffe, die übrigens eine sehr gebildete Zunge besaßen, – und auch das gehört dazu – denn die Form, welche heute die italienische Artischocke erfüllt, ist noch voll von einem starken Püree von Tartuffes, die hinter dem von Molières Meisterhand gezeichneten Urbild nicht zurückstehen.«

»Hüten Sie sich,« rief die Marchesa Pallanzoni, mit dem Finger drohend, »ich liebe diese Tartuffes –«

»Daran tun Sie unrecht,« sagte Alexander Dumas mit feinem Lächeln, auf ihre schönen, perlmutterweißen Schultern und Arme blickend, – »einer jener Tartüffes könnte so viele Reize mit dem berühmten Tuch bedecken wollen, und das wäre ein zu großer Verlust für die Welt, – unser junger Freund ist derselben Meinung,« fügte er hinzu, zu Herrn von Wendenstein sprechend, dessen Blicke in glühender Bewunderung an der Gestalt der Marchesa hingen. Die junge Frau sah zu ihm hinüber und ein kaum merkbares Lächeln spielte um ihre Lippen.

»Den Arrak auf die Aalmatelote im Augenblick des Anrichtens, nachdem sie mit dieser Sauce durchgerührt ist«, sagte Alexander Dumas zu Madame Humbert, welche verständnisvoll den Kopf neigte und ihm dann eine Schale von weißem Porzellan mit frischem Wasser und eine Serviette reichte.

Er tauchte die Hände in das Wasser, trocknete sie sorgfältig und schlug seine Manschetten und Ärmel wieder zurück.

»Und nun, meine Herrschaften, zu Tisch!« rief er, reichte der Marchesa Pallanzoni den Arm und führte sie durch den Korridor zurück.

Die übrige Gesellschaft folgte.

Der Neger öffnete die Flügel der Türe des Speisesaals, dessen Vorhänge herabgelassen waren und dessen Boden ein dicker persischer Teppich bedeckte. Auf silbernen Armleuchtern brannten Wachskerzen, in deren gelblich zitterndem Licht das weiße Porzellan, das helle Kristall und das glänzende Silber schimmerten. Ein mächtiges Buffet von altem Eichenholz trug altes gemaltes Glasgeschirr und Majoliken von seltener Schönheit.

Man setzte sich in ungezwungener Reihe zu Tisch.

Die Marchesa nahm ihren Platz neben Alexander Dumas, – warf einen schnellen Blick umher und rief Herrn von Wendenstein zu:

»Kommen Sie hier an meine Seite, mein Herr, – ich muss Sie für Ihre Untreue gegen Ihre Pariser Freunde dadurch bestrafen, dass ich Sie zwinge, einen ganzen Abend meine Gesellschaft zu ertragen.«

Herr von Wendenstein eilte zu ihr und setzte sich an ihre Seite.

Der Neger allein servierte mit einer seltenen Präzision und Gewandtheit.

Nach der *bisque aux écrevisses,* welche allgemeine Bewunderung fand, erschien eine Schüssel in bläulichen Flammen brennend.

»Eine Inspiration, Madame,« sagte Alexander Dumas zur Marchesa, – »welche Ihren Beifall finden muss, da Sie es gewohnt sind, Flammen unter Ihren Blicken auflodern zu sehen, – ich habe das alte Pariser Nationalgericht, die Aalmatelote, sehr wesentlich durch eine Sauce meiner Komposition verbessert und sie dann durch schnell darüber gegossenen Arrak in Flammen gesetzt. Diese Flammen werden die Fettteile besser verbinden und der abgebrannte Arrak dann das Gericht mit einem besonderen Aroma durchdringen, – außerdem gewinnt das Ganze einen Hauch von Poesie – der Aal, der Bewohner des kalten Elements, wird hier zum Salamander, der in der Flammenläuterung sich vorbereitet, seine Substanz in dem menschlichen Körper, dem edelsten Organismus der Schöpfung, aufgehen zu lassen.«

»Wann wird man Ihre prachtvolle Stimme in der Oper hören, Madame?« fragte Madame Marie Dumas die Prinzessin Narischkin.

»Ich habe noch nicht die Erlaubnis dazu erhalten,« erwiderte die junge Frau, – »ich wollte unter dem unscheinbaren Namen Sina Paoli auftreten, – aber am Hofe in St. Petersburg findet man auch das nicht passend, – ich habe meine Bitte abermals wiederholt und bin sehr gespannt, ob ich endlich die Erlaubnis erhalten werde.«

»Ich rate Ihnen, meine kleine Somnambule zu befragen,« rief Alexander Dumas, – »ich habe da eine junge Person entdeckt, welche nach wenigen Strichen in magnetischen Schlaf verfällt und mit wunderbarer Clairvoyance die verborgensten Dinge sieht. Ich besaß einen alten, einen sehr wertvollen Ring, den ich verlor und wegen dessen ich meine Domestiken in Verdacht hatte – endlich fragte ich meine kleine Hellseherin und sie gab mir genau den Ort in dem Schubfach eines Schrankes an, wo der Ring unter anderen Gegenständen verborgen lag.«

»Also Sie sind auch ein wenig Balsamo?« fragte Lord Haughton.

»Ich bin jede Figur meiner Romane eine Zeit lang gewesen,« erwiderte Alexander Dumas, – »leider auch Monte Christo – leider – denn mir stand keine unterirdische Schatzkammer zu Gebote.«

»Der Somnambulismus ist überboten,« bemerkte Madame Narischkin, – »man darf jetzt nur noch den Spiritismus kultivieren, – ich habe vor kurzem eine Mademoiselle Lesueur gesehen, in der Rue de Bondy an der Place du Chateau d'eau – sie zitiert alle Geister, die man von ihr verlangt, und diese Geister erzählen die wunderbarsten Sachen.«

»Bei uns in England beschäftigt man sich viel mit dem Spiritismus,« sagte Madame Clay Ker Sevmer, – »meine Freundinnen haben mir sehr merkwürdige Dinge geschrieben, – ich wäre sehr neugierig, einmal eine Probe zu sehen.«

»Alle diese Dinge sind töricht,« sagte Lord Haughton, – »aber die Physiognomik ist mir sehr interessant und ebenso die Wissenschaft der Hände, über welche Desbarolles ein Buch geschrieben. Ich vermag zwar nicht an die Bedeutung der Hand*linien* zu glauben, aber die Form der Hände ist gewiss sehr charakteristisch für die Beurteilung der Menschen.

»Ich habe in einem Journal in England«, fuhr er fort, »eine sehr geistreich geschriebene Abhandlung darüber gelesen, – wo man die Hände einteilte in *physical*-Hand – die unterste Stufe – breit mit kurzen, stumpfen Fingern, *psychical*-Hand – lang effiliert, aber weich und formlos – und *motor*-Hand, plastisch geformt, kräftig und nervös gewölbt. Die erste Hand gestikuliert gern mit der inneren Fläche und nach oben gekrümmten Fingern wie bittend, – die zweite bewegt sich in anmutigem leichten Spiel, – die dritte endlich spannt sich gebietend und herrschend in kraftvollem Griff.«

Unwillkürlich blickte jeder aus der Gesellschaft auf seine Hand.

Die Marchesa reichte ihre schlanken rosigen Finger dem Herrn von Wendenstein und fragte:

»Nun, mein Herr, zu welcher Kategorie gehört meine Hand?«

Der junge Mann musste diese schöne warme Hand ergreifen; als er sie hielt, stützte die Marchesa ihren schlanken, mit blauen Adern durchzogenen Arm leicht auf den seinen, und indem er sich vorbeugte, um ihre Hand zu betrachten, fühlte er ihren Atem sein Haar streifen.

»Bei dieser Hand«, sagte er mit gepresster Stimme, »ist die Bitte und der Befehl gleich unwiderstehlich,« und die Augen aufschlagend, begegnete er einem schnellen Blick der jungen Frau und glaubte zu fühlen, dass ihre Finger sich in leichtem Druck an seine Hand schmiegten.

Die Unterhaltung wurde allgemein. Mit unnachahmlicher Geschicklichkeit verstand es Alexander Dumas, aus jedem Geiste sprühende Funken zu entlocken, gleichgültigen Bemerkungen eine pikante Wendung zu geben, – die edlen Gewächse von Chateau d'Yquem und Lafitte ließen die Augen glühen und von allen Lippen sprudelnde Scherze strömen. Ein gewaltiger Puter mit Trüffeln gefüllt und von Trüffelbergen umgeben, aus denen seine goldbraune Brust sich verlockend emporhob, wurde auf die Tafel gestellt.

Alexander Dumas ließ ihn sich reichen.

»Ehre, dem Ehre gebührt,« sprach er, – »ich überlasse niemand, den *dinde* zu zerlegen, es ist mein Ehrenamt und ich trage meinen Gästen gegenüber die Verantwortung, dass dies Meisterwerk der Kochkunst, diese Krone aller Braten, richtig behandelt wird.«

Er prüfte die Schärfe des großen Messers, das ihm der Neger reichte, und mit geschickter Hand teilte er den prächtigen Vogel mit sorgfältiger Unparteilichkeit, jedem aus der Gesellschaft eine saftige Schnitte des weißen und ein Stück des dunklen Fleisches mit einer reichen Fülle der duftigen Erdschwämme vorlegend, deren Entdeckung die menschliche Gesellschaft einem verachteten Tiere verdankt, das schon die Helden der Ilias mit seinen fetten Rückenstücken nach der männermordenden Feldschlacht beim geselligen Mahle erfreute.

»Ich habe«, sprach Alexander Dumas weiter, »in Bezug auf die Behandlung des *dinde* viel von einem alten Edelmann aus der Provinz gelernt, der auf seinem Schlosse allein mit seiner Küche und seinem Keller lebte, und der die Zucht und die Zubereitung dieses herrlichen Vogels zu einem Gegenstande seines besonderen Studiums gemacht hatte. – Einst«, fuhr er fort, – »erzählte er mir von einem ganz besonders vortrefflichen Exemplar, das er auf ganz außergewöhnlich sorgfältige Weise gebraten hatte, nachdem er es drei Tage in einem Püree von Trüffeln hatte dünsten lassen. ›Und dann‹ schloss er mit einem Seufzer wehmütiger Erinnerung – ›haben wir ihn gegessen‹. Ich fragte: ›Wie viel Personen hatten Sie bei Tisch?‹ – ›Wir waren zwei‹, erwiderte er ganz ruhig – ›der *dinde* und ich.«

»Gut, dass Ihr gastrosophischer Freund heute nicht hier ist,« rief Lord Haughton lachend, – »wir würden diesem *dinde* gegenüber Statistenrollen spielen, – und das wäre in der Tat zu bedauern.«

Der leichte französische Champagner wurde in hohen schlanken Kristallkelchen serviert. Hoch perlte der Schaum empor.

»Ich dulde es nicht,« rief Alexander Dumas, »dass man diesen edlen altfranzösischen Wein nach der neuen deutschen und russischen Modeverzeihen Sie, meine Herren, – in Eis kühlt, – er soll Schaum haben, er soll nichts sein als Duft und Aroma, – und das Eis nimmt ihm die Blüte seines Wesens, – der Regent ließ ihn auf heißen Marmorplatten wärmen, um nur Schaum zu haben, – und vielleicht hatte er recht – jedenfalls wusste er besser zu leben, als die heutige Generation, welche dies edle Getränk aus Gläsern trinkt, die nur für das Bier bestimmt sind, das den Geist einschläfert und das Blut mit Schlamm und Hefe verdickt.«

Die Damen stimmten ihm zu und schlürften den duftigen Schaum. Nach dem Dessert von Früchten und leichtem Biskuitgebäck erhob man sich, um in dem Salon noch eine Stunde in leichter Unterhaltung zu verplaudern. Alexander Dumas war unerschöpflich, immer neue Gesprächsthemata zu finden und jedes Thema auf die reizendste und überraschendste Weise zu variieren.

Als die Gesellschaft endlich aufbrach, näherte sich die Marchesa Pallanzoni Herrn von Wendenstein.

»Ich bin allein,« sagte sie halb leise, aber im Tone gewöhnlicher Konversation, – »darf ich Sie um Ihren Schutz bei der Rückfahrt bitten, mein Wagen wird Sie dann nach Hause bringen.«

Der junge Mann zuckte zusammen, ein halb scheuer, halb glühender Blick traf die schöne Frau, welche ihn voll in die Augen sah, stumm verneigte er sich und reichte der Marchesa den Arm.

Sie stiegen in den Wagen, – in raschem Trabe erreichten die schnellen Pferde die Wohnung der Marchesa an der Place Saint Augustin. Die junge Frau hatte sich in ihren leichten Schal gehüllt und lag in der Ecke der offenen Viktoria, Herr von Wendenstein saß schweigend neben ihr, bei jeder Schwingung des leichten Wagens fühlte er die Berührung des so zarten und anmutigen Körpers der Marchesa.

Der Wagen hielt.

Herr von Wendenstein sprang herab und reichte der Dame die Hand.

Sie sprang leicht vom Tritt herab und legte ihren Arm in den des jungen Mannes, indem sie durch die Türe schritt, welche der Lakai offen hielt.

Sie stieg, immer von ihm geführt, die Treppe hinauf, durchschritt den Salon und kam in jenes kleine Boudoir, in welchem er einst am Tage vor seiner Abreise nach der Schweiz mit ihr gesessen hatte, und das durch eine von der Decke herabhängende Ampel matt erleuchtet war.

»Wein von Alicante in Eis gekühlt, – und frische Früchte,« befahl sie der Kammerfrau, – »erwarten Sie mich einen Augenblick,« sagte sie zu Herrn von Wendenstein in einem Tone, der keinen Widerspruch duldete, und verschwand durch eine kleine maskierte Tür, die in ihr Toilettenzimmer führte.

Der junge Mann war in einem Zustand unbeschreiblicher innerer Verwirrung. Vor ihm stieg aus der Vergangenheit in dieser Umgebung der berauschende Augenblick herauf, der ihm ein heißes Glück so nahe gezeigt hatte, – die Erinnerung an die ferne Heimat und an alles, was dort sein Herz fesselte, regte sich zwar in den Tiefen seiner Seele, aber diese Erinnerung berührte ihn fast kalt und abstoßend, während er mit tiefen Atemzügen das Parfüm dieses Boudoirs einatmete, der ihm zu dieser alle seine Sinne, all sein Fühlen und Denken fesselnden Frau zu gehören schien, wie der Duft der Rose zu ihrer purpurfarbenen Blüte.

Die Kammerfrau brachte eine Kristallkaraffe mit dem dunkeln Gold schimmernden Wein von Alicante, in einer Schale voll großer klarer Eisstücke, sie stellte dazu einen silbernen Korb mit frischen Früchten der Jahreszeit und zwei Becher von venezianischem Glas.

Dann ging sie schweigend wieder hinaus.

Herr von Wendenstein nahm ein Stück Eis und hielt es an seine glühende Stirn und seine brennenden Wangen, – aber das Eis vermochte nicht diese Glut zu kühlen, – es schmolz schnell an dem Feuer des wallenden Blutes, das in Flammenströmen durch die Adern des jungen Mannes rollte.

Die Türe nach dem Toilettenzimmer öffnete sich, – die Marchesa kam zurück.

Die Flechten ihres Haares waren gelöst und hingen zu beiden Seiten des schönen bleichen Gesichts herab, aus dem die großen schwarzen Augen in wunderbarem Glanze hervorleuchteten.

Sie trug ein weites weißes Kleid vom allerleichtesten Stoff, die weiten herabhängenden Ärmel ließen die schlanken Arme, die noch weißer beinahe erschienen, als das Kleid, fast bis zur Schulter herauf entblößt. – Um den Hals herab weit ausgeschnitten, sah man durch ihr Gewand die Atemzüge ihres Busens durch den fast bis zum Gürtel herabgehenden Spitzenstreif.

Herr von Wendenstein erhob sich und trat ihr entgegen, die Blicke starr und trunken auf diese fast feenhaft schöne Erscheinung gerichtet.

Sie sprach kein Wort, trat zu dem Tisch und füllte zwei Kelche mit dem Wein, der seine belauschende Glut unter der Kälte des Eises verbarg.

Sie berührte den einen Kelch mit den Lippen und reichte ihn dem Herrn von Wendenstein.

Dieser stürzte ihn auf einen Zug hinunter.

Die Marchesa setzte sich auf ihre Chaiselongue und dem stummen Befehl ihres Blickes gehorchend, ließ sich Herr von Wendenstein auf ein kleines Tabouret zu ihren Füßen sinken.

Sie sah ihm mit einem langen Blick in die Augen.

»Warum sind Sie nicht wieder gekommen, als Sie mich im vorigen Jahre verließen?« fragte sie mit flüsternder Stimme.

Er wollte ihr erzählen, dass er im Dienst seines Königs Paris verlassen habe, – dass er erst vor Kurzem zurückgekehrt sei, – aber die Stimme versagte ihm, – er ergriff ihre Hände und drückte sie an seine brennenden Lippen.

»Verzeihung – Verzeihung!« war alles, was er sagen konnte.

»Verzeihung?« – sagte sie leise, – »werden Sie wieder fortgehen?«

Und sie beugte den Kopf zu ihm herab, sodass die Flechten ihres Haares über seine Schultern fielen.

»Niemals!« rief er mit halb erstickter Stimme und seine zitternden Lippen berührten die ihren, – er trank den heißen Atem ihres Mundes.

Plötzlich fuhr sie empor.

»Was ist das?« rief sie mit flammendem Blick und ergriff ein Medaillon, das er an seiner Uhrkette trug.

Es durchschauerte ihn bis ins innerste Mark.

»Ein Porträt einer Freundin«, sagte er tonlos.

»Wer *mein* Freund ist, hat keine anderen Freundinnen!« rief sie mit einem Ton voll wilder Leidenschaft und stolzer Herrschaft.

Mit einem heftigen Ruck riss sie das Medaillon von der Kette, warf es zu Boden und mit einer Kraft, die man diesem zarten, zierlichen Fuß nicht zugetraut hätte, zertrat sie es in Stücke.

Es war das Bild Helenens.

Der junge Mann fühlte in seinem Herzen fast einen körperlichen Schmerz, einen Augenblick stand er wie betäubt und blickte starr zu Boden auf die Trümmer dieses Erinnerungszeichens, das ihn bisher wie ein Talisman begleitet hatte.

Als er die Augen wieder aufschlug, war die junge Frau auf die Chaiselongue zurückgesunken, sie hatte die Arme geöffnet und aus ihren Blicken strömte eine Flut von verzehrendem Feuer zu ihm herüber.

Er sah nur diesen Blick – nur diese geöffneten Arme – und über das zertretene Bild hin stürzte er zu ihren Füßen.

Sie schlang ihre Arme um ihn, zog ihn sanft zu sich empor und ihre Lippen brannten aufeinander.

Elftes Kapitel

Gedankenvoll über seinen Schreibtisch gelehnt, saß der Kaiser Franz Joseph in seinem hellen Kabinett in der Hofburg zu Wien. Tiefer Ernst hatte sich in den letzten Jahren auf die Züge des Kaisers gelegt und fast ganz war von denselben die jugendliche Heiterkeit und Lebenslust verschwunden, welche einst seiner Erscheinung einen so anmutigen Reiz verlieh.

Dafür war der Ausdruck männlicher Kraft und Würde hervorgetreten und man konnte auf der Stirn des so gewissenhaft an der Erfüllung seiner Pflichten arbeitenden Herrschers die Schrift lesen, welche die Sorgen um das mit schweren Schicksalen ringende Österreich darauf gegraben hatten. Ernster aber und trüber noch als sonst blickte der Kaiser heute vor sich hin, und der grau herabhängende Regenhimmel, der durch die Fenster seines Kabinetts hereinsah, vervollständigte das trübe Bild, das der einsam in seinem Zimmer grübelnde Monarch darbot.

Vor dem Kaiser auf dem Tisch lag eine aus mehreren Bogen bestehende Denkschrift, Zahlenreihen und Berechnungen enthaltend, welche der Kaiser, die Blätter vor- und rückwärts schlagend, immer wieder überlas, indem er mit einem Bleistift, den er in der Hand hielt, die Linien verfolgte und zuweilen an dem einen oder anderen Punkte ein kleines Zeichen machte.

Endlich schob er das Papier zurück, legte den Crayon auf den Tisch und stützte den Kopf traurig in die Hand.

»Es ist kein Zweifel mehr,« sagte er mit trüber Stimme, »alles ist verloren. Diese so glänzenden Gebäude finanzieller Spekulation brechen rettungslos zusammen und durch keine Kombination lässt sich die enorme Summe retten, welche ich aus dem Thurn- und Taxisschen Vermögen in die Langrandschen Unternehmungen zu verwenden erlaubt habe.

»– Welch' eine entsetzliche Verantwortung trifft mich, – ich bin es meiner Ehre schuldig, mein Mündel gegen den Verlust eines so großen Teils seines Vermögens zu schützen aber wahrlich, meine eigene Vermögenslage ist nicht so glänzend, dass ich ohne schwere Opfer an den Ersatz der ungeheuren Summe von neun Millionen Franken denken kann, welche in jenen Abgrund versunken sind. – Wie verfolgt mich die Hand des unheilvollen Schicksals, welche so schwer auf Österreich ruht, bis in meine eigensten und persönlichsten Verhältnisse hinein! – Ich glaubte so richtig zu handeln, ich glaubte dem Taxisschen Vermögen so große Vorteile unter so vollkommener Sicherheit zuzuwenden, alles war so scheinbar fest aus Hypotheken basiert, – mein Finanzminister, der Reichskanzler – die Direktoren der Anglobank waren so fest überzeugt von der vorteilhaften Geldanlage, und nun – – alles verloren – und – ich – ich – der Kaiser – dastehend als ein leichtsinniger Vormund, als ein schlechter Verwalter des mir anvertrauten Besitzes eines jungen deutschen Fürsten! – Und das ohne Schuld mit dem Bewusstsein, meine Pflicht gewissenhaft erfüllt zu haben.«

Er sprang auf und trat an das Fenster, trübe und schmerzvoll hinausblickend zu dem grau überwölbten Himmel, der seine Nebelschleier über die Dächer von Wien herabsenkte.

»Das Unglück ruht auf mir«, sprach er dumpf und finster, »und was meine Hand berührt, wird mit von dem bösen Schicksal getroffen, das mich verfolgt.«

Lange stand er schweigend, den Kopf auf die Brust herabgesenkt, und immer finsterer, immer verzweifelter wurde der Ausdruck seines Gesichtes.

Ein leises Klopfen ertönte an der inneren Türe des Kabinetts.

»Der Staatsrat Klindworth ist da«, meldete der Kammerdiener, »und fragt, ob Eure Kaiserliche Majestät die Gnade haben wollen, ihn zu empfangen.«

Ein leichter Schimmer von Zufriedenheit flog über des Kaisers trauriges Gesicht.

»Lassen Sie ihn eintreten«, rief er schnell. – »Er kommt von Paris und wird mir Neues bringen – er ist der Einzige, der vielleicht einen Ausweg finden möchte, auch aus dieser Verlegenheit«, sprach er leise, einen Blick auf das Memoire werfend, das auf seinem Tisch lag.

Nach einigen Augenblicken trat der Staatsrat Klindworth ein.

Seine Erscheinung war unverändert. Derselbe weite Rock, den kurzen Hals in hohem Kragen verhüllend, dasselbe charaktervoll hässliche Gesicht mit dem demütigen lauernden Ausdruck und mit den scharfen, stechend aufblitzenden Augen.

Der Staatsrat trat einige Schritte in das Zimmer, verneigte sich tief gegen den Kaiser, der ihn mit einer stolzen Neigung des Kopfes begrüßte, und blieb, die Hände unter der Brust gefaltet, die Augen niedergeschlagen, stehen, – schweigend die Anrede des Monarchen erwartend.

»Sie kommen von Paris,« fragte der Kaiser, »was haben Sie dort gesehen und gehört, ist man wirklich so *carrément* zum unverbrüchlichen Frieden entschlossen, wie der Herzog von Gramont hier versichert?«

»Wenn der Herzog diese Versicherung hier ausspricht«, erwiderte der Staatsrat, »so handelt er vollständig seinen Instruktionen gemäß, denn ich kann Euer Majestät versichern, dass er aus dem auswärtigen Ministerium die bestimmtesten Weisungen erhält, die friedlichen Gesinnungen der französischen Regierung auf das Entschiedenste und Bestimmteste zu betonen.«

Der Blick des Kaisers ruhte einen Augenblick forschend auf der in sich zusammengesunkenen Gestalt des Staatsrats.

Sie sprechen heute so ausschließlich von den Weisungen des Ministeriums der auswärtigen Angelegenheiten – ist es nicht mehr der Kaiser Napoleon, welcher persönlich die Politik Frankreichs vorbereitet und leitet? – Ist das konstitutionelle Regiment in Frankreich eine Wahrheit geworden?«

»Es scheint so, Kaiserliche Majestät«, sagte der Staatsrat, blitzschnell das gesenkte Auge aufschlagend, »und der Kaiser Napoleon will es so scheinen lassen – deswegen habe ich mir erlaubt, ein wenig auf meinen eigenen Wegen nachzuspüren, was denn da unter jener glatten, friedlich unbewegten Oberfläche auf dem Grunde eigentlich getrieben werde – Eure Kaiserliche Majestät wissen,« fuhr er mit einem breiten Lächeln seines großen Mundes fort, »dass der alte Klindworth kein Mann der Oberfläche ist, sondern es liebt, mit einiger Geschicklichkeit und Erfahrung in die klippenvollen Abgründe des Meeres der Politik hinabzutauchen und dass es ihm zuweilen gelingt, aus den nur im tiefen Grunde sich öffnenden Muscheln eine geheimnisvolle Perle herauszubringen.«

Der Kaiser ließ lächelnd seinen Blick über die mit diesem Bilde so wenig harmonierende Gestalt des Staatsrats gleiten.

»Und ist es Ihnen auch diesmal gelungen,« fragte er, »eine Perle aus den geheimnisvollen Tiefen ans Licht zu heben?«

»Eine sehr kostbare Perle, Kaiserliche Majestät,« erwiderte der Staatsrat, leicht mit den Fingern der Rechten auf der Oberfläche seiner linken Hand trommelnd – »eine Perle, welche vielleicht die Zauberkraft besitzen möchte, den getrübten Glanz der Kaiserkrone Österreichs in alter Herrlichkeit wieder herzustellen.«

»Freilich ist der Glanz der Krone von Habsburg trübe geworden«, sagte der Kaiser, die Lippen zusammenpressend, »und es will allen Versuchen meiner Staatskünstler nicht gelingen, ihn wieder herzustellen. – Was sagt der Kaiser Napoleon zu Herrn von Beust,« fragte er rasch, indem er einen Schritt näher zu dem Staatsrat hintrat, – »zu Herrn von Beust, den er mir einst so dringend als den geschicktesten Arzt für das kranke Österreich empfohlen hat?«

»Der Kaiser Napoleon ist mit Herrn von Beust sehr unzufrieden, Kaiserliche Majestät«, erwiderte der Staatsrat, das Auge aufschlagend und den fragenden Blick des Kaisers gerade erwidernd.

»Er hat sich also getäuscht?« rief der Kaiser lebhaft.

»Er hat sich getäuscht,« erwiderte der Staatsrat ruhig, »weil er erwartete, dass Herr von Beust ein Werkzeug der *französischen* Politik sein würde – und er ist unzufrieden, weil Eure Majestät Reichskanzler *österreichische* Politik macht.«

»Wie das?« fragte der Kaiser betroffen.

»Der Kaiser Napoleon hat für den Schaden, welchen Frankreich durch die Erfolge Preußens erlitten, Revanche zu nehmen, er muss den Nimbus seiner Herrschaft wieder herstellen und deshalb hat er zu verschiedenen Malen die Allianz Österreichs gesucht, um eine erfolgreiche Aktion einleiten zu können. – Herr von Beust ist dieser Allianz vorsichtig ausgewichen und dadurch hat er der Zukunft Österreichs unendlich genützt«, erwiderte der Staatsrat.

»Ich habe eine tiefe persönliche Abneigung gegen jedes Bündnis mit Frankreich,« sagte der Kaiser, den sinnenden Blick zu Boden richtend, – »aber ist es denn möglich«, fuhr er fort, »dass Österreich sich wieder erheben kann zur alten Macht und zum alten Glanz – zur Wiedergewinnung seiner althistorischen Stellung in Deutschland ohne festes Bündnis mit einer der großen Militärmächte Europas? – Sind wir nicht in dieser Beziehung auf Frankreich angewiesen – da Russland«, fügte er seufzend hinzu, – »uns wohl für immer entfremdet ist und seine Trennung von den preußischen Interessen nach meiner Überzeugung zu jenen theoretischen Hypothesen gehört, durch welche man Österreich jetzt zu heilen und zu kräftigen versucht?«

»Die Wiedergewinnung alles dessen, was Österreich verloren hat,« erwiderte der Staatsrat, »ist allerdings, wie Eure Kaiserliche Majestät zu bemerken die Gnade haben, für Österreich allein schwer – vielleicht unmöglich – es gehört dazu eine Kooperation verschiedener Kräfte gegen den gemeinsamen, so übermütig gewordenen Gegner.

»Warum aber, Kaiserliche Majestät«, fuhr er listig lächelnd fort, indem er von unter herauf zum Kaiser hinüberblickte, – »warum soll diese Kooperation gerade durch Allianzen bedingt werden? – Allianzen«, sagte er achselzuckend, »binden – und man muss in großen politischen Aktionen an nichts gebunden sein –«

»Aber Metternich hat die heilige Allianz geschlossen und gepflegt«, warf Franz Joseph ein.

»Metternich«, erwiderte Klindworth rasch, »war durch seinen Geist, durch seine hohe Überlegenheit der Herr und Gebieter jener Allianz – die andern waren gebunden, – er war frei – übrigens war die heilige Allianz nicht eine Allianz der Aktion, sondern der Ruhe.«

Der Kaiser setzte sich auf den Lehnstuhl vor seinem Schreibtisch – Klindworth trat vor und blieb auf der anderen Seite des Schreibtisches stehen.

»Sprechen Sie weiter,« sagte der Kaiser, – »ich bin begierig, die vollständige Entwicklung Ihrer Ansichten zu hören.«

»Ich hatte mir untertänigst erlaubt,« sprach der Staatsrat, – »Eurer Kaiserlichen Majestät meine Ansicht auszusprechen, dass Allianzen binden und dadurch hemmen, – außerdem rufen sie Gegenallianzen hervor, – und endlich zwingen sie, an den Unglücksfällen des Alliierten teilzunehmen. Man muss aber in der Politik sich niemals von fremden Unglücksfällen abhängig machen, – man hat an den eigenen schon genug zu tragen – oder zu verbessern.«

»– Aber wie wollen Sie denn,« – fragte der Kaiser, erstaunt den Staatsrat anblickend, – »wie wollen Sie –«

»Kaiserliche Majestät,« fiel Klindworth ein, – »damit komme ich auf jene Perle, welche ich aus den labyrinthischen Abgründen der Pariser Politik erhoben habe, – sie wird die Zauberkraft haben, Österreich die Bahn zur Wiedererlangung des Verlorenen zu eröffnen –«

Der Kaiser blickte immer noch verwundert und erwartungsvoll in das ruhig und selbstgewiss lächelnde Gesicht des Staatsrats, – er begriff nicht, wohin derselbe wollte, – aber er war überzeugt, dass eine ernste Sache auf dem Grunde seiner allegorischen Bemerkungen sich befinden würde.

»Wissen ist Macht«, sagte Klindworth, – »und ich bringe Eurer Majestät Macht, da ich weiß, was die Zukunft und vielleicht eine nahe Zukunft in ihrem Schoße trägt.«

»Nun?« fragte der Kaiser ungeduldig.

»Napoleon«, sprach der Staatsrat, indem er sich ein wenig über den Schreibtisch vorbeugte, »wird im Herbst gegen Preußen den Krieg beginnen.«

Franz Joseph fuhr auf.

»Sind Sie dessen gewiss?« rief er lebhaft, – »ich kann es kaum glauben, – er hat mir selbst in Salzburg und in Paris gesagt, dass er keine Aktion beginnen könne, ohne eine feste Allianz mit Österreich und Italien – diese Allianz ist nicht geschlossen«, fügte er leiser hinzu – »Und deshalb hat sich der Kaiser,« fuhr Klindworth fort, – »der durch die inneren Zustände mit einer zwingenden Notwendigkeit zum Handeln gedrängt wird, entschließen müssen, eine andere Kombination zu suchen, welche ihm den Feldzug politisch möglich macht, zu dem die militärischen Vorbereitungen vollendet sind, – und auf dessen Beginn der Marschall Niel drängt.«

»Eine andere Kombination?« fragte der Kaiser, – »sollte er es wagen, eine Aktion gegen Deutschland zu beginnen, ohne Italiens sicher zu sein? – und das jetzige Italien wird sehr bereit sein, seine Beschäftigung nach anderer Seite zu benützen –«

»Deshalb wird er Italien im Schach halten lassen durch eine andere sehr katholische Macht, welche ein großes Interesse an der Erhaltung der Integrität des Päpstlichen Stuhles hat, - schon aus Dankbarkeit für die Tugendrose -«

»Spanien?« rief der Kaiser, - wäre das möglich.«

»Der Vertrag ist so gut wie geschlossen, Kaiserliche Majestät«, - erwiderte Klindworth - »Allerhöchstdieselben wissen, dass ich mich noch niemals in meinen Renseignements getäuscht habe, - die spanischen Truppen werden infolge dieses Vertrages die französische Besatzung in Rom ablösen und dem Kaiser freie Hand schaffen -«

»Und Italien sollte diese Stellvertretung akzeptieren?« fragte der Kaiser.

»Nein, Kaiserliche Majestät,« erwiderte der Staatsrat, - »es wird sie zurückweisen, dadurch wird der Krieg entstehen, der im ungünstigsten Falle die Kraft Italiens absorbieren, - bei günstiger Wendung aber dies ganze neuitalienische Königreich auflösen und Neapel wiederherstellen wird.«

»Und wenn dieses Werk Cavours zerfällt«, - rief der Kaiser, - »so würde -«

Er vollendete nicht.

- »So würde«, sprach der Staatsrat ruhig, »Österreich Venetien und die Lombardei wieder nehmen können - doch«, fuhr er fort, »dies ist nur ein untergeordneter Gesichtspunkt, - erlauben mir Eure Kaiserliche Majestät, meine Ideen über die Chancen, welche die erwähnte Kombination Österreich bietet, ausführlich zu entwickeln.

Der Kaiser lehnte die Arme auf den Tisch und hing mit vorgebeugtem Haupt erwartungsvoll an den Lippen des Staatsrats.

»Wenn«, sprach dieser weiter, - »Frankreich den Krieg gegen Deutschland beginnt und Italien mit Spanien engagiert ist, - so ist Österreich in der unendlich günstigen Lage, ohne Engagements, ohne bindende Verpflichtungen den Augenblick wählen zu können, um seinerseits selbstständig und ganz ausschließlich nur in seinem eigensten Interesse in die Aktion eingreifen zu können, - Denken sich Eure Majestät,« fuhr er fort, - »dass in den ersten Zusammenstößen die französischen Truppen Sieger bleiben, - oder dass nur der Erfolg mit wechselndem Glücke vollkommen unentschieden bliebe, - welch' ein glücklicher Augenblick würde dann für Österreich eintreten, um ohne scheinbar feindliche Absicht – ohne Verletzung eines Vertrages, ohne *casus belli* – lediglich im Interesse des europäischen Friedens seine Vermittlung eintreten zu lassen, um dieser Vermittelung durch Vorschiebung einer Armee militärischen Nachdruck zu geben! – Glauben Eure Majestät,« sagte er, die Augen voll aufschlagend und mit seinen scharfen stechenden Blicken den Kaiser fixierend, – »glauben Eure Majestät, dass dann die Gelegenheit gekommen wäre, um – sei es durch freiwilliges Zugeständnis, – sei es durch die Gewalt der Waffen, alles wieder zu gewinnen, was Österreich in Italien – und in Deutschland verloren?«

Die Augen des Kaisers sprühten Flammen.

»Sie öffnen vor meinem Blick eine strahlende Zukunft,« rief er, – »doch,« sprach er dann, indem ein trüber Schleier sich über sein Gesicht breitete, – »Sie rechnen ohne Russland, das schweigend und drohend neben Preußen steht und seine Hand lähmend auf jeden Aufschwung Österreichs legen wird.«

»Russland ist zu keiner militärischen Aktion ernstlich vorbereitet und – die Pläne des Kaisers Napoleon werden im tiefsten Geheimnis gehalten, – man kennt dieselben weder in Berlin noch in Petersburg – und Eure Majestät wissen, wie langsam sich militärische Vorbereitungen in Russland vollziehen. Wenn also Österreich rechtzeitig vollkommen gerüstet ist, so wird die Haltung Russlands ihm kein ernstes Hindernis bereiten.«

Der Kaiser schwieg einen Augenblick.

»Wenn aber«, sagte er dann, »die französischen Waffen nicht siegreich sind, – wenn die preußische Taktik abermals den Erfolg erringt – wie bei Königgrätz« – – er seufzte tief.

»Denken Eure Majestät sich den schlimmsten Fall, – das ist immer gut in politischen Kombinationen,« sagte der Staatsrat, – »denken Eure Majestät sich, dass Preußen vollständig siegreich bleibt, dass es im ersten Anlauf Erfolg auf Erfolg erringt, – dann – dann gerade kann Napoleon seine Taktik, schnell Frieden zu schließen, nicht anwenden, – eine Taktik, die er bei Villafranca so sehr zum Schaden Österreichs anwendete –«

Der Kaiser senkte den Kopf.

»Dann«, fuhr der Staatsrat fort, - »muss er den Krieg bis auf das äußerste treiben, wenn er seiner Dynastie nicht das Todesurteil sprechen will, - dann muss er ganz Frankreich zu den Waffen rufen, - und die preußischen Armeen werden im feindlichen Lande noch harte Arbeit finden. - Dann aber - wenn die ganze preußische Kraft in Frankreich engagiert ist, - und nicht rückwärts kann, ohne sich in den Untergang zu stürzen, - wenn Preußen nicht Frieden schließen kann, ohne in schimpflicher Weise die Früchte der ersten Siege preiszugeben, - dann, Kaiserliche Majestät - ist der Augenblick für die österreichische Intervention vielleicht noch günstiger, - und so wird in diesem besonderen Falle der Sieg wie die Niederlage Preußens immer das Glück Österreichs sein.«

Er faltete die Hände über der Brust, während seine Fingerspitzen in rascher Bewegung zitterten.

Der Kaiser stand auf und ging mit großen Schritten einige Mal im Zimmer auf und nieder, während die scharfen Blicke des Staatsrats seinen Bewegungen folgten.

»Sie haben recht,« sagte Franz Joseph endlich, wieder vor seinem Tisch, dem Staatsrat gegenüberstehen bleibend, - »eine solche Kombination bringt uns mehr Chancen als eine Allianz - und ohne Gefahr, - aber,« fuhr er dann fort, - »Sie haben selbst als Bedingung aufgestellt, dass Österreich vollständig gerüstet sein müsse, um schnell handeln und die drohende Haltung Russlands unbeachtet lassen zu können, - wie aber«, sagte er seufzend, »sollen wir gerüstet sein?« -

»Militärisch«, sprach er nachdenkend, »wäre es schon möglich, wenn auch nicht alles vollendet ist, was angebahnt und vorbereitet ist, - marsch- und schlagfertig wird meine Armee immer sein, - aber das Geld - das Geld, - jenes Arkanum Montecuculis - woher das nehmen? Die Kassen sind auf das Äußerste beschränkt, die Hilfsquellen erschöpft, - es ist unmöglich, in einer Sache, in welcher das Geheimnis die Bedingung des Erfolges ist, den Kammern zu sagen, dass man Geld brauche, um eine bewaffnete Intervention vorzubereiten, - und selbst, wenn man es sagte, - wenn man es sagen könnte, - es würde keine Bewilligung zu erreichen sein, denn - Sie wissen es, die öffentliche Meinung ist gegen alle Kriege - vor allem gegen einen Krieg mit Preußen, - die Niederlage von 1866 hat die Abstention und Resignation Österreichs zum Axiom gemacht! -

»Das Geld,« sagte er traurig in seinen Stuhl niedersinkend, – »das ist das ewige Hemmnis, – und gerade jetzt werde ich lebhafter daran erinnert – jetzt, wo diese Kalamität über mich selbst hereinbricht –«

Sein Blick fiel auf das Memoire mit den Berechnungen, mit welchem er sich vorher beschäftigt hatte.

»Lesen Sie,« – sagte er, wie der in ihm aufsteigenden neuen Gedankenreihe folgend, indem er das Heft dem Staatsrat hinüberreichte, – »lesen Sie, – auch Sie waren voll Vertrauen zu den Unternehmungen Langrands, als man mir riet, das Vermögen des Fürsten Taxis in dieselben zu engagieren.«

Der Staatsrat nahm das Memoire, durchblätterte es flüchtig und legte es dann ehrerbietig wieder auf den Tisch.

Ruhig erwiderte er den trüben und gespannten Blick des Kaisers.

»Der Graf Langrand ist nicht zu halten, Kaiserliche Majestät,« sprach er, – »seine Unternehmungen brechen rettungslos zusammen und die darin engagierten Kapitalien sind verloren.«

»Leider, – leider«, sagte der Kaiser in dumpfem Ton.

»Es ist ein harter Schlag für Eure Kaiserliche Majestät,« fuhr der Staatsrat fort, – »aber – ich habe von dem großen Staatskanzler gelernt, dass die wichtigste Aufgabe im Leben nicht die ist, keinen Fehler zu machen, – sondern die gemachten Fehler richtig zu verbessern.«

»– Und halten Sie diesen Fehler für verbesserlich?« fragte der Kaiser.

»Eure Kaiserliche Majestät«, sagte der Staatsrat, »sind von der Finanzlage Österreichs und von den Hindernissen, welche dieselbe einer österreichischen Aktion entgegenstellt, auf diese unglücklichen Verluste an den Langrandschen Unternehmungen gekommen, – erlauben mir Allerhöchstdieselben, den gleichen Schritt in umgekehrter Richtung zu tun, – und von diesem merkwürdigen Finanzgenie auf Österreich und seine Aktion zurückzukommen.«

»Graf Langrand«, fuhr er fort, – »ist unglücklich gewesen, – das ist auch den größten Männern widerfahren, – aber er hat sein Unglück nicht verdient, – und das können nicht alle gestürzten Größen von sich sagen, – er hatte gesunde und fruchtbare Gedanken, – er wollte auf den Kredit den

Grundbesitz und auf den Grundbesitz wieder den Kredit basieren, – er ist einer Koalition erlegen, – aber seine Gedanken bleiben nichtsdestoweniger gesund und richtig, und durch einen seiner eigenen schöpferischen Gedanken, an denen er so reich war, möchte ich Eurer Majestät raten, – nicht nur das Allerhöchst Sie persönlich betreffende Unglück zu verbessern, sondern auch die Mittel zu der politischen Aktionsfähigkeit Österreichs zu schaffen.«

»Sprechen Sie!« rief der Kaiser lebhaft.

»Kaiserliche Majestät,« sprach Klindworth in ruhigem Tone weiter, »der Graf Langrand hatte eine der vortrefflichsten Ideen gefasst, denen ich in meinem politischen Leben jemals begegnet bin, – die Idee nämlich, den ungeheuer überlegenen materiellen Machtmitteln, über welche der Liberalismus an der Börse, in der Presse, in Handel und Verkehr gebietet, eine gleiche, – und womöglich noch überlegenere Macht im Dienste der konservativen Interessen und der Legitimität entgegenzustellen.

»Wie wäre das möglich?« fragte der Kaiser, – »die Welt des Geldes gehört dem Liberalismus – fast der Revolution, – und uns bleibt nichts als der oft recht leere und wesenlose Nimbus der Autorität.«

»Dies Verhältnis, Kaiserliche Majestät, wollte eben der Graf Langrand umkehren,« sagte Klindworth, »und ich möchte mir untertänigst erlauben, Eurer Majestät mit Langrands eigenen Worten die Richtigkeit seiner Gedanken und Pläne nachzuweisen.«

Er zog ein Papier aus der Tasche seines weiten, hoch zugeknöpften braunen Rocks.

»Was haben Sie da?« fragte der Kaiser.

»Ein Memoire des unglücklichen Grafen Langrand,« antwortete Klindworth, »und ich möchte mir erlauben, Eurer Majestät einige Stellen aus demselben vorzulesen.«

»Ich höre«, – sagte Franz Joseph.

Der Staatsrat Klindworth hob das Papier bis dicht in die Nähe seiner Augen, und den Kopf darauf niederbeugend, las er mit scharfer Betonung:

»Die Rührigkeit und Energie der Gegner der konservativen Prinzipien, welche sich sowohl auf dem Felde der politischen als der materiellen Interessen kundgibt, hätte die berufenen Vertreter dieser Prinzipien wohl schon längst zur wirksamen Gegenwehr auf beiden Feldern anspornen sollen. – Leider geschah dies bisher nur auf dem politischen Felde, während das der materiellen Interessen von den Vertretern der Legitimität und der konservativen Bestrebungen so sehr vernachlässigt wurde, dass sie dasselbe nicht nur ganz der eigenen Ausbeute entzogen ließen, sondern geradezu die Gegenbestrebungen mit dem eigenen Gelde unterstützten, insofern ihre Kapitalien zumeist gegen unverhältnismäßig geringe Verzinsung in den Händen ihrer Widersacher sich befanden. In der Tat, seit den Tagen der Französischen Revolution bis auf die Tage von Königgrätz wurden dem konservativen Elemente wesentlich durch diese seine eigenen Mittel die schwersten Wunden geschlagen!

»Näher aber als je,« – fuhr der Staatsrat, ohne aufzublicken, aber mit erhobener Stimme in seiner Lektüre fort, – »näher aber als je tritt gerade heute, wo großenteils infolgedessen jene Elemente politisch auf die Defensive beschränkt sind, die Frage an dieselben heran, – ob nicht endlich sie sich des materiellen Feldes zu bemächtigen trachten sollen, von wo aus sich ihnen die wirksamsten Wege eröffnen werden, um so bald als möglich in eine heilvolle Offensive überzugehen.«

Er hielt inne und blickte forschend auf den Kaiser.

Dieser hatte mit immer steigender Aufmerksamkeit zugehört.

»Wahr – wahr!« rief er laut, mit der flachen Hand auf seinen Oberschenkel schlagend, – »wahr – tausendmal wahr, – ich habe das oft gedacht, – aber es ist mir noch nie so klar geworden als durch die wenigen Worte, die Sie mir soeben vorgelesen. – Aber«, fuhr er fort, – »wie will Langrand diesen Fehler, der schon so lange begangen wurde, verbessern?«

Klindworth blickte in sein Papier und las weiter:

»Die Vereinigung der konservativen Kapitalien unter ein Banner ist heutigen Tages eine ebenso gute politische Maßregel, als sie eine ökonomisch unvergleichlich richtige ist –«

Er faltete das Papier leicht zusammen und sprach, den Blick auf das lebhaft erregte Antlitz des Kaisers gerichtet:

»Langrand entwickelt nun den Plan einer zu errichtenden Bank aus den Kapitalien der konservativen Elemente. – Diese Bank soll ihre Geschäfte basieren auf Hypothekardarlehen gegen Ausgabe von Pfandbriefen, auf Kapitalbeschaffung zu Eisenbahnunternehmungen, welche eine fünfprozentige Staatsgarantie haben und bei denen der Bau bereits gesichert ist, auf Belehnung gegen Depot.« –

Er hatte die einzelnen Punkte jedes Mal durch ein kurzes Stillschweigen hervorgehoben, indem er mit dem Zeigefinger der rechten Hand je einen Finger der linken berührte.

»Der Gedanke ist vortrefflich,« rief der Kaiser, »aber wo sollen so große Kapitalien herkommen, um dem ungeheuren Übergewicht entgegenzutreten, das die Gegner bereits auf dem materiellen Gebiete errungen haben?«

»Kaiserliche Majestät,« erwiderte Klindworth, »gerade die neueste Zeit hat einer großen Anzahl von Vertretern bedeutenden Kapitalbesitzes das früher verkannte Interesse an der Ausführung des Langrandschen Projektes ganz besonders nahegelegt – ich meine die depossedierten Fürsten in Italien und Deutschland.«

Der Kaiser berührte die Stirn mit der Hand.

»In der Tat,« rief er, – »sie vor allem sollten die Worte Langrands beherzigen.«

»Der Vermögensausweis des Herzogs von Modena«, fuhr Klindworth fort, »zeigt allein einen Besitz von neunundachtzig Millionen Gulden, – dazu kommen die Vermögen des Herzogs von Nassau, – des Kurfürsten von Hessen, des Großherzogs von Toskana, des Königs von Neapel, – des Grafen Chambord, – der, wenn auch von seiner persönlichen Restauration für jetzt nicht die Rede ist, an dem Schicksal seiner Vettern aus dem Hause Bourbon ein großes Interesse haben sollte, – endlich des Königs von Hannover, – denken Eure Majestät, welch eine ungeheure Kapitalmacht dadurch gebildet werden könnte! – Nach den aufgestellten Berechnungen würde es sich um ungefähr dreihundert Millionen Gulden handeln –«

Der Kaiser nickte schweigend mit dem Kopf, in tiefem Nachdenken schien er den Ideen zu folgen, welche der Staatsrat vor ihm entwickelte.

»Die Herren würden vor allem«, sagte dieser, – »ein vortreffliches Geschäft machen. Sie ziehen in diesem Augenblick aus ihren Kapitalien
meist nur drei Prozent – oft noch weniger – namentlich von den großen
Summen, welche zu ein und ein halb Prozent im Depot der englischen
Bank liegen, – unerhört in der heutigen Zeit, – sie würden durch eine mit
ihren vereinten Kräften gebildete Bank ihre Revenüen um das Sechs- bis
Zehnfache vermehren, – sie würden sodann aber auf allen Gebieten des
ökonomischen Lebens einen ungemein mächtigen Einfluss gewinnen,
ganz insbesondere durch den Bau der Eisenbahnen –« »Und glauben Sie,
dass die Herren geneigt wären, auf diese Ideen einzugehen?« fragte der
Kaiser.

»Wenn sie ein Verständnis für ihren Vorteil und für ihre Sache und ihre
Prinzipien haben, so kann daran kein Zweifel bestehen,« – erwiderte
Klindworth, – »der Herzog von Modena, bei welchem Graf Langrand
bereits den Gedanken angeregt, hatte denselben mit großem Verständnis
ergriffen – Baron Beke, Eurer Majestät Reichsfinanzminister, hat die große Bedeutung der Sache ebenfalls vollkommen erfasst, – besonders auch
ihre Bedeutung für Österreich – denn wenn ein Teil der enormen Summen, von denen ich soeben die Ehre hatte, Eurer Kaiserlichen Majestät
zu sprechen in österreichische garantierte Eisenbahnobligationen verwandelt würde, so könnte auf diesem Wege ein ungewöhnlich rascher
und nicht gewohnheitsmäßig kostspieliger Ausbau des österreichischen
Eisenbahnnetzes erreicht werden, ohne dass man von der Börse abhängig wäre, – und der so mächtige Faktor des öffentlichen Verkehrslebens
würde von hochkonservativem Einfluss abhängig gemacht. Eure Majestät erkennen leicht die ungeheure Bedeutung dieses Umstandes, – Eure
Majestät wissen auch, dass die innere nationalökonomische Entwicklung
und Erstarkung Österreichs von dem schnellen Ausbau seines Eisenbahnnetzes abhängt.«

Abermals stand der Kaiser auf – lebhafte Bewegung auf seinen Zügen.

Der Staatsrat beobachtete mit scharfem Seitenblick den Eindruck seiner
Worte.

»Doch nun, Majestät,« sprach er, als der Kaiser schwieg, – »komme ich
auf den Ausgangspunkt meines untertänigsten Vortrags – nämlich die
Aktionsfähigkeit Österreichs, – welche es vorzubereiten gilt im tiefsten
Geheimnis und ohne Mitwirkung der Parlamente. – Wenn ein solches,
das ganze finanzielle Leben übermächtig beherrschendes, auf solideste

Geschäfte begründetes Institut dasteht, dessen Träger alle das höchste politische Interesse an der kräftigsten Aktion Österreichs und an der Wiederherstellung von dessen Macht in Italien und in Deutschland haben, deren fürstlicher Diskretion das Geheimnis der Politik unbedenklich anvertraut werden kann, – dann, Majestät wird, wenn der Augenblick des Handelns gekommen ist, der unerschöpfliche Kredit dieser Fürstenbank allein genügen, um ohne Mitwirkung der übrigen Finanzwelt, ohne Garantie der Stände in großartigster Weise alle notwendigen Mittel zu beschaffen, und Österreich wird in plötzlichem und ungeahntem Aufschwung auf den Kampfplatz treten können, mehr als dreimal ausgerüstet mit Montecuculis altem Kriegsmittel, – das heute noch tausendmal wichtiger und tausendmal notwendiger ist, als zur Zeit jenes klugen Generals.

»Ich darf«, fuhr er mit leiserer Stimme fort, – »nur noch beiläufig andeuten, dass auch die traurigen Verluste, welche der Fall der Grafen Langrand in der Taxisschen Angelegenheit verursacht hat, sich leicht ersetzen lassen, – wenn Eure Majestät eine Beteiligung des Kronvermögens an der Bank befehlen würden.«

»Welch eine weite, große Aussicht öffnen Sie meinem Blick!« rief der Kaiser, – »alle Hindernisse sind beseitigt – Österreich ist frei, zu handeln und in die Ereignisse einzugreifen, – der Gedanke ist vortrefflich, – vortrefflich nach allen Richtungen – lassen Sie mir das Memoire Langrands hier.«

Der Staatsrat Klindworth neigte demütig das Haupt tief in den hohen Kragen seines Rockes und legte das Papier, welches er noch in der Hand hielt, vor den Kaiser auf den Tisch.

»Aber«, sagte der Kaiser nach einer Pause, mehr zu sich selber als zu Herrn Klindworth sprechend, – »ziemt es den Fürsten, welche in ritterlichem Sinn den Völkern voranleuchten sollen, – sich auf den Gelderwerb zu legen, in Konkurrenz zu treten mit den Spekulanten der Börse?«

Er blickte in tiefem Sinnen vor sich nieder.

Der Staatsrat hatte den halblaut gesprochenen Worten des Kaisers mit lauerndem Blick zugehört. Als der Kaiser schwieg, sagte er schnell und mit lauterer Stimme als gewöhnlich:

»Kaiserliche Majestät – der Fürsten Aufgabe ist es, vor allem sich die Herrschaft zu erhalten, welche von Rechts wegen ihnen zusteht, und die Herrschaft können sie sich nur erhalten dadurch, dass sie sich die Mächte dienstbar machen, welche ihrerseits die Zeit beherrschen. Die erste dieser Mächte ist heute das Geld, und wenn die Fürsten sich die Geldherrschaft definitiv entschlüpfen lassen, so werden sie auch die Zukunft verlieren!«

»Sie haben recht,« sagte der Kaiser sich aufrichtend, – »warum sollen die fürstlichen Vermögen geringeren Wert haben und geringere Erträge liefern als andere, – warum sollen die Fürsten, welche doch angegriffen werden von der Strömung der Zeit, nicht die Mächte der Zeit benutzen, um sich zu verteidigen!«

»Ich danke Ihnen«, fuhr er fort, »für Ihre Mitteilungen, – ich werde mit Beke ausführlich über die Sache sprechen, und was ich dazu tun kann, dieselbe zu fördern, soll gewiss geschehen.«

»Eure Majestät«, sagte Klindworth, »werden vielleicht die Gnade haben müssen, den Fürsten gegenüber, wo es nötig sein sollte, Ihren Einfluss geltend zu machen, zuerst natürlich müssten dieselben auf anderem Wege für die Sache interessiert werden, wozu ich gerne die Einleitungen treffen werde, – etwas schwierig wird das bei dem König von Hannover sein, dem ich mich nicht nähern kann, – ich bin dort *persona ingrata* noch vom König Ernst August her –«

»Ich weiß,« sagte der Kaiser, – »doch das ließe sich ja vermitteln, – ich werde darüber nachdenken.«

»Es wird nötig sein,« sprach der Staatsrat nach einer Pause, »im Interesse der Vorbereitung der Sache einige Reisen zu machen – vielleicht zum Herzog von Nassau, – ich muss Eurer Kaiserlichen Majestät gestehen, dass meine Fonds erschöpft sind, – und –«

Der Kaiser öffnete ein Schubfach seines Schreibtisches und reichte Herrn Klindworth zwei Rollen.

»Das wird die ersten Auslagen decken,« sagte er, – »bleiben Sie vorläufig in Wien, – ich werde auch in anderer Richtung Ihrer bedürfen. Die Frage des Konkordats hat unsere Beziehungen zu Rom sehr embrouilliert – ich wünsche, dass Sie die Depeschen verfassen, welche von hier in dieser Sache geschrieben werden, – von Ihnen bin ich überzeugt, dass Sie die

traditionelle Politik Österreichs mit den Forderungen der Zeit zu vereinen wissen werden, – im Geiste der großen Vergangenheit.«

Klindworth ließ die Rollen in seine Rocktasche fallen und verneigte sich
tief, indem ein zufriedenes Lächeln um seine Lippen spielte.

»Haben Eure Kaiserliche Majestät sonst noch Befehle?« fragte er.

»Ich danke Ihnen«, sagte der Kaiser und neigte entlassend den Kopf.

Fast unhörbar verließ der Staatsrat das Zimmer.

»So ist denn nun wieder ein Weg geöffnet,« sprach der Kaiser, als er allein war, – »um Österreich zurückzuführen auf die Höhe, von der es he-
rabgestürzt – möchte er zum Ziele führen nach so vielem Unglück. Ich
bin glücklich, – dass mir, wenn die Beobachtungen dieses scharfen Spü-
rers aus Metternichs Schule richtig sind, – diese Allianz mit Frankreich
erspart bleibt«, – er blickte mit düsterem Ausdruck vor sich nieder.

»Die Allianz,« sprach er dumpf, – »die nach meinem inneren Gefühl die
wahre und richtige für Österreich war, – die Allianz von 1815 ist gebrochen, – durch Österreichs Schuld gebrochen, – und schwer hat Österreich
dafür gebüßt, – niemals hätte Preußen von jener Allianz sich befreien, –
niemals, solange sie bestand, in Deutschland tun können, was es getan.«

Er schellte.

»Man soll den Baron Beke rufen«, befahl er dem Kammerdiener.

Dann setzte er sich vor seinen Tisch und begann noch einmal sorgfältig
das Memoire des Grafen Langrand zu lesen, welcher in diesem Augenblick bereits auf der Flucht war, um sich aus dem Zusammensturz der
Trümmer seiner Riesenunternehmungen zu retten.

Zwölftes Kapitel

Auf einer waldumkränzten Anhöhe vor der Stadt Gmunden, hoch über dem See und dem Traunstein gegenüber, liegt eine einfache zweistöckige Villa in italienischem Stil, welche unter dem Namen Villa Thun bekannt ist, weil sie in früherer Zeit einem Grafen von Thun gehörte.

In dieser einfachen Villa mit einigen kleinen Nebengebäuden hatte der König Georg V. seine Sommerresidenz aufgeschlagen. Vor der Villa, deren äußerer Eingang sich in einer Giebelseite befand, dehnte sich ein größerer freier Platz aus, der rund umher scharf nach dem Bergabhang zu abfiel, – aus dem Mittelsalon, dessen Glastüren geöffnet standen, führte eine breite Treppe auf diesen Platz hinab.

Mehrere Personen waren hier an einem freundlichen, hellen Frühlingsvormittage beschäftigt, das scheinbar so einfache und in seinen Kombinationen doch so schwierige Krockettspiel zu spielen. Die Haken waren in den Boden geschlagen und die Gesellschaft, – aus drei Herren und vier Damen bestehend, trieb mit den eleganten Hämmern die bunten Bälle mit all dem Eifer vorwärts, den dies Spiel bei den in die Feinheiten desselben Eingeweihten stets erregt.

Die Herren waren der Kronprinz Ernst August, dessen schlanke Gestalt fast zur Höhe seines Vaters emporgeschossen war, – der Rittmeister Vogler von den früheren hannoverschen Gardehusaren, des Prinzen Adjutant, – ein großer schöner Mann mit außergewöhnlich langem, mit magyarischer Sorgfalt gepflegtem Schnurrbart, und der Hauptmann von Adelebsen, des Königs Ordonnanzoffizier, ein mittelgroßer Mann mit etwas leberkranker Gesichtsfarbe und einem stereotypen Lächeln auf den blassen und schmalen Lippen.

Der Prinz Ernst August trug einen grauen Anzug mit bis zum Knie heraufreichenden Stiefeln, seine ganze Haltung war seit der Katastrophe von 1866 männlicher und fester geworden, ohne jedoch ganz die durch seine Jugend und rasches Wachstum bedingte Unsicherheit verloren zu haben. Sein frisches Gesicht trug die blühende Farbe der Gesundheit, und seine glänzenden Augen blickten freundlich und heiter – seine ganze Erscheinung war sympathisch, ohne jedoch an die ritterliche Anmut und königliche Würde seines Vaters zu erinnern.

Die Damen waren die Königin Marie, die Prinzessinnen Friederike und Marie und die Hofdame Fräulein von Wangenheim.

Die Königin war trotz ihrer fast weißen Haare anmutig und jugendlich in ihrer Haltung und ihren Bewegungen, – die Prinzessinnen erschienen in ihrer einfachen Sommertoilette noch frischer und sympathischer als sonst, – Fräulein von Wangenheim war eine angenehme und elegante Erscheinung mit feinem, geistreichem, aber etwas kränklichem Gesicht. Die Staatsdame Gräfin Wedel, – eine ältere Dame von vornehmem, würdigem Aussehen, Herzensgüte und Sanftmut auf den regelmäßigen Zügen saß mit einer Stickerei beschäftigt in der Nähe des Hauses und sah dem Spiel zu.

Soeben hatte der Kronprinz mit einem starken und geschickten Schlage seinen Ball weit voran durch zwei der gekrümmten Haken geschleudert, – derselbe kam im langsamen Auslaufen neben den Ball der Prinzessin Friederike zu liegen.

Rasch sprang diese heran, – setzte den Fuß auf ihren Ball und trieb mit einem kräftigen Schlage ihres Hammers den Ball des Prinzen weit hinaus, sodass er schnell dahinfliegend den Abhang hinunterstürzte.

»Du bist fürs Erste unschädlich gemacht, lieber Ernst,« – rief die Prinzessin lachend, – »wir ergeben uns nicht so ohne Weiteres!«

Der Rittmeister Vogler wollte auf dem Wege, der um das Haus führte, hinuntereilen, um den Ball zu holen, – aber rasch war der Prinz den steilen Abhang hinuntergeklettert und nach wenigen Minuten kam er auf demselben Weg zurück, den Ball in der Hand – ein wenig mit Erde und Staub befleckt und ein wenig von dem Gestrüpp an den Händen zerkratzt.

»Wie unvorsichtig!« rief die Königin. »Ein guter Jäger darf vor keinem Wege zurückschrecken«, sagte der Prinz lachend und stellte seinen Ball an der Grenze des Abhanges wieder auf.

»Es ist merkwürdig,« sagte die Königin, indem sie ihren Ball, sorgfältig mit dem Auge die Entfernung messend, vorwärtstrieb, – es ist merkwürdig, wie dies einfache Krockettspiel in Eifer versetzt, und wie es so tausend Wege ersinnen lässt, um den Gegnern einen boshaften Streich zu spielen –«

»Es ist wie die Politik,« bemerkte Fräulein von Wangenheim lächelnd, – »der Kampf erhitzt und macht persönliche Freunde zu erbitterten Gegnern –«

»Ja,« sagte die Königin seufzend, – »doch führt der politische Kampf leider zu anderen Resultaten als zu den harmlosen Siegen, die hier auf dem *Croquet ground* zu erfechten sind –«

»Sieg ist Sieg,« rief die Prinzessin Friederike mit leuchtenden Augen, indem sie ihren Ball dem letzten Haken entgegenrollte, – »und der Kampf, – die Anspannung der Kraft erfrischt den Geist – gleichviel ob es ein Spiel oder den hohen Ernst des Lebens gilt, – freilich ist das ernste Kampfspiel schöner, denn es gilt höheren Einsatz –«

»Und raubt die Ruhe und das Glück,« sagte die Königin ernst, – »wohl denen, die niemals mit der Politik und ihren Kämpfen zu tun haben. Wahrlich«, fuhr sie fort, – »wäre es nicht um das tausendjährige Recht des Hauses meines Gemahls, – um das Recht meiner Kinder, – ich könnte glücklich sein, hier zu leben in der stillen ländlichen Ruhe, in der friedlichen Einfachheit, die dem Herzen und dem Gemüt tausendmal mehr bietet als der sorgenvolle Glanz des Thrones –«

»Der aber Herrschaft und Macht gibt,« rief die Prinzessin Friederike, – »Macht, Gutes zu tun – und das Böse zu bekämpfen –«

»Ich bin heraus«, rief der Kronprinz jubelnd, seinen Ball durch den letzten Haken treibend.

»Das Spiel ist aus,« sagte der Hauptmann von Adelebsen, – »Eurer Königlichen Hoheit Partei hat verloren«, fügte er hinzu, sich gegen die Prinzessin Friederike verneigend.

»Ich muss mich trösten«, antwortete die Prinzessin lächelnd, und leise sprach sie halb für sich: – »Gott gebe, dass wir das große Spiel gewinnen.«

»Lassen Sie uns ein wenig durch den Wald gehen, Vogler«, sagte der Kronprinz; der Königin die Hand küssend, verabschiedete er sich und verließ mit seinem Adjutanten den Platz.

»Der König ist noch nicht ausgegangen?« fragte die Königin, nach dem Hause hinblickend.

»Seine Majestät arbeitet mit dem Geheimen Kabinettsrat«, erwiderte Hauptmann von Adelebsen.

»Der König sollte mehr an die Luft gehen,« sagte die Königin, – »er sitzt zu viel im Zimmer«, – schnell die Treppe hinaufsteigend, trat sie in den einfach möblierten Mittelsalon, der zugleich als Speisezimmer diente, und öffnete die Tür des daranstoßenden Wohnzimmers des Königs, welches in gleich äußerster Einfachheit ausgestattet war.

Georg V. in dunklem Zivilanzug saß auf einem Sofa vor einem großen Tisch, – neben ihm auf einem Lehnstuhl der Geheime Kabinettsrat Dr. Lex, – die kleine Figur in sich zusammengebückt, beschäftigt, nach des Königs Diktat zu schreiben.

»Die Luft ist so schön draußen, Männchen,« rief die Königin, rasch eintretend, – »lass das Arbeiten, – es ist ja«, fuhr sie mit schmerzlichem Lächeln fort, »wenigstens ein Vorzug der Verbannung, dass du jetzt keine drängenden Regierungssorgen hast und mehr uns und deiner Gesundheit leben kannst.«

Der König hatte sich beim Klange der Stimme seiner Gemahlin erhoben und streckte ihr die Hand entgegen.

»Der Kampf für mein Recht«, sagte er ernst, »legt mir ebenso viel Sorge und Arbeit auf als früher die Regierung meines Landes, – und vielleicht sind diese Pflichten noch heiliger und unabweislicher, – ich bin eben beschäftigt,« fuhr er fort, indem er sich wieder niedersetzte und die Königin neben sich auf das Sofa zog, – »an den Herzog von Cambridge zu schreiben, um in unsern Vermögensangelegenheiten ein Zusammenwirken der Agnaten zu erreichen –«

»Kann denn das Schwierigkeiten machen?« fragte die Königin, – »der Herzog ist ja sonst so verwandtschaftlich gesinnt, – ebenso wie der Herzog von Braunschweig, – und sie haben doch auch das eigene Interesse, der beabsichtigten Konfiskation entgegenzutreten.«

»Majestät halten zu Gnaden,« fiel der Kabinettsrat mit seiner scharfen Stimme ein, – »es handelt sich nicht um eine Konfiskation des königlichen Vermögens, sondern nur um eine Sequestration, – um eine Verwaltung für den Besitzer –«

»Mein lieber Lex,« sagte die Königin lächelnd, – »ich verstehe nichts von Ihren lateinischen juristischen Ausdrücken, – was ich verstehe, das ist, dass man unser Vermögen fortnehmen will, – ob Sie das nun Konfiskation oder Sequestration nennen, – wir haben jedenfalls nichts davon, –

doch,« sprach sie wieder in erregtem Ton, – »du schreibst an Cambridge?«

»Mein guter Vetter«, sagte der König, – »hat eine sehr praktische Auffassung, – er sieht die preußische Herrschaft in Hannover als definitiv und unabänderlich konstituiert an und will, dass wir die preußischen Bedingungen der Vermögensverwaltung durch eine Kommission, in welcher ich ein, die Agnaten ein und Preußen ein Mitglied ernennen, annehmen sollen.«

Die Königin seufzte.

»Ein preußischer Kommissar zur Verwaltung unseres Vermögens!« sagte sie, – »doch vielleicht ist die erste Sorge, dass der Besitz überhaupt erhalten werde –«

»Ein Besitz, über den ich nicht nach meinem königlichen Recht verfügen kann, – ist eine Erniedrigung, die ich niemals akzeptiere, – lieber mag man mein Vermögen mir ganz nehmen!«

Der Kronprinz öffnete die Türe und trat rasch ein.

»Als ich eben mit Vogler den Berg hinabstieg, Papa,« sagte er, »begegnete mir Graf Platen, der soeben angekommen ist.«

»Ah!« rief der König, – »was bringt er – ist der Graf da?« – ich bitte ihn, sogleich zu kommen.«

Der Kronprinz öffnete die Türe, Graf Platen im einfachen Morgenanzug trat ein und begrüßte ehrfurchtsvoll die königlichen Herrschaften.

»Guten Morgen, lieber Graf,« rief der König, ihm die Hand reichend, die der Graf an die Lippen führte, – »was bringen Sie Gutes?«

»Gutes wenig, Majestät,« erwiderte Graf Platen achselzuckend, – »die Sequestration des Vermögens ist zum Gesetz erhoben.«

»Zum Gesetz?« fragte der König, »hat man dafür ein besonderes Gesetz erlassen?«

»Man musste es,« erwiderte Graf Platen, »da kein bestehendes preußisches Gesetz auf diesen Fall passte.«

»Das glaube ich!« rief der König achselzuckend.

»Die Sache wird dadurch unangenehmer,« sagte Graf Platen, – »weil nun zur späteren Freigebung des Vermögens abermals ein mit den Kammern zu vereinbarendes Gesetz nötig sein wird, und dadurch wird jede Transaktion mit der Krone Preußen und mit Seiner Majestät dem Könige Wilhelm ausgeschlossen.«

»Je klarer die Situation ist, um so lieber ist es mir«, sagte der König in festem Ton.

»Doch, Majestät,« fuhr Graf Platen fort, – »es wird notwendig sein, sogleich einen Protest gegen die Sequestration zu erlassen.«

»Gewiss,« rief der König, – »und zwar in der bestimmtesten und energischsten Form!« – womit motiviert man denn das vortreffliche Gesetz?« fragte er.

»Man führt an,« – sagte Graf Platen, – »dass Eure Majestät feindliche Handlungen gegen Preußen vornehmen und dass dazu der preußische Staat die Mittel nicht liefern könne, – insbesondere spricht man von der Emigration in Frankreich.«

»Das unglückliche Telegramm an Hartwig«, rief der König.

»Ich bin nun der Ansicht,« fuhr Graf Platen schnell fort, »dass jede feindliche Handlung Eurer Majestät gegen Preußen bestritten werden muss, – ganz insbesondere ist meiner Meinung nach hervorzuheben, dass die Emigration in Frankreich keinen militärischen Charakter habe und dass sie in keinem Zusammenhange mit Eurer Majestät stehe. Was die Form betrifft, so möchte ich kein öffentliches Manifest anraten, sondern vielmehr ein Schreiben an die vier Großmächte und die Souveräne Deutschlands, in welchem Eure Majestät mitteilen, dass Allerhöchstihre Vertreter protestiert haben und zugleich diesen Protest motivieren.«

»Hat denn Herr von Malortie protestiert?« fragte der König lächelnd.

»Er hat angezeigt,« erwiderte Graf Platen, »dass er bei der Übergabe der in seinen Händen befindlichen Vermögensobjekte protestiert habe –«

»Aber er hat alles ausgeliefert?« fragte der König.

»Er hatte die Verfügung, die Sachen hierher zu senden, zu spät bekommen«, sagte Graf Platen ein wenig verlegen.

»Zu spät«! flüsterte der König, den Kopf neigend, vor sich hin.

»Haben Sie einen Entwurf des Protestes mitgebracht?« fragte er dann.

»Zu Befehl, Majestät,« erwiderte Graf Platen, – »ich habe den Entwurf Herrn von Malortie zugesendet, und obgleich ihm völliges Stillschweigen lieber wäre, so ist er doch damit einverstanden.«

»So haben Sie die Güte, ihn vorzutragen,« sagte Georg V., – »die Königin und der Kronprinz werden ihn mit anhören, – sie sind ja auf das Höchste dabei interessiert.

Die Königin setzte sich wieder auf das Sofa neben ihren Gemahl, der Kronprinz und Graf Platen nahmen gegenüber Platz.

Der Graf zog ein Papier aus der Tasche seines Rockes und las den Entwurf vor, welcher in einer ruhigen und gemessenen Sprache die Gesichtspunkte ausführte, die er vorher hervorgehoben hatte.

Der König hörte in aufmerksamem Schweigen zu.

»Ich muss Ihnen aufrichtig sagen, mein lieber Graf,« sprach er, als der Minister seinen Vortrag beendet, – »dass mir dieser Entwurf nicht besonders gefällt; er kommt mir mehr advokatorisch als königlich vor, – es ist die Sprache eines Angeklagten, der sich vor seinem Richter verteidigt, und ich erkenne keine Autorität in Preußen als Richter über meine Handlungen an. – Außerdem«, sagte er nach einem augenblicklichen Schweigen, – »ist doch die Ausführung eigentlich nicht wahr, – denn ich will für mein Recht kämpfen, – und die Emigration –«

»Majestät,« sagte Graf Platen, – »gerade, weil Allerhöchstdieselben kämpfen wollen, würde es nicht richtig sein, das Spiel dem Gegner gegenüber aufzudecken, – und außerdem würde eine zu bestimmte Betonung des feindlichen Standpunktes Eurer Majestät den von Preußen angeführten Gründen gewissermaßen recht geben und auf die europäischen Höfe einen weniger günstigen Eindruck machen, – auch jede Transaktion ausschließen –«

»Transaktion?« rief der König, – »welche Transaktion könnte denn überhaupt noch stattfinden? – nach meinem Gefühl würde ich lieber ganz einfach sagen: der Vertrag, den ich im September vorigen Jahres geschlossen, bezieht sich ganz ausdrücklich nur auf die Vermögensverhältnisse und schließt jede politische Abmachung aus, – was ich also politisch tun oder lassen könnte, darf niemals dem andern Kontrahenten das Recht geben, die Erfüllung des Vertrages zu sistieren oder mit Schwierigkeiten zu umgeben. Das scheint mir juristisch präziser, – und – ich wiederhole es, – es wäre wahrer und würdiger.«

»Ich glaube indes,« sagte Graf Platen, »dass es vorsichtiger ist, jede feindliche Tätigkeit Eurer Majestät überhaupt in Abrede zu stellen, – ich betone noch einmal,« fügte er hinzu, »die Rücksicht auf die fremden Höfe –«

»Was meinst du dazu?« fragte der König, sich zu seiner Gemahlin wendend.

»Ich meine, Graf Platen hat recht,« sagte die Königin ein wenig zögernd, – »die Vorsicht kann niemals schaden –«

»Und du Ernst?« fragte der König.

Der Kronprinz biss auf die Nägel seiner rechten Hand und sagte:

»Ich glaube auch, Graf Platen hat recht, – wozu sollen wir sagen, was wir tun oder tun wollen? – Sie sollen es beweisen, – schon wegen der verschiedenen Hochverratsprozesse sollten wir alle feindlichen Handlungen gegen Preußen in Abrede nehmen –«

Graf Platen biss sich auf die Lippen.

»Denken Eure Majestät,« rief er schnell, »dass man gegen mich jetzt auch einen Hochverratsprozess eingeleitet hat!

Der König lächelte.

»Da bin ich ja bald von lauter Zuchthäuslern umgeben,« sagte er, – »doch,« fuhr er fort, – »was denken Sie zu tun? – die ganze Sache zu ignorieren –«

»Ich dachte, durch meinen Advokaten die Vorladung beantworten zu lassen,« sagte Graf Platen etwas zögernd, – »ich habe mir von Zachariä in Göttingen ein Gutachten erbeten, ob man in Berlin ein Recht habe, mich als preußischen Untertanen zu betrachten, – da ich doch bei der

Annexion nicht in Hannover war, – in diesem Sinne dachte ich, die Kompetenz des Forums zurückzuweisen –«

»Nun,« rief der König, »wenn Sie sich auf Erörterungen einlassen wollen, so kann ich Sie daran nicht hindern, – helfen wird es Ihnen nichts, – was sagen Sie, lieber Ler,« sprach er abbrechend, »zu dem Entwurfe des Grafen Platen?«

»Eure Majestät wissen,« erwiderte der kleine Kabinettsrat, »dass ich immer für Vorsicht und *moyens termes* bin.«

»Nun so mag denn der Protest so erlassen werden,« sagte Georg V., – »aber«; fügte er halb zu sich selber sprechend hinzu, »eigentlich gefällt es mir nicht, eine gerade und wahre Erklärung wäre mir lieber –«

Die Königin stand auf. Der König und alle Anwesenden erhoben sich ebenfalls.

»Wir müssen uns also recht einschränken,« sagte sie lächelnd, – »nun, – ich verspreche, eine recht sparsame Hausfrau zu sein.« Sie reichte dem Könige die Stirn zum Kuss und verließ, sich gegen den Grafen Platen leicht verneigend, das Zimmer.

»Düring schreitet mit seinen Vorbereitungen rasch vor,« sagte der König, als die Türe sich hinter Ihrer Majestät geschlossen hatte, – »und das ist mir sehr erfreulich, denn es scheint, dass eine ernste Katastrophe sich vorbereitet, – Sie haben die Berichte aus Paris gelesen, der Krieg scheint nahe bevorstehend –«

Graf Platen schmiegte sich zusammen und sagte mit einem schnellen Blick auf den Kronprinzen:

»Ich fürchte, Majestät, dass der Regierungsrat Meding sich einer Täuschung hingibt, – er scheint mir seine Eindrücke zu ausschließlich von der Kriegspartei in Paris zu entnehmen, – Herr von Beust versichert mich, dass an eine Aktion gar nicht zu denken sei, – Napoleon hat keine Allianzen –«

»Aber Meding schreibt,« sagte der König, – »dass« – er brach schnell ab.

»– Dass,« sagte er nach einer augenblicklichen Pause, »die kriegerischen Vorbereitungen in sehr bedeutendem Umfange getroffen würden, – dass

die Festungen verproviantiert und sogar die Kriegskassen nach denselben abgeführt würden –«

»Von alledem bis zur wirklichen Aktion ist noch ein weiter Weg,« sagte
Graf Platen, »und der Kaiser Napoleon wird noch lange nachdenken,
bevor er diesen Weg geht. – Übrigens«, fuhr er nach einem augenblicli-
chen Zögern fort, »wollte ich mir erlauben, Eurer Majestät einen Vorschlag zu machen, um nähere Renseignements über die Vorgänge in Paris, die doch für Eure Majestät von der höchsten Wichtigkeit sind, zu
vervollständigen und zu ergänzen. Der Regierungsrat Meding steht, wie
ich schon zu bemerken die Ehre hatte, zu sehr in den eigentlich kaiserlichen bonopartistischen Kreisen, – es wäre doch gut, auch von anderer
Seite unterrichtet zu werden –«

»Nun?« fragte der König.

»Der Graf Breda«, fuhr der Minister fort, – »hat sich bereit erklärt, nach
Paris zu gehen, – er hat große Verbindungen dort und war früher in der
französischen Diplomatie –«

»Graf Breda?« fragte der König, – »der in Feldkirch lebt, – und im vorigen Jahre bei der Ausarbeitung der Broschüre benutzt wurde, die – ich
habe ihn gesprochen, – er schien mir nicht bedeutend.«

»Ich glaube, dass er scharf beobachten wird, – und er kennt das Terrain«,
sagte Graf Platen.

»Und dann wird er nicht viel kosten,« bemerkte der Kronprinz, – »er will
es sehr wohlfeil machen – wie er Klopp gesagt hat –«

»Nun, so schicken Sie ihn hin,« sagte der König, – »man muss Meding
avertieren –«

»Der Graf Breda legt großen Wert darauf, ganz unbemerkt und still zu
wirken, und mit den offiziellen hannöverischen Kreisen in keine Berührung zu kommen«, sagte Graf Platen schnell.

»Das ist eigentlich nicht in der Ordnung,« sprach der König, – »jedenfalls
soll er dann sehr vorsichtig sein, damit keine Kollisionen entstehen, –
denn Meding würde das übel nehmen, – und er würde recht haben, –
wir sprechen noch darüber.«

Ein Schlag ertönte an der Tür.

Der Kammerdiener trat auf den Ruf des Königs eilig ein und meldete:

»Seine Königliche Hoheit der Graf von Chambord ist soeben vorgefahren.«

Rasch stand der König auf, nahm den Arm des Kronprinzen und schritt durch den Salon nach dem Eingangsvestibüle, das mit reichen Hirschgeweihen und Rehkronen geschmückt war.

Der letzte Träger der königlichen Legitimität von Frankreich war soeben dort eingetreten, geführt von dem Hofmarschall Grafen Wedel. Der Graf von Chambord, damals achtundvierzig Jahre alt, trug schwarzen Zivilanzug ohne Dekoration, – seine Gestalt war hoch und voll, fast etwas schwerfällig, seine Haltung, ruhig, phlegmatisch, aber edel und würdig, seine Bewegungen langsam, aber vornehm anmutig. Seine Gesichtszüge trugen den unverkennbaren Stempel der bourbonischen Rasse, – voll und stark, erinnerten sie in ihrer fast gleichgültigen Ruhe ein wenig an Ludwig den Sechzehnten, trotzdem aber lag in dem freundlich wohlwollenden Blick etwas von jener Hoheit und Majestät, mit welcher seit Ludwig dem Vierzehnten dies Geschlecht des blauen Blutes auf die Welt zu ihren Füßen herabzusehen gewohnt war.

Der Prinz trat mit einem leichten Nachziehen des Fußes rasch dem Könige entgegen und ergriff dessen dargebotene Hand.

Der Kronprinz blieb zur Seite stehen.

»Als Bewohner der Gegend auf meinem kleinen Bergschlosse«, sagte der Graf von Chambord, »habe ich nicht versäumen wollen, Eurer Majestät meinen Respekt zu bezeugen –«

Und mit leichter Verbeugung reichte der Graf dem Prinzen Ernst August die Hand.

»Ich freue mich unendlich, Eure Königliche Hoheit hier zu begrüßen,« sagte der König, ergriff den Arm des Prinzen und schritt mit ihm unter Vortritt des Kronprinzen nach seinem Zimmer.

»Du erlaubst, Papa,« sagte der Kronprinz, »dass ich mich bei Seiner Königlichen Hoheit beurlaube, um meine etwas zu ländliche Toilette zu verbessern –«

Der König nickte mit dem Kopf und mit tiefer Verbeugung gegen den Grafen Chambord verließ der Kronprinz das Zimmer.

Der Graf hatte den König zu seinem Sofa geführt und setzte sich in einen Lehnstuhl zu seiner Seite.

»Es liegt viel zwischen heute und der Zeit, da ich die Ehre hatte, Sie in Hannover zu begrüßen, Monseigneur,« sagte der König seufzend.

»Das Schicksal, Sire,« erwiderte der Graf von Chambord mit ernstem Tone, »hat zu allen großen Eigenschaften Eurer Majestät noch die Größe eines würdig und königlich ertragenen Unglücks hinzugefügt.«

»Ich hätte damals kaum geglaubt,« sprach der König weiter, »dass mir so bald Gelegenheit werden würde, das edle Beispiel Eurer Königlichen Hoheit nachzuahmen –«

»Sire,« – erwiderte der Graf, – »der größte Trost im Unglück, – und diesen Trost haben Eure Majestät wie ich, – ist der, keine Schuld an dem Unglück zu haben, – und keine Niedrigkeit begangen zu haben, um es zu vermeiden. – Eure Majestät«, fuhr er seufzend fort, – »sind immer noch glücklicher als ich, – denn Ihr Volk hängt an Ihnen in fester Treue, – während Frankreich den Enkel seiner großen Könige vergessen hat!« –

Der König schwieg.

»Wäre ich König von Frankreich gewesen,« sprach der Graf weiter, »so wäre diese Umwälzung der Rechtszustände in Deutschland nicht vollzogen, solange der Degen Frankreichs noch im Sonnenlicht geblitzt hätte, – doch«, – fuhr er seufzend fort, – »ich habe nichts als gute Wünsche.«

»Glauben Eure Königliche Hoheit,« fragte der König, – »dass Frankreich, – auch das heutige Frankreich auf die Dauer ruhig zusehen könne, wie in Deutschland das alte Gleichgewicht und Vertragsrecht zerstört wird? – ich bin überzeugt, dass Frankreich früher oder später mit dieser neuen Übermacht Preußens in Europa in Konflikt geraten muss, und dass dann die Gelegenheit auch für mich kommen werde, für mein Recht von Neuem die Waffen zu erheben!«

Der Graf von Chambord schüttelte den Kopf.

»Ich verstehe das heutige Frankreich nicht,« sagte er langsam und ruhig, – »ich habe die Revolution verstanden, es war der Fieberwahnsinn eines

kranken Volkes, – ich habe das erste Kaiserreich verstanden, – es war der
Rausch des Ruhms und der überströmenden Kraft, – ich habe selbst das
Julikönigtum verstanden, – es war die Angst des furchtsamen Kleinbürgers für sein Haus und seinen Geldkasten, – aber dies zweite Kaiserreich
verstehe ich nicht, – sein Ruhm ist falsch, – seine Größe hohl, – weder die
Aristokratie, noch die Bourgeoisie, noch die Demokratie findet darin
ihren Platz – es ist der *marasmus senilis.*«

Der König neigte schweigend den Kopf.

»Und doch, Monseigneur,« sagte er, »kann ich es nicht leugnen, dass
Napoleon eine außergewöhnliche sympathische und anziehende Persönlichkeit ist, – er hat viel Geist und dabei wirklich fürstliche Instinkte.«

»Ich habe ihn lange beobachtet,« erwiderte der Graf von Chambord, –
»denn ich verfolge die Geschicke Frankreichs mit der sorgfältigsten
Aufmerksamkeit, – er ist für mich stets ein Rätsel geblieben. – Eure Majestät haben recht, – er hat die Neigungen eines legitimen Herrschers, –
er möchte Ludwig den Vierzehnten fortsetzen, – aber die Quelle seines
Ursprungs vergiftet seine Existenz – er bewegt sich fortwährend in un-
lösbaren Widersprüchen.«

»Und doch hat er eines mit Eurer Königlichen Hoheit gemein,« sagte der
König lächelnd, – »das ist der tiefe Widerwillen gegen den Orleanismus
–«

»Weil«, fiel der Graf von Chambord mit mehr Lebhaftigkeit als gewöhnlich ein, – »der Orleanismus mit der Demokratie, – welche doch die
Quelle des Kaisertums ist, – sich ebenso wenig vereinigen lässt, als mit
der legitimen Monarchie. – Ich höre«, fuhr er fort, »so sehr viel Gutes
von den Prinzen von Orleans, – der Graf von Paris soll ein vortrefflicher
junger Mann sein, – aber diese Armen befinden sich in einer unendlich
falschen Stellung – die Verbrechen ihrer Vorfahren, an denen sie persönlich keine Schuld tragen, sind der Fluch des Hauses Bourbon; – mir hat«,
sagte er seufzend, – »der Himmel die Erben versagt, – wenn die Prinzen
von Orleans, meine natürlichen Nachfolger, das alte legitime Erbrecht
des Hauses von Frankreich anerkennen wollten, – wir würden eine starke Macht bilden, – so, leider, ist das Blut Heinrich des Vierten geteilt in
unvereinbarer Trennung, und Frankreich scheint für immer den
Schwankungen der Regierungen des Zufalls anheimfallen zu sollen.«

Der König senkte den Kopf, wie den Gedanken seines Innern folgend.

»Es wird Eurer Königlichen Hoheit gewiss interessant sein,« sagte er dann, »von einem Versuche zu hören, der vor drei Jahren gemacht wurde, – um das zweite Kaiserreich mit der Legitimität zu versöhnen –«

Der Graf Chambord blickte erstaunt auf.

»In der Tat,« – sagte er, – »ein ganz außergewöhnlicher Gedanke.

»Eure Königliche Hoheit erinnern sich vielleicht,« sprach der König weiter, »dass ich Ihnen, als Sie mir die Ehre Ihres Besuches in Hannover erzeigten, einen gewissen Blache de Montbrun vorstellte, der französischer Lehrer des Kronprinzen war, und sich sehr offen als strenger Legitimist bekannte.«

»Gewiss, Sire,« erwiderte der Prinz, – »es tut mir stets wohl, Franzosen zu begegnen, welche die Traditionen der legitimen ruhmvollen Monarchie festhalten –«

»Nun,« fuhr der König fort, – »dieser Blache, welcher durch den Grafen Walewski früher empfohlen war, brachte mir eines Tages ein Programm, das ihm nach seinen Andeutungen durch Walewski zugegangen sein sollte.«

»Und dies Programm?« fragte der Prinz mit Spannung.

»Enthielt die Grundlage eines Vertrages zwischen Eurer Königlichen Hoheit und Napoleon.«

Der Graf von Chambord zuckte die Achseln.

»Es war zur Zeit,« fuhr der König seinen Erinnerungen folgend fort, – »als König Franz in Gaëta eingeschlossen war und der Admiral Barbier de Tinan mit der französischen Flotte vor der Festung lag. – Das Programm sagte nun Folgendes: Eure Königliche Hoheit sollten, da das Haus Orleans durch eine doppelte nicht gesühnte Felonie seine Rechte verwirkt, den Kaiser Napoleon zwar nicht als *successeur légitime*, – doch aber als *continuateur reconnu* Ihrer Dynastie anerkennen, und dies allen französischen Legitimisten in einem Manifest anzeigen.«

»Ein sehr feiner Unterschied,« sagte der Graf lächelnd, – »*continuateur reconnu* –«

»Dagegen«, fuhr der König fort, – »würde der Kaiser Ihnen den Titel *Majesté royale* und jede von Ihnen zu wählende Residenz in Frankreich zugestehen, – auch alle Domänen Ihres Hauses restituieren. Vor allem aber wolle er sich verpflichten, den bourbonischen Thron in Neapel zu halten – und wenn Eure Königliche Hoheit es verlangen, auch den Herzogstuhl von Parma wiederherstellen.«

»Und das Programm war unterzeichnet?« fragte der Prinz.

»Nein,« sagte der König, – »doch frappierte es mich in hohem Grade, weil es genau und in einzelnen Stellen fast in wörtlichen Ausdrücken mit den Ideen übereinstimmte, welche Napoleon mir persönlich entwickelt hatte, als ich in Baden-Baden mit ihm zusammentraf. – Ich kann nicht leugnen,« fuhr der König nach einem kurzen Schweigen fort, während der Graf Chambord in tiefem Sinnen vor sich niederblickte, – »dass mich die Gedanken des Programms lebhaft ergriffen, – um so mehr, als nach einiger Zeit Blache mir einen Brief des Grafen Damremont zeigte, der früher bei mir von Napoleon akkreditiert war, – worin dieser damals in Disponibilität befindliche Diplomat sich bereit erklärte, aufgrund des Programms zu unterhandeln. Nach näherer Überlegung jedoch gelangte ich zu der Überzeugung, dass ich weder politisch noch persönlich der Vermittler zwischen Eurer Königlichen Hoheit und Napoleon sein könne, – und ließ die Sache fallen. Merkwürdig aber war, dass jedes Mal, wenn die Frage an mich herantrat, der Admiral Barbier de Tinan sich vor Gaëta legte und die Annäherung der sardinischen Flotte verhinderte, – und erst nachdem ich mich von der Negoziation ganz zurückgezogen hatte, segelte er ab und überließ den König Franz seinem Schicksal.«

Der Graf von Chambord hatte in tiefem Ernst zugehört.

»Fast muss ich Eurer Majestät danken,« sagte er, als der König geendet, – »dass Sie mir keine Mitteilung von der ganzen Angelegenheit gemacht haben, – ich wäre in einen schweren Zwiespalt und inneren Kampf gekommen. Einem Zweige meines Hauses sein Recht und seinen Thron zu erhalten, wäre eine schwere Versuchung für mich gewesen, – um so mehr, als die Anerkennung Napoleons als *continuateur reconnu* nicht gegen das legitime Prinzip gewesen wäre und eigentlich«, sagte er mit traurigem Lächeln, »kaum etwas wesentlich Greifbares aufgegeben hätte. – Die Aussichten der Wiederherstellung des Königtums in Frankreich sind ja für die Gegenwart und die berechenbare Zukunft vollständig Null, – und lange zu warten habe ich keine Zeit, – mein Leben neigt sich zum Abend – meine Dynastie schließt mit mir ab, – die Orleans können niemals meine rechtmäßigen Nachfolger sein –«

»Man hat so oft von der Fusion gesprochen«, sagte der König.

»Fusion!« rief der Prinz, – »was will dies Wort sagen? – Es gibt nur eine Fusion,« sprach er mit tiefster Stimme, – »das ist die Anerkennung meines Rechtes durch die Prinzen von Orleans, – legitime Rechte auf den französischen Thron können sie nur als meine Nachfolger haben, – Verträge und Kompromisse mit ihnen schließen kann ich nicht! – Zu jener Unterwerfung hat man sich aber bis jetzt nicht bereit erklärt, – und ich gebe gern zu, dass das schwer ist für die Erben Egalités und Louis Philipps.

»Mit mir also schließt die direkte Linie meines Hauses ab,« sagte er wehmütig, »und ich hätte ohne persönliches Opfer die Bourbons in Neapel retten können, – vielleicht hätte man dies dort für meine Pflicht erklärt, – und doch,« rief er lebhafter, – »doch hätte ich es nicht tun können, – nach meinem Gewissen nicht tun dürfen.«

»Mein königliches Recht«, sprach er weiter, »ist ein heiliges Vermächtnis meiner Vorfahren, – ich habe keinen persönlichen Ehrgeiz, – keine Herrschsucht, – ich werde niemals – niemals etwas tun, was mein Vaterland Frankreich in Unruhe und Verwirrung stürzen kann, – ich würde niemals anders dorthin zurückkehren, als wenn die Nation mich ruft auf den Platz, der mir vor Gott und der Geschichte gebührt, – aber auch ebenso wenig werde ich jemals mein Recht aufgeben.«

»Und«, fuhr er fort, immer mehr vom Zuge seiner Gedanken zu lebhafter Mitteilung fortgerissen, während der König Georg vorgebeugt mit dem Ausdruck hohen Interesses seinen Worten lauschte, – »trotz der Macht des Kaiserreichs, – trotz der Unwahrscheinlichkeit, welche die Grenzen der Unmöglichkeit streift, – trotz alledem liegt es in mir wie eine Ahnung, – wie eine inspirierte Zuversicht, dass doch noch einst das Recht meines Hauses siegreich zur Geltung kommen und der Thron des heiligen Ludwig in Frankreich wieder aufgerichtet werden wird. Die Entwicklung der französischen Zustände ist nicht abgeschlossen, – das Kaiserreich ist für mich ein glänzendes Provisorium, welches in sich die heterogensten Prinzipien vereinigt, die auf die Dauer nicht ohne Bruch und Konflikt nebeneinander bestehen können, – es hat keine Wurzeln im Volke trotz des *suffrage universell* – und beruht auf dem persönlichen Prestige dieses merkwürdigen, geheimnisvollen Mannes, – eine endliche wirkliche Beruhigung wird das französische Volk nur finden können, wenn die alte legitime Monarchie wieder ersteht, und mit ihr die großen Gedanken, welche Ludwig XVI. bei dem Beginn der seinen Händen entschlüpfenden Staatsbewegung zu verwirklichen strebte. – »Oh,« rief er, »wenn ich je berufen würde, den Thron meiner Väter zu besteigen, so werde ich wahrlich vielleicht ein reicheres Maß von Freiheit dem Volke entgegenbringen, als es jemals unter dem demokratischen Cäsarentum erhalten kann. – Nur meine Fahne, das heilige Vermächtnis der großen Vergangenheit, kann ich nicht aufgeben, – die Fahne Franz I. und Heinrich IV. kann keinen Gegenstand der Transaktion bilden, – und in ihre Falten gehüllt, will ich als der Letzte meines Hauses ins Grab steigen!«

König Georg beugte sich zu dem Prinzen hinüber und reichte ihm die Hand.

»Hier,« sagte er mit bewegter Stimme, – »hier im Exil, in der Einsamkeit des Waldes – leben in den Herzen zweier Fürsten die wahren Prinzipien der Monarchie, – während auf den Thronen Europas Fürstenwürde und Fürstenrecht so oft zum Gespött der Gegner wird, – schwach oder gar nicht verteidigt von den Trägern der Kronen! – wohin soll das endlich führen?«

»Vielleicht zu einer heilsamen Krisis und Regeneration,« – antwortete der Graf Chambord, – »vielleicht zum Chaos, – der Einzelne kann nicht mehr tun, als streng seine Pflicht erfüllen, wie er sie in seinem Gewissen erkennt.«

Ein augenblickliches Stillschweigen trat ein.

»Haben Eure Majestät«, fragte der Graf von Chambord, »von dem großen Plan einer Bank sprechen hören, welche durch die Vereinigung einer großen Anzahl fürstlicher Vermögen gebildet werden soll? – der Herzog von Modena hat mir davon gesagt, – es ist ein alter Plan Langrands, welcher dadurch der Sache der Legitimität materielle Waffen zu geben gedachte.«

»Man hat sich an meinen Minister mit einem solchen Plan gewendet,« erwiderte der König, – »ich habe aber die Sache sofort zurückgewiesen, – meine Mittel sind nicht groß, – nachdem man mein Vermögen zum großen Teil mit Beschlag belegt, – und ich muss, was ich habe, zusammenhalten und disponibel haben, um für mein Recht handeln zu können, wenn es nötig ist – ich kann mich in keine Bankunternehmungen einlassen.«

»Ich muss gestehen,« sagte der Graf von Chambord, »dass ich einen Augenblick von der Idee, welche Langrand sehr klar und scharfsinnig entwickelt hatte, eingenommen und geneigt war, mich mit dem Herzog von Modena zu verbinden, – allein das Ende, welches die Langrandschen Unternehmungen gefunden, hat mich veranlasst, mich ganz von der Sache zurückzuziehen. Es ist unsere Sache nicht, unsere Kraft in Börsenunternehmungen zu suchen. – Darf ich Ihrer Majestät der Königin meine Aufwartung machen?« fragte der Prinz, – »ich habe mit Bewunderung gehört, mit welcher Seelengröße und Ergebung sie ihre Leiden getragen hat, – ein Beispiel würdigen Mutes für alle fürstlichen Frauen.«

»Ich werde die Ehre haben, Monseigneur, Sie zur Königin zu führen«, sagte der König.

Und aufstehend bewegte er die Glocke.

»Ist Graf Wedel da?« fragte der König den Kammerdiener.

»Zu Befehl, Majestät.«

»Man soll die Königin von dem Besuch des Herrn Grafen von Chambrod benachrichtigen, – Graf Wedel wird uns hinaufführen.«

Er nahm den Arm des Grafen Chambord und folgte mit dem Prinzen dem voranschreitenden Hofmarschall in den oberen Stock zu den Gemächern der Königin.

Dreizehntes Kapitel

In der alten, engen und von Wagen und Fußgängern vom Morgen bis zum Abend dicht angefüllten Rue du Faubourg Montmartre liegt nahe bei der Einmündung dieser Straße in die große Verkehrsader der Boulevardlinie das Haus Nr. 13 – ein altes hohes Gebäude mit einer nicht sehr breiten Straßenfront und mit einem großen Torweg, durch welchen man in einen geräumigen innern Hof gelangt. Links von dem Eingange befand sich in diesem Hofe ein Aufgang, der über eine breite Treppe nach dem im ersten Stockwerk befindlichen Hauptquartier der sogenannten hannöverschen Legion führte.

An einem heißen Sommertage schritt ein mittelgroßer schlanker Mann, vom Boulevard herkommend, in die Rue du Faubourg Montmartre und blieb vor diesem Hause stehen, sorgfältig durch die Gläser seiner Brille die Nummer betrachtend, welche sich oberhalb der Tür befand. Das Gesicht dieses Mannes, lang und scharf geschnitten, war lebhaft gerötet, seine geistvollen, lebendigen Augen blickten mit dem Ausdruck einer gewissen Starrheit vor sich hin, den man oft bei kurzsichtigen Augen findet, – auf dem Kopf mit dem kurz geschnittenen Haar trug er einen hohen geraden Zylinderhut, – seine einfache dunkle Kleidung zeigte nicht den Schnitt der Moden des letzten Jahres, und seine ganze Erscheinung hätte auf den Bewohner einer kleinen Provinzstadt schließen lassen können, wenn nicht die freie Sicherheit, mit welcher er sich in dem dichten Menschengewühl bewegte, und das unbefangene *nil admirari*, welches auf seinen Gesichtszügen lag, den gereisten und an große Städte und große Verhältnisse gewöhnten Touristen hätte erkennen lassen.

Als er sich von der Richtigkeit der von ihm gesuchten Nummer überzeugt hatte, durchschritt er den Eingang unter dem Torweg und trat einen Augenblick in die auf dem Hofe befindliche Conciergeloge, stieg dann die links zum ersten Stockwerk führende Treppe hinauf und zog die an der Tür des Vorflurs befindliche Glocke.

Ein junger Bursche von dem blonden, kräftigen Menschenschlage Niedersachsens öffnete sogleich die Türe und lächelte freudig überrascht, als der Fremde in deutscher Sprache fragte: »Wohnt hier der Baron von Düring?«

»Wen habe ich die Ehre, dem Herrn Major zu melden?« fragte der junge Mensch, die Tür weit öffnend.

»Mein Name ist Gustav Rasch,« erwiderte der Angekommene, auf den Vorplatz tretend, – »geben Sie Herrn von Düring diese Karte.«

»Darf ich Sie bitten, einen Augenblick bei den andern Herren einzutreten, – der Herr Major hat in diesem Augenblick Besuch, wird aber wohl bald frei sein.«

Er öffnete eine innere Tür und Gustav Rasch, der bekannte geistvolle und unermüdliche Reisende, – der beharrliche Vorkämpfer für die Rechte der Schleswig-Holsteiner, als diese noch unter dänischer Herrschaft seufzten, – trat in einen großen Salon, mit dunkelgrünen Lehnstühlen und ebensolchen Divans an den Wänden möbliert. In der Mitte des Zimmers stand ein großer Tisch mit grüner Decke, – das einzige breite Fenster war mit dunkelgrünen Vorhängen drapiert, vor demselben saß an einem kleinen Tisch der frühere hannöverische Premierleutnant von Tschirschnitz, ein großer, schlanker und eleganter junger Mann mit glänzendem dunklen Haar und Vollbart, kräftig männlichen Zügen und lebhaften feurigen Augen, welche gutmütige Heiterkeit und scharfe Intelligenz zugleich ausdrückten.

Heim von Tschirschnitz gegenüber saß die kleine und volle Gestalt des Kriegskommissärs Ebers, des Rechnungsführers der Legion, dessen volles frisches Gesicht mit blondem Vollbart das Alter von fast fünfzig Jahren, in welchem er stand, kaum erkennen ließ.

Beide Herren hielten Karten in den Händen und waren eifrig in die Kombinationen jenes durch seine vielfach wechselnden Chancen anregenden Spieles vertieft, das in Norddeutschland unter dem Namen Sechsundsechzig bekannt ist und wesentlich dazu dient, um den Kaffee und andere Getränke auszuspielen.

Auf dem breiten Diwan an der gegenüberstehenden Wand lag bequem zurückgelehnt der Baron von Mengersen, früher Offizier der hannoverischen Garde du Corps, ein auffallend großer, schön gewachsener junger Mann mit vornehmen Gesichtszügen, – neben ihm saß in einem tiefen Lehnstuhl der Premierleutnant Götz von Olenhusen, eine kleine, magere Erscheinung mit bleichem, etwas gleichgültigem Gesicht, – neben dem letzteren stand auf einein kleinen Seitentisch ein Seidel jenes leichten und angenehmen Wiener Biers, das die Brauerei von Dreher während der Ausstellung nach Paris gebracht und das sich schnell dort eingebürgert hatte.

Bei dem Eintritt von Gustav Rasch erhoben sich die sämtlichen in dem Salon Anwesenden, und Herr von Tschirschnitz ging dem Eintretenden mit artiger Verbeugung entgegen.

»Mein Name ist Gustav Rasch,« sagte dieser, – »ich wünsche Herrn von Düring, einen alten Bekannten, aufzusuchen –«

»Herr von Düring ist in diesem Augenblick beschäftigt,« – erwiderte Herr von Tschirschnitz, – »er wird aber in wenigen Augenblicken zu Ihrer Verfügung stehen, – mein Name ist von Tschirschnitz, – Herr von Mengeisen, – Herr von Götz, – Herr Ebers,« – sagte er, die anderen Herren vorstellend, indem er zugleich einen Lehnstuhl herbeirollte, während Herr von Mengersen aus einem eleganten Etui von Strohgeflecht Herrn Rasch eine Zigarre präsentierte.

»Ich freue mich von Herzen,« sagte dieser, – »hier sogleich einige Mitglieder der hannöverischen Legion beisammen zu finden, für welche ich immer eine so innige Sympathie empfunden habe, – hier befinde ich mich wenigstens in einem Kreise, der noch nicht angesteckt ist von jener Krankheit, die wie eine epidemische Seuche über die ganze Welt verbreitet ist, – von dieser gothaischen Doktrin, welche durch die feige und sklavische Anbetung des Erfolges jetzt ohne Widerspruch die Geister nicht nur in Deutschland, sondern auch im Auslande beherrscht und in Bewunderung vor der preußischen Militärgewalt am Boden liegt.«

»Nun, diese Bewunderung finden Sie hier allerdings nicht,« erwiderte Herr von Tschirschnitz lächelnd, – »wir sind das lebendige Beispiel, dass der Erfolg und die siegreiche Macht nicht alle Herzen unterwirft, – ob unser Widerstand etwas helfen wird, – das liegt freilich im Dunkeln Schoß der Zukunft«, – sagte er seufzend.

»Und wenn er vorläufig zu nichts anderem hilft, als an einem lebendigen Beispiel zu zeigen, dass es noch Männer gibt, welche frei und selbstständig ihrer Überzeugung folgen und ihr Recht verteidigen wollen, – so haben sie schon Großes getan,« sprach Gustav Rasch lebhaft, – »ich bin kein Legitimist und kein Enthusiast für die Monarchie,« fuhr er fort, – »aber Ihren König achte und verehre ich, – er weiß, was er will, und hat es wenigstens verstanden, würdig zu fallen! – Ich bedaure nur,« sagte er nach einem kurzen Stillschweigen, »dass Sie hier in Frankreich sind –«

»Wo hätten wir denn bleiben sollen?« fiel Herr von Tschirschnitz rasch ein, – »aus Holland hat man uns vertrieben und selbst die freie Schweiz, welche sonst allen Flüchtlingen ein ruhiges Asyl bietet, hat uns unsern Aufenthalt in einer Weise erschwert, die der Ausweisung gleichkam.«

»Traurig – traurig!« rief Gustav Rasch, – »ja,« fuhr er fort, »die Seuche der Anbetung des augenblicklichen Erfolges der Macht hat ihre verderblichen Miasmen überallhin verbreitet. »Hier in Frankreich«, sagte Herr von Tschirschnitz, »haben wir wenigstens Schutz und gastfreie Aufnahme gefunden, – hier können wir ungehindert leben, unsere Leute zusammenhalten und bessere Zeiten erwarten.«

»Und doch ist es traurig, dass Sie hier sind,« erwiderte Gustav Rasch, – »diese kaiserliche Regierung schützt sie zwar, – das ist richtig, – weil sie das Gefühl der Nation nicht durch eine feige Nachgiebigkeit gegen Preußen verletzen kann, – aber dieser falsche und heimtückische Napoleon wird Sie und Ihre Sache nur für seine Zwecke ausbeuten, – es ist ihm bequem, Sie als eine Drohung gegen Preußen zu benutzen, – aber er wird Sie betrügen, wie er noch jeden betrogen hat, dem er die Hand reichte – und wenn er den Pakt mit dem preußischen Militärcäsarismus schließen kann, den er fortwährend erstrebt, – dann werden Sie mit einen Teil des Kaufpreises für die Verständigung bilden.«

Herr von Tschirschnitz blickte schweigend zu Boden.

Herr von Götz leerte mit einem kräftigen Zuge das neben ihm stehende Seidel.

»Doch«, fuhr Gustav Rasch fort, – »dahin wird es nicht kommen, – die Tage des Kaiserreichs sind gezählt, – ich habe jetzt wieder genau die Zustände in allen Schichten der Gesellschaft hier beobachtet und die Überzeugung gewonnen, dass das zerbröckelnde Gebäude der napoleonischen Herrschaft in kurzer Zeit zusammenstürzen muss. Die Demokratie arbeitet systematisch in festgegliederter Organisation und die Stützen der Regierung sind von innerer Fäulnis zerfressen.«

»Sollte nicht Ihr Urteil«, sagte Herr von Mengersen, »ein wenig zu ausschließlich die Zustände in Paris in Betracht ziehen? – Ich lebe mit meiner Abteilung in der Provinz, und dort – soviel ich zu bemerken Gelegenheit gehabt – steht das Kaiserreich noch auf sehr festem Fundament. Die Bevölkerung des flachen Landes ist dem Kaiser sehr ergeben und dankbar für den Wohlstand, zu dem sie unter seiner Regierung gelangt ist.«

»Man wird sich hüten, laut zu sagen, was man denkt,« rief Gustav Rasch, – »wenn dies Gebäude anfängt zu wanken, wird sich keine Hand erheben, um es zu stützen, – außerdem ist Frankreich zu sehr gewohnt, der Leitung von Paris zu folgen, und hier hat das Empire keinen Boden mehr. – Sehen Sie da,« fuhr er fort, indem er ein kleines Heft in brennend rotem Umschlag aus der Tasche zog, – »hier ist Rocheforts neue ›Laterne‹, – sie greift den Kaiser und seine heillose Regierung schonungslos an, – man hat in einem Tage fünfzigtausend Exemplare davon verkauft, – und wenn die Regierung die Dummheit begeht, – an der ich nicht zweifle, – die ›Laterne‹ zu verbieten, – so wird man sich schließlich darum schlagen, – so freudig und enthusiastisch begrüßt man jeden Angriff gegen das Kaiserreich!«

Die Offiziere schwiegen, Herr von Götz zog einen an der Wand herabhängenden Glockenzug und bestellte bei dem eintretenden Diener ein neues Seidel Dreherschen Bieres.

»Das Kaiserreich«, fuhr Gustav Rasch fort, »wird bald zusammenbrechen müssen unter der Last des öffentlichen Unwillens und dann wird der Impuls der Freiheit, von Frankreich ausgehend, auch in Deutschland von Neuem den nationalen Geist erwecken, dass er sich gegen den militärischen Cäsarismus erhebt, dass das gesunde Blut des Volkes die Seuche der Erfolganbetung überwindet. Bis das geschieht, müssen auch Sie warten, – von diesem Bonaparte haben wir nichts zu hoffen.«

»Wir erwarten auch wahrlich keine Hilfe von Frankreich,« erwiderte Herr von Tschirschnitz, »wenn nicht das im Jahre 1866 besiegte Prinzip in Deutschland sich noch einmal wieder erhebt, um sein Recht in einem letzten Entscheidungskampfe geltend zu machen; – aber wir werden gewiss niemals die Dankbarkeit vergessen für die gastfreie Aufnahme und den Schutz, den wir hier gefunden –«

Die hintere Tür des Salons öffnete sich.

Der Major von Düring trat ein, ein Mann von kleiner, beweglicher Gestalt, dessen längliches Gesicht von scharfen, geistvollen Zügen, mit blondem Schnurrbart und dünnem, die hohe Stirn weit hinauf freilassendem Haar, den Ausdruck von Mut, Entschlossenheit und Willenskraft zeigte. Ihm folgte der Hauptmann von Hartwig, der Kommandeur der Welfenlegion, ein schlanker, mittelgroßer Mann mit einem offenen, freien Gesicht mit blondem Vollbart, das trotz des ganz kahlen Kopfes

jugendlich frisch aussah und durch den Ausdruck ehrlicher Treuherzig-
keit sympathisch ansprach.

Herr von Düring begrüßte Gustav Rasch herzlich und führte ihn dann in
das an den Salon anstoßende Zimmer, welches zu seiner Privatwohnung
gehörte.

Herr von Hartwig setzte sich zu den übrigen.

»Das unglückliche Telegramm,« sagte er, »das von Hietzing aus an mich
gekommen ist und in der Schweiz auf unerklärliche Weise bekannt wurde, tut noch immer seine böse Wirkung, – die französische Regierung ist
in der größten Verlegenheit; nachdem durch jenes Telegramm unsere
militärische Organisation und unser Zusammenhang mit Hietzing bekannt geworden ist, kann man sich hier nur schwer den Interpellationen
entziehen, welche von Preußen aus gemacht werden. Es muss eine neue
Dislokation stattfinden, – wir müssen an die Loire zurückgehen!«

»Das ist aber sehr unangenehm«, sagte Herr von Götz, – »die Leute sind
schon jetzt ein wenig in Verwirrung gebracht, – je mehr wir hin und her
ziehen, um so mehr wird die Disziplin gelockert werden, – eine Strafge-
walt haben wir ohnehin nicht –«

»Jeder muss tun, was in seinen Kräften steht,« sagte Herr von Hartwig, –
»Ihr und Mengersen müsst sofort zu euren Abteilungen abgehen, – ich
werde euch die neue Dislokation geben und dann seht, dass ihr sobald
als möglich nach euren neuen Quartieren kommt.«

»Die Leute haben sich eben ein wenig in die Verhältnisse gefunden,« rief
Herr von Mengersen, – »sie haben hie und da Arbeit übernommen, und
es wäre vielleicht möglich geworden, die Kasse des Königs allmählich zu
erleichtern, – wenn man aber fortwährend die Standquartiere verändert,
so ist daran gar nicht zu denken –«

»Das liegt in den Verhältnissen,« sagte Herr von Hartwig, – »jetzt ist dagegen nichts zu machen, – wenn von Anfang alles vermieden worden
wäre, was die französische Regierung hätte kompromittieren können –«

»Unsere Verhältnisse sind ja bis zu dieser Stunde noch nicht klar!« – rief
Herr von Tschirschnitz aufstehend, indem er die Spitzen seines langen
glänzenden Schnurrbarts emporstrich, – »Düring hat uns ein Schreiben
mitgeteilt, wonach ihm die Übermittlung der Befehle an das Kommando

der Legion übertragen worden ist, und zugleich ist an uns ein Schreiben gekommen, welches in wunderbar geschraubten Wendungen eigentlich besagt, dass wir Dürings Anordnungen gar nicht zu folgen nötig haben. Wohin um Gottes willen sollen solche Dinge führen? – Wenn die hannöverische Sache politisch ebenso geleitet wird, wie das mit unserer Emigration geschieht, dann kann nur das traurigste und kläglichste Ende die Folge davon sein!«

»Nein,« sagte Herr von Hartwig in seiner offenen, geraden Weise, – »das sind die Wirkungen der Intrigen, welche den Hof umgeben, – die sind von Hannover in das Exil übertragen worden, – aber ich vertraue auf den König, – er weiß, was er will, und er wird, sobald er nur durchschaut, was um ihn her vorgeht, alles wieder auf den rechten Weg führen.«

Herr von Tschirschnitz erwiderte nichts. Seufzend trat er an das Fenster und blickte auf den Hof hinab.

»Mein Gott,« rief er plötzlich, – »da kommt ein Mann über den Hof, – er geht suchend umher, – jetzt spricht er mit dem Concierge, – ich muss das Gesicht gesehen haben, – das muss ein Hannoveraner sein!«

Die anderen Herren eilten ebenfalls an das Fenster.

»Das ist ein Geistlicher aus dem Wendlande,« rief Herr von Hartwig, – »wir haben ihn einmal bei dem alten Oberamtmann von Wendenstein getroffen, – der Concierge zeigt ihm den Weg, – er kommt zu uns, er wird uns Nachrichten aus Hannover bringen!«

Der Kommissär Ebers stand auf und ging in das Vorzimmer hinaus.

Nach einigen Augenblicken kehrte er mit einem jungen, einfach schwarz gekleideten Mann zurück, der, den Hut in der Hand, ein freundlich mildes Lächeln auf den glatten Zügen des bleichen Gesichts mit scharfen, stechend blickenden glatten Augen und mit zurückgekämmtem, fest an den Schläfen anliegendem Haar, in den Salon trat und sich mit fast demütiger Bescheidenheit vor den Herren verneigte. Dann näherte er sich Herrn von Hartwig und sprach mit einer leisen, salbungsvollen Stimme:

»Sie werden sich vielleicht meiner nicht mehr erinnern, Herr Hauptmann, – ich bin der Kandidat Behrmann, Adjunkt des Pfarrers zu Blechow im Wendlande, – ich habe die Ehre gehabt, Sie einmal im Hause des Oberamtmanns von Wendenstein zu sehen.«

»Ich erinnere mich, – ich erinnere mich vollkommen,« – rief Herr von Hartwig, indem er dem jungen Geistlichen mit offener Herzlichkeit die Hand reichte, welche dieser mit etwas steifer Verbeugung ergriff, – »seien Sie herzlich willkommen hier im fremden Lande, Herr Kandidat, – Sie gehören zu den Freunden des Herrn von Wendenstein, – Sie sind ein guter Patriot.«

Der Kandidat warf einen schnellen und scharfen Seitenblick auf die Offiziere, welche Herrn von Hartwig umgaben, und sprach mit demselben ruhig bescheidenen Tone:

»Ich trage die tiefste Teilnahme für das Schicksal meines Vaterlandes im Herzen und bitte Gott, dass er in seiner Weisheit und Gnade alles zu gutem Ende führen möge, – das Einzige,« fügte er mit frommem Augenaufschlag hinzu, – »was mein geistliches Amt mir zu tun erlaubt!«

»– Insbesondere«, fuhr er mit stärkerer Betonung fort, – »habe ich oft mit Unruhe und Sorge an meine jungen Landsleute gedacht, welche fern von der Heimat hier in fremden Lande leben, – in einem katholischen Lande, – in welchem sie wohl nur selten einen Geistlichen ihres Glaubens finden, und in welchem ihre Herzen sich entfremden müssen von dem Gottesdienst und den Tröstungen und Erquickungen der Religion. Diese Sorge ist immer stärker und mächtiger in mir geworden, und da die Pflichten meines Amtes mich nicht notwendig in Anspruch nehmen, weil mein Oheim noch mit rüstiger Kraft seines Berufes wartet, – so ist der Entschluss in mir reif geworden, hieher zu gehen und die Emigranten zu besuchen. Ich möchte Ihnen Belehrung und Erbauung bringen, – ich möchte sie stärken in ihrem Glauben und ihrem Vertrauen zur göttlichen Vorsehung und in den schweren irdischen Kämpfen dieser Zeit sie zurückführen auf den ewigen Ankergrund der Religion. – Wird es mir erlaubt sein,« fragte er, »die Emigranten in ihren Quartieren zu besuchen, – vor ihnen zu predigen und ihnen das heilige Abendmahl zu reichen, wenn sie dessen bedürftig und würdig vorbereitet sind, zu seinem Empfange?«

Ernst sprach Herr von Hartwig:

»Es ist eine schöne und edle Aufgabe, die Sie sich gestellt haben, Herr Kandidat, – ich bin überzeugt, dass der Erfüllung derselben vonseiten der französischen Regierung keine Schwierigkeiten entgegengestellt werden, – ich werde Ihnen einen Offizier mitgeben, der Sie nach allen Quartieren der Emigration begleiten und Sie bei den Leuten einführen soll. Ich hoffe,« fuhr er fort, –»Sie teilen nicht die Ansicht, welche ich so oft in Briefen aus Hannover gefunden habe, dass die Emigranten hier – um ein scharfes Wort zu gebrauchen, – verwildert seien und ein wüstes Leben führen. Ich kann Sie versichern, dass alle diese jungen Leute – einzelne Ausnahmen gibt es ja immer – mit vollem Ernst die so schwierige Lage auffassen, in welcher sie sich befinden, und dass sie auch von der Religion und dem Gottesdienst sich nicht entfremdet haben. Die reformierten Geistlichen in den Provinzen haben sich ihrer mit Eifer und unermüdlicher Sorgfalt angenommen, und Sie werden bei den Emigranten vielleicht mehr sittlichen Ernst finden, als bei jungen Leuten ihres Alters unter gewöhnlichen und ruhigen Verhältnissen.«

»Es macht mich unendlich glücklich, dies zu hören,« sagte der Kandidat, die Hände auf dem Rande seines Hutes faltend, – »und ich werde mich um so mehr freuen, sie zu besuchen und in die Heimat die Kunde von dem sittlichen und geistlichen Wohlbefinden meiner armen, in der Verbannung lebenden Landsleute zu bringen. – Ich habe«, fuhr er dann fort, indem sein Blick forschend sich auf Herrn von Hartwig richtete, »an den Leutnant von Wendenstein Briefe und Grüße von den Seinigen zu überbringen, – wo kann ich ihn finden?«

»Wir haben ihn heute hier erwartet,« erwiderte Herr von Hartwig, – »doch ist er nicht gekommen, – er wird in seiner Wohnung sein –«
»Wenn er nicht bei der schönen italienischen Marquise ist,« – sagte Herr von Götz lachend, – »ich sah ihn gestern mit ihr nach dem Bois de Boulogne fahren –«

»Eine brillante Erscheinung,« rief Herr von Mengersen, – »dieser Wendenstein hat wirklich ein ganz unvernünftiges Glück, – er hat es verstanden, sich hier den Aufenthalt angenehm zu machen!«

Ein scharfer Blick aus dem rasch aufgeschlagenen Auge des Kandidaten traf den Sprechenden, – es leuchtete wie ein Blitz triumphierender Freude in diesem Auge auf, – dann verhüllte sich sein Blick wieder unter den herabsinkenden Augenlidern und mit sanfter, ruhiger Stimme sprach er:

»Ich möchte Herrn von Wendenstein aufsuchen, – er wird erfreut sein, so bald als möglich Nachrichten von seinen Lieben aus der Heimat zu erhalten.«

»Er wohnt in der Straße Saint Lazare,« sagte Herr von Tschirschnitz, – »Mengersen wird Sie gewiss dorthin führen –«

»Mit Vergnügen«, sagte Herr von Mengersen, seinen Hut ergreifend.

»Ich hoffe, wir werden Sie heute noch wiedersehen,« sprach Herr von Hartwig, – »Sie können dann mit Herrn von Düring das Nähere wegen Ihrer Reise besprechen.«

Er begleitete den Kandidaten artig zur Tür und dieser stieg mit Herrn von Mengersen die Treppe hinab.

Der junge Herr von Wendenstein lag in einem leichten Morgenanzug auf dem Sofa seines einfach, aber elegant und geschmackvoll eingerichteten Salons.

Der junge Mann war bleich, ein leichter bläulicher Ring umgab seine Augen, – aber diese Augen schimmerten in feuchtem Glanz, und ein glücklich träumerisches Lächeln spielte um seinen Mund.

Er hielt in der Hand eine Fotografie in Kabinettsformat, die ihn selbst darstellte auf einem kleinen Taburett, kniend zu den Füßen der Marchesa Pallanzoni, welche die Hand auf seine Schulter gelehnt hatte und lächelnd zu ihm herabblickte. Das Bild war von wunderbarer Ähnlichkeit und Wahrheit, die regelmäßig ausdrucksvollen Züge der jungen Frau waren in ihrer ganzen Reinheit und Schärfe wiedergegeben, ohne dass der zarte Schmelz verloren gegangen wäre, der wie ein duftiger Hauch auf ihrem Gesicht lag. Der Blick, mit welchem sie zu dem jungen Mann niedersah, war der einer Königin, die einen Pagen oder jungen Knappen mit ihrer Huld beglückt, während er in trunkener Begeisterung zu ihr emporblickte; – kein Maler hätte eine reizendere und anmutigere Gruppe komponieren können, als sie hier in dem naturgetreuen Abbild der Wirklichkeit sich darstellte, – hätten die Figuren das Kostüm vergangener Zeiten getragen, so hätte man glauben müssen, die *dame des belles cousines* und *Jéhan de Saintré* vor sich zu sehen.

Eine dunkle, zitternde Glut erfüllte das Auge des jungen Offiziers, als er dies Bild ansah, – die Erinnerung der Wirklichkeit durchdrang ihn bei dem Anblick und in tiefem Atemzug hob sich seine Brust.

Er warf das Bild auf den Tisch zurück und schloss die Augen.

»Welch ein Glück – welch eine berauschende Fülle von Seligkeit, von feuriger, sprühender Lust hat sich mir erschlossen,« sagte er leise mit einer Stimme, die wie ein glühender Hauch aus seinen brennenden Lippen hervordrang, – »wie sinkt mein ganzes früheres Leben zurück in blassen nebelhaften Schatten vor dem Licht, das mir aufgegangen ist!

»O,« rief er, die Arme in die Luft ausbreitend, – »diese Frau ist kein irdisches Weib, – sie ist ein Engel oder ein Dämon, – ein Dämon, der mich umgibt mit den hoch aufschlagenden Flammen betäubender, fast schmerzlicher Wonne, – und dann wieder ein Engel, der meinen Geist frei und leicht emporhebt zu den lichten und reinen Höhen klaren Denkens und Empfindens! – Wie klein, – wie schwach, wie unbedeutend komme ich mir vor neben diesem hohen Geist und diesem starken Herzen in der zarten Gestalt, welche den Wundern der Märchenwelt ihre Schönheit entlehnt hat, – und doch, wie fühle ich auf der andern Seite mich groß und stolz, – wie fühle ich erst den wahren Wert männlicher Kraft in der Liebe eines solchen Weibes!« Er lag einige Augenblicke schweigend in stiller Träumerei.

Sein Diener trat ein und meldete Herrn von Mengersen, der ihm auf dem Fuße folgte.

Herr von Wendenstein sprang schnell empor, – der Ausdruck jähen Schreckens malte sich auf seinem tief erbleichenden Gesicht, als er hinter dem großen, schönen, jungen Garde-du-Corpsoffizier die kleine, etwas vornübergeneigte Gestalt des Kandidaten Behrmann eintreten sah, der mit einem einzigen, schnell umherzuckenden Blick das ganze Zimmer umfasste.

Wie in unwillkürlicher Bewegung ließ Herr von Wendenstein ein Taschentuch über das auf dem Tische liegende Bild fallen, Herr von Mengersen bemerkte diese Bewegung nicht, – aus dem Auge des Kandidaten zuckte ein scharfer Blitz herüber, – aber ebenso schnell senkte er wieder den Blick und trat mit freundlichem Lächeln dem Sohne des Oberamtmanns entgegen, der ihn mit einem Anflug von verlegener Zurückhaltung die Hand reichte.

»Willkommen in Paris!« rief Herr von Wendenstein, – »was führt Sie hieher, Herr Kandidat? – wie sieht es in Blechow aus? – bringen Sie mir Nachrichten von den Meinigen?«

»Zuerst viele herzliche Grüße«, erwiderte der Kandidat, »von Ihrem Herrn Vater und Ihrer Frau Mutter, die ich vor meiner Abreise in Hannover gesehen, – sowie von meinem Oheim und meiner Cousine, – und dann diese Briefe –«

Er zog aus seiner Tasche zwei Briefe, welche der junge Mann schnell ergriff.

»Adieu, Wendenstein!« sagte Herr von Mengersen, – »Auf Wiedersehen! – Ihr kommt mit uns zu Tisch zu Brébant?«

Herr von Wendenstein nickte bejahend, indem er auf die Adressen der Briefe blickte, welche er soeben erhalten, – Herr von Mengersen ging hinaus.

Der Kandidat beobachtete aufmerksam den jungen Mann, welcher den Brief, dessen Adresse die Handschrift Helenens zeigte, mit leicht zitternder Hand auf den Tisch legte und dann schnell das Kuvert öffnete, das die großen, kräftigen Schriftzüge seines Vaters trug.

Er durchflog die Zeilen und wendete sich dann zu dem Geistlichen.

»Alles ist, Gott sei Dank, wohl zu Hause!« sagte er, – »in Blechow hoffentlich ebenso.«

»Mein Onkel ist rüstig und gesund«, erwiderte der Kandidat, indem ein kaum bemerkbarer Seitenblick den Brief Helenens streifte, der uneröffnet auf dem Tische lag.

»– Und Helene?« – fragte Herr von Wendenstein mit etwas unsicherer Stimme, indem er die Augen niederschlug.

»Leider kann ich nicht dasselbe von meiner Cousine sagen,« sagte der Kandidat, indem er das Gesicht des jungen Offiziers scharf beobachtete, »sie war schon ein wenig leidend, als sie in Hannover im Hause Ihres Herrn Vaters sich aufhielt, – ein böser Husten stellte sich zuweilen ein, – man schob es auf die ungewohnte Stadtluft, – die Ärzte meinten dann, es käme von den Nerven, – von der Unruhe und den Sorgen, welche die Zeit mit sich bringt, und man verordnete ihr Luftveränderung und die tiefste Ruhe, – sie ist daher wieder zu ihrem Vater nach Blechow zurückgekehrt und lebt dort friedlich, still und ruhig in unserem kleinen Kreise, – aber die erwünschte Besserung in ihrem Befinden ist nicht eingetreten,

– sie hat fortwährend mit dem heftigen Husten zu kämpfen, – der sie sichtlich angreift und ihre Kräfte erschöpft.«

Herr von Wendenstein hatte mit teilnehmendem Ausdruck, aber mit einer gewissen Zerstreutheit zugehört, – man hätte nach seinen Gesichtszügen eher glauben sollen, dass er Mitteilungen über das Befinden eines gleichgültigen Bekannten empfinge, – als über den leidenden Zustand einer geliebten Braut.

»Die arme Helene!« sagte er im Tone konventioneller Beileidsäußerung.

»Meine arme Cousine welkt sichtlich dahin,« fuhr der Kandidat fort, immer den scharf beobachtenden Blick auf den jungen Mann gerichtet, – »sie war so blühend und jugendfrisch, – man sollte glauben, dass sie in der kurzen Zeit um Jahre gealtert ist, – ihre Blicke sind matt und trübe, ihre Wangen und Lippen bleich geworden, – die Fülle ihrer Gestalt und die Elastizität ihrer Bewegungen sind verschwunden!«

Herr von Wendenstein seufzte tief auf, – wie unwillkürlich glitt sein Blick über das Taschentuch hin, welches das Bild der Marchesa verbarg.

»Arme – arme Helene!« sagte er nochmals in demselben Tone wie vorhin.

»Wenn diese unglücklichen Zustände noch lange dauern,« sagte der Kandidat, »so wird meine Cousine vor der Zeit altern, und wenn nicht bald der ersehnte Tag ihrer Verbindung mit Ihnen kommt, so wird sie schwer ihre frühere Gesundheit und Frische wieder erlangen!«

Herr von Wendenstein schwieg.

»Wo sind Sie abgestiegen, Herr Kandidat?« fragte er dann, das Gespräch abbrechend.

»Im Hotel de Bade am Boulevard des Italiens,« erwiderte der Kandidat Behrmann, – »ich möchte aber für die Tage meines Aufenthalts hier gern ein einfaches Hotel garni finden, um wohlfeiler zu leben, damit ich die Mittel, welche mir durch die Beiträge hannöverischer Patrioten zu Gebote stehen, nicht zu sehr in Anspruch nehme.«

»Ich kann Ihnen hier ganz in der Nähe ein vortreffliches und sehr wohlfeiles Hotel garni nachweisen,« sagte Herr von Wendenstein, – »erlauben

Sie, dass ich Sie begleite, – konveniert Ihnen die Wohnung, so können Sie sogleich Ihre Sachen dorthin bringen lassen.«

»Sie sind zu gütig,« erwiderte der Kandidat, sich bescheiden verneigend, – »ich nehme mit Freuden die Unterstützung und den Rat eines mir so nahestehenden Landsmannes an.«

»Erlauben Sie, dass ich meine Toilette mache,« sagte Herr von Wendenstein, – »in wenig Augenblicken stehe ich zu Ihrer Verfügung.«

Er stand auf, – eine Sekunde blickte er wie zögernd auf das Taschentuch, – dann ging er schnell in das Nebenzimmer, indem er mit lauter Stimme seinen Diener rief, der alsbald eintrat und seinem Herrn folgte, um ihm bei seiner Toilette zu helfen.

Der Kandidat sah mit einem hämischen Lächeln auf den Brief Helenens, der noch immer uneröffnet auf dem Tische lag.

»Er hat ihren Brief nicht geöffnet,« flüsterte er, – »und die Nachricht von ihrem Leiden hat er mit einer Redensart gleichgültigen Bedauerns aufgenommen, – er hat sie vergessen, – andere Gedanken erfüllen ihn; – aber«, fuhr er mit finsterem Blicke fort, »wird sie es glauben? – sie vertraut felsenfest auf seine Liebe und Treue, – wenn sie hätte hier sein können, – wenn sie ihn gesehen und gehört hätte, – oder wenn ich ihr einen Beweis bringen könnte!«

Sein Blick haftete auf dem Taschentuch, das auf dem Tisch lag. »Er hat dort etwas verborgen – vielleicht –«

Er blickte scharf und spähend nach der Tür, welche, obgleich nur angelehnt, doch den Eingang nach dem Nebenzimmer vollständig verdeckte.

Mit einer raschen Bewegung, immer den Blick auf die Türe gerichtet, erhob er das Tuch, – er sah die darunter befindliche Fotografie, – eine dämonische Freude zuckte über sein Gesicht.

»Ah!« rief er, das Auge starr auf die lebenswahre Gruppe gerichtet, – und leise fügte er hinzu: – »Das würde ihr den Beweis liefern!«

Er ergriff das Bild und wollte es schnell in seine Tasche stecken.

»Nein,« sprach er dann mit dumpfer Stimme vor sich hin, – »das geht nicht – er würde es sogleich vermissen.«

Er sah einen Augenblick nachdenkend zu Boden.

Endlich schien ein Gedanke in ihm aufzutauchen.

Er wendete das Bild um und las auf der Rückseite: »Mulnier, Boulevard des Italiens.« –

Sein Blick schweifte forschend über den Tisch hin.

Neben dem Bilde lag ein Visitenkartenetui von rotem Leder. Rasch öffnete er dasselbe, – nahm eine Karte heraus und steckte sie zu sich. Dann deckte er das Tuch wieder über das Bild und lehnte sich in seinen Stuhl zurück, indem ein kaltes Lächeln um seine Lippen spielte.

»Diesem Beweis wird sie glauben müssen,« sagte er fast unhörbar vor sich hin, – »ihr Stolz wird es nicht zulassen, eine Verbindung fortzusetzen mit dem Manne, der ihr Vertrauen so getäuscht. – Aber,« sagte er nach einem kurzen Nachdenken, – »wird sie diesen Schlag überstehen? – ihre Gesundheit ist angegriffen, – es wird sie tief erschüttern, – denn sie liebt ihn,« flüsterte er, die dünnen Lippen mit grimmigem Ausdruck aufeinander pressend, – »sie liebt ihn mit törichter Leidenschaft; – nun,« sprach er nach einem Augenblick, – »immerhin wird sie die Meine werden, – oder, – ich bin ja doch der einzige Verwandte meines Oheims –«

Mit starrem, unbeweglichem Ausdruck vor sich hinblickend, verfolgte er schweigend seine Gedanken weiter.

Herr von Wendenstein trat in elegantem Sommeranzug aus dem Nebenzimmer.

»Ich stehe zu Ihrer Verfügung, Herr Kandidat«, sprach er, – nahm mit gleichgültiger Bewegung schnell die Briefe und das Bild, das er rasch umwendete, indem er es unter dem Taschentuch hervorzog, und verschloss alles in einem Schubfach seines Schreibtisches.

Der Kandidat, dessen Gesicht bei dem Eintritt des Herrn von Wendenstein seinen freundlich milden und bescheidenen Ausdruck wieder angenommen hatte, erhob sich, nahm seinen Hut und verließ mit dem jungen Manne das Haus.

Vierzehntes Kapitel

Der goldene Sonnenschein schimmerte in gebrochenen Strahlen durch die grünen Schatten der Bäume des weiten Gartens, der den Palazzo Quirinale auf dem Monte Cavallo in Rom umgibt.

Seine Heiligkeit der Papst Pius XI. hatte in diesem Palast für einige Zeit seine Sommerresidenz genommen, um der schwül drückenden Hitze, die über der Ewigen Stadt lag und die Räume des Vatikans durchdrang, zu entgehen.

Die Hellebardiere hatten Wachen in den Höfen des Quirinals bezogen, und all der so würdevoll ernste und doch so farbenprächtige Glanz, welcher den Hof des Oberhaupts der katholischen Christenheit umgibt, entfaltete sich in den Sälen und Galerien des Palastes.

Die geistlichen Hofbeamten in violett und Purpur, – die reichen schimmernden Uniformen und Waffen der Offiziere der Nobelgarde, die prachtvollen Livreen der Lakaien vereinigten sich zu einem reichen, mannigfaltigen und lebensvollen Bilde in den großen weiten Gemächern, deren Wände die Gemälde von van Dyk und die Arbeiten älterer und neuerer Bildhauer schmückten.

Dieser ganze Hof des dreifach gekrönten Hauptes der katholischen Welt stellte ein glanzvolles Bild dar der Macht und Herrlichkeit des obersten Kirchenfürsten, – dieser Herrlichkeit, welche einst alle weltlichen Throne überstrahlte, – dieser Macht, welche mit dem Strahl des Bannwortes die Schwerter in den Händen der Kaiser und Könige zerbrach und die Kronen von ihren Häuptern schleuderte.

Die Zeiten jener Macht und Herrlichkeit waren freilich lange vorüber, die Blitzstrahlen, welche von Rom aus die Welt durchzuckten, zündeten nicht mehr, – mehr als das halbe Europa war von der katholischen Kirche getrennt; aber auch da, wo die Knie der Gläubigen sich noch vor dem Papste beugten, stieß sein Wort und Befehl auf die unübersteigliche Schranke der Staatsgesetze, und auf jener apenninischen Halbinsel sogar, welche früher das weltliche wie das geistliche Rom unumschränkt beherrschte, erhob sich der gefährlichste und unversöhnlichste Gegner des Papstes und seiner Macht, dieser neue König von Italien, der sich nicht gescheut hatte, bereits einen Teil des unantastbaren Erbes der Nachfolger Petri loszutrennen und mit dem nationalen Königreich zu vereinen.

Hier in diesen Höfen und Gemächern des Quirinals merkte man aber nichts von der Veränderung, welche da draußen in der Welt vorgegangen war. Mit derselben würdevollen, ruhigen Sicherheit der Herrschaft und unbestreitbaren Autorität schritten die Prälaten einher, – mit demselben Stolz wie früher ließen die Nobelgarden ihre Waffen in der Sonne funkeln, und die tiefe Stille, welche den Thron des Statthalters Christi umgab, war dieselbe wie zur Zeit der weltbezwingenden Macht Gregors VII. oder der glanzvollen, mit den schönsten Blüten der Kunst und Wissenschaft geschmückten Herrlichkeit des zehnten Leo.

Am Eingange eines dunkeln, schattigen Laubgangs der großen Gärten in der Rione di Trevi hielten zwei Gardisten des Papstes Wache in der großen Dienstuniform mit blanker Waffe, und Gruppen von Hausprälaten standen in flüsternden Gesprächen umher oder gingen langsam auf und nieder, sorgfältig den Schatten der Bäume suchend und die von den glühenden Sonnenstrahlen beleuchteten freien Plätze vermeidend.

In der Tiefe des Ganges – vollkommen der Gehörweite, der am Eingange Stehenden entrückt – ging Seine Heiligkeit Pius IX. mit dem Staatssekretär Kardinal Giacomo Antonelli in ernstem Gespräch einher.

In ruhig würdevoller Bewegung schritt der Papst auf und nieder, das weiße Gewand gab seiner ganzen Erscheinung in der grünen Dämmerung dieses tiefen Laubschattens etwas Lichtes, – gleichsam Verklärtes, das sich in vollkommener Harmonie befand mit dem Ausdruck freundlicher und milder Heiterkeit, welcher von dem Gesicht des obersten Kirchenfürsten strahlte. Unter der schön gewölbten Stirn dieses merkwürdig ausdrucksvollen Gesichts, über welcher einige Locken grauen Haares herabhingen, blickten Augen voll wunderbarer Tiefe hervor, – diese Augen, durch welche der Papst einen so eigentümlichen und unwiderstehlichen Zauber auf alle diejenigen ausübte, die mit ihm in persönliche Berührung kamen. Schwer wäre es, die Farbe dieser Augen zu bestimmen, denn oft glänzten sie licht und hell wie ein sonnig blauer Himmel oder wie ein klarer Bach, – oft glühten sie in tiefem dunklem Feuer, – oft flammten sie auf in begeisterter Erregung, – und auch ohne die Sprache zu kennen, welche der Papst spricht, ohne seine Worte zu vernehmen, konnte man aus dem Blick seiner Augen die Gedanken verstehen, welche er aussprach. Ebenso beredt war der Ausdruck des Mundes – die feinen Linien, welche seine Lippen umgaben, bildeten eine Schrift, welche die Worte, die dieser Mund sprach, gewissermaßen auch dem Auge sichtbar darstellten, – ein ruhiges Lächeln – das Lächeln hoher Überlegenheit und innerer, klar abgeschlossener Ruhe – lag fast immer auf seinen Lippen, und selbst bei den Ausdrücken zorniger Missbilligung der Zeit und des Weltlaufs verließ ihn der Ausdruck priesterlicher Milde niemals, – das ganze, in schönem Oval abgerundete Gesicht des Papstes bot ein wohltuend ansprechendes Bild tiefer und vollkommener Harmonie. Die Farben seines Gesichts – weiß und rot, fast weiblich zart, überhauchten dies Bild mit dem Schimmer jugendlicher Frische, – die wunderbar schönen weißen Hände begleiteten seine Worte mit anmutig ruhiger, würdevoller Gestikulation, und es wäre kaum möglich, sich eine Erscheinung zu denken, welche schöner und reiner den Charakter des Fürsten, des Priesters und des hochgebildeten Mannes in sich vereinigte.

In der einfachen Tracht der Kardinäle – die purpurne Kappe in der Hand, schritt der Kardinal Antonelli neben Seiner Heiligkeit. Sein von dichtem, kurz gelocktem Haar umrahmtes Gesicht hatte nicht den Ausdruck sicherer, milder und unerschütterlich überlegener Ruhe, wie das des Papstes. Die klaren, scharfen, dunkeln Augen funkelten von Geist und Intelligenz, aber in ihnen zitterte die unruhig sorgenvolle Bewegung des Staatsmannes und Diplomaten, – der etwas breite und große Mund unter der starken Nase hatte den Ausdruck feiner, fast listiger Verschlossenheit, und selbst wenn der Kardinal mit wohlgewählten, treffenden Worten sprach, blieb auf seinen Lippen eine gewisse diplomatische Zurückhaltung, welche vermuten ließ, dass er, – wenn er auch nichts anderes dachte, als er sagte, – doch nicht alles sagte, was er dachte.

»Ich erlaube mir also, Eurer Heiligkeit ehrfurchtsvollst mitzuteilen,« sagte der Kardinal, »was die Nuntiatur in Wien über die Aufregung berichtet, welche durch die Allokution in Österreich hervorgerufen worden ist, – die Angriffe gegen die Kirche, den Klerus, – und – die Zunge sträubt sich, es auszusprechen, – gegen Eure Heiligkeit selbst, – hätten sich seither verdoppelt, und die Depesche des Herrn von Beust drücke nur in sehr zurückhaltender und gemäßigter Form die allgemeine Stimmung aus.«

»Es ist nicht anders möglich,« erwiderte Pius IX. mit seiner melodisch wohlklingenden, sanften Stimme, »als dass diese sogenannte öffentliche Meinung, dieser Geist der Negation und Verspottung des Heiligen, der die Welt erfüllt, die Äußerungen einer Regierung bestimmen sollte, welche von einem Irrgläubigen, einem Protestanten, wie dieser Herr von Beust, geleitet wird. – Jene öffentliche Meinung,« fuhr er fort, – indem er stehen blieb und mit seinen aufleuchtenden Augen in das Gesicht des

Kardinals blickte, – »jene öffentliche Meinung ist nur diejenige Meinung, welche am lautesten spricht und am rücksichtslosesten aller Bescheidenheit Hohn spricht. Die große Mehrzahl des Volkes schweigt, – sie scheut es, ihre Meinung, – namentlich in ernsten und heiligen Dingen, zu einer öffentlichen zu machen. Seien wir zufrieden mit demjenigen Teil des Volkes, der seine Überzeugung sich in stiller Einkehr in sich selbst bildet, mit diesen, – die zu uns und zur Kirche stehen, werden wir die öffentliche Meinung und die Regierung, welche sich auf dieselbe stützt, nicht zu scheuen haben.«

»Ich verehre Eurer Heiligkeit erhabene Weisheit und hocherleuchtete Einsicht,« sagte der Kardinal-Staatssekretär mit einem kaum bemerkbaren Ausdruck des Zweifels in dem feinen und geistvollen Gesicht, – »aber ich kann die Befürchtung nicht ganz unterdrücken, dass die Feinde der Kirche einen großen Vorsprung gewinnen werden, wenn sie die Regierungen, deren Macht zu beherrschen oder zu brechen wir heute nicht mehr die Gewalt haben, – auf ihrer Seite finden. Nach meiner ganz unmaßgeblichen Ansicht will es mir scheinen, als sollten wir mit der Vorsicht und Klugheit, welche die erhabenen Vorfahren Eurer Heiligkeit auf dem Stuhle Petri allezeit anwendeten, um die Mächte der Welt der Herrschaft der allerheiligsten Kirche zu unterwerfen, – als sollten wir mit derselben Vorsicht und Klugheit die Regierungen – selbst wenn sie irren und augenblicklich falschen Prinzipien folgen, schonen und nicht zum festen Bündnis mit den unversöhnlichen Feinden der Kirche drängen.«

Der Papst war während dieser Worte des Kardinals einige Schritte vorwärtsgegangen.

Er blieb abermals stehen – hob mit einer unnachahmlich edlen und anmutigen Bewegung die Hand empor und sprach:

»Vorsicht und Klugheit – sie sind mächtige Mittel in der Hand der Diener der Kirche, und es steht geschrieben: Seid klug wie die Schlangen – und ohne Falsch wie die Tauben. Mit Recht haben meine Vorfahren auf dem Heiligen Stuhle Sankt Petri diese Mittel angewendet in ihrem Verkehr mit den weltlichen Mächten, – aber,« fuhr er mit erhöhter Stimme fort, – »nur da, wo es sich handelte um Fragen, welche das eigentliche Gebiet des Glaubens nicht berührten. Vorsicht und Klugheit mögen gut angewendet sein, wo ein Nachgeben, wo ein ausgleichender Kompromiss möglich ist, – aber nicht da, wo es sich um die wesentlichsten Grundbedingungen der Kirche und ihrer Herrschaft über die Mächte der

Welt handelt. – Wo die Lebensgrundsätze der Kirche infrage kommen,
wo der ewige Felsen angegriffen wird, auf welchem dieser herrliche,
hochheilige Bau ruht, der vom Geiste Gottes durchweht wird, – da darf
von Vorsicht und weltlicher Klugheit nicht die Rede sein, – da ist die
beste, die einzig wahre Klugheit der feste und entschiedene Kampf, der
Kampf mit dem Kreuze in der Hand, – denn in diesem Zeichen werden
wir siegen! – Die Gläubigen in Österreich,« sagte er, indem der Ausdruck
siegesgewisser Überzeugung auf seinem Gesicht strahlte, – »die Gläubigen in Österreich – und mein geliebter, aber so leicht irre zu leitender
Sohn, der Kaiser Franz Joseph, gehört zu ihnen, – sie werden klar werden über die Gefahren, welche die Misshandlung der Kirche dem Leben
des Volkes bringt, – sie werden sich aufraffen zu ernstem Widerstande,
wenn sie die mahnende Stimme ihres obersten Hirten vernehmen, – und
ihr Erwachen und Aufraffen wird der heiligen Sache der Kirche den Sieg
bringen! Wir sind die Diener des fleischgewordenen Wortes« sagte er
mit einer leisen Nuance sanften Vorwurfs im Tone seiner Stimme, –
»sollten wir uns scheuen, das reine Wort der Wahrheit zu sprechen, das
unsere ewig unüberwindliche Waffe bleibt im Kampf gegen Heuchelei
und Lüge?«

Abermals zuckte über das Gesicht des Kardinals jener leise Ausdruck
des Zweifels, ohne jedoch der tiefen Ehrfurcht und liebevollen Bewunderung Eintrag zu tun, mit welchen er in das schöne, warm bewegte Antlitz des Papstes blickte, der in seinem weißen Gewand unter dem grün-
goldenen matten Licht, das durch die dichten Zweige der alten Bäume
herabdrang, wie mit überirdischer Verklärung übergossen dastand.

»Der apostolische Nuntius Falcinelli,« sagte er, »macht darauf aufmerksam, dass besonders der Passus der Allokution über die Zivilehe einen
tief verletzenden Eindruck auf die österreichische Regierung gemacht
habe. Es heißt in der Allokution: ›Die höchst verwerfliche sogenannte
Zivilehe‹ – Herr von Beust hat nun den Nuntius darauf aufmerksam gemacht, dass – abgesehen von Belgien und andern kleineren Staaten – in
Frankreich die Zivilehe ohne Widerspruch besteht, und zwar aufgrund
von vertragsmäßigen Stipulationen zwischen dem Heiligen Stuhle und
Napoleon I., durch welche die Stellung der französischen Kirche geordnet worden. Herr von Beust hat hervorgehoben, dass gerade der Kaiser
Franz Joseph sich persönlich tief verletzt fühle dadurch, dass die Allokution eine Institution in Österreich als höchst verderblich bezeichne, welche in Frankreich aufgrund eines Vertrages mit der kirchlichen Autorität

unangefochten – und – wie Herr von Beust hinzugefügt hat, – erfahrungsmäßig ohne jeden Nachteil für die Kirche bestehe.«

Aus den groß geöffneten Augen des Papstes leuchteten zornige Blitze, fast verschwand von seinen Lippen der freundlich lächelnde Ausdruck priesterlicher Milde und Sanftmut, und mit hoch anschwellendem Tone sprach er:

»Der Minister des Kaisers von Österreich vergisst den gewaltigen inneren Unterschied, welcher zwischen der französischen Kirche und den Zuständen in Österreich besteht. Die Französische Revolution hatte die Kirche in jenem unglücklichen Lande zerstört und den Kultus der menschlichen Vernunft an die Stelle der heiligen Religion erhoben, – die bürgerliche Gesetzgebung hatte sich aller der Gebiete bemächtigt, auf denen die Kirche bis dahin unbeschränkt geherrscht hatte, und auf denen sie zu herrschen berufen ist, – als Napoleon I., der zu jener Zeit von gutem Geiste beseelt war, – so sehr er auch später sich versündigte, – als er das Werk unternahm, die Altäre wieder aufzurichten und der Kirche ihren Glanz und ihre Macht wiederzugeben, – da fand er eine bürgerliche Gesetzgebung vor, an welcher er nicht zu ändern wagen konnte, – er gab der Kirche, was ihr zu geben in seiner Macht lag, – unter solchen Verhältnissen musste das Gebotene angenommen – ja bei den damaligen Zuständen mit Freuden begrüßt werden. – In Österreich aber«, fuhr er in noch lebhafterer Erregung fort, »ist das ganz anders, – dort war die Stellung der Kirche durch das feierlich besiegelte Konkordat fest normiert, und es war der Kirche das Gebiet des Eherechts überwiesen, – es handelt sich in Österreich nicht um Wiederherstellung des Zerstörten, sondern vielmehr zerstört man dort das zu Recht Bestandene. Das ist verwerflich und muss als verwerflich bezeichnet werden.

»Was jetzt in Österreich geschieht,« sprach er mit ruhigerem Ton, aber mit dem Ausdruck wehmütiger Trauer weiter, – »das ist weit gefährlicher und bedenklicher als jene Verirrungen, die zur Zeit Josephs des Zweiten dort in so beklagenswerter Weise vorkamen. Diese Staatsgrundgesetze, diese konfessionellen Gesetze, die man in Österreich in dem letzten Jahre sanktioniert hat, – das sind nicht persönliche Einfälle, – nicht vereinzelte Maßregeln, wie damals, – das ist ein ganzes System, – und dieses System steht in diametralem Gegensatz zu den Grundsätzen, welche über Staat und Kirche wir als die einzig richtigen anerkennen können.«

Der Kardinal verbeugte sich ehrfurchtsvoll.

»Eure Heiligkeit wollen meiner geringeren Einsicht verzeihen, wenn ich nicht immer sogleich mit derselben Klarheit und Schärfe wie das hocherleuchtete Oberhaupt der heiligen Kirche das Richtige erkenne, – der diplomatische Verkehr, zu welchem die von Eurer Heiligkeit mir übertragenen Funktionen mich zwingen, macht den Geist geneigt, Vermittelungen und Kompromisse zu suchen und die schroffen Härten zu vermeiden.«

Freundlich lächelnd sagte Pius IX.:

»Ein festes, treues und glaubensstarkes Herz wird zuletzt immer das Rechte erkennen und die Vermittelungen und Kompromisse von den Fragen ausschließen, in denen das reine und unbeschränkte Bekenntnis der Wahrheit gegenüber den Mächten der Welt nottut!«

Er ging langsam nach einem an der schattigsten Stelle des Laubganges aufgestellten Lehnsessel von feinem Rohrgeflecht, mit leichten seidenen Kissen überdeckt, vor welchem ein ebensolcher mit seidener Decke belegter Fußschemel sich befand.

Langsam ließ sich der Papst in diesen Lehnstuhl nieder. Sein heller, klarer Blick hob sich zu dem grünen, licht durchschimmerten Laubdach über ihm empor.

»Eure Heiligkeit erlauben mir, dass ich mich zurückziehe,« sagte der Kardinal Antonelli, – »ich habe um diese Stunde dem österreichischen Botschafter Audienz gegeben, welcher gewünscht hat, noch einige mündliche Erläuterungen zu der Depesche seiner Regierung zu geben.

Pius IX. neigte den Kopf.

»Ich habe sagen und frei bekennen müssen,« sprach er, »was ich über die Wege denke, auf welche die österreichische Regierung sich jetzt hinreißen lässt, – doch wäre es mir erwünscht, wenn der Kaiser durch den Botschafter erführe, dass ich in wahrhaft väterlicher Liebe ihn in mein Herz schließe und zu Gott für ihn bete, damit er sich stets erinnere, dass er mit dem Titel des apostolischen Kaisers begnadigt und ausgezeichnet ist.«

»Ich werde nicht ermangeln, dem Botschafter Kenntnis von den huldreichen und liebevollen Gesinnungen Eurer Heiligkeit für Seine apostolische Majestät zu geben«, sagte der Kardinal, indem er mit leichter Beugung der Knie die Hand des Papstes ergriff und seine Lippen auf dieselbe drückte.

Langsam rückwärts schreitend zog er sich zurück und wendete sich dann zu dem Ausgang der Allee, während der Papst in tiefen Gedanken sitzen blieb. Nach einiger Zeit machte sich eine gewisse Bewegung unter den Garden und Prälaten am Eingange der Allee bemerkbar. Der Oberhofmeister Seiner Heiligkeit, Monsignore Bartolomeo Pacca, erschien in dem Laubgange, näherte sich dem Papste, der ihm fragend entgegenblickte, und sprach mit einer leichten Kniebeugung:

»Der Graf Rivero, dem Eure Heiligkeit Audienz gewährt haben, ist im Palaste erschienen, – da Eure Heiligkeit befohlen haben, ihn sogleich zu melden, so erlaube ich mir die ehrfurchtsvolle Frage, ob er hieher geführt werden solle?«

»Der Graf Rivero ist ein so eifriger und treuer Kämpfer für die heilige Kirche, dass es mir eine große Freude machen wird, ihn sogleich zu sehen«, sagte der Papst mit anmutig freundlicher Neigung des Kopfes.

Monsignore Pacca zog sich zurück und führte bald darauf den Grafen Rivero in den Laubengang zu dem Sessel Seiner Heiligkeit.

Der Graf schritt aufrecht und fest neben dem päpstlichen Oberhofmeister her. Er trug schwarzen Hofanzug mit dem Stern und Band des Piusordens – sein bleiches, schönes Gesicht zeigte einen tiefernsten Ausdruck – der Blick seiner großen dunkeln Augen ruhte fest auf der Gestalt des würdevoll in seinen Lehnstuhl zurückgelehnten Papstes.

Als Monsignore Pacca etwa fünf Schritte von Seiner Heiligkeit entfernt war, trat er ein wenig seitwärts und sprach:

»Der Graf von Rivero steht vor dem heiligen Antlitz des Statthalters Petri.«

Pius IX. erhob die Hand – mit zwei ausgestreckten Fingern machte er gegen den Grafen das Zeichen des Kreuzes und sagte mit seiner weichen, wohltönenden Stimme:

»Ich erteile den reichsten apostolischen Segen dem treuen, mutigen und unerschütterlichen Kämpfer für das heilige Recht der Kirche.«

Der Graf verneigte sich tief – mit gebeugtem Haupt schritt er zu dem Sessel des Papstes vor, – dann ließ er sich auf beide Knie nieder und küsste das goldgestickte Kreuz auf dem weißseidenen Schuh, der den zierlichen, schlanken Fuß Seiner Heiligkeit einschloss. Mit einem Lächeln voll milder Freundlichkeit blickte Pius IX. auf die schlanke und elegante Gestalt des Grafen, der nach dem Fußkusse das Haupt wieder emporgerichtet hatte und mit ehrfurchtsvollem Ausdruck, aber klar und frei, aufblickte, – er berührte fast mit den Spitzen seiner Finger das glänzende Haar des Grafen und sprach mit seiner wohlklingenden Stimme:

»Der reichste apostolische Segen sei dir erteilt, mein Sohn, – wir haben dich erkannt als einen treuen und unerschrockenen Kämpfer für die heilige Sache der Kirche und bitten Gott, dass er deinen Geist immer mehr erleuchte, deine Kraft immer mehr stähle, denn die Zahl der Feinde im Dienste der Mächte der Finsternis wächst täglich und stündlich – und erfordert rastlose Tätigkeit und Anstrengung von allen Dienern des heiligen Rechts der Religion.«

»Es macht mich glücklich,« erwiderte der Graf, »dass Eure Heiligkeit meine Bemühungen anerkennen, – welche leider,« fügte er seufzend hinzu, – »nicht immer von glücklichem Erfolg begleitet gewesen sind.«

»Ich weiß, was du getan hast«, sagte der Papst, – »und wenn es dir nicht immer gelungen ist, die Ziele deines Strebens zu erreichen, – so ist auch das schon ein Erfolg, dass die Gegner sehen und erkennen, wie Männer von erleuchteter Einsicht und unbeugsamem Willen ihnen zu widerstehen entschlossen sind. –

»Steh auf,« fuhr er fort, – »wir wünschen mit dir über vieles zu sprechen, was in der unruhig bewegten Welt vorgeht, du hast viele Beobachtungen gemacht und viele Erfahrungen gesammelt, es ist uns wichtig, zu hören, was du über die Lage der Kirche denkst.«

Der Graf erhob sich langsam und blieb in ruhig ehrerbietiger Haltung vor dem Papste stehen.

Einen Augenblick schlug er wie nachdenkend die Augen nieder, dann blickte er mit tiefem Ernst in das schöne Gesicht des Papstes und sprach:

»Die Lage ist ernst, – der Kampf, den die Kirche zu bestehen hat, ein tief eingreifender, erbitterter.«

Ernst und traurig neigte der Papst zustimmend das Haupt. »Überall«, fuhr der Graf fort, »erheben sich die Mächte der Welt gegen die Autorität der Kirche, – im Namen der Freiheit, im Namen des denkenden Menschengeistes trachtet man danach, die Verhältnisse des Lebens von der Herrschaft der Kirche und der Religion zu befreien, und die Fürsten und Regierungen schließen sich dem Strome der Zeit an oder widerstehen demselben nur schwach und zögernd. Der Felsen Petri ist umwogt von einem brandenden, immer unruhiger anschwellenden und empordrohenden Meer.«

»Wahr, – wahr, mein Sohn,« sagte der Papst seufzend, – »aber welches sind die Mittel, um dieses Meer zu bändigen, dass es ruhig sich ebne und das Schifflein der Kirche, das von dem ewigen Felsen aus die Welt zu durchziehen berufen ist, auf seinem Rücken trage?«

Der Graf schwieg abermals einen Augenblick. Überzeugungsvolle Begeisterung leuchtete aus seinen Blicken, – ein wunderbar vertrauensvoll siegesgewisses Lächeln lag auf seinen Lippen, und mit voller, tiefer Stimme sprach er dann:

»Das Meer, welches mit seinem hochgehenden Wogenschlag gegen den Felsen der Kirche heranwogt, ist ein Meer geistigen Lebens, – nicht mit den Mitteln äußerer Gewalt und äußeren Zwanges kann es zurückgedrängt werden, nur das mächtige Wehen des Geistes kann es bändigen, und der Geist kann nur in der Freiheit herrschen.«

»In der Freiheit?« sprach der Papst, indem er erstaunt und befremdet in das Gesicht des Grafen blickte, – »in der Freiheit?« wiederholte er mit einem leisen Klang der Missbilligung in der Stimme, – »du weißt, mein Sohn, dass gerade im Namen der Freiheit, das heißt, der Zügellosigkeit und willkürlichen Auflehnung, der Kampf gegen die heilige Kirche begonnen ist und geführt wird, – wie könnten wir, die wir uns stützen auf das ewige Recht, auf die Ordnung, auf den Gehorsam, durch die Freiheit, welche die Revolution auf ihre Fahne schreibt, zum Siege kommen?«

»Die christliche Kirche,« erwiderte der Graf in erhobenem Ton, indem immer höhere Begeisterung die edlen Züge seines Gesichts erleuchtete, – »die christliche Kirche ist die Kirche der wahren Freiheit, das fleischgewordene Wort herrscht durch den Geist und die Wahrheit, – wie der Heiland gekommen ist, um die Welt zu erlösen aus dem Banne des Fluches der starren Gesetze, so hat die Kirche in dem Geiste der Freiheit ihre Herrschaft begründet, und in diesem Geiste muss sie dieselbe erhalten.«

Der Papst blickte voll Teilnahme in das Gesicht des Grafen, – dann neigte er den Kopf auf die Brust nieder, indem er mit einer leichten Handbewegung den Grafen aufforderte, fortzufahren.

»Für die Freiheit des Denkens und des Glaubens«, sprach dieser weiter, »bluteten die heiligen Märtyrer unter den Cäsaren in diesem Rom, wo heute der Thron Eurer Heiligkeit sich erhebt, und für die Freiheit stritten die Bischöfe und Päpste in den ersten Zeiten des finstern Mittelalters, als die rohe Gewalt der weltlichen Fürsten die Rechte und die Würde der Menschen mit Füßen trat. Wodurch begründete Eurer Heiligkeit großer Vorfahr auf dem Stuhle des Apostelfürsten seine Weltherrschaft und beugte die stolzen Häupter der weltlichen Herrscher vor sich in den Staub? Weil das ganze Volk fühlte, dass die Macht der Kirche eine Instanz bildete *über* den Kaisern und Königen, *über* den Fürsten, Grafen und Rittern, dass es eine Appellation gab an ein höheres Recht von der Willkür der eisernen, rücksichtslosen Gewalt. Die Kirche in ihrer obersten Autorität stellte die Gleichheit unter den Menschen her, sie bildete ein Tribunal, vor welchem der Bettler Recht suchen konnte gegen den König, dessen von irdischer Gewalt unerreichbares Haupt ihrem Urteilsspruch sich beugen musste und ihrem Bannstrahle nicht zu hoch war. Die Freiheit des Geistes war es, welche in den Klöstern ein Asyl fand, und überall war es die Kirche, welche das Gegengewicht und Korrektiv bildete der weltlichen Willkürherrschaft und Gewalt gegenüber. – So,« fuhr er nach einigen Augenblicken fort, während der Papst fortwährend im Nachdenken dasaß, – »so richtete Gregor VII. die Herrschaft der Kirche auf, so erhielten sie seine Nachfolger.«

Der Papst erhob langsam den Kopf.

»Damals,« sprach er, den Blick sinnend auf den Grafen gerichtet, »damals aber lebte jener Geist der Auflehnung und des Widerspruchs nicht in den Völkern, – sie folgten willig der sanften Führung der Kirche –«

»Weil sie«, fiel der Graf lebhaft ein, »bei der Kirche Schutz – Erhebung – Befreiung von fast unerträglicher Tyrannei fanden, weil die Priester der Kirche in Wahrheit an der Spitze des geistigen Lebens standen und überall mit Hingebung und Eifer darnach strebten, die Gewissen und die Seelen mit geistiger Macht zu beherrschen.«

Er schwieg einen Augenblick.

»Bald aber wurde es anders,« sagte er dann mit trübem Ausdruck. – »Die Kirche hatte sich zur Herrin über die weltlichen Mächte gemacht, und sie benutzte diese weltlichen Mächte nur, um durch ihren Arm die Herrschaft über die Seelen zu erhalten, welche sie durch die Gewalt des Wortes, des Geistes, des Glaubens errungen. Das war der erste große Fehler. Indem die Kirche sich der weltlichen Autoritäten und weltlicher Zwangsmittel bediente, um ihre Macht über die Seelen zu erhalten, machte sie sich von den Fürsten und Regierungen, die sie sich vorher unterworfen, wiederum abhängig, – man hat damals nicht an die Möglichkeit gedacht, dass Tage kommen könnten, in welchen die weltlichen Mächte, vom Strome der Zeit fortgerissen, der Kirche den Dienst versagen, ja sich gegen sie wenden könnten, und dass dann die im Vertrauen auf die Gewalt des weltlichen Arms vernachlässigten geistigen Herrschaftsmittel nicht mehr vorhanden sein könnten. Die Kirche hätte fortwährend an der Spitze des geistigen Lebens bleiben müssen, – sie hätte der geistigen Bewegung voranschreiten müssen – statt in träger Ruhe diese Bewegung sich selbst zu überlassen oder ihr durch äußere Zwangsmittel entgegenzutreten.

»Diese Untätigkeit«, fuhr der Graf fort, »trug bald ihre bösen Früchte. Die reformatorische Bewegung, welche in Deutschland begann und sich überallhin fortpflanzte, zeigte plötzlich in hellem Lichte die Abhängigkeit, in welche die Kirche von den weltlichen Mächten geraten war, – der Bannstrahl zündete nicht mehr, – die geistlichen Waffen der Kirche versagten den Dienst. Damals war noch einmal die Gelegenheit, die erschütterte Gewalt wieder zu befestigen, die Herrschaft über die weltlichen Mächte durch die Waffen des Geistes wieder zu erringen, – wenn die Kirche – wenn Leo X. den Gedanken der Reformation ergriffen hätte, – höher hinauf, als Gregor VII., hätte er die herrschende Gewalt der Kirche heben können und im Geiste der Freiheit hätte er alle Kronenträger der Welt vor sich gebeugt.«

»Aber die Reformationsbewegung richtete sich gegen die Einheit der Kirche, gegen die oberste Autorität der Nachfolger des heiligen Petrus in der Statthalterschaft Christi auf Erden –« sagte der Papst, das Auge mit einem Ausdruck aufschlagend, welcher bewies, dass die Worte des Grafen ihren Eindruck nicht verfehlt hatten.

»Nicht im Beginn der Bewegung,« erwiderte Graf Rivero – »die ersten Forderungen richteten sich nicht gegen die Autorität des Papstes, sondern verlangten von ihm Abstellung der Missbräuche, welche ja klar zutage lagen, und von dem erleuchteten Pontifex, der damals auf Eurer Heiligkeit Stuhl saß, nicht verkannt wurden. Aber der kühne, große und freie Entschluss, der damals die geistliche Macht auf Jahrhunderte hinaus abermals zur unbestrittenen Weltherrscherin hätte machen können, fehlte, – die Kirche verstand es nicht, die Bewegung zu führen und zu leiten und im Namen und in der Kraft der Freiheit zu herrschen, – so benutzten es denn die weltlichen Mächte, um durch die Freiheit sich von der obersten Autorität der Kirche wieder loszumachen, – halb Deutschland und England, Schweden und Holland gingen verloren und auch da, wo durch die Anwendung äußerster Gewaltmittel die Lostrennung der Völker von der Kirche verhindert wurde, versank diese immer tiefer in die Abhängigkeit von den weltlichen Mächten, deren Arm sie hatte anrufen müssen. – War der Dreißigjährige Krieg in Deutschland, – war die Bartholomäusnacht, – waren die Dragonaden Richelieus, die Zwangsmaßregeln Ludwigs XIV. wahre Siege der Kirche, Siege, durch welche ihre Gewalt über die Geister und die Seelen der Völker und damit ihre Oberhoheit über die Könige und Fürsten befestigt wurde?«

»Es liegt Wahres in deinen Worten, mein Sohn,« sagte Pius IX., – obwohl nicht alles ganz richtig ist, was du sagst, – die zur Führung der Kirche Berufenen haben schwere Fehler begangen, weil sie sich in Schwäche und Verirrung oft von weltlichen Gedanken und Rücksichten leiten ließen –«

»Vor allem, heiligster Vater,« fiel der Graf ein, »weil sie mit der Gewalt ein Gebiet beherrschen wollten, welches aller Gewalt trotzt, – ein Gebiet, welches die Kirche sich früher nur durch den Geist der Freiheit erobert hatte, und welches sie nur in diesem Geiste hätte behaupten können. – Ich bitte Eure Heiligkeit um Verzeihung,« sagte er mit leiserer Stimme, – »dass ich es wage, so frei und unverhüllt zu sagen, was ich denke, – ich glaube, dass die Wahrheit am besten und klarsten vor dem hocherleuchteten Blick Eurer Heiligkeit sich zeigen wird, wenn jeder seine Überzeugung so frei und furchtlos als möglich ausspricht.«

»Fahre fort, mein Sohn,« sagte der Papst mit einem freundlichen Lächeln, indem er die Hand leicht erhob, – »ich habe mit Interesse gehört, was du über die Vergangenheit gesprochen hast, und bin gespannt zu hören, was du über die Gegenwart denkst.«

»Die Gefahren für die Kirche«, sprach der Graf weiter, »haben sich seit jenen Zeiten täglich vermehrt, – nicht mehr gegen Missbräuche richtet sich die Bewegung, sondern gegen die Herrschaft des Glaubens und der Religion über das Leben der Menschen. Das Volk im Großen und Ganzen ist gut, – es ringt nach Geistesfreiheit und gleichem Menschenrecht für alle, – dies Ringen und Streben, entsprungen aus dem göttlichen Funken in der menschlichen Brust, findet aber bei der Kirche keine Unterstützung, – darum folgt die Menge den Führern, welche unter einer edlen Fahne sie auf falsche Wege führen und welche das Christentum und alle positive Religion vernichten möchten, um den Altar der menschlichen Vernunft, den die augenblickliche Raserei einst in Frankreich errichtete, nunmehr für immer zu befestigen, indem die Geister Schritt für Schritt von der Kirche losgelöst werden –«

»Und die Regierungen unterstützen diese Bestrebungen, – auch sie arbeiten daran, die Völker von der Kirche zu lösen,« rief der Papst lebhaft, indem sein Blick dunkel aufleuchtete, – »in Österreich, das der Kirche soviel dankt, – dessen Herrscher die Nachfolger der römischen Kaiser sind, arbeitet man daran, durch eine verwerfliche Gesetzgebung die Rechte der Kirche zu vernichten –«

»Können diese Rechte je vernichtet werden,« – fiel der Graf mit überzeugungsvollem Ton ein, – »solange die Kirche entschlossen ist, sie zu verteidigen, und solange sie zu dieser Verteidigung ihre eigenen ihr allein gegebenen Waffen zur Beherrschung der Gewissen und der Seelen benutzt? – Nach meiner Überzeugung, heiligster Vater, ist es ein Heil für die Kirche, dass die weltlichen Regierungen ihr ihren Arm entziehen, – sie wird dadurch wieder frei und unabhängig, – aus der sicheren materiellen Ruhe aufgeschreckt, wird sie wieder die *ecclesia militans* und der im Geiste für den Geist und die Freiheit streitenden Kirche wird die Herrschaft der Welt zufallen, – nur«, fuhr er fort, – »muss die Kirche die Bewegung der Zeit mit kühnem Geiste und festem Willen erfassen, – sie muss voranschreiten und führen, statt zurückzubleiben und zurückzuhalten, – und – ich sage es aus tiefster Überzeugung – heute noch einmal ist der Augenblick da, wo die geistige Macht der Kirche hoch über alle Kronen, über alle weltlichen Mächte hin ihre siegreiche Oberhoheit aufrichten kann! Gebietet die heilige Kirche nicht über eine weit größere Summe hoher Intelligenz und vor allem glaubensstarker Opferfreudigkeit, als diejenigen Parteien und Parteiführer, welche heute die Massen lenken? Warum soll der Kirche nicht viel sicherer gelingen, was jenen gelang, die ja doch auch nur mit der Waffe des Wortes und der Überredung streiten, die unter Hemmungen und Verfolgungen aller Art ihr Werk begannen und fortführten? Sollte der Geist der ewigen Wahrheit nicht siegen über den Geist des Irrtums oder der absichtlichen Lüge, wenn er nur den Kampf auf dem eigenen Gebiet der Gegner aufnimmt?«

»O,« rief er, einen Schritt näher zu dem Sessel des Papstes tretend, – »dass es Eurer Heiligkeit gefallen wollte, alle Unterstützung der weltlichen Mächte beiseite zu werfen – alle Getreuen aufzurufen und zu sammeln, und mit der Macht des Wortes und der Überzeugung in das Feld zu ziehen, um den verlorenen Boden wieder zu erobern! – Wie einst die Apostel die göttliche Lehre Christi siegreich durch die Welt trugen, – wie Gregor VII. mit der Macht des Wortes über die Gewissen die weltliche Macht brach und beugte, so wird auch heute die Kirche alle ihre Feinde niederwerfen, wenn sie sich durchdringt mit dem lebendigen Geist der Gegenwart, statt sich zurückzuziehen auf den starren Boden der Vergangenheit, in welchem das Leben der heutigen Welt keine Wurzeln mehr schlägt.«

»Du sprichst kühne Worte, mein Sohn,« sagte der Papst, dessen Blicke wohlgefällig auf den von Begeisterung strahlenden Zügen des Grafen ruhten, – »aber deine Kühnheit gefällt mir, – denn sie zeugt von dem hohen Vertrauen in den heiligen Beruf und die göttliche Kraft der Kirche, welches deine Seele erfüllt, – auch finde ich in deinen Gedanken etwas, das mich sympathisch berührt, und das in meinem Herzen einen Widerhall findet. Als ich den Heiligen Stuhl St. Petri bestieg,« sagte er leiser, wie zu sich selbst sprechend, »erfüllte mich bereits der Gedanke, im Geiste der Freiheit der Kirche neues Leben einzuhauchen und sie wieder an die Spitze der fortschreitenden Bewegung der Geister zu stellen – wie wenig hat man mich verstanden,« sagte er mit leichtem Seufzer, – »wie wenig Werkzeuge habe ich gefunden, um meine Gedanken zu erfassen und auszuführen?«

– »Was damals noch von wenigen erkannt werden konnte,« sprach der Graf Rivero weiter, – »wofür damals Eurer Heiligkeit hoch über jene Zeit sich hinaufschwingender Gedanke noch kein Verständnis fand, – das wird heute leichter die Geister durchdringen, – ja das lebt schon in vielen treuen und mutigen Dienern der Kirche – in Frankreich, – unter den deutschen Bischöfen besonders, – der Bischof von Mainz zum Beispiel ist tief überzeugt von der Notwendigkeit, im Geiste und in der Freiheit die Macht der Kirche wiederherzustellen, und wenn Eure Heiligkeit heute ein Losungswort in diesem Sinne an die Priesterschaft der heiligen Kirche ertönen ließen, – es würde verstanden und erfasst werden, – es würde die Kirche aus ihrer Bedrängnis wieder zu einer selbst vordem nie erreichten Höhe von Macht und Herrschaft führen.« »Ich denke,« erwiderte Pius IX., nachdem er den sinnenden Blick lange hatte auf dem Grafen ruhen lassen, – »ich denke die Kirche in ihrer großen Allgemeinheit von Neuem mit lebendigem Geiste zu durchdringen und ihr die konzentrierte Macht wiederzugeben, durch welche sie überall mit den Waffen des Geistes Gottes den Kampf gegen ihre Widersacher in neuer Kraft aufnehmen wird. Du weißt, mein Sohn,« sagte er mit erwartungsvollem Ausdruck, das Haupt ein wenig vorneigend, – »dass ein ökumenisches Konzil das Band zwischen Haupt und Gliedern der Kirche wieder eng und fest zusammenziehen und unserem Widerstand den Geist einiger Kraft einhauchen soll. Die Welt soll erkennen, dass die Kirche Christi ein einziges und unteilbares Ganze ist, und dass, wer dieselbe hier oder dort auf dem einen oder dem andern Punkte angreift, sich stets der ganzen Macht der innig verbundenen Gemeinschaft der Gläubigen gegenüber befindet.«

»Ich habe mit hoher Freude und Begeisterung«, sagte der Graf, »den gotterleuchteten Gedanken Eurer Heiligkeit vernommen, durch ein Konzil die Einheit der Kirche nicht nur vor den Augen der Welt von Neuem sichtbar darzustellen, sondern diese Einheit auch innerlich die Kirche vom Mittelpunkt aus bis in die fernsten Grenzen durchdringen zu lassen.«

»Und du teilst meine Hoffnung, mein Sohn,« fragte der Papst, »welche zugleich die Hoffnung vieler treuer und gottbegnadigter Männer ist, dass das Konzil diese segensreiche Wirkung habe, und dass die um meinen Stuhl versammelten Bischöfe der Christenheit die alte geistige Macht der Kirche wiederherstellen und den Heiligen Geist, der über ihre Gemeinschaft, ihre vereinten Gebete erhörend, sich ausgießen wird, – siegreich in die Welt hinaustragen werden?«

»Ich hege diese feste Hoffnung, heiligster Vater,« sagte der Graf, die Hand auf die Brust legend, – »und ich bin überzeugt von dem Sieg und Triumph der Kirche, wenn sie sich zur Herrin der geistigen Bewegung zu machen versteht, und wenn sie es wagt, auf jede Unterstützung des weltlichen Arms zu verzichten und ganz auf ihre eigene und eigentümliche Kraft sich zu stellen, wie zu der Zeit, da sie vordem ihre Weltherrschaft errang. – Nur,« sagte er mit etwas zögernder Stimme, – »nur –«

»Du hast Bedenken?« fragte der Papst mit gespannter, etwas verwunderter Aufmerksamkeit.

»Eure Heiligkeit sprachen«, sagte der Graf, – »von den Bischöfen, welche sich um den Stuhl Petri versammeln sollten, – ich möchte mir erlauben, über diesen Punkt meine unvorgreifliche und tief bescheidene Ansicht auszusprechen und mir die Gnade einer näheren und eingehenderen Belehrung von Eurer Heiligkeit zu erbitten.«

»Sprich, mein Sohn«, sagte der Papst mit forschendem Blick.

»Wenn das Konzil«, sprach der Graf, »den Strom der geistigen Bewegung unter den Völkern unter die Leitung der Kirche zurückführen soll, so scheint es mir notwendig, dass die Beratungen und Beschlüsse dieser Versammlung nicht in unnahbarer Abgeschlossenheit von dem geistigen Leben der Zeit sich vollziehen, – was man beherrschen will, muss man vor allem zu sich heranziehen, man muss die Völker selbst in den lebendigen Organismus der Kirche einfügen, man muss sie heranführen zu der Quelle, welche demnächst sich belebend in alle Welt hin ergießen soll. In jenen Zeiten, als die Kirche ihre Macht und Herrschaft begründete, als sie die Geister führte und aller äußeren weltlichen Gewalt kühn und siegreich entgegentrat – da nahm das Volk an den Beschlüssen der Konzilien teil, – da erschienen die Presbyter der Kirchengemeinden mit bestimmter Berechtigung neben den Bischöfen auf den Synoden und Konzilien. Dadurch drang der Geist des Volks in das Kirchenregiment ein, und die Kirche wurde die Vertraute, – die Führerin dieses Geistes, – dadurch aber auch wurden die Beschlüsse der Konzilien mit freudigem Vertrauen vom Volke aufgenommen und aller weltlichen Macht gegenüber vertreten und verteidigt; – in dem gegenwärtigen großen und für eine lange Zukunft entscheidenden Augenblick,« fuhr er mit erhöhter Stimme fort, »in welchem es darauf ankommt, den vertrauensvollen und freudigen Gehorsam für die Kirche wiederzugewinnen und die Völker auf die Seite der kirchlichen Autorität zu bringen, da scheint es mir geboten, jenes alte ursprüngliche Verhältnis der Christengemeinschaft wiederherzustellen, das historisch wie dogmatisch dem Geiste und der Entwickelung der Kirche entspricht, – es scheint mir geboten, den christlichen Gemeinden die Vertretung auf dem Konzil wiederzugeben. Dadurch werden Eure Heiligkeit selbst klarer sehen, was der Geist der Zeit und der Völker erfordert, und die Herrschaft der unter Mitwirkung des Volkes reorganisierten Kirche wird unerschütterlich aufgerichtet werden.«

Auf der reinen weißen Stirn des Papstes zeigten sich leichte kleine Falten, – sein Blick wurde ernster, – aber mit sanfter, freundlich milder Stimme sprach er:

»Du vergisst, mein Sohn, dass schon in frühen Jahrhunderten die Vertretung der Gemeinden ausschließlich an die Bischöfe überging, – wie es ja auch dem Prinzip der Autorität entspricht, welches in der Kirche unter Einwirkung und Beistand des Heiligen Geistes sich entwickelt und ausgebildet hat.«

»Die Autorität wird um so fester begründet, – um so unantastbarer sein,« erwiderte der Graf ehrfurchtsvoll, aber mit festem Tone, »je mehr sie aus dem Volke hervorwächst, je mehr sie sich unmittelbar auf die freie Kraft des Volkes stützt, je mehr sie von unten herauf in organischer Gliederung sich aufrichtet.«

Der Papst neigte einen Augenblick schweigend das Haupt.

»Und wie wäre es möglich,« sprach er dann, – »selbst die Zweckmäßigkeit des Prinzips zugegeben, – wie wäre es möglich, eine Teilnahme des Volkes, – der Laien, an dem Konzil zu bewerkstelligen? – Unter den einfacheren Verhältnissen der früheren Zeiten war das möglich, – jetzt aber, – wir vermögen nicht einzusehen, nach welchem Modus die Teilnahme an einer Kirchenversammlung herzustellen wäre.«

»Nach demselben Modus,« sprach der Graf rasch, »nach welchem die Vertretungen der Völker im politischen Leben zusammengesetzt werden; wie schon auf den Konzilien von Pisa und Kostnitz nichtpriesterliche Gelehrte zugezogen waren, so würde es Eurer Heiligkeit zustehen, Vertrauenspersonen aus allen Ländern und Ständen zu berufen, – außerdem würden die Diözesen nach den Gemeinden ihre Vertreter erwählen, so würde die unmittelbare Teilnahme der Völker an dem Leben der Kirche wiederhergestellt werden, und die Kirche würde zugleich zeigen, dass aller Herren Länder nur ihre Provinzen bilden.«

»Und damit würde«, sprach der Papst strenge und ernst, »derselbe Geist in die Kirche eindringen, welcher bereits das Leben der Staaten zersetzt und zerfressen hat! Nein,« rief er, – »nicht die Diskussion und die Kritik darf in das innere Wesen der Kirche eindringen, – die Autorität muss wiederhergestellt, – der unbedingte Gehorsam gegen die kirchliche Obergewalt muss in der Welt wieder zur Geltung gebracht werden, – das Konzil, welches wir zusammentreten zu lassen gedenken, soll die

Autorität des Kirchenregiments über allen Zweifel und alle Anfechtung erheben, es soll vor allem dogmatisch unumstößlich interpretieren, was *implicite* in Schrift und Tradition vorhanden ist, – die Unfehlbarkeit der Autorität der Nachfolger des heiligen Apostelfürsten Petrus.«

Ein Zug fester, entschiedener Energie hatte sich um die weichen Lippen des Papstes gelegt, ein mutig entschlossener Wille strahlte aus seinen Augen.

Der Graf Rivero erbebte bei den letzten Worten Pius IX., – seine hochaufgerichtete Gestalt bog sich wie unter einem plötzlichen Schlage zusammen, eine tödliche Blässe bedeckte sein Gesicht.

»Eure Heiligkeit wollen«, sagte er mit fast tonloser Stimme, wie mühsam die Worte suchend, – »die päpstliche Unfehlbarkeit als Dogma verkünden lassen?«

»Ja,« erwiderte der Papst mit fester, volltönender Stimme, – »denn dadurch wird das Regiment der Kirche in sich für immer konzentriert werden, – die weltlichen Mächte werden sich einer von dem Funken *eines* Geistes und *eines* Willens geleiteten und bewegten Institution gegenüber finden, – das Prinzip der Autorität wird sich in voller Klarheit und Reinheit der Willkür und der Auflehnung entgegenstellen!«

Der Graf drückte einen Augenblick beide Hände vor sein Gesicht, dann richtete er den Blick voll tiefen Schmerzes zu der grünen Wölbung des Laubganges empor und rief mit lauter Stimme, wie in unwillkürlichem Aufschrei:

»O, mein Gott, – dann ist alles verloren!«

Der Papst blickte erstaunt, ohne dass der Ausdruck von Ernst und Strenge aus seinen Zügen verschwand, auf den Grafen.

»Alles verloren?« fragte er – »alles wird wiedergewonnen werden durch die Wiederherstellung der Herrschaft unbestreitbarer Autorität über die Geister und die Gewissen der Völker.«

Graf Rivero schüttelte langsam und tieftraurig das Haupt. Rasch näherte er sich dann dem Sessel des Papstes, ließ sich vor demselben auf die Knie nieder, faltete inbrünstig die Hände und sprach, indem er die großen ausdrucksvollen Augen wie angstvoll bittend aufschlug:

»Ich bitte und beschwöre Eure Heiligkeit bei dem Wohl und der Zukunft der Kirche, abzustehen von der dogmatischen Verkündigung der päpstlichen Unfehlbarkeit, – wenigstens nochmals tief und eingehend alle Folgen zu erwägen, welche ein solcher Schritt nach sich ziehen muss.«

»Du glaubst also nicht an die Unfehlbarkeit der Aussprüche, welche der Statthalter Christi *ex kathedra* tut? – Du glaubst nicht an die allmächtige, göttliche Inspiration des Heiligen Geistes, der sich auf den Nachfolger des Apostelfürsten niederlässt, wenn dieser, im Gebet zu Gott gewendet, der Welt seine Urteile und Entschließungen verkündet?«

»Ich glaube«, sagte der Graf, »an die Unfehlbarkeit des päpstlichen Urteils als oberste Instanz auf Erden in Sachen der Religion, und kein katholischer Christ der Welt zweifelt an dieser Unfehlbarkeit, – aber etwas, was tatsächlich vorhanden ist, – woran tatsächlich niemand zweifelt, in feierlicher Verkündigung zum Dogma erheben zu lassen, – das ist ein Schritt, der den Gegnern der Kirche furchtbare Waffen geben wird, – der auch die Herzen treuer und gläubiger Katholiken mit schweren Zweifeln erfüllen muss, – der den Kampf zwischen der Kirche und den weltlichen Mächten auf die äußerste Spitze der Erbitterung treiben muss!«

»Du sagst selbst, mein Sohn,« sprach der Papst ruhig, »dass die Unfehlbarkeit tatsächlich bestehe und anerkannt sei, – wie könnte die dogmatische Verkündigung einer feststehenden Tatsache Gefahr bringen? Im Gegenteil, sie wird die Schwankenden befestigen, – den Treuen neue Kraft geben.«

»Ich fühle vollkommen«, sagte der Graf Rivero, immer mit gefalteten Händen, »die große Vermessenheit, dass ich, ein armer, niedriger Laie, es wage, dem heiligen Oberhirten der Kirche gegenüber eine abweichende Meinung auszusprechen und festzuhalten, – ich flehe Eure Heiligkeit an, diese Vermessenheit um der glühenden Liebe willen zu verzeihen, die ich für die Kirche und ihr Heil im Herzen trage, – aber ich kann die tödliche Furcht nicht überwinden, dass die Verkündigung des Unfehlbarkeitsdogma die Losung zu einem Vernichtungskampf gegen die Kirche, – gegen die römisch-katholische Kirche, gegen die Autorität Eurer Heiligkeit sein werde.«

»Sprich deine Meinung ganz aus, mein Sohn,« sagte der Papst milde, – »damit wir die Irrtümer deines Geistes erkennen und sie mit dem Lichte unserer Belehrung zerstreuen können.«

»Die Unfehlbarkeit als Dogma«, erwiderte der Graf nach einem augenblicklichen Nachdenken, »zerstört vor allem die Kontinuität des Kirchenregimentes – diese Kontinuität, die in dem kirchlichen Leben noch wichtiger ist, als in den weltlichen Regierungen. Wie könnte jemals ein Nachfolger Urteile und Verfügungen eines dogmatisch unfehlbaren Papstes aufheben oder durch andere abweichende ersetzen, ohne zugleich die Autorität des Päpstlichen Stuhles auf das Tiefste zu untergraben? – Mehr aber,« fuhr er fort, – »die Kirche hat mit den weltlichen Mächten Verträge geschlossen, welche ihre Stellung in den verschiedenen Staaten regeln, – wird nun in einem so hochwichtigen und wesentlichen Punkte durch ein neues Dogma die innere Wesenheit der Kirche verändert, – sollten die ohnehin schon der Autorität der Kirche feindlichen weltlichen Gewalten nicht die Gelegenheit ergreifen, ihre Verträge zu lösen – und«, fügte er mit traurigem Tone hinzu, – »sollte ihnen ein formelles Recht, wenigstens dazu, ganz abzusprechen sein?«

»Wer hat ein Recht gegenüber der Kirche,« rief der Papst, – »der Kirche, welche die Summe aller Rechte, wie die Summe aller Gnade und alles Heils in sich schließt, und von deren heiligem Quell alle irdischen Rechte entflossen sind?«

»Die Welt denkt nicht so, heiligster Vater,« sagte der Graf, »und um sie zu dieser richtigen, gläubigen Anschauung zurückzuführen, dazu gehören die Mittel der Überzeugung der Geister, – nicht aber die plötzliche Verkündigung eines Satzes, der überall Anfeindung finden wird, – das hieße mit einem einzigen Schritte das Ziel erreichen wollen, zu dem wir nur durch mühsame und unverdrossene geistige Arbeit langsam gelangen können.«

Das Auge des Papstes richtete sich streng und scharf auf den vor ihm knienden Grafen, – dieser senkte den Blick nicht, offen, fest und frei sah er zu dem Papst empor.

»Du sprichst kühne, gefährliche – fast ketzerische Worte, mein Sohn, – denn sie beweisen mir, dass in deiner Seele noch Zweifel an den Grundwahrheiten der Kirche bestehen, – verdammenswert würden diese Worte und diese Gedanken sein, wenn du sie an andern Orten laut werden ließest; hier aber sprichst du zu dem Priester und zu dem obersten Bischof der Kirche, der um der großen Verdienste willen, die du dir erworben, und um des reinen Strebens deiner Seele willen dir verzeiht, dass du geirrt und gezweifelt hast. Aber ich rate dir, ja ich befehle dir, dich auf einige Zeit in die ruhige Stille der Natur zurückzuziehen und die Welt zu meiden, – der Kampf gegen die Mächte der Welt hat dich diesen zu nahe gebracht, und sie haben ihre verderbliche Wirkung selbst auf deine feste und treue Seele ausgeübt. Geh' hin, mein Sohn, – meide die Welt eine Zeit lang, – stärke dich in der Stille der Natur und richte dich auf im Gebet zu Gott, des Glaubens heilige Kraft wird Theorien menschlicher Vernunft aus deinem Geiste entfernen, und du wirst die ursprüngliche Reinheit und Kraft wiedergewinnen. Kehre dann zu mir zurück – und du wirst von Neuem ein mächtiger Streiter für die heilige Kirche Christi geworden sein.«

Tieftraurig ließ der Graf das Haupt auf die Brust sinken. »Ich werde tun, wie Eure Heiligkeit gebietet,« sagte er mit ehrfurchtsvollem Ton, – »ich werde in mich selbst einkehren und in inbrünstigem Gebete Gott anrufen, dass er mir Erleuchtung sende und mich die Überzeugung als Irrtum erkennen lasse, die ich jetzt nicht aus meinem Geiste zu bannen vermag, – wenn dieselbe falsch und ein Resultat fehlbarer menschlicher Vernunft ist –«

»Und mein reichster apostolischer Segen begleite dich«, sprach der Papst, indem sein Gesicht in der früheren Milde leuchtete, »und stärke dich zu klarer Erkenntnis und festem Willen.«

Er erhob die Hand, machte das Zeichen des Kreuzes über dem Grafen, und berührte dann mit den Spitzen der Finger dessen Haupt.

Der Graf beugte sich herab zu dem Schemel und drückte die Lippen auf das goldene Kreuz des Schuhes Seiner Heiligkeit, – dann erhob er sich, und dreimal sich tief verneigend zog er sich eine Strecke rückwärts schreitend zurück.

Noch einmal machte der Papst das Kreuzeszeichen – dann wendete der Graf sich rasch um und schritt dem Ausgange der Allee zu, während der Papst in tiefe Gedanken versunken auf seinem Lehnstuhl sitzen blieb.

Mit ausgezeichneter Artigkeit verabschiedeten sich die Hausprälaten von dem Grafen, – der, von Monsignore Ricci bis zum inneren Eingang zu der Wohnung des Papstes geleitet, die Höfe des Quirinals durchschritt und dann in seinen weit seitwärts vom äußern Tor des Palastes stehenden Wagen stieg.

»Sollte die römische Kirche ihre Mission erfüllt haben,« - sprach der Graf leise vor sich hin, während er in raschem Trabe durch die Straßen der ewigen Stadt dahinfuhr, - »sollte der Ratschluss Gottes des Christentums heilige Wahrheit in die Form neuer Ordnungen auf Erden einfügen wollen? - Dieser so edle Priester, dieser Mensch ohne Fehl und Makel, in dessen Hand heute die Herrschaft der Kirche ruht, geht in frommem Eifer vorwärts auf einem Wege, der nur zum Verderben führen kann. - Oder«, fuhr er in sich zusammensinkend leise fort, - »täuscht mich ein Fehlschluss meiner Vernunft, - hat der Heilige Vater recht, - hat der Verkehr und der Kampf mit der Welt mir das reine, gläubige Vertrauen, den kindlich klaren Blick genommen?«

- Jedenfalls«, sagte er dann, - »werde ich den Befehl des Papstes vollführen und mich auf einige Zeit in die Einsamkeit der Natur zurückziehen, um zur Klarheit zu kommen, - ob meine Überzeugung wahr und richtig ist - oder ob ein Irrtum meinen Geist blendet. Der ewige Gott dort oben«, sprach er, leicht die Hände auf dem Schoße faltend, »wird ja die Welt auf seinen Wegen zur Wahrheit führen, und ich habe ja jetzt eine heilige Sorge, die mein Leben ausfüllt!«

Der Wagen hielt vor dem Albergo di Europa an der Piazza di Spagna, der Portier eilte heran, um den Schlag zu öffnen, und Signor Franceschini erschien selbst unter der Türe, dienstfertig den Grafen begrüßend, der mit einigen freundlichen Worten an ihm vorüberschritt und die breite elegante Treppe zu seinen Zimmern im ersten Stockwerk hinaufstieg.

Rasch öffnete er die Tür, durchschritt ein kleines Vorzimmer und trat dann, nachdem sein alter Kammerdiener ihm den Hut abgenommen, in einen geräumigen und eleganten Salon, dessen Fenster durch herabgezogene Jalousien verdunkelt waren, um die Hitze abzuhalten.

Eine junge Dame in leichter, ganz weißer Sommertoilette sprang aus einem tiefen Lehnstuhl empor, in welchem sie in ein Buch vertieft gesessen hatte, eilte dem Grafen entgegen und schlang ihre Arme um ihn.

»Wie glücklich bin ich,« rief sie, »dass du wieder da bist, mein Vater, ich fühle mich so einsam, so verlassen, wenn du nicht bei mir bist, - alles Leid meines vergangenen Lebens, das der liebe Blick deines Auges verbannt, dringt dann wieder übermächtig zu meinem Herzen empor und füllt meine Augen mit Tränen.«

»Deine Augen sollen nicht mehr weinen, mein geliebtes Kind,« sagte der Graf, sanft über das glänzende Haar seiner Tochter streichend, – »mein Arm wird dich durch das Leben tragen, – vertraue auf die Zukunft, – vertraue deinem Vater, – so Gott will, soll keine Blüte deines Herzens verwelken!« »Du bist meine Vorsehung – dir vertraue ich meine Zukunft – meine Hoffnung an, – und wenn sie mir nichts mehr bringen sollte,« rief das junge Mädchen, – »so werde ich immer glücklich sein, – ich bin ja bei dir – bei meinem geliebten Vater.«

Und sich liebevoll an ihn schmiegend, barg sie ihr Haupt an seiner Brust.

Dann trat sie schnell zurück – eilte auf ein Fenster zu und öffnete die Jalousie.

»Ich muss dein Gesicht genau sehen,« – rief sie, – »du hast vor dem Heiligen Vater gestanden, – ich glaube, ich müsste auf deinen Zügen den Abglanz seines heiligen Antlitzes erblicken können,« – und vor ihren Vater hintretend, sah sie aufmerksam in seine Züge.

Es war ein eigentümlich schönes Bild. Vor der hohen und schlanken, schwarzgekleideten Gestalt des Grafen, der ernst und tief bewegt, aber voll unendlicher Liebe zu seiner Tochter herabsah, stand das schlanke junge Mädchen in dem duftig weißen Gewände, – aus dem zarten, etwas bleichen Gesicht blickten die großen dunkeln Augen fast anbetend zu dem Manne empor, in dem sie ihren Vater, den Lenker und Beschützer ihres Lebens, verehrte und dessen so geliebte Züge sie jetzt in frommem Glauben sich überstrahlt dachte von dem Schimmer des heiligen Lichtes, in dessen Verklärung sie den Statthalter Christi auf Erden sich vorstellte.

»Du sollst am nächsten Sonntag in der Galerie des Vatikan vom Heiligen Vater empfangen werden, meine geliebte Julia«, sagte der Graf.

»O,« rief Julia, die Hände faltend, mit strahlenden Blicken, – »welches Glück – welches Glück!«

»Und dann«, fuhr ihr Vater fort, »denke ich diesen brennenden Boden Italiens auf einige Zeit zu verlassen und in den Bergen der Schweiz Ruhe und kühle Frische zu suchen.«

»Ach, das ist herrlich,« rief Julia, die Hand ihres Vaters ergreifend und an die Lippen führend, – »ich habe nun die Erde meines Vaterlandes berührt, – ich habe seinen Himmel über mir gesehen, und die heiligen Laute seiner Sprache um mich her ertönen gehört, – jetzt, mein Vater, sehne ich mich hinaus aus diesem lauten, unruhigen Rom, – wo ich immer fürchten muss«, fügte sie errötend mit niedergeschlagenen Augen hinzu, – »einem Bekannten zu begegnen – der mich in Paris gesehen.«

»Du hast niemands Begegnung zu fürchten, mein Kind,« sagte der Graf stolz, – »du bist meine Tochter, – und die Tochter des Grafen Rivero darf hoch und frei ihr Haupt tragen, – doch die freie und reine Luft der Berge wird deinem Körper und deinem Gemüt wohltun, – also bereite dich zur Abreise vor, – ich will jetzt etwas ruhen, – heute Abend wollen wir einen kleinen Ausflug machen.«

Er küsste seine Tochter zärtlich auf die Stirn und zog sich in sein Zimmer zurück.

Fünfzehntes Kapitel

Ganz Paris strömte an einem hellen, sonnigen Sommernachmittage durch die breite Avenue de l'Imperatrice dem Bois de Boulogne zu, um in den kühlen Alleen dieses wunderbar gehaltenen und stets frisch übersprengten Parks Erholung und Erfrischung zu suchen und um auf seinen immer grünen, vom Sonnenbrände niemals ausgetrockneten Rasenflächen sich in fröhlichen Gesprächen zu lagern oder auf den für wenige Sous gemieteten elastischen Stühlen sich niederzulassen und in ruhiger Beschaulichkeit den durch das Einerlei der Häusermassen ermüdeten Blick an dem heiteren Grün der Bäume und dem strahlenden Blau des Himmels zu laben.

Es war die Stunde vor dem Diner der großen Welt, und die Mitte des breiten Weges zu den Seen war mit dichten Reihen glänzender Equipagen bedeckt, prachtvolle Landauer – Kutscher und Bediente in weißen Strümpfen und Puderperrücken, große Buketts vor der Brust, Sträuße von gleichen Blumen an den Kopfgeschirren der Pferde fuhren dahin, aus denselben blickten die Damen der großen Welt in ihren duftig zarten Sommertoiletten auf die jungen eleganten Herren hin, welche auf den Reitwegen galoppierten oder die großen, hochtrabenden Pferde von den kleinen Sitzen ihrer zierlichen amerikanischen Wagen mit größerer oder geringerer Geschicklichkeit lenkten, während ihre Grooms in lebensgefährlich schwerpunktsloser Attitude auf den minutiösen Hintersitzen balancierten.

Auf den Fußwegen gingen ernste Bürger mit ihren Familien, Kinder trieben ihre großen Reifen mit den kleinen Handstäben vor sich her und umringten von Zeit zu Zeit die populären Gestalten der Cocoverkäufer mit ihren eigentümlichen, glänzenden Gestellen, um sich für einen ersparten Sou ein Glas jenes bei der Pariser Jugend so beliebten Süßholzgetränkes zu kaufen, – die leichten Viktorias der Damen der Demimonde fuhren zwischen den Equipagen der hohen Gesellschaft dahin, – diese Damen grüßten vertraulich die jungen Stutzer zu Pferde und zu Wagen – und oft bog eines jener kleinen zierlichen Gefährte in eine der Seitenalleen aus – ein Reiter folgte – der Kutscher stieg ab und hielt die Pferde – und umgeben von einer Atmosphäre von Verveine vertieften sich die *petits crévés* und die Damen der *avant-scene* in die dunklen einsamen Fußpfade des Parkes.

In all diesem heiteren, lustigen Treiben schritt eine Gruppe von vier Männern ernst und ruhig am Ufer der Seen einher.

Zwei dieser Männer waren von jugendlichem Alter, die frischen Farben ihrer Gesichter, die blaugrauen Augen, die blonden Haare und die hellrötlichen Vollbärte zeigten ihren nordischen und germanischen Ursprung. Der dritte war älter als jene – graues Haar und ein grauer Bart umschlossen sein scharf markiertes ausdrucksvolles Gesicht, aus welchem unter starken, noch wenig ergrauten Augenbrauen kleine, lebhafte und kluge Augen mit forschend misstrauischem Ausdruck hervorblickten.

Alle drei hatten jene eigentümlich gerade, feste Haltung, welche die norddeutschen Militärs kennzeichnet – sie trugen dunkle Sommeranzüge von leichtem Wollenstoff – im Knopfloch eine kleine Schleife von dem gelb und weißen Bande der hannoverischen Langensalza-Medaille.

Zwischen diesen drei Männern schritt der Kandidat Behrmann in sauberem und äußerst einfachem schwarzem Anzug, eine tadellose, frische, faltige Binde von weißem Batist um den Hals, einen glänzend gebürsteten Hut auf dem Kopf. Das freundlichste Lächeln strahlte von seinem Gesicht, auf dessen Zügen ergebungsvoll demütige Frömmigkeit lag.

»Ich danke Ihnen,« sprach er mit sanfter Stimme, »ich danke Ihnen, meine lieben Freunde und Landsleute, dass Sie mich heute hier hinausgeführt haben in diese herrliche, durch menschliche Kunst so reich verschönte Natur, – ich freue mich des Anblicks dieser fröhlichen glänzenden Menge – die freilich wohl«, fügte er seufzend hinzu, »wohl wenig daran gedenkt, den zu loben, der all diese blühende Natur zur Erquickung der Menschen nach der Arbeit geschaffen, – aber« – sagte er nach einer Pause mit leiserer Stimme, indem ein rascher Blick forschend über seine Begleiter hinflog – »all diese reiche Naturschönheit, all diese schimmernde Pracht spricht doch nicht so zum Herzen, als die alte Heimat mit ihren dunkeln Wäldern, mit ihren weiten Ackerfeldern, ihren duftenden Wiesen – und den einfachen, stillen Dörfern, in denen die guten, einfachen Menschen wohnen, – wie gern wollte ich den Anblick aller dieser Schönheiten hingeben, wie gern wollte ich niemals dies schimmernde Paris mit seinem Reiz gesehen haben, – wenn wir alle noch beisammen in der alten hannoverischen Heimat wohnen könnten, wie früher, vor den gewaltigen Ereignissen, die alle Zustände im lieben Vaterlande verändert haben!«

»Das ist mir aus dem Herzen gesprochen, Herr Kandidat,« rief der ältere der drei Männer, welche den jungen Geistlichen begleiteten, der frühere hannoverische Feldwebel Sturrmann, - »mir wird es oft so recht wehmütig ums Herz in diesem fremden Lande, in welchem niemand ein ehrliches deutsches Wort versteht, und wo ich meine alte Zunge abquälen muss, um diese kauderwelsche Sprache zu lernen, aus der ich doch nicht klug werden kann. Das ist etwas anderes«, fuhr er fort, - »mit den jungen Leuten da, - die sind froh, etwas Neues zu sehen, - die Welt kennenzulernen, - und ihre Zunge fügt sich auch noch besser, um die fremden Worte zu sprechen, - und dann,« fügte er mit einem halb zornigen, halb heiteren Lächeln hinzu, - »die haben hier auch noch andere Gelegenheit, sich zu vergnügen, - da sind die hübschen, niedlichen Französinnen, die sich freuen, einmal einen jungen tüchtigen hannoverischen Soldaten zum Schatz zu haben, anstatt ihrer abgelebten superklugen Pariser, - freilich,« sagte er mürrisch, »ist's schlimm genug, dass die sich darauf einlassen und die braven Mädchen daheim vergessen, - die sich zwar nicht so mit Flitterputz zu behängen verstehen und nicht so zierlich über die Straßen trippeln, wie diese französischen Püppchen - aber die doch das Herz auf dem rechten Fleck haben und ihrem Mann einmal eine ordentliche Suppe kochen können und ihre Kinder ordentlich erziehen in Gottesfurcht und Ehrbarkeit, wenn sie einmal Hausfrauen und Mütter geworden sind.«

»Das sagen Sie wohl, Herr Feldwebel,« erwiderte einer der jüngeren Männer, ein Soldat der hannoverischen Legion, in scherzhaftem Ton, aber doch mit einer gewissen Ehrerbietung, - »wenn Sie in unserem Alter hierhergekommen wären, so würden Sie auch anders urteilen - und was meinen Schatz betrifft, so ist sie ebenso gut und brav wie die hannoverischen Mädchen zu Hause, - und wenn ich sie werde geheiratet haben, wozu ich bald zu kommen hoffe, so wird sie gewiss eine vortreffliche, sparsame und fleißige Hausfrau werden, wenn sie jetzt auch gern niedliche und zierliche Stiefelchen trägt und ihr Haar hübsch frisiert.«

»Nun, von Euch will ich nicht reden, Borchers,« erwiderte der alte Sturrmann, - »Ihr habt einen ernsthaften Schatz - und ich glaube auch gern, dass sie brav und fleißig ist, - obgleich es mir nicht recht in den Sinn will, dass Ihr Euch hier in eine fremde Verwandtschaft im Auslande hineinheiraten und unserem Vaterland ganz untreu werden wollt, - aber die andern - da der Riechelmann und die übrigen - die scharmutzieren überall herum mit diesen leichtfertigen lustigen Französinnen, - das taugt nichts, – denen tut es not, dass Sie ihnen einmal ordentlich in das Gewissen reden, Herr Kandidat.«

Riechelmann, der andere der beiden jungen Männer, lachte und schien auf die Bemerkung des Feldwebels etwas erwidern zu wollen – doch mit einem Seitenblick auf den jungen Geistlichen schwieg er und schritt ruhig neben den übrigen weiter.

Der Kandidat hatte aufmerksam dem Gespräche zugehört.

»Sie wollen sich hier verheiraten«, sagte er, sich zu Borchers wendend, »und dauernd in Frankreich bleiben? So wollen Sie sich von Ihren Gefährten trennen und die Sache aufgeben, welche Sie hierher geführt?«

Er blickte forschend auf den jungen Mann.

»Nein, Herr Kandidat«, rief dieser lebhaft, – »von meinen Gefährten und von meiner Sache trenne ich mich nicht, – ich habe das Land verlassen, um meinem König zu dienen und für ihn zu fechten, wenn es gilt, sein Land wieder zu erobern – und daran halte ich fest, – dafür werde ich meinen letzten Blutstropfen einsetzen – sehen Sie,« fuhr er fort, – »ich habe hier ein braves Mädchen gefunden, – sie hat ein kleines Vermögen und wir sind uns von Herzen gut, – wenn ihr Vormund alle Nachweise über meine Person hat, die ich jetzt etwas schwer und langsam aus der Heimat erhalten kann, – so wird er unsere Verbindung zugeben und wir werden ein kleines Geschäft etablieren – ich bin Tapezierer meines Handwerks, – deutsche Arbeit ist hier sehr gesucht und wir werden uns, so Gott seinen Segen gibt, gut durchbringen. – Aber«, fuhr er mit erhöhter Stimme und blitzenden Augen fort, – »meine Sache – die Sache meines Königs gebe ich nicht auf, – wenn der Augenblick kommt, in den Kampf zu ziehen für die Wiedereroberung unseres Vaterlandes, dann werde ich in den Reihen meiner Kameraden nicht fehlen – und wenn ich falle, so wird meine Frau mich als einen braven Soldaten beweinen und in treuem Andenken behalten, – und wenn ich lebend aus dem Kampf zurückkehre, so kann ich ja dann mit den meinen in die alte, liebe Heimat zurückkehren oder, – wenn ich hier bleibe, so habe ich meine Pflicht gegen mein Land und meinen König erfüllt und brauche mich im Anstande wahrlich nicht zu schämen, ein Hannoveraner zu sein!«

Der Kandidat schwieg und senkte den Blick zu Boden.

»Nun,« rief der alte Sturrmann, – »ich wollte, der Tag des Kampfes käme bald – denn mir will es oft das Herz abdrücken, hier so auf der Bärenhaut zu liegen und zu warten – und immer wieder zu warten, und dabei ausländische Luft zu atmen und ausländisches Brot zu essen.«

Sie waren an den See gekommen.

»Was ist das?« rief der Kandidat, auf die von Baumgruppen, Rasenflächen und Steingrotten umgebene Wasserfläche deutend.

»Das ist ein Mann auf einem Wasserveloziped,« sagte Riechelmann, – »eine neue Erfindung, – über zwei kleinen Kähnen – durch Treträder in Bewegung gesetzt – sitzt man sehr bequem und fährt über das Wasser dahin.«

Sie sahen einen Augenblick dem eigentümlichen Schauspiel des auf dem schlanken, zierlichen Gestell über den klaren Wasserspiegel zwischen den Schwänen hin und herfahrenden Mannes zu, der vor den Augen der Pariser Welt diesen neuen Wassersport übte, auf diese Weise für seine Erfindung Reklame machend.

»Lassen Sie uns ein wenig in die einsameren Partien gehen,« sagte der Kandidat, »und uns irgendwo auf den Rasen niederlassen, – das erinnert mich an die stillen Waldtiefen unserer Heimat, – auch können wir dort ruhiger und ungestörter sprechen.«

Sie wendeten sich von der großen Allee ab und folgten einem einsameren, schattigen Seitenwege.

Ein Mann in einfach bürgerlichem Anzug, den Hut ein wenig in die Augen gedrückt, der schon einige Zeit in einer gewissen Entfernung zwischen den Spaziergängern hinter ihnen gegangen war, folgte ihnen langsam hinschlendernd. Er atmete in dem kühleren Schatten tief auf und schien es gar nicht zu bemerken, dass die Gruppe vor ihm denselben Weg eingeschlagen hatte. Der untere Teil des Gesichts dieses Mannes war von einem dichten Barte bedeckt –seine Züge waren matt und welk – fast verwittert: obgleich nicht alt an Jahren, schien er doch durch das Leben heftig bewegt und erschüttert zu sein – ein Ausdruck von fast stumpfer Gleichgültigkeit lag auf diesen Zügen, nur aus den kleinen grauen Augen blitzte zuweilen ein scharfer Blick voll List und Verschlagenheit hervor »Sehen Sie hier diese alte Eiche,« sagte der Kandidat zu seinen Begleitern, – »lassen Sie uns im Schatten derselben ein wenig auf dem Rasen ausruhen – es ist ein heimatlicher Baum, – wir können uns einen Augenblick in das Vaterland zurückträumen.«

Er ließ sich am Fuße des starken Stammes nieder, dessen breitverzweigte Krone hoch über die anderen Bäume hinausragte.

Die übrigen legten sich um ihn her auf den Rasen nieder.

Der Mann, welcher ihnen in einer Entfernung von etwa dreißig Schritt gefolgt war, blieb stehen, zog ein Taschentuch hervor, fächelte sich mit demselben Kühlung zu, blickte umher, um einen bequemen Platz zu suchen, und setzte sich dann, wie einer heftigen Ermüdung nachgebend, neben ein Gebüsch, das ihn halb verdeckte, jedoch nicht hinderte, die Gruppe der Hannoveraner im Auge zu behalten.

»Ich freue mich von Herzen«, sagte der Kandidat, »dass ich Sie, meine lieben Freunde und Landsleute, in einer so ernsten, festen und treuen Stimmung gefunden habe, so durchdrungen von der Wahrheit und Heiligkeit der Sache, der Sie sich hingegeben haben, – ich werde mit um so größerer, freudiger Genugtuung und Segensgewissheit Ihnen und Ihren Gefährten am nächsten Sonntag das heilige Abendmahl in der mir vom hiesigen augsburgisch-lutherischen Konsistorium so freundlich bewilligten Kapelle reichen, – Ihr Mut und Ihr Vertrauen wird dadurch gestärkt werden.«

»Wir werden alle glücklich sein, des Gottesdienstes und des heiligen Sakraments in unserer lieben Muttersprache teilhaftig zu werden,« sagte Sturrmann, – »die Herren lutherischen und reformierten Geistlichen hier in Paris und an den anderen Orten, wo unsere Leute liegen, haben sich zwar sehr freundlich unserer angenommen, – aber es ist doch nichts Rechtes, wenn man das heilige Wort Gottes in der fremden Sprache nicht verstehen kann, – das dringt nicht zum Herzen.«

»Und Sie bedürfen doch des Trostes und der Stärkung der Religion so sehr,« sagte der Kandidat, – »denn Ihre Zukunft ist dunkel und ungewiss – Sie stehen in der Hand menschlicher Gnade und menschlichen Willens – und wenn dies auch der Wille des so vortrefflichen und frommen königlichen Herrn ist, – es ist doch immer etwas anderes, als wenn Sie in der Heimat auf dem festen Grunde der eigenen Arbeit und des eigenen Erwerbes stünden. – Wenn nun«, fuhr er fort, – »nach dem Ratschluss Gottes die Sache des Königs nicht siegreich wäre, – wenn Ihre

Hoffnungen zerfallen würden, – haben Sie sich wohl klar gemacht, welcher traurigen Zukunft Sie in dem fremden Lande entgegengehen?«

»Der König wird uns nie verlassen,« sagte der alte Sturrmann fest, – »wir sind ihm in der Not und Verbannung treu geblieben als richtige und brave Soldaten, – solange er noch etwas hat, werden wir auch nicht Mangel leiden, – und wenn er einmal nichts mehr hat, – nun, so können wir arbeiten, – und wir werden uns unser Brot verdienen, so gut wir können, und muss es sein, so werden wir noch mehr arbeiten, Tag und Nacht, – wir werden arbeiten für unsern König, und er soll keinen Mangel leiden, so lange unsere Arme noch da sind.«

»Nein,« rief Borchers laut, indem er die Hand auf die Brust legte, »der König wird uns nicht verlassen, wie wir nicht von ihm lassen, – ich war mit in Hietzing«, fuhr er fort, – »und als ich hierher ging, hat Seine Majestät Allerhöchstselbst mich rufen lassen und von mir Abschied genommen, – und da hat der König mir selbst gesagt, dass er seinen letzten Atemzug und seinen letzten Taler an seine Sache setzen würde – und dass er niemals die Getreuen verlassen werde, die in der Not und im Unglück zu ihm gestanden.«

»Fern sei es von mir«, sagte der Kandidat Behrmann, »an dem Worte Seiner Majestät auch nur einen Augenblick zu zweifeln, und es ist gewiss für Sie alle eine große Beruhigung, zu wissen, dass der König immer für Ihr Schicksal sorgen wird, – schwer und ernst aber ist doch immer ihre Zukunft, – denken Sie, – wenn nun der Kampf wirklich beginnt, in welchem der König Hannover wieder erobern kann, – es ist dann doch immer hart – wenn auch das Recht auf Ihrer Seite ist – mit Frankreich gegen Deutschland zu Felde zu ziehen.«

»Mit Frankreich gegen Deutschland, Herr Kandidat?« – rief der alte Sturrmann, – »daran denkt ja keiner von uns, – wir, Herr Kandidat«, sagte er, den grauen Schnurrbart emporstreichend, »sind alle gute Deutsche, – das steckt den Hannoveranern einmal im Blute, und was die Franzosen betrifft, – nun – dass wir uns mit denen zu schlagen verstehen, wenn sie Deutschland angreifen, das haben wir auch gezeigt – das heißt, unsere Vorfahren, – und wir würden ihnen keine Schande machen, – aber, Herr Kandidat, darum handelt es sich ja gar nicht, keiner von uns will gegen Deutschland schlagen und das würde ja auch unser König nicht tun, – wenn es jetzt wieder losgeht, so wird ja nur der Krieg von 1866 wieder angefangen, und wenn Frankreich dann Österreich und den Deutschen,

die gegen Preußen fechten, beisteht, so will es ja Deutschland nichts Böses tun, und dann sehe ich wahrlich nicht ein, warum nicht heute unser
Freund sein sollte, wer vor Jahren unser Feind war.«

Die beiden jungen Männer hatten die Worte des Feldwebels mit verschiedenen Zeichen der Zustimmung begleitet, der Kandidat ließ seinen
scharfen Blick fast erstaunt über sie hingleiten und sprach dann mit ruhiger Stimme:

»Und Sie glauben wirklich, dass Frankreich einen Krieg führen wird, nur
um die Interessen deutscher Staaten gegen Preußen zu vertreten, und
dass es nach einem Siege keine Entschädigungen für die gehabte Mühe
und die Kosten verlangen und nehmen wird?«

»Man sagt es uns«, erwiderte Sturrmann etwas betroffen, »und in den
Zeitungen steht es auch zu lesen,« fuhr er fort, – »wie Borchers mir sagt,
– denn ich selbst kann das nicht lesen; auch die Franzosen, die mit uns
verkehren, sagen es uns, dass Frankreich den Deutschen gar nichts Böses
will, – dass es nur helfen will, wieder in Ordnung zu bringen, was Preußen im Jahre 1866 getan hat, – nun,« rief er aufatmend, »da dürfen wir
uns doch wahrlich kein Gewissen daraus machen, mit den Franzosen
gemeinschaftliche Sache zu machen.«»Ich freue mich, dass Sie so gut
über die Franzosen denken,« sagte der Kandidat, – »ich bin noch nicht
lange genug hier, um darüber so klar urteilen zu können wie Sie, – ich
lebe noch immer in dem althannöverischen Misstrauen gegen alles, was
aus Welschland kommt, und ich habe immer so bei mir den leisen Verdacht, – dass, wenn die Franzosen siegreich sein sollten, sie bald alle
schönen Versprechungen vergessen und uns wieder ein hübsches Stück
aus Deutschland herausschneiden würden, – und«, fügte er seufzend
hinzu, – »das wäre dann recht hart für gute hannöverische Soldaten, dazu mitgewirkt zu haben.«

Der alte Sturrmann blickte nachdenklich zu Boden.

»Was Sie da sagen, Herr Kandidat,« sprach er dann, »das ist eine ernste
Sache – und ich habe noch nicht so recht gründlich darüber nachgedacht,
– übrigens«, fuhr er dann wie erleichtert fort, – »sollten die Franzosen
wirklich solche Hintergedanken haben, – nun – wenn sie einmal geholfen haben, unserem König sein Land wieder zu erobern, und sie wollen
dann irgendetwas von Deutschland nehmen, dann können sich ja schnell
alle Deutschen zusammentun und sie wieder hinauswerfen.«

Der Kandidat lächelte wie unwillkürlich bei dieser eigentümlichen politischen Auffassung des alten Feldwebels – dann sprach er ernst:

»Das würde wohl seine Schwierigkeiten haben – denn das übrige Deutschland ohne Preußen und den Norddeutschen Bund würde wohl kaum imstande sein, französischen Gelüsten Einhalt zu tun, – doch«, fuhr er fort, – »Sie haben ganz recht – das sind Dinge, über die man ernster und tiefer nachdenken muss, als es jetzt möglich ist, und wir finden ja vielleicht noch Gelegenheit, darüber zu sprechen.«

»Ich mache mir darüber wenig Bedenken,« rief Borchers, – »darin vertraue ich auf den König und auf unsere Offiziere, – ich bin gewiss auch ein guter Deutscher und würde nichts gegen Deutschland tun, – aber ich bin auch gewiss, dass der König ebenso denkt, und dass unsere Offiziere uns niemals gegen eine deutsche Sache führen werden.« »Ihr Vertrauen ist gewiss vollkommen gerechtfertigt,« sagte der Kandidat, – »mir kommen alle solche Gedanken nur in meiner stillen, ruhigen Einsamkeit in dem lieben Wendlande daheim: – als Geistlicher bin ich ein Mann des Friedens, und wenn ich schon mit tiefem Schmerz zurückdenke an all den Jammer, den das Jahr 1866 gebracht hat – so wird mein Herz recht bange und traurig, wenn ich daran denke, dass nun abermals, und vielleicht in nicht ferner Zeit, Blut vergossen werden soll, und dass so viele junge Leute ihre Jugend verlieren in untätigem Aufenthalt im Auslande. – Jedenfalls bin ich erfreut, bei Ihnen allen so aufrichtigen deutschen Patriotismus gefunden zu haben, – die Zeitungen stellen Sie alle so oft als Vaterlandsverräter dar, die mit dem Feinde Deutschlands verbündet Hannover wieder erobern wollen und auf Kosten Deutschlands den Franzosen den Preis für ihre Hilfe bezahlen möchten.«

»Das ist eine Verleumdung,« rief Sturrmann, mit der Hand auf das Knie schlagend, – »traurig genug, dass wir uns nicht dagegen verteidigen können und dass vielleicht selbst gute Landsleute von uns in Hannover so etwas glauben mögen –«

»Nun, ich werde wenigstens, soweit meine Stimme reicht, das Gegenteil versichern,« sagte der Kandidat, – »darauf können Sie sich verlassen.«

Man hörte das Schnauben von Pferden und das leichte Rollen eines Wagens vom Eingang der Allee her.

Eine hochelegante Equipage fuhr langsam heran – eine Dame in leichter, blau und weißer Sommertoilette berührte mit der Spitze ihres Sonnenschirms die Schulter des Kutschers, – die Pferde standen in derselben Sekunde unbeweglich, nur leicht die schönen Köpfe schüttelnd – der Lakai sprang ab und die Dame stieg aus, indem sie den weiten Burnus von weißer algerischer Seide in den Wagen zurückwarf.

In demselben Augenblick eilte ein junger Mann von der großen Straße um die Seen her an den Wagen heran, ergriff mit fast stürmischer Bewegung die Hand, welche die Dame ihm entgegenstreckte, und drückte seine Lippen auf das zierliche Handgelenk zwischen dem Spitzengewebe des Ärmels und dem gelblich grauen dänischen Handschuh.

Dann reichte er der Dame den Arm und beide schritten langsam in vertraulichem Gespräch den Weg entlang, ohne die an der Seite desselben unter dem etwa fünfzehn Schritte entfernten Eichbaum ruhende Gruppe zu bemerken, während der Wagen langsam folgte.

Der Kandidat erkannte den Leutnant von Wendenstein und die Dame, welche er auf der Fotografie in dessen Zimmer gesehen hatte.

Seine Augen öffneten sich einen Augenblick weit, – es schien, als wolle sein Blick die kurze Entfernung völlig überwinden, in welcher sich das Paar befand, – wie unwillkürlich neigte er dann das Ohr ein wenig vor, als Herr von Wendenstein mit der jungen Frau vorüberschritt, – aber beide sprachen die Köpfe zueinander geneigt und nur leise, unverständliche Laute der flüsternden Stimmen drangen herüber.

Als die Marchesa den Wagen verließ und den jungen Mann begrüßte, hatte auch der einsam am Rande des Gebüsches gelagerte Mann den Kopf erhoben und zu den beiden hinübergeblickt.

Ein tiefes Erstaunen erschien auf seinem bisher so gleichgültigen Gesicht – er hielt wie geblendet einen Augenblick die Hand vor die Augen, als wolle er sich versichern, dass er recht gesehen, – dann flog es wie tückische Schadenfreude über seine Züge – aus seinen Augen blitzte ein Strahl von Hass und Rache und einige leise gemurmelte Worte drangen aus seinen Lippen.

Er erhob sich rasch, als wolle er dem eleganten jungen Paare folgen, – dann aber lehnte er sich wieder zurück, – warf einen raschen Blick auf die Gruppe der Hannoveraner und legte den Kopf wieder auf den Rasen.

»Ich werde sie finden,« flüsterte er vor sich hin, – »ich kenne jetzt ihre Livree, sie wird öfter hierher kommen, es scheint ihr vortrefflich zu gehen«, fügte er mit heiserem, dämonischem Lachen hinzu, – »gut – gut, – eine solche hübsche kleine Goldquelle tut mir not – ich werde daraus zu schöpfen wissen.« »Ist das nicht der Leutnant von Wendenstein, der dort geht?« fragte der Kandidat, – »wer mag denn diese schöne Dame sein, die er führt, – doch nicht eine von jenen zweifelhaften Frauen, von denen man so viel liest und die hier in Paris ihr Wesen treiben?«

»O nein, Herr Kandidat,« rief Riechelmann, – »das ist keine solche Dame, – das ist eine wirklich vornehme Dame, – ich habe sie schon öfter fahren sehen, – das erkennt man gleich an der ganzen Art, – und dann würde auch keiner von unseren Offizieren mit einer von jenen zweifelhaften Damen öffentlich hier im Park spazieren gehen, – der Herr von Wendenstein am wenigsten, der ein so feiner und vornehmer Herr ist.«

»Wie heißt denn die Dame, – kennen Sie dieselbe?« fragte der Kandidat in gleichgültigem Tone, indem er den forschenden, stechenden Blick schnell zu Boden senkte.

»Ich weiß es nicht,« sagte Riechelmann, – »unsere Herren verkehren hier viel in den vornehmen Kreisen und sind«, fügte er mit einem gewissen Stolze hinzu, – »von allen Damen sehr gern gesehen.«

Nach einer kurzen Zeit kehrte Herr von Wendenstein mit der Marchesa auf demselben Wege zurück.

In geringer Entfernung von der Gruppe unter dem Eichbaum blieben sie stehen, – der junge Mann winkte mit der Hand zurück – der Wagen fuhr schnell heran, Herr von Wendenstein küßte abermals die Hand der Marchesa, diese stieg ein und fuhr, noch einmal zurückblickend und mit freundlichem Lächeln grüßend, rasch davon.

Der Leutnant sah ihr einige Augenblicke wie träumend nach, dann blickte er umher, als ob er jetzt erst Sinn für die Wahrnehmung der übrigen Welt gewinne, und gewahrte die Gruppe unter dem Eichbaum.

Der Feldwebel Sturrmann und die beiden jungen Soldaten standen rasch auf, nahmen die Hüte ab und blieben in militärisch gerader Haltung stehen. Langsam erhob sich auch der Kandidat und grüßte mit würdevoller Bescheidenheit den jungen Offizier.

Dieser schritt schnell über den Rasen zu seinen Landsleuten hin. »Haben Sie auch die freie Natur aufgesucht, Herr Kandidat«, sagte er, dem jungen Geistlichen die Hand reichend, – »und den Glanz der Pariser Welt gesehen? – Nicht wahr, – von all dem Treiben lässt man sich dort bei uns im stillen Hannover nichts träumen?«

»Meine lieben Freunde und Landsleute hier«, erwiderte der Kandidat, »haben mich hinausgeführt – und ich habe mich gefreut, mit ihnen einmal so recht herzlich und vertraulich sprechen zu können, wie es ja ein Geistlicher tun muss, wenn er mit segensvoller Wirksamkeit den Gemütern die Wohltaten der heiligen Religion zugänglich machen will.«

»Darf ich Sie zurückfahren?« fragte Herr von Wendenstein, – »ich habe dort neben den Seen meinen Wagen stehen, – wir können noch eine Tour über den Trocadero machen, – von diesem Platz, der einst für den Palast des Königs von Rom bestimmt war, werden Sie einen prachtvollen Überblick über dieses ungeheure Paris haben, das sich, von dort gesehen, wie ein Panorama in wunderbarer Schönheit ausbreitet.«

Sie schritten langsam dem großen Wege zu, – Sturrmann, Borchers und Riechelmann folgten in der Entfernung einiger Schritte.

Der Mann am Rande des Gebüsches hatte sich ebenfalls erhoben und ging ruhig und gleichgültig vorwärts, – sodass er an der Abrundung des Rasens nach dem Wege hin fast unmittelbar mit jenen zusammenstieß.

Er zog höflich seinen Hut und sprach mit dem Ausdruck treuherziger Freude auf seinem Gesicht:

»Verzeihen Sie, meine Herren, wenn ich Sie anrede, – aber ich höre hier die so lieben Töne der deutschen Sprache und kann es mir nicht versagen, Sie zu begrüßen, – im fremden Lande fühlt man sich ja ein wenig mit jedem Landsmanne verwandt.«

Der Kandidat erwiderte höflich und zuvorkommend den Gruß des Unbekannten, – Herr von Wendenstein blickte mit etwas kälterer Zurückhaltung auf denselben hin.

»Ich bin Österreicher«, fuhr dieser fort, – »und habe mich hier in Paris niedergelassen, um mein Glück zu machen, – ich habe einen kleinen Handel mit Lederwaren und mache gute Geschäfte, – wenn es den Herren vielleicht einmal gefällig ist, etwas von mir zu kaufen – und mich

Ihren Bekannten zu empfehlen, – ich möchte besonders unter den vornehmen Damen Abnehmerinnen finden, – die Fürstin Metternich ist so gnädig gewesen, von mir zu kaufen, – ich führe besonders auch jene schönen, gepressten Lederblumen, welche in Wien so sehr in der Mode sind – und welche dort besonders die so edle und so unglückliche Königin von Hannover liebt und bei den vornehmen Damen Wiens in Aufnahme gebracht hat.«

Herr von Wendenstein blickte mit etwas größerer Teilnahme auf diesen Mann hin, welcher immer den Ausdruck einfach treuherziger Gutmütigkeit auf seinem Gesicht festhielt.

»Mein Name ist Herrmann,« sagte dieser, – ich habe noch kein großes Magazin, aber ich werde ihnen eine Auswahl meiner Sachen bringen, wenn Sie befehlen, – jene schöne vornehme Dame, mit welcher ich den Herrn da soeben sprechen sah, wird sich gewiss dafür interessieren, – sie ist gewiss auch eine Deutsche, und ich hoffe, sie wird gern einem Landsmanne förderlich sein.«

»Jene Dame ist keine Deutsche«, sagte Herr von Wendenstein, – »aber sie wird Ihnen vielleicht gern behilflich sein, – sie verehrt die Königin von Hannover und wenn Ihre Majestät sich für Ihre Artikel interessiert –«

»Ich habe selbst«, fiel der Fremde ein, – »Ihre Majestät bedient, – in dem Geschäft, in welchem ich in Wien war, bevor ich mich hier etablierte, um mein eigenes Glück zu probieren, – und wenn Sie mich dort empfehlen wollen –«

»Gehen Sie in einigen Tagen«, sagte Herr von Wendenstein nach einem kurzen Besinnen, – »zur Frau Marchesa Pallanzoni, im Eckhause des Boulevard Malesherbes, der Kirche St. Augustin gegenüber – und bringen Sie einige hübsche Sachen mit, – ich werde bis dahin die Dame in der Gesellschaft getroffen haben und Sie empfehlen. – Ich bin Hannoveraner«, sagte er freundlich lächelnd, – »und wenn Sie meine unglückliche Königin bedient haben, so muss ich Ihnen wohl gefällig sein.« »Ich danke Ihnen, – ich danke Ihnen, mein Herr,« rief der Fremde, – »Österreicher und Hannoveraner sind ja treue Verbündete, – und Gott gebe, dass es Österreich vergönnt sei, Ihnen noch einmal wieder zu Ihrem Rechte zu verhelfen.«

Sie waren an dem Ausgang zur großen Allee angekommen. Eine offene einspännige Viktoria fuhr heran, – Herr von Wendenstein grüßte den

Fremden, der sich tief verbeugte, höflich und stieg mit dem Kandidaten ein. Die hannöverischen Soldaten stellten sich militärisch auf, der Wagen fuhr rasch davon.

»Was mir der Herr Kandidat da gesagt hat von dem Kampf gegen Deutschland, geht mir doch etwas im Kopfe herum,« sprach der alte Sturrmann, indem er mit den beiden jungen Leuten langsam der Avenue de l'Imperatrice zuschritt, – »das muss ich einmal ernstlich durchdenken und mit den Herren Offizieren durchsprechen.«

»Ich mache mir darüber keine Sorgen,« sagte Riechelmann, – »solche Dinge sind Sache unserer Kommandeurs und des Königs, – der König wird schon das rechte tun, – und wohin der uns führt, marschiere ich.«

»Ihr seid junge Leute,« erwiderte der Feldwebel, – »ihr denkt noch nicht viel nach, – aber wenn man so erst fünfzig Jahre, und in Ehren – auf dem Rücken hat, – dann fängt man doch ein wenig an zu fragen, wofür man denn seine alten Glieder einsetzt.«

In sinnendem Schweigen schritt er weiter.

Der Österreicher Herrman, – wie sich der Fremde dem Herrn von Wendenstein gegenüber genannt hatte, blieb einige Augenblicke stehen und sah dem davonfahrenden Wagen des jungen Offiziers nach.

Der gutmütig gleichgültige Ausdruck war von seinem Gesicht verschwunden, – boshafte Freude blitzte aus seinen Augen.

»Also Marchesa Pallanzoni heißt sie jetzt, – meine vortreffliche Antonie, – sagte er mit hämischem Lachen, – »sie ist hinaufgestiegen auf der Rangstufenleiter und die Netze dieser Marchesa müssen jedenfalls noch reichere Fischzüge machen, als die Angeln der Frau Balzer es einst taten. – Wir werden ein wenig teilen, meine vortreffliche Gattin,« sagte er leise vor sich hin, – »ich halte dich jetzt in meiner Hand, denn die Waffen, die du gegen mich gebrauchen kannst, sind nicht so scharf als diejenigen, mit welchen ich deine schimmernde Existenz vernichten kann. – Und dieser Herr Graf Rivero, der damals die Rolle der Vorsehung übernahm, – nun – ich habe hier Dienste genug geleistet, dass man mich wohl gegen ihn zu schützen wissen wird.«

Er drückte seinen Hut noch tiefer in die Augen und ging ruhig und gleichmäßig durch die dichten Menschenreihen nach der Stadt hin, ohne einen Blick auf die glänzenden Equipagen zu werfen, welche nun, da die Stunde des Diners herannahte, in raschestem Trabe aus dem Bois de Boulogne zurückfuhren.

Sechzehntes Kapitel

Ruhig und gleichmäßig war das Leben fortgeschritten in dem alten Schlosse des Herrn von Grabenow am Strande der Ostsee. Der nachbarliche Verkehr hatte die in sich abgeschlossene Gesellschaft oft zusammengeführt, doch unter dem scheinbar bewegten geselligen Leben hatte die Einförmigkeit sich fühlbar gemacht, welche bei der fortgesetzten Beziehung unter stets gleichen Personen immer eintritt und von den Mitgliedern solcher Kreise selbst am wenigsten gefühlt wird, da eben diese Einförmigkeit eine gewisse geistige Behaglichkeit und Bequemlichkeit mit sich führt und dadurch endlich zu einer lieben Gewohnheit wird, welche den Eintritt jedes fremden und neuen Elementes fast wie eine Störung empfindet.

So war es auch hier. Der geschlossene Gesellschaftskreis der nachbarlichen Gutsbesitzer an der Ostsee hatte sich so vollständig ineinander eingelebt, dass jeder Fremde, der dort einmal hinkam, trotz der zuvorkommendsten und freundlich gastfreiesten Aufnahme erst Zeit brauchte, um für dies eigentümliche Leben Verständnis zu gewinnen, welches sich zwar in den besten Formen der allgemeinen vornehmen Welt bewegte, – aber doch in seinem inneren Wesen so tief von dem hastigen Treiben in jener Welt draußen auf den großen Sammelplätzen des menschlichen Verkehrs verschieden war.

Die älteren Herren führten fast jedes Mal dieselben Gespräche, – jeder kannte die Ansichten des anderen und diese wurden mit denselben Argumenten gegeneinander verteidigt – man stritt sich über dieselben Punkte oft zum hundertsten Male mit demselben Eifer und denselben Beweisführungen von der einen und der andern Seite, um ebenso zum hundertsten Male zu demselben Resultate zu kommen, – dass nämlich jeder bei seiner Meinung blieb. Jeder wäre auch vollständig aus der Fassung geraten, wenn der andere plötzlich auf den Gedanken gekommen wäre, sich überzeugen zu lassen, denn damit wäre der altgewohnte Gesprächsstoff vernichtet worden und die Geister hätten neue Bewegungen machen müssen, was ihnen ebenso unbequem gewesen wäre, als in einem neuen und ungewohnten Wagen zu fahren oder ein ungeschultes Pferd zu reiten.

Der junge Herr von Grabenow war allmählich mehr und mehr von dem eigentümlichen, sanft beruhigenden Zauber dieser Umgebung umfangen worden, aus dieser so abgeschlossenen, in sich so klaren, geordneten

Welt mutete ihn ein wohltuender, selbstbeschränkter Frieden an, – alle Erinnerungen an seine stille Kindheit voll von Träumen und Hoffnungen stiegen wieder in ihm auf, und fast kam es ihm zuweilen vor, als ob diese Welt, in der er jetzt wieder lebte, allein die Wirklichkeit sei, – und als ob jene Zeit voll glühender Farbenpracht, voll zitternder Bewegung, voll immer neuen Reizes und voll berauschenden Liebesglücks nur ein Traum sei, der ihn mit seinen Bildern umgaukelt habe, und aus dem er nun wieder erwacht sei in der Umgebung der alten Dinge und der alten Personen. Oft, wenn er einsam in seinem Zimmer saß, oder auf dem weißen Dünensande lag, hinausschauend über die unendlichen Reihen der weiß gekräuselten Wellen, welche langsam aus den weiten Fernen heranrauschten zum muschelreichen Strand – dann stützte er den Kopf in die Hände und durchträumte jenen Traum noch einmal, jenen Traum voll frisch blühenden Lebens und Liebesglücks bis zu seinem Ende, – bis zu der bangen, dunkeln Frage, mit welcher jenes reiche, schimmernde Leben, jenes süße Glück so plötzlich in schneidendem Misston abgeschlossen hatte, – und fast zürnte er der Erinnerung, welche immer wieder aus den Tiefen seines Herzens emportauchte und die Tage seiner Kindheit von der Gegenwart trennte. Er nahm freundlich, höflich und ohne Zwang an dem geselligen Leben seiner Familie und ihrer Nachbarn Teil, – aber er war in dem allen ein fremdes Element geworden, und wie verwundert blickte er oft um sich, als begriffe er nicht, warum er jetzt hier – oder warum er früher anderswo gewesen sei.

Der einzige Punkt, in welchem das Traumleben seiner Erinnerung mit der ihn umgebenden Wirklichkeit zusammenfiel, war der Verkehr mit seiner Cousine Marie von Berkow. Die Beziehungen zwischen beiden waren immer inniger geworden, – das junge Mädchen hatte ihrem Vetter gegenüber immer mehr und mehr das übermütig neckische und herausfordernde Wesen abgelegt, welches ihr vordem, als verzogenes Schoßkind der sie umgebenden Gesellschaft, namentlich allen Herren gegenüber eigen gewesen war, und mit zartem Verständnis kam sie seinem Bedürfnis der Mitteilung über sein inneres Leben entgegen, – sie lauschte mit teilnehmender Aufmerksamkeit seinen Erzählungen, – den Schilderungen seiner Liebe, – den Ausbrüchen seines Schmerzes. Er aber wendete sich ihr immer mehr in unbeschränktem Vertrauen zu, und es war ihm ein beglückend wohltätiges Gefühl, wenn sie mit sanften Worten ihn tröstete, – wenn sie mit vorsichtig leiser Hand die Wunden berührte, die in seinem Innern bluteten, – wenn sie allmählich ablenkend von seinen dunkeln Erinnerungen, aus ihrem reichen inneren Leben, das so lange in sich selbst zurückgezogen gewesen, Gefühle und Gedanken entwickelte, die ihn sympathisch berührten.

Auch seiner Cousine gegenüber verschlang sich sein Traum auf wunderbare Weise mit der Wirklichkeit. Oft, wenn er mit ihr auf den einfachen Bänken von Birkenholz am Strande des Meeres saß und ihr von seiner Liebe und von seiner verlorenen Geliebten sprach, blickte er plötzlich empor in ihr vom Hauch des Meeres zart gerötetes Gesicht, in ihre großen Augen, die mit so sanftem Ausdruck tiefer Teilnahme auf ihm ruhten und in die Tiefen seines Herzens ihre Blicke hinabzusenken schienen. Dann verschwamm das Bild, welches die Träume seiner Erinnerung erfüllte, mit den Zügen des lebendigen Gesichts, das ihm so lieblich entgegenlächelte, mit den Augen, die ihn so verständnisvoll ansahen, – wenn er an Julia dachte, so erschien sie ihm in der Gestalt und mit den Zügen seiner Cousine, – er musste die Augen schließen, um sich das teure Bild seiner Erinnerung wieder klar herzustellen, – aber nicht immer gelang es ihm, die beiden Erscheinungen zu trennen, – oft trug die Wirklichkeit über den Traum den Sieg davon. Und auch seine Gefühle mischten sich in seltsamer Weise durcheinander. Sein ganzes Herz rankte sich mit allen Fasern liebevoller Sehnsucht um das Bild seiner verlorenen Julia, er dachte an sie mit aller glühenden Zärtlichkeit der vergangenen Tage, – aber wenn er diese Gefühle seines Herzens über seine Lippen strömen ließ, – wenn Marie seinen Worten lauschend ihm die Hand reichte, – dann wusste er kaum mehr, ob der warme Ausdruck seiner Liebe dem aus der Vergangenheit auftauchenden Erinnerungsbilde oder der lebendig vor ihm stehenden Freundin galt.

Das alles wogte unklar in ihm durcheinander, – er lebte ein wunderbares Doppelleben, ohne sich selbst dessen bewusst zu werden, was ihn hin und her bewegte – über eines nur war er sich vollkommen klar, das war seine tiefe Dankbarkeit und sein unbegrenztes Vertrauen zu seiner Cousine, welche die Gespielin seiner frühen Jugend gewesen, und welche ihm jetzt die treueste Freundin, die Vertraute des süßesten Geheimnisses seines Herzens geworden war.

So lebten die jungen Leute inmitten der sie umgebenden Gesellschaft ein für sich abgeschlossenes Leben, – sie verstanden sich – sie brachten alles in Beziehung zu dem Geheimnis, das sie miteinander teilten. Ihre Umgebung ließ sie gewähren. Die ganze Gesellschaft, in der sie sich bewegten, betrachtete sie als Verlobte, – man wusste, – wie man in jenem sich stets in sich selbst bewegenden Kreise alles wusste, dass sie durch den Willen der Eltern füreinander bestimmt waren, – ihr Verhältnis zueinander war das zweier Liebenden, die alles um sich her vergaßen, – sie suchten sich auf, – sie bleiben fast unzertrennlich beieinander, und wo es tunlich war, sonderten sie sich von der Gesellschaft ab – es war also alles in Ordnung und niemand kümmerte sich weiter darum – die Damen rechneten Herrn von Grabenow zu den bereits untergebrachten Männern und die jungen Herren erwiesen Fräulein von Berkow ihre Huldigungen nur mit der Zurückhaltung, welche man einer erklärten Braut gegenüber beobachtet.

Der alte Herr von Grabenow schüttelte zwar den Kopf und sprach öfter seine Unzufriedenheit gegen seine Frau aus, dass das alles kein Ende nehmen wolle, und dass die Sache sich in so formlos unentschiedener Weise hinzögere, – aber seine Frau bat ihn, die jungen Leute, die sich ja so vortrefflich verständigten, und die sich doch erst kennenlernten müssten, sich selbst zu überlassen, – und da alles den Weg ging, den er wünschte, und da auch die Eltern der jungen Dame gegen die langsame Entwicklung der Sache nichts einzuwenden hatten, – so ließ er die jungen Leute ruhig gewähren und wunderte sich nur im Stillen, wie doch alles in der Welt so anders geworden wäre, als es früher in der Zeit seiner Jugend gewesen.

An einem schönen Nachmittage im Spätsommer hatte die Nachbarschaft von Kallehnen eine jener ungezwungenen Landpartien verabredet, welche eine wesentliche Ressource für die Geselligkeit jener Kreise in der Sommersaison bilden. Man hatte sich ein Rendezvous auf einem hochgelegenen Punkte des Dünenufers gegeben, der fast unmittelbar über dem schmalen Meeresstrande sich erhob und eine reizende Aussicht über die See hin gewählte. Eine runde Rasenfläche auf der Höhe des Hügels war umgeben von hohem Laubholz, das bis auf die Düne hin von einer tiefen Waldung herauslief, welche sich weit in das Land hinein erstreckte.

Die leichten, meist vierspännigen Wagen standen am Fuße des Hügels, die Pferde waren abgeschirrt und wurden im Schatten gefüttert, – oben aber war die Gesellschaft um ein großes auf den Rasen gebreitetes Tischtuch gelagert und ernstlich damit beschäftigt, die Mahlzeit zu sich zu nehmen, welche man in jenen Gegenden mit dem Namen Vesperbrot bezeichnet, und welche in den bürgerlichen Familien aus goldbraunem Sahnekaffee mit den so verschiedenartigen und vortrefflichen Gebäcken besteht, an denen das Land so reich ist.

Der Kaffee, in einer großen Maschine von hell glänzendem Metall bereitet, verbreitete auch hier sein Aroma in der von dem Hauch des Meeres
und dem kühlen Duft des Waldes erfüllten Luft, große ›Striezel‹ vom
feinsten Weizenmehl, mit Traubenrosinen durchsetzt, wurden von den
Herren in feine Streifen zerschnitten und für die Damen mit jener herrlichen Butter von süßer Sahne bestrichen, welche auf den ostpreußischen
Gütern täglich frisch für den herrschaftlichen Tisch bereitet wird. Daneben standen in einfachen, flachen, mit weißen Servietten bedeckten Körben jene ganz dünnen, mit Salz und Kümmel bestreuten ›Fladen‹, die
kompakteren, in buttergebackenen Maultaschen und die runden glänzenden Milchbrote. Früchte der Jahreszeit standen in anderen Körben
daneben, und im Schatten eines Gebüsches am Rande des Rasenplatzes
war in großem, dickbäuchigem irdenem Gefäß für die Herren jenes dort
noch mit dem althergebrachten Namen ›Kardinal‹ bezeichnete Getränk
aus leichtem Moselwein, Champagner und Ananas bereitet – und die
Damen verschmähten es nicht, von dieser eigentlich für die Herren bestimmten Erquickung ihren – freilich bescheidenen Anteil in Anspruch
zu nehmen.

Die Sonne begann allmählich zum Meere hinabzusinken, ihre dunkel,
gelbrot sich färbenden Strahlen ließen die Gesichter der Damen höher
erglühen und ihre Augen heller glänzen, – alles war in Gruppen verteilt
und in lauter, munterer Unterhaltung begriffen.

In der Nähe der Bowle hatte sich der ältere Herr von Grabenow mit einigen anderen Herren auf den Rasen niedergelassen, und ihren eifrigen
Bemühungen war es gelungen, den Inhalt des großen Gefäßes bis zu
ziemlicher Nähe des Bodens herabsinken zu lassen. Die älteren Damen
saßen in einiger Entfernung auf dicken Plaids, welche über die Erde ge-
breitet waren, und unterhielten sich nicht minder lebhaft wie die Herren
über alle die Gegenstände des täglichen wirtschaftlichen Lebens, über
welche sie schon so oft ihre Ansichten ausgetauscht hatten und welche
sie stets wieder von Neuem mit der gleichen Gewissenhaftigkeit und
Ausführlichkeit behandelten.

Ein Teil der jüngeren Gesellschaft spielte das beliebte Haschespiel, – andere saßen in kleinen Gruppen beieinander in fröhlichen Gesprächen.

Fräulein Marie von Berkow hatte ein wenig seitwärts von den anderen
auf einer kleinen Rasenerhöhung Platz genommen, – neben ihr etwas tiefer saß der junge Herr von Grabenow, – er sah mit glücklich lächelndem

Ausdruck in das frische Gesicht des jungen Mädchens, das bleicher und ernster, aber darum nur schöner geworden war.

Sie blickte weit zum Meere hinüber, auf dessen Wellen sich der helle Reflex der sinkenden Sonne immer schärfer abzeichnete.

»Siehst du, Vetter«, sagte sie, – »wie schön, – wie heiter alle diese kleinen Wellen da im Sonnenlicht mit weißem Schaum bekränzt hin und her spielen, – die alten und neuen Dichter haben wahrlich nicht mit Unrecht das Meer mit dem Menschenleben verglichen, – wer sollte es glauben, dass diese lieblich tändelnden Wellen sich in kurzer Zeit, wenn der Sturm darüber hinfährt, hoch aufbäumen in furchtbarer, schauerlich wilder Gewalt, emportobend zum nächtlichen Himmel und Verderben drohend allem, was das mächtige Element berührt, – und doch ist es dasselbe Wasser, das dieses leichte Wellenspiel und jene entsetzlichen Wogenstrudel bildet, – doch ist es derselbe Himmel, von welchem die Sonne lächelt und über welchen die zerstörenden Wetterwolken dahinziehen. – Ebenso ist es in uns, – wie weit ist der stille, glückliche Seelenfrieden entfernt von dem in dunkler Verzweiflung ringenden Herzen, – und doch ist es immer dasselbe Herz – und immer derselbe Himmel über ihm! Glücklich, wer in friedlicher Ruhe dahinleben kann, – wem aber der Sturm der Schmerzen die Seele erschüttert,« – sagte sie, ernst zu ihm hinabblickend, – »der soll nicht vergessen, dass der Himmel über ihm ist, – und dass auch der dunkelsten Nacht wieder das Licht eines neuen Tages, – dem heftigsten Sturm wieder die Stille und der Frieden folgt.«

Herr von Grabenow blickte einige Sekunden schweigend auf das Meer hinaus.

»Glücklich, wer in friedlicher Ruhe dahinleben kann,« wiederholte er leise, – »doch nur die seichten Gewässer rührt der Sturm nicht auf, – wo die Tiefe ist, da ist die Gärung – die Unruhe, – da ist das Leiden, – und je tiefer das Menschenherz und seine Gefühle sind, – um so mehr muss es leiden. Am glücklichsten ist der, der auf der Oberfläche lebt.«

Fast vorwurfsvoll sah Marie ihn an.

»Die Tiefe aber birgt die Perlen«, sprach sie sanft, – »und auf dem Grunde jenes Leidens des menschlichen Herzens liegt auch eine Perle, wenn man fest und mutig sich in die Tiefe zu versenken vermag, hebt man sie herauf. – Perlen bedeuten Tränen,« fuhr sie nach einem augenblicklichen

Schweigen fort, – »es ist wahr, – aber die Tränen, die aus den Leiden eines edlen Herzens emporstiegen, bilden den edelsten und unvergänglichsten Perlenschmuck für das Leben.«

»Du hast recht,« sagte er wieder lächelnd, indem er ihr innig ins Auge sah, – »ist doch aus den Tiefen meines Leidens eine reine und köstliche Perle aufgestiegen, deren Glanz mein Leben schmückt, – deine Teilnahme, – deine Freundschaft.«

»Kann die Freundschaft dir auch keinen Ersatz bieten,« sagte sie mit leichtem Seufzen, – »so kann sie dich doch trösten, – und auch die kleineren und unscheinbaren Blüten schmücken das Leben.«

Er sah sie schweigend an, – er widersprach ihr nicht, – aber sein Blick sagte deutlicher als Worte, dass die Blüten, mit welchen ihre Freundschaft sein Leben schmückte, nicht klein und unscheinbar wären.

»Da du von Perlen sprichst,« sagte er nach einiger Zeit, – »fällt mir eine schöne und poetische Sage ein, die mir einst als Knabe ein alter Fischer am Strande erzählte, als ich den von der See ausgeworfenen Bernstein bewunderte. – Die Geister der Tiefe, – die bösen Dämonen, welche sich gegen den Himmel auflehnten, sind zur Strafe an die Felsenriffe im Grunde des Meeres geschmiedet, – und wenn der Schmerz und die Verzweiflung sie übermannt, – dann rütteln sie die alten, schweren Ketten, dass hoch die Wogen emporschäumen und das Meer aufrauscht in wildem Kochen, – dann weinen sie die blutigen Tränen der Reue, und diese Tränen tragen die Wellen ans Ufer, – sie sind der dunkle Bernstein, – und wer sie als Schmuck trägt, dem bringen sie Glück und Segen, denn sie haben die brennende Qual der gefesselten Verdammten einen Augenblick gelindert. Dann blicken die Engel des Himmels herab auf die unglücklichen Leidenden in der Tiefe, – die einst ihresgleichen waren, – aus ihren Augen fallen die Tränen des Mitleids herab in das Meer und werden zu Perlen.«

»Dein alter Fischer«, sagte Marie, »hat dir da den Stoff zu einem hübschen Gedicht gegeben, – ich werde mir einen Schmuck aus Bernstein und Perlen machen lassen, – er soll mich daran erinnern, dass wir nach dem Beispiel der Engel des Himmels auch dem tiefsten Fall die Träne des Mitleids nicht versagen dürfen.« –

Die Gruppe der älteren Herren war in lebhaftem politischem Gespräch begriffen, – man sprach über die Frage von Krieg und Frieden, denn gerade in jener Zeit gingen Gerüchte über kriegerische Verwickelungen durch die Presse.

»Der Krieg wäre allerdings ein großes Unglück,« rief ein starker Herr mit lebhaft gerötetem Gesicht und blondem Vollbart, – »aber kommen muss er doch einmal, – und je schneller er kommt, – um so besser ist es, – denn um so schneller kommen wir zur Ruhe. Dieser französische Kaiser wird es niemals gutwillig zugeben, dass Deutschland einig und stark wird, – also besser, es kommt schnell zur Entscheidung, als dass unsere große Nation fortwährend ein halbes Leben voll innerer Unruhe und Gärung führt.«

»Ich sehe gar nicht ein,« erwiderte ein älterer Herr mit weißem, militärisch geschnittenem Bart, indem er sich gerade aufrichtete, – »ich sehe gar nicht ein, was für ein Nutzen aus dieser viel besprochenen deutschen Einigung kommen soll. Unser altes Preußen ist ein vortrefflicher Staat, der sich wahrhaftig vor niemand zu schämen braucht, – und es ist groß und mächtig geworden für sich allein – ohne Deutschland, – ja gegen Deutschland, – denn im Siebenjährigen Kriege stand ja die Reichsarmee gegen uns, – ich wünsche sehr, dass das so bleiben möge, – schon dieser Norddeutsche Bund, der da jetzt geschaffen ist, will mir gar nicht gefallen und wird auch zu nichts Gutem führen, – alle solche Weitläufigkeiten und Schwierigkeiten können die alte preußische Kraft nur lähmen. Da hat der König, wenn er etwas vornehmen will, schon zu Hause das Abgeordnetenhaus und das Herrenhaus zu fragen, – nun soll er sich auch noch an den Bundesrat und den norddeutschen Reichstag kehren, – ich möchte wohl wissen, was der alte Fritz gesagt hätte, wenn man ihm hätte zumuten wollen, sich so viel vorräsonnieren zu lassen, bevor er einen Befehl gab!«

»Vergessen Sie nicht, alter Freund,« sagte Herr von Grabenow freundlich lächelnd, indem er den Sprechenden leicht auf die Schulter klopfte, – »dass gerade der alte Fritz, – obgleich er gegen das Deutsche Reich im Felde stand, doch für den deutschen Geist und den Fortschritt in diesem Geiste schlug, – und dass gerade dadurch Preußen groß und mächtig wurde, dass es immer für Deutschlands Bildung und Freiheit voranging, – wir dürfen das hier im alten Ostpreußen am wenigsten vergessen, – in dem alten Lande des deutschen Ordens.

Der alte Herr schüttelte den Kopf, als wollten ihm die Worte des Herrn von Grabenow durchaus nicht einleuchten.

»Sehen Sie,« fuhr der letztere fort, »ich habe da neulich ganz eigentümliche Betrachtungen gemacht, als ich das alte deutsche Ordenswappen ansah, das auf den Schlössern aus der Ordenszeit noch vielfach in Stein gehauen ist. Der Orden führte ein schwarzes Kreuz auf weißem Felde, – als die Hochmeister zur Zeit Hermanns von Salza zur Reichsfürstenwürde erhoben wurden, verlieh der Kaiser dem Ordenswappen den Reichsadler und nun führte der Orden diesen Adler, – den alten einköpfigen Reichsadler mitten auf dem Kreuz. Bei der Auflösung des Ordens ließ das Herzogtum Preußen das Kreuz wegfallen, und es blieb der schwarze Adler im weißen Felde, den später Friedlich I. für das Königreich Preußen annahm, und der Adler, der noch heute auf den Fahnen unserer Armee seine Flügel ausbreitet, ist also recht eigentlich der alte deutsche Reichsadler. Ich habe das Gefühl und die Hoffnung, dass dieser Adler, wie er vom Reich zu Preußen hergeflogen, auch einst seinen Flug wieder zurücknehmen und unsere Fürsten, wie er sie vom Herzogsstuhl zum Königsthron begleitet, endlich zum alten Kaiserthrone des wiedererstehenden Deutschen Reiches führen wird.«

Er hatte warm gesprochen und blickte, wie inneren Gesichtern folgend, über das Meer hin.

Die Übrigen schwiegen. Der alte Herr aber, der vorhin gesprochen hatte, schüttelte abermals mürrisch den Kopf und sagte: »Das klingt alles recht schön, – aber ich habe dafür kein Verständnis, – solange ich lebe, heißt mein Wahlspruch: »›Ich bin ein Preuße, will ein Preuße sein.‹«

Die älteren Damen standen auf und mahnten zur Heimkehr, da die Luft sich abzukühlen begann, – man wollte abends in Kallehnen die Jugend noch tanzen lassen, wie das fast immer zum Beschluss jeder geselligen Zusammenkunft in jener Gegend geschieht, – und man hatte noch eine gute Stunde zurückzufahren.

Die Pferde wurden angespannt, – die Geschirre eingepackt, – die Wagen fuhren vor. Man stieg ein, – die älteren Herren und Damen in bequeme Landauer, die jüngere Gesellschaft verteilte sich nach des Herzens Wahl und Neigung in offene Charabanks.

Der junge Herr von Grabenow hob seine Cousine in seinen kleinen, offenen Wagen, – es verstand sich von selbst, dass die beiden zusammen fuhren, –man war das so gewohnt, – und die ganze Reihe der Wagen fuhr in die tiefen Schatten des Waldes hinein, – denn man war übereingekommen, diesen Umweg zu machen, um die frische, duftige Kühle der Waldluft bei der Rückfahrt zu genießen.

Bald hallte der stille Wald von den lauten Gesprächen und dem fröhlichen Gelächter der Gesellschaft wieder. Der junge Grabenow ließ seine Pferde im langsamen Schritt gehen und blieb weit hinter den übrigen zurück, – war er doch sicher, sie mit seinen vortrefflichen Tieren schnell wieder einzuholen.

»Ich freue mich unendlich,« sagte er, »dass du meine Mutter auf unserer Reise nach der Schweiz begleiten willst, – wie schön wird es sein, wenn wir zusammen diese herrliche, urgewaltige Natur anschauen und von den ewigen Bergen herab auf das niedere Treiben herabsehen, – und dann«, fuhr er fort, – »meine Mutter will, dass ich sie begleiten soll, – und – es würde mir recht schwer, – recht herzlich schwer geworden sein, mich von dir zu trennen, – du bist meine einzige Freundin, – meine einzige Vertraute, – es ist eine so süße, liebe Gewohnheit für mich, mit dir von allem zu sprechen, was mein Herz bewegt, – ich hätte es kaum ertragen, dich so lange nicht zu sehen.«

Der Abend war herabgesunken und, obgleich der Mond am Himmel zu leuchten begann, lag doch bereits ziemlich tiefe Dunkelheit auf dem unter hohen Tannen und Laubholzbäumen hinführenden Wege. Der junge Mann konnte das glückliche Lächeln nicht sehen, welches bei seinen Worten über Mariens Gesicht hinglitt, – auch neigte sie sich vornüber und hüllte ihren Kopf wie fröstelnd in ein leichtes Seidentuch.

»Du freust dich also auf diese Reise?« fragte sie mit einer Stimme, in welcher eine gewisse freudige Erregung zitterte.

»Sehr,« erwiderte er, – »da ich sie mit dir machen kann, – »und dann,« sagte er etwas zögernd, – »wenn ich in die Welt hinausgehe, – die Schweiz ist ja in dieser Jahreszeit das große Rendezvous aller Welt, – so taucht in meinem Herzen die Hoffnung auf, – vielleicht eine Spur von derjenigen zu finden, die ich verloren.«

Fräulein Marie neigte ihr Haupt ganz auf die Brust herab, – ein tiefer Seufzer drang aus ihren Lippen und mit leiser Stimme fragte sie:

»Und wenn du sie wiederfindest?«

»Wenn ich sie wiederfinde,« rief er, seine Hand, welche die Zügel hielt, auf die ihre legend, – »wenn ich sie finde, dann wirst du dich überzeugen, wie würdig sie ist, geliebt zu werden, – und auch du wirst sie lieben.«

»Dann werde ich dir nicht mehr nötig sein«, sagte sie mit scherzendem Ton, durch welchen doch eine tiefe Bewegung hindurchklang.

»Wie kannst du so sprechen!« rief er, – »deine treue Freundschaft wird mein Glück verschönen, – wie sie meinen Kummer vergoldet hat.«

Sie schüttelte langsam den Kopf.

»Die Freundschaft kann die trauernde Liebe trösten,« sagte sie mit traurigem Ton, – »der glücklichen Liebe würde sie nur lästig sein, – wenn deine Hoffnung sich erfüllt, so werden wir getrennt sein, – und nur noch die Erinnerung wird uns verbinden.«

»Niemals, Marie, – niemals!« rief er feurig, – »uns trennen, – wir uns fremd werden, – o, das ist ja unmöglich!«

»Würde deine Geliebte dein Herz mit deiner Freundin teilen wollen?« fragte sie, rasch den Kopf umwendend und ihn voll anblickend.

Im Schimmer des Mondes glänzte ein feuchter Schmelz an den Wimpern ihrer Augen.

Er sah sie einen Augenblick ganz groß und wie erstaunt an, als stiege bei ihren Worten ein ganz neuer und fremder Gedanke in ihm auf, dann zog eine flüchtige Röte schnell über sein Gesicht, – er schlug die Augen nieder und senkte, ohne zu antworten, den Kopf.

Schweigend fuhren sie eine Zeit lang weiter.

Der Wald wurde immer dichter und dunkler. Das bleiche Licht des Mondes drang kaum durch die hohen Wipfel bis zum Wege durch und nur hier und da zitterten einzelne Lichtstreifen über den Boden.

Herr von Grabenow zog die Zügel an.

»Ich glaube«, sagte er, aufmerksam nach allen Seiten umblickend, – »wir sind in einen falschen Seitenweg geraten, – wir müssten eigentlich schon durch die Waldecke hindurch sein, – auch ist der rechte Weg breiter und nicht so finster und verwachsen.«

»Ein Abenteuer,« rief Marie lachend, – »das ist ja eine reizende Abwechslung in diesem gleichmäßig einförmigen Leben, – freilich wird es nicht sehr schauerlich poetisch werden, denn wir haben hier ja weder Räuber noch verzauberte Schlösser, – und ernstlich verirren werden wir uns auch nicht.«

»Es ist recht unangenehm,« sagte Herr von Grabenow, – »du bist leicht angezogen –«

»O – ich habe einen Plaid bei mir,« sagte sie, – »fürchte nichts für mich, – ich bin nicht so verzärtelt, dass eine so laue Sommernachtluft mir schaden könnte.«

»Ich weiß nicht, ob ich umkehren oder weiter fahren soll«, sprach er, immer forschend umherblickend, während die Pferde ungeduldig auf dem Wege vorwärts schritten.

Der Wald wurde immer dunkler, – zwischen den hohen, schlanken Tannen standen Gruppen von Buchen und alten Eichen.

»Dort schimmert ein Licht durch die Bäume!« rief plötzlich Fräulein Marie, auf einen Punkt in der dunklen Ferne deutend, »es scheint in der Richtung des Weges zu liegen, – dort wird ein Dorf oder eine Ansiedelung liegen, wo man uns zurechtweisen kann.«

In der Tat zitterte ein dunkelroter Lichtstreif durch die tiefen Schatten der Bäume her, – sehr verschieden von den bleichen, silberweißen Streifen des Mondlichts.

»Es scheinen auch Stimmen von dorther durch die Nacht zu tönen,« sagte der junge Mann, – »jedenfalls ist es am besten, dorthin zu fahren, wir werden von dort aus jedenfalls am schnellsten den Weg nach Kallehnen finden.«

Er gab den Pferden ein leichtes Zeichen mit dem Zügel, und vorsichtig ausschreitend zogen die edlen Tiere den leichten Wagen fast unhörbar über den glatten, mit Kiefernadeln bedeckten Waldweg dahin.

Der Lichtschein näherte sich immer mehr und wurde immer mächtiger und intensiver, – es glühte wie Flammen durch die Stämme der Bäume und ein roter Schein zitterte am Himmel empor. Lauter und lauter hörte man menschliche Stimmen, – heitere Rufe und Gesang klangen durcheinander, die Pferde begannen zu zittern bei dieser außergewöhnlichen Erscheinung in der stillen Nacht im tiefen Walde.

Marie schmiegte sich dichter an ihren Vetter.

»Was kann das sein?« fragte sie ängstlich, – »wären wir in einem anderen Lande, so könnte man an Räuber, – an Zigeuner denken –«

»Sei ruhig,« sagte Herr von Grabenow lächelnd, – »Gefahr ist da nicht zu besorgen, – es werden die Letten sein, die ihre Sonntagstänze im freien Walde halten, – ich habe das als Kind schon zuweilen gesehen, – es ist interessant und merkwürdig, – aber durchaus harmlos.«

Man war dem Lichtschein ganz nahe gekommen, – durch die hohen Stämme der Bäume konnte man einen weiten freien Platz erkennen, in dessen Mitte ein großes Feuer brannte, dessen Spitzen hoch zum nächtlichen Himmel emporzüngelten. Ringsum sah man zahlreiche Menschengruppen, deren Schatten fantastisch in riesenhaften Formen auf dem vom Flammenschein und Mondlicht in wunderbar verschiedenen Färbungen beleuchteten dunkelgrünen Hintergrund sich hin und her bewegten.

Herr von Grabenow hielt die Pferde an, sprang vorn Wagen und hob seine Cousine mit kräftigem Arm ebenfalls herab. Dann schlug er das Ende der Zügel um einen vorspringenden Ast des Gebüsches, sprach einige freundliche Worte zu seinen Pferden und reichte Fräulein Marie den Arm, um sie durch eine Öffnung des Unterholzes in die vom Feuerschein erhellte Lichtung zu führen.

Nach wenigen Schritten traten sie zwischen zwei mächtigen Baumstämmen hindurch in den weiten freien Kreis ein, – sie blieben einen Augenblick erstaunt stehen über den merkwürdigen und pittoresken Anblick, der sich ihnen darbot.

An der einen Seite eines großen freien, fast kreisrunden Platzes stand eine mächtige, uralte Eiche – weithin breitete sich ihre riesige Krone wie ein gewaltiges Dach aus, – der ungeheure Stamm war an vielen Stellen geborsten und zeigte tiefe Höhlungen in das Innere hinein.

Etwas über Manneshöhe waren in diesen Stamm drei nischenartige Vertiefungen eingeschnitten und in diesen Vertiefungen standen drei ziemlich geschickt und kunstvoll aus Holz geschnitzte und bemalte Figuren.

Die erste, rechts stehende stellte einen starken, bärtigen Mann von roter Gesichtsfarbe vor, der in der Hand einen grell gelbrot angemalten, gezackten Blitzstrahl hielt, – in der mittleren Nische sah man einen Jüngling mit weiß und rot gemaltem Gesicht und von Flachs gebildeten Haarlocken; er hielt einen Strauß von Feldblumen und Ähren in der Hand, – links stand die Gestalt eines finsteren Greises mit langem grauem Bart, – eine ringelnde Schlange in der Hand haltend.

Zu den Füßen des mittleren Bildes brannten auf einem Untergestell eine Anzahl kleiner Kerzen, wie man sie vor den Heiligenbildern in den katholischen Kapellen sieht, auf demselben Untergestell stand eine Schale mit Milch, umgeben von Blumen, Uhren und Feldfrüchten.

Die unteren Äste der mächtigen Eiche waren mit bunten Tüchern behangen und ebenfalls mit kleinen brennenden Kerzen besteckt.

In der Mitte des weiten Platzes brannte das große, von starken, knorrigen, trockenen Ästen genäherte Feuer. In der Nähe desselben sah man eine Anzahl älterer Männer und Frauen gelagert, – einfache Esswaren – Eier, kalte graue Erbsen, Speck und geräuchertes Fleisch – lagen auf weißen Tüchern oder füllten jene länglichen Deckelkörbe von Bastgeflecht, welche man in jener Gegend mit dem Namen Lischka bezeichnet und welche die Bauern zu beiden Seiten ihres Pferdes von dem Sattelknopf herabhängend bei sich führen, um ihren Mundvorrat mitzunehmen, wenn sie zu den Märkten in den kleinen Städten und Flecken reiten. Dazwischen standen große und tiefe irdene Schüsseln mit jenem dick eingekochten, etwas gesäuerten und mit gebratenem Speck übergossenen Roggenbrei, welcher in der lettischen Sprache den Namen Kisseh führt und zu einem wesentlichen Nahrungsmittel der Bevölkerung Ostpreußens und Litauens gehört. Weiter entfernt von dem Feuer bildeten die jungen Burschen und Mädchen Gruppen, teils scherzend und plaudernd, teils den alten Dainos, den volkstümlichen Liedern, lauschend, welche von einzelnen jungen Leuten mit wohlklingender Stimme in uralten, nur durch die Tradition aufbewahrten, meist wehmütig klagenden Melodien gesungen wurden. Überall schöpfte man aus großen Henkelkrügen den süßen Met, ein leichtes, helles Bier. Die jungen Leute waren sämtlich hohe, schlank gewachsene Gestalten mit hell gefärbten Gesichtern, blauen

Augen und fast weißblondem Haar, – die älteren Männer zeigten in ihrer Haltung und Erscheinung würdig einfache Ruhe – alle trugen Anzüge von weißem Leinen, im Allgemeinen von dem Schnitt der Bauerntrachten der Gegend, – die Frauen hatten den Kopf mit runden Hauben bedeckt, – das reiche Haar der Mädchen fiel in dichten Flechten über den Rücken hinab.

Als die älteren Männer am Feuer Herrn von Grabenow und seine Cousine erblickten, sprangen sie schnell auf, – in ihren Mienen zeigte sich lebhaftes Erstaunen, fast ein leichter Schreck, – doch ohne jede Spur eines feindlichen oder drohenden Ausdrucks.

Ein alter Mann von imponierendem Wesen trat den beiden jungen Leuten langsam entgegen, – die Unterhaltung stockte in allen Gruppen, – die Sänger schwiegen und alle Blicke lichteten sich neugierig und erwartungsvoll auf die so plötzlich in den hellen Lichtkreis Eintretenden.

Herr von Grabenow schritt rasch auf den Alten zu, während Fräulein Marie einige Schritte zurückblieb, mit ihren großen im Feuerschein glänzenden Augen die malerische Szene überblickend.

»Wir haben uns im Walde verirrt,« sagte der junge Mann, – »wir sahen den Schein eures Feuers und sind demselben gefolgt, – wollt Ihr so gut sein, uns den rechten und kürzesten Weg nach Kallehnen zu zeigen?«

Der Alte nahm ehrerbietig seine leichte Mütze ab und sagte mit einer sanften, wohlklingenden, etwas hohen Stimme:

»Ich kenne Sie wohl, – Sie sind der junge Herr von Kallehnen, – es ist uns eine Freude, Sie auf den rechten Weg zu führen, – wir sind die Bauern von Rankuhnen – und feiern hier unser Vorerntefest, – der Schnitt soll morgen beginnen und da ist es alte Sitte, vor der ernsten Arbeit noch einmal fröhlich zusammenzukommen. Dürfen wir Ihnen und dem Fräulein«, fügte er hinzu, – »eine kleine Stärkung anbieten, – wie wir sie haben, – einen Krug Met und einen kleinen Imbiss?«

Es wäre nach der Sitte der Gegend eine Kränkung gewesen, dies Anerbieten zurückzuweisen, – Herr von Grabenow wendete sich zu seiner Cousine, führte sie in den Kreis am Feuer und beide genossen einen Bissen Brot und einen Schluck des leichten, moussierenden Honigbieres.

Fräulein Marie blickte mit forschender Neugier auf die alte, mit Bändern, Tüchern und Kerzen geschmückte Eiche.

»Wie hübsch das aussieht!« sagte sie, – »fast wie ein großer natürlicher Weihnachtsbaum, – was bedeutet dieser Schmuck der Zweige und die Bilder in den Nischen des Baumes?«

Der Alte zögerte ein wenig mit der Antwort – eine gewisse Verlegenheit zeigte sich auf den Gesichtern der Umstehenden.

»Das ist so eine alte Sitte am Vorerntefest,« sagte er dann, – »das kommt von langen Zeiten her, – von den Vätern auf die Kinder, – sehen Sie, gnädiges Fräulein, es ist so der Glaube unter uns, dass es Kräfte in der Natur gibt, welche den Arbeiten der Menschen förderlich oder schädlich sind, – und mit denen man sich gut stellen muss, wenn die Arbeit gelingen soll, – da ist zum Beispiel das Bild dort in der Mitte, – das bedeutet die Fruchtbarkeit, – das schmücken wir nun, bevor wir den Schnitt der Feldfrüchte beginnen, mit Blumen und Ähren, – es ist ein alter Brauch, – zwar schilt der Herr Pastor, wenn er von so etwas hört, – aber ich möchte doch nicht, dass die Sitte nicht beachtet würde; jedes Mal,« fuhr er ernster fort, – »wenn man den alten Gebrauch einmal versäumte, so hat es ein Unglück bei der Ernte gegeben.«

Herr von Grabenow klopfte dem Alten freundlich lächelnd auf die Schulter.

»Nun, nun,« sagte er, – »vor uns braucht ihr euch nicht zu scheuen, – wir werden euch nicht verraten, – aber ihr seid doch noch ein wenig Heiden und das sind dort die alten litauischen Götter –«

»Gott soll mich bewahren, junger Herr!« rief der Alte ganz erschrocken, – »wir sind so gute Christen, als irgendeiner, – das sind so alte Gebräuche, – aber gewiss und wahrhaftig kein heidnischer Gottesdienst!«

Herr von Grabenow war mit seiner Cousine an die Eiche herangetreten.

»Siehst du«, sagte er, – »dort rechts, das ist Perkunos, der Gott des Donners, dem man einst die gefangenen Feinde opferte, – in der Mitte steht Potrimpos, der Gott der Fruchtbarkeit, des blühenden Lebens, – ihm brachte man Milch, Blumen und Früchte dar, – und hier links, das ist der Todesgott Pikollos, – da ist die ganze altlitauische Mythologie beisammen, – und auch ebenso wurden in den alten heidnischen Zeiten die

Bäume geschmückt, welche die Götterbilder trugen, – die heiligen Bäume bildeten den Altar, und die Sitte unserer Christbäume stammt gewiss auch aus der Übertragung jenes alten Kultus in die erste Zeit der Verbreitung des Christentums.«

Die jungen Leute aus den verschiedenen Gruppen waren herangetreten und hörten aufmerksam den Worten des Herrn von Grabenow zu, während seine Cousine mit großem Interesse die alten Bilder an dem Baume betrachtete.

»Das mag wohl alles so sein, wie sie da sagen, junger Herr,« sprach der Alte, – »aber – wahrhaftig – wir denken uns nichts dabei und treiben gewiss und wahrhaftig keinen Götzendienst mit den Bildern, – aber«, fügte er hinzu, – »es gibt doch wunderbare Kräfte in der Natur, – und«, sagte er ernst, – »es ist gut, an alten Sitten festzuhalten, denn es bringt Unheil, sie zu verletzen.«

»Ich hörte vorhin singen, – es waren so ansprechende Melodien,« sagte Marie, – »ich habe schon oft von den schönen alten Liedern gehört, – könnte ich –«

»Einer eurer Sänger singt uns gewiss ein Lied vor, nicht wahr?« fragte Herr von Grabenow.

»Unsere Lieder sind meist litauisch,« sagte der Alte, – »doch haben wir auch einige deutsche«, – er winkte einem jungen Burschen, welcher mit freiem, ungezwungenen Anstand herantrat.

»Die jungen Herrschaften möchten ein Lied hören«, sprach der Alte.

Der junge Bauer verneigte sich leicht, die übrigen stellten sich im Halbkreis um ihn und mit voller, reiner Stimme begann er nach einer eigentümlichen, weichen Melodie ein Lied zu singen, dessen Refrain die übrigen vollstimmig wiederholten:

»Es sattelt der Knabe sein braunes Pferd,
In den blutigen Krieg zu reiten,
Er hängt um die Schulter sein blankes Schwert.
Mit dem drohenden Feinde zu streiten:
– Die ewigen Götter im Wolkenschoß
Sie werfen den Menschen das wechselnde Los.

Es spinnt das Mädchen den Faden so fein,
Sie spinnet mit fleißigen Händen,
Es soll das Gespinst ihr Brautkleid sein,
Sie möchte es eilig vollenden:
– Die ewigen Götter im Wolkenschoß
Sie werfen den Menschen das wechselnde Los.

Er küsst ihr den Mund und die Augen so hell,
Bald siehst du, Geliebte, mich wieder!
Sie spinnet so emsig, sie webet so schnell
Das Kleid für die bräutlichen Glieder:
– Die ewigen Götter im Wolkenschoß
Sie werfen den Menschen das wechselnde Los.

Das braune Rösslein, es kam allein
So wund und traurig zum Stalle. –
Nie schmückt dich, du armes Mägdelein,
Dein Kleid in der festlichen Halle:
Es warfen die Götter im Wolkenschoß
Dem blühenden Knaben das Todeslos.

Sie nähte ihr Kleid mit fleißiger Hand,
So still ohne Weinen und Klagen, –
Sie haben im schneeigen Brautgewand
Das Mägdlein zu Grabe getragen, –
Es führen die Götter in Himmelshöhn
Die Liebe zu fröhlichem Wiedersehn!«

»Wie wunderbar ansprechend ist diese Melodie!« rief Marie, als der Sänger geendet, – »habt Ihr das nicht aufgeschrieben?«

»Nein,« sagte der junge Bursche bescheiden, – »wir lernen unsere Lieder einer vom andern, – das vererbt sich so vom Vater auf den Sohn –« »Alle diese Lieder und ihre Melodien sind uralt,« sagte Herr von Grabenow, – »so recht eigentliche Volkslieder, – wir wollen morgen versuchen, ob wir die Melodie nicht festhalten können, – doch«, fuhr er fort, sich an den Alten wendend, – »in eurem Stamm leben ja auch noch andere wunderbare Überlieferungen, – man hat mir gesagt, ihr könntet das künftige Schicksal der Menschen aus ihrer Hand und ihren Augen lesen –«

»Ja,« sagte der Alte etwas zögernd, – »einige von unseren Frauen haben den Blick dafür, und sie teilen die Zeichen, wie sie sie von den älteren

Geschlechtern gelernt, wieder den jüngeren mit, – aber«, fuhr er ernst fort, – »man soll das eigentlich nicht tun, – der Herr Pfarrer ist sehr böse, wenn er davon hört, – und er hat recht, – denn die Vorsehung hat dem menschlichen Blick die Zukunft verschlossen und man soll diesen Willen achten.«

Herr von Grabenow war in tiefes Nachdenken versunken. Ein schmerzlich ernster Ausdruck erschien auf seinem Gesicht.

»Wenn aber Kummer die Seele belastet, – wenn bange Zweifel das Herz quälen,« sprach er halb für sich, halb zu dem Alten, – »ist es da nicht eine Wohltat, einen Blick in die Zukunft zu tun? – würde nicht dieser Blick Trost und Kraft zum Leben geben? – Ich bitte Euch,« rief er lebhaft, – »lasst mich eine Probe Eurer Kunst sehen, – ich werde Euch herzlich dankbar sein – und«, fügte er mit einem flüchtigen Lächeln hinzu, – »ich werde Euch nicht verraten.«

Der Bauer winkte eine alte Frau heran, deren hohe, schlanke Gestalt durch die Last der Jahre etwas gebeugt war; ihr Gesicht, obgleich welk und gerunzelt, zeigte doch noch die frischen Farben, welche ihrem Stamme eigentümlich sind, und unter den dichten, tief in die Stirne herabreichenden Haaren, welche fast eben so weiß waren, als die sie umschließende Haube, blickten die großen blauen Augen voll sprühenden Feuers hervor.

Sie blickte zuerst lange in das Gesicht des jungen Mannes, dann ergriff sie seine Hand und prüfte genau deren Linien. Fräulein von Berkow stand in ihrem Plaid gehüllt daneben, mit lebhafter Spannung die alte Frau betrachtend.

»Sie sind traurig und unglücklich, junger Herr,« sagte diese, immer aufmerksam in die offene Hand des Heim von Grabenow blickend, – »obgleich Sie reich und vornehm sind und Ihnen nichts zum Glück des Lebens fehlt, – aber Sie lieben, – Sie haben fern von hier eine Blume gefunden, die Sie an Ihrer Brust getragen, die Sie mit aller Wärme Ihres Heizens gehegt und gepflegt haben, – diese Blume haben Sie verloren, – das macht Sie traurig – unruhig – Sie suchen«, sagte sie ein wenig zögernd, indem sie immer aufmerksamer in die Hand des jungen Mannes blickte –

»Und werde ich die verlorene Blume wiederfinden?« fragte Herr von Grabenow mit vor Aufregung zitternder Stimme, indem er brennenden Blickes die alte Frau ansah.

Diese verfolgte schweigend die Linien der Handfläche – – dann schüttelte sie langsam den Kopf.

»Nein«, sagte sie ernst und bestimmt, – »jene Blume in der Ferne hat für Sie ausgeblüht, – Sie werden sie vielleicht noch einmal erblicken, aber sie bleibt auf immer für Sie verloren!«

Herr von Grabenow senkte traurig, wie gebrochen, seinen Kopf auf die Brust.

Über die Lippen seiner Cousine zuckte es fast wie ein Lächeln, sie schlug die Augen, welche forschend auf der alten Frau geruht hatten, zu Boden.

»Doch,« fuhr diese fort, indem sie mit mitleidiger Teilnahme Herrn von Grabenow ansah, – »doch darum wird Ihr Leben nicht ohne Blumen sein, – schon erschließt sich eine neue Blüte in Ihrem Herzen, – sie wird voller und voller sich öffnen und Ihrem Leben reiches Glück bringen.«

Fräulein Marie trat einen Schritt zurück, der sie mehr in den Schatten eines großen Baumes brachte. Wie fröstelnd hüllte sie sich dichter in den Plaid, sodass ihr Gesicht halb in den Falten des Überwurfes verschwand.

Herr von Grabenow blickte in tiefem Sinnen vor sich hin.

»Und diese zweite Blüte?« fragte er dann.

»Sie ist nicht fern von Ihnen«, sagte die Alte mit einem kaum merkbaren schnellen Seitenblick auf die junge Dame.

»Wo aber und wann werde ich –?« fragte der junge Mann tief aufatmend mit beklommenem Ton.

»Es ist mir nicht vergönnt, junger Herr«, sagte die alte Frau mit ernster Würde, »Namen und Zeiten zu lesen, – aber fern ist der Augenblick nicht mehr, in welchem die neue Blüte sich Ihnen in voller Herrlichkeit öffnen wird, – und merken Sie auf ein untrügliches Zeichen: Sie werden sie in Ihren Armen emporheben und an Ihrem Herzen tragen.«

»Wie das?« fragte Herr von Grabenow ganz verwirrt, indem sein Blick sich zu seiner Cousine wendete.

»Ich habe Ihnen gesagt,« erwiderte die Alte zurücktretend, »was mir zu sehen erlaubt worden, – mein Blick verdunkelt sich, – fragen Sie mich nicht mehr, denn ich vermag nichts mehr zu erkennen, – ich sehe nur, dass die Linie Ihres Lebens, nachdem sie früh eine kurze Wendung gemacht, in schönem und reinem Bogen ausläuft.«

Herr von Grabenow wendete sich zu seiner Cousine.

»Willst du nicht auch einen Blick in deine Zukunft tun?« fragte er.

»Nein«, erwiderte Fräulein Marie kurz, indem sie sich noch tiefer in ihren Plaid hüllte; – »ich fange an die kalte Nachtluft zu spüren,« sagte sie weiter, – »lass uns nach Hause fahren, – man könnte unruhig um uns werden.«

Der junge Mann trank noch einmal aus dem dargereichten Metkrug, drückte dem Alten die Hand und führte seine Cousine zum Wagen zurück.

Ein junger Bursche begleitete sie bis zum Saume des Waldes auf die große Straße; dort entließ ihn Herr von Grabenow, der den Weg genau wiedererkannte, und in schnellem Trabe eilten die Pferde dem Schlosse von Kallehnen zu.

Die beiden jungen Leute sprachen kein Wort, – Fräulein Marie hüllte sich in ihren weiten Überwurf und kauerte wie fröstelnd in tiefes Nachsinnen versunken neben ihrem Vetter.

Bald rollte der leichte Wagen in den Hof des Schlosses, aus dessen hellerleuchteten und geöffneten Fenstern laute und fröhliche Stimmen erschallten.

Herr von Grabenow sprang herab, – reichte seiner Cousine die Hand und beide stiegen die breite Treppe hinauf.

Da plötzlich knickte Marie mit einem Schmerzensruf zusammen.

»Mein Gott,« rief ihr Vetter erschrocken, »was hast du?«

»O, es ist nichts,« sagte sie lächelnd, indem sie sich mit der Hand auf die Stufen stützte, – »es ist nichts. – ich habe den Fuß übergetreten, es ist ein heftiger Schmerz in der Sehne des Gelenks, – es ist schon vorüber.«

Sie wollte sich erheben, – aber der Fuß versagte den Dienst und sie brach wieder zusammen.

Rasch bückte sich der junge Mann, erfasste sie mit seinen Armen, hob sie empor und trug sie schnell und leicht die Treppe hinauf.

Die Gesellschaft eilte erstaunt den Ankommenden entgegen, als sie in dieser außergewöhnlichen Weise im Saal erschienen.

Alles drängte sich um die junge Dame, welche Herr von Grabenow auf ein Sofa niederlegte und welche lächelnd und scherzend ihren Unfall erklärte.

– »Ich werde in der Nacht kalte Umschläge machen,« sagte sie, – »wir bleiben ja doch bis morgen hier, – dann wird die kleine Sehnenverrenkung vorüber sein, – wir haben uns verirrt und so viel Interessantes gesehen, – dass ich um dieses seltenen romantischen Genusses willen gern den kleinen Schmerz in den Kauf nehme.«

Herr von Grabenow erzählte von der Begegnung mit den Letten im Walde, man sprach über die Eigentümlichkeiten dieses Volksstammes, – und bald nahm die Jugend ihre Tänze, die ältern Herren und Damen ihre Unterhaltungen wieder auf.

Der junge Grabenow war neben dem Sofa seiner Cousine stehen geblieben und sah schweigend in das Treiben der bewegten Gruppen im Saal.

Plötzlich zuckte er zusammen wie von einem Gedanken erfasst, – er starrte einen Augenblick zu Boden, und leise, kaum die Lippen bewegend, flüsterte er vor sich hin:

»Sie werden sie in Ihren Armen emporheben und an Ihrem Herzen tragen.«

So leise diese Worte gesprochen waren, Fräulein von Berkow musste sie gehört haben, denn ein dunkles Rot glühte in ihrem Gesicht auf, – ein schneller strahlender Blick von wunderbar eigentümlichem Ausdruck blitzte aus ihren rasch aufgeschlagenen Augen zu ihrem Vetter empor, – dann drückte sie ihre beiden Hände auf die Stirn.

»Der Schmerz wird heftiger, – ich möchte mich zurückziehen«, sprach sie mit einer fast tonlosen Stimme.

»Ich will dich auf dein Zimmer tragen«, sagte Herr von Grabenow, indem er schnell zu ihr herantrat.

»Nein – nein,« rief sie erschrocken abwehrend, – »ich danke dir,« fügte sie freundlich hinzu, – »aber es wird mir weniger schmerzhaft sein, wenn man mich mit dem Sofa fortträgt.«

Zwei Diener kamen auf den Wink des jungen Mannes heran; seine Mutter und Frau von Berkow begleiteten Fräulein Marie, welche auf dem Sofa liegend in ihr Zimmer gebracht wurde; bald kamen die Damen zurück und versicherten, dass es nicht ernstes sei und morgen alles vorüber sein werde.

Nach einer Stunde trennte sich die Gesellschaft.

Herr von Grabenow saß noch lange am offenen Fenster seines Zimmers, blickte über die weiße Düne und das mondbeglänzte Meer hin und träumte, halb wachend und halb schlafend, wunderbare Träume, in denen ihm die Gestalt Julias erschien, von fernher über die Wellen daherschwebend – sehnsuchtsvoll breitete er ihr die Arme entgegen, – aber je näher sie kam, um so mehr veränderte sich unmerklich die Gestalt, – sie nahm die Züge Mariens an, – Mariens Augen blickten ihm so treu und teilnahmsvoll entgegen, – er sank zu ihren Füßen und ergriff ihre Hand, und Glück und Schmerz vereinigten sich in seinem Herzen zu einem wunderbar gemischten Gefühl.

Der Tag dämmerte bereits am Horizont herauf, als er endlich aus diesem Zustand sich emporriss und sein Lager aufsuchte.

Siebzehntes Kapitel

Das alte Schloss von Fontainebleau, das sonst, umgeben von seinen dunklen schattigen Parkwaldungen, in tiefer Stille und Ruhe daliegt, war erfüllt von Leben und Bewegung, denn die kaiserlichen Majestäten von Frankreich hatten hier ihre Residenz aufgeschlagen.

In dem Hof eilten Lakaien in ihren grün- und goldenen Livreen hin und her; die Hundertgarden schritten auf und nieder; Doppelposten hatten die Eingänge zu jenem historischen Ehrenhof besetzt, in welchem der große Kaiser einst von seiner alten Garde den so schmerzvoll bewegten Abschied nahm; Adjutanten und Ordonnanzoffiziere standen im Gespräch auf dem Vorplatz; Kuriere eilten zwischen der Bahnhofsstation und dem Schloss hin und zurück; in den offenen leichten Wagen fuhren die Damen des Hofes, geleitet von den Kavalieren zu Pferde, durch den Park.

Alles atmete jenes großartig bewegte und doch scheinbar so ruhig und gleichmäßig geordnete Leben der großen Höfe, welche die Blüten des Reichtums und der Eleganz in sich vereinen und zugleich den Mittelpunkt bilden für alle jene tausend Fäden, welche die wichtigsten Interessen eines großen Staates lenken und die Verbindungen mit den übrigen Großmächten Europas herstellen.

Es war die Zeit zwischen dem Frühstück und dem Diner, und das so mannigfach bewegte Treiben des Hofes schien eine Zeit lang zu ruhen, – das Leben hatte sich ins Innere des Schlosses zurückgezogen.

In einem tief schattigen Gang des Parkes ritt der Kaiser Napoleon III. und die Kaiserin Eugenie langsam dem Schlosse zu, während ein Reitknecht in der geschmackvoll einfachen Livree des Marstalls in ziemlich weiter Entfernung folgte. Der Kaiser trug einen Morgenanzug von dunklem Sommerstoff; die Farbe seines Gesichts war von der frischen Waldluft leicht gerötet; sein weit geöffnetes Auge blickte frischer und freier als sonst in das dunkle Grün der tiefen Waldesschatten, welche rechts und links von dem Wege sich ausbreiteten. Er sah jünger als sonst aus, wie immer, wenn er zu Pferde saß; man erkannte in seiner Haltung noch den gewandten und vortrefflichen Reiter, der er in seiner Jugend gewesen.

Die Kaiserin trug ein dunkelblaues Reitkleid mit einem kleinen schwarzen Hut und blauem Schleier. Die klassische Schönheit ihres Gesichts trat in diesem einfachen kleidsamen Anzug in der Umgebung der frischen und großartigen Natur noch lebhafter hervor, als in der großen Toilette des Salons.

»Ich freue mich,« sagte die Kaiserin, indem sie mit leichtem Zügeldruck ihr unruhig vorstrebendes Pferd zurückhielt, »dass endlich diese Zeit der trägen Ruhe und der dumpfen Vorbereitung zu Ende geht, dass endlich der kaiserliche Adler wieder seine Schwingen entfalten und der Welt zeigen kann, wie seine Fänge noch mächtig und kraftvoll genug sind. – Mich hat der innere Zorn verzehrt, wenn ich sehen musste, wie man von allen Seiten es wagt, uns zu verhöhnen, wenn ich fortwährend gezwungen war, eine lächelnde Miene zu zeigen, gegen unsere bittersten Feinde freundlich zu sein. Wie weit muss es gekommen sein, wie tief muss das Vertrauen in die Macht des Kaiserreichs erschüttert worden sein, wenn man es hat wagen können, bei der öffentlichen Preisverteilung im Lycée Bonaparte unsern armen kleinen Louis, der doch wahrlich niemanden jemals etwas zuleide getan hat, zu beleidigen und zu verhöhnen!« »Sie legen«, sagte der Kaiser ruhig, »diesem kleinen unbedeutenden Vorfall ein zu großes Gewicht bei. Es war vielleicht keine richtige Maßregel, die Preise für die Schüler durch den Prinzen verteilen zu lassen, der ja selbst noch ein Schüler ist, denn die Jugend ist demokratisch und erkennt keine Rangunterschiede an. In den jugendlichen Herzen lebt noch zu tief das Gefühl der allgemeinen menschlichen Gleichheit, und jeder dieser Knaben, der in seinen stillen Hoffnungen das höchste zu erreichen träumt, mag keine Superiorität der Geburt anerkennen.«

»O, es ist nicht das,« rief die Kaiserin, »es ist nicht dieser natürliche knabenhafte Stolz, welcher die Szene im Lycée hervorgerufen hat, es war eine wohldurchdachte, vorbereitete Demonstration, durch welche man die Probe machen wollte, wie weit man es wagen könne, die kaiserliche Autorität zu beleidigen. Man hat einen Knaben dazu gewählt, den man doch nicht anders strafen kann, als durch Ausschließung aus der Schule.«

»Diese Strafe hat man verhängt«, sagte der Kaiser. – »Aber ich habe sie wieder aufgehoben und habe befohlen, dass der junge Cavaignac sofort wieder in das Lyzeum aufgenommen werden soll.«

»Das haben Sie befohlen, Louis?«! rief die Kaiserin, mit raschem Ruck ihr Pferd parierend und ihren Gemahl halb erzürnt, halb erstaunt anblickend. »Das ist ein Akt der Großmut, der an Schwäche grenzt! Soll unser armer, öffentlich gekränkter und beleidigter Sohn ohne Genugtuung bleiben?«

Der Kaiser, welcher ebenfalls langsam und ruhig sein Pferd angehalten hatte, blickte zu seiner Gemahlin hinüber und sprach, indem er die Spitzen seines Schnurrbarts durch die Finger gleiten ließ:

»Sie werden nicht wollen, dass der Kaiser der Franzosen einen jungen Schüler des Lycée Bonaparte als einen politischen Gegner anerkennen soll. Ich würde diesen Knaben, wenn ich seine Ausschließung billigte, zu einer politischen Größe erheben, und mich selbst tief erniedrigen. – Außerdem«, fügte er hinzu, indem er sinnend auf den Kopf seines Pferdes niedersah, »achte ich das Gefühl des jungen Menschen. Denn wäre ich der Sohn Cavaignacs, ich würde ebenfalls keinen Preis aus der Hand des Sohns Napoleons annehmen. Man muss auch seine Gegner gerecht beurteilen, denn nur dann kann man sie überwinden und vielleicht gewinnen.«

Die Kaiserin schien etwas erwidern zu wollen, doch unterdrückte sie ihre Aufwallung und ritt schweigend neben ihrem Gemahl weiter.

»Seien Sie übrigens ganz ruhig,« sagte der Kaiser nach einer Pause, »meine Vorbereitungen vollenden sich immer mehr, und in nicht langer Zeit werde ich der Welt anders als durch Strafmaßregeln gegen einen unartigen Schüler beweisen, dass meine Kraft noch ungebrochen ist und dass Frankreich den Willen und die Macht hat, seine erste Stellung unter den Mächten Europas aufrechtzuerhalten. Die Königin Isabella kommt nach San Sebastian, wir werden dann in Biarritz sein und eine persönliche Zusammenkunft soll den Vertrag besiegeln, durch welchen ich das treulose Italien im Schach halten will, während die militärische Macht Frankreichs nach anderer Seite hin sich entfalten wird.«

Die Augen der Kaiserin leuchteten auf.

»Sie haben mich früher etwas von Ihren Plänen ahnen lassen,« sagte sie, »und was Sie mir jetzt sagen, macht mich unendlich glücklich, denn es lässt mich das Ziel erkennen, nach welchem meine ganze Seele sich sehnt: die endliche Demütigung dieses übermütigen Preußens, das es gewagt hat, Frankreich zu ignorieren und ohne unsere Zustimmung alle Verhältnisse in Europa umzustürzen.«

»Warten Sie nur noch kurze Zeit«, sagte der Kaiser lächelnd, »und Sie werden zufrieden sein. – Alles fällt dem zu, der zu warten versteht. Und zum Warten gehört Geduld und Verstellung. Lassen Sie daher Ihre Gedanken und Ihre Wünsche ebenso, wie ich es tue, in den innersten Tiefen Ihres Herzens verschlossen bleiben. Lassen Sie auf Ihrer schönen Stirn keine Wolke erscheinen, lassen Sie auch nie das Lächeln von Ihren Lippen verschwinden, denn je mehr Sicherheit und Vertrauen wir unsern Gegnern einflößen, um so fester und vernichtender werden wir sie treffen, wenn der Augenblick des Handelns gekommen ist.«

»Verlassen Sie sich auf mich,« sagte die Kaiserin, »ich werde Ihnen zeigen, dass auch ich zu warten verstehe.«

»Wir wollen den armen Grafen Goltz besuchen«, sagte der Kaiser. »Es soll ihm etwas besser gehen, und es würde mich in der Tat sehr freuen, wenn er von dieser entsetzlichen Krankheit geheilt würde, an der schon sein Vater gestorben ist. Jede Aufmerksamkeit, die wir ihm beweisen, wird ihn äußerst glücklich machen,« fügte er mit einem eigentümlichen Lächeln und einem schnellen Seitenblick auf seine Gemahlin hinzu, – »und außerdem wird man dies in Berlin für einen neuen Beweis unserer freundschaftlichen und friedlichen Gesinnung ansehen.«

Sie waren an das Ende des Parks gekommen; Lakaien eilten ihnen entgegen; der Kaiser stieg vom Pferde, reichte seiner Gemahlin artig die Hand, und während die Reitknechte die Pferde fortführten, gingen die beiden Majestäten nach einem Seiteneingang des Schlosses, durchschritten einen weiten Korridor und traten durch ein Vorzimmer, dessen Tür der diensttuende Huissier ihnen öffnete, in ein ziemlich großes, mit höchster Eleganz und allem möglichen Komfort eingerichtetes Gemach, dessen hohe Fenster halb durch dunkle Vorhänge verhüllt waren.

Auf einem breiten und bequemen Ruhebett neben einem großen mit Büchern und Briefen bedeckten Tisch lag, in einen weiten Hausrock gehüllt, der preußische Botschafter am französischen Hofe, Graf von der Goltz, welcher seit dem vorigen Jahre am Zungenkrebs erkrankt war, und welchen der Kaiser eingeladen hatte, seinen Aufenthalt in der Stille und der gesunden Luft von Fontainebleau zu nehmen. Das scharf markierte Gesicht des Grafen mit dem kurz geschnittenen grauen Haar und dem ebenfalls ergrauten Schnurrbart war bleich und mager und trug den Ausdruck körperlichen Leidens und geistiger Niedergeschlagenheit.

Neben dem Grafen stand sein Arzt, Herr van Schmidt, der seit einigen Monaten seine Behandlung übernommen hatte und der behauptete, während seines mehrjährigen Aufenthalts in Indien von den Brahminen ein unfehlbares Mittel gegen alle Krebskrankheiten erhalten zu haben.

Herr van Schmidt, ein noch junger, blonder, kräftig und schlank gewachsener Mensch, war damit beschäftigt, aus verschiedenen Ingredienzien in einem Kristallglase einen Trank zu mischen, dessen eigentümlich scharfes Aroma den Raum erfüllte.

Beim Eintritt der kaiserlichen Herrschaften überflog eine schnelle Röte das bleiche Gesicht des Botschafters. Seine Augen füllten sich mit lebhaftem, fast fieberhaft schimmerndem Glanz. Er machte eine schnelle Bewegung, um sich von seinem Ruhebette zu erheben, während der Doktor van Schmidt ehrerbietig zur Seite trat.

Rasch schritt der Kaiser auf den Grafen zu und drückte ihn mit einer Bewegung voll freundlicher Herzlichkeit wieder auf sein Lager zurück.

»Sie dürfen sich in keiner Weise derangieren, mein lieber Graf,« sagte Napoleon mit jenem so ungemein sympathisch anklingenden Ton der Stimme, durch welchen er in der Unterhaltung einen unwiderstehlichen Zauber auszuüben verstand – »Sie dürfen sich keinen Augenblick derangieren, wenn alte Freunde Sie besuchen, um sich nach Ihrem Befinden zu erkundigen und um sich selbst zu überzeugen, dass die Nachrichten über das günstige Fortschreiten Ihrer Genesung wirklich begründet sind.«

Die Kaiserin war ebenfalls herangetreten, reichte dem Grafen ihre schlanke weiße Hand und sagte mit anmutig liebenswürdigem Lächeln:

»Ohne zu fragen, sehe ich, dass Ihre Besserung fortschreitet. Sie sind noch angegriffen, aber Ihr Blick ist wieder kräftig und frei. Und wir können Ihrem Arzt nicht dankbar genug sein,« fügte sie mit leichter Neigung des Kopfes sich zu dem Doktor van Schmidt wendend, hinzu, »für das, was er getan hat, um uns einen alten und lieben Freund und Ihrem königlichen Herrn einen so treuen und ausgezeichneten Diener zu erhalten.«

»Wenn etwas meine Genesung beschleunigen kann,« sagte der Graf, indem er abermals einen Versuch machte, sich zu erheben, den der Kaiser dadurch vereitelte, dass er ihn mit den beiden Händen auf sein Lager zurückdrückte, – »wenn etwas meine Genesung befördern kann, so ist es die Gnade und die huldvolle Teilnahme, welche Eure Majestät mir beweisen. Ich habe in der Tat«, fuhr er fort, »wieder einige Hoffnung gefasst, von diesem entsetzlichen Leiden befreit zu werden und dem Leben erhalten zu bleiben. Die Mittel des Doktors van Schmidt sind von einer vortrefflichen Wirkung, und wenn die Kur so fortschreitet, so wird die Wunde meiner Zunge vielleicht in einigen Monaten vollständig geheilt sein.«

»Ich habe mit höchstem Interesse von Ihrer Kur gehört, mein Herr«, sagte Napoleon, sich an den Doktor van Schmidt wendend. »Es wäre ein Glück für die ganze Menschheit, wenn Ihre Mittel sich bewährten und wenn dieses so schmerzliche Leiden dadurch seines verderblichen und zerstörenden Charakters entkleidet würde.«

»Sire,« sagte der Doktor, bis auf einige Schritte an den Kaiser herantretend, »ich bin von der Sicherheit des Erfolges meiner Mittel vollkommen überzeugt. Man hat bisher den Krebs in Europa für eine unheilbare Krankheit gehalten, weil man denselben nur äußerlich und chirurgisch behandelt hat, ohne auf die Quelle des Leidens, d. h. den Giftstoff im Blut zurückzugehen. Gelingt es, diesen Stoff zu zerstören, so heilt die Wunde wie jede andere, und die Krankheit verliert vollständig ihre gefährliche Natur. Die alten Priester des Brahma in Indien haben in gewissen Kräutern ein Spezifikum gegen den Giftstoff im Blut gefunden, welcher den Krebs erzeugt, ähnlich wie das Chinin das kalte Fieber heilt, und wie man für andere den Organismus zerstörende Krankheiten ebenfalls auf empirischem Wege spezifisch heilende Mittel gefunden hat.«

»Ich werde mit dem höchsten Interesse von den Fortschritten Ihrer Kur Kenntnis nehmen,« sagte Napoleon, artig das Haupt neigend, – »und Sie, mein lieber Graf,« fuhr er, sich zu dem Botschafter wendend, fort, »bitte ich, den Mut nicht aufzugeben, und vor allen Dingen den Humor und die gute Laune nicht zu verlieren, welche ganz besonders nötig ist, um die Heilkräfte der Natur zu unterstützen.«

»Dieser Augenblick,« sagte der Graf von der Goltz mit bewegter Stimme, indem sein Blick mit glückstrahlendem Ausdruck an den edlen und schönen Zügen der Kaiserin hing, »dieser Augenblick erfüllt mich mit so viel Glück und Freude, dass ich auf lange hinaus die Kraft haben werde, die Genesung des kranken Körpers durch die Heiterkeit und Freudigkeit der Seele zu unterstützen.«

»Wenn Sie nach Berlin schreiben,« sagte Napoleon, indem seine Augenlider sich senkten und sein Blick sich verschleierte, »so bitte ich Sie, nicht zu unterlassen, dorthin mitzuteilen, wie innigen Anteil ich an Ihrer Genesung nehme, nicht nur, weil Sie uns ein lieber Freund sind, sondern auch, weil Sie es stets verstanden haben, mit so viel Eifer, Takt und Geschick die aufrichtigen freundschaftlichen Beziehungen zu pflegen, welche mich mit Ihrem Könige verbinden, und welche ich von ganzem Herzen für mich zu erhalten und stets fester zu knüpfen wünsche.«

Er reichte dem Grafen die Hand, die Kaiserin grüßte denselben mit unendlich liebenswürdigem Lächeln, und beide Majestäten verließen das Zimmer, um sich in ihre Gemächer in dem Mittelteile des Schlosses zurückzubegeben.

Als der Kaiser in sein Kabinett eingetreten war, schritt er einige Augenblicke in tiefen Gedanken auf und nieder. Er war heiterer noch hier allein und unbeobachtet in seinem Zimmer, als er es draußen in der freien, sonnig lachenden Natur gewesen war.

Mit rascher Handbewegung kräuselte er den grauen Schnurrbart und freudige Genugtuung leuchtete aus seinen Augen, die er hier, wo niemand zugegen war, frei und offen mit glänzenden phosphoreszierenden Blicken umherschweifen ließ.

»So naht sich endlich die Stunde,« sprach er leise zu sich selber, während er sich behaglich in einen Lehnstuhl niederließ, »in welcher ich mich für die lange Demütigung rächen werde, zu der mich die Untüchtigkeit meiner militärischen Macht gezwungen hat. Die zwei Jahre sind vorüber, welche der Marschall Niel verlangte, um die Armee vollständig schlagfertig und der preußischen ebenbürtig wieder ins Feld stellen zu können. Niel hat sein Wort gehalten. Meine Armee steht mächtig da, meine Festungen sind in kriegstüchtigem Zustande, die Flotte ist kampfbereit und nichts hindert mich mehr, den Handschuh aufzuheben, den man mir nach der Schlacht von Sadowa so vermessen hingeworfen hat. Nur noch eine kleine Frist, um diesen Vertrag mit der Königin Isabella zu unterzeichnen, welcher meine Hand nach Rom hin freimacht – und das Spiel der Waffen mag entscheiden, ob fortan Deutschland oder Frankreich an der Spitze von Europa stehen soll, ob die alte Krone des Deutschen Reichs sich mächtig wieder erheben wird, oder ob das Diadem meines Oheims den ersten Platz unter den Kronen Europas einnehmen soll –«

»Traurig, dass es so ist,« sagte er, leicht den Kopf auf die Brust senkend, »ich hasse diese lärmenden, nervenerschütternden Entscheidungen der Schlachtfelder. All das vergossene Blut, alle diese Tränen, all die gebrochenen Herzen erfüllen mich mit tiefem Mitgefühl. – Aber«, rief er, den Blick emporrichtend, »es ist nicht meine Schuld, dass es dahin gekommen ist. Ich habe wieder und wieder die Hand geboten; wenn man aber Frankreich nicht gewähren will, was Frankreich mit Recht verlangen kann, was ich für Frankreich fordern muss, so ist es meine Pflicht, nicht länger das Schwert in der Scheide zu halten, – meine Pflicht gegen mein Land, – gegen den Namen, den ich trage, – gegen den Sohn, dessen Zukunft ich zu sichern habe!«

»Und wunderbare Zuversicht erfüllt mich,« sprach er, indem sein Auge heller aufleuchtete, und wie einer Vision folgend vor sich hinblickend; »meine Feinde glauben, dass mein Stern herabgesunken sei vom Zenit seiner Größe, aber ich sehe ihn vor mir stehen in hellem Schimmer, und noch einmal wird er mir zum Siege voranleuchten. – Dann aber,« fuhr er leise fort, indem er die Hände über der Brust faltete, »wenn ich dies Werk vollbracht habe, wenn ich nach außen hin die Größe meines Landes unanfechtbar wiederhergestellt habe, dann will ich die ganze Kraft, die mir noch übrig bleibt, der Wohlfahrt und dem Glück meines Volkes widmen, damit mein Sohn einst umleuchtet von dem Schimmer des Sieges und des Ruhmes seinen Thron fest begründen könne auf die Liebe und Dankbarkeit der Nation, damit endlich die Dynastie meines Hauses wirklich in die Reihe der legitimen Fürstengeschlechter eintritt, nachdem einmal ruhig und unbestritten der Sohn den Thron des Vaters bestiegen!

– Dazu hilf mir, du ewig unerforschliche Macht, welche das Schicksal der Völker lenkt – und ich werde freudig und dankbar diesen Staub, der meinen zerbrechlichen Körper bildet, der Erde zurückgeben und meinen Geist hinüberströmen lassen in die unbekannten Regionen des ewigen Geheimnisses.

Er blieb längere Zeit in tiefe Gedanken versunken sitzen. – Nach einem kurzen Schlag an die Tür meldete der Kammerdiener, dass der Geheimsekretär Pietri Seiner Majestät zu Befehl stände.

Der Kaiser neigte zustimmend den Kopf, richtete sich wie aus einem Traume erwachend empor, und begrüßte freundlich seinen Vertrauten, der mit einer großen Mappe in der Hand in das Zimmer seines Herrn trat.

»Was bringen Sie neues, Pietri?« fragte er mit jenem anmutigen, herzlichen Lächeln, das er stets für seine Freunde und Vertrauten hatte –»sind der Graf und die Gräfin Girgenti in Paris angekommen?«

»Zu Befehl, Sire,« erwiderte Herr Pietri. »Die Herrschaften sind im Hotel des spanischen Botschafters abgestiegen und haben bereits den Marquis de Moustier empfangen, der darüber an Eure Majestät berichtet hat und äußerst zufrieden mit den Mitteilungen ist, welche Herr Mon ihm bei dieser Gelegenheit gemacht. Der Graf von Girgenti und seine Gemahlin haben den Marquis beauftragt, Eure Majestät zu bitten, dass Sie den Tag bestimmen wollen, an welchem sie Ihnen und der Kaiserin ihre Ehrfurcht in Fontainebleau bezeigen können.«

Der Kaiser rieb sich mit zufriedenem Ausdruck die Hände.

»Setzen Sie«, sprach er, »sofort das Telegramm auf, in welchem ich die Gräfin von Girgenti in Paris bewillkommne und sie und ihren Gemahl bitte, uns morgen die Ehre ihres Besuches hier zu schenken. Zuvor aber berichten Sie mir über die Unterredung des Marquis mit Herrn Mon.«

Pietri zog aus seiner Mappe einen Brief im großen Quartformat und reichte ihn dem Kaiser.

»Befehlen Eure Majestät den Bericht des Marquis zu lesen?«

»Nein, nein,« rief der Kaiser, mit der Hand abwehrend, »ich bin etwas müde und mag nicht lesen. Erzählen Sie mir nur, was darin steht. – Ist der Abschluss des Vertrages gesichert?«

»Es scheint so,« erwiderte Herr Pietri, »der Botschafter hat dem Marquis gesagt, dass die spanische Regierung vollkommen bereit sei, in jedem Augenblick, den Eure Majestät bestimmen würde, eine ausreichende Anzahl der besten Truppen nach Rom zu entsenden, um die Unabhängigkeit des päpstlichen Gebietes gegen jede Unternehmung Italiens zu schützen. Nur scheint es,« fuhr er, in den Brief blickend, fort, »dass Ihre Majestät die Königin Isabella eine Bedingung an diesen Vertrag knüpfen möchte.«

»Eine Bedingung?« fragte der Kaiser, »und welche?«

»Es scheint, dass die Königin wünscht,« fuhr Herr Pietri fort, »dass Eure Majestät eine Garantie übernehmen möchten, um sie und ihre Dynastie gegen die revolutionären Bewegungen zu schützen, welche den inneren Frieden Spaniens fortwährend bedrohen.«

Der Kaiser schüttelte etwas verstimmt den Kopf.

»Wie kann ich das?« rief er, »ich bedürfte ja zwei Drittel der französischen Armee, um die Königin vor einer ernsten Revolution zu beschützen. Und das Beispiel meines Oheims«, fuhr er fort, »lehrt mich hinreichend, wie bedenklich es für Frankreich ist, sich in die Angelegenheiten Spaniens zu mischen –«

»Nein, nein,« fuhr er fort, »eine solche Garantie kann ich Ihrer Majestät wirklich nicht geben! Schreiben Sie an Moustier, ich wolle versprechen, alle spanischen Flüchtlinge in Frankreich aufs Strengste überwachen zu lassen. Ich wolle dafür sorgen, dass kein Verkehr mit denselben über die spanische Grenze hinüber stattfindet, – mehr aber vermag ich in der Tat nicht zu tun. Die Königin wird übrigens, wenn sie als Beschützerin des Papstes auftritt, eine mächtige Stütze an dem spanischen Klerus haben – «

»Dann,« fuhr er fort, – »ich möchte ihr wohl einen Rat geben, – den sie aber nicht befolgen wird. Sie könnte sich gegen alle drohenden Gefahren schützen, wenn sie diejenigen Männer, welche die Seele einer Revolution werden könnten, für sich gewinnen und um sich vereinigen wollte. In allen diesen spanischen Bewegungen ist doch immer nur unbefriedigter Ehrgeiz die Triebfeder aller Unruhen – wenn sie sich mit Prim verständigen könnte –«

Er dachte einige Augenblicke nach.

»Doch schreiben Sie darüber nicht an Moustier,« sagte er dann, – »das eignet sich nicht für diplomatische Verhandlungen. Vielleicht kann ich der Gräfin Girgenti einige Worte darüber sagen. – Und«, fuhr er abbrechend fort, »hat man über eine persönliche Begegnung mit der Königin gesprochen?«

»Herr Mon hat dem Marquis de Moustier gesagt,« erwiderte Pietri, »dass es die Königin Isabella unendlich glücklich machen würde, Eure Majestät und die Kaiserin persönlich zu begrüßen. Die Königin wird in kurzer Zeit nach San Sebastian gehen, und es würde sie hoch erfreuen, dort einen Besuch Eurer Majestät und der Kaiserin zu empfangen, den sie dann sogleich in Biarritz erwidern würde.«

Der Kaiser lächelte.

»Eigentlich sollte Spanien Frankreich den ersten Besuch machen,« sagte er – »doch sie ist eine Dame, – mag es darum sein. Ich bin bereit, sie in San Sebastian zu besuchen.«

»Der Marquis de Moustier«, fuhr Herr Pietri fort, »hat noch eine leichte Andeutung darüber gemacht, dass, wenn die spanischen Truppen Rom besetzt hielten, und Italien dennoch eine feindliche Unternehmung wagen sollte, der König Franz II. sich in der Lage befände, einen energischen und kräftig organisierten Aufstand in Neapel zu erregen.«

Das Antlitz des Kaisers verfinsterte sich ein wenig.

»Sie verdienen es nicht besser,« sagte er, – »ich habe mein Wort gelöst, an das sie mich mit Höllenmaschinen und Dolchen gemahnt haben – ich habe dieses Italien frei bis zur Adria gemacht, ich habe ihm seine nationale Selbstständigkeit und Größe mit französischem Blut erkämpft. Dafür hassen sie Frankreich und sind stets bereit, sich an die Seite seiner Feinde zu stellen. Sie wollen meine Warnung nicht hören, sie wollen dem Papst Rom nehmen, statt sich mit ihm fest und innig zu verbünden. Sie vergessen, dass die weltliche Herrschaft des Papstes die Bedingung seiner Oberhoheit über die katholische Welt ist, und dass das Papsttum die wesentliche Stütze des Übergewichtes der lateinischen Rasse bildet. – Sie wollen nicht hören, so mögen sie denn wieder zurückfallen in ihre alte Ohnmacht. – Wenn es dem König Franz gelingt, seinen Thron in Neapel aufzurichten, so werde ich nicht zum zweiten Mal französische Truppen zur Unterstützung des Königs Viktor Emanuel hinsenden. –«

»Es ist eigentümlich,« sagte er nach einer kurzen Pause, »dass ich mich da mit einem Male als Alliierter der Bourbonen finde. – Bourbon und Bonaparte! – Welche wunderbare Kombination bringt nicht unsere Zeit hervor!

»Doch kann auch dies vielleicht nützlich sein. Ich gäbe viel darum, einen vollständigen und definitiven Frieden mit den Legitimisten Frankreichs zu machen. Durch Chambord ist es nicht möglich! Vielleicht können die Bourbons von Spanien und Neapel mir die Brücke dazu bauen.« –

»Was haben Sie sonst?« fragte er.

»Einen Bericht des Admirals Rigault de Genouilli«, sagte Pietri, indem er das Schreiben des Marquis de Moustier wieder in die Mappe steckte und ein ziemlich ausführliches Schriftstück daraus hervorzog, – »voll genauer Mitteilungen über die Peilungen, welche der in die Gewässer von Delfzyl abgesandte Kriegsdampfer dort vorgenommen hat. Der Admiral ist nach den Angaben der Marineoffiziere der Ansicht, dass es nicht schwer sein würde, in jener Gegend eine Landung auszuführen.«

»Geben Sie,« rief der Kaiser, lebhaft die Hand ausstreckend, »geben Sie, ich will das genau studieren, sobald ich Zeit habe. Die Frage ist äußerst wichtig, eine Landung an der hannöverischen Küste, welche sich auf einen Aufstand in Hannover und auf eine Armeediversion von Holland her stützt, ist ein wichtiges Glied in dem Kriegsplan des Marschall Niel. Es darf nichts aus der Acht gelassen werden, um uns ganz vollständig bis in die kleinsten Details von der Möglichkeit und Ausführbarkeit einer solchen Landung zu vergewissern.«

Er ergriff den Bericht, welchen Pietri ihm reichte, und legte ihn neben sich auf den Tisch.

»Damit zusammen hängen die Berichte der nach Süddeutschland gesandten Generalstabsoffiziere, deren Resultate von dem Kriegsministerium zusammengestellt sind«, fuhr Pietri fort, indem er dem Kaiser ein anderes Papier überreichte. – »Auch diese Berichte sprechen sich sämtlich dahin aus, dass eine Operation von Süddeutschland her gegen Preußen hinauf große Chancen des Erfolges bieten würde. Namentlich, wenn zu gleicher Zeit am untern Rhein und an den Küsten Ostpreußens Streitkräfte absorbiert würden.«

Der Kaiser legte den Bericht zu dem ersteren.

»Ich muss das alles mit Niel ausführlich prüfen,« sagte er, »sobald derselbe von Toulouse zurückkommt, – wo er mir«, fügte er hinzu, »eine etwas zu kriegerische Rede gehalten hat. Offiziell muss jetzt der tiefste Frieden in allen Äußerungen der Regierung herrschen. – In der Presse ist es etwas anderes, da kann man schon ein wenig mehr die Stimmung der öffentlichen Meinung vorbereiten.« »In dem Augenblick, als ich zu Eurer Majestät eintreten wollte,« sprach Pietri weiter, »wurde mir ein ziemlich langes chiffriertes Telegramm von Benedetti gebracht, das ich sogleich in das Bureau zum Dechiffrieren gegeben habe.«

»Von Benedetti!« rief der Kaiser. »Ich bin sehr gespannt, was von dort kommt. Sehen Sie, ich bitte Sie, sogleich nach, ob die Depesche entziffert ist.«

Pietri stand auf, ging schnell hinaus und kehrte nach einigen Augenblicken mit etwas erregter Miene zurück.

Er hielt eine Depesche in der Hand, auf welcher noch in dem Augenblick, in welchem er in das Zimmer des Kaisers trat, sein Auge ruhte.

»Sire,« sagte er, »eine eigentümliche und unerwartete Nachricht. Der Graf Bismarck hat auf seinem Landsitz einen schweren Sturz mit dem Pferde getan. Es scheint, wie Benedetti schreibt, dass das Pferd mit dem Vorderfuß in eine Erdhöhle getreten ist und sich überschlagen hat. Der Graf ist vollständig von seinem Pferde bedeckt gewesen und einige Augenblicke bewusstlos und der Sprache beraubt geblieben.«

»Und weiter?« fragte der Kaiser mit der äußersten Spannung.

»Der Unfall scheint keine unmittelbare Gefahr gehabt zu haben. Doch leidet Graf Bismarck, wie Benedetti berichtet, an heftigen Schmerzen in sämtlichen Muskeln des Körpers und ist an jeder ernstlichen Beschäftigung und am Empfang von Besuchen verhindert.«

Ein freudiger Schimmer erhellte das Antlitz des Kaisers.

»Mein Stern leuchtet noch,« sagte er, halb zu sich selbst sprechend, – »ich wünsche wahrlich meinem guten Freunde, dem Herrn von Bismarck,« fügte er lächelnd hinzu, »nichts Böses und gönne ihm vom Herzen die beste Gesundheit und ein hohes Alter. Aber dieser kleine Unfall, der ihn ein wenig arbeitsunfähig macht und an sein Lager in Barzin fesselt, ist in diesem Augenblick für mich von großer Wichtigkeit. – Er hat scharfe Augen, der Graf Bismarck,« fuhr er fort, »viel zu scharfe Augen, und für mich kommt alles darauf an, dass der Schlag, den ich führen will, so plötzlich und unerwartet als möglich kommt. Wenn er krank in Barzin liegt, so wird er ein wenig verhindert sein, zu sehen, was in Europa vorgeht, und ich kann hoffen, ihn zu überraschen, was sonst nicht leicht ist. – Sorgen Sie dafür,« fügte er hinzu, »dass der Marquis de Moustier sich bei dem Grafen Solms in Paris auch in meinem Namen nach dem Befinden des preußischen Ministers erkundigt und ihm meine Teilnahme über seinen Unfall ausspricht. – Ich werde Sie später noch sehen«, fuhr er fort, indem er sich erhob. »Ist Laguéronnière hier?«

»Ich habe gehört, dass der Vicomte angekommen ist«, sagte Pietri. »Er wird zu Eurer Majestät Befehl stehen.« – Er nahm seine Mappe und verließ das Kabinett des Kaisers.

Der Kaiser bewegte die Glocke.

»Der Vicomte von Laguéronnière!« befahl er dem eintretenden Kammerdiener.

Einige Minuten später trat der berühmte und geschmeidigste Publizist des Kaiserreichs, welcher soeben im Begriff stand, nachdem er bereits zur Würde eines Senators erhoben worden war, seine Kräfte der aktiven Diplomatie zu widmen und als Gesandter nach Brüssel zu gehen, in das Kabinett.

Herr von Laguéronnière, eine hohe Gestalt, deren ehemals schlanke Formen etwas breit und voll geworden waren, ohne darum ihre elastische Geschmeidigkeit einzubüßen, war damals fast sechzig Jahre alt. Sein dünn gewordenes Haar war noch wenig ergraut, – seine etwas starken Züge, die große Nase, der breite Mund machten sein Gesicht eher hässlich als schön; doch lag in der geistig belebten Klarheit seines Ausdrucks, in dem scharfen, zuweilen leicht humoristisch boshaften Blick seines klugen Auges etwas ungemein Anziehendes – seine Ausdrucksweise und seine Bewegungen zeigten die ruhige Sicherheit des vornehmen Mannes.

Herr von Laguéronnière, im schwarzen Überrock, die Rosette der Ehrenlegion im Knopfloch, verbeugte sich tief und näherte sich dem Kaiser, der ihm entgegentrat und ihm mit freundschaftlicher Herzlichkeit die Hand reichte.

»Ich habe Sie bitten lassen, zu mir zu kommen, mein lieber Vicomte,« sagte er, »weil ich Ihnen vor dem Antritt Ihres Postens in Brüssel noch meine persönlichen Instruktionen geben wollte. Setzen Sie sich und lassen Sie uns ein wenig plaudern.«

Der Kaiser ließ sich bequem in seinen Lehnstuhl nieder, machte sich aus seinem Seidenpapier und türkischem Tabak, welcher in einer geschnitzten Holzschale auf einem kleinen Tisch stand, eine Zigarette, entzündete dieselbe an der auf demselben Tische brennenden Kerze und blies die bläulichen Wolken des aromatisch duftenden Rauches vor sich hin.

»Ich habe Eurer Majestät«, sagte der Vicomte mit seiner etwas leisen, leicht lispelnden Stimme, – »nochmals meinen Dank auszusprechen für das Vertrauen, welches mir die Ernennung für Brüssel bewiesen hat und welches mir Gelegenheit gibt, auf dem Gebiet der Diplomatie meine Kräfte im Dienste Eurer Majestät zu erproben.«

»Für einen Mann von Ihrem Geiste und Ihrer Geschicklichkeit,« sprach der Kaiser, »für einen Mann, der bereits – und mit so großem Verdienst, die Würde eines Senators bekleidet, könnte der Posten in Brüssel untergeordnet erscheinen – und ich hätte Ihnen gerne einen der bedeutenderen Botschafterposten an einem großen europäischen Hofe übertragen –«

Herr von Laguéronnière verneigte sich mit einer Miene, als teile er vollständig die von dem Kaiser ausgesprochene Ansicht. Auf seinem Gesicht erschien ein leichtes Erstaunen, man konnte in dem beredten Blick seines Auges fast die Frage lesen, warum denn der Kaiser, der doch nur zu wollen habe, nicht seinen Worten gemäß handele.

»Allein«, fuhr Napoleon fort, – »in diesem Augenblick ist der Posten in Brüssel wichtiger und bedeutungsvoller als alle anderen, und gerade dort bedarf ich eines Mannes von treuer und erprobter Ergebenheit, von strenger Diskretion und von einer Geschicklichkeit, welche den schwierigsten und delikatesten Verhältnissen gewachsen ist, – mit einem Wort, einen Mann, der alle die Eigenschaften besitzt, welche Sie in so hohem Grade auszeichnen.«

Herr von Laguéronnière verneigte sich abermals, wie unwillkürlich spielte ein Lächeln befriedigter Eitelkeit um seine Lippen, dann schlug er den fragenden Blick mit dem Ausdruck gespanntester Aufmerksamkeit zum Kaiser auf. Napoleon lehnte sich behaglich in seinen Stuhl zurück und sprach, nachdem er eine dichte Ringelwolke in die Luft geblasen:

»Mein lieber Vicomte, – die lange Zeit der Ruhe, in welcher wir untätig zugesehen haben, wie die Geschicke Europas von andern Händen geleitet wurden, ist vorüber. Ich bin entschlossen, die Stimme Frankreichs ernst und mächtig ertönen zu lassen, und dieser Stimme, wenn es nötig ist, – und ich glaube, es wird nötig sein, – den Nachdruck der Waffen zu geben.«

Herr von Laguéronnière fuhr zusammen. Einen Augenblick sah er wie erschrocken den Kaiser an. Dann erschien der Ausdruck der Befriedigung auf seinem Gesicht und mutiger Stolz leuchtete aus seinen Augen.

»Ich bin immer überzeugt gewesen, Sire,« sagte er, »dass dieser Augenblick kommen würde. Ich habe die Gefühle vollkommen begriffen und mitempfunden, welche Eure Majestät nach der Schlacht von Sadowa haben erfüllen müssen, als Preußen auf der Höhe seiner Siegeserfolge so rücksichtslos jede Verständigung mit Frankreich zurückwies. Ich habe mir gesagt, dass in der Tiefe der Seele Eurer Majestät der Gedanke ruhen müsse, die für Frankreich so verderblichen Konsequenzen jener Ereignisse wieder aufzuheben. Und ich habe,« fuhr er fort, »solange ich die Ehre habe, Eure Majestät zu kennen, wohl gesehen, dass Sie einen Gedanken lange in sich verschließen, seine Ausführung weit hinausschieben können, aber noch niemals habe ich gesehen, dass Sie denselben wieder aufgaben.«

»Es scheint, dass Sie mich scharf beobachtet haben,« sagte der Kaiser lächelnd, »nun wohl, wenn ich damals jenen Gedanken gefasst habe, den Sie mir zuschreiben, wenn ich die Pläne zu seiner Ausführung lange vorbereitet und in mir getragen habe, so ist jetzt der Moment des Handelns gekommen.«

»Ich bin glücklich,« sagte Herr von Laguéronnière, »dies zu vernehmen, denn ich zweifle nicht, dass, wenn Eure Majestät zur Tat schreiten, die Vorbereitungen vollendet sind und kein Fall übersehen worden ist, der dabei infrage kommen kann. Ich bin doppelt glücklich«, fuhr er fort, »darüber, dass es mir vergönnt sein soll, an der Ausführung der Gedanken Eurer Majestät tätig mitzuwirken, und werde mit dem größten Eifer bemüht sein, Ihrem Vertrauen zu entsprechen.«

»Sie wissen,« sagte Napoleon, »wie tief ich von der Notwendigkeit überzeugt bin, die Unabhängigkeit des Papstes und dadurch den Einfluss Frankreichs in Italien zu erhalten. Sie werden ebenso wenig wie ich daran zweifeln, dass bei jeder Verwicklung Frankreichs Italien gegen Rom vordringen und mich dadurch zwingen würde, meine Kräfte zu teilen. Meine erste Sorge muss daher sein, bei einer Aktion gegen den Rhein mir nach jener Seite hin den Rücken zu decken. Ich habe es versucht, eine Allianz mit Italien zu schließen. Es ist nicht gelungen. Der König Viktor Emanuel war dazu geneigt, aber das Kabinett Ratazzis ist gestürzt, – auf das man sich im Grunde auch wenig verlassen konnte«, schaltete er achselzuckend ein. »Und in diesem Augenblick beherrschen die Gegner Frankreichs die italienische Politik. Ich habe deshalb eine andere Kombination ins Auge gefasst, und sie ist in diesem Augenblick der Ausführung nahe; im Moment einer französischen Aktion«, fuhr er fort, während Herr von Laguéronnière in höchster Spannung zuhörte, »werden meine Truppen in Rom durch diejenigen der Königin Isabella ersetzt werden, und wenn Italien einen Versuch machen sollte, das Engagement Frankreichs nach anderer Seite hin zu einem Handstreich zu benutzen, so wird es sich der spanischen Macht und vielleicht einer bourbonischen Erhebung in Neapel gegenüber befinden.«

»Ich bewundere die so einfache und doch so großartige Kombination Eurer Majestät,« sagte Herr von Laguéronnière, »durch dieselbe ist in der Tat die wesentlichste Schwierigkeit beseitigt, welche sich einem Kampf Frankreichs gegen die übermächtig gewordenen Sieger von Sadowa entgegenstellt.«

»Doch«, sprach der Kaiser weiter, »es ist ein zweiter Punkt vorhanden, welcher in dem bevorstehenden Entscheidungskampfe von hoher Wichtigkeit ist. Nach dem wohlüberlegten Plan meines Generalstabes muss der Krieg gegen Preußen in drei großen Vorstößen geführt werden. Der eine wird sich von Metz aus auf das Herz Deutschlands zu richten haben; der andere, von Straßburg herausdringend und die Süddeutschen mit sich fortreißend, sich mit jenem ersten zu vereinigen haben; der dritte muss von der holländischen Seite her, durch eine Flottenoperation vom Lande unterstützt, sich geradezu gegen die eigentliche preußische Macht richten. In dieser letzteren Richtung ist nun die Haltung Belgiens von großer Wichtigkeit.

Herr von Laguéronnière neigte den Kopf mit dem Ausdruck des Verständnisses.

»Es kommt darauf an,« sagte der Kaiser, »Belgien dahin zu bringen, dass es im Augenblick der Aktion, und vielleicht«, fügte er hinzu, »scheinbar der Gewalt weichend, seine Neutralität aufgibt, und unsern militärischen Operationen keine Hindernisse in den Weg legt. Ich fürchte,« sprach er weiter, »dass die Regierung in Brüssel kaum gewillt sein wird, einen derartigen Vertrag abzuschließen. Auch halte ich es für sehr bedenklich, darüber nur in Unterhandlungen zu treten. Denn bei den Beziehungen des belgischen Hofes würde schon die Nachricht von der ersten Anbahnung derartiger Verhandlungen entweder direkt oder über London und Koburg nach Berlin dringen und damit die erste Bedingung unseres Aktionsplans, das absolute Geheimnis, aufheben. Nach meiner Idee wird es darauf ankommen, auf die belgische Regierung erst im letzten Augenblick, wenn das Spiel bereits offen engagiert ist, einzuwirken, dagegen aber vorher sich aller Druckmittel zu versichern, die man in jenem letzten, entscheidenden Augenblick auszuüben imstande sein könnte. – Sie kennen die Negoziation, welche in Betreff des Ankaufs luxemburgischer Bahnen durch die Ostbahn stattfindet.«

Herr von Laguéronnière verneigte sich zustimmend.

»Hierin liegt«, sagte der Kaiser, »schon ein wesentliches Hilfsmittel. Und Sie werden dieser Angelegenheit Ihre besondere Aufmerksamkeit zu widmen die Güte haben. Doch«, fuhr er fort, »müssten wir in anderer Richtung noch energischer wirken. – Es ist, wie Sie wissen, – und ich werde Ihnen darüber die ausführlichen Akten und Berichte zugehen lassen, – durch geschickte Agenten eifrig dahin gearbeitet worden, die zahlreichen französischen Sympathien, welche in der Bevölkerung Belgiens lebendig sind, zu stärken und einheitlich zu organisieren. Diese Sympathien müssen im entscheidenden Augenblick zu energischen oder auf die Regierung mächtig drückenden Kundgebungen gebracht werden. Aus der französischen Bevölkerung Belgiens heraus muss man den Anschluss an die Politik und Aktion Frankreichs verlangen, sodass die Regierung des Königs Leopold sich der Macht Frankreichs an den Grenzen und dem laut kundgegebenen Willen des eigenen Volkes gegenüber befindet.«

»Ich verstehe, Sire, ich verstehe vollkommen,« sagte Herr von Laguéronnière, »und ich fange an, die hohe Wichtigkeit meiner Mission auf dem Brüsseler Posten zu begreifen. Ich bin stolz auf das Vertrauen Eurer Majestät, welches eine so hochbedeutungsvolle Sache in meine Hände legt.«

»Die Bedeutung der Frage,« sagte der Kaiser sinnend vor sich hinblickend, »erstreckt sich über den Augenblick der Aktion hinaus. Wenn wir siegreich aus dem Kampf hervorgehen, so muss die Wiederkehr solcher Verhältnisse, wie sie das Jahr 1866 geschaffen, für immer ausgeschlossen werden. Ich glaube,« fuhr er fort, »dass das im deutschen Volke einmal zum Bewusstsein gekommene Streben nach nationaler Einigung sich auf die Dauer nicht wird zurückdrängen lassen. Nach den Grundsätzen, welche ich für die moderne Entwicklung des Volkslebens als richtig und maßgebend anerkenne, kann es unsere Aufgabe nicht sein, sich jenem naturgemäßen Streben zu widersetzen. Dagegen müssen wir Garantien gewinnen, welche Frankreich vor den Gefahren schützen, die ihm aus einem militärisch geeinigten Deutschland entstehen müssen. Ich habe bereits nach der Schlacht von Sadowa die Errichtung eines neutralen

Rheinstaats vorgeschlagen. Ich dachte damals, den Erbprinzen von Hohenzollern dorthin zu setzen. Man hat das alles in Berlin zurückgewiesen. – Nun, wenn wir die Macht gewinnen sollten, unsere Bedingungen zu stellen, so werde ich auf jenen Plan zurückkommen; – ich werde für Frankreich selbst nichts verlangen als die Grenzen von 1814, – dagegen aber auf die Bedingung eines vollkommen neutralisierten, die beiden Nationen von Deutschland und Frankreich militärisch trennenden und ökonomisch wieder verbindenden Staatsgebiets am Rhein bestehen. Ich werde dann«, fuhr er fort, »nicht mehr auf den Prinzen von Hohenzollern zurückkommen, vielmehr möchte diese Kombination dann mit unserem Verhältnis mit Belgien in Verbindung zu bringen sein. Wenn die Manifestationen der belgischen Bevölkerung für Frankreich die nötige Intensivität annehmen, wenn dann am Ende des Feldzuges die militärischen Positionen Belgiens in unseren Händen sich befinden, so möchte vielleicht der Augenblick gekommen sein, die natürlichste Abrundung des französischen Gebiets auszuführen und jenen künstlich geschaffenen Staat Belgien verschwinden zu lassen, indem man seine französischen Bestandteile Frankreich wiedergibt und seine flämischen Gebiete den Holländern überlässt. – Eine wesentliche Schwierigkeit«, fuhr er fort, »würde hierbei die dynastische Frage bilden. Die belgische Familie ist zwar nur eine dem künstlichen Staate willkürlich gegebene Dynastie, doch steht sie in nahen Beziehungen zu den ersten Höfen von Europa, und entthronte Dynastien sind schlimme, unversöhnliche und unendlich schwer anzufassende Feinde. Würde man durch ein neutrales Rheinkönigreich der jetzigen belgischen Dynastie einen neuen Thron bieten können, so würde die ganze Sache sich leichter arrangieren –

Dies also«, fuhr er nach einem augenblicklichen Stillschweigen fort, »ist der Ideengang, nach welchem Sie sofort Ihre eifrigste Tätigkeit in Brüssel werden zu regeln haben. Es fasst sich in wenige Worte zusammen: Zunächst tiefes Geheimnis, kräftige Organisation der französischen Sympathien – gestützt auf dieselben im entscheidenden Moment, starkes und festes Auftreten, das womöglich zu scharfem Riss zwischen der Bevölkerung und dem Könige führt, der sich in einem Augenblick, in welchem die französische Armee an den Grenzen steht, keine Stütze wird schaffen können, denn die uns feindlichen Elemente der Bevölkerung werden in einem solchen Augenblick vorsichtig schweigen, während unsere Freunde um so lauter ihre Stimmen erheben. Dies, mein lieber Vicomte, ist meine persönliche Instruktion. Schriftlich«, fuhr er lächelnd fort. »werden Sie nichts darüber erhalten, und über den letzten Teil derselben, über die Zukunftsperspektive, welche ich Ihnen soeben eröffnet habe, bitte ich Sie, ganz ausschließlich nur mit mir zu sprechen und zu korrespondieren.

Und nun«, sagte er aufstehend, »schicke ich Sie fort, Ihr Besuch hier darf nur den Charakter einer einfachen Verabschiedung haben. Ich wünsche nicht, dass man im Publikum und in den Kabinetten Europas Ihrer Sendung nach Brüssel irgendwelche Wichtigkeit beilegt. Ich werde Sie noch bei Tische sehen. – Heute Abend gehen Sie nach Paris zurück und lassen sich Ihre offizielle Instruktion auf dem auswärtigen Ministerium geben. Sie haben mit mir persönlich zu korrespondieren und ich hoffe, dass das oft geschehen wird und dass Ihre Briefe mir erfreuliche Nachrichten bringen werden. Senden Sie mir dieselben durch Kuriere, die sich ohne jede Vermittlung direkt bei Pietri zu melden haben. Ich werde es nicht übel nehmen,« sagte er noch, indem Herr von Laguéronnière sich tief verneigend verabschiedete, »wenn Sie sich bei vorkommender Gelegenheit ein wenig unzufrieden darüber aussprechen, dass ich Sie auf den unbedeutenden Posten nach Brüssel geschickt habe.«

»Ich werde mir diesen Mangel an Ehrerbietung erlauben, Sire,« erwiderte Herr von Laguéronnière, »und zu gleicher Zeit bestrebt sein, Eurer Majestät zu beweisen, dass Sie mich richtig geschätzt haben, indem Sie mir diesen kleinen und unbedeutenden Posten anvertrauen.«

Er verließ das Kabinett.

Der Kaiser blickte ihm einen Augenblick schweigend nach.

»Er ist eifrig und geschickt,« sagte er, »er ist mir und dem Kaiserreich treu ergeben – auch würde er kaum in andern Verhältnissen mehr die Wurzeln einer neuen Existenz schlagen können. Er wird alle Kraft an die Erfüllung seiner Mission setzen und wird reüssieren. – Meine Vorbereitungen vollenden sich immer mehr und mehr. – Jetzt einen Wink an die öffentliche Meinung, einen ersten Alarmschuss, um die nationalen Gefühle des französischen Volkes zu erwecken.«

Er bewegte die Glocke.

»Herr Paul von Cassagnac!« befahl er dem eintretenden Kammerdiener. »Er soll mich in den Garten begleiten.«

Nach einigen Augenblicken trat die athletische Gestalt des jungen Publizisten, welcher eine so scharfe Feder führte und soeben in seinem Zweikampf mit Lissagaray bewiesen hatte, dass die Spitze seines Degens ebenso scharf sei als seine Feder, in das Kabinett. Das kräftig geschnittene, jugendlich blühende Gesicht des Herrn von Cassagnac, welcher damals etwa achtundzwanzig Jahre alt sein mochte, trug den Ausdruck einer gewissen harmlosen Gutmütigkeit, welche aber in der Unterhaltung oft einer heftigen, nervösen Erregung Platz machte. Seine großen dunklen Augen blickten mit aufrichtiger Liebe und Verehrung auf den Kaiser, der ihn freundlich, mit fast väterlicher Herzlichkeit begrüßte.

»Gestatten Eure Majestät,« sagte Herr von Cassagnac mit seiner kräftigen, volltönenden Stimme, »dass ich zunächst nochmals persönlich meinen untertänigsten Dank für die Verleihung des edlen Zeichens ausdrücke, das ich durch meine Treue und Ergebenheit mehr verdient habe, als durch die Tat.«

Er deutete mit der Hand auf das rote Band der Ehrenlegion, welches er im Knopfloch seines schwarzen Überrocks trug.

»Gesinnungen, wie die Ihrigen, mein lieber Freund,« sagte der Kaiser, »wiegen oft schwerer als Taten. Wenn sich die Gelegenheit bieten wird, bin ich überzeugt, dass alle Ihre Handlungen den Gesinnungen entsprechen werden. Ich will einen kleinen Gang im Park machen,« sagte er, »Sie sollen mich begleiten und mir ein wenig berichten, was die öffentliche Meinung in meiner guten Stadt Paris macht.«

»Die öffentliche Meinung, Sire,« erwiderte Herr von Cassagnac lebhaft, »schläft in diesem Augenblick. Man spricht von allen möglichen Dingen, nur nicht von dem einzigen, das nach meiner Überzeugung jetzt jedes französische Herz erfüllen sollte: von der Notwendigkeit, den sinkenden Ruhm und die abnehmende Macht Frankreichs wiederherzustellen und Europa, vor allem aber diesem hochmütigen Preußen, zu beweisen, dass der Degen Frankreichs noch scharf geschliffen ist.« »Sie sind noch immer der alte Heißsporn,« erwiderte der Kaiser, ihm freundlich auf die Schulter klopfend, »der nicht begreifen will, dass man heute nicht mehr wie zu Bayards Zeiten so ohne alle weiteren Hilfsmittel in den Kampf zieht als sein Schwert und die Devise seiner Dame.«

»Eure Majestät tun mir unrecht,« sagte Paul von Cassagnac, – »wenn ich der französischen Politik das Herz Bayards wünsche, so wünsche ich ihr doch dabei einen sehr kalten, klaren und ruhig überlegenden Kopf. Doch,« fuhr er fort, »ich sehe in der Tat nicht ein, was jetzt noch zu überlegen wäre. Die Organisation der Armee ist durch den geistvollen und energischen Marschall Niel vollendet! Alles ist bereit! Die Gründe zum Handeln liegen überall vor! Die Verträge sind überall verletzt, oder nicht ausgeführt! Die Unzufriedenheit in Deutschland wächst täglich! Die Sympathien der Unterdrückten in jenem Lande wenden sich zu uns! Unsere Finanzen sind blühend! Alles, alles ist in diesem Augenblick uns günstig! Worauf warten wir noch?«

»Worauf warten wir noch?« wiederholte der Kaiser halb leise. »Es scheint mir,« sagte er dann, indem er den Blick mit einem eigentümlichen Ausdruck auf den jungen Mann richtete, »dass Sie diese Frage nicht am richtigen Ort stellen.«

»Ich bitte Eure Majestät um Verzeihung wegen meiner Kühnheit,« sagte Herr von Cassagnac etwas betroffen, »aber Sie wissen, Sire, es wird mir schwer, das zu verschweigen, was mein Herz erfüllt, am schwersten Eurer Majestät gegenüber, da Ihnen mein ganzes Vertrauen und meine ganze Hingebung gehört.«

»Sie haben meine Worte missverstanden«, sagte der Kaiser lächelnd. »Ich meine, jene Frage, die Sie soeben aussprachen, sollten Sie nicht an mich, hier in der Stille meines Kabinetts richten, Sie sollten sie mir laut vorlegen, vor der Nation, vor der öffentlichen Meinung von Frankreich.«

Ganz erstaunt blickte Herr von Cassagnac mit großen Augen den Kaiser an.

»Wenn Sie diese Frage aufwerfen,« sagte Napoleon, »wenn Sie diskutieren mit Ihrem Talent, mit Ihrer Schärfe, mit Ihrem Feuer und Ihrer Begeisterung, so zweifle ich nicht, dass in nicht langer Zeit ganz Frankreich laut und vernehmlich jene Frage wiederholen wird. Und dann,« sagte er, – »Sie wissen, dass ich nur der Erwählte und der Vertreter der Nation bin, dann werde ich wohl endlich auch fragen müssen: Worauf soll ich noch warten?«

»Sire,« rief Paul von Cassagnac, indem sein Auge leuchtete und sein Gesicht in nervöser Erregung zitterte, »Sire, um Gottes willen, welche Perspektive eröffnen Eure Majestät mir!«

Der Kaiser bewegte schnell die Glocke und legte lächelnd den Finger auf den Mund.

Der Kammerdiener trat ein. Herr von Cassagnac schwieg, ohne indessen seine Ruhe und Fassung wieder gewinnen zu können.

»Wie geht es meinem armen Nero? Kann er mich begleiten?«

»Nero ist sehr schwach, Sire,« sagte der Kammerdiener. »Doch, wenn Eure Majestät nicht lange gehen, so wird ihm die frische Luft und etwas Bewegung gewiss gut tun.«

»So lassen Sie ihn kommen«, sagte Napoleon, indem ein schmerzlicher Ausdruck in seinem Gesicht erschien.

Der Kammerdiener führte nach wenigen Augenblicken einen mächtigen, großen Neufundländerhund in das Zimmer. Aber nicht wie sonst näherte sich das treue Tier dem Kaiser mit mächtigem Satz, nicht wie sonst legte er seine Tatzen auf die Schulter seines Herrn und schmiegte seinen großen langhaarigen Kopf an dessen Gesicht. Er näherte sich langsam mit etwas schwankendem Gang dem Kaiser, legte sich zu dessen Füßen nieder und blickte aus seinen großen Augen, wie fragend und Hilfe suchend, traurig empor.

Der Kaiser beugte sich nieder und fuhr sanft mit der Hand über den Kopf des Hundes.

»Du bist krank, mein armer Nero,« sagte er mit unendlich weicher Stimme, »aber es wird vorübergehen. Du wirst wieder gesund werden; sicherer vielleicht«, fügte er seufzend hinzu, »als ich; – die Tage der Jugend sind dahin! – Ich habe so viele Freunde verloren unter den Menschen, sollte ich auch dich noch verlieren, – dich, vielleicht das treueste Herz, das je für mich geschlagen?«

Der Hund spitzte die Ohren und blickte mit verständnisvollem Blick zum Kaiser empor.

»Stehe auf«, sagte Napoleon, indem ein feuchter Schimmer seinen Blick verdunkelte, »wir wollen ausgehen!«

Nero erhob sich, wedelte ein wenig mit dem Schwanz und schien den Versuch machen zu wollen, wie früher dem Kaiser voraus zu springen. Doch die Kraft versagte ihm, traurig schüttelte er den Kopf und schritt langsam und schleppend hinter seinem Herrn her, welcher, leicht auf den Arm des jungen Herrn von Cassagnac gestützt, in den Park hinausging.

Achtzehntes Kapitel

Die Hitze des Sommers hatte der Landschaft in Blechow im alten hannöverischen Wendlande früh eine herbstliche Färbung gegeben. Die hohen Bäume, welche das alte Schloss und Amtshaus umgaben, waren bereits mit zahlreichen gelblichen Blättern bedeckt und die Föhrenbäume im Walde hatten schon jenes tiefdunkle Grün angenommen, welches in der Zeit des Frühlings und des ersten Sommers lichteren Schattierungen Platz macht.

Die Bauern des Dorfes waren hinausgezogen, um die letzten Feldfrüchte einzuführen, – still lag das Dorf da im schräg herabfallenden Strahl der Nachmittagssonne, – und auf den weiten Feldflächen sah man die jungen Burschen und Mädchen in voller Arbeit unter Aufsicht und Leitung der älteren Bauern.

Das alte Amtshaus lag düster und ernst auf seiner leicht ansteigenden Höhe, – der Amtsverwalter Herr von Klentzin führte dort ein einsames und wenig abwechselndes Leben. Seine Gerechtigkeit, seine Verwaltungstüchtigkeit, sein freundliches Wohlwollen gegen jedermann, die Achtung, welche er stets für das früher Bestandene zu erkennen gab, hatten ihm wohl das Vertrauen und die persönliche Zuneigung der Bevölkerung eingebracht, – aber er war doch immer ein Vertreter der neuen Herrschaft, – die Erinnerung an die Vergangenheit, – an den alten Oberamtmann und sein fröhliches gastliches Haus war nicht so leicht verschwunden aus den Herzen der zähen Wenden, welche ihre alte Eigenart, ihren zurückhaltenden Trotz, hier auf dem niedersächsischen Boden nur noch verstärkt zu haben schienen. Man grüßte den Amtsverwalter ehrerbietig, ja freundlich, wenn man ihm begegnete, – man fügte sich willig seinen Anordnungen, deren Zweckmäßigkeit man anerkannte und für deren milde und schonende Form man ihm Dank wusste, – aber das war alles, – niemals fiel es einem der Bauern ein, sich – wie zur Zeit des Oberamtmanns von Wendenstein – auf dem Amte Rat zu erholen und das Wohl und Wehe des Hauses und der Familie seinem entscheidenden Urteil zu unterwerfen, – die ganze Verwaltung behielt den Charakter des Bürokratischen, – jenes alte patriarchalische Regiment, welches nach den früheren hannöverischen Traditionen der alte Oberamtmann zu erhalten gewusst hatte, war verschwunden, – die neue Regierung ordnete das öffentliche Leben – und sie ordnete es zur Zufriedenheit der Amtseingesessenen, – aber sie blieb dem Herzen des Volkes fremd, – jene Gemeinsamkeit der Auffassungen – der Interessen – der Erinnerungen bestand nicht mehr, welche nur eine Frucht langjährig entwickelter, historisch erwachsener Verhältnisse sein kann.

Der Pastor Berger und der alte Deyke, der noch immer mit Rüstigkeit und Energie die Würde des Baumeisters begleitete, waren die einzigen, welche dem Amtsverwalter näher getreten waren, welche seine politische Stellung vollkommen begriffen und dieselbe vollständig von seinen menschlichen Eigenschaften zu trennen wussten. Beide waren vollkommen durchdrungen von der Überzeugung, dass an den geschehenen Dingen niemals etwas zu ändern sein würde, und dass die zur Geschichte gewordene Tatsache zum Wohle aller so gut als möglich mit den früher bestandenen Verhältnissen in Einklang gesetzt werden müsse, damit wenigstens die künftigen Generationen wieder zum Genusse des inneren wohltätigen Friedens und des freien Vertrauens zwischen Volk und Regierung gelangen möchten, – aber auch diese beiden Personen standen mit ihren Gefühlen, mit ihren liebsten und teuersten Erinnerungen in der Vergangenheit, – von diesen Erinnerungen, scheuten sie sich, mit dem Beamten der neuen Regierung zu sprechen, und wenn sie das Amtshaus betraten, so war es ihnen unmöglich, den traurig schmerzlichen und peinlichen Eindruck zu verbergen, den das Wiedersehen dieser Räume unter so veränderten Verhältnissen in ihnen hervorbrachte. So war auch mit diesen Personen der Verkehr des Herrn von Klentzin ein seltener und immerhin ernster und trauriger geblieben, denn der neue Amtsverwalter achtete ihre treue Anhänglichkeit an die Erinnerungen der Vergangenheit, welche ihn sympathisch berührte, – und fühlte wohl, dass bei allem persönlichen Vertrauen diese Erinnerungen immer eine nicht zu übersteigende Scheidewand zwischen ihnen bilden müssten. Dazu kam, dass Kummer und Sorge in das stille Pfarrhaus eingezogen waren. Unverändert wie sonst blühten die Blumen auf den kleinen, sauber und sorgfältig gepflegten Beeten des Pfarrgartens, welche mit ihrer Einfassung von dunkelgrünem, glatt geschnittenem Buchsbaum so freundlich dalagen neben den geraden, mit gelbem Sand bestreuten Wegen. Aber der Geist der Heiterkeit und des Frohsinns, der einst diese bescheidenen Räume erfüllte, war aus ihnen gewichen.

Helene war zu ihrem Vater zurückgekehrt, nachdem sie mit dem Oberamtmann von Wendenstein in Wien gewesen war, – sie hatte sich zurückgesehnt nach der alten Umgebung ihrer Kindererinnerung, um mit ihren Gedanken sich auch an die äußeren Zeichen glücklicher, vergangener Tage anlehnen zu können, – auch hatten die Ärzte für ihren immer ernster und bedenklicher auftretenden Husten ihr die Landluft und die von Jugend auf gewohnte Lebensweise verordnet. Auf kurze Zeit war nach ihrer Rückkehr ins Vaterhaus auf ihrem bleichen, still freundlichen Gesicht wieder ein Schimmer kindlicher Heiterkeit erschienen – sie hatte die Pflege ihrer Blumen wieder begonnen, sie hatte ihre alten Lieblingsplätze auf den Wiesen und an den Waldabhängen wieder aufgesucht, – träumerisch, aber mit glücklichem Lächeln war sie einhergegangen, – sprachen ihr doch alle diese vertrauten Plätze von den harmlos fröhlichen Tagen ihrer Kindheit und von der allmählich aus den Tiefen ihres Wesens hervorkeimenden Liebe, welche sich endlich hier an dieser selben Stelle zu so schöner, beglückender Blüte entfaltet hatte, zu einer Blüte voll süßen, berauschenden Duftes, – die freilich wieder von den Stürmen der Zeit so hart getroffen war, darum aber nicht minder duftig und rein in ihrem Herzen weiter blühte.

Dann aber war jener flüchtige Schimmer von Gesundheit und Glück wieder verschwunden, – immer durchsichtiger wurde ihr blasses, von seinen bläulichen Adern durchzogenes Gesicht, – immer magerer und zarter erschien ihre Gestalt, – immer dunkler und brennender leuchteten ihre tief eingesunkenen großen Augen, – immer wehmütiger und trauriger wurde der leidende Zug um ihren Mund, und nur mit Mühe und oft anhaltend stieg sie nach ihren Spaziergängen die kleine Höhe zum Pfarrhause hinauf. Sie erhielt in ziemlich regelmäßigen Zwischenräumen Briefe von ihrem Verlobten aus Paris, – jedes Mal, wenn der Landpostbote einen solchen Brief brachte – mit freundlich verständnisvollem Lächeln erwartend, dass ihm eine kleine Extrabelohnung für seine Botschaft gegeben werde, – flog ein Schimmer von Glück und Freude über das kranke Gesicht des jungen Mädchens, – sie eilte in ihr Zimmer, öffnete hastig den Brief und drückte das Papier, welches ihr Nachrichten von ihrem Geliebten brachte, an die Lippen. Wenn sie dann den Brief las, – jedes Wort mit den Blicken verzehrend, dann waren in der letzten Zeit oft trübe Schatten über ihr Gesicht gezogen, und die großen brennenden Augen hatten sich trübe in feuchte Schleier gehüllt.

Die Briefe enthielten wenig, gar so wenig über das Leben des jungen Mannes, das sie doch so gerne in seinem ganzen Gange täglich und stündlich verfolgt hätte, – er schrieb ihr zwar, dass er aus Besorgnis, seine Briefe könnten in falsche Hände geraten, sehr vorsichtig in seinen Mitteilungen sein müsse, – aber sie sagte sich, dass er ihr doch mehr über sein rein persönliches Leben, seine Eindrücke, seine Gedanken und Empfindungen mitteilen könne, – und dann fühlte sie aus seinen Briefen nicht mehr jene innige Liebe, jene Herzlichkeit heraus, welche sich oft in wenigen unwillkürlich gewählten Worten deutlicher und verständlicher ausdrückt, als in ganzen wohlstilisierten Sätzen. Es wehte sie aus den Worten, welche sie mit der glühenden Sehnsucht ihrer ganzen Seele las, eine gewisse Kälte, ein fremder Geist an, – sie sah zwischen den Zeilen nicht das Antlitz ihres Geliebten, wie er in ihrer Erinnerung lebte, – sie sah fremde Züge, und oft schloss sie die Augen, um sich das geliebte Bild, wie sie dasselbe vor sich gesehen, wieder hervorzurufen; aber durch die geschlossenen Augenlider drangen, erst langsam perlend, dann stärker und stärker hervorbrechend, heiße Tränen und fielen auf das Papier nieder. – Es ist eine eigentümliche Sache um einen Brief, der einem einsamen, stillen Leben Nachrichten von fernen Lieben bringt. Diejenigen, welche im bewegten Treiben der Welt und ihrer Zerstreuungen leben, denken nicht daran, welche Wohltat sie einem Herzen, das den ganzen Tag mit seinen Gefühlen, mit seinem Sehnen allein ist, durch einen ausführlichen, herzlichen Brief machen, – und wie die Stunde, welche sie dazu verwenden, tagelang Freude bereitet und das dunkle einsame Leben vergoldet. Jedes Wort gewinnt da seine Bedeutung, jede Zeile wird wieder und wieder gelesen und ausgelegt, – und wenn das sein und verständnisvoll empfindende Herz darin den magnetischen Zug der Liebe fühlt, so trägt sie Sonnenschein und Wärme in die traurige Einsamkeit. – Um so erkältender, schmerzlich verwundender wirkt aber auch die Gleichgültigkeit des lang ersehnten, endlich anlangenden geschriebenen Wortes, – und wie nach dem Glauben der Orientalen ein Engel jeden Wassertropfen in das Buch der Verdienste aufzeichnet, den man über eine verschmachtende Blume gießt, – so wird gewiss der Genius der Liebe und Barmherzigkeit jedes freundliche, herzliche und liebevolle Wort verzeichnen, das einem einsamen, sehnsuchtsbangen Herzen Kunde und Gruß von denen bringt, die im Getümmel der Welt dahingetrieben werden.

Der Pastor Berger war stark gealtert. Sein Haar war mehr und mehr erbleicht, seine Haltung gebrechlicher geworden und auf seinem früher so frisch und fröhlich blickenden Gesicht hatte die Trauer über die Zeitereignisse ihre tiefen schmerzlichen Linien eingegraben. Dennoch blickte sein gutes, treues und offenes Auge in stiller und ergebener Heiterkeit in die ewig gleiche Natur hinaus und zum Himmel empor – dieser großen und unerschöpflichen Quelle der Tröstung über alles vorüberziehende Leid des irdischen Lebens. Nur wenn er das leidende, bleiche Gesicht seiner Tochter sah, wenn er ihren quälenden Husten hörte und ihrem unsicheren, matten Gang folgte, – dann richtete sich sein sorgenschwerer Blick wohl mit schmerzlicher, fast vorwurfsvoller Frage nach oben, –

bald aber erschien wieder der Ausdruck frommer, gläubiger Ergebung auf seinem Gesicht, und mit liebevoller Sorgfalt suchte er seine unruhige Bekümmernis vor seiner Tochter zu verbergen.

Er versah nach wie vor die Pflichten seines Amtes, – er predigte am Sonntagvormittag noch immer mit der alten kernigen, einfachen Kraft und Klarheit, aber seine körperliche Kraft wollte nicht mehr ausreichen zu den früher gewohnten Gängen in die Gemeinde, und einen großen Teil seines Hirtenamtes persönlicher Seelsorge in den Familien hatte er dem Kandidaten überlassen, der sich mit Eifer dieser Tätigkeit unterzog und unermüdlich war, die Häuser der Bauern zu besuchen und Trost und Rat den Bedürftigen zu bringen. Er sprach freundlich, würdevoll und verständig mit den einfachen, natürlichen Menschen, – er bekümmerte sich um alle ihre Verhältnisse, und wenn er seinem Oheim Bericht erstattete über das, was er gesagt und getan, so nickte dieser zufrieden und einverstanden mit dem Kopf oder sprach einige kurze Worte der Billigung, – dennoch wollte das rechte Vertrauen der Gemeinde dem jungen Geistlichen nicht entgegenkommen, und seit der alte Pastor seltener die Häuser der Bauern besuchte, kamen diese zahlreich und häufig zu ihm, um in seinem Zimmer vor seinem Lehnstuhl stehend, ihm vorzutragen, was sie bewegte und bekümmerte, – es dränge doch mehr zum Herzen, sagten sie, was der Herr Pastor zu ihnen spräche; – was der Herr Adjunkt ihnen sagte, das wäre wohl recht und gut, – sie verständen es auch, – aber es würde ihnen nicht so recht warm dabei.

Der Kandidat lebte ruhig und still in dem kleinen Kreise. Er besuchte die Gemeinde, – er predigte am Sonntagnachmittag, – er studierte in seinem Zimmer, – er las abends seinem Oheim vor und unterhielt sich mit ihm, – nur ehrerbietig und vorsichtig seine Meinung äußernd über die Gegenstände der Lektüre, – er war voll Aufmerksamkeit und liebevoller Rücksicht gegen den alten Herrn.

Mit Helene sprach er wenig, aber herzlich und freundlich – doch vermied er geflissentlich, mit ihr allein zu sein, – das junge Mädchen dankte ihm im Stillen für diese zarte Zurückhaltung und versuchte, trotz eines inneren Widerstrebens, das sie von ihm zurückhielt, ihm in ihrem ganzen Benehmen schwesterliche Freundschaft zu zeigen.

Er war nach einer Abwesenheit von mehreren Wochen aus Frankreich zurückgekehrt, und seine Rückkehr hatte erhöhtes Interesse und regeres Leben in den kleinen Kreis gebracht. Er hatte einige Tage viel mit dem

Amtsverwalter verkehrt, – dann war er nach Hannover gefahren, um, wie er sagte, Begnadigungsgesuche einiger Emigrierten zu überreichen und zu befürworten, und dann hatte er sich mit Eifer und Anstrengung wieder der Erfüllung der Pflichten seines Amtes hingegeben.

Als er zurückkehrte, hatte er Briefe von dem Leutnant von Wendenstein mitgebracht, und auf die Frage seines Oheims – Helene hatte keine Frage an ihn gerichtet – kurz und einfach geantwortet, dass Herr von Wendenstein sich wohlbefinde, – dann hatte er viel von den Emigranten und ihrem Leben erzählt, – hatte den ernsten Geist gerühmt, der unter ihnen herrschte, – er beschrieb und schilderte klar und lebendig alles, was er auf seiner Reise gesehen hatte, und diese Erzählungen bildeten längere Zeit den vorzüglichsten Gesprächsstoff, wenn der kleine Kreis im Pfarrhause abends beisammensaß, der alte Herr behaglich im Lehnstuhl seine Pfeife rauchend und Helene mit einer Arbeit beschäftigt, die sie oft in sinnendem Nachdenken auf ihren Schoß niedersinken ließ. Bei allen Erzählungen des Kandidaten, bei allen Ereignissen, die er berührte, erwähnte er jedoch niemals des Leutnants von Wendenstein, und wenn der Pastor bei dieser oder jener Gelegenheit ausdrücklich nach dem Verlobten seiner Tochter fragte, so ging der Kandidat schnell mit einigen oberflächlichen Worten und mit einem eigentümlichen, halb beobachtenden, halb bedauernden Seitenblick auf seine Cousine über diese Frage hinweg.

Helene fühlte diesen Blick, auch wenn sie die Augen auf ihre Arbeit gesenkt hatte, und ein wunderbar banges, angstvolles Gefühl überkam sie jedes Mal bei der Erwähnung ihres Geliebten, – doch erklärte sie sich das Hinweggleiten des Kandidaten über ihn und alles, was ihn betraf, durch die früheren Vorgänge, welche natürlich ein peinliches Gefühl zurückgelassen haben mussten.

So war das Leben einförmig und ruhig dahingegangen, – die frischere Herbstluft hatte die Gesundheit des Pastors gekräftigt, während sie umgekehrt die Schwäche und Mattigkeit des jungen Mädchens vermehrt hatte, – der alte Herr ging öfter als früher in das Dorf hinab, um die einzelnen Mitglieder seiner Gemeinde in alter Weise zu besuchen – seine Tochter aber blieb mehr als sonst zu Hause, da ihr die Bewegung in der kühleren und schärferen Luft häufigere und schmerzlichere Hustenanfälle verursachte.

An einem Nachmittage, als der Pastor ausgegangen war, saß Helene allein vor ihrem Arbeitstisch am offenen Fenster des Wohnzimmers, sie saß auf demselben Platz, von welchem sie sonst vorzeiten, welche noch nicht so weit entfernt waren nach der Zahl der Wochen und Monate, welche ihr aber wie durch einen unausfüllbaren Abgrund von dem Heute getrennt zu sein schienen – hinausgeblickt hatte nach der Wendung des Weges am Waldessaum, mit unbewusst klopfendem Herzen spähend, bis aus dem Schatten der Föhrenwaldung der schöne Kopf und Hals eines Pferdes erschien, – dann eine blaue Uniform, – ein freundlich heraufblickendes, jugendfrisches Gesicht, – dessen Gruß sie schnell aufspringend mit glücklichem Lächeln erwidert hatte.

Auf diesem selben Platz hatte sie gesessen, als er zu ihr gekommen war, um aus ihren Augen die Antwort zu lesen auf die Frage, die aus seinem Herzen heraus auf seine Lippen trat, – hier hatte sie zum ersten Mal seine Lippen auf den Ihrigen gefühlt, zum ersten Mal ihren Kopf in stiller Seligkeit an seiner Schulter ruhen lassen. An diese vergangenen Tage dachte sie in glücklicher Erinnerung, – diese ganze Umgebung, – die Natur in Wald und Feld war so unverändert sich gleich geblieben, – die Herbstblumen blühten so freundlich wie früher im kleinen Garten, und der gelbrote Schein der sinkenden Sonne lag so friedlich über dem ganzen einfach stillen Bilde, das sich vor dem geöffneten Fenster zeigte, dass sie auf Augenblicke völlig die Zeit vergaß, welche sie von den glücklichen Tagen der Vergangenheit trennte und wie damals den Blick nach dem Waldrande richtete, als müsse dort ein liebes Bild sich zeigen.

Dann aber rang sich ein tiefer, schwerer Seufzer aus ihrer Brust – das alles lag ja so weit zurück, – so fern, – und diese lichten Erinnerungen stimmten so wenig mit den Verhältnissen von heute, – es war wie der Strahl eines Sterns, der durch eine Öffnung dunkler Wollen zu uns herabschimmert.

Helene öffnete ein Schubfach ihres Arbeitstisches und zog einen Brief daraus hervor, den sie langsam durchlas, – das Papier zeigte, dass sie es schon oft in ihrer Hand gehalten, dass ihr Blick schon oft auf diesen Schriftzügen geruht hatte, – ihr Auge folgte mit trübem, schmerzlichem Ausdruck den Zeilen, – langsam schüttelte sie den Kopf, und mit einem matten, wehmütigen Lächeln legte sie dann das Papier wieder zurück.

»Das ist nicht die Sprache,« flüsterte sie leise, »in der er früher zu mir gesprochen, – es weht mich an aus diesen Worten wie ein eisiger Hauch, –

o mein Gott!« rief sie schmerzlich, indem ihr Auge sich mit Tränen füllte, »warum hat es so kommen müssen, – warum hat das gewaltige Völkerschicksal, das die Zepter zerbrach und die Kronen von den Häuptern der Könige schlug, – warum hat es trennend und zerstörend in mein armes kleines Leben eingreifen müssen, – warum hat der Strahl, der die mächtigen Eichen zersplitterte, auch die stille Liebesblüte meines Lebens getroffen, die nichts anderes verlangte, als unbeachtet und friedlich in dunkler Verborgenheit weiterzuleben?«

Sie senkte das Haupt auf die Brust, – langsam rannen einzelne Tränentropfen über ihre bleichen, eingesunkenen Wangen.

Ihre Brust begann, unruhig zu arbeiten. Ein trockener Husten erschütterte ihre ganze Gestalt, – sie drückte mit der mageren, durchsichtigen Hand ihr Taschentuch an die Lippen, dann sank sie matt in ihren Stuhl zurück, indem sie in tiefer Erschöpfung mühsam Atem holte.

Langsam öffnete sich die Tür des Zimmers.

Helene richtete sich empor, – mit einem gewissen Erstaunen sah sie den Kandidaten eintreten.

Sie zwang ein freundliches Lächeln auf ihre Lippen und sprach mit matter Stimme:

»Ich glaubte, du hättest den Vater begleitet, Vetter, – er ist in das Dorf hinabgegangen.«

»Er war allein ausgegangen,« sagte der Kandidat mit leiser, sanfter Stimme, – »ohne dass ich es wusste – darum habe ich ihn nicht begleiten können.«

Er zog einen Stuhl in die Nähe des Arbeitstisches seiner Cousine und setzte sich langsam und ruhig nieder.

Helene sah ihn verwundert an, – sie war es nicht gewohnt, dass er eine Unterhaltung mit ihr suchte, – wie mechanisch ergriff sie ihre Arbeit und zog einen Faden in die Nadel.

»Ich habe lange schon mit dir sprechen wollen,« sagte der Kandidat, indem sein Blick fest und durchdringend sich auf sie heftete, – »um vieles auszusprechen, was mich bewegt und was ich mich verpflichtet halte, dir zu sagen.«

Wiederum blickte sie ihn erstaunt – fast ängstlich an, – sie begriff nicht, was er mit ihr sprechen wollte, – fast unmerklich neigte sie den Kopf.

»Du bist unglücklich, Helene,« sprach er mit sanfter Stimme, – »du leidest, – und das bekümmert mich – um so mehr,« fuhr er die Augen niederschlagend fort, – »als ich glaube, dass du dich in vergeblicher Sehnsucht verzehrst.«

Sie sah ihn starr an. Eine stolze, abwehrende, fast verächtliche Kälte lag in ihrem Blick.

»Ich habe mich von dir ferngehalten,« fuhr er fort, »seit ich gesehen, dass das Gefühl, das ich dir ausgesprochen, keine Erwiderung finden kann, – seit ich gesehen, dass die Neigung deines Herzens bereits einem andern gehörte, – ich habe gefühlt, dass jeder nähere Verkehr zwischen uns nur peinlich sein kann – und ich habe«, sprach er, die Hände ineinander faltend, »von Herzen und ohne Groll für dein Glück gebetet.«

Sie zuckte leise zusammen. Dann sah sie ihn mit treuherzigem Ausdruck an und sprach in flüsterndem Tone:

»Ich danke dir dafür.«

»Doch«, sprach er weiter, – »habe ich darum nur ein um so größeres Interesse daran, dass das Gefühl deines Herzens, das du mir nicht gewähren konntest, – Dich wirklich glücklich mache, – dass es nicht unwürdig getäuscht werde.«

Er schlug das Auge mit scharfem, durchdringendem Blick zu ihr empor – ihre Arbeit zitterte leicht in ihrer Hand, dann aber sah sie ihn stolz und kalt wie vorher an und sprach mit festem Ton:

»Das kann niemals geschehen!«

»Und doch geschieht es,« erwiderte er, indem ein Zug von fast feindlicher Härte einen Augenblick auf seinem Gesicht erschien, – dann aber sogleich wieder dem Ausdruck geistlicher Ruhe und Sanftmut Platz machte.

»Helene,« fuhr er fort, während sie ihn groß und starr ansah, – »je treuer und wärmer das Gefühl ist, das ich für dich im Herzen trage, um so schärfer beobachte ich alles, was dein Glück, – was deine Liebe betrifft,« fügte er leise hinzu, – »und seit lange schon habe ich gesehen, dass nicht

alles so ist, wie es sein sollte, – du leidest, – du leidest geistig und körper-
lich, – du zweifelst an der Treue deines Geliebten.«

Sie richtete den Kopf hoch empor. Eine lebhafte, scharf abgegrenzte Röte
erschien auf ihren blassen Wangen.

»Mit welchem Recht –« sagte sie lebhaft.

»Mit dem Recht eines treuen Freundes«, fiel er ein, »habe ich das alles
beobachtet, – eines Freundes, der seine Wünsche und Hoffnungen deinem Glück zu opfern bereit war, – der aber«, sagte er mit rauem Ton,
»die Gefühle, die du mir nicht geben konntest, – an keinen Unwürdigen
weggeworfen sehen will, – eines Freundes, der es für seine Pflicht hält,
dir die Augen zu öffnen, solange es noch Zeit ist, damit du dich von
einer Illusion losreißen mögest, welche dein gegenwärtiges und künftiges Glück zerstört.«

Sie zitterte konvulsivisch – aus ihrem kalt abwehrenden Blick brach es
wie eine Frage banger Todesangst hervor, und mit mühsam zu ruhigem
Ton gedämpfter Stimme sprach sie:

»Du beschuldigst Abwesende, – du klagst an, wo eine Verteidigung unmöglich ist, – das ist nicht edel von dir, – das ist kein Beweis deiner
Freundschaft für mich.«

Er schwieg einen Augenblick, – seine Züge drückten innige und herzliche Teilnahme aus, während seine Blicke kalt und scharf den Eindruck
seiner Worte beobachteten.

»Es ist mein Beruf,« sagte er langsam und salbungsvoll, »den Zustand
der Seelen, die Gefühle der menschlichen Herzen zu beobachten, – und
ich habe, wie ich dir gesagt, lange gesehen, dass du selbst von Zweifeln
gequält wurdest. Als ich nach Frankreich kam, habe ich mir zur Aufgabe
gemacht, über die Zweifel, welche dein Herz bedrückten, mir Gewissheit
zu verschaffen, – und ich habe,« fuhr er mit dumpfem Ton fort, – »ich
habe die Gewissheit gewonnen, dass deine Liebe getäuscht – unwürdig
betrogen wird, – dass der Gegenstand deiner Sehnsucht dich vergessen
hat und in seinen Briefen an dich ein Gefühl heuchelt, welches einer anderen gehört.«

Sie legte ihre zitternde Hand auf den Tisch, wie um sich zu halten, – sah
ihn starr an und sagte mit einer fast rau klingenden Stimme:

»Das ist eine Lüge, – eine grundlose Verleumdung!«

Die Gesichtszüge des Kandidaten verzerrten sich einen Augenblick, – um seine dünnen, bleichen Lippen zuckte ein hässliches, höhnisches Lächeln, – ein stechender Blick schoss aus seinen plötzlich in zitterndem Feuer aufblitzenden Augen, – aber fast ebenso schnell verschwand dieser Ausdruck leidenschaftlicher Erregung wieder, und kalt und ruhig, wie vorher sprach er mit gedämpftem Ton:

»Ich verzeihe dir diese Kränkung, Helene, – deine Aufregung ist natürlich, – glaube mir, dass es mir schwer genug wird, dir Schmerz zu bereiten, – aber dein Glück, deine Zukunft steht auf dem Spiel, – besser ist es, ein Gefühl, das dich elend, unglücklich machen muss, mit einem Mal, wenn auch mit schneidendem Schmerz, aus dem Herzen zu reißen, – als dass dich der Kummer und die langsame Enttäuschung allmählich aufreibt, – ich habe es deshalb für meine Pflicht gehalten, dir die Wahrheit zu sagen, – und was ich dir gesagt, ist die Wahrheit«, fügte er mit festem und bestimmtem Ton hinzu.

Sie holte mühsam Atem, – fast mit röchelndem Ton stieg die Luft aus ihrer schwer arbeitenden Brust herauf, – sie schwankte leicht hin und her, – fester drückte sich ihre Hand auf den Tisch, – gewaltsam hielt sie sich gerade aufgerichtet.

»Man klagt die Abwesenden nicht an,« sagte sie, – »ohne die Anklage beweisen zu können.«

»Du verlangst Beweise,« erwiderte er, indem ein schneller Blick wie die Spitze eines Dolches das in innerer Qual zuckende Gesicht des jungen Mädchens traf, – »hier ist ein Beweis, der dich überzeugen wird!«

Rasch griff er in die Tasche, – aus einem großen Kuvert zog er eine Fotografie in Kabinettsformat und legte dieselbe vor seiner Cousine auf den Arbeitstisch.

Sie senkte langsam den Blick auf das Bild. Es war jene Fotografie, welche der Kandidat in Paris auf dem Tisch des Leutnants von Wendenstein gefunden hatte und welche den jungen Mann darstellte, wie er auf den Knien vor der Marchesa Pallanzoni lag, glühend emporblickend zu der schönen Frau, welche lächelnd das Haupt zu ihm herabneigte.

Die Augen Helenens öffneten sich weiter und weiter, in unnatürlicher Starrheit blickten sie auf das Bild vor ihr, als wollte ihr Blick jeden Zug desselben erfassen, jeden Zug dieses Bildes, das deutlicher sprach als lange Erzählungen, das mit einem Male alle bangen Zweifel ihres Herzens in so schrecklicher Gewissheit löste.

Eine dunkle Röte färbte einen Augenblick in scharfer Abgrenzung ihre Wangen, – unmittelbar darauf legte sich eine fahle Blässe über ihr Gesicht, – sie streckte die Hand aus, – ergriff das Bild und hielt es vor die Augen. Dann aber, wie von plötzlichem Entsetzen erfasst, schleuderte sie es weit von sich, – ihre Lippen öffneten sich, als wollte sie sprechen, – aber es drang nur ein rauer, unverständlicher Laut aus denselben hervor, – noch einmal starrte sie mit einem fast wilden Blick unsäglicher Angst umher, dann schlossen sich ihre brechenden Augen, – ihr Gesicht nahm eine fast gelbe Farbe an, – sie presste beide Hände auf die Brust, und aus ihrem Munde drang ein rötlicher Schaum, dem bald ein voller Blutstrom folgte – leblos sank sie gegen die Lehne ihres Stuhles zurück.

Der Kandidat stand schnell auf. Mit scharfem, ruhigem Blick betrachtete er das entstellte Gesicht Helenens. Dann nahm er das junge Mädchen in seine Arme, trug ihre zarte, so leicht und gebrechlich gewordene Gestalt auf das Kanapee im Hintergrunde des Zimmers und stützte ihren Kopf auf ein viereckiges Kissen, das mit Rosen und Vergissmeinnicht gestickt war, deren hell gefärbte Blüten eigentümlich gegen das totenfarbige Antlitz abstachen, das auf ihnen ruhte.

Einen Augenblick blieb er vor ihr stehen.

»Sollte es sie getötet haben?« flüsterte er vor sich hin.

Er hob die Fotografie von der Erde auf, steckte sie wieder in seine Tasche, öffnete dann die Tür und rief die alte, in der naheliegenden Küche beschäftigte Magd des Pfarrhauses, welche ganz erschrocken herbeieilte und mit lautem Aufschrei zu dem Lager des jungen Mädchens hinstürzte.

»Meine arme Cousine hat ganz unvermutet einen heftigen Blutsturz gehabt,« sagte er, »bleiben Sie bei ihr, – ich werde den Herrn Pastor suchen und Fritz Deyke bitten, dass er nach der Stadt fährt, um den Arzt zu holen.«

Er ging hinaus, während die alte Dienerin den Kopf Helenens unterstützte und mit einem schnell herbeigeholten weißen Tuch das immer noch hervorquellende Blut von ihren Lippen entfernte.

Nach einiger Zeit lief ein leichtes Zittern durch den Körper des jungen Mädchens. Mühsam rang sich ein schwerer, tiefer Atemzug aus ihrer Brust herauf, und dann schlug sie die Augenlider wieder auf – der gebrochene Blick irrte wie suchend und fragend umher, bis er auf dem Gesicht der alten Dienerin haftete, welche in höchster Spannung alle diese Zeichen des wiederkehrenden Lebens verfolgt hatte und nun in jubelndem Tone rief: »Sie lebt – sie lebt, – Gott sei Dank!«

Helene sah sie groß an, – dann schien ihre Erinnerung wiederzukommen, – ein unsäglicher Schmerz malte sich auf ihrem Gesicht.

»Ich lebe,« sagte sie mit kaum verständlicher Stimme, – »ich lebe noch! – warum, – warum, mein Gott, warum bin ich nicht gestorben mit meinem Glück, mit meiner Hoffnung!«

Die Alte hatte diese Worte kaum verstanden in ihrer freudigen Erregung über das wiederkehrende Leben des jungen Mädchens, das sie schon als Kind auf ihren Armen getragen.

»Mein Gott, Fräulein Helene,« rief sie mit vorwurfsvollem Ton, während sie die hellen Tränen, welche über ihr faltiges Gesicht liefen, mit der weißen Schürze abtrocknete, – »mein Gott, was machen Sie für Sachen! – was wird der Herr Pastor sagen, – es ist nur gut, dass Sie wieder besser sind, bevor er wiederkommt,« sagte sie lachend und weinend zugleich, – »der arme Herr wäre ja zum Tode erschrocken, wenn er gekommen wäre, und hätte Sie so bewusstlos daliegen sehen.«

»Bewusstlos?« flüsterte Helene, – »glücklich, wer das Bewusstsein seiner Leiden nicht hat.«

»Ich werde Ihnen eine Tasse lauwarmer Milch bringen,« rief die Alte geschäftig, – »der Doktor hat ja gesagt, das wäre das Beste, um Sie nach einem so starken Hustenanfall wieder zu kräftigen. – Können Sie solange allein bleiben? – ich komme gleich zurück.«

Helene bejahte mit einem Wink ihrer Augen.

Die Alte eilte hinaus.

»Mich stärken?« sagte das junge Mädchen mit leiser, tonloser Stimme, kaum die Lippen bewegend, – »wofür soll ich mich stärken? – wie habe ich gegen meine Krankheit gekämpft, um mein Leben dem Glück zu erhalten! – mein Glück und meine Hoffnung sind gestorben, – o, wäre dies schmerzliche Leben des Körpers mit ihnen zu Ende gegangen.«

Die Tür ging auf, eilig und aufgeregt trat der Pastor in das Zimmer – der Kandidat folgte ihm.

»Mein Kind, – mein armes Kind!« rief der Pastor, indem er zu seiner Tochter eilte und sein vom raschen Gange und der angstvollen Erregung gerötetes Gesicht zu ihr herabbeugte, – »was ist dir widerfahren?«

Er richtete sich wieder empor, erschrocken betrachtete er die so tief entstellten Züge des jungen Mädchens, – er faltete die Hände und blickte wie in stummem Gebet nach oben.

Helene war beim Anblick des Kandidaten leicht zusammengeschauert. Dann sah sie zu ihrem Vater hin mit einem Blick voll inniger Liebe, – sie zwang sich zu einem heiteren und freundlichen Lächeln, das ihrem schmerzdurchzuckten Gesicht einen unendlich rührenden Ausdruck gab, und sagte:

»Es ist nichts – lieber Vater, – es ist schon wieder vorüber.«

Der Atem versagte ihr.

Die alte Dienerin brachte warme Milch, – Helene trank davon, – eine leichte rötlich Färbung zeigte sich wieder auf ihrem Gesicht.

Der Kandidat entfernte sich leise und schweigend.

»Jetzt müssen Sie zu Bett, Fräulein Helene,« sagte die Alte, – »können Sie bis in Ihr Zimmer gehen?«

Helene wollte sich erheben, – sie konnte es nur mit Mühe und Anstrengung, der Pastor trat schnell heran, und langsam, bei jedem Schritt fast zusammenbrechend, ging die Kranke, gestützt und halb getragen von ihrem Vater und der Dienerin, in ihr Zimmer, wo sie der Pastor der Alten überließ, die sie sorgfältig entkleidete und in ihr Bett legte, in dem sie so oft in sanftem Schlummer geruht hatte, umgaukelt von süßen Träumen des Glückes und der Liebe.

Mit gesenktem Haupte kam der alte Herr in das Wohnzimmer zurück, – mechanisch ergriff er seine Pfeife, er wollte den Fidibus entzünden, um sie in Brand zu setzen, – da trat das lächelnde, liebliche Bild seiner Tochter vor seine Seele, wie sie ihm sonst so sorgsam die brennende Flamme auf den Tabak gehalten hatte, mit den frischen, sanften Augen zu ihm aufblickend, – er dachte an ihr so schmerzvoll entstelltes Gesicht, an ihre gebrochene Gestalt, wie sie eben vor ihm gelegen, – langsam stellte er die Pfeife wieder an ihren Platz zurück und setzte sich in seinen Lehnstuhl.

»Wie schwer ruht deine Hand auf mir, du allmächtiger Vater!« sagte er leise, indem er trüben Blickes in die Abendlandschaft hinaussah – »sollte ich dies gute, liebe Kind verlieren?«

Wie von innerer Angst gequält, stand er wieder auf und ging einige Male im Zimmer auf und nieder.

»Der arme Leutnant,« flüsterte er, – »wie würde der es tragen?«

Er nannte den Verlobten seiner Tochter noch immer einfach den ›Leutnant‹ – wie zur alten Zeit, als der Oberamtmann noch das Regiment führte im alten Amtshause.

Dann setzte er sich wieder nieder, faltete die Hände und sprach:

»Siehe da, – will sich das alte Herz, das im Glauben sich stark wähnte, dennoch jetzt auflehnen gegen die Fügungen Gottes – und murren über das Leid, das seine Hand über mich verhängt! – Was Gott tut, das ist wohlgetan,« sprach er mit voller Stimme, – aber seine Lippen bebten, und wie von der Last seiner Sorge erdrückt, ließ er den Kopf auf die Brust niedersinken.

Die alte Magd trat herein und sagte freudestrahlenden Gesichts:

»Fräulein Helene ist ruhig eingeschlafen, sie atmet gleichmäßig, – ich hoffe, es wird nichts passieren, bis der Doktor kommt, – ich werde bei ihr bleiben und über ihren Schlaf wachen.«

Schnell eilte sie wieder hinaus.

Der Pastor richtete das Haupt empor mit dankerfülltem Blick und sagte:

»Auch unser Erlöser betete: Lass diesen Kelch an mir vorübergehen, – also darf auch ich dies Gebet zu Gott richten, – doch«, fuhr er mit sanft ergebenem Ton fort, – »nicht mein, sondern dein Wille geschehe.«

Und schweigend blieb er sitzen – hinausblickend in die friedliche Landschaft, welche immer mehr in Dämmerung versank, während die leichten Wolken am fernen Horizont sich golden färbten im letzten Strahl der scheidenden Sonne und während vom Dorfe her die alten wendischen Lieder heraufdrangen, welche die von der Feldarbeit zurückkehrenden Mädchen und Burschen sangen.

Der Kandidat war in seinem Zimmer und studierte eifrig die Predigt für den nächsten Sonntag.

Neunzehntes Kapitel

Die Saison in Biarritz befand sich auf ihrem glänzendsten Gipfelpunkt. Das intensive Licht der Herbstsonne beleuchtete die prachtvollen Villen, welche sich auf den kleinen Hügeln am Ufer der Meeresbucht erheben, an deren Eingang aus dunkelblauen Fluten jener eigentümlich durchbrochene Felsen hervorragt, der wie der letzte Trümmerrest eines in die Tiefe versunkenen Tempels starr und eigentümlich zum Himmel ragt.

Die Badegesellschaft aus allen Ländern Europas bewegte sich auf der Strandpromenade, und wenn man hier die eleganten Toiletten sah, so mochte man kaum glauben, sich in der stillen Zurückgezogenheit eines Badelebens zu befinden, da aller denkbare Luxus der großen Welt sich hier auf dem kleinen Stück gelben Ufersandes vereinigte.

Auf der prachtvollen Villa Eugenie, welche so ziemlich am Ende des Orts sich auf einer schräg aufsteigenden Terrasse erhebt, wehte die Trikolore, das Zeichen, dass die kaiserlichen Majestäten von Frankreich hier ihre Residenz aufgeschlagen, und auf dem mächtigen weiten Altan vor der kaiserlichen Villa sah man den ganzen Tag über die Damen und Herren des Gefolges; die Lakaien in ihren grün und goldenen Livreen und die Hundertgarden, welche den Kaiser auch hierher begleiteten; Kuriere und Ordonnanzen kamen und gingen zwischen der kaiserlichen Villa und der Bahnhofsstation hin und her, und das an sich schon so rege Leben des hochfashionablen Badeorts hatte noch unendlich an Reiz und Regsamkeit gewonnen, seit die Anwesenheit des Kaisers den Mittelpunkt aller politischen Bewegungen in Frankreich hieher verlegt hatte.

Das Interesse der Badegäste war in noch höherem Maße erregt worden, seitdem sich immer mehr und bestimmter das Gerücht verbreitet hatte, dass die Königin Isabella von Spanien auf einige Zeit hierherkommen wolle, um den Besuch zu erwidern, den ihr nach den Mitteilungen der Journale schon in den nächsten Tagen der Kaiser und die Kaiserin in San Sebastian machen sollten, wo sie sich gegenwärtig aufhielt.

Die Erwartung dieser fürstlichen Zusammenkunft hatte noch mehr als sonst die elegante Welt von Paris hierhergezogen, und auch aus Spanien waren viele Badegäste mit großen berühmten Namen angekommen, um ihrer Königin bei der Anwesenheit auf französischem Boden ihre Huldigungen darzubringen und den Glanz ihres Auftretens zu erhöhen.

Der Kaiser Napoleon saß am geöffneten Fenster seines Zimmers der Villa Eugenie und blickte gedankenvoll über das Meer hinaus, indem er zugleich mit tiefen Atemzügen die wunderbar weiche und aromatische Luft einsog.

Sein Geheimsekretär Pietri, der seinen Herrn wie überallhin, so auch hieher begleitet hatte, saß an einem kleinen Tisch in der Nähe des Kaisers, damit beschäftigt, ihm die eingegangenen Briefe einen nach dem andern vorzutragen.

»Die Pariser Blätter«, sagte Herr Pietri, »zeigen bereits den Besuch Eurer Majestät in San Sebastian für morgen an.«

»Das ist mir nicht lieb,« sagte der Kaiser, »ich wünsche durchaus, dass dieser Zusammenkunft äußerlich so wenig Beachtung als möglich geschenkt werde, damit ich in keiner Weise die Aufmerksamkeit der Kabinette erwecke. Man muss das als einen einfachen Austausch von Höflichkeit betrachten, die wir und die Königin uns gegenseitig beweisen, da wir einmal so nahe beieinander uns aufhalten. Sie haben doch die Ordre nach Paris gehen lassen, dass die Presse fortwährend so friedlich als möglich bleiben soll?«

»Zu Befehl, Sire,« erwiderte Herr Pietri, »es ist das pünktlich geschehen, doch hat es keinen großen Erfolg gehabt. denn alle Journale, welche nicht ganz unmittelbar offiziellen Charakters sind, führen in der letzten Zeit eine unendlich kriegerische Sprache, und die öffentliche Meinung scheint unter dem Eindruck zu stehen, dass man sich am Vorabend großer Ereignisse befindet, ohne sich bestimmt Rechenschaft geben zu können, woher dieselben kommen sollten.«

Der Kaiser drehte sich mit zufriedenem Lächeln seinen Schnurrbart.

»Das ist vortrefflich,« sagte er, »mögen sie immerhin das Blut der Nation ein wenig erhitzen, wir werden das brauchen können, wenn die Ereignisse reif sind, doch die Sprache der offiziellen Presse muss immer noch friedlicher werden.«

Er sann einen Augenblick nach.

»Die Rede des Königs von Preußen in Kiel«, sagte er dann, »hat ja den sämtlichen Journalen seit einiger Zeit Veranlassung zu einer sehr kriegerischen Kritik gegeben, welche nicht wenig zur Aufregung des kriegerischen Nationalgefühls beigetragen hat. Die preußischen Blätter haben erwidert, und die öffentlichen Meinungen stehen sich auf beiden Seiten in diesem Augenblick etwas scharf gereizt gegenüber, nicht wahr?«

»Die preußischen Journale, Sire,« erwiderte Herr Pietri, »haben einen sehr hohen Ton angeschlagen, der die Aufregung in Paris noch immer mehr gesteigert hat.«

»Gut,« sagte der Kaiser, »man muss im Moniteur eine Note erscheinen lassen, welche jene Rede des Königs Wilhelm als ganz natürlich darstellt und ihr eine durchaus friedliche Bedeutung beilegt. Die Note muss ziemlich kalt und nichtssagend sein, sie muss nach Berlin hin und vor ganz Europa als ein Beweis meiner friedlichen Gesinnung benutzt werden können und darf dennoch die Aufregung und die Besorgnisse in Frankreich nicht beruhigen. Machen Sie das mit Ihrer gewohnten Geschicklichkeit«, fügte er freundlich hinzu. »Übermorgen werde ich also nach San Sebastian gehen«, sagte er, mit weitem und großem Blick über das Meer hinschauend, »und damit den letzten Ring in der Kette meiner Vorbereitungen schließen. Alles ist reif! Die Organisation und der Geist der Armee ist vortrefflich. Ich habe in Chalons und im Lager von Lannemezan meine Truppen mit den neuen Waffen manövrieren sehen, und ich glaube selbst, dass Niel recht hat, wenn er die Hoffnung hegt, nunmehr der preußischen Armee gewachsen zu sein. Es kommt jetzt darauf an, den Kriegsfall zu bilden, und zwar einen Kriegsfall, der so schnell als möglich uns in eine Staatsaktion hineinführen kann, welche womöglich eintreten muss, solange dieser unermüdliche Graf Bismarck noch durch die Folgen seines Sturzes vom Pferde niedergehalten wird, – denn er ist doch eigentlich die alleinige Seele aller Aktionen dort, selbst der militärischen. Wenn er nicht mit seiner vollen Kraft tätig sein kann, so wird man die Zeit mit Überlegungen und Negoziationen verlieren, und wir werden am Rhein stehen können, bevor man dort bis zur Mobilmachung gekommen sein wird.«

»Eure Majestät sind also unwiderruflich entschlossen,« fragte Herr Pietri, »nunmehr wirklich die Entscheidung herbeizuführen und dieser so rücksichtslos und vorwärts strebenden Macht Preußens ein ernstes und gebieterisches Halt! zuzurufen?«

»Ich bin es.« sagte Napoleon, indem er den Blick seiner großen, weit aufgeschlagenen und dunkel leuchtenden Augen fest auf seinen vertrauten Sekretär lichtete, »ich bin es, – ich habe alles erwogen, ich habe alle

Chancen des Sieges, die ich irgend vereinigen konnte, auf meine Seite gebracht, und ich will nun, nachdem ich das Meinige getan, mit vollem Vertrauen das Urteil des Schicksals abwarten. Der Aufenthalt in dem Lager und die reine Luft hier hat mich wunderbar gestärkt, – und auch das ist notwendig, denn unter körperlichen Leiden kann der Wille sich nicht frei entwickeln und der Geist nicht arbeiten. Ich habe eine neu organisierte, von dem herrlichsten Geist beseelte Armee; ich habe einen Feldherrn, der es mit jenem viel bewunderten Moltke aufzunehmen vermag, denn er hat wie jener den klaren, durch nichts zu verwirrenden Blick, die unbeugsame Energie und die kalte, unerschütterliche Ruhe. Ich habe das Mittel gefunden, Italien unfähig zu machen, mir zu schaden, und die zwar schwache und untätige Sympathie Österreichs, welche aber dennoch auch ins Gewicht fällt. Ich habe meine Flotte, welcher die Feinde nichts entgegenstellen können, – ich habe endlich ein wenig Gesundheit und Kraft«, fügte er hinzu, indem sich seine Brust in einem tiefen Atemzuge weit ausdehnte. »Warum sollte ich kein Vertrauen auf meinen Stern haben, der mir Glück bringend vorangeleuchtet hat in unendlich schwierigeren und dunkleren Zeiten? – Ich glaube an den Erfolg, mein lieber Pietri,« sagte er, »erinnern Sie sich noch jener Prophezeiung, welche mir die Schülerin der großen Lenormand einst gemacht hat in dem Augenblick, da ich unschlüssig und ratlos den durch die Schlacht von Sadowa entstandenen Verhältnissen gegenüberstand?«

»Zu Befehl, Sire,« erwiderte Pietri, – »die Sibylle warnte Eure Majestät vor einem Krieg gegen Deutschland«, fügte er etwas zögernd hinzu.

»Ganz recht,« sagte der Kaiser, indem er aufstand und im Zimmer auf und nieder ging, während er Herrn Pietri mit einem Wink der Hand aufforderte, sitzen zu bleiben, »ganz recht, darum will ich auch nicht gegen Deutschland Krieg führen. Die Verhältnisse liegen in diesem Augenblick für mich so günstig wie möglich, und es wird der preußischen Regierung sehr schwer werden, die süddeutschen Staaten mit sich zu ziehen. Wenn der Krieg nur einigermaßen geschickt eingeleitet wird, so spricht alles dafür, dass die so fest organisierten antipreußischen Parteien in Süddeutschland den Anschluss an Preußen verweigern; und die Regierungen«, fügte er lächelnd hinzu, »werden gewiss geneigt sein, diesem Druck der Parteien, welcher durch meine Armee an den Grenzen unterstützt werden wird, nachzugeben, denn sie beginnen mehr und mehr die Gefahr zu erkennen, welche die preußische Politik ihrer Souveränität und Selbstständigkeit bereitet, – und je kleiner die Regierungen, um so fester und zäher halten sie an ihrer Souveränität fest. Ich will Ihnen eini-

ge Punkte diktieren, welche Moustier als Instruktion für die von ihm
einzuleitenden Schritte dienen sollen, durch welche der Kriegsfall möglich gemacht werden muss.«

Er ging einige Augenblicke schweigend auf und nieder. »Wollen Sie
schreiben«, sagte er dann, vor Pietri stehenbleibend.

»Die öffentlichen Blätter,« fuhr er fort, indem er den Blick sinnend emporrichtete, während Pietri seine Worte mit raschen Schriftzügen auf das
Papier warf, – »die öffentlichen Blätter sprechen in neuerer Zeit vielfach
von einem Vertrage, welcher zwischen Preußen und Baden abgeschlossen sein soll, und es ist Tatsache, dass verschiedene namhafte und der
Regierung nahestehende Persönlichkeiten in dem Großherzogtum Baden
mit Entschiedenheit für einen solchen Vertrag sich erklärt haben. Ein
Vertrag, welchen das Großherzogtum Baden mit Preußen oder dem
Norddeutschen Bunde abschlösse behufs der Herstellung engerer politischer und militärischer Beziehungen würde aber auf das Bestimmteste
dem Wortlaut des Prager Friedens widersprechen, welche Stipulationen
allen süddeutschen Staaten eine vollkommene politische Selbstständigkeit und Unabhängigkeit garantieren und die Möglichkeit des näheren
Anschlusses des süddeutschen Bundes an Österreich in Aussicht nehmen. Frankreich hat, wenn auch nicht eine formelle, so doch eine moralische Garantie des Prager Friedens übernommen und jedenfalls als europäische Großmacht das Interesse und die Verpflichtung, Abmachungen
nicht zu dulden, deren Zweck die Veränderung des durch den Prager
Frieden geschaffenen und sanktionierten Zustandes wäre.

»Es ist deshalb notwendig, von Preußen eine entschiedene und bestimm-
te Erklärung darüber zu verlangen, ob ein solcher Vertrag mit Baden
Gegenstand der Verhandlungen zwischen den Kabinetten von Berlin
und Karlsruhe sei, und zugleich die Erwartung auszusprechen, dass
Preußen sich verpflichten werde, jede von der großherzoglich badischen
Regierung in diesem Sinne etwa begriffene Initiative bestimmt, dem
Geist und dem Wortlaut des Prager Friedens entsprechend, zurückzu-
weisen.«

Er hielt einen Augenblick inne, während Pietri den Satz vollendete.

»Zweitens«, fuhr der Kaiser fort, – »die militärischen Verträge, welche
Preußen mit Baden und Württemberg geschlossen, involvieren eigentlich, da sie während der Verhandlungen in Nikolsburg sowohl Österreich als Frankreich unbekannt waren, eine Verletzung des Prager Frie-

dens; da dieselben jedoch bereits seit einiger Zeit bestehen und keinen Gegenstand der Interpellation gebildet haben, so soll auch jetzt nicht auf dieselben zurückgekommen werden; jedenfalls aber würde eine weitere Ausführung derselben durch spezielle militärische Organisationen die Selbstständigkeit der süddeutschen Staaten illusorisch machen. Insbesondere muss im Interesse dieser Selbstständigkeit den Regierungen von Bayern und Württemberg die vollkommen freie Entschließung erhalten bleiben, ob in jedem konkreten Falle *casus foederis* vorliege oder nicht.

»Es wird notwendig sein, dass Preußen sich bestimmt darüber erkläre, dass dieser freie Entschluss der süddeutschen Staaten niemals beeinträchtigt werden solle.

»Drittens«, fuhr er mit erhöhter Stimme fort, »ist es notwendig, dass der Artikel V. des Prager Friedens zur Ausführung komme, und dass den Bestimmungen desselben gemäß die nationale Grenze zwischen Nordschleswig und Dänemark ohne weitere Verzögerung festgestellt werde.

»In diesen drei Richtungen wird der Marquis de Moustier sogleich in höflichster, aber bestimmtester Weise dem Vertreter des Königs von Preußen in Paris gegenüber sich aussprechen und zugleich dem Botschafter Frankreichs in Berlin auftragen, über den gleichen Gegenstand bestimmte und befriedigende Erklärungen von dem preußischen Minister zu verlangen.

»Auf diese Weise«, fuhr er fort, indem er abermals im Zimmer auf und nieder schritt, »wird man gar nicht nötig haben, die Entwaffnungsfrage oder irgendwelchen andern Punkt anzurühren. Die Antwort, welche man in Berlin geben wird, wird gewiss ausweichend und nicht befriedigend sein, und«, fügte er hinzu, indem er sich lächelnd den Schnurrbart strich, »bei der auf diese Weise entamierten Negoziation wird auch Österreich, ohne sich nicht für immer um seinen Kredit in Deutschland zu bringen, nicht ganz passiv bleiben können.

»Schicken Sie«, sprach er weiter, »diese kurze Instruktion sogleich an Moustier. Wenn er sie einleitet, wird er jeden Augenblick den Kriegsfall in der Hand haben, und ich werde, sobald diese spanische Angelegenheit vollständig zum Austrag gebracht ist, imstande sein, mit überwältigender Schnelligkeit in die Aktion einzutreten.«

Er trat an das weit geöffnete Fenster und blickte tief aufatmend über das Meer hin. Rasch öffnete sich die Tür, dem Kammerdiener folgte unmittelbar die Kaiserin im leichten Sommeranzug von heller Farbe, einen kleinen runden Strohhut auf dem Kopf, einen langen Spazierstock von spanischem Rohr mit schön geschnitztem Elfenbeinknopf in der Hand.

Der Kaiser wandte sich um, ging seiner Gemahlin artig entgegen und küsste ihr die Hand.

»Ich habe eine lange Promenade am Strande gemacht,« sagte Eugenie, deren edles Gesicht durch die frische Seeluft leicht gerötet war, – »ich habe verschiedene Personen gesprochen, alle Welt spricht von unserem Besuch in San Sebastian. Ist der Kurier von dort bereits zurückgekommen? Ist der Tag der Zusammenkunft fest bestimmt?«

»Ich habe mich der Königin für übermorgen anmelden lassen,« erwiderte der Kaiser; »der Besuch wird zwar einen ganz ländlichen und privaten Charakter haben, indes möchte ich doch ein ziemlich zahlreiches Gefolge mitnehmen, – in Spanien hält man auf so etwas, und die internationale Höflichkeit fordert dort möglichst glänzendes Auftreten.«

»Endlich also,« rief die Kaiserin, »endlich ist der Augenblick nahe, der uns für dies lange Warten entschädigen soll – und«, fügte sie lächelnd hinzu, »der mir zugleich die kleine persönliche Genugtuung gewähren wird, vor der Königin als Kaiserin von Frankreich zu erscheinen.«

»Eine Stellung,« sagte der Kaiser mit einer galanten Verneigung gegen seine Gemahlin, »welche alle legitimen Fürstinnen von Europa beneiden, und welche Sie so würdig und anmutig auszuführen verstehen.

»Lassen Sie die Depesche nach Paris sofort abgehen«, fuhr er fort, sich an Pietri wendend, welcher sich beim Eintritt der Kaiserin ehrerbietig erhoben hatte und neben seinem Tisch stehen geblieben war. Pietri verneigte sich und wandte sich zur Tür; bevor er das Zimmer verlassen hatte, meldete der Kammerdiener den General Fleury, und dieser langjährige vertraute Adjutant seines Souveräns trat auf einen Wink des Kaisers schnell in das Kabinett. Der General, eine kräftige Erscheinung, dessen gesundes, ausdrucksvolles Gesicht trotz des großen Schnurrbarts mehr den Hofmann als den Militär andeutete, und der einen schwarzen Zivilanzug trug, verneigte sich vor dem Kaiser und der Kaiserin und sprach:

»Soeben ist der Kurier von San Sebastian zurückgekehrt und hat diesen Brief der Königin Isabella überbracht. Zu gleicher Zeit ist auch ein Telegramm für Eure Majestät angelangt.«

Er überreichte dem Kaiser die beiden Briefe.

Napoleon reichte mit verbindlichem Lächeln den Brief der Königin Isabella seiner Gemahlin, welche hastig das große Siegel erbrach, während er selbst die an ihn gerichtete Depesche öffnete.

Die großen Augen der Kaiserin überflogen die Schriftzüge auf dem Papier, das sie ungeduldig entfaltet hatte. Während sie las, wurde sie ernster und ernster, die Farbe wich einen Augenblick von ihren Wangen, sie drückte ihre schönen Zähne tief in die Unterlippe und stieß mehrmals, wie in heftiger Bewegung, den Stock, welchen sie in der Hand hielt, auf den Boden.

Als sie die Augen wieder auf den Kaiser richtete, sah sie denselben in sich zusammengebeugt stehen, die vorhin so heiteren Züge seines Gesichts waren schlaff und müde zusammengesunken, – ein Ausdruck tiefer Niedergeschlagenheit lag auf denselben; seine verschleierten Augen starrten unbeweglich auf die Depesche, welche er in der Hand hielt.

Die Kaiserin trat schnell zu ihrem Gemahl hin, während der General Fleury und Pietri erstaunt auf die beiden Majestäten blickten.

»Die Königin schreibt unter dem Eindruck unangenehmer Nachrichten,« sagte die Kaiserin, – »welche sie soeben erhalten, sie scheint eine Revolution zu befürchten, – es wird nichts sein,« fuhr sie, den Blick forschend auf den Kaiser richtend, fort, – »einer jener häufig wiederkehrenden und stets erfolglosen Versuche.«

»Es ist ernst«, sagte der Kaiser mit dumpfem Ton, ohne seine Stellung zu verändern und ohne den Blick von dem Telegramm abzuwenden.

»Serrano steht an der Spitze der Erhebung, – der Admiral Topete mit einem großen Teil der Flotte hat sich ihr angeschlossen, – die Armee wendet sich ihm zu, – Prim hat Brüssel verlassen und befindet sich auf dem Wege nach Spanien, – hinter dem allem steckt Montpensier,« sprach er nach einem kurzen Stillschweigen mit düsterem Ausdruck, – »das ist sehr böse, das macht alle meine Kombinationen scheitern, – Moustier teilt mir mit, dass der Graf von Girgenti die Sache ebenfalls sehr ernst ansieht und im Begriff steht, sich zur Königin zu begeben, um sich an die Spitze seines Regiments zu stellen, – sollte es möglich sein,« sagte er in flüsterndem Ton, indem seine Hand mit dem Telegramm langsam herabsank, »sollte es möglich sein, dass auch hier die Hand jenes Mannes im Spiel wäre, der alles vorhersieht, alles berechnet und es überall versteht, meine Pläne zu durchkreuzen?«

»Aber«, rief die Kaiserin fast ungeduldig, »die Königin scheint die Sache noch gar nicht gefährlich anzusehen, sie hat die energischsten Maßregeln befohlen und wünscht die Zusammenkunft um so dringender und schleuniger, um Ihren Rat zu hören.«

Der Kaiser nahm langsam, fast mechanisch den Brief der Königin Isabella und durchlas denselben.

»Sie wünscht meinen Rat,« sagte er dann achselzuckend, – »welchen Rat kann ich ihr geben, wenn sie sich selbst nicht helfen kann? Ich kann mich unmöglich in dieser Sache engagieren, – ich kann keine spanische Expedition unternehmen.«

»Aber Sie können mit Ihrer Kenntnis der Verhältnisse, mit Ihren Erfahrungen ihr sagen, was sie zu tun hat, ihr, der armen Frau, welche niemanden hat, an den sie sich halten kann.«

»Jetzt eine Zusammenkunft,« sagte der Kaiser nachdenklich den Kopf schüttelnd, »unmöglich; wenn die Königin nicht Herrin des Aufstandes wird, – ich darf mich nicht engagieren, ich muss die Möglichkeit behalten, mit der Regierung, welche ihr folgen könnte, gute Beziehungen zu erhalten, – mit Prim wäre das vielleicht möglich.«

Er blickte lange schweigend in tiefen Gedanken zu Boden.

Die Kaiserin schritt ungeduldig auf und nieder, mit der Spitze ihres Stockes auf den Boden stoßend.

»Und doch,« rief der Kaiser endlich, aus seinen Gedanken sich emporrichtend, »es hängt alles davon ab, dass meine Kombinationen nicht zerstört werden. Ich muss alles tun, was in meinen Kräften steht, ich muss klar in der Sache sehen, – vielleicht kann die Königin durch richtige Leitung und vernünftigen Rat noch Herrin der Situation bleiben.«

Er wandte sich mit energischer, kräftiger Haltung zu Pietri.

»Halten Sie die Instruktionen an Moustier zurück, die ich Ihnen vorhin diktiert, aber senden Sie den Befehl nach Paris, diese spanische Bewegung der öffentlichen Meinung gegenüber als vollkommen unbedeutend darzustellen, – man muss das Vertrauen erhalten, man darf die Feinde nicht zu früh triumphieren lassen.

»Sie, General Fleury,« fuhr er fort, »bereiten Sie alles vor, dass ich heute Abend ohne alles Aufsehen abreisen kann, und senden Sie einen Offizier an die Königin mit der Bitte, ihrerseits ohne Aufsehen zu erregen nach St. Jean de Luz zu kommen, – eine offizielle Zusammenkunft muss unter diesen Umständen durchaus vermieden werden. Die Königin wird das selbst einsehen, ich darf nicht den Anschein haben, mich in die spanischen Angelegenheiten zu mischen, ihr selbst und ihrer Sache würde das nur in hohem Grade schaden.«

Der General Fleury und Pietri verließen das Kabinett, um die erhaltenen Befehle auszuführen.

Der Kaiser und seine Gemahlin blieben allein.

»Darf ich Sie begleiten, Louis?« fragte die Kaiserin.

Napoleon blickte sie ein wenig erstaunt an.

»Und warum?« fragte er, – »das notwendige Geheimnis der Reise könnte dadurch leichter kompromittiert werden, und was die Königin bedarf, ist mehr kaltblütiger Rat, als Trost und Teilnahme.«

»Vor allen Dingen bedarf sie Mut und Festigkeit,« rief die Kaiserin, »und vielleicht wird es mir als Frau der Frau gegenüber eher gelingen können, ihr diese Festigkeit zu geben. O,« rief sie mit stammendem Blick, »wenn ich Königin von Spanien wäre, – ich würde nach Madrid gehen, mich an die Spitze der Truppen stellen und diesen kecken Pronunciamientos der ehrgeizigen Generale ein für alle Mal ein Ende machen!«

»Ihr unwillkürliches Gefühl,« sagte der Kaiser, »hat Sie zu demselben Resultat geführt, welches aus meinem Nachdenken über die Sache bis jetzt hervorgegangen ist, – die Königin muss nach Madrid gehen, das ist der einzige Weg zu ihrer Rettung. In dem abgelegenen Winkel ihres Landes, in dem sie sich jetzt befindet, muss sie die Herrschaft über die Verhältnisse verlieren, und *les absents ont tort*«, fügte er seufzend hinzu. »Ja,« sagte er dann, – »Sie sollen mich begleiten, Sie haben recht, es wird Ihnen vielleicht besser gelingen, die Königin den richtigen und notwendigen Entschluss fassen zu lassen, – es könnten da Gesichtspunkte infrage kommen, welche Sie besser berühren können als ich. Aber«, fügte er mit einem Lächeln hinzu, das nur mühsam auf seinen sorgenvollen und niedergeschlagenen Zügen erschien, »es wird eine anstrengende Reise ohne Komfort werden.«

»Ich kann alles ertragen,« rief die Kaiserin lebhaft, »und ein kleines Abenteuer, von Schwierigkeiten und Geheimnissen umgeben, wird noch ganz besondern Reiz für mich haben. Ich eile, meine Vorbereitungen zu treffen.«

Sie reichte dem Kaiser ihre Wange, auf welche derselbe, nicht so eifrig und galant als sonst, seine Lippen drückte, und ging hinaus.

Napoleon sank wie gebrochen in seinen Lehnstuhl.

»So oft meine Pläne sich der Ausführung nahen,« sprach er, düster vor sich hinstarrend, »so treten jedes Mal jene wunderbar geheimnisvollen und unerklärlichen Ereignisse ein, welche niemand vorhersehen, niemand erwarten oder auch nur ahnen konnte, und welche doch stets alles vernichten, was ich lange und mühsam kombiniert habe. Jene Indiskretion des Königs von Holland,« sprach er sinnend, »jener Aufstand Garibaldis im vorigen Jahre und jetzt wieder diese urplötzliche, ungeahnte Revolution, welche gerade den Schwerpunkt aller meiner Pläne zerstört. Ist das Zufall?« – fragte er sich, den Blick seiner weit geöffneten Augen aufwärtsrichtend, – »ist das das Verhängnis, welches meine Größe niederdrücken will? – ist das eine Warnung des Schicksals? – oder sind es berechnete Schachzüge meines Gegners? – dann müsste er mehr als menschliche Macht haben,« sprach er leise, den Kopf in die Hand stützend, – »dann müsste er ein Werkzeug in der Hand des Fatums sein, vorherbestimmt, mich zu zertrümmern, – dann,« sagte er mit noch tiefer herabsinkender Stimme, »dann habe ich mein Spiel verloren, oder ich müsste mich mit ihm in die Welt teilen.«

Er stützte die Stirn in beide Hände und blieb schweigend, in sich zusammengesunken sitzen, während durch das geöffnete Fenster das ferne Rauschen des Meeres und die heiter plaudernden Stimmen der Gesellschaft auf der Strandpromenade heraufdrangen.

Zwanzigstes Kapitel

An der Mündung der Nivelle in den Ozean im französischen Departement der Basses Pyrénées liegt die kleine Stadt St. Jean de Luz.

Um den schönen und geräumigen Hafen her dehnen sich hübsche und freundliche Häuser aus, ein Molenbau erstreckt sich in das Meer hinein; an der äußersten Spitze desselben erhebt sich ein Leuchtturm, am Tage weithin erkennbar und nachts noch weiter hinaus sein leitendes Licht über das Meer hinwerfend.

Die Mitternacht lag auf der kleinen Stadt, alles schlief in den ruhigen, stillen Häusern, alles schlief auf den im Hafen liegenden Schiffen, und nur das Meer, das niemals schläft, wie die sorgenden Menschenherzen, rollte seine Wellen langsam gegen die großen Quadersteine der Molen. Vom Leuchtturm her zitterte der helle Lichtstrahl weit hinaus auf die wallenden Nebel, welche auf den Fluten lagen. Das Wetter war still und ruhig, aber schwül hingen die Wolken vom Himmel herab, so dunkel und gewitterschwer, dass man selbst in der tiefen Nacht die schwarzen, am Himmel zusammengeballten Wolkenmassen erkennen konnte, zwischen denen nur selten hier und da auf wenige Augenblicke das Licht eines Steins matt hervorblitzte.

Der Schnellzug, welcher von Bayonne her über San Sebastian nach Pampelona geht und sich von dort in den Richtungen nach Brugos und Saragossa teilt, war an dem kleinen Bahnhof von St. Jean de Luz vorübergebraust.

Die Bahnhofsbeamten hatten sich in ihre bequemen ledernen Lehnstühle zurückgezogen und in leichtem Schlummer die Köpfe auf die Brust niedersinken lassen. Die wenigen Gasflammen erhellten nur trübe den Perron, auf welchem einige müde Unterbedienstete schläfrig auf und nieder gingen.

Da plötzlich erklang die Glocke des Telegrafen. Der Telegrafist, welcher vornüber geneigt vor seinem Tische saß und sich ebenfalls unter dem doppelt schweren Druck der Mitternacht und der Gewitterschwüle befand, fuhr empor, rieb sich die Augen und verfolgte dann aufmerksam die Bewegungen der arbeitenden Maschine, welche nach wenigen Sekunden ihre Mitteilungen vollendet hatte. Rasch sprang er auf und eilte in das daneben liegende Dienstzimmer des Bahnhofsinspektors.

326

»Ein Extrazug von Bayonne!« rief er.

Der Bahnhofsinspektor fuhr empor, rieb sich ebenfalls, die Augen, stand langsam, die Arme dehnend, auf und fragte:

»Wann kommt er durch?«

»Durch?« fragte der Telegrafist, »er kommt hierher, er bleibt hier.«

»Er bleibt hier in St. Jean de Luz um Mitternacht? Wer um Gotteswillen kann auf den Gedanken kommen, mit einem Extrazug um diese Stunde nach St. Jean de Luz zu fahren?«

Er wollte langsam auf den Perron hinaustreten. Die Glocke des Telegrafen ertönte von Neuem. Rasch eilte der Telegrafist auf seinen Posten.

»Ein Extrazug von San Sebastian,« rief er, ganz aufgeregt in das Zimmer des Bahnhofsinspektors zurückkommend, »auch für St. Jean de Luz, er bleibt ebenfalls hier.«

»So etwas ist mir doch noch nicht vorgekommen,« sagte der Bahnhofsinspektor in starrem Erstaunen, »solange ich den Posten hier habe.«

Mit fortwährendem Kopfschütteln ging er auf den Perron hinaus, die Weichensteller auf ihre Posten zu schicken.

Das ganze, wenig zahlreiche Personal auf dem Bahnhof war durch diese unerwartete Nachricht aus seiner trägen, beschaulichen Ruhe aufgeschreckt und blickte erwartungsvoll den Schienengeleisen entlang in das Dunkel der Nacht hinaus.

Nach wenigen Augenblicken hörte man das entfernte Pfeifen einer Lokomotive, dann immer näher heranbrausend die schnaubenden Töne des Dampfes, das Rasseln der Räder, und endlich näherten sich durch die finstere Nacht die beiden dunkelrot glühenden Lichter der Maschine dem Perron. Eine Lokomotive mit zwei Waggons fuhr heran, die Bahnhofsbediensteten eilten an die Schläge der Coupés, der Inspektor blickte neugierig in die hell erleuchteten Salonwagen.

Ein höherer Beamter der spanischen Bahn in seiner gestickten Uniform sprang aus dem zweiten Wagen und eilte dann diensteifrig an die bereits geöffnete Tür des ersten Coupés.

Aus demselben stieg zunächst ein kleiner, schwächlich gebauter Mann von einigen dreißig Jahren im dunklen Zivilanzug, sein bleiches, schmales Gesicht mit dem kleinen dunklen Schnurrbart hatte den Ausdruck gleichgültiger Heiterkeit, seine Augen blickten ein wenig unstet und scheu umher, ein kleiner grauer Hut bedeckte das kurz gelockte dunkle Haar. Er reichte einer kleinen, ziemlich korpulenten und ganz schwarz gekleideten Dame die Hand, deren Kopf mit einem dichten schwarzen Schleier verhüllt war, welcher das Gesicht frei ließ. Dies Gesicht war von einem edlen Oval, die Stirn rein und hoch gewölbt, die etwas starke Nase von klassischen Linien und die großen dunklen Augen blickten voll Geist und Gefühl unter den schön gezeichneten Augenbrauen hervor. Diese Augen waren vom Weinen gerötet und zitterten in feuchtem Glanz, bald traurig niedergeschlagen, bald zornig und herausfordernd umherblitzend. Zu diesem wahrhaft schönen und anmutigen Oberteil des Gesichts schien der Mund und das Kinn nicht ganz zu passen. Der Mund war groß und breit, starke, dunkelrote Lippen, deren Haut mehrfach aufgesprungen war, öffneten sich über schönen und regelmäßigen, aber großen Zähnen, und das starke Kinn trat fast zu männlich über dem vollen Halse hervor.

Die Dame trat auf den Perron und blickte wie fragend und suchend auf die kleine Gruppe der Beamten, die dort stand.

Ihr folgte ein großer, starker Mann mit kurzem, vollem, schwarzem Bart, dunkel glänzenden Augen und dichtem Haar. Sein bleiches, ausdrucksvolles Gesicht und seine kräftige, muskulöse Gestalt hatten etwas von jener robusten, grellen Schönheit einzelner Athleten und Kunstreiter; aber es fehlte der ganzen Erscheinung die anmutige und vornehme Eleganz.

Einige ebenfalls schwarz gekleidete Damen und Herren folgten.

»Das Geleise muss sogleich freigemacht werden«, rief der Bahnhofsinspektor dem Führer des Zuges zu. »Ein Extrazug von Biarritz wird sogleich ankommen. Dort ist er schon!«

Er deutete nach der entgegengesetzten Richtung hin, wo man in der dunklen Ferne die zwei grellen Lichter der Lokomotive erblicken konnte.

Schnell fuhr der auf dem Perron stehende Zug zurück, und nach einigen Minuten brauste der zweite Zug, ebenfalls eine Lokomotive mit zwei Waggons, heran.

Die Coupés öffneten sich, der General Fleury sprang heraus, und ihm folgte langsam und etwas schwerfällig sich auf seinen Arm stützend der Kaiser Napoleon in einem schwarzen Überrock, einen Zylinderhut auf dem Kopf. Unmittelbar nachher, von dem Kaiser und vom General Fleury unterstützt, stieg die Kaiserin, in einen leichten Plaid gehüllt, aus. Ein Ordonnanzoffizier in Uniform und einige Lakaien folgten.

Die Kaiserin eilte ihrem Gemahl voran, der schwarz gekleideten Dame entgegen, welche sich dem heranfahrenden Zuge genähert hatte, und umarmte sie mit lebhafter Zärtlichkeit.

Der Kaiser mit dem Hut in der Hand folgte; er küsste dieser Dame, als die Kaiserin sie aus ihren Armen ließ, mit verbindlichster Höflichkeit die Hand und reichte sodann seine Rechte dem kleinen schmächtigen Herrn, welcher lächelnd daneben stand.

»Wie glücklich bin ich, Eure Majestät zu sehen,« rief die Kaiserin Eugenie in spanischer Sprache, »und wie schmerzlich berührt es mich zugleich, dass dies so plötzlich und infolge so unangenehmer und peinlicher Ereignisse geschieht, welche aber hoffentlich keine weiteren Folgen haben werden!«

Ein Strom von Tränen stürzte aus den Augen der Königin Isabella, sie drückte einen Augenblick ihr Taschentuch vor das Gesicht und zerriss es dann in ihren Händen in einer plötzlichen Aufwallung von Zorn.

»Ich fürchte, dass es ernst ist,« erwiderte sie ebenfalls spanisch, »denn diesmal hat die Sache größere Dimensionen angenommen als je vorher, und ich weiß nicht, wie ich mich der Bewegung entgegenstellen soll. Ich danke Ihnen, Sire,« sagte sie dann, sich zum Kaiser wendend, in einem Französisch, das durch die Gutturaltöne des spanischen Idioms ein wenig schwer zu verstehen war, »dass Sie gekommen sind. Ich hoffe, dass Ihr Rat mir beistehen wird, den Ereignissen entgegenzutreten.«

Die Kaiserin hatte mit freundlichem Gruß dem König Don Francisco de Assisi die Hand gereicht, welcher mit einer ganz feinen, fast weiblichen Stimme einige nichts bedeutende Komplimente sagte.

»Der Intendant meines Hauses, Señor Marfori«, sprach die Königin Isabella, den großen schwarzen Herrn, der einige Schritte hinter ihr stand, den französischen Majestäten vorstellend.

Der Kaiser streifte Herrn Marfori mit einem leichten Blick und machte eine kaum bemerkbare Bewegung mit der Hand. Die Kaiserin neigte leicht das Haupt mit einem Ausdruck von kaltem, fast abwehrendem Stolz, indem sie ihr Auge kaum eine Sekunde lang auf dem Vorgestellten ruhen ließ.

Der General Fleury hatte inzwischen einige Worte mit dem Bahnhofsinspektor gesprochen, welcher mit dem Hut in der Hand ganz bestürzt dastand.

Auf seinen Wink waren die Gasflammen in dem sehr einfachen Wartesalon entzündet, – Napoleon reichte der Königin den Arm und führte sie durch die schnell geöffnete Tür in das Wartezimmer; die Kaiserin folgte mit dem König, der General Fleury schloss hinter den Majestäten die Tür, die Herren und Damen des Gefolges blieben auf dem Perron, während die Bahnbeamten sich in leise flüsternden Gesprächen an das Ende desselben zurückzogen.

In dem einfachen Raum, welchen die bourbonische Königin mit ihrem Gemahl und das Herrscherpaar von Frankreich umfasste, stand ein großer Tisch, von einigen Stühlen umgeben, – an der Wand hingen in einfachen Stahlstichen die Bilder des Kaisers und der Kaiserin, – des Kaisers, wie er damals war, als er den Thron Frankreichs bestieg. Napoleon warf einen flüchtigen, wehmütigen Blick auf das Bild und führte dann die Königin zu einem der Sessel.

Die vier Majestäten nahmen um den großen Tisch Platz, auf welchem eine einfache Wasserflasche und einige Gläser standen.

»Was haben Eure Majestät für Nachrichten aus Madrid,« fragte der Kaiser, ohne alle Vorbereitungen auf die Frage des Augenblicks eingehend, »und welche Anordnungen haben Sie getroffen, um die Revolution zu bekämpfen?«

»Madrid ist bis jetzt vollkommen ruhig,« erwiderte die Königin Isabella mit einer vor zorniger Bewegung und mühsam unterdrücktem Weinen gedämpften Stimme, »es haben nach den letzten Nachrichten nur einige ganz unbedeutende Volksbewegungen stattgefunden, welche aber ohne Einmischung der Truppen sofort wieder beruhigt sind. In der Provinz sieht es aber schlimmer aus, Regimenter auf Regimenter sind übergegangen, ein großer Teil der Flotte hat auf schmähliche Weise die Pflicht des Gehorsams und der Treue verletzt. Ich habe den Marques de la Habana zum Generalgouverneur von Madrid ernannt, er ist ein energischer Mann und beim Volk und bei den Truppen beliebt. Er wird die Armee, über die er verfügen kann, den Aufständischen entgegenstellen und hat mir die feste Zuversicht ausgesprochen, die Ordnung in Madrid aufrechtzuerhalten.«

»Ich kenne den Marques nicht,« erwiderte der Kaiser, »Eure Majestät müssen seine Eigenschaften besser beurteilen können, als ich – aber er ist ein alter Mann, wird er die Energie und die Kraft haben, rücksichtslos zu handeln? Denn nur die entschlossenste und festeste Tatkraft kann solchen Gegnern wie Serrano und Prim gegenüber etwas ausrichten.«

»Die Undankbaren! Die Elenden!« rief die Königin, indem sie heftig mit dem Fuß auf die Erde trat, »sie haben alles, was sie sind und was sie haben, mir allein zu verdanken. Dieser Serrano, den ich vom einfachen Artillerieleutnant zum Generalkapitän und Herzog de la Torre erhoben habe – dieser Prim, den ich zum Grafen von Reus gemacht, und von dem niemand weiß, woher er kommt – wo ist der Blitzstrahl, der sie zerschmettert, wie sie es verdienen?«

Die Kaiserin beugte sich in lebhafter Bewegung zu der Königin hinüber und drückte ihr die Hand.

»Ihre Strafe wird sie treffen«, sagte sie mit zitternder Stimme.

Der Kaiser drehte langsam die Spitze seines Schnurrbarts.

»Der Marques de la Habana wird einen schweren Stand haben. Darf ich Eurer Majestät meine Meinung frei und offen sagen, so glaube ich, dass es nur eine Person gibt, welche imstande ist, mit Erfolg der Bewegung entgegenzutreten und den Thron zu retten.«

Die Königin blickte ihn aus ihren tränenden Augen in höchster Spannung an.

»Diese Person«, fuhr der Kaiser ruhig fort, »sind Eure Majestät selber. In einem Augenblick kritischer Gefahr, wie der gegenwärtige, ist es die Pflicht eines Souveräns, und die Klugheit gebietet es, selbst und persönlich vor dem angegriffenen Thron zu stehen. Wenn das Volk von Madrid Eure Majestät in seiner Mitte sieht, so werden alle Ihre Freunde sich vereinigen und den Mut zum festen Handeln finden. Eure Majestät dürfen nach meiner Überzeugung nicht einen Augenblick in der entlegensten und äußersten Ecke Ihres Königreichs bleiben. Eure Majestät dürfen die Möglichkeit nicht zulassen, dass die Revolution sich in den Besitz von Madrid setzt, denn von dem Augenblick an, wo dies geschähe, würde das spanische Volk in der Revolution die Landesregierung erblicken und Eure Majestät würden in die Lage versetzt werden, Ihren Thron wieder erobern zu müssen. Das aber«, fuhr er fort, »würde eine schwierige Lage sein, und Eurer Majestät würden dazu, wenn einmal Madrid verloren ist, alle Mittel fehlen. Ist der Weg nach der Hauptstadt frei?« fragte er.

»Man hat mir heute noch gemeldet,« erwiderte die Königin, »dass nirgends eine Hemmung des Verkehrs eingetreten sei, auch kommen alle Briefe und Telegramme regelmäßig an.«

»Dann kann ich Ihnen nur raten,« fuhr der Kaiser fort, »auf der Stelle nach Madrid zu gehen, dort alle Truppen, über die Sie verfügen können, zu versammeln und sich persönlich an ihre Spitze zu stellen. Oder«, fuhr er nach einem augenblicklichen Nachsinnen fort, »wenigstens den Grafen von Girgenti, Ihren Schwiegersohn, dem General, den Sie der Revolution entgegensenden, zur Seite zu stellen.«

»Diesen Rat«, rief die Königin lebhaft, »hat mir auch der Marques de la Habana erteilt, – er wünscht dringend, dass ich so schnell als möglich nach Madrid zurückkehre.«

»Er hat vollkommen recht,« sprach der Kaiser weiter, »selbst im ungünstigsten Falle, dass die Rebellen militärische Erfolge hätten und bis nach Madrid vordrängen, wird niemand es wagen, wenn Eure Majestät persönlich anwesend sind, Ihre Krone anzutasten. Es wird sich dann einfach um einen Wechsel der Regierung handeln, und wenn Serrano und Prim ihren Ehrgeiz befriedigen können, so werden sie vielleicht sehr ergebene Diener Eurer Majestät sein, – vielleicht wäre es möglich, eine gewisse Fühlung mit ihnen zu nehmen«, fügte er nachdenklich hinzu.

»Mit ihnen!« rief die Königin mit vor Zorn bebender und von Schluchzen unterdrückter Stimme, »mit den Verrätern! Mit den Ungetreuen! Niemals! – sie muss die Strafe der Hochverräter treffen! Jedem anderen könnte ich es verzeihen, sich an die Spitze einer Revolution gegen mich zu stellen, aber ihnen – ihnen niemals! Und wie könnte ich es wagen,« sprach sie nach einigen Augenblicken, »so allein den weiten Weg nach Madrid zu machen, jedem Attentat jedem Handstreich ausgesetzt!«

»Haben Eure Majestät Truppen in San Sebastian?« fragte der Kaiser.

»Nichts als meine Hausgarde«, erwiderte die Königin, »und einige Kriegsschiffe.«

»Wenn Eure Majestät schnell durchfahren, ohne Ihre Reise vorher bekannt machen zu lassen, so glaube ich, dass Sie keine Gefahr laufen«, sagte der Kaiser; »jedenfalls eine geringere Gefahr, als wenn Sie untätig in San Sebastian bleiben und die Bewegung sich selbst überlassen.«

»Könnte man nicht,« fiel die Kaiserin schnell ein, »die Reise Ihrer Majestät durch ein französisches Korps decken? Es wären ja im Augenblick die nötigen Truppen hierher zu schaffen.«

Die Königin Isabella blickte den Kaiser erwartungsvoll und fragend an.

»Wenn es Eurer Majestät gefallen wollte,« sagte sie mit etwas unsicherer Stimme, »mir in solcher Weise Ihren Beistand zuteilwerden zu lassen, so würden Sie nicht nur meiner Person materiellen Schutz gewähren, sondern es würde auch der moralische Eindruck, den die französische Macht auf meiner Seite machen würde, das ganze Volk bedenklich machen, sich der Revolution gegen mich anzuschließen.«

»In wenigen Tagen«, fiel die Kaiserin ein, »könnte dann die ganze Sache beendet sein. Ich bin überzeugt,« fuhr sie fort, »dass auch Serrano und Prim nichts gegen Frankreich zu unternehmen wagen würden, und dass sie, sobald sie nur die französischen Fahnen auf der Seite der Königin erblicken, zu jeder Verständigung und zu jedem Kompromiss sofort bereit sein werden. Ich bitte Sie,« fügte sie, sich zum Kaiser wendend, hinzu, »lassen Sie doch sogleich die nötigen Befehle abgehen, aus dem Lager von Lannemezan können ja sehr bald die Truppen hier sein.«

Der Kaiser hatte fortwährend die Spitzen seines Schnurrbarts durch die Finger gleiten lassen, er saß da mit niedergesenktem Kopf und halb geschlossenen Augen, indem er weder die fragenden, noch bittenden Blicke der Königin, noch diejenigen seiner Gemahlin erwiderte.

»Eure Majestät können überzeugt sein,« sprach er endlich, indem er den Kopf leicht nach der Seite der Königin hinwandte, ohne jedoch seine Augen zu ihr zu erheben, – »Eure Majestät können überzeugt sein, dass ich das allerhöchste Interesse daran habe, dass Ihre Sache siegreich bleibe, und dass die monarchische Ruhe und Ordnung in Spanien erhalten werde.«

»Gewiss haben wir daran das höchste Interesse,« rief die Kaiserin mit blitzenden Augen, »denn ich zweifle keinen Augenblick, dass diese treulosen Verschwörer, welche mit so schändlichem Undank die Wohltaten ihrer Königin belohnen, in geheimer Übereinstimmung mit diesem Herzog von Montpensier und allen diesen Orleans handeln, welche die bourbonische Dynastie ebenso sehr hassen, als alles, was den Namen Napoleon trägt. Haben die Orleans sich in Spanien einen Thron errichtet, so werden sie mit verstärkten Kräften und vom sichern Hinterhalt aus ihre Agitationen in Frankreich verdoppeln und uns dadurch neue Schwierigkeiten schaffen, und der Vertrag zum Schutz des Papstes,« fuhr sie fort, »welchen Ihre Majestät mit uns zu schließen die Güte haben wollten, wie wäre der ausführbar, wenn diese Revolution auch nur zeitweise Erfolge hatte! – alle unsere Pläne, Gleichgewicht, Ordnung und Ruhe in der Welt wieder herzustellen, wären vereitelt oder auf lange hinausgeschoben, wenn diese Erhebung nicht auf der Stelle niedergedrückt wird. Sie sehen,« fuhr sie dringend fort, indem sie über den Tisch hin mit der Spitze ihrer Finger leicht den Arm des Kaisers berührte, »Sie sehen, wie notwendig es ist, mit der ganzen Autorität und dem ganzen Gewicht Frankreichs in die Ereignisse einzugreifen und Ihrer Majestät zur Unterwerfung ihrer rebellischen Truppen behilflich zu sein.«

Der Kaiser blickte fortwährend unbeweglich vor sich nieder.

»Ich teile auf das Entschiedenste«, sagte er, immer zu der Königin gewendet, »die Gesichtspunkte, welche die Kaiserin soeben ausgesprochen, und es ist nicht nur die tiefe Verehrung für Eurer Majestät erhabene Person, sondern auch das höchste Interesse Frankreichs, welches mich dringend wünschen lässt, dass diese traurige Angelegenheit so bald als möglich ganz und gar dem Recht und dem Interesse Eurer Majestät gemäß beendet werde. Ich muss Ihnen jedoch aufrichtig aussprechen, Madame, dass nach meiner Überzeugung eine augenblickliche militärische Intervention meinerseits Ihnen sehr großen Schaden zufügen würde. Sie kennen die tiefe nationale Empfindlichkeit des spanischen Volkes, Sie wissen, wie groß der Hass noch heute überall dort in Erinnerung an die Intervention des Kaisers Napoleon I. ist, und ich fürchte, dass alle diejenigen, welche mit Hingebung und Eifer für Eure Majestät einzutreten bereit sind, sich von Ihnen abwenden würden, wenn Sie fremde Truppen in das Land hineinführten. Ich fürchte, dass der Einmarsch des ersten französischen Bataillons über die spanische Grenze das Signal zum sofortigen Abfall von Madrid sein würde, und«, fuhr er fort, »ich kann nur wiederholen, dass nach meiner Ansicht für Eure Majestät die erste und dringendste Notwendigkeit die ist, so schnell als möglich in Madrid und am Sitze Ihrer Regierung selbst zu sein, um – den Ihrigen Mut einzuflößen und um dem spanischen Volk zu zeigen, dass seine Königin an seiner Spitze steht. Wenn es den Insurgenten gelänge, sich in den Besitz von Madrid zu setzen und dort eine Regierung zu konstituieren, so würden sie damit ein ungeheures Prestige für sich gewinnen, und auch das Ausland kann endlich Frankreich in eine sehr schwierige und peinliche Lage bringen. Wir haben überall im heutigen Völkerrecht das Nichtinterventionsprinzip festgehalten, wir haben die vollendete Tatsache anerkannt. Hüten sich Eure Majestät,« fuhr er fort, indem er seine Augen groß öffnete und die Königin mit einem tief durchdringenden Blick ansah, »hüten sich Eure Majestät, dass man in Madrid keine vollendete Tatsache schafft, – wenn Eure Majestät in Madrid sind, so bleiben Sie trotz allen Fortschritts, welchen die Revolution in den Provinzen machen könnte, für ganz Europa und für Frankreich die Königin. Dann wird es mir möglich, eine scharfe Überwachung an den Grenzen eintreten zu lassen, – dann wird es mir möglich, meine Flotte an den spanischen Küsten erscheinen zu lassen, und alle diejenigen Schiffe, welche nicht die Flagge Eurer Majestät führen, als außerhalb des Völkerrechts zu betrachten, – wenn aber,« fuhr er mit leiserer Stimme fort, – »Eure Majestät in San Sebastian bleiben, wenn es dann den Führern der Insurgenten gelänge, sich in Madrid zu konstituieren, vielleicht gar irgendeine Verständigung mit den Cortes zu erreichen – dann würden Eure Majestät alle fremden Mächte in eine ganz eigentümliche Lage setzen.«

»Aber mein Gott,« rief die Kaiserin, »die Königin kann doch nicht schutzlos nach Madrid zurückkehren?«

Die Königin Isabella hielt ihre Hand vor die Augen und schluchzte leise.

»Französische Truppen, welche die Königin begleiteten,« erwiderte Napoleon, »würden sie größeren und sichereren Gefahren aussetzen, als Ihre Majestät, wenn sie allein und schnell reist, bedrohen können. Ich rate auf das Dringendste,« sprach er mit fester Stimme, »dass Ihre Majestät ohne Verzug dorthin abreisen, und wenn es sein muss, sich bis zu dem Punkte, wo das möglich ist, Abteilungen spanischer Truppen aus Madrid entgegenschicken lassen.«

»Alles, was Eure Majestät mir sagen,« sprach die Königin Isabella, indem sie den Kopf aufrichtete und den Kaiser mit traurigem Blick ansah, »hat man mir auch von Madrid aus geraten, man beschwört mich, dorthin zurückzukehren, und«, fügte sie hinzu, indem sie sich stolz aufrichtete, ich fürchte die Reise nicht, ich habe den Mut, jeder Gefahr zu trotzen. Aber«, fuhr sie fort, indem ihre Augen unruhig und zornig funkelten, »der Geist der Revolution scheint auch bereits diejenigen ergriffen zu haben, welche sich noch meine Diener nennen und mich ihrer Treue versichern, – denn man macht mir Bedingungen, man verlangt von mir, dass ich mich dem gehässigen Geschwätz des Volkes fügen soll, dass ich diesem böswilligen Geschwätz treue und erprobte Diener zum Opfer bringen soll, und das werde ich niemals tun! Das wäre unwürdig und unköniglich! Das wäre feige!«

Die Kaiserin blickte die Königin erstaunt an, Napoleon fuhr leicht mit der Hand über seinen Schnurrbart und sagte dann:

»Es ist mir angenehm, zu hören, dass im Prinzip der Rat, welcher Eurer Majestät von Madrid aus erteilt wird, mit demjenigen übereinstimmt, den ich mir erlaube Ihnen zu geben. Was persönliche Detailfragen betrifft, so muss man dort im Mittelpunkt der Ereignisse, wo man die Volksstimmungen besser kennt, natürlich auch besser und richtiger darüber zu urteilen imstande sein, als ich es hier tun könnte. Ich kann im Allgemeinen Eurer Majestät sagen, dass es Augenblicke gibt, in denen man gezwungen sein kann, die Personen der Sache zu opfern, und dass man vor einem solchen Opfer nicht zurückschrecken darf.«

»Ich sollte,« rief die Königin heftig, indem sie ihre Hände aneinander schlug, »ich sollte dieser öffentlichen Meinung, welche meine Feinde nach ihrem Belieben schaffen, ich sollte dem Geschwätz und den Verleumdungen böswilliger Menschen meine treuen und bewährten Freunde opfern, meinen Intendanten Marfori, welcher mir zu allen Zeiten seine Ergebenheit bewiesen hat, welcher meinen Haushalt führt und welcher mir mit uneigennütziger Ergebenheit dient? Niemals, niemals,« rief sie immer heftiger, »wer eine solche Forderung stellt, ist ebenfalls ein Rebell und ein Aufrührer! Was hat es den Königen geholfen, wenn sie ihre Freunde opferten, sie sind selbst nur um so schneller nachher gefallen!«

»Aber, Majestät,« sagte die Kaiserin, welche mit einer gewissen verlegenen Spannung den Worten der Königin zugehört hatte, »es handelt sich ja nur um eine augenblickliche Rücksicht auf die Stimmung des Volkes.«

»Nein, nein,« rief die Königin, »es ist nicht das Volk, welches so etwas von mir verlangt. Das Volk liebt mich, ich weiß es, – und ich liebe es auch, ich habe niemals dem Volke etwas getan, ich habe alles bewilligt, was seine Vertreter von mir verlangt haben, und meine Minister haben immer die Majorität in den Kammern gehabt; ich habe aus meinen Mitteln jedermann soviel Wohltaten erwiesen, als mir möglich war. Das Volk ist mir nicht feindlich, – es kann mir nicht feindlich sein, – das alles geht nur von den unzufriedenen Parteien und von der missvergnügten Grandezza aus, welche mich ganz und gar mit ihren Kreaturen umgeben möchten, und welche nicht wollen, dass ich auch noch Selbstständige und Freunde um mich habe, die nur auf mich und auf meine Interessen Rücksicht nehmen, ohne sich von irgendwoher erst Instruktionen zu holen, was sie sagen, und was sie tun sollen.«

Abermals brachen ihre Tränen hervor, und sie drückte die Reste ihres fast zerrissenen Taschentuchs an ihre Augen.

Die Kaiserin sah sie mit dem Ausdruck tiefen Mitleids an.

»Eure Majestät«, sagte Napoleon, »befinden sich in einer durch die Ereignisse vollkommen erklärlichen Erregung, und Ihr königliches Gefühl lässt die Forderungen, die man an Sie gestellt hat, ernster auffassen, als es vielleicht nötig ist. Man verlangt ja durchaus nicht von Ihnen, Ihre Freunde zu opfern oder sie gar dem Kerker oder dem Schafott zu übergeben. Man rät Ihnen nur eine augenblickliche Trennung, um die Stimmung des Volkes zu schonen und die – nun einmal irrtümlich geleitete – Masse auf Ihrer Seite zu erhalten. Die Demütigung, welche darin liegen könnte, ist nicht so sehr groß und wiegt ganz gewiss nicht so schwer als die Gefahr, welche dem Thron Eurer Majestät droht, wenn sich die Masse des Volkes von Ihnen abwendet.«

»Durch Nachgeben«, rief die Königin mit flammenden Blicken, »haben sich noch niemals die Könige auf ihren Thronen erhalten! Und es wäre eine unedle und unkönigliche Handlung, wenn ich meine Freunde opfern wollte!«

»Wenn diejenigen, um die es sich handelt,« sagte Napoleon mit einem leichten Anklang von Ungeduld in seiner Stimme, »wirklich Ihre Freunde sind, so müssen sie die ersten sein, welche das Opfer, das man von Eurer Majestät verlangt, selbst anbieten. Sie haben vorhin von dem Intendanten Ihres Hauses gesprochen, und ich zweifle nach den Worten Eurer Majestät nicht, dass derselbe von tiefer und treuer Ergebenheit für Ihre Person beseelt ist. Es wäre dann für ihn ebenfalls nicht das schwerste Opfer, welches ein treuer Diener seiner Fürstin bringen könnte, wenn er für einige Zeit, wenn möglich, eine Reise in das Ausland unternähme. Wenn Eure Majestät die Revolution überwunden haben, wenn Sie wieder Herrin in Ihrem Hause sind, so lässt sich ja das alles wieder gut machen.«

»Ich bitte Eure Majestät,« rief die Kaiserin in eindringendem Ton, »Ihren königlichen Edelmut nicht zu weit zu treiben, denn diejenigen, welche Sie beschützen wollen, und welche Sie zu opfern Bedenken tragen, haben doch vor allem das erste und nächste Interesse daran, dass der Thron Eurer Majestät erhalten werde.«

»Hören Sie den Rat Ihrer Majestäten,« sagte der König Don Francisco mit seiner dünnen Stimme, »wenn doch nun einmal das Volk seine Meinung hat – es ist doch wahrlich besser, einmal –«

»Es wird mir sehr schwer,« rief die Königin, indem sie mit einem unbeschreiblichen Seitenblick ihren Gemahl unterbrach, »mich an einen solchen Gedanken zu gewöhnen. Ich will zehntausendmal lieber«, rief sie, mehrmals heftig mit dem Fuß auf den Boden tretend, »Systeme, Regierungsgrundsätze, Ministerien opfern, als persönliche Freunde –«

»Wenn aber«, fiel der Kaiser ein, »die Personen, um die es sich handelt, sich selbst zu dem Opfer entschließen, sich für einige Zeit von Eurer Majestät zu trennen, und ein solcher Entschluss ist – ich wiederhole es – ihre Pflicht gegen Eure Majestät.«

»Ich will darüber nachdenken«, sagte die Königin, – »ich verspreche Eurer Majestät, dass ich alles tun will, um meine persönlichen Gefühle zu überwinden. Aber es wird mir schwer, sehr schwer werden«, rief sie, von Neuem in Tränen ausbrechend, mit vor Zorn zitternder Stimme.

Ein Schlag an der Tür ertönte. Der General Fleury trat rasch ein.

»Ein Telegramm aus Paris,« sagte er, »das Eurer Majestät von Biarritz nachgesandt worden ist.« Er reichte dem Kaiser eine Depesche und ging wieder hinaus.

»Eure Majestät erlauben«, fragte Napoleon, sich gegen die Königin verneigend.

Auf ihren zustimmenden Wink öffnete er die Depesche und durchflog deren Inhalt.

»Eurer Majestät Botschafter ist in Biarritz angekommen, um sich zu Ihnen nach San Sebastian zu begeben.«

»Er ist ein treu ergebener Diener,« rief die Königin. »In der Stunde der Gefahr erkennt man seine Freunde.«

»Der Graf von Girgenti«, fuhr der Kaiser fort, »wird morgen ebenfalls Paris verlassen, um Eurer Majestät seinen Degen zur Verfügung zu stellen – das ist sehr gut, dann haben Eure Majestät einen Ihrem Hause verwandten Prinzen in der Mitte Ihrer Truppen.«

»Auch ich«, rief der König Francisco, »werde mich sogleich in das Hauptquartier der Truppen begeben, um meine Stelle als Generalkapitän einzunehmen.«

»Der Graf von Girgenti«, sprach die Kaiserin, »ist ein vortrefflicher, mutiger, tapferer Prinz, – er wird Eurer Majestät große Dienste leisten können, – und er ist ja vom Blut Ihrer Familie.«

»Ich werde«, sagte der Kaiser, »Herrn Mon, der mich in Biarritz erwartet, noch sprechen. Ich werde bis dahin meine Gedanken vollständig ordnen und sie ihm dann mitteilen. Ich hoffe dringend, dass Eure Majestät sich werden entschließen können, meinem Rat zu folgen und ohne jeden Verzug sich nach Madrid zu begeben, indem Sie die der öffentlichen Meinung – gewiss ohne Grund – missliebigen Personen zurücklassen. Wenn Eure Majestät in Madrid sind, und sich die Revolution dadurch der konzentrierten Autorität und der Gewalt der Regierung gegenüber befindet, so wird es auch leichter sein, zu einem Kompromiss mit derselben zu gelangen. Ich glaube,« fuhr er fort, »dass es mir vielleicht möglich sein könnte, in diesem Sinne bei Prim zu wirken, der vielleicht am ersten geneigt sein möchte, die Befriedigung seines Ehrgeizes lieber unter dem Schütze Eurer Majestät, als in den unsicheren Wechselfällen einer Revolution zu suchen, die, selbst wenn sie siegreich sein könnte, dennoch in ihrer weiteren Entwickelung unberechenbar bleibt.«

Eine dunkle Zornesröte färbte das Gesicht der Königin.

»Kompromisse mit Prim!« rief sie.

»Ich beschwöre Eure Majestät,« fiel die Kaiserin lebhaft ein, »lassen Sie sich nicht von Ihrer gerechten Entrüstung hinreißen. Die Gebote der Klugheit müssen in diesem Augenblick allein maßgebend sein. Behalten

Sie die Macht in Ihren Händen, dann wird später auch die Stunde der Vergeltung schlagen. Vor allen Dingen vergessen Sie nicht, dass es sich zugleich darum handelt, einen großen Plan und eine heilige Sache nicht zu gefährden, – es handelt sich darum, die Sache der Kirche und den Heiligen Vater gegen die Angriffe zu schützen, von denen er bedroht wird, und den Feinden der Kirche einen gemeinsamen und kräftigen Widerstand entgegenzusetzen. Dazu ist die schleunige Niederwerfung dieser Revolution notwendig, – und dieser große Plan, diese große Sache sind es wohl wert, dass Eure Majestät ihr alle Opfer bringen, so schwer dieselben auch Ihren persönlichen Gefühlen werden mögen. Ich bitte Eure Majestät – ich beschwöre Sie, folgen Sie dem Rat des Kaisers.«

Die Königin stand auf.

»Ich verspreche Eurer Majestät,« sagte sie, »auf das Ernsteste darüber nachzudenken und mir alle Mühe zu geben, um meine persönlichen Gefühle den Geboten der Klugheit anzupassen. Aber wenn,« rief sie, die gefalteten Hände fast krampfhaft ineinander pressend und die Zähne zusammenbeißend, »wenn ich wieder die Macht in Händen habe, dann sollen sie empfinden, diese Treulosen und Undankbaren, dass das Maß meiner Güte erschöpft ist, und dass die Leiden dieser Augenblicke mich gelehrt haben, ohne Nachsicht zu strafen.«

Der Kaiser hatte sich ebenfalls erhoben und öffnete die Tür nach dem Perron. Auf seinen Wink eilte der General Fleury zu dem Bahnhofsinspektor, und nach wenigen Augenblicken fuhr der Zug der Königin am Perron vor.

Schweigend führte der Kaiser die Königin an den Wagen, schluchzend umarmte sie die Kaiserin, mit seinem unzerstörbaren Lächeln verabschiedete sich Don Francisco von den französischen Majestäten.

Schnell stieg das Gefolge der Königin in den zweiten Wagen. Herr Marfori, welcher sich einen Augenblick dem Coupé der Königin genähert hatte, trat, da der Kaiser und die Kaiserin, ohne ihn zu bemerken, am Schlage standen, zurück und stieg ebenfalls in den zweiten Wagen.

Noch einmal winkte die Königin grüßend mit der Hand, der Kaiser verneigte sich tief.

»Gott und die Heilige Jungfrau schützen Eure Majestät und Ihre Sache!«
rief die Kaiserin laut in spanischer Sprache und dann brauste der Zug in
die Nacht hinein.

Unmittelbar darauf fuhr der kaiserliche Extrazug vor. Napoleon grüßte
leicht mit der Hand den Bahnhofsinspektor und die Bahnbediensteten,
welche ehrerbietig herangetreten waren, und stieg mit der Kaiserin allein
in das erste Coupé, während der General Fleury mit dem Ordonnanzoffizier in dem zweiten Wagen Platz nahm.

Die Lokomotive pfiff, und langsam setzte sich der Zug nach Bayonne hin
in Bewegung, während über den dunklen Himmel hin die ersten Blitze
des allmählich heraufgestiegenen Gewitters zuckten und ein mächtiger
Donnerschlag mit langem rollenden Nachhall durch die Stille der Nacht
ertönte.

»Was nützt es,« rief die Kaiserin, sich unmutig in eine Ecke werfend, indem sie sich dicht in ihren Plaid einhüllte, »was nützt es, auf dem Thron
von Frankreich zu sitzen, wenn man nicht einmal die Macht hat, seinen
Freunden zu helfen? Ich begreife nicht, dass Sie Bedenken tragen, in diesem Augenblick, wo alles durch einen schnellen Entschluss entschieden
werden kann, der Königin, die Ihre Alliierte ist, Ihre Truppen zum
Schutz zu senden? Das wäre nicht einmal eine direkte Intervention, aber
diese Herren Serrano und Prim würden doch etwas zur Besinnung
kommen, wenn sie die Adler Frankreichs auf der Seite der Königin erblickten.«

Der Kaiser, welcher schweigend in finsterem Ernst auf die dunklen Wolkenmassen und die zuckenden Blitze hingeblickt hatte, erwiderte mit
ruhigem Ton: »Sie lassen sich von Ihrem Gefühl fortreißen, Eugenie, –
was Sie verlangen, wäre der böseste Dienst, den wir der Königin leisten
könnten. Ganz Spanien würde sich gegen sie wenden, wir würden ihr
nicht helfen und uns einen schweren Krieg aufbürden, der uns nach allen andern Seiten hin lähmen müsste. Das würde«, fuhr er fort, indem er
einen raschen Blick nach der Kaiserin hinüberwarf, »eine zweite, aber
schlimmere und verderblichere mexikanische Expedition sein,« – die
Kaiserin schwieg und hüllte sich noch tiefer in ihren Plaid, – »es ist die
einzige Möglichkeit,« sagte der Kaiser, halb zu sich selber sprechend,
»dass die Königin sofort nach Madrid geht und einen Kompromiss mit
Prim zu machen versucht – er wird diesen eitlen Serrano leicht zu beseitigen wissen, und wenn es nicht anders ginge,« fügte er, immer tiefer in

seine Gedanken versinkend, fort, »so könnte man vielleicht durch eine Abdankung und durch Prims Regentschaft für den Prinzen von Asturien« – er schwieg.

»Es scheint,« sagte die Kaiserin, – »dass Sie die Sache dieser armen Königin schon aufgegeben haben, – bedenken Sie, dass, wenn die Königin fällt, uns die Möglichkeit genommen wird, Preußen gegenüber zu zeigen, dass Frankreich die erste Macht in Europa ist, – dass wir dann unter diesem Albdruck weiter leben müssen, der schon solange auf uns lastet.«

Der Kaiser ließ den Kopf auf die Brust sinken.

»Das ist das Verhängnis«, murmelte er mit dumpfer Stimme, schloss wie ermüdet die Augen und sank in die Ecke des Coupés zurück.

Schweigend fuhren die beiden Majestäten durch die dunkle Nacht dahin. Auf der einen Seite des Zuges rauschte das vom Sturme mehr und mehr aufgewühlte Meer, auf der andern Seite stiegen die gewaltigen Bergketten der Pyrenäen empor, und über dem in rasender Eile fortlaufenden Zug zuckten die Blitze und krachten die weithin nach den Bergen hinüberrollenden Donnerschläge.

Einundzwanzigstes Kapitel

Der junge Herr von Grabenow hatte mit seiner Mutter und Fräulein von Berkow die Ufer der Ostsee verlassen, um die schon früher beschlossene Reise durch die Schweiz auszuführen. Man hatte Aufenthalt in Luzern genommen und die Schönheiten des Vierwaldstädtersees besucht, dessen Ufer so viele Erinnerungen an Wilhelm Tell zeigen, diesen Heros der Schweizer, dessen Gestalt den Nimbus, von welchem sie umgeben ist, mehr dem Drama Schillers als der Geschichte verdankt.

Man hatte den Rigi bestiegen und war dann über die große Scheidegg, jenes eigentümliche Eis- und Schneefeld, welches im heißen Sommer die Bilder und den Eindruck einer winterlichen Landschaft des hohen Polarnordens darbietet, nach Interlaken, diesen Sammelplatz der eleganten Welt Europas, gegangen.

Frau von Grabenow hatte mit ihrem Sohn und ihrer Nichte eine Wohnung im Hotel Ritschard bezogen und, ermüdet von den angreifenden Bergpartien, beschlossen, einige Zeit hier ruhig zu bleiben und ohne Anstrengung die reine, von den Eisfeldern der Jungfrau und des Eigers herabwehende Luft zu genießen. Man führte hier das Leben, welches für alle Touristen auf den großen Schweizerreisestationen gleichmäßig ist. Man machte morgens eine Promenade auf dem großen Boulevard, unterhielt sich mit diesem oder jenem Bekannten, den man hier angetroffen, man dinierte an der Table d'hôte des Hotels; man hörte abends das mehr oder weniger gute Konzert und genoss die frische Kühle und die wunderbar schöne Aussicht auf die in kirschrotem Feuer glühenden Schneespitzen der gewaltigen Berge; man machte kleine Fahrten mit dem Dampfschiff über den Thuner- und Brienzersee; man kaufte Holzschnitzereien und andere kleine Erinnerungen an die Schweiz und befand sich in jenem so reizenden *dolce far niente*, welches besser als alle Bäder und Mineralwasser Seele und Körper von den lähmenden Einflüssen des täglichen Lebens, der täglichen Sorge und der täglichen Arbeit zu heilen imstande ist.

Frau von Grabenow blieb viel zu Hause und so kam es, dass die beiden jungen Leute häufig allein auf der Promenade erschienen und allein kleine Ausflüge in die nächsten Umgebungen von Interlaken teils zu Fuß, teils zu Wasser machten.

»Man hat uns heute an der Table d'hôte soviel von dem reizenden Gletscher in Grindelwald erzählt,« sagte Fräulein von Berkow eines Morgens, als sie mit Frau von Grabenow und deren Sohn auf dem Balkon des Hotels beim Frühstück saßen, »dass ich ganz neugierig geworden bin, dieses Wunder der Natur, das uns hier ja so nahe liegt, kennenzulernen. Sollten wir nicht heute einen Ausflug dahin machen? Es ist nur eine kurze Strecke zu fahren, und wir haben auch nicht hoch zu steigen.«

»Ich muss aufrichtig gestehen,« erwiderte Frau von Grabenow, »dass ich ein wenig müde bin von all diesen wirklich recht reizenden und interessanten Naturschönheiten, deren Genuss man aber fortwährend durch Strapazen und mühseliges Erklettern erkaufen muss. Ich habe nun Eis- und Schneeberge genug gesehen und bin jetzt ganz zufrieden mit dem unvergleichlichen Anblick der Jungfrau und ihres schneebedeckten Hauptes, den ich hier so ganz bequem von meiner Chaiselongue aus genießen kann, ohne dass ich mich durch Bergsteigen ermatte und die kräftigende Wirkung der reinen Luft wieder infrage stelle. Wenn ihr aber hingehen wollt, dann lasst euch durch mich nicht abhalten. Ihr habt gerade noch Zeit, einen Wagen zu bestellen, und könnt mit aller Bequemlichkeit abends vor dem Dunkelwerden wieder hier sein.«

Herr von Grabenow warf einen fragenden Blick auf seine Cousine, welche mit kaum sichtbarer Verlegenheit die Augen niederschlug und zustimmend den Kopf neigte. Der junge Mann eilte hinaus, um die Vorbereitungen zu treffen, und nach kurzer Zeit hielt vor dem Hotel einer jener leichten offenen Wagen, welche man zu den Touren in die Berge hinein benützt, mit jenen so sicher schreitenden, starken und kräftigen Pferden der Schweiz bespannt.

Herr von Grabenow und seine Cousine, mit Plaids und Tüchern ausgerüstet, bestiegen denselben und fuhren durch die sonnige frische Landschaft den tiefen und dunklen Tälern zu, welche sich am Fuße des Mönchsgebirges und des Eigers nach der Jungfrau hin öffnen. - - - - -

Am Abend vorher in später Stunde waren mit dem letzten Dampfschiff, welches von Scherzlingen her über den Thunersee nach Interlaken fährt, im Hotel Ritschard ein Herr und eine Dame in Begleitung eines Dieners und einer Kammerfrau angekommen und hatten eine Wohnung in dem den Zimmern der Frau von Grabenow entgegengesetzten Flügel des Hotels bezogen.

Sie waren nicht im Speisesaal erschienen, sondern hatten sich ihr Souper durch ihren eigenen Diener in ihrem Zimmer servieren lassen. In das Fremdenbuch des Hotels, welches der Wirt hinaufgeschickt hatte, war mit einer klaren und festen Handschrift geschrieben: »Graf Rivero und Gräfin Julia Rivero aus Rom.«

Als der Teetisch mit jener den Schweizer Hotels eigentümlichen Eleganz in dem Salon serviert war, dessen große geöffnete Fenster die Aussicht auf die im letzten bläulichen Licht des Abendscheins am Himmel emporragende Eisspitze der Jungfrau darboten, trat Fräulein Julia aus ihrem Schlafzimmer, in welchem sie eine kurze Toilette gemacht, heraus und setzte sich neben ihren Vater, der sie bereits erwartete und in tiefem, ernstem Nachdenken auf die wunderbar schöne Szenerie des großartigen Naturschauspiels hinblickte, das sich in seiner ewigen Pracht und Größe draußen entfaltete, während das von hellem Kerzenlicht erleuchtete Zimmer dem müden Reisenden jeden Komfort des eleganten Lebens der großen Welt darbot.

Fräulein Julia ergriff die Hand ihres Vaters und drückte leicht ihre Lippen auf dieselbe, indem sie ihre großen glänzenden Augen mit dem Ausdruck einer innigen, fast schwärmerischen Zärtlichkeit auf seine edlen, tiefernsten Züge richtete.

»Wie danke ich dir, mein Vater,« sprach sie mit ihrer so sanften, wohllautenden Stimme, »dass du mich hieher in diese großartige und herrliche Natur geführt hast! – Die süße duftige Schönheit unseres Vaterlandes erfüllte mich mit träumerischer Wehmut und ließ mich mehr und mehr mit tief schmerzvoller Sehnsucht des vergangenen Glücks gedenken, das ja vielleicht auf immer für mich verloren ist; jene liebliche Natur schmeichelte meinem Schmerz und meiner Trauer, und wenn sie ihnen auch eine mildere und sanftere Empfindung gab, so fühlte ich mich doch immer mehr losgelöst von der Wirklichkeit, die mich umgab, und fühlte mein Sinnen und Denken mehr und mehr versinken in die tiefe, schmerzliche Unsicherheit und Unklarheit. Hier,« fuhr sie fort, indem ihr Auge strahlend hinausblickte nach den Schneefeldern der hoch aufragenden Gipfel der Jungfrau, deren äußerster Rand sich im Licht des langsam dahinter aufsteigenden Mondes versilberte, – »hier in dieser reinen, freien Luft, in dieser so kräftigen und gewaltigen Natur stärkt sich mein Herz und meine Seele. Ich finde Stolz, Kraft und Mut wieder, tiefer und mächtiger vielleicht erfasst mich hier der Schmerz um meine verlorene Liebe, aber auch kraftvoller und freier kann ich daran denken, dass jenes süße Glück der Vergangenheit angehört; freudiger kann ich den Entschluss fassen, wenn ich es nicht wiederfinden sollte, mein Leben nicht untätiger Trauer hinzugeben, sondern mich dir zu widmen, mein teurer Vater, der mir mit so reicher und treuer Liebe alles ersetzen will, was ich verloren, und mich für alles entschädigen, was ich gelitten.«

»Ich hoffte es, meine Tochter,« erwiderte der Graf, indem er sanft mit der Hand über Juliens glänzendes Haar strich, »dass du wohltätig berührt sein würdest von dem Eindruck dieser so reinen und schönen Natur, und«, fuhr er sinnend fort, »vielleicht hatte der Heilige Vater recht, uns hierherzusenden, um auch meine Gedanken freizumachen von den unklaren Eindrücken des Treibens der Welt. Ich freue mich,« fuhr er fort, »dass du mit Ruhe an die Vergangenheit und an die Zukunft denkst, und dass du darauf gefasst bist, dich mit Ergebung und mutigem Herzen den Beschlüssen der Vorsehung zu unterwerfen; doch sollst du«, fügte er mit einem unendlich liebevollen Blick auf seine Tochter hinzu, »auch der Hoffnung nicht entsagen, und sei überzeugt, dass ich alles tun werde, was in meinen Kräften steht, um auch dir das Glück wieder zu schaffen, das den ersten sonnigen Traum deiner Jugend erfüllt hat.«

»O, wenn das möglich wäre!« rief sie, – »fast möchte ich zuweilen glauben, dass noch alles gut werden könne – und namentlich, seit wir uns hier in der Nähe dieser großen majestätischen Berge befinden, zieht es oft wie eine Ahnung durch mein Herz, als sollten hier die bangen Zweifel meines Lebens ihre Lösung finden. Aber in dieser Ahnung,« sprach sie, indem ein tiefer, trauriger Ernst sich über ihre Züge legte und eine schmerzliche Bewegung um ihre Lippen zuckte, »in dieser Ahnung, mein Vater, liegt keine Zuversicht auf Glück. Im Gegenteil, es ist oft, als ob eine innere Stimme mir zuriefe: Du hast den Traum deiner Jugend für ewig verloren, jener Traum wird nie wieder lebendig werden, aber dennoch wirst du Ruhe und Frieden finden und freudige Befriedigung in der Erfüllung heiliger Liebespflichten.«

Sie glitt leise von ihrem Stuhl herab, ließ sich neben ihrem Vater auf die Knie nieder und sagte, indem sie ihre feucht zitternden Augen zu ihm aufschlug:

»Ich werde dir allein gehören, mein Vater, ich werde kein anderes Glück auf Erden mehr suchen und bedürfen; das einzige, wonach ich mich sehne, ist Klarheit und die Beruhigung, zu wissen, wie er, den ich so heiß geliebt, und den ich nicht vergessen kann, die Trennung erträgt.«

»Sei ruhig, mein Kind,« sagte der Graf zärtlich, »du wirst diese Klarheit und Beruhigung finden, und wenn er deiner würdig geblieben ist, so sollst du aus meiner Hand das Glück deines Lebens empfangen.«

Sie schüttelte schmerzlich mit sanftem Lächeln den Kopf.

»Ich hoffe darauf nicht, mein Vater,« sagte sie leise, »es wäre zu viel Glück, – mehr Glück, als ich verdiene, nachdem der Himmel mich für mein trauriges und leidensvolles Leben so reich entschädigt hat, indem er mich meinen Vater wieder finden ließ.«

Sie lehnte einen Augenblick den Kopf an den Schoß ihres Vaters, dann erhob sie sich, fuhr leicht mit ihrem Tuch über die Augen und begann mit aller Anmut einer Dame der Welt die Honneurs des Teetisches zu machen. Der Graf folgte jeder ihrer Bewegungen mit einer gewissen stolzen Zärtlichkeit. »Ich werde dich morgen«, sagte er, »nach einem Punkt hinführen, dessen Eindruck mir von früheren Jahren unvergesslich ist. Es ist jener tief herabsteigende Gletscher des Grindelwaldes, in dessen Inneres man hineingeht wie in einen Zauberpalast von Kristall. Es ist dies eine der schönsten und zauberischsten Erscheinungen dieses an wunderbaren Schönheiten so reichen Landes, weniger großartig vielleicht, als jene gewaltigen Landschaften der hohen Gebirge, aber darum um so tiefer ansprechend.«

»Ich danke dir, mein Vater,« sagte sie, »ich weiß, dass überall, wohin du mich führst, eine neue Schönheit mein Herz erfreut oder ein neues Licht meinen Geist erhellt.« –

Lange noch saßen sie in traulichem Gespräch vor dem geöffneten Fenster, versunken in den Anblick der Eisberge, welche im Licht des immer höher heraufsteigenden Mondes glänzten und schimmerten, als ob dort durch Geisterhände hochragende Schlösser von Gold und Silber und tausendfach funkelnden Edelsteinen erbaut würden, und der Graf horchte mit glücklichem Lächeln auf das Geplauder seiner Tochter, welche bald in kindlicher Naivität ihren unwillkürlichen Gefühlen Ausdruck gab, bald in tiefsinnigen Bemerkungen auf die hingeworfenen Gedanken ihres Vaters einging. – – –

Herr von Grabenow war mit seiner Cousine unter dem steilen Felsabhang des Eigergebirges angelangt, von welchem die einzelnen schmalen Bergbäche sträubend und lauschend in die Abgründe hinabstürzten; immer großartiger und wilder zugleich wurde die Natur, immer gewaltiger die Gebirgsmassen, welche sich aufeinander auftürmten, bald den Blick in enge Grenzen einschließend, bald wieder eine weite Aussicht eröffnend auf die sonnenbeglänzten Schneeflächen der im Hintergrunde die anderen Berge hoch überragenden Jungfrau.

»Wie groß, wie gewaltig, wie erhaben ist diese Natur!« sagte der junge Mann zu seiner Cousine, welche mit leuchtenden Blicken die wunderbaren Bilder betrachtete, die sich vor ihr aufrollten, und die so tief verschieden waren von der ruhigen Unendlichkeit des Meeres, an dessen Anblick sie in ihrer Heimat gewöhnt waren, – »wie klein erscheint dieser Natur gegenüber der Mensch mit all seinem Ringen und Streben und all seinen Leiden, seinem Sehnen und Hoffen! Auf wie viel kämpfende und ringende Menschen haben diese ewigen Berge schon herabgeblickt, welche alle zerfallen sind zu dem Staub, den der Hauch des Windes um ihren Fuß spielend umherwirbelt, und der nicht emporsteigt zu ihren im ewigen Sonnenlicht glänzenden Gipfeln! Staub sind sie geworden, alle diese schlagenden und fühlenden Menschenherzen, und ihre Klagen, wie ihren Jubel haben die Lüfte davongetragen, ohne dass eine Spur davon übrig geblieben ist! Vergessen und verweht ist alles, was so manches Menschenleben bewegte, das sich für den Mittelpunkt der Welt hielt, in welcher nach ihm noch unzählige Generationen gelebt, geliebt und gelitten haben, – und doch sind diese gewaltigen Berge nur wieder ein Atom in den ewig kreisenden und wechselnden Wirbeln der Ewigkeit. Fast stimmt es traurig, so die eigene Kleinheit und Vergänglichkeit zu messen an den Felsgebilden der Natur, und doch auch wieder ist es fast ein tröstender Gedanke, dass all unser Leid so flüchtig vorübergeht wie das welke Blatt des herbstlichen Baumes, während die Macht und Größe der Vorsehung fest und unzerstörbar wie diese Felsen begründet sind.«

»Du findest«, sagte Fräulein Marie mit einem fast vorwurfsvoll anklingenden Ton, »in allem die Quelle trauriger und schmerzlicher Gedanken. Auf mich macht der Anblick dieser Riesengebilde nicht einen so niederdrückenden Eindruck, im Gegenteil, ich fühle mich groß und stolz ihnen gegenüber. Sie sind nur tote Zeugen der übermächtigen Naturkraft, sie leben nicht, sie fühlen nicht, und wenn je eine mächtige Elementarrevolution sie zertrümmert, so bleibt von ihnen keine Erinnerung und keine Spur übrig. Wir vergehen, das ist wahr, das heißt, wir verschwinden aus dieser sichtbaren Welt, die uns umgibt, aber was in uns lebt, was uns empfinden und was uns leiden macht,« sagte sie, die Augen mit sanftem Blick zu ihm aufschlagend, »das ist ewiger und unvergänglicher als diese Berge, wenn auch seine Spur für die nachfolgenden Menschengeschlechter verweht wird, wenn auch unsere Herzen in Staub zusammensinken, denn das, was sie bewegt hat in Freude und Kummer, das ist ein Teil des ewigen Lebenshauchs Gottes und kann ebenso wenig vergehen als Gott selbst. Ich fühle mich nicht klein dieser großen Natur gegenüber, im Gegenteil, ich bin glücklich, dass ich nicht wie sie zu majestätischer

Unbeweglichkeit und Starrheit verurteilt bin, sondern dass ich über sie hinweg mit dem ewigen und unvergänglichen Leben des Geistes zusammenhänge. Und vor allem,« fuhr sie fort, indem ein warmes Licht aus ihren Augen strahlte,»fühle ich dieser großen, fast drohend gewaltigen Natur gegenüber um so mehr die Wohltat, welche Gott uns gegeben durch die Fähigkeit, die Leiden und Freuden anderer mitzuempfinden und wiederum in befreundete Herzen ergießen zu können, was uns freut und bekümmert. Siehst du,« sagte sie, immer lebhafter sprechend, während seine Blicke mit glücklichem Ausdruck auf ihren bewegten Zügen ruhten,»diese Berge stehen da in ewiger Einsamkeit, der brausende Sturm und die flammenden Wetter lassen sie eben so unbewegt, wie der sonnige Hauch des Frühlings, und der helle Strahl des Sonnenlichts, der auf ihre eisbedeckten Häupter fällt, glänzt und leuchtet, aber erwärmt sie nicht. In unseren Herzen aber lebt so warm alles Schöne und Große, das je vor uns die Geister bewegte und sie nach uns bewegen wird, und selbst in unserem Schmerz und in unserem Kummer lebt immer noch das Glück der Liebe und der Freundschaft, welche Trost empfängt und Trost zu geben vermag; mögen unsere Herzen dann zu Staub verfallen, aus dem Staub blühen wenigstens die freundlichen Blumen hervor, welche an jenen gewaltigen Felswänden auf den glänzenden Gefilden des ewigen Schnees keinen Platz finden.«

»Du bist in der Tat«, sagte er, indem er bewegt ihre Hand ergriff, »die Blume, welche meinem Leben Duft und Farbe gibt, ohne dich wäre ich starr geworden wie jene Felsen – wie soll ich dir danken für deine unermüdliche tröstende Freundschaft?«

»Dadurch,« erwiderte sie lächelnd, »dass du dem finstern Schmerz keine Gewalt über dich einräumst, dass du dich dem freundlichen Leben zuwendest und der Hoffnung auf die Zukunft –« fügte sie seufzend mit einem wehmütigen Lächeln hinzu. Der traurige, schmerzliche Ausdruck verschwand von seinem Gesicht, und in heiteren Gesprächen legten sie den letzten Teil des Weges bis zu dem freundlich am Abhang des Berges daliegenden Flecken Grindelwald zurück. Der Wagen hielt vor dem Hotel zum Adler.

Herr von Grabenow und seine Cousine nahmen ein kleines Diner ein, das man ihnen schnell bereitete und bei welchem jener traditionelle Gämsenbraten, bei welchem alle alten Hammel der Umgegend den Stoff liefern, und der sogenannte Gletscherwein figurierten, ein Schweizer Landgewächs, das man in der ersten Gärung in das Gletschereis versenkt und das dadurch einen leicht prickelnden, angenehmen Geschmack erhält.

Dann machten sie sich mit einem Führer auf den Weg, um zu dem tief zum Tal herabgesenkten Gletscher hinaufzusteigen. Sie schritten über die frischen Wiesen und die schattigen Bergabhänge hin, an allen Ecken des Weges ihren Tribut an die Kindergruppen zahlend, welche ihnen kleine Steine und Erzstückchen anboten und in der Voraussetzung, dass jeder einigermaßen elegant gekleidete Tourist ein Engländer sei, ihnen oft in kaum erkennbarer musikalischer Verstümmelung das »God save the queen« entgegensangen.

Sie stiegen endlich über Steine und Geröll zu dem Eingang des Gletschers heran, überschritten die mit Brettern bedeckte große Wasserlache, welche das herabschmelzende Eis gebildet, und traten in den Gang, der in die ungeheure Eismasse gehauen war und bis tief in das Innere derselben hineinführt. Bald wandte sich dieser Gang so, dass das hereinfallende Tageslicht vollständig verschwand.

Mit einem leichten Schrei der Verwunderung blieb Fräulein Marie vor dem feenhaften Anblick stehen, der sich ihr darbot. Der Gang, in welchem sie sich befanden, war in hoher Wölbung in das Eis gehauen, von Zeit zu Zeit hingen an den glatten, glänzenden Wänden kleine Öllampen vor großen facettenartig aneinander gesetzten Spiegeln, deren vielfache Reflexe von den Eisflächen zurückstrahlten. Den ganzen Raum erfüllte eine eigentümliche grünbläuliche Dämmerung, hervorgebracht durch das Sonnenlicht, welches matt und gebrochen durch das halb durchsichtige Eis hereinschimmerte. Man konnte glauben, in dem Innern eines jener Paläste sich zu befinden, von welchen die fantastischen Feenmärchen erzählen, und welche aus einem einzigen riesenhaften Edelstein geformt sind. Immer wunderbarer wurde die Beleuchtung, je tiefer sie in das Innere des Gletschers hineindrangen, immer feenhafter und fantastischer wurden die Farbenspiele, welche das durch das Eis gebrochene Tageslicht mit den Spiegelreflexen der kleinen Lampen bildete.

Fräulein von Berkow legte ihren Arm in den ihres Vetters und atmete tief auf unter dem überwältigenden Eindruck dieses Anblicks.

Da ertönte von fernher aus dem tiefsten Innern dieses wunderbaren Eispalastes hervor eine eigentümliche, fast überirdisch klingende Musik. Die einzelnen Töne drangen zuerst wie ohne Zusammenhang untereinander aus der Tiefe des Ganges hervor, von den flimmernden Wänden widerhallend. Dann hörte man sie deutlicher, sie verbanden sich zu einer Melodie. Es war eine einfache schweizerische Volksweise, und als man weiter und weiter fortschritt, konnte man erkennen, dass es die Klänge einer jener Zithern waren, welche die Bewohner der Berge mit so vieler Kunstfertigkeit zu spielen verstehen und welche so wunderbar sympathisch das Ohr berühren.

Endlich machte der Gang noch einmal eine Wendung, und alles Vorhergesehene an fantastischem Reiz übertreffend, öffnete sich vor den erstaunten Blicken der Eintretenden die große Mittelgrotte im Kern der ungeheuren Eismasse. Die runde Kuppel des weiten Gewölbes schimmerte in einem wunderbar smaragdartig glänzenden Licht; rund umher an den Wänden waren in großer Zahl die Spiegellampen aufgehängt, welche ihre so vielfach gebrochenen Lichtstrahlen über die schimmernden und glitzernden Eismassen zittern ließen.

Hinter einem großen Eisblock hervor erklang in unmittelbarer Nähe, aber darum nicht minder wunderbar und eigentümlich berührend die Zithermusik. Der große Eisblock verdeckte die wenig poetische Erscheinung eines alten Mütterchens, das die Saiten des Instruments in Bewegung setzte, man hörte nur die Töne, ohne die Ursache derselben zu bemerken.

Fräulein von Berkow blieb wie geblendet stehen, und in der Tat hätte kein Traum eines bei der Erzählung der wunderbarsten Märchen eingeschlafenen Kindes etwas Schöneres und Reizenderes hervorbringen können, als es hier die Wirklichkeit darbot.

Herr von Grabenow blickte lächelnd und glücklich auf das in dieser zauberischen Beleuchtung identisch schön erscheinende Gesicht seiner Cousine, welche sich leicht an ihn anschmiegte und mit kaum hörbarer Stimme flüsterte:»O wie schön! Wie schön!«

Lange standen sie schweigend in den Anblick versunken, man hörte nichts als ihre tiefen Atemzüge und die leise durch den weiten Raum klingenden Töne der Zither.

Fräulein von Berkow zog endlich ihren Vetter sanft mit sich fort bis in die Mitte des Gewölbes. Sie richtete den Blick aufwärts zu der leuchtenden Kuppel, – ihre Augen füllten sich mit Tränen.

»Ich möchte hier bleiben, ich möchte hier ewig bleiben«, rief sie. »Können die Träume der kühnsten Fantasie etwas Schöneres erfinden, als was uns hier in Wirklichkeit umgibt? Hier glaubt man sich losgelöst von der körperlichen Welt, von allem Unreinen und Unedlen, was da draußen sich an uns herandrängt und den Flug der Seele hemmt, – den Schlag des Herzens einengt. So wie wir hier in dieser reinen Klarheit stehen, zu welcher das Geräusch und die Unruhe der Welt nicht dringt, so muss es den seligen Geistern zumute sein, welche von der Körperwelt losgelöst, frei von Sünden, Sorgen und Zweifeln leben. Fast ergreift mich Scheu, wieder hinauszugehen aus dieser heiligen Stille, welche mich anmutet wie eine Wohnung des ewigen Friedens, – o wie schön wäre es, hier zu bleiben, fern von allem Kummer und allem Leid, allein mit einem befreundeten Herzen, das uns versteht, und in welchem wir die Ergänzung unseres eigenen Lebens finden!«

Wie von einer unwillkürlichen Bewegung hingerissen, immer den Blick nach der Wölbung der Kuppel gerichtet, deren schimmernder Glanz sich in ihrem strahlenden Auge widerspiegelte, lehnte sie ihr Haupt sanft an die Schulter ihres Vetters.

Herr von Grabenow blickte zu ihr herab, er sah ihr leuchtendes Auge, ihre von den verschiedenen Lichtreflexen wie mit einem Glanz der Verklärung übergossenen Züge. Ein tiefes, inniges Gefühl strahlte aus seinen Augen hervor, er beugte sich leise nieder und drückte seine Lippen auf ihre Stirn. Sie schauerte leicht bei seiner Berührung zusammen und schmiegte sich noch fester an ihn.

In diesem Augenblick erschallte ein angstvoller, fast entsetzter Schrei an dem Eingange der Grotte. Erschrocken fuhr Marie empor, und der junge Mann wandte sich rasch nach jener Seite hin.

Am Eingang der Grotte stand der Graf von Rivero und blickte ernst, fast finster auf das Paar in der Mitte hin. An seinem Arm hing Julia, mit beiden Händen zitternd, als ob sie eine Stütze suchte. Sie war bleich wie der Tod, ihre großen dunklen Augen blickten starr auf die beiden jungen Leute, als ob eine schreckensvolle Vision ihr erschienen wäre. Sie hatte jenen angstvollen Schrei ausgestoßen, – dann lehnte sie sich wie zusammenbrechend noch fester an ihren Vater und barg ihr Gesicht an dessen Brust.

Fräulein Marie sah erstaunt und fragend auf diese Gruppe hin, dann traf ihr Blick ihren Vetter, der, noch bleicher als Julia, mit gewaltsamer Anstrengung die Bewegung zu unterdrücken suchte, unter deren übermächtigem Eindruck seine ganze Gestalt zitternd hin und her schwankte. Plötzlich leuchtete ein Blitz des Verständnisses in ihren Augen auf, sie warf einen schnellen forschenden Blick auf das junge Mädchen, das ihr gegenüberstand, dann flog eine dunkle Röte über ihr Gesicht und mit einem bitteren Lächeln schlug sie die Augen zu Boden.

So standen sich die beiden Gruppen einige Sekunden gegenüber, dann schien Herr von Grabenow durch eine gewaltige Willensanstrengung seiner Gefühle Herr zu werden, ein Ausdruck von beinahe höhnischer Verachtung erschien auf seinem Gesicht. »Lass uns gehen«, sagte er in kaltem Ton zu seiner Cousine, und indem er ihren Arm in den Seinigen legte, ging er festen Schrittes dem Eingang zu. Mit eisiger Höflichkeit verneigte er sich vor dem Grafen.

»Welch' ein wunderbares Zusammentreffen, Herr Graf,« sagte er, »das uns beide hier in dieser Gletschergrotte zusammenführt!«

Der Graf, welcher sonst so sicher und ruhig alle Verhältnisse zu beherrschen gewohnt war, hatte in diesem Augenblick seine gewöhnliche überlegene Haltung verloren. Er blickte in starrem Erstaunen mit dem Ausdruck tiefen Schmerzes auf Herrn von Grabenow, dann flog sein Blick über die schöne junge Dame an dessen Arm, und er sprach mit beinahe unsicher klingender Stimme:

»Ich hatte versprochen, Ihnen Nachrichten von mir zu geben, und war in dieser Zeit im Begriff –«

»Ich freue mich«, fiel Herr von Grabenow ein, »Sie so wohl hier wiedergesehen zu haben, diese persönliche Begegnung ist jedenfalls die beste und vollständigste Nachricht, die ich mir hätte wünschen können.«

Sein Blick streifte mit einem unbeschreiblichen Ausdruck über Julia, welche noch immer ihren Kopf an die Brust ihres Vaters gelehnt hatte – dann wandte er sich mit einer höflichen Verbeugung und einer so bestimmten und entschiedenen Bewegung, dass der Graf einen Schritt zurückzutreten gezwungen war, dem Ausgang der Grotte zu, und schritt schweigend, ohne sich umzusehen, durch den langen, gewundenen Gang der äußeren Öffnung des Gletschers zu.

Zitternd, ohne ein Wort zu sprechen, ging Marie neben ihm, sie traten ins Freie und stiegen fortwährend schweigend den Abhang hinab. Als

sie in den Schatten des Waldweges gelangt waren, blieb Herr von Grabenow einen Augenblick stehen, seine Brust dehnte sich unter einem tiefen Atemzug weit aus, er schüttelte leicht den Kopf, als wolle er die Gedanken, welche auf ihm lasteten, abwerfen, und dann sprach er mit tiefer, dumpfer Stimme:

»Der Traum ist aus, – aber mein Schmerz und mein Kummer ist ebenfalls zu Ende, – meine Sehnsucht und meine Leiden sind umsonst gewesen! Ich war ein Tor,« fügte er bitter lächelnd hinzu, »ich habe die besten
Gefühle meines Herzens verschwendet an eine Illusion!«

Marie blickte mit einem wunderbaren Ausdruck zu ihm auf, es war halb
schmerzliche Teilnahme, halb freudige Hoffnung, was auf dem Gesichte
lag.

»Das Rätsel deines Lebens hat seine Lösung gefunden?« fragte sie mit
leiser, flüsternder Stimme.

»Eine bittere, traurige Lösung,« erwiderte er, »ich habe diejenige wiedergesehen, welcher die ganze liebevolle Hingebung meines jungen
Herzens gehörte, ich habe sie wiedergesehen am Arm des Mannes, der
mir Freundschaft heuchelte und der mir versprach, nach meiner verschwundenen Geliebten zu forschen und sie zu mir zurückzuführen,
wenn es ihm gelingen würde, sie zu finden. Welch' ein Abgrund von
Niedrigkeit und Heuchelei!« rief er, »welch ein unwürdiges Spiel mit
den edelsten Gefühlen meines Herzens! O wie recht hattest du, als du
mich jüngst gefragt, ob sie all der Schmerzen würdig wäre, die ich um
sie gelitten! Doch«, rief er aus, indem er ihr wieder seinen Arm reichte
und mit raschen Schritten durch das Gehölz weiterschritt, »welch' eine
glückliche Fügung, die mich hierher geführt und mir die Augen geöffnet
hat! – der Bann, welcher auf mir lastete, ist gebrochen, in die Vergangenheit versenkt aller Kummer, der mich quälte, mein Herz ist frei und
leicht geworden, und mein Blick öffnet sich wieder dem leuchtenden
Sonnenschein.«

Sie antwortete nicht, – mit hochatmender Brust die Augen zu Boden geschlagen, – ein glückliches Lächeln auf den Lippen, schritt sie neben ihm
her.

Ohne weiter miteinander zu sprechen, gingen sie über die Wiesen und
kamen an das Hotel zum Adler; rasch ließ er den Wagen anspannen, und

nach kaum einer Viertelstunde fuhren sie durch die Felsenschlucht auf der Straße nach Interlaken hin.

»Denkst du noch an das Gespräch, das wir vorhin führten,« fragte Herr von Grabenow plötzlich mit innigem Ton seine Cousine.

»Gewiss«, erwiderte sie, indem sie ein wenig verwundert die Augen zu ihm emporschlug. »Ich fühle jetzt mehr als je, wie recht du hattest,« fuhr er fort, indem er ihre Hand ergriff, »dass du den warmen Pulsschlag des lebendigen Herzens höher stelltest, als jene gewaltigen unvergänglichen Felsenmassen. Es ist, als ob eine plötzliche, reine und ruhige Klarheit mich erfüllte, als ob die Schleier zerrissen, die bisher meinen Blick verhüllten, als ob die Zukunft meines Lebens sich sonnenhell vor mir öffnete. Siehst du,« fuhr er fort, »jenes Gefühl, dem ich in ruheloser und schmerzlicher Sehnsucht so lange Zeit meine Kräfte, mein Denken, Wünschen und Hoffen geopfert habe, hatte mich so plötzlich und überwältigend ergriffen, wie der Eindruck einer erschütternden Naturschönheit. Es hatte meine Seele aus dem ruhigen Gleichmaß herausgerissen und mein ganzes Wesen in seinen Tiefen erschüttert. Aber seit ich dich gefunden, seit deine freundliche, immer gleich liebevolle Teilnahme mich das Glück kennen gelehrt hat, welches aus dem stillen, treuen Mitgefühl eines befreundeten Herzens erwächst, – welches immer neue Blüten treibt – klein und unscheinbar jede einzelne, – aber doch uns immer von Neuem mit unvergänglichem Duft und Reiz erquickend, seitdem war mein ganzes Wesen gespalten und geteilt, und in quälender Unruhe schwankte ich hin und her zwischen jenem berauschenden Gefühl und dem stillen, friedlichen Glück, welches deine teilnehmende Freundschaft mir bot. Du wirst mich oft für töricht gehalten haben«, fuhr er fort, »und ich war es, ich war krank, ich verfolgte eine Fata Morgana, welche meinen Sinn gefangen hielt, und konnte nicht dazu kommen, mich zu den lieben Blüten herabzuneigen, welche in freundlicher Wirklichkeit an meinem Wege sprossten. Jetzt bin ich geheilt,« rief er, – »die Fata Morgana ist verflogen, sie hat sich aufgelöst in leeren Wolkendunst, – mir ist klar geworden, wo das Ziel meines Lebens liegt.«

»Wenn auch die Enttäuschung eine schmerzliche war,« sagte Marie leise, »so freue ich mich doch, dass du nicht mehr leidest und deine Kraft in unruhiger Sehnsucht aufreibst.«

»Marie,« sagte er nach einer Pause ein wenig zögernd, »du hast dem Leidenden, dem töricht Verblendeten in unermüdlicher Freundschaft und Teilnahme zur Seite gestanden, du hast meinen Schmerz verklärt durch den liebevollen Trost, den du nicht müde wurdest, mir zu gewähren – ich bin geheilt von der Krankheit meines Herzens, ich habe Raum in mir für Glück und Freude – willst du mir in einem glücklichen, freudigen und kraftvoll mutigen Leben zur Seite stehen, wie du Kummer und Leiden mit mir geteilt hast?«

Sie neigte schweigend den Kopf auf die Brust, in unwillkürlicher Bewegung schmiegte sie ihre Finger fester um seine Hand.

»Du kennst«, fuhr er fort, »die Absichten, welche unsere Eltern mit uns hatten, du weißt, wie verstimmt mein Vater ist, dass jene Absichten noch nicht erfüllt wurden – willst du mir verzeihen, dass ich dem so naheliegenden Glück mich so lange verschließen konnte, willst du mein Leben erleuchten und erwärmen und dadurch auch unseren Eltern die freudige Erfüllung ihrer Hoffnungen gewähren?«

Sie schlug die Augen empor und sah ihn lange mit einem wunderbar innigen Blick an.

»Glaubst du,« sprach sie mit offenem, freiem Ton, »dass ich so lange mein ganzes Leben der Aufgabe gewidmet hätte, dich zu trösten und deinen Schmerz zu lindern, wenn mein Herz über die Beantwortung deiner Frage im Zweifel sein könnte?«

Er beugte sich rasch zu ihr hin und drückte sie einen Augenblick fest an sich.

»O, dann ist alles gut,« rief er, »dann habe ich aus diesem wunderbaren Feenschloss, welches die Geister der Berge aufgerichtet, auch das segensvolle Kleinod meiner Zukunft heimgetragen und alle dunklen Rätsel meines Lebens haben hier ihre herrliche Lösung gefunden.«

Die Sonne war hinter den hoch aufragenden Felswänden verschwunden, langsam dunkelte der Abend herein, in leisem, glückseligem Geflüster fuhren die beiden dahin. Und in der Tat hätte der Blick der ewigen Vorsehung mehr Freude haben müssen an diesen Menschenherzen, die sich in liebevoller Zuneigung einander erschlossen, als an den gewaltigen Bergen mit den rot glühenden Schneespitzen, die von Jahrhundert zu Jahrhundert als unbewegliche Zeugen einer riesigen Naturkraft aus den Grundfesten der Erde erwachsend zum Himmel emporragten.

Ehe sie es erwarteten, waren sie in Interlaken angekommen, mit strahlenden Blicken traten sie in das Zimmer der Frau von Grabenow: Mit glücklichem Lächeln hörte diese die Mitteilung, welche sie ihr von dem Vorgefallenen machten. Mit inniger Zärtlichkeit schloss sie ihre Nichte in die Arme, und als die beiden jungen Leute sich zurückgezogen hatten und in unruhig hin und herwogenden Gefühlen vergebens den Schlaf suchten, schrieb sie in freudiger Erregung an ihren Gemahl, um ihm anzuzeigen, dass sie doch recht behalten, und dass die beiden für einander bestimmten Herzen sich endlich gefunden hätten.

Zweiundzwanzigstes Kapitel

Julia war noch einige Augenblicke, nachdem Herr von Grabenow und Marie die Gletschergrotte verlassen hatten, wie bewusstlos in den Armen ihres Vaters liegen geblieben, endlich erhob sie sich und blickte ängstlich umher, als fürchte sie, noch einmal das schreckliche Bild zu erblicken, das urplötzlich und unerwartet sich ihr gezeigt hatte.

Der Graf sah sie mit tiefem Mitgefühl an und schien Worte zu suchen, um in ihrer schmerzlichen Erschütterung ihr Trost und Hoffnung zu geben.

»Wohl hatte ich recht, mein Vater,« sprach sie endlich, »als ich dir gestern Abend sagte, dass eine Ahnung, fast ein gewisses Vorgefühl mich erfülle, als würde hier in diesen Bergen alle Unklarheit, welche mein Leben verhüllte, sich lösen. Klar ist es geworden,« rief sie mit tieftraurigem Ton, »aber wie weh, wie bitter wehtut mir diese Klarheit!«

»Mein Kind,« sprach der Graf mit sanfter Stimme, »lass dich nicht von raschen Eindrücken hinreißen. Warum willst du glauben, dass für dich alles verloren sei? Du hast deinen Geliebten wiedergesehen in Gesellschaft einer jungen Dame, die allerdings in innigen Beziehungen zu ihm zu stehen schien. Ich kenne diese Dame nicht, ebenso wenig wie du. – aber kann sie nicht seine Schwester sein? – verurteile sie nicht, bevor du Näheres gehört.«

»Seine Schwester,« rief Julia mit schluchzendem Ton, »o nein, mein Vater, das war seine Schwester nicht! Ich habe nur einen Blick gesehen, den sie auf ihn warf, als er mich erkannte, – so sieht eine Schwester ihren Bruder nicht an. Nein, mein Vater, diese Frau war seine Geliebte – vielleicht seine Gattin,« sagte sie mit dumpfer Stimme, indem sie sich leicht schwankend auf den Arm ihres Vaters stützte. »Er hat mich vergessen,« sagte sie still weinend, »so schnell vergessen, das ist hart, das ist sehr schmerzlich – und ich liebte ihn doch so sehr.«

»Ich verspreche dir, mein Kind,« sagte der Graf, »ich werde sogleich Erkundigungen einziehen. Er wird in Interlaken wohnen wie wir, und ich werde sogleich erfahren, in welchem Verhältnis er zu der Dame steht: bis dahin gib dich der Verzweiflung nicht hin.«

»Wozu Erkundigungen?« sagte Julia im Ton wehmütiger Resignation, »es bedarf keiner Erkundigungen; wäre er frei gewesen– liebte er mich noch, so hätte er mir die Hand gereicht, er hätte mich gegrüßt, nachdem er so lange von mir getrennt war. Ich hätte in seinem Blick wenigstens die Freude lesen können, mich gefunden zu haben – aber er ist kalt und gleichgültig an mir vorübergegangen, er hatte nicht einmal ein Wort, nicht einen Gruß der Höflichkeit für mich. Glaube mir, mein Vater, mein Herz täuscht mich nicht, er ist für mich verloren, – aber,« fuhr sie fort, indem sie das schöne Haupt emporrichtete und den Grafen mit leuchtenden Augen ansah, »du hast das Wort Verzweiflung gebraucht – o, fürchte nicht, dass ich verzweifle. Diese Täuschung hat mich tief und schmerzlich im innersten Kern meines Lebens getroffen; aber sollte ich mich deshalb der Verzweiflung hingeben? Wäre ich da nicht undankbar gegen die liebevolle Vorsehung, hat sie mir nicht alles gegeben, was das Leben an Reiz bieten kann? Habe ich nicht dich, mein Vater!« rief sie mit schwärmerischem Ausdruck, »dich, der mir die ganze Welt ersetzen kann! O, ich werde nicht verzweifeln, ich werde fortan nur eine Aufgabe haben, – dich glücklich zu machen, und dein Leben mit aller Glut meiner Liebe zu erwärmen. In der Erfüllung dieser Aufgabe werde ich mein Glück finden – ein reineres und schöneres Glück vielleicht, als jene gestorbene Liebe mir hätte bieten können.«

Der Graf beugte sich schweigend zu seiner Tochter herab, schlang seine Arme um ihre Schultern und lehnte ihr Haupt an seine Brust, indem er sanft mit der Hand über ihr glänzendes Haar strich.

Eine Zeit lang standen sie noch da in stummer Umarmung.

Der Edelsteinglanz des von den gebrochenen Sonnenstrahlen durchleuchteten Eises schimmerte von der Wölbung der Grotte herab, und die Zitherklänge tönten leise und wunderbar hinter dem großen Eisblock hervor.

Langsam richtete Julia das Haupt empor.

»Lass uns morgen hierher zurückkehren, mein Vater,« sprach sie, »ich will meine Gerätschaften mitbringen und eine Skizze von dieser so zauberisch schönen Grotte nehmen, sie soll mir eine ewige Erinnerung sein an diese Stunde, welche mein vergangenes Leben mit allen seinen Träumen abschloss, welche die edle und reine, aber doch schuldvolle Liebe meiner Jugend begrub, und welche in meinem Herzen jedes andere Bild verwischte, als das Deinige, mein Vater, jede andere Flamme verlöschte, als die der reinen kindlichen Liebe, welche fortan mein Dasein erleuchten und erwärmen wird. Dies Bild soll seinen Platz finden über meinem

Gebetpult neben jenem andern Bild, das die sterbende Hand deines Bruders vollendete, und es soll, wie jenes, zu mir sprechen von der allversöhnenden Liebe Gottes, deren Priester und Verkündiger du mir geworden bist, wie du es deinem armen verzweifelten Bruder warst.«

Der Graf vermochte nicht zu antworten. Mit wunderbar fragendem Ausdruck richtete sich sein Blick auf das schimmernde Gewölbe über ihm.

»Mein Gott,« flüsterte er leise vor sich hin, »ich habe die Kraft meines Lebens daran gesetzt, um deine Macht und Herrlichkeit zu offenbaren in den Kämpfen und dem Getöse der Welt. – Habe ich mich getäuscht, zeigt sich deine ewige Macht und Größe herrlicher und klarer in dem stillen, verborgenen Leben und Weben des durch Leiden zur Erlösung und Verklärung emporringenden Menschenherzens, als in den gewaltigen Verwirrungen der Völkerschicksale?«

Er reichte Julia den Arm und führte sie langsam durch den gewundenen Gang aus dem Innern des Gletschers hinaus. Noch einmal blickte sie zurück, noch ein tiefer Seufzer entrang sich ihrer Brust, als sie des eben verlebten Augenblicks gedachte, der ihrem ganzen Leben eine neue Richtung gegeben hatte. Dann wurden ihre Züge heiter und ruhig, und kräftigen Schrittes ging sie durch den Wald und über die Wiesen hin, von Zeit zu Zeit mit leuchtenden, freudigen und heitern Blicken zu ihrem Vater aufschauend.

Kaum eine Stunde nach Herrn von Grabenow und seiner Cousine langten sie in Interlaken an. Der Graf führte Julia in ihr Zimmer und rief dann den Kellner in den Salon, sich die Fremdenliste geben zu lassen. Bald fand er, was er suchte: Frau von Grabenow aus Ostpreußen.

»Die Dame wohnt hier im Hause?« fragte er den Kellner, ihren Namen mit dem Finger auf der Fremdenliste bezeichnend. Der Kellner bejahte. »Wer ist der junge Mann, der sie begleitet?«

»Ihr Sohn«, erwiderte der Kellner.

»Und die junge Dame?«

»Eine Verwandte – die Braut des jungen Herrn von Grabenow.«

Der Graf neigte ernst das Haupt und entließ den Kellner durch einen Wink.

Julia trat ein, sie sah bleich aus, aber freundlich lächelte sie ihrem Vater entgegen.

»Du hattest recht, mein Kind,« sagte er tiefernst in traurigem Ton, »die Dame, welcher wir begegnet, ist die Braut desjenigen, den dein Herz so lange sehnsüchtig gesucht.«

»Ich wusste es, mein Vater,« sagte sie mit sanftem Lächeln, – »lass uns nicht weiter darüber sprechen, ich werde mit meinem Herzen allein fertig werden, – deine Tochter wird deiner würdig sein.« Mit einer raschen Wendung trat sie an das Fenster, um die Tränen zu verbergen, welche die Wimpern ihres schönen Auges benetzten.

Der Kellner servierte den Teetisch und meldete zugleich, dass soeben ein Herr angekommen sei, welcher den Grafen zu sprechen verlangt habe.

»Lassen Sie ihn eintreten«, sagte der Graf Rivero ein wenig erstaunt.

Wenige Augenblicke darauf trat der Abbé Rosti in den Salon. Er begrüßte den Grafen mit ehrerbietiger Herzlichkeit und richtete dann ein wenig erstaunt seinen Blick auf Julia.

»Meine Tochter,« sagte der Graf, – »ich habe Ihnen einmal die Geschichte meines vergangenen Lebens erzählt,« fügte er hinzu. Die Vorsehung hat mich mein Kind wiederfinden lassen und vielen und langen Schmerz meines Lebens wieder gut gemacht.«

Freudige Teilnahme bewegte das Gesicht des jungen Priesters, er reichte Fräulein Julia die Hand und sagte:

»Ihr Vater hat viel um Sie gelitten, aber Sie werden ihm viel Glück bringen und mit seinen Freunden vereint sein Leben verschönern, das er der heiligen Sache der Kirche Gottes geweiht hat. Der Himmel hat Sie reich gesegnet, einen solchen Vater wiedergefunden zu haben.«

»Und mich,« sagte der Graf, »indem er mir ein solches Kind gab. Man soll nicht von der Last der Leiden sich beugen lassen, denn Gottes Wege sind unerforschlich und führen alle zum Glück und zum Sieg.«

Er blieb einen Augenblick schweigend mit gefalteten Händen stehen, dann wandte er sich mit ruhigem, heiterem Ausdruck zum Abbé und sagte:

»Was führt Sie her, mein Freund, welch' wichtige Nachrichten sind die Ursache, dass Sie mich hier aufsuchen, wohin ich mich eine Zeit lang aus den Unruhen der Welt zurückziehen wollte?«

Der Abbé zögerte einen Augenblick mit der Antwort und warf einen fragenden Blick auf Julia.

»Sie können vor meiner Tochter sprechen,« sagte der Graf, – »sie ist eins mit mir. Sie hat ein starkes und mutiges Herz und soll fortan meine Freundin sein, die alle meine Gedanken, all' mein Streben und Arbeiten mit mir teilt.«

Mit glücklichem, fast verklärtem Ausdruck eilte Julia auf den Grafen zu und küsste seine Hand.

»O mein Vater,« rief sie, »du gibst mir mehr, als die Welt mir genommen hat.«

Der Graf zog einen Sessel für den Abbé heran.

»Was also bringen Sie mir?« fragte er.

»Ich war gestern bei der Marchesa Pallanzoni«, sagte der Abbé –

Eine finstere Wolke zog über die Stirn des Grafen, er neigte einen Augenblick seinen Kopf auf die Brust nieder, dann richtete er den Blick ernst auf den Abbé. – »Und?« fragte er.

»Die Marchesa hat mir mitgeteilt,« fuhr der Abbé fort, »dass sie aus ganz sicherer und untrüglicher Quelle die Mitteilung erhalten habe: Der Krieg gegen Preußen sei beschlossen, und in den nächsten vierzehn Tagen werden die Aktionen beginnen. Der Kaiser ist in Biarritz, wie Sie wissen, und der Vertrag zur Ablösung des französischen Korps in Rom durch spanische Truppen ist zum Abschluss bereit. Der Kaiser wird in diesen Tagen mit der Königin Isabella in San Sebastian zusammenkommen, um ihn definitiv abzuschließen. Und der Marquis de Moustier hat bereits die Instruktion, den diplomatischen Feldzug zu eröffnen.«

Der Graf sprang erschrocken auf.

»Mein Gott,« rief er, »so sind also die Toren doch durchgedrungen, welche Frankreich in einen Kampf gegen das so mächtig erstarkte Deutschland stürzen wollen, und welche durch den Sieg, den sie für möglich halten, die Macht der katholischen Kirche wieder aufzurichten gedenken.
Und wissen Sie,« fuhr er fort, »wie man im Vatikan über diesen Plan
denkt?«

»Soviel ich gehört habe«, erwiderte der Abbé, »ist derselbe dort gebilligt,
und die Diener der Kirche werden den Sieg für die Waffen Frankreichs
erflehen.«

»Welche Verblendung! Welche Verblendung!« rief der Graf, – »Frankreich wird zertrümmert werden in diesem Krieg, und wenn die Kirche
Partei nimmt, wenn sie sich der nationalen Entwicklung Deutschlands
entgegenstellt, so wird sie die einzige feste und wahre Stütze verlieren,
auf welcher ihre Zukunft sich segensreich entwickeln kann, – dazu«, sagte er in leisem Ton vor sich hin, »dieser Gedanke, die päpstliche Unfehlbarkeit proklamieren zu lassen und dadurch der freien Bewegung der
Geister unversöhnlich entgegenzutreten. O, mein Gott,« rief er, »hast du
denn diejenigen mit Blindheit geschlagen, welche berufen sind, deine
heilige Sache auf Erden zu führen?! Doch«, fragte er dann, »ist es vollkommen richtig, was Sie mir sagen? – Aus welcher Quelle stammen diese Nachrichten?«

»Die Marchesa«, erwiderte der Abbé, »hat mir ihre Quelle nicht genannt,
sie hat mir aber gesagt, dass Sie sich auf ihre Mitteilungen vollkommen
verlassen könnten, sie sei ihrer Sache ganz sicher. Und wenn ich eine
Vermutung aussprechen darf, so glaube ich, dass die Quelle ihrer Mittel-
lungen den Umgebungen der Kaiserin sehr nahe liegt. Die Marchesa
hielt es in Übereinstimmung mit mir für unvorsichtig, über einen so delikaten Gegenstand zu schreiben, und deswegen bin ich sogleich hierher
gereist, um Ihnen ihre Botschaft persönlich zu überbringen. Doch«, fuhr
er fort, »im letzten Augenblick ist eine Nachricht in Paris angelangt,
durch welche der ganze Plan infrage gestellt erscheinen könnte: die Revolution in Spanien –«

»Ich habe davon in Zeitungen gelesen,« sagte der Graf, »hält man diese
Sache in Paris für ernst?«

»In den offiziellen Kreisen nicht,« erwiderte der Abbé – »doch auf der
Nunziatur war man sehr besorgt; zwar war bei meiner Abreise der Besuch des Kaisers in San Sebastian bereits in offiziellen Blättern angezeigt,

allein die Mitteilungen, welche man dort aus Spanien erhalten hatte, lauteten beunruhigend.«

»Vielleicht wäre es ein Glück«, rief der Graf, »wenn dieser gefährliche Plan scheiterte. – Freilich Spanien aufs Neue durch eine Revolution zerrissen – das wäre auch ein schwerer Schlag.«

Er ging einige Augenblicke gedankenvoll im Zimmer auf und nieder. »Ich muss nach Paris zurück«, rief er, »unter solchen Verhältnissen wäre es ein Verbrechen, hier in zurückgezogener Ruhe zu bleiben! Vielleicht ist es noch möglich, das Unheil zu beschwören – wenn die Stimme eines einzelnen Mannes Gehör finden kann,« sagte er mit traurigem Kopfschütteln, »denn ein einzelner Mann nur bin ich, wenn es wahr ist, dass man im Vatikan das gefährliche Unternehmen gebilligt hat. Ich verspreche dir,« sagte er zu Julia gewendet, »mit dir später hierher zurückzukehren, damit du das Bild machen kannst, wovon du mir gesprochen«, fügte er mit liebevoller Zärtlichkeit hinzu.

»O mein Vater,« sagte sie, »dies Bild steht lebendig vor mir, ich bitte dich, keine Rücksichten auf meine Wünsche zu nehmen. Ich bedarf kaum eines äußeren Zeichens, um das in mir festzuhalten, was ich hier erlebte, und«, fuhr sie seufzend fort, »es ist vielleicht besser, wenn wir so schnell als möglich diesen Ort verlassen.«

»So wollen wir morgen reisen,« sagte der Graf, »denn, wenn noch etwas zu tun ist, so muss schnell gehandelt werden. Nun aber kein Wort weiter davon,« sagte er dann, »wir müssen unsere Kräfte und unsere Gedanken sammeln. Lassen Sie uns eine Stunde in ruhigem Gespräch beisammenbleiben, morgen wird sich klar in mir geordnet haben, was ich zu tun habe.«

Er gab Julien einen Wink, sie bereitete den Tee und führte mit anmutiger Liebenswürdigkeit das Gespräch auf Italien und seine Kunstschätze und auf die Schweiz und ihre Naturschönheiten.

Wer diese drei Menschen in dem eleganten, behaglichen Zimmer in ihrer ruhigen, freundlichen Unterhaltung gesehen hätte, der hätte schwerlich ahnen mögen, dass so gewaltige Erschütterungen heute das Herz dieses anmutig lächelnden jungen Mädchens bewegt hatten, und dass dieser mit so großer Sicherheit das Gespräch beherrschende Weltmann die widerstreitenden Gedanken seines Innern ordnete, um mit kühner Hand in den rollenden Lauf der Weltgeschichte einzugreifen.

Dreiundzwanzigstes Kapitel

In einer aus mehreren Zimmern bestehenden Wohnung in der Beletage eines Hauses in der Nähe der Wieden in Wien herrschte seit einigen Tagen ein reges Leben, die Zimmer waren nur oberflächlich möbliert und boten noch jenen unkomfortablen Anblick einer plötzlichen und unfertigen Einrichtung dar; Besuche auf Besuche kamen und gingen und wurden im Vorzimmer durch einen Herrn von etwa vierzig Jahren mit scharfen Gesichtszügen und starkem schwarzem Bart empfangen, – dann teils höflich abgefertigt, teils in die inneren Räume geführt.

In dieser Wohnung hatte seit Kurzem der Staatsrat Klindworth seinen Aufenthalt genommen, um, wie es schien, für längere Zeit in Wien zu bleiben.

In dem Vorzimmer dieses merkwürdigen, geheimnisvollen Agenten der Staatskanzlei und der Hofburg befand sich den größten Teil des Tages über der Baron von Gilsa, ein hessischer Edelmann, welcher in Wien lebte und seinerzeit vom Grafen Langrand-Dumonceau bei dessen industriellen Unternehmungen vielfach verwendet worden war.

Auch sah man hier häufig Herrn Ullmann, den früheren Sekretär des Grafen Langrand, welcher gegenwärtig eine nicht unbedeutende Rolle an der Wiener Börse spielte und mit zu dem intimen Kreise des alten Staatsrats gehörte.

Der Staatsrat Klindworth hatte verschiedene Besuche empfangen und saß ein wenig erschöpft in dem tiefen Sofa, welches mit einem großen Tisch, mehreren Stühlen und einem einfachen Schreibtisch das ganze Ameublement seines Zimmers ausmachte.

Er rief dem Baron von Gilsa, welcher schnell hereintrat und mit einem gewissen achtungsvollen Diensteifer sich nach den Wünschen des alten Herrn erkundigte.

»Ist niemand mehr im Vorzimmer?« fragte kurz und schnell der Staatsrat Klindworth, dessen ganzes Wesen und Benehmen hier in seinem eigenen Interieur kaum den demütig in sich selbst zusammengezogenen, still beobachtenden Mann wiedererkennen ließ, als welcher er in den Kabinetten des Kaisers Franz Joseph und des Kaisers Napoleon erschien.

»Es ist kein Besuch mehr da,« erwiderte der Baron Gilsa, »nur hier dieser Brief von der Staatskanzlei ist soeben abgegeben worden.«

Er überreichte dem Staatsrat ein großes viereckiges, versiegeltes Schreiben. Dieser öffnete es schnell, durchflog den Inhalt und warf es dann mit einem halb selbstgefälligen, halb verächtlichen Lächeln seines breiten, großen Mundes auf den Tisch.

»Die Maschine stockt schon wieder, sie können nichts machen ohne mich. Nun, ich will ihnen wieder etwas weiter helfen. Ich habe einmal eine Vorliebe für dieses Österreich – eine Vorliebe,« fuhr er fort, »die fast töricht zu nennen ist. Denn was ist hier noch zu gewinnen? – Zu Metternichs Zeiten war das anders, aber jetzt,« er zuckte die Achseln, »sie haben kein Geld mehr – und Geist ebenso wenig wie früher – vordem aber konnten sie wenigstens den Geist, wo sie ihn fanden, bezahlen. Heute aber ist das alles so ärmlich, dass man fast die Lust verlieren möchte, sich mit allen diesen Dingen zu beschäftigen. Doch,« – fuhr er fort, »wenn meine Kombination reüssiert, so wird das alles wieder besser werden. Alles hängt daran, dass ich meine Idee zur Ausführung bringe, – diese vortreffliche Idee, welche der Graf Langrand realisieren wollte, als sein Gebäude unter ihm zusammenbrach. Er verstand es nicht,« fuhr er leiser fort, »das Glück an sich zu fesseln, – und so habe ich wohl das Recht, das einzige Erbteil mir nutzbar zu machen, das mir aus dem Zusammenbruch seiner Unternehmungen geblieben ist.

»Hat man mein Diner von Sacher geholt?« fragte er.

»Es ist hier,« erwiderte der Baron Gilsa, – »man hat es warm gestellt und wenn Sie essen wollen –«

»So lassen Sie es auftragen,« erwiderte der Staatsrat kurz und herrisch, – »aber alles zusammen, – ich liebe es nicht, Domestiken im Zimmer zu haben.«

Der Baron Gilsa ging hinaus, nach wenigen Augenblicken trug ein Diener ein großes Präsentierbrett mit verschiedenen Schüsseln eines Menagekorbes herein, breitete ein Tischtuch über den Tisch, stellte zwei Couverts darauf und setzte die sämtlichen Schüsseln in eine Reihe vor den Staatsrat hin.

Der Baron Gilsa nahm, als der Diener sich entfernt hatte, neben dem alten Herrn Platz. Dieser hob eine Schüssel nach der andern an sein kurzsichtiges Auge und wählte sich von deren Inhalt aus, was ihm gefiel.

»Der König von Hannover«, sagte er, indem er schnell und hastig zu essen begann, »hat also die Vorschläge zur Gründung einer Fürstenbank ganz und gar abgewiesen?«

»Ganz und gar,« erwiderte Herr von Gilsa, »Graf Platen will durchaus nichts davon hören, und hat auf verschiedene Vorstellungen, die man bei ihm gemacht, geantwortet, dass er für die Konservierung der nicht erheblichen Mittel verantwortlich sei, welche dem Könige nach der Beschlaglegung seines Vermögens übrig bleiben, und dass er es nicht verantworten könne, dem Könige die Anlegung dieser Mittel in einem Bankunternehmen anzuraten.«

»Graf Platen,« erwiderte Klindworth, indem er einen Hühnerflügel mit der Hand ergriff, in einer gelben Frikasseesoße umdrehte und zum Munde führte, – »Graf Platen versteht nichts von großer Politik und von ernsthaften Dingen, – man kann ihm das letzte Wort dieser Sache gar nicht mitteilen, denn er würde es morgen in allen Salons von Wien weiter erzählen, und diese ganze Sache muss mit der größten Vorsicht geführt werden. Aber zustande kommen muss das Unternehmen, ich mache einfach meine weiteren Dienste davon abhängig. Sie sind hier so arm und so knickerig geworden,« fuhr er fort, indem er sich ein Glas Bordeaux einschenkte und auf einen Zug leerte, »dass sie mich gar nicht mehr bezahlen können. Man muss andere Kombinationen machen, um in der heutigen Zeit der öffentlichen, von all den parlamentarischen Schwätzern kontrollierten Budgets disponible Fonds herbeizuschaffen, in deren Verwendung niemand seine Nase zu stecken hat. Ich kann so ohne Weiteres an den König Georg nicht kommen,« sprach er nach einigen Augenblicken, »ich bin *persona ingrata* bei ihm noch von der Zeit des Königs Ernst August her, – aber das wird sich alles machen lassen. Wer ist denn außer Graf Platen hier um den König?« fragte er, den scharfen, stechenden Blick auf Baron Gilsa richtend.

»Ein Finanzassessor, Doktor Elster,« erwiderte dieser, – »er scheint mir wohl ein Mann zu sein, der auf Ihre Ideen eingehen würde und der sich von Ihnen leiten ließe. Ich habe mit ihm von der Sache gesprochen, – er zeigte sehr viel Verständnis für dieselbe – erklärte mir aber, dass er ohne Graf Platen nichts machen könne.«

»Gut, gut,« sagte Klindworth, »der einzige Mensch, der in dieser Sache den richtigen Einfluss auf den König ausüben könnte, ist der Regierungsrat Meding. Er ist angekommen, Sie haben ihn gesehen?«

»Er ist gestern Morgen von Paris angekommen,« erwiderte Gilsa, »ich bin heute bei ihm gewesen und habe ihm gesagt, dass Sie dringend eine Unterredung mit ihm wünschten, dass Sie aber, um Aufsehen zu vermeiden, nicht zu ihm nach Hietzing hinausfahren möchten und ihn daher bäten, Sie aufzusuchen, und er hat mir versprochen, heute Nachmittag hierher zu kommen.«

»Das ist vortrefflich«, sagte der Staatsrat, indem er rasch noch ein Glas Bordeaux trank. »Ich habe in Paris veranlasst, dass man ihn durch direkte Einwirkung vermochte, sogleich hierher nach Wien zu kommen, wo wichtige Mitteilungen seiner warteten, und ich bin überzeugt, dass er meinen Gedanken verstehen und denselben dem König Georg zugänglich machen wird.«

Er hatte sein Diner beendigt, schob seinen Teller von sich und lehnte sich in das Sofa zurück.

»Nun möchte ich einige Augenblicke ausruhen«, sagte er.

Baron Gilsa ließ schnell den Tisch abdecken und zog sich in das Vorzimmer zurück.

Der Staatsrat deckte ein großes seidenes Tuch über seinen Kopf und versank in jenes stumme Nachdenken, welches bei Menschen und Tieren dem Geschäft der ersten Verdauung ganz besonders förderlich ist.

Es mochte etwa eine halbe Stunde vergangen sein, als der Baron wieder eintrat; der Staatsrat fuhr mit dem ihm eigentümlichen feinen Gehör, das ihn kaum jemals vollkommen fest schlafen ließ, empor und sah den Baron fragend an.

»Der Regierungsrat Meding ist soeben von Hietzing angekommen und wünscht Sie zu sprechen.«

Der Staatsrat stand auf, das eigentümlich brüske und nonchalante Wesen, welches er hier seinem intimen Vertrauten gegenüber angenommen hatte, verschwand vollständig. Er knöpfte den weiten braunen Rock zu, sodass der Hals fast ganz in dem hohen Kragen verschwand, seine Haltung wurde gebückt und etwas in sich zusammengezogen, ein ruhiges, freundliches Lächeln legte sich um seine Lippen und das stechende, scharfe graue Auge verschwand unter den niedergeschlagenen Lidern.

Er winkte dem Baron Gilsa. Dieser ging hinaus und führte nach einigen Augenblicken den Regierungsrat Meding ein und zog sich dann schweigend wieder zurück.

Herr Meding erwiderte mit artiger Höflichkeit die tiefe Verbeugung des Staatsrats Klindworth.

»Ich bin Ihrem Wunsch gemäß«, sagte er, sich auf die Einladung des Staatsrats neben ihn setzend, »zu Ihnen gekommen, um zu hören, welche wichtige Mitteilung Sie mir im Interesse meines königlichen Herrn zu machen haben, und ich freue mich,« fügte er verbindlich hinzu, »dass diese Veranlassung mir Gelegenheit gibt, die persönliche Bekanntschaft eines Mannes zu machen, von dem ich bereits mit großem Interesse viel habe sprechen hören.«

»Männer wie wir,« sagte der Staatsrat mit einer gewissen treuherzigen Offenheit, ohne indessen den Blick seines Auges aufzuschlagen, »müssen ohne Umschweife miteinander sprechen, und so will ich denn auch ohne jede Einleitung sofort auf den Gegenstand kommen, den ich Ihnen mitzuteilen habe, und bei welchem ich Ihre Mitwirkung in Anspruch nehmen möchte. Da Sie, wie ich weiß, der einzige Mann in der Umgebung Ihres Königs sind, welcher imstande ist, wirklich große Fragen der Politik zu erfassen und Ihrem Herrn klar darzustellen.«

Herr Meding verneigte sich mit einer kalten, ruhigen Höflichkeit. »Sie können überzeugt sein,« sagte er, »dass alles, was für meinen König von Interesse sein kann, bei mir die aufmerksamste Beachtung und die sorgfältigste Prüfung finden wird.«

»Sie sind von Paris aus veranlasst, hierher zu kommen,« sagte der Staatsrat, indem er von unten herauf den Regierungsrat Meding mit einem forschenden Blick musterte.

Dieser zögerte einen Augenblick mit der Antwort.

»Es ist mir allerdings ein Wink zugegangen, dass meine Anwesenheit hier in Wien gerade in diesem Augenblick von Wichtigkeit sein könnte, und da ich ohnehin dem Könige über die Lage der Dinge persönlichen

Bericht abstatten wollte, so bin ich hierhergekommen, obwohl gerade in diesem Augenblick die Ereignisse in Frankreich die sorgfältigste Beobachtung erheischen.«

»Was dort geschieht«, sagte der Staatsrat in lebhafterem Ton, als er bisher gesprochen hatte, »können Sie auch von hier aus beobachten. Diese spanische Revolution wird siegreich sein und alle Kombinationen des Kaisers Napoleon für den Augenblick über den Haufen werfen. Es gibt nur eine einzige Grundlage für eine erfolgreiche politische Aktion. Das ist die feste und innige Allianz zwischen Frankreich und Österreich. Alles übrige sind Torheiten. Man muss vor allen Dingen daran arbeiten, zu verhindern, dass der Kaiser Napoleon sich nicht ohne die Basis einer solchen Allianz in unüberlegte Unternehmungen stürze. Vor allen Dingen muss die Aufgabe Ihres Königs sein, wenn er jemals seine Rechte wieder zur Geltung bringen will, diese Allianz herzustellen.«

Wieder richtete er den forschenden Blick seines von untenher aufgeschlagenen Auges auf den Regierungsrat Meding, welcher sich schweigend verneigte.

»Um die feste und tatkräftige Allianz zwischen Frankreich und Österreich herzustellen«, fuhr der Staatsrat fort, indem er die Hände über der Brust faltete und mit den Fingern der rechten auf der Oberfläche der linken Hand trommelte, – »ist es vor allen Dingen nötig, Österreich selbst aktionsfähig zu machen. Dazu gehören nun zwei Dinge, nämlich Soldaten und Geld. Die Soldaten sind da, die neue Militärorganisation macht die österreichische Wehrkraft bei Weitem stärker als sie es früher war, und die Verbesserung in der Bewaffnung stellt die Armee auf das Niveau der übrigen Staaten. In dieser Beziehung ist alles geschehen, was hat geschehen können, und nach der Versicherung sachverständiger Militärs fehlt nichts mehr zur militärischen Reorganisation Österreichs. Das Geld aber,« fuhr er fort, in dem er den Kopf erhob und den Regierungsrat Meding mit dem vollen, scharfen Blick seiner kleinen, durchdringenden Augen ansah, –»das Geld ist nicht da, und es kann auch nicht geschafft werden, denn wir haben diese liebenswürdigen Kammern, ohne deren Bewilligung es unmöglich ist, eine Anleihe von auch nur einem Heller zu machen, – es ist aber unmöglich, den Kammern laut vor der Öffentlichkeit zu erklären, dass man eine Anleihe machen wolle, um Krieg zu führen, und würde man dies erklären, so würden sie erst recht nichts bewilligen, denn für jene Herren von der parlamentarischen Doktrin ist ja der Krieg der größte Gräuel, und sie wissen ganz genau, dass das auf den Schlachtfeldern siegreich wiedergeborene Österreich keinen Platz mehr für die Ausführungen ihrer Theorien haben würde.

»Es kommt nun darauf an,« fuhr er fort, indem er immer schärfer und forschender den Regierungsrat Meding ansah, auf dessen Gesicht keine Spur von einem Eindruck der Worte des Staatsrats sichtbar wurde, – »es kommt nun darauf an, ein großes und gewaltiges Geldinstitut zu schaffen, dessen Interessenten und Leiter von politischen und nicht bloß finanziellen Gesichtspunkten bestimmt werden und an einer siegreich militärischen Aktion Österreichs selbst ein hohes Interesse haben, sodass sie auch ohne Genehmigung der Kammern der Regierung die Mittel schaffen, den Krieg führen zu können, in der Aussicht, durch den Sieg der österreichischen Waffen vollkommen entschädigt zu werden. Ein solches Geldinstitut lässt sich nur schaffen, wenn die depossedierten Fürsten, insbesondere Ihr König, dann die österreichischen Erzherzoge, welche aus Italien vertrieben wurden, sich vereinigen, um aus ihrem Vermögen den Grundstock einer großen Aktiengesellschaft zu bilden, welcher dann die Regierung, die ohnehin auch in finanzieller Beziehung es bereits schmerzlich empfindet, vollkommen von den Börsenmatadoren abhängig zu sein, alle großen und lukrativen Geschäfte, die sie in der Hand hat, zuwenden würde. Die hohen Herren,« fuhr er noch lebhafter fort, »die hohen Herren haben von ihren Kapitalien jetzt nur sehr geringe Zinsen, sie würden durch eine solche Bankgründung ihren Zinsgenuss sofort sehr erheblich vergrößern, sie würden dann aber auch, wenn in die Hände ihrer Bank alle Geschäfte gelegt würden, ihre Kapitalien verdoppeln, verdrei- und vervierfachen; sie würden in kurzer Zeit den Geldmarkt in Österreich und durch die Verbindung mit Paris, von wo aus natürlich die ganze Sache auf das Lebhafteste unterstützt werden würde, fast in ganz Europa beherrschen – dadurch würden sie imstande sein, wenn der Augenblick der Aktion kommt, fast ohne eigenes Risiko, Österreich die zum Beginn des Krieges erforderlichen Geldmittel vorzustrecken, und Ihr König würde selbst ohne große und fühlbare Opfer eine eigene Armee anzuwerben und auszurüsten imstande sein. Man hat sich«, fuhr er fort, »wegen dieses Bankprojekts an Ihren König gewendet –«

»Seine Majestät hat mir davon gesprochen,« erwiderte der Regierungsrat Meding, »doch war die Sache an ihn lediglich als eine finanzielle Unternehmung herangetreten, und die Gesichtspunkte, welche Sie mir soeben entwickelt haben, sind bei beim König noch nicht geltend gemacht worden, soviel mir bekannt ist. Auch Graf Platen, mit dem ich davon sprach, hat mir über diese Seite nicht das geringste gesagt.«

»Wie wird man denn,« rief der Staatsrat mit fast heftigem Ton, den er aber sogleich wieder zu ruhigem Ausdruck mäßigte, »wie wird man dem Grafen Platen solche Dinge mitteilen – Sie werden selbst am besten wissen –«

Der Regierungsrat Meding lächelte und machte eine leicht abwehrende Bewegung mit der Hand.

»Der Zweck also jenes Bankprojekts –?« fragte er.

»Dieser Zweck ist ein rein und ausschließlich politischer«, sagte der Staatsrat. »Es handelt sich lediglich darum, für Österreich eine Aktion möglich zu machen, indem man ihm eine von der Bewilligung der Kammern unabhängige Geldquelle öffnet, und wenn Ihr König an die Spitze dieses Unternehmens tritt, so wird zu einem großen Teil die Politik Europas in seinen Händen liegen, denn Sie wissen, trotz aller Kanonen ist doch das Geld, und immer wieder das Geld der *nervus rerum gerendarum* und die *ultima ratio regum*. Neben dieser politischen Seite der Frage liegt aber auch der finanzielle Vorteil auf der Hand, und selbst wenn es niemals zu einer Aktion käme, oder wenn dieselbe, was kaum möglich ist, unglücklich ausfiele, so würden dennoch die Fürsten, welche sich an diesem Unternehmen beteiligen, glänzende Geschäfte machen und Herren der Börsenwelt werden. ... Nun,« fuhr der Staatsrat fort, als der Regierungsrat Meding, ohne zu antworten, nachdenkend vor sich niederblickte, »ich habe geglaubt, dieses Projekt mit allen seinen so weiten und großen Perspektiven nur durch Sie an den König bringen zu können; und ich bin überzeugt, dass Sie sich ein großes Verdienst um Ihren königlichen Herren wie auch um Österreich erwerben würden, wenn Sie die ganze Sache in ihrer wahren Bedeutung zur Kenntnis des Königs brächten und Seine Majestät bestimmen würden, die Ausführung dieses Gedankens, den ich für einen ungemein glücklichen halte, seinerseits in die Hand zu nehmen.«

»Und sind Sie überzeugt, Herr Staatsrat,« fragte der Regierungsrat Meding, »dass die österreichische Regierung, – dass der Kaiser Franz Joseph ebenso, ganz ebenso über dieses Projekt denkt, wie Sie mir darüber gesprochen haben?«

»Ich bin dessen ganz gewiss,« erwiderte der Staatsrat, »und sobald der König auf den Gedanken eingeht, wird der Beweis dafür nicht ausbleiben. Es kommt jetzt nur darauf an, ihm die Sache in richtiger Weise und vor allen Dingen mit der vollsten und zuverlässigsten Diskretion vorzulegen, denn Sie werden begreifen, dass, wenn auch nur das Leiseste über die letzten Zwecke der zu gründenden Bank verlautete, die ganze Sache schon im Keime zerstört wäre.« Der Regierungsrat Meding neigte fortwährend nachdenkend den Kopf.

»Es versteht sich von selbst,« sagte er dann, »dass ich eine Proposition von solcher Wichtigkeit meinem Herrn mitteilen werde.«

»Und Sie werden ohne Zweifel Seiner Majestät raten, auf die Vorschläge einzugehen, deren hohe Wichtigkeit sich Ihnen nicht verbergen kann?« fragte der Staatsrat.

»Die Bedeutung der Sache«, erwiderte der Regierungsrat Meding, »liegt nicht nur in dem Gedanken selbst, sondern vor allen Dingen auch darin, dass dieser Gedanke von denjenigen geteilt werde, welche imstande sind, ihm praktische Ausführung zu geben, das heißt, von Seiner Majestät dem Kaiser Franz Joseph und von dem Reichskanzler Freiherrn von Beust. Ich müsste mir namentlich vorbehalten, bevor ich Seiner Majestät ausführliches vortrage, über die Sache insbesondere mit dem Reichskanzler zu sprechen.«

»Herr von Beust ist diesen Augenblick in Pesth,« erwiderte der Staatsrat Klindworth, – »er wird aber jedenfalls in einigen Tagen wieder kommen.«

»Und eine so große Eile wird ja die Sache nicht haben, dass man diese Tage nicht abwarten könnte, ohnehin müsste ja auch die ganze Angelegenheit nach verschiedenen Seiten, über welche ich durchaus nicht kompetent bin, reiflich erwogen werden. Denn wenn ich auch zugeben muss,« fuhr er fort, »dass die politische Seite der Sache für Seine Majestät den König von hoher und entscheidender Wichtigkeit ist, so dürfen doch die finanziellen Gesichtspunkte nicht außer Acht gelassen werden, und ich würde meinem allergnädigsten Herrn niemals zu einem Unternehmen raten können, das nicht auch vollständige Garantien dafür bietet, dass das verhältnismäßig geringe Vermögen, welches zu seiner Disposition geblieben ist, mindestens sichergestellt und intakt erhalten werden könnte. Über diese Frage indes würde ich von vornherein jede Erörterung und Mitberatung meinerseits ablehnen müssen, da ich in der Tat zu wenig von der praktischen Finanzwirtschaft verstehe, um mir darüber irgendein Urteil anmaßen zu können.« »In dieser Beziehung«, erwiderte der Staatsrat Klindworth, »wird der Reichsfinanzminister von Beke jedenfalls die beste und kompetenteste Auskunft geben können, sobald Seine Majestät darüber nähere Nachweise verlangen wird. Soviel ich weiß«, fuhr er fort, »würde man sehr gern alle großen finanziellen Operationen vonseiten der Regierung in die Hände der zu gründenden Bank legen, – ganz insbesondere die Veräußerung einzelner Staatsdomänen, welche man vorzunehmen denkt; ferner die ungarische und türkische Bahnfrage, kurz, man würde es zu ermöglichen wissen, dass die Bank das ganze finanzielle Leben beherrscht, was ja auch zur Erfüllung ihres letzten Endzwecks absolut notwendig ist.«

»Hat man«, fragte der Regierungsrat Meding, »auch bereits mit dem Kurfürsten von Hessen über dieses Projekt gesprochen?«

Der Staatsrat Klindworth schlug in einer leichten, kaum bemerkbaren Verlegenheit die Augen nieder.

»Man hat Seine Königliche Hoheit zur Teilnahme an der Bank aufgefordert,« erwiderte er, »indes hat der Kurfürst dieselbe bis jetzt bestimmt abgelehnt.«

»Es wäre doch sehr wesentlich,« erwiderte der Regierungsrat Meding, »dass auch der Kurfürst an dem Unternehmen sich beteiligte, damit der König nicht allein das ganze Risiko der Sache zu tragen habe.«

»Ein Risiko«, erwiderte der Staatsrat, »dürfte bei der Sache kaum zu finden sein, denn ich kann nur wiederholen, dass die Regierung zweifellos alles tun wird, um auch den finanziellen Erfolg vollkommen sicherzustellen, – ich kann nur wiederholen, dass ohne diesen finanziellen Erfolg jede Möglichkeit ausgeschlossen wäre, die Bank im entscheidenden Moment für die großen politischen Zwecke nutzbar zu machen.«

Der Regierungsrat Meding stand auf.

»Ich danke Ihnen, Herr Staatsrat«, sagte er, »für das Vertrauen, das Sie mir durch Ihre Mitteilungen geschenkt haben. Ich werde nicht unterlassen, die Sache Seiner Majestät mitzuteilen, nachdem ich mit dem Reichskanzler darüber gesprochen. Ich hoffe, dass derselbe bald zurückkehrt, da ich mich in der Tat nicht gar zu lange hier in Wien aufhalten, sondern so bald als möglich nach Paris zurückkehren möchte.«

Ein wenig befremdet blickte der Staatsrat auf.

»Sie wollen wieder nach Paris zurück?« fragte er. »Nach meiner Ansicht
wäre es richtiger für Sie, hier zu bleiben und die Leitung dieser ganzen
Angelegenheit in Händen zu behalten. Nach meiner Überzeugung und
nach der Überzeugung aller derjenigen, welche sich für die Idee interessieren, ist es vor allen Dingen notwendig, dass Graf Platen von derselben
ferngehalten werde, um die hochwichtige Diskretion zu sichern. Sie
müssen in der Tat hier bleiben«, fügte er dringender hinzu, – »und es ist
doch auch jedenfalls für Sie interessanter, hier die Fäden in der Hand zu
behalten, welche bei richtiger Behandlung der Sache sehr bald die ganze
europäische Politik leiten müssen, als dass Sie dort auf dem entlegenen
Posten in Paris bleiben, wo Sie doch nichts anderes tun können, als den
Gang der Dinge beobachten.«

»Ich glaube,« erwiderte der Regierungsrat Meding, »dass eine scharfe
Beobachtung der Ereignisse und eine genaue und richtige Informierung
meines Herrn über dieselben der wichtigste Dienst ist, den ich ihm in
diesem Augenblick leisten kann. Das Unternehmen, von dem wir soeben
gesprochen, entzieht sich in seiner ganzen inneren Ausführung und Behandlung so vollständig dem Kreise meiner Erfahrungen, dass es mir in
der Tat sehr wenig wünschenswert sein würde, bei demselben unmittelbar beteiligt zu sein.«

»So bleiben Sie wenigstens so lange hier, bis der König seinen festen Entschluss gefasst hat, denn ich fürchte, wenn Sie vorher wieder fortgehen,
möchte aus der Sache nichts werden.«

»Wenn Seine Majestät der König meinen Rat befiehlt,« erwiderte der Regierungsrat Meding, »so werde ich jedenfalls bis zum Abschlusse der Sache hier bleiben, doch kann ich nur wiederholen, dass mir jedes Eingehen in die eigentliche Ausführung der Bankangelegenheit, abgesehen
vom politischen Gesichtspunkt, in besonderem Grade unangenehm und
peinlich sein würde. Dazu wird der Doktor Elster, welcher die Finanz-
angelegenheiten des Königs verwaltet, unendlich viel geeigneter sein als
ich.«

»Ich darf also hoffen«, erwiderte der Staatsrat, »nähere Mitteilungen von
Ihnen über die Stellung Seiner Majestät des Königs zur Sache zu erhalten?«

»Sobald ich etwas darüber weiß«, erwiderte der Regierungsrat Meding, »werde ich nicht unterlassen, Sie darüber zu unterrichten.«

Er verabschiedete sich artig von dem Staatsrat, der ihn bis zur äußeren Tür begleitete, verließ das Haus und stieg in seinen Wagen, der ihn in raschem Trabe nach Hietzing zurückführte, wo er vor der großen Villa hielt, in welcher der Graf Platen seine Wohnung hatte, und in der zugleich die Bureaus der Verwaltung des Königs Georg sich befanden.

Der Regierungsrat Meding stieg aus, durchschritt den großen, tiefschattigen Garten und trat durch das weite Vestibüle der im Hintergrunde desselben liegenden Villa in das erste Bureauzimmer.

In diesem großen hellen Raum standen zwei breite grünüberzogene Schreibtische in einiger Entfernung voneinander. Der Platz vor dem ersten dieser Tische war leer, vor dem zweiten saß im bequemen Lehnstuhl mit grünem Leder überzogen, einen scharf gespitzten Bleistift in der Hand, der Legationsrat Lumé de Luine, ein Nachkomme einer französischen Emigrantenfamilie, welcher in hannöverischen Dienst getreten war und den König Georg in sein Exil begleitet hatte.

Der Legationsrat Lumé, welcher etwa vierzig bis fünfundvierzig Jahre alt sein mochte, war eine elegante Erscheinung, er zeigte in seinem ganzen Aussehen und Wesen den Typus seiner französischen Abstammung; sein regelmäßiges Gesicht mit dem schwarzen Schnurrbart, dem schwarzen, gekräuselten Backenbart und dem schwarzen, sorgfältig frisierten Haar trug den Ausdruck wohlwollender Bonhomie und treuherziger Offenheit, verbunden mit einem leichten Anflug einer etwas pedantischen Wichtigkeit.

Er war beschäftigt, verschiedene Papiere in großem Aktenformat zu nummerieren. In einem Nebenzimmer, dessen große und breite Flügeltüren weit offen standen, saß an einem dritten Schreibtisch der Rittmeister Schwarz, ein gutmütig blickender blonder Mann von etwa fünfunddreißig Jahren, welcher die militärischen Angelegenheiten des exilierten Hofes bearbeitete.

Der Regierungsrat Meding begrüßte die Herren und fragte den Legationsrat Lumé, auf den leeren Platz vor dem dritten Schreibtisch deutend, ob der Graf Georg Platen noch nicht da wäre.

»Er ist zum Minister gerufen worden«, erwiderte der Legationsrat, »und hat mit demselben eine längere Konferenz, denn er ist schon seit mehr als einer Stunde bei ihm.«

»Ich will ihn einen Augenblick erwarten,« erwiderte der Regierungsrat, – »ich werde später mit ihm nach Wien fahren, – lassen Sie sich durch meine Anwesenheit nicht stören, ich will einen Augenblick die Zeitungen durchblättern.«

Er setzte sich auf ein Sofa, das in der Ecke des Zimmers stand, und begann die Wiener Tagesblätter zu durchfliegen, welche auf dem Tisch daneben lagen.

Der Legationsrat Lumé fuhr in der Durchsicht und Nummerierung der eingegangenen Sachen fort, dann verschloss er mehrere Papiere in ein großes Kuvert, drückte mit ganz besonderer Sorgfalt mit einem großen Petschaft das hannöverische Wappensiegel darauf und zog einen über seinem Schreibtisch herabhängenden grünen Klingelzug.

Nach wenigen Augenblicken trat einer der früheren hannöverischen Soldaten, welche zum Ordonnanzdienst verwendet wurden, ins Zimmer und stellte sich in militärischer Haltung neben dem Legationsrat auf.

»An die königliche Generaladjutantur«, sagte dieser, ihm das versiegelte Schreiben übergebend.

»Zu Befehl!« erwiderte der Soldat, drehte sich scharf auf dem Absatz um, trat in das Nebenzimmer, wo er vor dem Schreibtisch des Rittmeisters Scharz stehen blieb und demselben das Schreiben in dienstlicher Haltung mit den Worten übergab:

»Eine Depesche vom Ministerium der auswärtigen Angelegenheiten.«

Dann ging er wieder hinaus.

Der Rittmeister öffnete den Brief und setzte auf das inliegende Schriftstück das Datum der Präsentation.

Der Regierungsrat Meding sah ganz erstaunt diesem Geschäftsverkehr zwischen den Behörden zu und vertiefte sich dann wieder in die Lektüre der Neuen freien Presse.

»Es wird mir doch nichts übrig bleiben«, sagte er, nachdem abermals eine Viertelstunde vergangen war, »als die Konferenz des Grafen Georg mit seinem Onkel zu stören, denn ich kann in der Tat nicht mehr lange hier warten, »*Au revoir, mon cher ami*«, fuhr er fort, dem Legationsrat Lumé die Hand reichend. »Ich hoffe, Sie gehen heute Abend mit uns nach Wien, ich muss die Zeit meines Hierseins benutzen, um das Karlttheater wieder zu sehen und mir von Fräulein Gallmeyer einigen Humor wieder geben zu lassen.«

»*A propos*,« sagte der Legationsrat Lumé, »Sie wissen, dass einzelne geheime Mitteilungen von hier aus unter der Unterschrift Konstantin de Bonneval an Sie gelangt sind? Ich habe nun sichere Nachrichten,« fuhr er fort, »dass man auf die Spur dieser Korrespondenz gekommen ist, und Sie sollen Ihre Mitteilungen von nun an unter der Unterschrift Felix de Bonneval erhalten.«

»Gut,« sagte der Regierungsrat Meding lächelnd, »Felix oder Konstantin – das gilt mir gleich; wenn Sie mir nur gute Nachrichten geben, so ist es mir am liebsten, ich erhalte sie ohne jede Unterschrift.«

Und schnell sich abwendend, trat er an die Tür, welche nach der Wohnung des Ministers Grafen Platen führte, tat einen starken Schlag an dieselbe und trat in das große, geräumige Wohnzimmer des früheren hannöverischen Ministers der auswärtigen Angelegenheiten.

Der Graf Adolph von Platen-Hallermund war damals vierundfünfzig Jahre alt, seine schlanke und geschmeidige Gestalt und sein volles, glänzend schwarz gefärbtes Haar ließen ihn jünger erscheinen, während sein vornehm geschnittenes, mageres und etwas nervös abgespanntes Gesicht und der matte Blick seiner Augen ihm zuweilen ein älteres Aussehen gaben.

Der Graf trug einen hellblauen, kurzen Morgenrock und saß in einem breiten Kanapee vor einem großen Tisch, auf welchem eine aus zwei Kartenspielen gebildete Patience ausgebreitet war.

An der anderen Seite des Tisches stand der Legationsrat Graf Georg Platen, der Neffe des Ministers und frühere hannöverische Ministerresident im Haag, ein junger Mann von etwa einunddreißig Jahren, dessen blühendes, hübsches Gesicht mit den frischen, lebhaften Farben, dem gelockten blonden Haar, dem kleinen Bart und den geistvoll freundlich blickenden Augen ihn kaum vier- oder fünfundzwanzig Jahre alt erscheinen ließen.

Der Graf Georg, eine schlanke, zierliche Gestalt, trug eine graue Jagdjoppe mit grünen Aufschlägen, enge Beinkleider und bis an die Knie hinaufreichende Stiefel; er rauchte aus einer Zigarrenspitze, deren schöner Meerschaumkopf nach unten gekehrt war, eine Zigarette von türkischem Tabak und blickte ebenso wie sein Oheim eifrig und aufmerksam auf das auf dem Tisch ausgebreitete Patiencespiel.

»Ich bitte um Verzeihung,« sagte der Regierungsrat Meding lächelnd, indem er an den Tisch herantrat », wenn ich die Konferenz störe, aber vielleicht sind die Hauptschwierigkeiten schon gelöst, und der Graf Georg wird Zeit finden, mit mir nach Wien zu fahren. Ich hoffe, dass Eure Exzellenz uns begleiten.«

»Wenn man diesen Coerbuben auf die Coerdame legte,« sagte Graf Georg lachend, während der Minister dem Regierungsrat Meding die Hand reichte und auf eine zur Seite des Tisches stehende Zigarrenkiste hindeutete, »so würde die Sache gehen. Sehen Sie,« fuhr er fort, indem er aufmerksam seinen breiten, in schöner brauner Schattierung sich färbenden Meerschaumkopf betrachtete, »mein Onkel glaubt absoluter Meister im Patiencespiel zu sein, aber ich verstehe es viel besser, und wenn ich ihm nicht helfe, so bringt er keine Patience zu Ende. Vorläufig aber will ich ihn seinem Schicksal überlassen und mich schnell ankleiden, um Sie nach Wien zu begleiten. In kürzester Zeit bin ich wieder hier, um Sie abzuholen.«

Er entfernte sich, während der Minister nach der Anweisung seines Neffen die Patience glücklich zu Ende brachte, und das Kartenspiel zur Seit schob.

»Glauben Sie nicht,« fragte er den Regierungsrat Meding, welcher sich neben ihm in einen Lehnstuhl setzte, »dass es sich möglich machen ließe, sobald als tunlich die königliche Kasse von der Ausgabe für die Legion zu befreien, welche auf die Dauer in der Tat unerträglich wird?«

»Gewiss«, erwiderte der Regierungsrat Meding, »wird das möglich sein, sobald dazu nur der feste Entschluss gefasst ist. Auseinanderschicken kann man die armen Leute unmöglich, sie würden dem Elende verfallen, aber es lässt sich dessen ungeachtet in anderer Weise für sie sorgen, ohne dass sie fortwährend diese laufenden Ausgaben aus der königlichen

Kasse verursachen. Ich habe schon mit Düring sehr ausführlich darüber gesprochen, und soviel ich weiß, hat er auch einen Plan ausgearbeitet, um den sämtlichen Emigranten durch ein zu bildendes Unterstützungskomitee ausreichende und lohnende Arbeit zu verschaffen, wobei es dann nur darauf ankäme, denjenigen beizustehen, welche krank sind oder gerade augenblicklich keine Arbeit finden können. Dabei würde der König nur eine Art von eisernem Fonds zu bilden haben, welcher unter günstigen Verhältnissen kaum angegriffen werden würde, zugleich würde man alle Emigranten fortwährend im Auge behalten, der Zusammenhang unter ihnen würde bestehen bleiben, und wenn der König sie jemals verwenden wollte, würden sie zu seiner Disposition stehen.«

»Das entspricht vollkommen meiner Ansicht,« erwiderte der Graf Platen, »wozu soll man diese Menge von Menschen unterhalten. Wenn es sich jemals darum handelt, eine Armee für den König zu bilden, so bedürfen wir ja nur einer genügenden Anzahl von Unteroffizieren, um die Kadres herzustellen, die Mannschaften selbst werden wir von allen Seiten bekommen können, und haben wahrlich nicht nötig, sie bei den beschränkten Mitteln des Königs das ganze Jahr hindurch zu ernähren.«

»Außer diesem Plan,« fuhr der Regierungsrat Meding fort, »den Düring so weit ausgearbeitet hat, dass er, wie ich glaube, jeden Augenblick zur Ausführung gebracht werden kann, ist mir noch eine Idee ausgesprochen worden, um den Legionären ein günstiges Schicksal zu bereiten und sie zugleich dem Könige zur Verfügung zu halten, – dies ist eine Kolonisation in Algier. – Wie ich glaube, würde die französische Regierung eine solche sehr gern sehen und alles tun, um ein derartiges Unternehmen zu begünstigen und vor den Misserfolgen zu schützen, welche andere, von industriellen Gesellschaften unternommene Kolonisationen in Algier betroffen haben. Ich habe bei der letzten Anwesenheit des Herzogs von Grammont in Paris mit demselben auch über die Sache gesprochen, er ist vollkommen informiert, und Eure Exzellenz können sich ja gelegentlich mit ihm darüber unterhalten.«

»Auch diese Idee wäre vortrefflich«, rief Graf Platen. »Glauben Sie denn,« fuhr er fort, »dass eine solche Kolonie wirklich wirtschaftlich prosperieren könne, wenn die französische Regierung das Ihrige dazu täte?«

»Gewiss,« erwiderte der Regierungsrat Meding, »es kommt nur darauf an, ihr einen von den Einflüssen des Sumpfklimas freien Platz anzuweisen und sie durch das dortige Gouvernement kräftig unterstützen zu lassen. Ich weiß, dass der Kaiser persönlich der Sache sehr geneigt ist, und sobald sich der König dazu entschließen könnte, ließen sich auf diese Weise die Verhältnisse der Legion am besten ordnen.«

»Der König wird sich schwer an den Gedanken gewöhnen,« sagte Graf Platen, »den gegenwärtigen Verband der Emigranten aufzulösen, aber ich werde das meinige tun, ihn dazu zu bestimmen, und werde Ihnen, sobald das geschehen, Instruktionen darüber senden. Da hat man mir«, fuhr er fort, »vor Kurzem schon wieder von einem jener wunderbaren Finanzprojekte gesprochen, welche von Zeit zu Zeit immer wieder auftauchen und das Vermögen des Königs zum Gegenstand haben. Sie erinnern sich jenes merkwürdigen Mannes,« sagte er, »der vor einem halben Jahre mit Wiener Empfehlungen hierher zu uns geschickt war und sich anheischig machte, die Freigebung des mit Beschlag belegten Vermögens in Berlin zu erreichen, wenn dasselbe zum Ankauf derjenigen österreichischen Staatsdomänen verwendet werden würde, welche die Finanzverwaltung veräußern will, und wenn die österreichische Regierung die Garantie übernähme, dass das in dieser Weise festgelegte Vermögen zu keinen politischen Agitationen verwendet würde.«

»Ich erinnere mich«, sagte der Regierungsrat Meding, »und ich glaube, dass man etwas zu viel und zu lange mit jenem Menschen gesprochen hat, denn die ganze Sache, so viel ich gehört davon, schien mir ein großer Schwindel zu sein.«

»Ganz recht, ganz recht,« sagte Graf Platen schnell, »ich habe auch alle Verhandlungen sogleich abgebrochen, doch jetzt proponiert man dem Könige die Gründung einer Bank, bei welcher der Herzog von Modena, der Graf von Chambord, der Kurfürst von Hessen sich beteiligen sollen. Man stellt goldene Berge in Aussicht, und abermals sind es Personen gewesen, welche in gewisser Weise von Wien aus empfohlen wurden, die mit diesem Projekt an uns herantreten. Ich habe sie indes ebenfalls sofort zurückgewiesen.«

»Vielleicht wäre es gut«, sagte der Regierungsrat Meding nach einem augenblicklichen Nachdenken, »über alle solche Projekte, wenn dieselben von Wien aus hierher gelangen, sofort an entscheidender Stelle dort anzufragen, ob wirklich etwas ernstes dahinter sei oder nicht. Es ist jedenfalls der größte Schaden unserer Sache, wenn dieselbe fortwährend von geheimen und unklaren Agenten umschwirrt wird, welche nur Verwirrungen stiften und außerdem den König und seine Sache in hohem Grade diskreditieren. So ist«, fuhr er fort, indem er Graf Platen gerade und scharf ansah, »gegenwärtig in Paris ein gewisser Graf Breda aufgetaucht, welcher vorgibt, von dem Könige Aufträge zu haben, und besonders in orleanistischen und ultramontanen Kreisen sein Wesen treibt, wodurch er beim Kaiser und der Regierung natürlich nur den Sympathien für den König in hohem Grade schaden kann.«

Graf Platen stand auf, hustete leicht, bedeckte seinen Mund mit der Hand und ging einige Male im Zimmer auf und nieder.

»Graf Breda?« fragte er, wie nachsinnend und in seinem Gedächtnis suchend, »ich erinnere mich, dass hier einmal ein Graf Breda, welcher eine Broschüre schreiben wollte, bei mir gewesen ist. Er wohnte, soviel ich weiß, in Feldkirch und stand mit dem Doktor Klopp in literarischer Verbindung. – Was ist das für ein Mensch? – ich kenne ihn nicht.«

»Ich bin durch die französische Regierung sehr genau über ihn unterrichtet worden,« erwiderte der Regierungsrat Meding; »er war früher in der französischen Diplomatie und zuletzt Sekretär in Stockholm unter Herrn Fournier; wegen einer etwas unklaren Geschichte, welche sich auf katholische Proselytenmacherei bezog, wurde er zur disziplinarischen Untersuchung gezogen und aus dem diplomatischen Dienst entlassen. –

»Sie werden begreifen, wie kompromittierend es für die Sache des Königs ist,« fuhr er fort, »wenn ein Mann mit diesen Antezedenzien sich gerade in Paris als Agent Seiner Majestät geriert. Ich glaube, Sie sollten im Interesse der Sache wie in Ihrem eigenen solchen Intrigen energisch entgegentreten.«

»Ich begreife gar nichts davon,« erwiderte Graf Platen mit etwas unsicherer Stimme, – »sollte denn dieser Graf Breda wirklich –«

»Er behauptet«, fiel der Regierungsrat Meding mit festem Ton ein, »vom Könige und von Eurer Exzellenz Aufträge zu besitzen – und soll sogar Vollmachten gezeigt haben – ich habe ihn natürlich auf das Allerentschiedenste desavouiert und kann nur dringend bitten, wenn er es wirklich verstanden haben sollte, an irgendeinen Einfluss seinerseits hier glauben zu machen, seine Tätigkeit so schnell als möglich zu beenden. Denken Sie, welchen Eindruck es in Hannover machen müsste, wenn man dort irgendwie erführe, dass der König mit den äußersten ultramontanen Kreisen in Verbindung steht. Ich begreife vollkommen,« fuhr er fort, »dass es Ihnen unter Umständen wünschenswert sein kann, Fäden der verschiedensten Art in Händen zu haben: Indes wenn Sie besondere geheime Agenten nach Paris schicken, so wäre es doch notwendig, mich darüber zu informieren, damit ich deren Tätigkeit überwachen und nötigenfalls unterstützen könnte, während ich jetzt gezwungen bin, derartige Personen, wenn sie auftauchen, sofort unschädlich zu machen.«

»Ich weiß in der Tat nicht,« sagte Graf Platen, mit der Hand über seinen Schnurrbart fahrend, indem er das Gesicht nach dem Fenster hinwandte, »was da vorgehen kann. Sollte dieser Breda vielleicht durch Elster –«

»Das glaube ich nicht,« erwiderte der Regierungsrat Meding, – »Elster mag ihm vielleicht Geld bezahlt haben, aber jedenfalls doch nur auf Anweisungen – wie dem aber auch immer sein möge, ich bin stets genau über das unterrichtet, was er dort treibt, und durchkreuze alle seine Intrigen. Besser aber wäre es gewiss, wenn ich das gar nicht nötig hätte, und bei der schwierigen Stellung, die wir alle nach jeder Richtung hin haben, ist es gewiss vor allem notwendig, dass wir untereinander fest zusammenhalten.«

»Sie können überzeugt sein,« rief Graf Platen lebhaft, »dass ich darin ganz mit Ihnen übereinstimme, und wenn man es unternehmen sollte, hier gegen Sie irgendwie zu intrigieren, so werde ich mit aller Entschiedenheit solche Versuche zu vereiteln wissen.«

Der Graf Georg Platen trat wieder in das Zimmer seines Oheims, er hatte seine Toilette gemacht und sagte:

»Ich bin bereit, lassen Sie uns so schnell als möglich dieses trostlose Hietzing verlassen und nach Wien gehen, um wieder ein wenig Lebensluft einzuatmen und den Humor wieder zu gewinnen, den man hiernach gerade verlieren muss. Wir wollen den Prinzen Philipp von Hanau abholen und werden noch gerade Zeit haben, um vor dem Theater ein kleines vortreffliches Diner beim alten Sacher zu machen.«

»Ich habe mich soeben amüsiert«, sagte der Regierungsrat Meding, »über die verschiedenen Behörden, welche in dem Bureau draußen nebeneinander fungieren – das auswärtige Ministerium, – die Generaladjutantur –« »Und hier sehen Sie«, fiel der Minister ein, indem er auf seinen Neffen deutete, »die Generalordenskommission – das Finanzministerium hat seine eigenen Räume, – es bildet sich eben in dem Exil ein eigentümlicher Mikrokosmus aus.«

»In welchen aber,« sagte Graf Georg, »die Intrigen des großen Staatslebens sich übertragen haben und ebenso eifrig wie dort, wenn auch in kleinlicher Weise, ihr Spiel treiben.«

Der Minister hatte sein blaues Jackett mit einem schwarzen Überrock vertauscht, nahm seinen Hut und stieg mit den beiden andern Herren in den vor der Villa haltenden Wagen, welcher dann schnell durch die Vorstadt von Mariahilf nach Wien hineinfuhr.

Vierundzwanzigstes Kapitel

Die Marchesa Pallanzoni lag in dem kleinen Boudoir ihrer Wohnung am Ende des Boulevard Malesherbes auf einer mit dunkelgrauem Seidenzeug überzogenen Chaiselongue und hatte soeben ein kleines Billett durchgelesen, welches sie neben sich auf einen mit Mosaik ausgelegten kleinen Tisch legte.

Schwere Vorhänge von dunkelblauer Seide waren vor den Fenstern fast ganz zusammengezogen und verwehrten dem Sonnenlicht den Eintritt in den stillen Raum, in welchem sich jeder Komfort und alle Eleganz vereinigte, mit dem eine Dame von Rang, Reichtum und Geist sich nur immer umgeben kann.

Die Marchesa trug einen Morgenanzug von einem so hellen silbergrauen Stoff, dass derselbe in der Umgebung der dunklen Farben der Möbel und der Vorhänge fast weiß erschien. Ihr wunderbar reiches und glänzendes ebenholzschwarzes Haar war wie gewöhnlich in einfachster Weise frisiert, und die ganze Erscheinung der jungen Frau war in der letzten Zeit noch schöner, anmutiger und bezaubernder geworden. Es schien, als ob diese großen dunklen Augen noch mehr Feuer ausstrahlten, in noch höherem Stolze, in noch kühnerem Mute leuchteten.

Die zarten, perlmutterweißen Finger der Marchesa, welche halb von dem Spitzengewebe ihrer Manschette bedeckt waren, spielten leicht mit den hellblauen Schleifen ihres Morgenrocks, und ein heiteres, zufriedenes Lächeln erhellte die schönen Züge der jungen Frau.

»Alles geht vortrefflich,« sagte sie, den sinnenden Blick nach dem mit zierlichen Blumenbuketts geschmückten Plafond des Zimmers emporrichtend, »mehr und mehr vereinigen sich die verschiedenen Fäden in meinen Händen, und je verwickelter und vielseitiger sich dieselben gestalten, um so mehr werde ich von jedem Einzelnen derselben unabhängig. Bald wird der Moment kommen,« sagte sie mit tiefem Atemzug, »wo ich frei sein werde von den Fesseln dieses Mannes, der mich zu beherrschen wähnt, und der auch sich die Macht zutraut, mich zerbrechen zu können, – sein Arm reicht weit,« sagte sie, »und sein Blick dringt in viele verborgene Tiefen, – ich habe viel von ihm gelernt, und ich will seine Verbündete bleiben, – aber ich will nicht von ihm abhängig sein, ich will meine eigenen Wege gehen und meine eigenen Ziele verfolgen – Freiheit und Herrschaft heißt mein Ziel, und ich bin nahe daran, es zu erreichen, ich bin nahe daran, unter dem Schein der Dienstbarkeit nach der einen und der andern Seite hin die Herrin derjenigen zu werden, welche meine Kräfte für sich benutzen wollen. Und auch dieser junge Hannoveraner mit seiner so glühenden, so leidenschaftlichen Liebe schmückt mein Leben mit süßem Reiz und füllt die Stunden aus, welche mein ernster Kampf mit den Mächten der Welt mir freilässt, und auch in dieser Liebe finde ich eine wunderbare Freude, denn auch sie führt mich in einen fortwährenden Kampf. Ich sehe es wohl, dass sein Herz nicht ohne Widerstreben sich zu mir hingewandt hat. Er denkt zurück an die Vergangenheit, und seine Vergangenheit liegt in dem eng geschlossenen Lebenskreise, in welchem jene langweilige und hausbackene Tugend herrscht, der ich den Krieg erklärt habe. Es ist für mich ein reizvolles Spiel,« sagte sie, während ein dämonisches Feuer in ihren Augen glühte, und ein triumphierendes Lächeln auf ihren Lippen erschien, »dieses ringende Herz immer wieder von seinem Innern loszureißen und im glühenden Rausch der Gegenwart die Vergangenheit vergessen zu lassen.

»Liebe ich ihn?« fragte sie, indem sie sinnend die Spitzen ihrer rosigen Nägel betrachtete, – »ich weiß es nicht – aber es reizt mich, ihn festzuhalten – und festhalten will ich ihn,« rief sie, indem sie die Fingerspitzen aneinander presste, »festhalten will ich ihn, trotz seiner Erinnerungen, trotz aller sogenannten Engel der Tugend und Moral, welche mir den unumschränkten Besitz seines Herzens streitig machen wollen.«

Sie lag einige Augenblicke in schweigendem Nachdenken da, ihre Kammerjungfer trat ein und meldete, dass ein unbekannter Herr da sei, welcher die Marchesa zu sprechen wünsche, »er hat keinen Namen genannt, aber gesagt, dass er einen schnellen und dringenden Auftrag von dem Herrn von Wendenstein auszurichten habe.«

Ein wenig befremdet blickte die junge Frau auf.

»Was kann er haben?« flüsterte sie, »sollte er krank sein? – sollte ihn von Neuem eine jener Anwandlungen von Leiden ergriffen haben, wie sie ihn zuweilen befallen?«

»Lassen Sie den Herrn in den Salon treten«, sagte sie, indem sie sich langsam von ihrer Chaiselongue erhob.

Die Kammerjungfer ging hinaus, und man hörte durch die doppelte Portiere einen männlichen Tritt auf dem Parkett des anstoßenden Salons. Die Marchesa trat einen Augenblick vor ihren großen Toilettenspiegel, strich leicht mit der Hand über ihr Haar und schlug dann die schweren

Portieren der Türe zurück, die in ihren Salon führte. In der Mitte desselben stand jener Mann, welcher bei der Versammlung der Internationale
in der Rue de Gravilliers zugegen gewesen war, welcher Michel Bakunin
gefolgt war, und welcher mit dem Leutnant von Wendenstein und dem
Kandidaten Behrmann in dem Bois de Boulogne gesprochen hatte. Doch
trug er heute nicht die Bluse des Arbeiters, wie in der Rue de Gravilliers,
auch nicht den Anzug des Kleinbürgers, wie im Bois de Boulogne – er
war mit einfacher Eleganz gekleidet, sein Haar war sorgfältig frisiert, der
große Bart, welcher den untern Teil seines Gesichts bedeckte, war sauber
geordnet, er trug tadellose graue Handschuhe und hielt einen eleganten
seidenen Hut in der Hand; sein regelmäßiges, aber von gemeinen Leidenschaften zerrüttetes Gesicht mit der grauen Hautfarbe zeigte den
Ausdruck höhnischer Freude, und die tief liegenden matten Augen
blickten starr auf die junge Frau, deren reizendes Bild unter der erhobe-
nen Portiere erschien.

Die Marchesa hatte zunächst einen gleichgültigen Blick auf den Fremden
geworfen, dann flog eine helle Röte über ihr Gesicht, ihre Augen öffneten sich weit, und sie starrte den vor ihr stehenden Mann wie eine entsetzliche Erscheinung an, indem sie wie abwehrend die Hand gegen ihn
ausstreckte, ihre Lippen öffneten sich, es schien, dass ein Schrei aus ihrer
Brust sich emporringen wollte, aber sie brachte keinen Laut hervor, und
indem sie ihre Hand, welche die Portiere geöffnet hatte, fast krampfhaft
um die Falten derselben schloss, schien sie eine Stütze zu suchen.

»Die Frau Marchesa Pallanzoni,« sagte der Fremde mit einer leisen und
ruhigen Stimme, durch welche indes der Ausdruck boshaften Hohns
hindurchklang, »wird sich vielleicht meiner nicht mehr erinnern, obgleich es nicht hübsch wäre,« fügte er hinzu, »diejenigen zu vergessen,
denen man nahegestanden hat.«

Die Marchesa stand noch immer stumm und unbeweglich; sie schüttelte
den Kopf, als wolle sie eine Vision verscheuchen, an deren Wirklichkeit
zu glauben ihr schwer würde. Diese sonst so sichere und alle Verhältnisse mit kaltem, überlegenem Mut beherrschende Frau schien vollkommen
ihre Fassung verloren zu haben.

»Doch ich täusche mich«, sagte der Fremde, indem er einen Schritt näher
zu der Marchesa herantrat, welche eine rasche Bewegung machte, als
wolle sie fliehen, aber dennoch wie von einem Zauber gebannt mit groß
geöffneten starren Augen auf ihrem Platz stehen blieb, – »ich täusche

mich, die Frau Marchesa Pallanzoni hat nicht so vollständig die Vergangenheit vergessen, ich lese in ihrem Blick, dass sie ihren treuen und geliebten Gatten wieder erkannt, welchen sie für tot hielt, und welchen sie ohne Zweifel innig beweint hat, bevor sie sich entschließen konnte, den Namen, welcher sie an ihn erinnerte, aufzugeben und sich mit dem Herrn Marchese von Pallanzoni zu verbinden. Denn ich zweifle nicht,« fügte er mit lautem Hohnlachen hinzu, »dass dieser Herr Marchese wirklich existiert und sehr glücklich in dem Besitz einer so liebenswürdigen und tugendhaften Gemahlin ist.«

Es schien, als ob die Stimme des Sprechenden, sein höhnisches Lachen, seine spöttischen Worte der Marchesa die Überzeugung gegeben hatten, dass sie es mit keinem Gebilde der Fantasie, sondern mit der Wirklichkeit zu tun habe, und mit einer mächtigen Anstrengung ihres so starken Willens schien sie die Herrschaft über sich selbst und den Entschluss wiedergewonnen zu haben, den Verhältnissen kaltblütig entgegenzutreten.

Der Ausdruck des tiefen Entsetzens verschwand von ihrem Gesicht, ihr starrer Blick wurde fest und hart wie Stahl, ihre Lippen pressten sich aufeinander und ihre gewöhnlich so zarten und weichen Züge erschienen unter der Herrschaft ihres entschlossenen Willens wie aus Marmor gemeißelt.

»Ich hätte es erwarten sollen,« sagte sie mit klarer und schneidender Stimme, dass der Unwürdige, dessen Namen ich einst zu tragen verurteilt war, den Tod betrügen würde, wie er das Leben betrogen hat, oder dass der Tod sich scheuen würde, ihn aufzunehmen. Ich bin einen Augenblick erschrocken,« fügte sie hinzu, »weil diese plötzliche Überraschung, welche so voll Widerwillen und Abscheu ist,« fügte sie mit einem Blick unendlicher Verachtung hinzu, »einen Augenblick meine Gedanken verwirrte und mich fast an eine Erscheinung aus dem Leben jenseits des Grabes denken ließ, und eine solche Erscheinung erfüllte mich mit Furcht. Jetzt sehe ich, dass ich den Elenden vor mir habe«, sagte sie, sich hoch aufrichtend, indem sie die Portiere wieder hinter sich zufallen ließ und mit stolzem und festem Schritt, fortwährend den Blick auf Herrn Balzer gerichtet, an ihm vorbei nach einem Fauteuil hinschritt, in welchen sie sich mit der Miene einer Königin niederließ.

Herr Balzer verfolgte sie mit einem höhnischen Blick, welcher deutlich ausdrückte, dass ihm ihr stolzes und selbstbewusstes Wesen wenig imponierte. Er kreuzte die Arme übereinander und blieb, sie fortwährend anblickend, vor ihr stehen.

»Du bist in der Tat sehr schön geworden,« sagte er, »und wenn ich auch aufrichtig bedaure, dich nicht im Witwenschleier zu finden, um dich durch mein Wiedererscheinen zu trösten und zu beglücken, so macht es mir doch Freude, zusehen, dass du es wenigstens verstanden hast, auch ohne meine Sorge und meinen Beistand dir dein Leben angenehm zu gestalten.«

»Ich verstehe nicht,« sagte sie, ohne das Auge vor seinem feindlichen und herausfordernden Blick niederzuschlagen, »weshalb Sie, mein Herr, es wieder unternehmen, in den Kreis meines Lebens einzutreten, in welchem Sie keinen Platz mehr haben. Ich bin in der Tat keineswegs aufgelegt, eine Konversation mit Ihnen zu führen, und ich glaube auch nicht, dass eine solche der Zweck Ihres Besuches sein kann. Sie sind eines Tages gestorben, Sie haben sich der Schande und dem Kerker durch einen Selbstmord entzogen, ich habe darüber die vollgültigsten und unwiderleglichen Dokumente in Händen; ich bin auf die legalste Weise mit meinem jetzigen Gemahl, dem Marchese Pallanzoni, vermählt.«

Herr Balzer schlug ein lautes und rohes Lachen auf.

Ohne dies zu beachten, fuhr sie fort: – »Ich habe meine feste und unantastbare Stellung in der Welt und in der Gesellschaft. Was also verlangen Sie von mir? Weshalb verlassen Sie das moralische Grab, in welches Sie aus Furcht vor den Folgen Ihrer Handlungen gestiegen sind?«

»Aus einem sehr einfachen und praktischen Grunde,« erwiderte Herr Balzer ruhig; »ich habe es natürlich«, fuhr er fort, »in zärtlicher Anhänglichkeit an meine vortreffliche Gemahlin nicht unterlassen können, auch in der Verborgenheit meiner durch den Tod geschützten Existenz mich ein wenig nach ihrem Schicksal zu erkundigen, und da ich nun gefunden habe, dass meine geliebte Toni eine sehr vornehme Dame geworden ist und auch eine sehr reiche Dame,« fügte er mit Betonung hinzu, »denn sie hat die schönste Equipage von Paris und diese ganze Umgebung«, sagte er mit einem forschenden Blick auf das reiche Ameublement des Salons, in welchem sie sich befanden, »muss einen guten und gediegenen goldenen Grund haben – nun, so habe ich mir gesagt, dass meine so vortreffliche und so kluge Frau, wenn sie nur auch vor der Welt nicht mehr angehört, doch gewiss als eine gute Katholikin unsere Verbindung, sobald ich wieder auferstehen werde, nicht für aufgelöst wird halten können, und dass sie es für billig finden wird, mich an dem Überfluss, der sie umgibt, in einem gewissen Verhältnis teilnehmen zu lassen, um so mehr, da sie mir ja doch denselben eigentlich dankt. Denn«, fuhr er mit einem höhnischen Lachen fort, »hätte ich nicht den ausgezeichneten Gedanken gehabt, aus der Welt der Lebendigen zu verschwinden, so hätte dieser Herr Marchese von Pallanzoni – dessen Bekanntschaft ich gar zu gern einmal machen möchte – nicht das Glück haben können, eine so schöne und liebenswürdige Frau heimzuführen und sie mit soviel Luxus und Reichtum zu umgeben.«

»Ich bedaure, mein Herr,« sagte die Marchesa kalt, »dass Sie sich einen überflüssigen Weg gemacht haben, Sie werden nicht das Geringste von mir erlangen – ich habe Sie vor Zeiten unterhalten, – weil ich damals Ihren Namen trug, und weil ich nicht wollte, dass dieser Name öffentlich entehrt würde. Diese Rücksicht ist vorbei, für immer vorbei, ich bin nicht mehr mit jenem elenden und traurigen Namen behaftet, und Sie selbst, mein Herr, sind nicht mehr Herr Balzer. Würden Sie es aber unternehmen wollen, als solcher wieder aufzutreten, würden Sie es wagen wollen, den Folgen Ihrer früheren Verbrechen zu trotzen, – so würde Ihnen das sehr wenig helfen, denn, wie ich Ihnen bereits gesagt habe, Ihr Tod ist in genügender Weise konstatiert worden, mich trifft kein Vorwurf, und meine gegenwärtige Stellung ist eine gesetzlich begründete und unanfechtbare. Dies habe ich Ihnen«, fuhr sie fort, »ein- für allemal sagen wollen, ich habe Ihnen jetzt nur noch zu überlassen, sich augenblicklich aus meinem Salon zu entfernen, denn nach Verlauf einer Minute werde ich die Glocke ziehen und Sie durch meinen Lakaien aus dem Hause bringen lassen.«

Sie streckte gebieterisch die Hand aus und sah ihn mit einem Blick voll vernichtenden Stolzes an.

Er ließ seine matten tückischen Augen mit forschendem Ausdruck im Zimmer umhergleiten, – neben dem Kamin hing ein seidener, mit Gold durchwirkter Glockenzug, – er tat einen Schritt und stellte sich zwischen diesen und die Marchesa.

Sie lächelte verächtlich.

»Das wird Ihnen wenig helfen,« sagte sie, »ein Ruf, ein lautes Wort wird meinen Diener ebenso schnell erscheinen lassen, als der Ton der Glocke.«

Er trat näher zu ihr heran und sagte in halb flüsterndem Ton, indem er sich ein wenig vorbeugte:

»Dann würde in Gegenwart Ihrer Diener die erste jener Erörterungen stattfinden, welche Sie, wie ich glaube, noch mehr zu scheuen haben als ich. Sie können sagen, dass ich, da ich mich jetzt Charles Lenoir nenne, – wie ich Ihnen ganz offen und vertrauensvoll mitteilen will, eigentlich Herr Balzer heiße und in Wien einmal Wechsel gefälscht habe, und das wird mir vielleicht sehr wenig schaden, denn Sie haben keine Beweise, und ich habe vielleicht Mittel, mich vor Ihrer Verfolgung zu schützen – ich aber,« fuhr er immer leiser, aber in zischendem Ton jedes Wort scharf hervorstoßender Stimme fort, – »ich werde sagen, wer diese so tugendhafte und glänzende Marchesa Pallanzoni eigentlich ist. Darüber habe ich klare, unwiderlegliche Beweise – ich glaube, diese Erklärung meinerseits, die ich heute durch ganz Paris würde schallen lassen, möchte für die ganze Gesellschaft, insbesondere auch für den Herrn Marchese von Pallanzoni von sehr großem Interesse sein, und durch diese Erklärung würde vielleicht bald die Goldquelle versiegen, aus welcher meine geliebte Gemahlin mir verweigern will, meinen bescheidenen Anteil zu schöpfen.

»Ich bitte,« fügte er zur Seite tretend und sich einen Schritt der Türe nähernd, »bewegen Sie Ihren Glockenzug, rufen Sie Ihre Diener, der erste Akt des Lustspiels kann beginnen, welches für Sie jedenfalls als Trauerspiel enden möchte.«

Sie sann einen Augenblick nach, unschlüssige Gedanken schienen in ihr hin und her zu wogen.

»Ihre Drohung«, sagte sie dann, den Blick wieder auf Heim Balzer richtend, welcher in heuchlerisch demütiger Stellung dastand, »hat keinen Sinn, denn um das zu tun, was Sie soeben ausgesprochen, müssten Sie sagen, wer Sie sind, und ich glaube nicht, dass Sie dazu Neigung haben möchten. Sie werden sich erinnern, dass die Beweise Ihres Verbrechens vorhanden sind, und es ist nicht an mir, Ihnen mitzuteilen, wo sich dieselben in diesem Augenblick befinden.«

»Diese Mitteilung wäre auch überflüssig,« erwiderte er, »ich weiß vollkommen, wo jene Beweise sich befinden; sie befinden sich in den Händen dieses Herrn Grafen von Rivero, welcher die Laune hat, ein wenig Vorsehung zu spielen. Derselbe ist aber gegenwärtig nicht hier, und es fragt sich auch, ob er jeden Augenblick wieder geneigt sein möchte, in dem Krieg zwischen mir und Ihnen Partei zu nehmen. Übrigens«, fuhr er fort, »täuschen Sie sich ein wenig über die Lage. Um zu sagen und zu beweisen, wer Sie sind, habe ich keineswegs nötig, zu erklären, wer ich bin, und würden Sie dies erklären, so würden Sie damit zugleich die Wahrheit alles dessen anerkennen, was ich zu sagen imstande wäre. Doch du bist töricht, Toni«, sagte er mit plötzlich verändertem Wesen im Ton gemeiner Vertraulichkeit, indem er einen Fauteuil neben die Marchesa rückte und sich bequem in denselben niederließ, während sie sich in einer Bewegung unwillkürlichen Widerwillens zurückzog, »du bist töricht, mich in dieser Weise zu behandeln und zurückzuweisen. Die Chancen würden nicht gleich sein, wenn wir einen Krieg aufs Messer beginnen, – ich kann dich in deiner Stellung mit Sicherheit vernichten, während es doch sehr zweifelhaft ist, ob du mir schaden kannst, und während du mir jedenfalls nicht schaden kannst, ohne zu gleicher Zeit dich selbst zu treffen. Warum willst du mir eine kleine Teilnahme an dem Reichtum verweigern, den du dir so geschickt zu verschaffen gewusst hast? Ich bin wahrlich nicht feindlich gegen dich gesinnt – im Gegenteil, deine Geschicklichkeit flößt mir Respekt ein und macht den Wunsch noch lebhafter in mir, mit dir gute Freundschaft zu halten. Ich werde«, sagte er, »deine Mittel nicht erschöpfen, es liegt mir ja selbst daran, dass du deine Stellung behaupten kannst, ich will eben nur einen kleinen anständigen Zuschuss zu meinem Leben haben, und wenn du dich vernünftig mit mir arrangierst, so kann ich dir vielleicht wiederum sehr nützlich sein – sehr nützlich,« sagte er mit Betonung, »denn ich glaube nicht, dass dieser Herr Graf von Rivero dich so ganz vollständig nach deinem freien Willen leben lässt, wenn er auch vielleicht nichts dagegen hat, dass du dich mit dem kleinen Hannoveraner amüsierst, der jetzt an die Stelle jenes hübschen Ulanenleutnants getreten ist.«

Ein eigentümlicher Stolz zuckte in ihren Augen auf, wie mit scheuem Erschrecken sah sie Herrn Balzer einen Augenblick an, dann schlug sie die Augen wieder nieder und spielte nachdenklich mit den Fingern an einer Schleife ihrer Robe.

»Jener kleine Leutnant von Wendenstein«, fuhr er fort, sie scharf beobachtend, »würde ebenfalls gewiss ein großes Interesse daran haben, zu erfahren, wer denn die von ihm so heiß geliebte Marchesa Pallanzoni eigentlich ist – ich glaube, alles das in Erwägung gezogen, wird meine so gescheite und so kluge Frau gewiss selbst einsehen, wie viel besser es ist, sich mit mir zu verständigen, – die glänzende, reiche und allgemein bewunderte Marchesa Pallanzoni zu bleiben und einen sehr ergebenen und

gewandten Gehilfen zu gewinnen, der in jeder Weise nützlich sein will
und nützlich sein kann – denn«, fügte er mit einem gewissen Selbstge-
fühl hinzu, »auch ich habe viel gelernt in der Zeit, seit wir uns nicht gesehen haben, und ich bin heute nicht mehr der Anfänger, welcher mit
plumpen Wechselfälschungen sich aus den Verlegenheiten hilft – und
vielleicht kann ich dir noch mehr Einfluss ganz im Stillen verschaffen, als
jener großtuende Graf Rivero. Ja, vielleicht kann ich dir behilflich sein,
dich von seinem Einfluss zu befreien.«

Sie hatte während der ganzen Zeit, dass er sprach, nachdenkend dagesessen. Der harte, feindselige Ausdruck voll stolzer Verachtung war aus
ihrem Gesicht allmählich verschwunden, ihre Züge waren kalt und ruhig geworden, und es blickte fast ein leichter Schimmer freundlicher
Teilnahme aus ihren Augen, als sie zu ihm sprach:

»Ich habe vor Zeiten Ihren Namen getragen, und wie ich früher nicht
wollte, dass Sie gänzlich zugrunde gingen, so kann ich auch heute,
nachdem die Vorsehung nach so wunderbaren Schicksalen Sie wieder
auf meinen Lebensweg gefühlt, das Gefühl einer gewissen Verpflichtung
nicht zurückdrängen, Ihnen freundlichen Beistand zu gewähren, um
wenigstens das Meinige zu tun, damit Sie nicht aus Not auf die Bahn
großer Verbrechen getrieben werden. Ihre Drohungen schrecken mich
nicht,« sagte sie kalt, »aber ich kann mich dem Mitleid nicht entziehen,
ich will für Sie tun, was in meinen Kräften steht. Sprechen Sie bestimmt
Ihre Wünsche aus, damit ich prüfen kann, ob ihre Erfüllung möglich ist.«

»Ich wusste es ja,« sagte Herr Balzer, »dass bei meiner klugen Frau Ver-
nunftgründe stets durchschlagen müssten. Wie wäre es,« fuhr er fort, –
»du siehst, ich will ganz bescheiden sein, wenn du mir ein kleines Ta-
schengeld von monatlich tausend Franken geben würdest – das ist wenig,« fuhr er achselzuckend fort, »in diesem teuren Paris! Aber mein
Gott, ich bin ja auch anspruchslos, und ich will vor allen Dingen nicht,
dass meine geliebte Toni sich irgendwelche Entbehrungen auferlegen
soll – ich werde mich einzuschränken wissen. Komme ich einmal in Verlegenheit, so kenne ich ja deine Güte und Freigebigkeit genug, um zu
wissen, dass du mich nicht im Stich lassen wirst.«

»Gut,« sagte sie ruhig, »Sie sollen diese Summe haben.«

»Tausend Dank«, rief er, indem er sich rasch verbeugte und ihre Hand
ergreifen wollte, welche sie jedoch mit einer schnellen Bewegung zurückzog.

»Unser Vertrag ist also geschlossen,« fuhr er fort, »solange du dein Versprechen erfüllst, werde ich nicht nur nicht das geringste Unangenehme gegen dich tun, sondern ich werde auch dein aufrichtiger Freund sein und dich unterstützen, wo und wie ich kann, und du wirst dich überzeugen,« sagte er mit einem gewissen Stolz, »dass ich es kann, denn siehst du, auch ich habe meinen Weg gemacht: So wie du die Marchesa Pallanzoni bist, so bin ich ein Mitglied der geheimnisvollen Macht geworden, durch welche die Regierung ihr Auge und ihr Ohr überall hat, wo sie etwas zu hören oder zu sehen wünscht.«

Sie blickte rasch auf, ihre großen Augen erleuchteten sich einen Augenblick von einem Blitz lebhafter Freude.

»Sie stehen im Dienst der geheimen Polizei?« fragte sie in einem Ton, in welchem nichts mehr von ihrer früheren Kälte und abwehrenden Zurückhaltung lag.

»So ist es, meine Teure,« sagte er mit zufriedenem Lächeln – »und du wirst also begreifen, dass ich dir in der Tat nützlich sein kann. Denn für eine Dame in deiner Lage ist es gewiss von hoher Wichtigkeit, dass sie selbst so gut als möglich über alles unterrichtet ist, und dass man andererseits so wenig als möglich von ihr weiß. Nach beiden Richtungen kann ich dir sehr wesentliche Dienste leisten, und du wirst sehen, dass ich unsern Allianzvertrag pünktlich und getreulich halte.«

»Gut,« sagte sie, – »ich nehme Ihre Dienste an, und vielleicht werde ich sie schon in den nächsten Tagen nötig haben. Jener Graf von Rivero, von dem Sie soeben sprachen,« fuhr sie fort, »wird hierher kommen, ich wünsche genau von jedem Schritt unterrichtet zu sein, den er tut, und für mich selbst ist es schwer, fast unmöglich, ihn zu beobachten. Wenn Sie mir darüber wahre, schnelle und ausführliche Berichte schaffen, und im Übrigen stets die Aufträge ausführen werden, die ich Ihnen gebe, so werde ich Ihnen nicht nur pünktlich zugehen lassen, was Sie verlangt haben, sondern Sie sollen sich auch überzeugen, dass ich wirkliche und wichtige Dienste freigebig zu belohnen weiß.«

Sie stand auf, öffnete eine Schatulle, welche auf ihrem Schreibtisch von Rosenholz stand, mit einem kleinen goldenen Schlüssel, den sie an einer feinen venezianischen Kette um ihren Hals trug, und reichte Herrn Balzer zwei Goldrollen.

»Ich bin glücklich,« sagte dieser, indem er das Geld in die Taschen seines Rockes verschwinden ließ, »dass wir uns so vortrefflich verständigt haben, und wünsche aufrichtig, dass die Freundschaft, welche wir heute von Neuem beschlossen, länger dauern möge, als einst unsere Liebe.«

Sie zuckte leicht die Achseln und sagte:

»Sobald Sie mir etwas Wichtiges mitzuteilen haben, kommen Sie zu mir, ich werde Befehl geben, dass man Sie stets vorlässt –«

»Der Herr Graf von Rivero«, meldete die rasch eintretende Kammerjungfer. »Da ist er schon«, flüsterte die Marchesa. »Führen Sie diesen Herrn durch mein Boudoir hinaus,« sagte sie der Kammerjungfer. – »Der Herr Graf kommt von der Reise und wird nicht gerne Fremden begegnen.«

»Kommen Sie heute Abend,« flüsterte sie Herrn Balzer zu, während das Mädchen voranschritt, »ich werde Ihnen Ihre Instruktionen erteilen.«

Herr Balzer verschwand hinter der Portiere nach dem Boudoir hin, die Marchesa lehnte sich bequem in einen großen Fauteuil zurück, indem sie von einer der nebenstehenden Etageren ein Buch nahm.

Wenige Minuten darauf trat der Graf von Rivero in das Zimmer; die Marchesa begrüßte ihn mit der sichern Ruhe der Weltdame und zugleich mit der Vertraulichkeit einer alten Bekannten. Der Graf verneigte sich mit leichter Höflichkeit und berührte leicht die Hand, welche die junge Frau ihm entgegenstreckte.

»Ich danke Ihnen«, sagte er, »für Ihre sofortige Mitteilung über die wichtigen Dinge, welche Sie erfahren haben, und bin sehr zufrieden darüber, dass Sie alles so scharf und genau beobachtet haben. Ich bin sogleich hierher gekommen, um zu sehen, was vorgeht und welcher Einfluss auf den Gang der Ereignisse noch möglich ist. Nach den Erkundigungen, die ich in der kurzen Zeit meiner Anwesenheit eingezogen habe, sind Ihre Mitteilungen vollkommen richtig«, fügte er in einem Ton hinzu, der die Marchesa nicht angenehm zu berühren schien, denn ihre Lippen kräuselten sich leicht wie in unmutiger Erregung, doch verschwand dieser Ausdruck sofort wieder von ihrem Gesicht, und mit ruhigem Lächeln einer fast kindlichen Ergebenheit erwiderte sie:

»Ich glaubte allerdings meiner Sache ganz sicher zu sein, sonst hätte ich Sie in Ihrer Villeggiatur nicht gestört. Sie erinnern sich,« fuhr sie mit einem unbeschreiblichen Blick fort, »dass Sie mir besonders die Aufgabe gestellt haben, die Kreise der hannöverischen Emigration zu beobachten. Ich habe mich der Erfüllung dieser Aufgabe mit Sorgfalt unterzogen, und von dort wurde mir die erste Mitteilung über die sich vorbereitenden Ereignisse. Es scheint, dass man der hannöverischen Emigration jetzt gerade ein Avis gegeben hat, um sie *au fait* zu setzen. Ich habe infolge dieses ersten Winkes weiter nachgeforscht und bin zur vollen Bestätigung dessen gelangt, was ich Ihnen mitteilte.«

Der Graf blickte ernst und sinnend vor sich nieder.

»Sie haben sich bewährt, Madame,« sprach er, »ich werde Ihnen meine Dankbarkeit beweisen, Sie besitzen in diesem Augenblick ein Geheimnis, von welchem die Zukunft Europas abhängt. Ich darf Ihnen nicht noch besonders empfehlen, dasselbe tief in sich zu verschließen; würde man ahnen, dass Sie dieses Geheimnis kennen, so würde Ihres Bleibens in Paris vielleicht nicht lange sein. Es kommt alles darauf an,« sagte er, wie zu sich selbst sprechend, »um jeden Preis zu verhindern, dass dieser unglückselige Plan ausgeführt wird. Als Österreich noch ungebrochen dastand, als Italien in seiner innern Konstitution noch nicht so weit gediehen war wie jetzt, konnte es möglich sein und erstrebt werden, in der alten Weise die Herrschaft der Kirche wiederherzustellen. Damals hätte man verhindern können, dass Preußen die Führung der deutschen Nation übernahm – jetzt ist es vorbei; der Krieg nach dem Plan, den man jetzt gefasst hat, würde die Vernichtung Frankreichs zur Folge haben, und diese spanische Hilfe in Italien würde dem gewaltigen Aufschwung der italienischen Nation gegenüber ohnmächtig bleiben. Mit Frankreich würde die letzte Unabhängigkeit Roms fallen, und dieses so mächtig emporwachsende Deutschland würde der unversöhnliche Feind der allgemeinen römischen Kirche werden. Das darf nicht geschehen! Das darf nimmermehr geschehen!« rief er, mit mächtigen Schritten im Zimmer auf und nieder gehend – »es gibt nur ein Heil! Das ist die Versöhnung des Papsttums mit dem italienischen Nationalstaat und sein Friede mit Deutschland, diesem Lande, welches allein für die Zukunft die kräftige und nachhaltige Stütze der Kirche sein kann. Wenn es gelingt, die Kirche an die Spitze des Fortschritts der Zeitideen zu stellen, – schon hat«, sprach er weiter, indem er die Anwesenheit der Marchesa, welche scheinbar teilnahmslos mit ihrem Buche spielte, »die Vorsehung selbst ihre Hand erhoben, um diesen unglückseligen Plan zu vereiteln. Diese Revolution, welche in Spanien ausgebrochen, ist vielleicht das Werkzeug in der Hand des Himmels, um die Absichten einer verblendeten Politik zu vereiteln, – aber wird diese Revolution siegen? Wird sie nicht niedergeworfen werden, wie so viele Versuche vor ihr, und darf ich – darf ich, der Verteidiger des legitimen und göttlichen Rechts, darf ich wünschen, dass die Revolution siegen, dass die Regierung des Rechts ein Mittel werde, um die Zukunft vor dem schwersten Verderben zu wahren?«

Er schritt abermals in tiefen Gedanken auf und nieder.

»Wissen Sie,« fragte er dann, vor der Marchesa stehenbleibend, »oder glauben Sie imstande zu sein, zu erfahren, wer hier die Vertreter des spanischen Ausstandes sind, – denn ohne Zweifel hat derselbe hier seine Vertreter, – Prim ist zu geschickt«, sagte er leise, »und kennt das hiesige Terrain zu gut, um irgendetwas zu unternehmen, ohne sich auch hier für alle Fälle einen Stützpunkt zu schaffen«–

»Ich weiß das in diesem Augenblick nicht genau,« erwiderte die Marchesa, »indes – würde ich aus der Quelle, aus welcher ich meine Mitteilungen geschöpft habe, vielleicht auch hierüber Auskunft erhalten können, wenn man anders dort darüber unterrichtet ist – und ich habe in mehreren Fällen gesehen, dass man dort genau weiß, was vorgeht. Soweit ich hier die Blätter beobachtet habe« – fügte sie hinzu, »ist es besonders der Gaulois, welcher mit besonderem Eifer für die Sache der spanischen Erhebung plädiert, vielleicht werden sich dort Anhaltspunkte finden lassen.«

Der Graf schüttelte langsam den Kopf.

»Das wäre ein letztes Mittel,« sagte er, »eins der gefährlichsten und bedenklichsten Mittel – und ich bin scheu geworden, die Waffen des Abgrunds im Dienste des Himmels zu verwenden. Aber in diesem Fall darf ich vor nichts zurückschrecken – doch noch gibt es andere Wege,« sagte er, tief aufatmend, »und diesen Weg zunächst zu versuchen, ist meine Pflicht. Ich will nach Biarritz gehen, vielleicht ist es möglich, dort noch die Überzeugung von den unglückseligen Folgen dieses Unternehmens hervorzurufen. Ich werde in zwei Tagen wieder hier sein,« fuhr er im Ton eines festen Entschlusses fort, »ich bitte Sie, sogleich Ihre ganze Tätigkeit aufzuwenden, um zu ermitteln, welche Verbindungen die spanische Revolution hier in Paris hat, und welche Personen ihre Agenten sind. Sie werden einen großen Dienst leisten, wenn Sie mir darüber bei meiner Rückkehr genaue Auskunft geben können, und dann –« er blickte einen Augenblick nachdenkend vor sich nieder, »Sie haben bereits einmal auf einem ganz eigentümlichen und besondern Wege die Kunde eines sich vorbereitenden Ereignisses an die richtige Stelle gebracht, – Sie erinnern sich der Pferde, welche Sie von Madame Musard kauften –«

»Soll ich etwa meine Equipage nochmals verbessern?« sagte die Marchesa lächelnd – »ich wüsste kaum ein besseres Gespann zu finden, als welches ich jetzt besitze.«

»Einer Dame von Ihrer Geschicklichkeit und von Ihrer Kenntnis der Verhältnisse wird es nicht schwer sein können, einen Weg zu finden, um auch diesmal ein Geheimnis dahin gelangen zu lassen, wo ich wünsche, dass es bekannt werden möchte.«

»Geben Sie mir Ihre Befehle, mein Meister,« sprach die Marchesa, indem sie unter einer demütigen Neigung ihres Hauptes das ironische Lächeln verbarg, welches eine Sekunde auf ihren Lippen erschien, »und seien Sie überzeugt, dass ich alles aufbieten werde, um dieselben auszuführen.«

»Es würde mir erwünscht sein,« sprach der Graf, »wenn dasjenige, was Sie über den in den Tuilerien gefassten Kriegsplan erfahren haben, möglichst bald und auf einem möglichst verborgenen Wege in Berlin bekannt würde –«

»Graf Goltz ist krank in Fontainebleau«, erwiderte die Marchesa, indem sie die Hand an die Stirn legte, »indes – ich werde darüber nachdenken, und vielleicht wird es mir gelingen, diesen Weg zu finden.«

»Ich gebe Ihnen unbedingt Vollmacht, zu handeln, wie Sie wollen,« erwiderte der Graf, »Sie haben zu viel Geist, um nicht völlig begriffen zu haben, welche Folgen Ihre Unterhandlungen mit Madame Musard in einer früheren Zeit gehabt haben. Lösen Sie Ihre Aufgabe mit demselben Geschick wie damals, und seien Sie meiner höchsten Anerkennung gewiss. In zwei Tagen also,« sagte er, indem er seinen Hut ergriff, »werde ich wieder hier sein und erwarte dann die Mitteilungen über das, was Sie erfahren und was Sie getan.«

Er grüßte die junge Frau mit einer kalten, überlegenen Höflichkeit und wandte sich zur Tür, ohne den Blick voll freudigen Stolzes und triumphierenden Hohnes zu bemerken, welchen sie auf ihn richtete.

Im Augenblick, als er die Tür öffnen wollte, erschien die Kammerjungfer der Marchesa in derselben, und an ihr vorüberschreitend trat rasch, den glühenden Blick in das Zimmer tauchend, der Leutnant von Wendenstein ein.

Er blieb beim Anblick des Grafen Rivero einen Augenblick wie erstaunt stehen, dann verneigte er sich mit verbindlicher Artigkeit gegen denselben und sprach, indem er die Marchesa mit einer etwas gezwungenen Zurückhaltung begrüßte:

»Sie sind lange von Paris abwesend gewesen, Herr Graf, ich freue mich, Sie wieder hier zu sehen. Ich sehe es als ein gutes Zeichen an, dass Sie, der eifrige Verteidiger des legitimen Rechts, hier wieder erscheinen, hoffentlich bringen Sie uns glückliche Ereignisse und die endliche Entscheidung, welche wir schon solange erwarten.«

Der Graf ließ seinen Blick schnell von dem jungen Mann zu der Marchesa hinübergleiten, welche in ihrem Fauteuil zurückgelehnt lag, dann erschien ein Ausdruck von tiefem Mitgefühl, fast von Trauer auf seinem Gesicht, und er sagte mit einem weichen, innigen Ton, der wenig zu der Gleichgültigkeit seiner Worte zu passen schien:

»Ich komme nur auf kurze Zeit aus der Stille der Schweizer Berge hieher, um einige Geschäfte zu ordnen. Die Politik ist mir fremd geworden, und sie scheint mir auch in diesem Augenblick keine Veranlassung darzubieten, um außergewöhnliche Ereignisse zu erwarten.«

Es schien, als ob Herr von Wendenstein etwas erwidern wollte; ein rascher Blick der Marchesa, auf welche fortwährend seine Augen gerichtet waren, traf ihn, in einer leichten, scheinbar unwillkürlichen Bewegung legte sie ihre zarten Finger auf die Lippen.

Der junge Mann erwiderte eine gleichgültige, höfliche Phrase.

»Ich hoffe, Sie noch wieder zu sehen,« sagte der Graf, »darf ich Sie um Ihre Adresse bitten, ich werde mir die Ehre nehmen, Sie aufzusuchen – ich habe ein hohes Interesse für Sie und Ihre Landsleute, die ein so schönes Beispiel der Treue für ihren unglücklichen König geben.«

»Ihr Besuch, Herr Graf, wird mir eine große Ehre und eine aufrichtige Freude sein«, erwiderte Herr von Wendenstein, indem er dem Grafen aus einem kleinen Etui seine Karte reichte.

Der Graf sah ihn noch einmal mit jenem schmerzlich traurigen Ausdruck an, warf dann einen fast strengen Blick auf die Marchesa, verneigte sich leicht vor derselben und verließ, dem jungen Manne die Hand drückend, den Salon.

Kaum hatte sich die Tür hinter ihm geschlossen, so eilte Herr von Wendenstein zu der jungen Frau, ließ sich zu ihren Füßen niedersinken und blickte in trunkener Begeisterung in ihre Augen.

»Ich habe zu dir eilen müssen,« rief er, »meine süße Geliebte, um aus deinen Augen neuen Mut und neue Hoffnung zu trinken, denn bald, bald vielleicht wird die große Entscheidung eintreten, auf welche wir solange gehofft haben, und welche uns Gelegenheit geben wird, für das Recht unseres Königs im offenen Felde zu kämpfen. Wie die Ereignisse ihren Weg nehmen, wie sie vorbereitet sind, so wird vielleicht schon in kurzem halb Europa in Kriegsflammen stehen – traurig genug,« sagte er mit dumpfem Ton, »denn ich habe das Elend des Krieges gesehen und seinen Jammer selbst erfahren. Aber wir werden ihn nicht hervorgerufen haben, diese allgemeine Bewegung wird uns die Möglichkeit geben, uns um die Fahnen unseres Königs wieder zusammenzuscharen und den letzten Versuch zu machen, ob wir in Deutschland wieder erobern können, was wir in jenem schweren Jahre 1866 verloren haben, und ob wir die alte Heimat wieder erringen können, wie sie einst war. O, wie habe ich diesen Zeitpunkt herbeigesehnt!« sprach er weiter, während die Marchesa sanft mit der Hand über sein Haar strich, »und nun, da er kommt, möchte ich fast bange werden.«

»Bange vor dem Kampf,« sagte die junge Frau mit sanftem Lächeln, »mein ritterlicher Freund scheut doch wahrlich die Gefahr nicht? An mir wird es sein, zu fürchten,« fuhr sie fort, indem sie die Augen wie vor einem drohenden Bilde verschloss, »an mir wird es sein, zu fürchten und zu bangen, wenn du in die Schlacht hinausziehst. Aber ich werde dich begleiten mit allen meinen Gedanken, und die dem festen Willen gehorchenden Gedanken haben eine wunderbare, geheimnisvolle Kraft; sie sind imstande, denjenigen, den sie begleiten, zu stärken und zu schützen. Meine Gedanken an dich werden ein Schild und Harnisch sein, der dich beschützt gegen jede drohende Waffe, wie ich dich schützen würde, wenn ich bei dir sein könnte, wie ich mich überall zwischen dich und die Gefahr werfen würde –«

»Es ist nicht diese Furcht, die mich erfüllt,« erwiderte er, indem er die Spitzen ihrer rosigen Finger sanft an seine Lippen zog, – »es ist nicht diese Furcht, die mein Herz beengt. Aber«, fuhr er fort, indem er sie mit brennenden Blicken ansah, »wenn der Kampf wirklich kommt, wenn unsere Wünsche erfüllt werden, und wenn wir Sieger in diesem Kampf bleiben, wenn wir dann wieder in die alte Heimat einziehen – in der ich einst so glücklich war, in der ich meine Jugend verträumte, ohne den berauschenden Feuerstrom des großen Weltlebens zu kennen, dann werde ich von dir getrennt sein, und jene Welt, in der ich früher lebte, in der ich früher glücklich war, sie öffnet sich vor wie mir ein dunkles Grab, in das ich wieder hinabsteigen soll aus den Sonnenhöhen von Glück und Licht, zu welchen du mich geführt hast. Du kennst es nicht, jenes langsame, fortschleichende, alltägliche Leben, das man niemals verlassen muss, um es ertragen zu können, das aber den Geist und das Herz erstarrt und tötet, wenn man einmal seine Fesseln abgestreift hat und dann wieder für immer in dasselbe zurückkehren soll. Wenn ich daran denke,« rief er, »dann möchte ich fast wünschen, die Ereignisse aufhalten zu können, dann verschwinden alle jene Hoffnungen und Wünsche, die mich einst so hoch begeisterten, dann möchte ich aus deinen Blicken Vergessenheit trinken, dann möchte ich in deinen Armen mich verbergen vor der ganzen übrigen Welt und vor der Zukunft, welche kalt und traurig heraufzieht.« »Denken wir nicht an die Zukunft,« sagte die Marchesa, indem sie sein Haupt sanft an ihre Brust zog, »wenn sie dir heute kalt und traurig erscheint, so kann sie ja doch noch licht und hell werden. Wir sind jung, und der Jugend gehört die Zukunft vor allen. Aber denke nur jetzt nicht daran, denke nur an die Gegenwart mit ihrem Reiz und ihrer Liebe!«

Schweigend blieben sie einen Augenblick in inniger Umarmung verschlungen.

»Vielleicht«, sagte die junge Frau dann mit einem tiefen Seufzer, »ist die Entscheidung ja auch nicht so nah, als du glaubst. Wenn die Alliance, welche der Kaiser mit der Königin von Spanien geschlossen hat, nicht zur Ausführung kommen kann, so wird vielleicht noch auf lange der Augenblick hinausgeschoben werden, in welchem du für deine Sache in den Kampf treten kannst. Die letzten Nachrichten, welche ich gestern in den Journalen gelesen – denn«, fügte sie mit einem reizenden Lächeln hinzu, »ich lese jetzt die Journale sehr sorgfältig – sie sprechen vom Fortschritte der Revolution. Freilich ist es schwer, darüber etwas Genaues zu

erfahren, da die Mitteilungen in den öffentlichen Blättern alle parteiisch
gefärbt sind.«

Der junge Mann richtete den Kopf empor, den er noch immer an ihre
Schulter gelehnt hatte.

»Es ist wahr,« sagte er, »die Revolution macht Fortschritte, aber sie hat
doch nur dann Aussicht auf Erfolg, wenn die Königin Isabella noch immer zögert, sich nach Madrid zu begeben. Selbst die größten Anhänger
und die eifrigsten Agenten der aufständischen Generale hier in Paris
räumen vollständig ein, wie ich heute erfahren, dass, wenn die Königin
sogleich persönlich in Madrid erscheint, der Aufstand im günstigsten
Falle nichts weiter erreichen kann, als eine Ministerveränderung, da das
spanische Volk an einen Wechsel der Dynastie nicht denkt.«

Ein eigentümlicher Blitz leuchtete einen Moment in dem Auge der Marchesa auf.

»Also haben diese aufständischen Generale,« fragte sie, »die ich hasse
und verwünsche, wie alles, was der Revolution dient, und die ich doppelt hasse wegen ihrer Undankbarkeit gegen die Königin, die sie alle aus
dem Nichts emporgehoben, – also haben sie bereits hier ihre Agenten –«

»Sie suchen mit großer Geschicklichkeit zunächst auf die Presse einzuwirken,« erwiderte Herr von Wendenstein, »und ganz insbesondere ist
es, wie man mir erzählt hat, ein früherer Kammerherr der Königin, Angel de Miranda, welcher unermüdlich tätig ist, um für die Revolution
hier Propaganda zu machen –«

»Angel de Miranda,« sagte die Marchesa in leicht hingeworfenem Ton,
»ein junger eleganter Mann, welcher sich schon seit einiger Zeit hier aufhält; – ich habe ihm einige Male begegnet, er schien nichts zu tun, als
sich amüsieren zu wollen –«

»Er ist der eifrigste Agent Prims und Serranos,« rief Herr von Wendenstein, »und er wenigstens meint es sehr ernstlich mit dem Sturz der Königin, die er hasst – wie ich glaube, aus rein persönlichen Gründen.«

»Von welchen Triebfedern,« sagte die Marchesa, »werden doch die
Schicksale der Völker bewegt! Wie traurig muss es sein, ernsthaft und
aus Beruf Politik zu machen! – ich würde dazu nicht imstande sein; mich
interessiert das alles jetzt freilich, weil es dich und deine Zukunft an-

geht,« sagte sie weich, mit ihren Lippen seine Stirn berührend, »aber hätte ich dies Interesse nicht daran, ich würde wahrlich niemals einen Blick in diese öde, finstere Welt der Politik tun.«

»O, könnte ich mit dir«, rief er begeistert, »ewig in der reizenden Welt der Liebe, der Kunst und der Poesie leben, wie glücklich würde ich sein!«

»So lass uns wenigstens soviel und solange als möglich unsere Seelen in der reinen Flut dieser idealen Welt baden, da wir noch in derselben leben, und da die traurige Zukunft, welche du fürchtest, heute noch nicht zu uns heraufgezogen ist.«

Sie drängte ihn sanft zurück und stand auf.

»Jetzt verlass mich, mein süßer Freund,« sagte sie, »ich muss Besuche machen, die ich nicht aufschieben kann, und es ist schon spät geworden. Denk' an mich und komm' bald wieder – wirst du heute Abend bei mir dinieren?«

»Ich werde mich frei machen,« rief er, sie feurig in seine Arme schließend, – »o, könnte ich mich von allem frei machen, um immer nur bei dir zu sein!«

Rasch riss er sich los und eilte hinaus, während sie ihm, den Finger auf die Lippen legend, mit zärtlichem Blick nachsah, –

Als der junge Mann das Zimmer verlassen hatte, verschwand wie durch einen Zauberschlag der Ausdruck weicher Zärtlichkeit von ihrem Gesicht.

Sie sprang empor, richtete sich hoch auf, sodass ihre Gestalt größer und mächtiger erschien als sonst, ihre Augen sprühten Flammen, – sie streckte die Hand weit von sich mit der Gebärde einer Königin, deren Befehl die Scharen ihrer Diener bewegt, – ein wunderbar aus Freude, Stolz und Hohn gemischtes Lächeln erschien auf ihren Lippen und mit leiser, in zischenden Lauten aus ihrem Munde hervordringender Stimme sprach sie:

»Gehen Sie hin, mein Herr Graf, – der Sie sich für den Meister und Gebieter aller Welt, – für *meinen* Meister gehalten haben, – jetzt halte ich Sie in meinen Händen, – Ihre Herrschaft über mich ist zu Ende, Sie sollen die Stütze sein, auf welcher ich empor-, immer höher emporsteige zu Macht und Herrschaft, – aber von nun an werden Sie am Ende des Fadens sich bewegen, den meine Hand hält, – die Hand des schwachen Weibes, das Sie wähnten zu Ihrem blinden Werkzeug machen zu können, das Sie glaubten, mit einem Druck Ihres Fingers zerbrechen zu können.«

Sie stand noch einen Augenblick in derselben Stellung, ihre glänzenden Blicke aufwärtsgerichtet, – die Hand vor sich hingestreckt.

Dann eilte sie zu ihrem Schreibtisch.

»Angel de Miranda,« sagte sie, schnell eine Notiz auf ein Blatt Papier werfend, – »und es fehlt jenen Leuten an Geld, – das ist ein kostbarer Fund, – Wissen ist Macht, sagt man, – und in der Tat, das, was ich weiß, gibt mir die Macht, alles nach meinem Willen zu leiten.« Sie saß einige Zeit schweigend in tiefem Nachdenken vor ihrem Schreibtisch.

Dann schienen ihre Gedanken sich geordnet zu haben; – mit rascher, entschlossener Bewegung öffnete sie eine zierliche, mit Perlmutter ausgelegte Briefmappe, nahm daraus einen Briefbogen mit einem Wappen in schönen Farben und Golddruck und begann eifrig zu schreiben, oft anhaltend und, wie es schien, mit besonderer Sorgfalt das richtige Wort für ihre Gedanken suchend.

Nachdem sie zwei Seiten des Bogens beschrieben, durchlas sie noch einmal genau und prüfend die Zeilen – dann faltete sie das Papier zusammen, verschloss die Enveloppe mit einem kleinen in Stahl geschnittenen Petschaft mit geschnitztem Elfenbeingriff und schrieb darauf: *A Sa Majesté lImpératrice à Biarritz.*

Gedankenvoll blickte sie auf den Brief.

»Wird er schnell genug in ihre Hände gelangen?« flüsterte sie.

»Es ist besser,« fuhr sie fort, – »ich sende ihn durch diesen Menschen, – auf den ich mich verlassen kann, wie ich glaube, – denn er würde kein vorteilhaftes Geschäft machen, wenn er mich betröge, – er steht sich besser, wenn er mir aufrichtig dient.«

Sie blickte auf die Uhr, – verschloss den Brief in ihren Schreibtisch und klingelte nach ihrer Kammerjungfer, um ihre Toilette zu machen. – – –

Eine Stunde später entzückte die schöne Marchesa Pallanzoni, welche in ihrer zierlichen Viktoria mit den wunderbar schönen Pferden durch das *Bois de Boulogne* dahinfuhr, die ganze elegante Welt von Paris; die Herren waren glücklich, einen Gruß von ihr zu erhalten, die Damen verfolgten sie mit neidischen Blicken, sie selbst lächelte grüßend hierhin und dorthin, und wer sie sah, war überzeugt, dass diese so schöne, so heitere und so sorglose Frau nur dem frohen Lebensgenuss und der Liebe lebte, und dass alle die finstern Geister des Kummers, der Sorge und der qualvollen Arbeit, welche die Häupter anderer Sterblichen umschweben, der reinen und strahlenden Stirn dieser Frau fern bleiben müssten. Und doch hatte kaum jemand von allen, die sie beneideten, die finstern Abgründe des Lebens so in ihren tiefsten Tiefen ermessen als sie, und unter dieser reinen heitern Stirn, hinter diesen sanft strahlenden Augen brüteten Gedanken voll düsterer Sorge.

Die Marchesa kam spät nach Hause, – fast schon war die Stunde des Diners gekommen, – Herr Lenoir erwartete sie bereits – er hatte jenes höhnische und herausfordernde Wesen, mit welchem er vorher hier eingetreten war, vollkommen abgelegt, – fast unterwürfig begrüßte er diejenige, welche einst seine Gattin war, und fragte in natürlichem Tone nach ihren Befehlen. Er schien, nachdem sie ihm eine neue Goldquelle geöffnet hatte, ihre Überlegenheit willig anzuerkennen.

Sie neigte leicht den Kopf gegen ihn und sprach, indem sie ihren Sekretär öffnete und den Brief, welchen sie vorher geschrieben, herausnahm:

»Sie können sogleich nach Biarritz reisen?«

»Unbedenklich,« erwiderte er, – »ich habe jetzt keinen Auftrag und bin frei.«

»Sie können diesen Brief sicher und unverzüglich an seine Adresse gelangen lassen?«

Sie zeigte ihm die auf die Enveloppe geschriebene Adresse.

»Der Brief soll sofort in die Hände gelangen, für welche der bestimmt ist.«

»Sie wissen,« sagte sie kalt und ruhig, »dass eine Unwahrheit unsere Beziehungen für immer lösen würde.«

»Welche Veranlassung sollte ich haben, Ihnen eine solche zu sagen?« fragte er.

Sie reichte ihm den Brief.

»Also reisen Sie sofort und kehren Sie unverzüglich wieder«, sagte sie. »Der Graf Rivero wird ebenfalls nach Biarritz gehen. Dieser Brief muss besorgt sein, bevor er dort angekommen und empfangen ist. Sobald Sie zurückkommen, treffen Sie Anstalt, einen Herrn Miranda scharf zu überwachen, – einen Spanier, der sich hier in Paris aufhält, und den Sie leicht ermitteln können – Sie werden dadurch auch nach anderer Seite einen Dienst leisten und teilen Sie mir alles mit, was Sie über ihn erfahren.«

Ein Geräusch ließ sich auf dem Vestibüle vernehmen.

»Eilen Sie«, sagte die Marchesa, mit der Hand nach ihrem Boudoir deutend.

Heu Lenoir entfernte sich schnell.

Unmittelbar daraus trat Herr von Wendenstein ein. Die junge Frau empfing ihn mit ihrem reizendsten Lächeln. Entzückt küsste er ihre Hand und ließ seine Blicke voll Bewunderung über ihre wunderbar schöne Gestalt gleiten.

»*Madame est servie*«, meldete der Haushofmeister.

»Wir sind allein,« sagte die Marchesa, indem sie den jungen Mann mit einem eigentümlichen, halb neckischen, halb glühend leidenschaftlichen Blicke ansah, – »ich hoffe, dass Sie sich in Ermangelung anderer Gesellschaft nicht zu sehr bei mir langweilen werden.«

Er drückte schweigend seine Lippen auf ihre Hand, legte ihren Arm in den Seinigen und beide traten durch die von zwei Lakaien geöffnete Tür in den Speisesaal, dessen Fenster bereits verhängt waren, und in welchem ein großer Lüster mit acht Kerzen den kleinen Tisch mit zwei Couverts erleuchtete.

Fünfundzwanzigstes Kapitel

Trübe und traurige Tage waren dahingezogen über dem Pfarrhause in Blechow, auch die herbstlichen Astern und Sonnenblumen in dem kleinen Garten fingen allmählich an zu verblühen; immer gelber färbten sich die Blätter der Bäume, und immer kälter und schärfer wehte die Herbstluft über die Wiesen hin.

Und auch im Innern des Hauses senkten die Blüten des Glücks und der Hoffnung immer mehr ihre Häupter.

Helene hatte sich von ihrem heftigen Anfall zwar langsam wieder erholt, sie war sogar wieder aufgestanden und brachte den größten Teil des Tages in dem Wohnzimmer zu, am Fenster sitzend und trüben, starren Blickes in die Landschaft hinausschauend. Aber ihre ganze Erscheinung war eine andere geworden, das tiefe Leiden, welches solange schon an ihrem Organismus zehrte, hatte nunmehr mit vernichtender Gewalt ihr seinen Stempel aufgedrückt, den Stempel der Zerstörung und Auflösung; fast geisterhaft blickten ihre fieberglänzenden, weit vergrößert erscheinenden Augen aus dem bleichen, durchsichtigen und entsetzlich magern Gesicht hervor, das nur auf der Spitze der Backenknochen eine scharf abgegrenzte Röte zeigte. Ihre Gestalt war vollständig gebrochen, und in kraftloser Haltung saß sie in ihrem Lehnstuhl, während in schweren Atemzügen ihre Brust sich hob und senkte. Ein Ausdruck tiefer Traurigkeit lag auf ihrem Gesicht und oft, wenn sie so dasaß, die Hände in dem Schoß gefaltet und den Kopf an die Rücklehne ihres Sessels gestützt, brach sie plötzlich in krampfhaftes Schluchzen aus und heiße Tränen strömten aus ihren Augen.

Dennoch hatte sie für ihren Vater immer ein freundliches Lächeln, mit übermächtiger Anstrengung unterdrückte sie in seiner Gegenwart jeden Ausbruch ihrer inneren Schmerzen, und rührend war es, wie sie versuchte, selbst das körperliche Leiden, welches ihr ganzes Wesen zerstörte, so gut es anging, vor seinen Augen zu verbergen, wie sie mit zitternden Händen ihm wie in alter Zeit die Pfeife stopfte und den brennenden Fidibus brachte, wie sie dann unter irgendeinem Vorwand das Zimmer verließ, um ihn nicht merken zu lassen, dass der Rauch des Tabaks ihr krampfhafte Hustenanfälle verursachte.

Der alte Herr aber merkte dies alles doch. Es war auch unmöglich, dass seinen Augen der Zustand seiner Tochter sich entzogen hätte – auch hatte der Arzt aus Blechow ihm erklärt, dass das Leiden Helenens äußerst gefährlich, und dass kaum durch ein Wunder Genesung zu hoffen sei. Er hatte eine klimatische Kur im südlichen Frankreich verordnet, weil nur eine solche imstande sei, dem mit rapider Geschwindigkeit vorschreitenden Leiden Einhalt zu tun.

Allein Helene hatte sich mit der äußersten Entschiedenheit dieser Reise widersetzt, sie hatte ihrem Vater erklärt, dass sie die feste Überzeugung habe, in ihrem gegenwärtigen Zustande keine Reise ertragen zu können, und dass sie gewiss sterben würde, wenn man sie zu einer solchen zwingen wollte.

Frau von Wendenstein war von Hannover gekommen, und im Verein mit dem Pastor hatte sie alles aufgeboten, um das leidende junge Mädchen zu der vom Arzt vorgeschriebenen Reise zu bestimmen. Aber alles war vergeblich gewesen.

»Lasst mich hier,« hatte Helene gesagt, »wenn ich überhaupt wieder gesund werden kann, so kann ich es nur hier in der Heimat werden, wo jeder Gegenstand, jeder Baum, jede Blume, wo der Himmel selbst mich vertraut und freundlich grüßt; und wenn ich sterben soll, so möchte ich auch hier in der Heimat sterben, das würde mir die letzten Augenblicke tröstlicher und freundlicher gestalten.«

Bei jedem dringenden Zureden hatte sie eine so heftige Nervenerregung ergriffen, sie hatte eine solche Angst und Unruhe gezeigt, dass der Arzt zuletzt selbst den Rat erteilt hatte, lieber nicht weiter in sie zu dringen, da oft der Instinkt der Natur in den Kranken am richtigsten anzeige, was ihnen zuträglich oder schädlich sei, und die Aufregung einer widerwillig erzwungenen Reise jedenfalls mehr schaden würde, als das warme Klima nützen könne.

Ebenso hatte Helene mit größter Entschiedenheit das Versprechen ihres Vaters und der Frau von Wendenstein verlangt, ihrem Verlobten nichts von ihrer Krankheit und von der Gefahr, in welcher ihr Leben schwebte, mitzuteilen, und beide hatten ihr auch dies Versprechen gegeben und es gehalten in der Überzeugung, dass der Leutnant von Wendenstein ja doch in diesem Augenblick nicht kommen könne, und dass es besser sei, ihn erst dann zu benachrichtigen, wenn wirklich ein unglücklicher Ausgang der Krankheit unmittelbar zu besorgen sein sollte.

Es waren auch einzelne Briefe von Paris gekommen. Helene hatte sie mit einem tief schmerzlichen Lächeln in Empfang genommen und mit leisem

Kopfschütteln gelesen, ohne sie zu beantworten, – sie sei jetzt noch zu schwach dazu, hatte sie ablehnend gesagt, wenn ihr Vater sie daran erinnerte.

So hatte man endlich den Plan der Reise vorläufig aufgegeben, und Frau von Wendenstein war wieder, das Herz von schweren Sorgen erfüllt, nach Hannover zurückgereist.

Der Kandidat war ruhig und still seinen Berufsgeschäften nachgegangen, er war außer bei Tische wenig im Kreise seiner Familie erschienen. Er hatte jeden Tag in freundlich wohlgesetzten Worten seiner Cousine seine Teilnahme an ihrem Leiden ausgesprochen und war erst am späten Abend, wenn sie sich in ihr Zimmer zurückgezogen und zu Bett gelegt hatte, im Wohnzimmer erschienen, um mit seinem Oheim über die Vorgänge in der Pfarrgemeinde zu sprechen und ihm Zeitungen und Broschüren vorzulesen.

An einem schönen, hellen Nachmittage, als der alte Pastor Berger von einem Gang in die Gemeinde zurückkehrte, fand er seine Tochter auf ihrem gewöhnlichen Platz im Wohnzimmer sitzen. Sie sah ein wenig kräftiger aus als gewöhnlich, eine gewisse ruhige Heiterkeit, der Ausdruck eines festen klaren Entschlusses lag auf ihren Zügen, als sie mit freundlichem Lächeln ihren Vater begrüßte und sich mit einiger Mühe etwas erhob, um ihm ihre marmorweiße Stirn zum Kuss zu bieten.

»Ich möchte mit dir sprechen, mein Vater«, sagte sie mit jener eigentümlich leisen und ein wenig rau anklingenden Stimme, welche eine Folge schwerer Brustleiden ist. »Setze dich zu mir und höre mich ruhig an, ich bin überzeugt, du wirst billigen, was bei mir reiflich erwogener und unabänderlicher Entschluss geworden ist.«

Der alte Herr zog einen Stuhl heran, setzte sich neben seine Tochter und ergriff zärtlich ihre magere, von dünnen bläulichen Adern durchzogene Hand, indem er sie aufmerksam und erwartungsvoll ansah.

»Ich habe lange darüber nachgedacht,« sagte Helene, indem sie das Haupt ein wenig zu ihrem Vater hinüberneigte, »dass ich in meinem jetzigen Zustande, welcher mir auch im günstigsten Falle ein langes Siechtum in Aussicht stellt, die Zukunft meines Verlobten nicht an mein gebrochenes Leben fesseln darf. Er steht mitten in schweren Kämpfen, deren Ende noch nicht abzusehen ist, er muss sich vielleicht in ganz neuen Lebenskreisen eine Zukunft begründen und bedarf dazu seiner vollen

Kraft und Freiheit. Ich, mein Vater, bin nicht imstande und werde nie wieder imstande sein, seine Wege mit ihm zu gehen – dazu würde die volle Kraft einer festen Gesundheit gehören, und auch wenn sein Lebenslauf in ruhigen und geordneten Bahnen geblieben wäre, würde ich dennoch niemals die Kraft wiederfinden, die Pflichten einer Hausfrau ihm gegenüber erfüllen zu können. Ich muss ihm deshalb seine Freiheit wiedergeben, und ich bin fest entschlossen, es zu tun. Ich habe ihm geschrieben, und ich bitte dich, mein Vater, meinen Brief zu lesen und denselben an ihn gelangen zu lassen mit einem Schreiben von dir, worin du meinen Entschluss billigst und bestätigst.«

Sie zog einen beschriebenen Briefbogen aus einem Schubfach ihres Arbeitstisches hervor und reichte denselben ihrem Vater, der sie ganz bestürzt, mit traurigen schmerzerfüllten Blicken ansah und ihre Hand fest zwischen die Seinige drückte.

»Aber, mein liebes Kind,« sagte er, »wozu dieser schnelle und voreilige Entschluss? Du tust ja,« fuhr er mit einem gezwungen heiteren Lächeln fort, »als ob deine Krankheit vollständig unheilbar wäre, als ob jede Hoffnung auf Genesung aufgegeben sei.«

»Wenn mein Leben erhalten werden kann,« sagte sie mit sanfter Resignation, »so kann es nur durch die tiefste gleichmäßige Ruhe, durch die Enthaltung von aller Arbeit, Sorge und Tätigkeit geschehen, und du wirst selbst mir beistimmen, mein Vater, dass ich dem Manne, dem ich meine Hand reiche, keine Last und kein Hemmnis sein darf, und dass es meine Pflicht ist, allein meinen Lebensweg zu gehen und zu vollenden, wenn ich die Überzeugung gewinnen muss, dass ich niemals die Pflichten würde erfüllen können, welche ich meinem Gatten schuldig wäre.«

»Aber ich bitte dich, mein Kind,« sagte der Pastor, »warum denn einen so schnellen Entschluss fassen? – In diesem Augenblick ist das ja gar nicht nötig. Eure Verbindung ist ja, wie die Verhältnisse jetzt liegen, ohnehin unmöglich, und bis sich das alles ändert,« fügte er seufzend hinzu, »wirst du ja hoffentlich wieder frisch und gesund sein.«

Sie schüttelte traurig den Kopf. »Und dann,« sprach ihr Vater, »denke doch an den Schmerz des armen Leutnants, der dort in der Verbannung im fernen Lande allein ist, der noch nichts von dem ahnt, was hier vorgegangen, der nicht hieher kommen kann, da er unter der Anklage des Hochverrats steht, – denke an den tiefen Schmerz, den ihm eine solche Mitteilung bereiten würde.«

Ein bitteres schmerzliches Lächeln zuckte einen Augenblick um die Lippen des jungen Mädchens, dann blickte sie wieder mit ruhiger ergebungsvoller Wehmut auf ihren Vater hin und sagte:

»Wenn ihm diese Mitteilung Schmerz bereitet, so ist ein augenblicklicher Schmerz, den er im bewegten Leben bald überwinden wird, besser für ihn, als wenn er lange Zeit die hemmenden Ketten der Verbindung mit einem kranken hilfsbedürftigen Wesen, das ihm nichts bieten und nichts sein könnte, hinter sich her schleppen müsste. Lies, mein Vater«, sagte sie in dringendem, bittendem Ton, indem sie dem alten Herrn noch einmal den Brief hinreichte.

Dieser ergriff das Papier und las es langsam durch, seine Augen füllten sich mit Tränen, und mehrere Male fuhr er mit der Hand über dieselben, um den feuchten Schleier wegzunehmen, welcher seinen Blick verhüllte. Der Brief seiner Tochter war mit einer rührenden kindlichen Einfachheit geschrieben; sie dankte ihrem Verlobten für die Liebe, die er ihr gegeben, für das Glück, das er ihr bereitet habe; sie sprach mit christlicher Ergebung über ihren Zustand, über die Unmöglichkeit, jemals wieder mit vollen Kräften in das Leben eintreten zu können; sie sprach ihren festen Entschluss aus, sich von ihm zu trennen und ihm seine Freiheit wiederzugeben, was sie für ihre heiligste Pflicht und für einen Beweis ihrer Liebe zu ihm halte, und sie wünschte ihm endlich in treuen und warmen Worten, die fast, wie der Gruß einer Sterbenden klangen, allen Segen des Himmels und alles Glück für das zukünftige Leben.

Traurig sah er Helene an, als er geendigt, er wusste nicht, was er auf diese so einfache und so natürliche Sprache erwidern sollte, und in stummer Bewegung schloss er seine Tochter in seine Arme. »Habe ich recht, mein Vater?« fragte Helene sanft, »willst du ihm einen Brief schreiben, durch welchen du den Meinigen bestätigst, und willst du die Sendung an ihn gelangen lassen?«

Er stand auf und ging in tiefer Bewegung im Zimmer einige Male auf und nieder.

»Der arme, arme Leutnant,« sagte er vor sich hin, »wie wird er es tragen!«

Helene hörte diese halb leise gesprochenen Worte, und abermals erschien jenes bittere, schmerzliche Lächeln auf ihren Lippen.

Ihr Vater blieb vor ihr stehen.

»Ich will mit mir zurate gehen, mein Kind,« sagte er ernst, »ich will meine Gedanken sammeln, um zur Klarheit zu kommen. Es ist ein edler Sinn, der aus deinem Entschluss spricht, – aber man darf auch den Fügungen der Vorsehung nicht vorgreifen, – ich will mit mir zurate gehen«, wiederholte er, »und den besten Rat da suchen, von wo alle guten Gedanken und Entschlüsse kommen.«

Er faltete die Hände und blickte einen Augenblick schweigend nach oben, dann drückte er einen innigen Kuss auf die Stirn seiner Tochter und ging hinaus, um sich in sein stilles Studierzimmer zurückzuziehen und dort, wie er in allen wichtigen Augenblicken seines Lebens zu tun gewohnt war, in stillem Gebet und ruhiger Einkehr in sich selbst den richtigen Entschluss zu suchen.

Helene blieb allein.

»Wie er es tragen wird?« flüsterte sie vor sich hin – »o,« sagte sie dann, indem ihr Gesicht schmerzlich zuckte, »er wird diese Mitteilung begrüßen als die Befreiung von einer schweren und lästigen Fessel, – er weiß nicht, wie die Krankheit mich gebrochen hat, und dennoch hat sich sein Herz von mir gewendet, dennoch empfindet er die Verbindung mit mir als eine drückende Last. Ich lese das aus seinen Briefen, und er gibt sich Mühe, mir freundliche liebevolle Worte zu sagen – aber es sind eben Worte, Worte, hinter denen kein Gefühl liegt. Ich habe das längst gefühlt, ehe ich dieses entsetzliche Bild sah, dessen Anblick mir das Herz zerschnitt. Ich habe es gefühlt, dass jener warme Strom der Liebe unsere Seelen nicht mehr verbindet, – und wenn er mich sehen könnte, müsste er nicht schaudern vor einer Zukunft, die ihn an ein Wesen kettet, das, wenn es dem Leben erhalten bleibt, immer nur ein Hemmnis für ihn sein kann, – ein krankes, gebrochenes Wesen, das man unendlich lieben müsste, um es durch das Leben zu führen und zu tragen, – so lieben, wie er mich einst liebte – und wie er jetzt« – sie bedeckte das Gesicht mit den Händen und stieß einen tiefen röchelnden Seufzer aus.

Nach einiger Zeit richtete sie sich empor.

»Ich muss stark sein,« sagte sie, »ich will die Kraft nicht verlieren, ich muss den Weg meines Lebens allein bis zu Ende gehen.«

Sie öffnete ein kleines Fach ihres Arbeitstisches und zog daraus ein Paket Briefe und jenes Bild hervor, das der Kandidat Behrmann ihr gegeben.

Mit starrem Ausdruck heftete sich ihr Blick auf das Bild, das alle ihre Träume von Liebe und Glück zerstört hatte. Lange sah sie dasselbe an, dann las sie einen der Briefe nach dem andern, und oft schüttelte sie schmerzlich den Kopf.

»Nein,« sagte sie endlich, »er liebt mich nicht mehr, er hat kein Gefühl für mich, keine Erinnerung an mich mehr. Diese Briefe sind kalt wie Eis, sie sind geschrieben, um etwas zu schreiben. Und auch ohne die furchtbare Erklärung, die dieses Bild mir gibt, würde ich keinen Zweifel haben können, dass er für mich verloren ist.«

Trübe und traurig starrte sie zum Fenster hinaus auf die im gelblichen Strahl der sinkenden Sonne daliegende Landschaft, auf die verblühenden Sonnenblumen und Astern in dem kleinen Garten.

Leise öffnete sich die Tür. Helene blickte bei dem Geräusch erschrocken auf und sah die kräftige Gestalt des Fritz Decke in das Zimmer treten, dessen blühendes offenes Gesicht sie freundlich anlächelte, und dessen gutmütige treuherzige Augen mit dem Ausdruck inniger Teilnahme sich auf sie richteten. Sie streckte mit einer matten Bewegung dem jungen Bauern ihre Hand entgegen, welche dieser, rasch herantretend, mit einer gewissen ängstlichen Vorsicht ergriff, als fürchte er, zwischen seinen derben, arbeitskräftigen Händen diese zarten, durchsichtigen Finger zu zerdrücken.

»Ich freue mich, dass ich Sie hier finde, Fräulein Helene,« sagte er dann, »ich bin nur gekommen, um zu fragen, wie es mit Ihnen geht. Ich habe Sie solange nicht gesehen und habe so viele Sorge um Sie gehabt. Nun Gott sei Dank,« sagte er, »dass Sie wieder auf sind – da wird es ja wohl immer besser gehen. Aber,« fuhr er fort, indem er mit einem traurigen Blick ihre gebrochene Gestalt und ihr blasses Gesicht betrachtete, »mitgenommen hat es Sie tüchtig, Sie sehen wirklich recht elend aus, recht mitgenommen, – doch das ist ja ganz natürlich,« fuhr er fast erschrocken fort, – »nach einem solchen Anfall und einer solchen Krankheit, das wird sich alles schnell wieder geben, wenn Sie nur erst wieder herauskommen und die frische Luft einatmen. Ich habe eine frisch melkende Kuh, meine Frau hat sie ganz besonders zurückgestellt, um immer frische reine Milch für Sie zu haben. Sie müssen jeden Morgen zu uns herunterkommen, – und wenn Sie nicht gehen können, so will ich Sie in einem Rollwagen abholen, ich habe solche Dinge früher in Hannover gesehen, – so einen sollten Sie sich kommen lassen. Sie müssten frisch von der Kuh fort die Milch trinken, meint meine Frau, das würde Sie schon wieder auf die Beine bringen.«

»Wie gut seid ihr alle!« sagte Helene, »wie lernt man doch seine wahren Freunde erst kennen in den Zeiten des Kummers und der Trauer, – so bald«, fügte sie mit schmerzlichem Lächeln hinzu, »werde ich wohl noch nicht zu Erich kommen können, denn ich kann kaum von meinem Zimmer bis hierher gehen. Aber bittet Eure Frau, mich zu besuchen – es wird mich glücklich machen, mit ihr ein wenig zu plaudern. Sie ist so heiter und so fröhlich.«

»Ja,« sagte Fritz Deyke mit glückstrahlendem Ausdruck, »sie ist ein wahrer Schatz, den ich aus jener schweren Zeit heimgeführt habe, welche soviel Blut gekostet und so viele Familien in Trauer gestürzt hat, – mir hat sie Segen gebracht und Ihnen ja auch, Fräulein Helene, denn damals in Langensalza, wo ich meine Frau fand, haben Sie sich ja auch mit meinem lieben Leutnant zusammengefunden – der jetzt da draußen in der Ferne lebt,« fügte er seufzend hinzu, »und für den ich täglich Gott bitte, dass er ihn bald wieder zurückführen möge, damit Sie endlich auch eine so schöne, liebe Häuslichkeit gründen können, wie ich sie bei mir habe. Wie geht es denn mit dem Leutnant?« fragte er, »Sie haben doch gewiss Nachrichten von ihm?«

Helene schwieg einen Augenblick. Ein schwerer Seufzer rang sich aus ihrer Brust empor, und sie war nicht imstande, die Tränen zurückzudrängen, welche ihre Augen erfüllten.

»Mein Gott,« rief Fritz Deyke, schnell zu ihr herantretend, »Sie haben doch keine schlechten Nachrichten erhalten? Dem Leutnant ist doch nichts widerfahren?«

»Nein, nein«, sagte Helene mit fast unhörbarer Stimme, indem sie die Hände auf ihre von Tränen überfließenden Augen drückte, während ihr Kopf matt gegen den Sessel zurücksank.

Fritz Deyke stand ganz erstaunt und befremdet neben ihr. Traurig und verlegen zugleich ruhte sein Blick auf dieser gebrochenen Gestalt, die er einst so frisch und blühend gekannt hatte. Er schien unschlüssig, was er zu tun habe – ob er Hilfe herbeirufen solle, und unwillkürlich streckten sich seine Hände nach der Leidenden aus, als wolle er sie stützen. Da fiel sein Blick auf das Bild, welches mit den Briefen, die sie soeben gelesen, auf dem Tisch vor ihr liegen geblieben war. Groß öffneten sich seine Augen, mit starrem Blick sah er dies Bild an, ein Schauer lief durch seine kräftigen festen Glieder. Dann trat er rasch noch näher zu dem Tisch heran, nahm das Bild in die Hand, blickte es lange unverwandt an und warf es dann, wie zurückschreckend vor seiner Berührung, wieder auf den Tisch hin.

»So also steht es«, sagte er dumpf, mehr zu sich selbst, als zu Helene sprechend, welche bei seinen Worten die Hände niedersinken ließ und ihn mit einem matten, traurigen Blick ansah, der ihm mehr sagte, als alle Erklärungen vermocht hätten.

»Ihr seht, mein guter Fritz,« sagte Helene mit leisem Ton, »dass das Glück, welches mir wie auch Euch in jenen schmerzlichen Tagen von Langensalza erblüht war, in meinem Leben keine festen Wurzeln geschlagen, die Hoffnungen von damals,« sagte sie, die Hand auf ihre Brust pressend, wie um einen körperlichen stechenden Schmerz zu unterdrücken, »sind für mich zu Ende.«

»O,« rief Fritz Deyke zornig, die geballte Hand erhebend, – »das ist schlecht, das ist nicht gut, das hätte ich von meinem Leutnant nicht erwartet!«

Und abermals ergriff er das verhängnisvolle Bild und blickte es lange an, fortwährend gebrochene Worte vor sich hinmurmelnd, welche in einfacher, kräftiger Weise seiner Entrüstung über das, was er sah, Ausdruck gaben.

»Es hat so kommen müssen,« sagte Helene sanft, – »es ist vielleicht ein Glück, dass es so gekommen ist,« fügte sie mit einem weichen, in schwärmerischer Verklärung strahlenden Blick zu, – »was hätte ich ihm sein können in meiner Krankheit und Hilflosigkeit, selbst wenn der Tod noch einige Zeit an mir vorübergeht, – auch wenn dies nicht geschehen wäre,« sagte sie, ohne aufzublicken, mit der Hand auf das Bild deutend, »ich hätte ihm doch seine Freiheit wieder geben müssen, ich hätte niemals eine hoffnungsreiche Zukunft an mein gebrochenes Leben knüpfen dürfen.«

»Weiß der Leutnant?« fragte Fritz Deyke, seine Lippen zornig aufeinander pressend, »wie krank Sie gewesen sind, wie sehr Sie jetzt noch leiden?«

»Nein,« erwiderte Helene immer in demselben sanften Ton, »aber er wird es nun erfahren, indem ich ihm zugleich sein Wort zurückgebe und das Band löse, das ihn an mich fesselt.«

Fritz Deyke ging einige Augenblicke aufgerichtet in heftiger innerer Bewegung im Zimmer auf und nieder, fortwährend einzelne unverständliche Worte leise vor sich hinsprechend.

»Das darf so nicht weiter gehen,« sagte er endlich mit entschlossenem Ton vor Helene stehenbleibend. »Wissen Sie, Fräulein Helene, wie das zusammenhängt, wie das gekommen ist?« fragte er, mit der Hand auf das Bild deutend, – »wer hat Ihnen das gegeben?«

»Ich weiß nichts Näheres«, erwiderte Helene, »und will auch nichts wissen«, fuhr sie mit einer abwehrenden Bewegung der Hand fort. »Was ich weiß, ist mir genug – mein Vetter, der in Paris war und ihn dort gesehen hat, brachte mir sie mit – und ich bin ihm dankbar dafür, denn es hat mir diesen Entschluss leichter gemacht, den ich ohnehin hätte fassen müssen.«

»O,« rief Fritz Deyke, heftig mit dem Fuß auf den Boden tretend, »so ist also wieder dieser Kandidat im Spiel, der fortwährend von der Nächstenliebe predigt und Gottes Wort auf den Lippen führt und der überall Unheil stiftet, wohin er seine Hand legt! Wer weiß,« rief er, indem einen Augenblick ein freudiger Schimmer über sein Gesicht flog – »wer weiß, ob da nicht irgendein Missverständnis, eine Täuschung – eine boshafte Absicht zugrunde liegt –«

Helene schüttelte traurig den Kopf.

»Doch Licht muss darin werden,« fuhr er fort – »das alles darf nicht so enden. Ich muss wissen, wie das zusammenhängt. Ich bin nur ein einfacher Mensch und verstehe meine Worte nicht zu setzen, wie der Herr Kandidat, aber das weiß ich doch, dass es nicht recht ist, Ihnen so etwas zu bringen, ohne dass er versucht hat, dem Ding auf den Grund zu gehen, ohne dass er, der die Worte doch so gut zu setzen versteht, es unternommen hat, den Leutnant, wenn er wirklich auf falsche Wege verirrte, wieder zurückzuführen – ich, Fräulein Helene, ich liebe meinen Leutnant von Jugend auf, und ich kann nicht glauben, dass sein Herz wirklich schlecht sei, und dass er alles vergessen haben sollte, was früher sein schönstes und heiligstes Glück war – ich habe ihn, als er zum Tode verwundet unter den Leichenhaufen auf dem Schlachtfelde von Langensalza lag, hervorgezogen und in meinen Armen fortgetragen, um ihn zu retten; wenn jetzt seine Seele krank und verwundet ist – wenn sein Herz umgarnt ist von höllischen Künsten – ich will ihn nicht da lassen, ich will ihn auch jetzt retten und zurückführen. Seien Sie ruhig,« sagte er im Ton festen Entschlusses, »ich werde das alles aufklären, ich werde vor ihn hintreten und ihn fragen, und mir wird er die Wahrheit nicht verbergen, und ich werde ihn Ihnen zurückbringen und sollte ich ihn auf meinen Armen hierher tragen. Leben Sie wohl, Fräulein Helene, seien Sie mutig und getrost, Sie werden von mir hören.«

Er wollte sich rasch zur Tür wenden.

»Halt, Fritz, halt,« rief Helene, sich mit mühsamer Anstrengung aufrichtend, »was wollt Ihr tun? Ich bitte, ich beschwöre Euch, lasst alles, wie es ist, ich bin ergeben in mein Schicksal, ich bin gefasst, alles zu tragen, was Gott über mich verhängt hat.«

»Das weiß ich,« sagte Fritz mit leiser Stimme, indem er wieder zu ihr zurücktrat, – »Sie sind ja so gut und so sanft wie die Engel des Himmels – aber es ist nicht bloß um ihretwillen,« fuhr er fort, indem sein ehrliches, offenes Gesicht von mächtiger Rührung zuckte, »wenn Sie auch alles über sich ergehen lassen und alles ertragen wollten, es handelt sich auch um das Glück und um die ganze Zukunft meines Leutnants. Denn glücklich kann er doch nicht sein, wenn er sich von Ihnen wendet, ich kenne ihn, ich weiß es, dass er im Grunde seines Herzens Sie noch lieben muss wie früher. Ich weiß, dass er so nicht an allem untreu werden kann, was ihm heilig war. Ich darf ihn nicht versinken und zugrunde gehen lassen, er soll erkennen, dass er keinen treuem Freund hat als mich.«

In rascher Bewegung ergriff er die Hand des jungen Mädchens, drückte dieselbe so kräftig, dass sie fast schmerzhaft zusammenzuckte, und eilte dann schnell hinaus, indem er sagte:

»Gott befohlen, Fräulein Helene, Sie sollen bald von mir hören, – aber verraten Sie mich nicht,« fügte er, noch in der Tür sich umwendend, hinzu, »man könnte meine Reise missdeuten und mir Hindernisse in den Weg legen.«

Helene machte eine Bewegung, als wolle sie aufspringen und ihn zurückhalten, aber kraftlos sank sie wieder auf ihren Sessel nieder, und schon hörte sie seinen raschen Schritt, der sich schnell nach dem Dorfe hin entfernte.

Eine Zeit lang saß sie schweigend und erschöpft da.

»Mein Gott,« sagte sie dann, den fast vorwurfsvollen Blick aufwärtsrichtend, »ich war so ruhig und ergebend, ich hatte mit mir selbst abgeschlossen, und nun sollen neue Kämpfe mein Herz zerreißen, neue Hoffnungen, die ich in meinem törichten Sinn doch nicht ganz unterdrücken kann, vielleicht von Neuem geknickt werden, – und ich bin so schwach – so müde und kraftlos – ich bin nicht fähig, noch mehr zu leiden.«

»Aber,« fuhr sie nach einigen Augenblicken fort, »wie kann ich ihn zurückhalten, ohne meinem Vater alles zu sagen, – er leidet schon genug um meine Krankheit, soll ich seinem guten, treuen, vertrauensvollen Herzen auch diesen Schmerz bereiten?«

Sie faltete die Hände und sann lange schweigend nach.

»Ich kann nichts tun,« sagte sie dann mit dem Ausdruck ruhiger Ergebung, »ich muss die Dinge gehen lassen, wie Gott sie führen will, und die Kraft zu finden suchen, um zu tragen, was er über nach verhängt – Herr, nicht mein, sondern dein Wille geschehe«, flüsterte sie mit sanftem, stillem Lächeln.

Dann schloss sie die Briefe und das unglückliche Bild wieder in ihren Tisch ein, lehnte sich in ihren Stuhl zurück und versank tief erschöpft in einen leichten Schlummer.

Sechsundzwanzigstes Kapitel

Die Kaiserin Eugenie hatte ihren Morgenspaziergang in Biarritz beendet, sie hatte sich heiter und lächelnd unter der zahlreichen Gesellschaft auf der Strandpromenade bewegt, welche von der vornehmsten und elegantesten Gesellschaft Frankreichs und Spaniens gebildet wurde, sie hatte alle ihre Bekannten angeredet und für jeden ein heiteres Wort, einen freundlichen Scherz gehabt, sodass diese so aufmerksam beobachtende Gesellschaft die Überzeugung gewonnen hatte, der Gang der politischen Angelegenheiten müsse ganz vortrefflich und befriedigend sein, und die Lage der Dinge in Spanien könnte durchaus keine ernsten Besorgnisse einstoßen. Denn man wusste ja, wie große Zuneigung die Kaiserin für die Königin Isabella hegte, welche sie stets halb scherzend, halb ernsthaft »ma souveraine« zu nennen pflegte, und es war ja ganz unmöglich, dass Ihre Majestät so heiter und so ruhig sein konnte, wenn die Lage der Königin wirklich ernste Besorgnisse einzuflößen imstande gewesen wäre; auch war die bereits offiziell angekündigte Zusammenkunft der beiden Höfe nicht dementiert worden und die Kaiserin hatte mehreren spanischen Damen in leichten Anspielungen von der Freude gesprochen, welche sie bei dem Gedanken empfinde, so bald die Königin persönlich begrüßen zu können. Die ganze Badegesellschaft war daher in heiterer, fröhlicher Stimmung, man verabredete Partien und Réunions, und die dort anwesenden Diplomaten sprachen in Briefen und chiffrierten Telegrammen nach allen Richtungen hin ihre Überzeugung aus, dass die so plötzlich eingetretenen Ereignisse in Spanien durchaus keine ernsten, beunruhigenden Folgen haben würden.

Ihre Majestät trat in ihr Wohnzimmer, welches zwar mit der Einfachheit eines Badeaufenthaltes möbliert war, aber dennoch in einer Menge von Necessaires, Mappen und Kassetten jene tausend Kleinigkeiten enthielt, mit welchen eine Dame von der Stellung und dem Geschmack der Kaiserin stets umgeben ist, und dessen weit geöffnete Fenster der frischen Meeresluft freien Eingang gewährten.

Mademoiselle Marion, ihre vertraute Vorleserin, eine junge Dame von etwa zweiundzwanzig Jahren, frisch und elegant, von regelmäßigen Gesichtszügen mit großen, treuherzig und intelligent zugleich blickenden Augen, folgte ihr.

Kaum hatte der Kammerdiener die Tür geschlossen, als die Kaiserin in rascher, ungeduldiger Bewegung den einfachen Hut, welchen sie getragen, und den zierlichen Stock mit geschnitztem Elfenbeinknopf, auf welchen sie sich bei ihren Promenaden zu stützen pflegte, auf einen Diwan warf, und sich wie ermüdet durch den langen Spaziergang auf einen in der Nähe des offenen Fensters befindlichen Fauteuil niedersinken ließ.

Die lächelnde Heiterkeit verschwand von ihrem Gesicht und machte einem Ausdruck sorgenvoller Unruhe Platz.

»Noch immer keine günstigen Nachrichten,« sagte sie, tief aufatmend, indem sie langsam ihre Handschuhe auszog und dieselben Fräulein Marion reichte, – »ich bin in fieberhafter Unruhe, dieser unglückselige spanische Aufstand greift zerstörend in alle meine Pläne ein. Vergebens habe ich den Kaiser gebeten, entschieden für die Sache der Königin Isabella einzutreten; schon allein seine bestimmte Erklärung würde genügen, um den Dingen eine günstige Wendung zu geben, denn alle diese Führer des Aufstandes, dieser Prim, dieser Serrano, werden keine Neigung haben, sich mit Frankreich zu brouillieren. Und was wollen sie? – Sie wollen einfach Minister sein, und sie würden vielleicht noch lieber Minister unter der Königin Isabella, als unter unklaren und unsicheren republikanischen Verhältnissen sein. Außerdem ist ihre Macht noch gering, das Volk sehnt sich nach Ruhe, ein großer Teil der Armee würde sich für die Königin schlagen; würde der Kaiser nur eine Division absenden, um sie sicher nach Madrid zu geleiten, so wäre alles gewonnen. Und welche Prinzipien im Innern von Spanien zur Geltung kommen, wird der Königin eben so gleichgültig sein, als es für unsere Pläne ebenfalls gleichgültig sein kann. Aber alles vergebens,« rief sie, unmutig die Hände ineinander schlagend, »der Kaiser hat eine abergläubische Furcht vor jeder Einmischung in die spanischen Angelegenheiten. Er hält mir fortwährend das Beispiel seines Oheims vor. Als ob das nicht ganz etwas anderes wäre,« fuhr sie immer lebhafter sprechend fort, »damals wollte der Kaiser eine fremde, unpopuläre Regierung in Spanien einsetzen und erhalten, während es sich jetzt nur darum handeln würde, die Königin gegen den tollkühnen Handstreich einiger ehrgeiziger Abenteurer zu schützen. O,« rief sie zornig mit dem zierlichen Fuß auf den Boden tretend, »man nennt uns das schwache Geschlecht – aber wahrlich, die Männer haben unrecht, sich allein Kraft und mutige Entschlossenheit zuzutrauen. Wäre ich heute Regentin von Frankreich, ich würde nicht im unentschlossenen Zögern die Ausführung des so lange vorbereiteten, so gut angelegten Planes gefährden lassen. Die Königin Isabella freilich«, fuhr sie nach einer Pause fort, »vermag sich auch nicht zu dem einzigen Entschluss aufzuraffen, welcher ihr Heil bringen kann, sie wagt es nicht, die Entscheidung herauszufordern und, wie wir ihr so dringend angeraten, nach Madrid zurückzukehren, um sich an die Spitze der ihr treu gebliebenen Untertanen zu stellen, sie zögert und zögert: Wie man uns meldet, ist der Zug, welcher sie nach Madrid führen soll, schon viermal am Perron von San Sebastian vorgefahren, und jedes Mal ist die Königin im letzten Augenblick wieder unschlüssig geworden, – es ist, als ob die Hand des Verhängnisses jedes Mal im Spiel wäre, wenn es sich darum handelt, Frankreich wieder auf die Höhe seiner alten Stellung emporzuheben.«

»Könnten denn Eure Majestät«, sagte Fräulein Marion, »nicht noch einmal versuchen, auf die Entschlüsse der Königin einzuwirken, Ihren Rat –«

»Was hilft ein Rat,« rief die Kaiserin heftig, »wenn er nicht befolgt wird, wenn die Kraft und der Entschluss zur Ausführung dessen fehlen, was die Verhältnisse gebieterisch fordern! Und ich bin überzeugt,« fuhr sie fort, »dass auch in diesem spanischen Zwischenfall wiederum jene dämonische Macht die Hand im Spiel hat, welche seit einer Reihe von Jahren überall dem Einfluss der Macht Frankreichs vernichtend entgegentritt – ich bin überzeugt, dass auch diese Bewegung durch Fäden geleitet wird, deren Ende in Berlin liegt.«

Sie versank in tiefes Nachdenken, während ihre Finger in unruhigen, nervösen Bewegungen zitterten.

Nach einem kurzen Schlage an die Tür trat der diensttuende Kammerdiener ein und meldete Herrn Damas-Hinard, den Privatsekretär Ihrer Majestät.

Die Kaiserin neigte leicht den Kopf, und Herr Damas-Hinard trat in den Salon ein. Sein geistvolles, scharf geschnittenes Gesicht mit klaren, aufmerksam beobachtenden Augen zeigte jene gleichmäßige, unveränderliche Ruhe, welche das Leben an den Höfen erzeugt.

Er hielt einen versiegelten Brief in der Hand und näherte sich mit tiefer Verbeugung der Kaiserin, welche, ohne sich aufzurichten, ihm zunickte und ihren Blick fragend auf ihn heftete.

»Soeben, Madame«, sagte Herr Damas-Hinard, »hat ein Herr Lenoir, welcher aus Paris kommt und mich dringend zu sprechen verlangte, mir diesen Brief für Eure Majestät übergeben. Er sagt mir, dass er von der

Marchesa Pallanzoni gesendet sei, welche die Ehre habe, Eurer Majestät
bekannt zu sein, und welche ihm aufgetragen habe, ihren Brief unverzüglich in Eure Majestät Hände gelangen zu lassen, da derselbe Mitteilungen von größter Wichtigkeit enthalte, welche die Marchesa aus
Dankbarkeit für die Gnade und Huld, mit der Sie sie aufgenommen, zu
machen sich für verpflichtet halte.«

»Die Marchesa Pallanzoni«, sagte die Kaiserin nachsinnend, »ist eine
sehr schöne, sehr elegante und sehr liebenswürdige Dame, – sie wurde
mir durch den römischen Grafen Rivero empfohlen,« fuhr sie fort, einen
Blick auf Mademoiselle Marion werfend, welche in ehrerbietiger, bescheidener Haltung in einiger Entfernung von ihrer Gebieterin stand, –
»ich habe nicht geahnt, dass diese Dame sich mit ernsten Angelegenheiten beschäftigen könnte, und bin sehr neugierig, was sie mir melden
kann. Geben Sie.«

Sie streckte die Hand aus und empfing den Brief, welchen der Privatsekretär gebracht hatte; langsam erbrach sie das zierliche Siegel.

»Eure Majestät hatten vorhin die Gnade«, sagte Herr Damas-Hinard,
»den Namen Rivero zu nennen, der Graf ist soeben angekommen und
hat mich gebeten, ihn Eurer Majestät zu melden und zu fragen, ob Sie
ihn empfangen wollten. Er bemerkte dabei, dass er den dringenden
Wunsch habe, Eure Majestät so bald als möglich zu sprechen, und dass
er glaube, es läge auch im Interesse Eurer Majestät selbst, ihn sogleich
anzuhören.«

»Die wichtigen Mitteilungen drängen sich ja förmlich,« sagte die Kaiserin leicht lächelnd, indem sie den Brief der Marchesa aus der Enveloppe
hervorzog, – »vom Grafen Rivero kann ich allerdings wohl eher bedeutungsvolle Nachrichten erwarten, als von dieser schönen italienischen
Dame.«

Sie faltete den Brief auseinander und begann zu lesen. Immer ernster
wurden ihre Züge, immer gespanntere Aufmerksamkeit lag in den Blicken, mit welchen sie Zeile für Zeile den Brief verfolgte. Als sie denselben beendet, wandte sie sich zu ihrem Privatsekretär und sprach: »Sagen
Sie dem Grafen Rivero, dass ich bereit sei, ihn zu empfangen.«

Herr Damas-Hinard ging hinaus.

»Das ist sehr merkwürdig,« sagte die Kaiserin zu Mademoiselle Marion gewendet, indem sie noch einmal den Inhalt des Briefes durchflog, den sie soeben erhalten, »diese Marchesa Pallanzoni ist mir durch den Grafen Rivero als eine italienische Legitimistin empfohlen worden, und nun schreibt sie mir, sie halte es für ihre Pflicht, mir mitzuteilen, dass sie dringend Verdacht habe, der Graf Rivero spiele ein falsches Spiel und stehe mit dem spanischen Aufstande in irgendeiner Verbindung. Sie sei dem Grafen«, fuhr die Kaiserin, immer in den Brief blickend, fort, »sehr dankbar dafür, dass er sie in Paris eingeführt habe, und dass er ganz insbesondere sie mir empfohlen habe, indes ihre Ergebenheit für mich mache es ihr zur Pflicht, mich auf jenen Verdacht aufmerksam zu machen, der in ihr aufgestiegen sei, da sie wisse, dass ich dem Grafen früher besonderes Vertrauen geschenkt habe; es würde mir übrigens leicht werden, die Richtigkeit oder Unrichtigkeit der Mitteilungen über den Grafen zu konstatieren, wenn ich ihn mit Rücksicht auf den gegebenen Wink beobachten ließe, und die Marchesa hoffe, dass ihre Voraussetzungen sich als falsch erweisen möchten, da es ihr schwer sei, trotz ihrer Wahrnehmung daran zu glauben, dass ein Mann, den sie stets als einen eifrigen Vorkämpfer der heiligen Sache der Kirche gekannt habe, plötzlich zu einem Gegner dieser Sache geworden sei.«

»Es ist ja ein sehr günstiges Zusammentreffen,« sagte Fräulein Marion, »dass Eure Majestät den Brief gerade in dem Augenblick erhalten, in welchem der Graf hier eintrifft. Sie werden, auf diesen Wink gestützt, leicht Gelegenheit haben, sich selbst zu überzeugen.«

»Ich habe so festes Vertrauen zu diesem Grafen Rivero gehabt,« sagte die Kaiserin nachdenklich, – »er war mir so gut empfohlen von allen meinen Verwandten in Italien, selbst vom Kardinal Bonaparte. Sollte er wirklich auch falsch und treulos sein? Freilich«, fuhr sie fort, »schon bei Gelegenheit der Luxemburger Sache, – er hat mir allerdings damals einen großen Dienst geleistet, – aber doch sprach er damals schon Ideen aus, die mich im hohen Grade verwunderten, – nun, wir werden ja sehen.«

Herr Damas-Hinard trat wieder ein, ihm folgte der Graf Rivero im einfachen Morgenpromenadeanzug, der für Biarritz geltenden Etikette gemäß. Der Graf näherte sich mit tiefer Verbeugung der Kaiserin, welche ohne aufzustehen ihn mit einer anmutigen Neigung des Kopfes begrüßte – Herr Damas-Hinard und Fräulein Marion zogen sich zurück.

»Ich freue mich sehr, Herr Graf,« sagte die Kaiserin im heiteren Konversationston, »Sie hier in dem schönen frischen Biarritz wieder zu sehen –
Sie sind lange von Paris fort gewesen – gedenken Sie auch hier in den
wohltätigen Fluten des Meeres den Staub der großen Hauptstädte abzu-
spülen, und in der reinen Luft neue Kräfte für die Kämpfe des Lebens zu
sammeln, denen Sie sich mit so vielem Eifer hingegeben haben?«

»Ich habe einen längeren Aufenthalt in Italien und in der Schweiz gehabt, Madame,« erwiderte der Graf, indem er auf einem Sessel Platz
nahm, welchen die Kaiserin ihm mit einer artigen Handbewegung bezeichnete, »und bin zur Ordnung verschiedener persönlicher Geschäfte
nach Paris gekommen, – ich wollte nicht verfehlen, mich in Eurer Majestät gnädige Erinnerung zurückzurufen. Dies ist der einzige Grund, der
mich nach Biarritz geführt hat. Ich freue mich. Eure Majestät heiter und
glücklich zu sehen,« fuhr er fort, seine Blicke fest auf die Kaiserin richtend, »ich darf also wohl voraussetzen, dass die Nachrichten, welche bei
meinem kurzen Aufenthalt in Paris zu mir gedrungen sind, nicht in ihrer
ganzen Ausdehnung begründet waren?«

»Welche Nachrichten?« fragte die Kaiserin in naivem Ton, indem sie ihre
Augen vor dem festen Blick des Grafen niederschlug.

»Man erzählt in Paris allgemein,« erwiderte der Graf, »dass die in Spanien so plötzlich ausgebrochene Revolution sehr bedenkliche Fortschritte
mache und dass die Regierung der Königin Isabella ernstlich gefährdet
sei. Ich kann dies jedoch«, fuhr er fort, »nicht glauben, denn bei der großen Teilnahme, welche, wie ich weiß, Eure Majestät für die Königin hegen, würden Sie nicht so ruhig und heiter sein, wenn irgendwelche ernste Besorgnisse vorhanden wären.«

Die Kaiserin bewegte sich in einer gewissen leichten Verlegenheit unruhig hin und her, es schien, dass der fortwährend auf sie gerichtete feste
und forschende Blick des Grafen, der in ehrerbietiger Haltung vor ihr
saß, sie peinlich berührte.

»Nach den Mitteilungen, welche uns aus San Sebastian zugekommen
sind«, erwiderte sie, ohne den Grafen anzusehen, »scheinen jene Nachrichten, welche, wie Sie sagen, in Paris verbreitet waren, allerdings sehr
übertrieben zu sein. Die Bewegung in Spanien ist eines jener Pronunciamientos ehrgeiziger Generale, wie sie während der Regierung der Königin schon oft vorgekommen sind, ohne jemals einen ernstlichen Erfolg
zu haben. Der größte Teil des Volkes und der Armee steht fest zur Köni-

gin, und ich hoffe, dass Ihre Majestät bald nach Madrid zurückkehren werde, um völlig Herrin über diesen Aufstand zu werden, welcher in unerhörter Undankbarkeit gerade von denen erregt ist, die alles, was sie sind, nur der Königin verdanken.«

Sie hatte mit augenscheinlicher Zurückhaltung gesprochen, – es schien, dass sie noch etwas sagen wollte, doch schwieg sie, ergriff einen großen Fächer, welcher auf einem Tisch neben ihr lag, und ließ dessen Glieder leicht hin und her spielen.

»Wenn die Königin Isabella«, sagte der Graf ernst, »Herrin über diesen Aufstand wird, so wird dazu doch große Sorge und Tätigkeit erforderlich sein, und die Regierung Ihrer Majestät wird ihre ganze Kraft und Wachsamkeit auf lange Zeit nach innen zu richten haben, damit würden denn allerdings auch Projekte und Pläne zusammenbrechen, über welche ich ebenfalls einige Andeutungen in Paris empfangen habe und die ich, wie ich Eurer Majestät offen gestehen muss, für sehr bedenklich und gefährlich halten würde.«

»Was für Pläne?« fragte die Kaiserin mit demselben naiven Ton wie vorher, »wir sind hier so ganz in die Stille des Badelebens versenkt, dass ich in der Tat kaum weiß, was dort im Mittelpunkt der Politik vorgeht.« Ein kaum merkbares Lächeln zuckte einen Augenblick um die Lippen des Grafen, sogleich aber wurde er wieder ernst, und wie mit festem Entschluss einen bestimmten Gegenstand verfolgend, sprach er:

»Die Andeutungen, welche mir gemacht wurden, Madame, ließen mich vermuten, dass es in der Absicht der Regierung Ihrer Majestät der Königin Isabella liegen könnte, ihre Tätigkeit über die Grenzen Spaniens hinaus auszudehnen. Man sprach von einer Ablösung der französischen Besatzung in Rom durch spanische Truppen, – vielleicht nur eine ganz müßige Kombination,« fuhr er fort, »dennoch aber hat mich selbst die Andeutung derselben peinlich überrascht und tief bestürzt. Und wie in der Hand der Vorsehung so oft das Böse dem Guten dienen muss, so könnte diese plötzlich ausgebrochene Bewegung in Spanien, welche die Königin zwingt, ihre Aufmerksamkeit und ihre Kraft nach innen zu wenden, vielleicht ein Glück sein, wenn sie dazu dient, ein so gefährliches Projekt, wenn es wirklich bestanden haben sollte, zu vereiteln.«

Die Augen der Kaiserin flammten einen Augenblick in dunkler Glut auf, schnell aber schlug sie den Blick wieder nieder, mit gleichgültiger Ruhe

425

sprach sie, indem ihre innere Bewegung nur in einem leichten Zittern der Stimme bemerkbar wurde:

»Sie wissen, Herr Graf, dass ich mich nur wenig um die Einzelheiten der Politik kümmere, – Sie wissen aber auch, dass ich im Großen und Ganzen sehr bestimmte Ansichten über das habe, was ich für die Aufgabe Frankreichs in der Zukunft halte. Ich weiß nicht, ob und was an jenem Projekt, von dem man Ihnen gesprochen, wahr sein mag. Ich würde es aber kaum für ein Unglück ansehen können, wenn der Schutz des Heiligen Vaters, den Frankreich in diesem Augenblick ausübt, von einer anderen katholischen Macht, wie Spanien zum Beispiel, übernommen würde. Sie begreifen vollkommen, in wie hohem Grade dieser Schutz Roms, welcher in ruhigen Zeiten nur wenige Kräfte in Anspruch nimmt, die Aktionsfähigkeit Frankreichs nach jeder anderen Richtung hin lähmt, denn im Augenblick einer italienischen Krisis würde sich Italien trotz aller Verträge auf Rom stürzen und uns zwingen, dasselbe preiszugeben oder eine große Armee dorthin zu senden, welche uns nach anderer Richtung hin fehlen würde. Frankreich leidet schon lange,« fuhr sie fort, die blitzenden Augen auf den Grafen richtend, »unter dem Druck einer Situation, welche ihm die Ausübung seines legitimen Einflusses unmöglich macht, und ich glaube, dass man im Interesse Frankreichs ebenso wie im Interesse des Heiligen Stuhls, für dessen Sache Sie mit so vielem Eifer gearbeitet haben, eine Kombination mit Freude begrüßen müsste, welche es Frankreich möglich machen würden, mit seiner vollen und ungeteilten Kraft in die europäische Politik einzugreifen –«

»Ich sehe«, sagte der Graf ruhig, »keine andere Richtung, nach welcher hin Frankreich seine ganze Macht aufzubieten gezwungen sein könnte, als wenn es in einen Konflikt mit dem sich neu konstituierenden Deutschland geriete, einen Konflikt, welcher in diesem Augenblick nur durch Frankreich hervorgerufen werden könnte und zu dessen Beschwörung Eure Majestät, wie Sie sich gnädigst erinnern werden, schon früher, als es sich um die Luxemburger Angelegenheit handelte, meine Mitwirkung anzunehmen die Güte hatten.«

»Damals«, rief die Kaiserin, immer mehr aus ihrer anfänglichen Zurückhaltung heraustretend, »handelte es sich um eine elende Abschlagszahlung, mit welcher man die Ansprüche Frankreichs für alle Zukunft ein für alle Mal abkaufen wollte, –das durfte nicht geschehen, das wäre ein elender, Frankreichs und des napoleonischen Kaisertums unwürdiger Handel gewesen, ein Handel, durch welchen man alle diejenigen Interessen preisgegeben hätte, zu deren Schutz Frankreich berufen ist, insbesondere die Interessen des Heiligen Stuhls und der katholischen Kirche. Darum habe ich damals alles aufgeboten, um jenen Handel zu verhindern, und ich bin Ihnen stets aufrichtig dankbar, Herr Graf, dass Sie mir darin beigestanden haben. Etwas ganz anderes aber wäre es,« fuhr sie immer lebhafter fort, »wenn es sich darum handelte, nicht eine Abfindung, eine unwürdige Kompensation zu verlangen, sondern mit der vollen und gesammelten Macht Frankreichs in die Schranken zu treten, um jene verderbliche Entwicklung aufzuhalten, welche Deutschland unter die Herrschaft dieses protestantischen Preußens bringt, und welche in ihren weiteren Stadien der Einheit und Macht der römisch-katholischen Kirche in besonders hohem Grade verderblich werden muss – dann allerdings würde es mir sehr wichtig erscheinen, uns eine Zersplitterung unserer Kräfte zu ersparen, und könnte man für die Dauer eines solchen Entscheidungskampfes den Schutz des Heiligen Vaters gegen das herandrängende Italien einer anderen katholischen und zuverlässigen Macht übertragen, so würde dies eine Kombination sein, welche jeder Freund der Kirche und Frankreichs nur mit Freude begrüßen könnte. Da ich nun«, fuhr sie mit einem verbindlichen Lächeln fort, »Sie, Herr Graf, für einen Freund Frankreichs halte, wie ich Sie als einen eifrigen Diener und Verteidiger der Kirche kennengelernt habe, so bin ich ein wenig befremdet darüber, dass jene Kombination – von deren Möglichkeit wir soeben gesprochen« – fügte sie mit wieder hervortretender Zurückhaltung hinzu, »Ihnen bedenklich und gefährlich erscheinen kann.«

Der Graf schwieg einen Augenblick, dann sprach er in sehr ernstem und nachdrücklichem Ton:

»Da Eure Majestät die Gnade haben, sich der Unterredung zu erinnern, welche zwischen Ihnen und mir bei Gelegenheit der Luxemburger Angelegenheit stattfand, so werden Sie sich auch gewiss erinnern, wie ich schon damals meine geringen Dienste zu Ihrer Verfügung stellte, nicht nur, um die Kompensation, von welcher damals die Rede war, auszuschließen, sondern um den ernsten und entscheidenden Konflikt zu vermeiden, welcher nach meiner Überzeugung damals schon hätte entstehen müssen, wenn jene Sache nicht noch zur rechten Zeit durch einen für beide Teile befriedigenden Vergleich beigelegt worden wäre.«

»Aber«, rief die Kaiserin, »glauben Sie denn, dass jener Konflikt vermieden werden kann, glauben Sie denn, dass Frankreich ruhig die Aufrichtung eines deutschen Reichs unter preußischer Herrschaft an seinen

Grenzen dulden dürfe – glauben Sie denn, dass das Lebensinteresse der römischen Kirche es gestatte, ein protestantisches Deutschland in die Reihe der ersten Großmächte Europas eintreten zu lassen?«

»Erlauben mir Eure Majestät«, sagte der Graf, indem er das Haupt emporrichtete und mit einer gebietenden Bewegung die Hand gegen die Kaiserin ausstreckte, »erlauben mir Eure Majestät, zunächst die kirchliche Frage beiseite zu lassen und nur die politischen Verhältnisse in Betracht zu ziehen. Ich habe früher bereits Eurer Majestät mit aller Offenheit meine Ansicht über die vor allen Dingen zu berücksichtigende Frage der Macht ausgesprochen; diese Ansicht steht auch heute noch bei mir fest, sie ist durch die unmittelbare Anschauung der Verhältnisse, welche ich auf meinen Reisen gewonnen habe, nur bestärkt worden, – ich bin überzeugt,« fuhr er mit erhöhtem Ton fort, »dass in einem großen Entscheidungskampf Frankreich von Deutschland geschlagen werden würde – dass also gerade das, was ein solcher Kampf verhindern sollte, durch denselben herbeigeführt werden würde, nämlich die Erhebung Deutschlands zur ersten und dominierenden Macht in Europa.«

Die Kaiserin zuckte zusammen, hoch richtete sie ihren Kopf empor, ihre Blicke flammten in zorniger Entrüstung, ein höhnisches Lächeln zuckte um ihre Lippen.

»Frankreich geschlagen!« rief sie – »die französische Armee, welche seit zwei Jahren zu einer nie vorher da gewesenen Stärke herausgeführt worden ist, geschlagen von Preußen! – o, mein Herr Graf, Frankreich ist nicht Österreich! Die so übermütigen Sieger von Königgrätz werden es mit Schrecken empfinden, welcher Unterschied es ist, den Nachkommen der Soldaten von Jena gegenüberzustehen oder der schlecht geführten Armee des Marschall Benedek!«

»Eure Majestät sprechen von Preußen,« erwiderte der Graf vollkommen unberührt durch die heftige Erregung der Kaiserin, – »ich glaube, dass Eure Majestät sich täuschen, – nicht der preußischen Armee würde Frankreich in einem solchen Entscheidungskampfe gegenüberstehen, – obgleich auch dies schon ein sehr gefährlicher und nicht zu unterschätzender Gegner ist –, sondern dem ganzen Deutschland mit seiner so waffenkräftigen und kriegslustigen Jugend, – dem ganzen Deutschland, welches getragen ist von dem Gedanken der nationalen Einigung und Macht, von dem Gedanken der Wiedererweckung der alten kaiserlichen Herrlichkeit, welcher wie eine heilige Legende im Herzen eines jeden

Deutschen schlummert, – und dieses Deutschland würde ein furchtbarer, wie ich überzeugt bin, ein unüberwindlicher Gegner sein, um so unüberwindlicher, als es für ein großes im Zuge der Völkergeschichte liegendes Prinzip in die Schranken treten würde, für ein Prinzip, welches auch Frankreich anerkannt hat und für welches französisches Blut in Italien geflossen ist.«

Die Kaiserin unterdrückte mit heftiger Willensanstrengung ihr innere Bewegung, ihr Blick streifte flüchtig den Brief der Marchesa, welchen sie auf den kleinen Tisch neben sich gelegt hatte. Sie zwang ihr Gesicht zu gleichgültig lächelnder Ruhe und fuhr in völlig verändertem Ton fort:

»Wenn Sie eine so geringe Meinung von der Waffenkraft Frankreichs haben, Herr Graf –«

»Ich habe keine geringe Meinung von der Macht Frankreichs,« fiel der Graf ein, »ich habe nur eine noch höhere, eine über alles hohe Meinung von der unbesieglichen Kraft einer Nation, welche, wie Deutschland, in diesem Augenblick von einem großen, das ganze Volk erfüllenden Gedanken bewegt ist, wenn eine fremde Gewalt diesem Gedanken hemmend entgegentritt.«

»Gut,« sagte die Kaiserin, »wenn Sie also glauben, dass es unmöglich ist, der Vollziehung dieser deutschen Einigung entgegenzutreten, was glauben Sie dann, dass geschehen müsse, um Frankreich und die katholische Kirche vor dem verderblichen Einfluss dieser neu emporsteigenden Macht zu schützen?«

»Ich habe darüber nachgedacht,« erwiderte der Graf, »und ich glaube, dass das Resultat, zu dem ich gekommen bin, vollkommen richtig ist.«

»Nun?« fragte die Kaiserin mit einem unwillkürlichen höhnischen Zucken ihrer Lippen.

»Wenn man eine Macht,« erwiderte der Graf, »von welcher man einen gefährlichen Einfluss besorgen zu müssen glaubt, sich gegenüber erstehen sieht, – wenn man sodann zu der Überzeugung kommt, dass es unmöglich ist, die Entwicklung dieser Macht zu verhindern, oder sie wieder zu zerstören, so muss man darauf denken, sich mit ihr in freundlicher Weise zu verbinden, um ihr das Interesse oder die Möglichkeit zu nehmen, schaden zu wollen oder zu können.«

»Und wie wollen Sie«, fragte die Kaiserin weiter, »ein solches Verhältnis zwischen Frankreich und Deutschland herstellen? Denn nur eine dieser Mächte kann die Erste in Europa sein.«

»Preußen«, erwiderte der Graf, »und Deutschland, welches sich mehr und mehr in immer festerer Gliederung um diesen so kräftigen und fest gefügten Staat gruppiert, repräsentiert das Prinzip der germanischen Nationalität. Frankreich hat nach meiner Überzeugung die Aufgabe, statt einen furchtbaren und, wie ich glaube, für seine eigene Stellung verderblichen Rassenkampf heraufzubeschwören, der gefürchteten Übermacht des germanischen Prinzips dadurch entgegenzutreten, dass es sich selbst an die Spitze der lateinischen Rassen stellt, welche zugleich innig verbunden sind mit dem Interesse der römischen Kirche.«

»Hat Frankreich das noch nötig?« fragte die Kaiserin rasch, »ich glaube, seine Stellung an der Spitze der lateinischen Rassen ist unbestritten.«

»Sie ist unbestritten«, erwiderte der Graf mit unbeugsamer Ruhe und Festigkeit, »so lange Frankreich die Hand auf Rom gelegt hat, solange es die letzte Vollendung dieses auf revolutionärer und antikirchlicher Basis entstandenen Königreichs Italien verhindert, – und solange es unbesiegt in Europa dasteht. Wenn aber Frankreich Rom aufgibt, so wird das Königreich Italien sich vollenden, der Mittelpunkt der katholischen Kirche, wie sie jetzt besteht, wird zertrümmert werden, und wenn dann Frankreich geschlagen werden sollte, wenn die Furcht, welche jetzt noch die ganze Welt vor seiner militärischen Macht erfüllt, verschwunden ist, – so werden zunächst die lateinischen Rassen der geschlossenen siegreichen germanischen Macht gegenüber ohnmächtig werden. Germanen und Slaven, welche schon jetzt sich die Hand reichen, werden gemeinsam die Welt beherrschen, und die Kirche wird auseinanderfallen. Jene spanischen Truppen, welche man nach Rom schicken könnte, werden niemals die Macht haben, einen Damm gegen die Nationalerhebung Italiens zu bilden, niemand wird den Heiligen Stuhl als den Mittelpunkt der römischen Kirche schützen können als Frankreich allein, und Frankreich nur so lange, als es keinen gefährlichen, vernichtenden Kampf nach anderer Seite provoziert. – Wenn nach solcher furchtbaren Katastrophe«, fuhr er fort, »das lateinische Element sich je wieder erheben sollte, so wird nicht mehr Frankreich an seiner Spitze stehen, sondern Italien, und nicht mehr die einige katholische Kirche wird die geistige Lebenskraft der lateinischen Völker bilden, denn sie wird verschwunden sein, sobald ihr Mittelpunkt in Rom von der nationalen italienischen Bewegung überflutet ist. Glauben mir Eure Majestät,« fuhr er mit innigem und eindringlichem Ton fort, »Frankreichs Aufgabe ist es nach meiner Überzeugung, nicht nur der deutschen Einheitsbewegung nicht feindlich entgegenzutreten, sondern vielmehr sich mit derselben zu verständigen und zu verbinden, die Herstellung des Deutschen Reiches unter Preußen zu begünstigen und mit diesem neuen germanischen Reich auf feste und klare Bedingungen hin einen dauernden Frieden zu schließen, zu gleicher Zeit aber unter allen Umständen Rom festzuhalten. Rom, Madame, hat für Frankreich nicht nur eine kirchliche Bedeutung, es ist von hoher politischer Wichtigkeit, denn nur durch Rom wird Frankreich imstande sein, an der Spitze der lateinischen Rassen dem neuen germanischen Reich Achtung gebietend gegenüberzutreten.«

»Aber Rom selbst,« fragte die Kaiserin, welche den Worten des Grafen mit hoher Aufmerksamkeit gefolgt war, aber sich immer mehr wieder in ihre frühere Zurückhaltung zu verschließen schien, – »glauben Sie denn, dass Rom, dass der Papst, dass die katholische Kirche mit einem protestantischen Kaisertum in Deutschland in Frieden leben könne?«

Ein eigentümlicher Ausdruck von innerer Bewegung, fast von Begeisterung, erleuchtete das Gesicht des Grafen, seine dunklen Augen öffneten sich groß und schienen wie prophetisch in Visionen der Zukunft zu blicken.

»Das deutsche Kaisertum, Madame«, sagte er, »ist nicht protestantisch, kann nicht protestantisch sein. In nicht zu ferner Zeit vielleicht«, fuhr er fort, »wird man in der Welt, wird man überhaupt kaum mehr von einem Gegensatz zwischen protestantisch und katholisch sprechen; es wird sich nur noch um die christliche Religion auf der einen Seite – und um den heidnischen Dienst der menschlichen Vernunft auf der anderen Seite handeln, und das germanische Reich wird der Mittelpunkt und der Hort des Christentums sein; dort wird die Religion ihren Schutz finden gegen die herandrängenden Geister der Verneinung. Halb Deutschland ist katholisch, fast ganz Deutschland ist christlich, niemals wird die katholische Kirche in Deutschland Feindschaft finden. Was dem deutschen Volke feindlich werden könnte, – was ihm bereits feindlich gewesen ist, – was es mit Misstrauen erfüllt, das ist die römische Herrschaft über die Kirche, weil es instinktmäßig fühlt, dass in dieser römischen Herrschaft zugleich die lateinische Nationalität die Führung über die germanische in Händen hält. Soll die Kirche einig bleiben, soll sie ihre Macht behalten, so muss sie mit hoher Klugheit jede Feindseligkeit gegen die Entwicklung des germanischen Reichs vermeiden. Sie muss das alte, in der Geschichte des Mittelalters begründete Misstrauen verscheuchen, sie muss Deutschland die Hand reichen und nur mit geistlichen Mitteln dort ihren Einfluss zu üben versuchen; dann wird sie gerade in Deutschland eine mächtige und kräftige Stütze finden, und gerade, weil der Träger des deutschen Kaisertums ein protestantischer Fürst sein wird, – wird man ihr dort um so schonender, um so freundlicher entgegenkommen. Wir stehen vor einer großen Entscheidung, fuhr er fort, – »wenn die römische Kirche dieselbe richtig erfasst, wenn sie sich zurückzieht auf das ihr gehörende Gebiet, wenn sie die Grenzen zwischen sich und dem Staatsleben selbst scharf und genau herstellt und sorgfältig achtet, so wird es ihr gelingen können, nicht nur ihre heutige Herrschaft zu behaupten, sondern sie überallhin auszudehnen, wo überhaupt christlicher Glaube und christliches Leben unter den Völkern vorhanden ist, – so wird es ihr vielleicht gelingen, jene traurige Spaltung wieder verschwinden zu lassen, welche seit drei Jahrhunderten die Christenheit voneinander trennt. Wenn sie aber die hohe Aufgabe, welche die Zeit gestellt, nicht begreift, wenn sie es versucht, ihre Herrschaft durch äußere Mittel erhalten zu wollen, wenn sie sich dem Strom der Zeit entgegenstellt, statt ihn zu führen, zu lenken und zu beherrschen, dann, Madame, wird diejenige Form der Kirche, welche bisher bestand, auseinanderfallen, und Gott wird auf neuen Wegen und in neuen Formen sein Reich auf Erden herstellen. Mit der römischen Kirche aber«, fuhr er in festem Ton fort, »wird auch das Übergewicht der lateinischen Rassen in Europa zusammenbrechen, und die germanische Macht wird auch dem Christentum neue Bahnen öffnen. Darum, Madame«, sprach er nach einem augenblicklichen Schweigen, »fürchte ich die große Katastrophe, von welcher Eure Majestät vorhin zu sprechen die Gnade hatten, denn diese Katastrophe würde in gewaltsamer Erschütterung alles bisher Bestandene zertrümmern – darum würde ich, wenn andere Kombinationen, von welchen ich vorhin gesprochen und welche Eure Majestät«, fügte er mit einer leichten, kaum bemerkbaren Ironie hinzu, »völlig unbekannt waren – wenn diese Kombinationen bestanden haben sollten, die Ereignisse in Spanien fast mit Freude begrüßen, weil sie dieselben unmöglich machen und den Gang der Weltgeschichte innerhalb der Grenzen desjenigen Weges halten würden, auf dem es nach meiner Überzeugung allein möglich ist, die Notwendigkeiten der Zukunft mit den heiligen und ehrwürdigen Traditionen der Vergangenheit zu vereinigen und zu versöhnen.«

Die Kaiserin schwieg einige Augenblicke und ließ den Fächer, welchen sie noch immer in der Hand hielt, vor ihrem Gesicht hin und her gleiten, sodass er den Ausdruck ihrer Züge verbarg.

»Ich freue mich, Herr Graf,« sagte sie dann, »dass Ihr Besuch mir Gelegenheit gegeben hat, über alle diese Dinge mit Ihnen zu sprechen. Sie wissen, wie hohen Wert ich auf Ihre Meinung lege, ich habe auch heute wieder neue und sehr interessante Aufschlüsse in dem gefunden, was Sie mir gesagt«, fügte sie mit einem eigentümlichen Blick über den Rand ihres Fächers hinüber hinzu.

Der Graf stand auf.

»Wenn Eure Majestät«, sagte er, »wirklich in meinen Bemerkungen Richtiges und Wahres gefunden haben, oder wenn Sie sich bei näherem Nachdenken davon überzeugen sollten, dass ich recht habe, so würden Eure Majestät, wie ich glaube, sowohl Frankreich als dem römischen Stuhl und der Kirche einen großen Dienst leisten, wenn Sie die Gnade haben wollten, Ihren Einfluss dahin zu verwenden, dass auch Seine Majestät der Kaiser die Überzeugung von der Notwendigkeit friedlicher und freundlicher Beziehungen mit Deutschland und von der Verderblichkeit eines Konflikts gewinnen möchte. Ich werde mir erlauben, eine Audienz bei Seiner Majestät nachzusuchen. Ich weiß indes nicht, ob es mir vergönnt sein wird, demselben ausführlich über alle Gesichtspunkte meine Meinung zu sagen, welche ich soeben vor Eurer Majestät erörtern zu dürfen die Ehre hatte.«

»Sie kehren nach Paris zurück?« fragte die Kaiserin in leichtem Ton, ohne auf die Bemerkungen des Grafen zu erwidern.

»Zu Befehl, Madame«, erwiderte dieser, indem er sie etwas befremdet ansah.

»Ich werde mich immer freuen, Sie wiederzusehen, Herr Graf«, sagte die Kaiserin mit einer Miene, welche andeutete, dass die Audienz zu Ende sei.

Der Graf verneigte sich mit ruhiger und würdevoller Höflichkeit und zog sich zurück.

»Die Warnung dieser Marchesa Pallanzoni ist begründet,« rief die Kaiserin heftig aufspringend, als sie allein war, – »o, wie kann man sich in den

Menschen täuschen, ich habe das Vertrauen mehr und mehr verlernt, seit mein Schicksal mich auf den Thron berufen, aber an diesen Grafen Rivero habe ich geglaubt – und auch er ist abgefallen, auch er ist geblendet von der Macht des Erfolges, auch er wendet sich von der heiligen Sache ab, der er einst so ergeben war.«

Schnell verließ sie ihr Zimmer und eilte hinüber nach der Wohnung des Kaisers, unmittelbar dem Huissier folgend, welcher ihr die Tür öffnete und sie dem Kaiser meldete.

Napoleon stand neben dem geöffneten Fenster und blickte gedankenvoll auf das Meer, er wandte langsam den Kopf um, ein traurig ernster Ausdruck lag auf seinem Gesicht, und er schien so sehr mit seinen Gedanken beschäftigt, dass er es vergaß, seiner Gemahlin entgegenzugehen und sie mit seiner gewohnten Höflichkeit zu begrüßen.

»Haben Sie Nachrichten aus Spanien?« rief die Kaiserin lebhaft.

»Ich habe soeben die entscheidende Nachricht erhalten,« erwiderte der Kaiser mit dumpfer Stimme, »die Königin hat sich entschlossen, San Sebastian zu verlassen und sich auf französisches Gebiet zurückzuziehen. Ich habe ihr unmittelbar geantwortet und ihr das Schloss von Pau zur Verfügung gestellt, – damit ist alles aus,« fügte er hinzu, »jeder Widerstand gegen die Revolution in Spanien ist unmöglich geworden. Der arme Graf von Girgenti!« fügte er hinzu, »er war nach Spanien geeilt, um sich an die Spitze seines Regiments zu stellen, sein Mut und seine Entschlossenheit sind vergebens; wenn die Königin selbst ihre Sache aufgibt, so kann niemand sie retten. In einer Stunde wird sie den Bahnhof von La Régresse passieren, um sich nach Pau zu begeben.«

Die Kaiserin sank wie gebrochen in einen Fauteuil nieder.

»O, mein Gott,« rief sie, »das ist ein furchtbarer Schlag! Alle unsere Pläne sind vereitelt, alle unsere Hoffnungen zerstört! Unsere Feinde haben es verstanden, uns an den empfindlichsten Punkten zu treffen.«

Sie versank einige Augenblicke wie ermattet in tiefes Schweigen, während der Kaiser immer gedankenvoll auf die langsam heranrollenden Wellen des Meeres hinausblickte.

»Aber wenn die Königin herkommt«, rief die Kaiserin, »könnte man nicht noch einmal versuchen, sie zur Umkehr zu bestimmen? Es ist vielleicht noch nicht alles verloren.«

»Es ist alles verloren,« sagte der Kaiser, »nachdem die Königin den französischen Boden betreten hat, wird es ihr nicht mehr möglich sein, die spanische Grenze zu überschreiten. Von nun an gehört Spanien der Revolution.«

»Aber was sollen wir tun?« rief die Kaiserin, die Hände ringend.

»Die unabänderliche Fügung des Schicksals hinnehmen,« erwiderte Napoleon, »vorsichtig abwarten, was sich dort entwickeln wird, uns von jeder Aktion, selbst von jedem Schein der Einwirkung auf die dortigen Verhältnisse sorgfältig zurückhalten.«

»Wir müssen auf den Bahnhof,« rief die Kaiserin, »um die Königin zu empfangen!«

»Ich habe eben darüber nachgedacht,« erwiderte der Kaiser, »ich würde diese Begegnung lieber vermeiden, – indes man muss dem Unglück, auch dem selbst verschuldeten und dem so eigensinnig heraufbeschworenen Unglück gegenüber die Pflicht der Höflichkeit erfüllen. Wir werden die Königin auf dem Bahnhof begrüßen, aber ich bitte Sie,« sagte er mit ernstem, nachdrücklichem Ton, »bei dieser Begegnung jedes Wort der Politik sorgfältig zu vermeiden und Ihre Äußerungen ganz streng auf den Ausdruck der Teilnahme an dem Unglück der Königin zu beschränken. Wollen Sie sich vorbereiten, wir müssen sogleich nach dem Bahnhof fahren, der kaiserliche Prinz soll uns begleiten.«

»O, welch' ein harter Schlag!« rief die Kaiserin. »Schwer wird es sein, die Stellung wieder zu gewinnen, welche wir heute in einem Augenblick verloren. Wie traurig, dass die Herrscher heutzutage nichts anderes mehr verstehen, als beim ersten Wehen des Sturmes ihre Throne aufzugeben!«

Sie erhob sich, um das Zimmer zu verlassen, an der Tür begegnete sie Pietri, welcher schnell und mit ganz bestürzter Miene eintrat. Er hielt ein Telegramm in der Hand, begrüßte mit tiefer Verneigung die Kaiserin und näherte sich zögernden Schrittes dem Kaiser.

»Was bringen Sie?« fragte Napoleon, »Sie machen eine Miene, als wäre
es mir heute bestimmt, nur Unglücksnachrichten zu vernehmen.«

»Leider, Sire«, sagte Pietri, während die Kaiserin wieder in das Zimmer
zurückgetreten war, »habe ich Eurer Majestät eine sehr traurige und sehr
schmerzliche Nachricht mitzuteilen.«

»Sprechen Sie,« sagte Napoleon ruhig, »ich bin es gewohnt, dass ein Unglück nie allem kommt.«

»Sire,« sagte Pietri langsam und mit stockender Stimme, als wollten die
Worte nicht über seine Lippen treten, »der Marquis de Moustier zeigt an,
dass der Graf Walewsky im Hotel de la Ville de Paris in Straßburg, wo er
auf der Rückreise von Deutschland abgestiegen war, unmittelbar nach
seiner Ankunft an einem Hirnschlag gestorben sei.«

Der Kaiser erfasste krampfhaft, als sei er von einem plötzlichen Schwindel befallen, den Griff des Fensterflügels, er ließ langsam den Kopf
gegen die Fensterbrüstung sinken und blieb schweigend stehen.

Die Kaiserin näherte sich ihm, legte die Hand auf seine Schulter und sagte mit dem Ausdruck inniger Teilnahme:

»Behalten Sie Ihren Mut und Ihre Festigkeit, mein Freund, jeder ist dem
Tode verfallen und früher oder später muss ja jeden sein Schicksal er-
eilen!«

Der Kaiser antwortete nicht. Nach einigen Augenblicken richtete er sich
langsam empor, sein Gesicht war bleich, seine Lippen zuckten in unendlich schmerzvoller Bewegung, und seine großen, feucht schimmernden
Augen blickten voll tiefer Wehmut auf seine Gemahlin.

»Ich habe gesagt,« sprach er mit leiser Stimme, »dass ich gefasst sei, neue
Unglücksbotschaften zu hören – aber das Schicksal hat stets die Macht,
unsere Erwartungen im Guten und im Bösen zu übertreffen, – auf diese
Nachricht war ich nicht gefasst.«

»Ich begreife Ihren Schmerz«, sagte die Kaiserin, »und ich teile ihn. Aber
dieser Schmerz trifft nur den Menschen, nicht den Kaiser, der Graf war
ja allen Geschäften fern, und sein Tod macht keine Lücke in dem Gefüge
des Kaiserreichs.«

»Kann man den Kaiser von dem Menschen trennen?« sagte Napoleon traurig – »und dann«, fuhr er fort, »dieser Schlag trifft nicht nur den Menschen und das menschliche Gefühl, – er trifft den Kaiser ebenso hart – Mocquart ist tot, Morny ist tot – nun auch Walewsky, er war einer der letzten jener alten Freunde, welche mit mir diesen Thron aufgerichtet haben, – welche mit mir stehen und fallen mussten, welche die Wurzeln ihrer Existenz in keinen anderen Boden schlagen konnten, als in den des Kaiserreichs, und von ihnen allen,«fuhr er fort, indem er mit der Hand einen in seinen Wimpern hängenden Tränentropfen zerdrückte, – »von ihnen allen war er der treueste. Er war eine edle Natur, ein großes und treues Herz, und dann«, sagte er seufzend, »in seinen Adern floss das Blut des großen Kaisers, er konnte keine anderen Interessen haben als diejenigen des Namens Napoleon. Nun, er ist hingegangen, – ein Zweig nach dem andern fällt ab, und ich stehe da, ein trockener, absterbender Stamm. Ist das eine Mahnung, gerade in diesem Augenblick, in welchem der so vorsichtig aufgebaute Plan scheitert, durch den ich alle Niederlagen der letzten Zeit wieder gut machen wollte?«

Er versank in trübes Sinnen und schien die Anwesenheit der Kaiserin und Pietris völlig zu vergessen.

»Der Verlust ist schwer und hart,« sagte die Kaiserin, »und um so härter, als er mit diesem unglücklichen Ereignis in Spanien zusammentrifft. Aber«, fuhr sie mit einem Ton des Vorwurfs in ihrer Stimme fort, »Sie können doch wahrlich nicht sagen, dass Sie allein dastehen, haben Sie nicht mich? – haben Sie nicht Ihren Sohn, der täglich mehr sich entwickelt, um als die sicherste und natürlichste Stütze neben Ihnen zu stehen? – haben Sie nicht Freunde wie Pietri, welche bereit sind, alles für Sie zu opfern?«

Der Kaiser wendete sich zu seinem Geheimsekretär und sagte, indem er seine Gemahlin mit einem sanften, freundlichen, aber tieftraurigen Blick ansah:

»Wie ist der Graf gestorben, haben Sie nähere Nachrichten?«

Pietri blickte auf das Telegramm, welches er in der Hand hielt.

»Der Graf«, sagte er, »kam mit seiner Frau und seiner Tochter im Hotel de la Ville de Paris an, er hatte drei Kammerfrauen und zwei Diener bei sich. Die Gräfin war sehr leidend und musste ihres kränklichen Zustandes wegen in ihr Zimmer getragen werden. Der Graf traf dabei selbst alle erforderlichen Anordnungen, schritt auf der Treppe von Stufe zu Stufe neben seiner Gemahlin her und unterhielt sich mit derselben. Er war vollkommen wohl und niemand bemerkte etwas Außergewöhnliches in seiner Erscheinung; im ersten der im Hotel für ihn reservierten Zimmer sprach er noch einige Augenblicke mit seiner Gemahlin, welche dort auf ein Kanapee gelegt wurde, trat dann in das Nebenzimmer und rief plötzlich mit lauter Stimme: ›Ein Glas Wasser! Schnell einen Arzt!‹ Man eilte zu ihm. Er saß in einem Lehnstuhl und war bereits tot; als die Ärzte herbeikamen, öffneten sie ihm die Adern, aber es floss kein Blut mehr.«

Der Kaiser senkte das Haupt auf die Brust.

»Er ist glücklich,« flüsterte er, »er ist in der vollen Lebenskraft dahingeschieden, ihm ist das langsame Absterben erspart worden, und er ist allen irdischen Sorgen entrückt.« –

Der Kammerdiener trat ein und meldete, dass der Wagen des Kaisers bereitstehe, um nach dem Bahnhof zu fahren. Ohne ein Wort weiter zu sprechen, ergriff der Kaiser seinen Hut, reichte der Kaiserin seinen Arm und führte sie auf die große Freitreppe der Villa.

Ihre Majestät ließ sich eine einfache Mantille und einen Strohhut reichen.

Der kaiserliche Prinz, welcher damals zwölf Jahre alt war und in seiner ganzen zarten Erscheinung wie in seinem bleichen Gesicht noch die Spuren der langen Krankheit zeigte, die er durchgemacht hatte, erwartete seine Eltern und bestieg mit ihnen die offene Kalesche.

Ein Ordonnanzoffizier des Kaisers und eine Dame der Kaiserin folgten in einem zweiten Wagen.

Man fuhr schnell nach dem Bahnhof von La Négresse; obgleich nur wenige Stunden vorher die Ankunft der Königin Isabella bekannt geworden war, so befanden sich doch auf dem Perron bereits eine gewisse Anzahl der in Biarritz anwesenden spanischen Badegäste, – doch waren bei Weitem nicht alle gekommen, um die flüchtige Königin zu begrüßen, von welcher man nach menschlicher Berechnung kaum annehmen konnte, dass sie jemals wieder in ihr Reich und auf ihren Thron zurückkehren werde.

Der Kaiser war während der ganzen Fahrt traurig und schweigsam geblieben, sein Blick war fortwährend durch einen feuchten Schimmer umhüllt. Auch die Kaiserin blickte finster in die sonnige, freundliche Herbstlandschaft hinaus, und nur der kleine Prinz atmete lächelnd mit tiefen Zügen die reine, frische Meeresluft ein.

Die Majestäten begrüßten schweigend und ernst die auf dem Perron versammelte Gesellschaft, und nachdem sie wenige Minuten, ohne jemanden anzureden, auf und nieder gegangen waren, fuhr der Zug der Königin von San Sebastian heran.

Die Königin, in tiefe Trauer gekleidet, verließ ihren Waggon und warf sich sogleich, in lautes Schluchzen ausbrechend, in die Arme der Kaiserin. Der König Don Francesco folgte ihr mit dem unzerstörbaren, zufriedenen Lächeln auf seinem gleichgültigen Gesicht.

Im Gefolge befanden sich Herr Mon, der bisherige Botschafter der Königin in Paris, sodann der Graf von Ezpeleta, ein alter, ruhig und kalt blickender Hofman, der Kammerherr Albacete und mehrere Damen, sowie der Graf Castelnau, der Kammerherr Dumanoir und der Linienschiffsleutnant Conneau, welchen der Kaiser an die Grenze geschickt hatte, um die Königin zu begrüßen; der Intendant Marfori mit seinem gelblich bleichen Gesicht, den schwarzen blitzenden Augen und dem schwarzen Bart blieb zur Seite stehen.

Die vier Kinder der Königin verließen einige Augenblicke später den Waggon, der zwölfjährige Prinz von Asturien, ein zarter Knabe in einem schwarzen Sammetanzug, eilte auf den kaiserlichen Prinzen zu, der ihn zärtlich umarmte. Die kleinen Infantinnen, von ihrer Gouvernante geführt, näherten sich heiter lachend und plaudernd dem Kaiser und der Kaiserin.

Nach einiger Zeit erhob sich die Königin aus den Armen der Kaiserin und reichte dem Kaiser die Hand, welcher diese an seine Lippen führte.

»Ich bedaure«, sagte Napoleon ernst und traurig, »von ganzem Herzen die Veranlassung, welche mir die Gelegenheit gibt, Eure Majestät hier auf französischem Boden zu begrüßen. Ich beklage es tief, dass Sie sich nicht haben entschließen können, dem Rate zu folgen, den ich mir erlaubte, Ihnen in St. Jean de Luz zu geben und nach Madrid zurückzukehren. Ich fürchte, dass der Sieg der Revolution wenigstens für den Augenblick nicht mehr zu verhindern sein wird, und bitte Eure Majestät, meine Gastfreundschaft auf dem Schlosse zu Pau annehmen zu wollen, das ich vollständig zu Ihrer Verfügung stelle und wo alles zu Ihrer Aufnahme bereit ist.«

Die Königin weinte abermals laut, bevor sie die Kraft zur Antwort finden konnte.

»Ich war bereits zweimal im Begriff, nach Madrid zurückzukehren,« sagte sie dann, »immer hat man mir gesagt, dass meine Freiheit und vielleicht auch mein Leben auf diesem Wege in Gefahr sei, und dass es vor allen Dingen für mich darauf ankäme, nicht persönlich in die Gewalt der Aufrührer zu fallen. Darum habe ich mich entschlossen, zuerst die Sicherheit auf französischem Boden aufzusuchen, um mir die Freiheit meiner Entschließungen zu bewahren.

»Was aber soll nun werden?« fragte sie mit angstvollem Blick auf den Kaiser, indem sie die Hände ineinander faltete.

»In einem Augenblick wie der jetzige«, sagte Napoleon ernst, »ist es meine Pflicht, mit aller Aufrichtigkeit zu Eurer Majestät zu sprechen. Ich glaube nicht, dass es, soweit wie die Dinge nun einmal gekommen sind, für Eure Majestät möglich ist, sich persönlich den Thron zu erhalten oder ihn wieder zu gewinnen. Mein Rat ist, dass Sie sogleich nach Ihrer Ankunft in Pau vertraute und zuverlässige Personen nach Madrid senden, um zu versuchen, mit Prim und Serrano ein Abkommen zu treffen, dem – Ihre Abdikation und die Proklamierung des Prinzen von Asturien unter der Regentschaft derer, welche jetzt die Macht in Händen haben, zugrunde liegen müsste. Doch ist es notwendig,« fuhr er fort, »dass Eure Majestät Ihre Entschlüsse schnell fassen, und dass diese Verhandlungen begonnen und zu Ende geführt werden, bevor man in Madrid definitiv die Republik proklamiert hat. Ich glaube nicht, dass Prim und Serrano dies wünschen, ich glaube, dass sie vielleicht gern bereit sein werden, auf der Basis, welche ich soeben anzudeuten die Ehre hatte, mit Eurer Majestät sich zu verständigen, und so kann es vielleicht gelingen, den spanischen Thron für Ihr Haus zu retten und dies arme Land vor Anarchie und Bürgerkrieg zu bewahren.«

»Ich soll verhandeln?« rief die Königin, indem der Ausdruck flammenden Zorns an der Stelle der bisherigen Niedergeschlagenheit auf ihrem Gesicht erschien, »ich soll verhandeln mit jenen Rebellen, mit jenen Verrätern, mit jenen Undankbaren, die durch meine Wohltaten allein alles geworden sind? – wer bürgt mir dafür, dass, wenn ich auf meine Rechte verzichtet habe, sie meinen Sohn auf den Thron erheben? – wer bürgt mir dafür, dass sie dazu die Macht haben, selbst wenn sie es wollten?«

»Eure Majestät«, sagte der Kaiser mit kalter Höflichkeit, »müssen am besten beurteilen können, was in Ihrer Lage am zweckmäßigsten zu tun ist. Ich kann Ihnen nur meinen Rat erteilen, – ob Sie ihn befolgen wollen oder nicht, muss von den eigenen und wohlüberlegten Entschlüssen Eurer Majestät abhängen.«

»Eure Majestät«, sagte die Kaiserin schnell, indem sie ihrem Gemahl einen bittenden Blick zuwarf, »werden hier in der schmerzlichen Aufregung des Augenblicks keinen Entschluss fassen können. Ich bitte Sie, sobald Sie in Pau einige Ruhe gewonnen haben werden, den Rat des Kaisers zu prüfen und«, fügte sie mit sanfter Stimme hinzu, »ihn womöglich zu befolgen, – so schmerzlich es ist, sehe ich doch in der vorgeschlagenen Kombination die einzige Möglichkeit, die Dinge noch so viel als tunlich zum Guten zu wenden.«

»Ich werde alles überlegen«, sagte die Königin finster, »und gewiss die Interessen meines Hauses über diejenigen meiner Person stellen, doch muss ich die vollkommene Sicherheit gewinnen, dass durch ein persönliches Opfer, das ich zu bringen bereit sein werde, die Zukunft meines Hauses und meines Sohnes gesichert wird.«

Der Kaiser hatte sich seitwärts zu Herrn Mon gewendet.

»Ich freue mich, Herr Botschafter«, sagte er, »Sie in diesem so schweren Augenblick hier an der Seite Ihrer Souveränin zu erblicken.«

»Ich werde bis zum letzten Augenblick meine Pflicht tun, Sire,« erwiderte der Botschafter, – »ich will nach Paris zurückkehren, um die Gräfin von Girgenti zur Königin nach Pau zu geleiten. Dann«, fügte er schmerzlich hinzu, »wird die Mission, welche ich bisher die Ehre hatte, bei Ihrer Majestät zu erfüllen, zu Ende sein. Herr Olozaga bereitet sich schon vor, an meine Stelle zu treten, und ich glaube, dass die provisorische Regierung von Madrid ihm sehr bald die Vollmachten senden wird, um Spanien am Hofe Eurer Majestät zu repräsentieren.«

Der Kaiser neigte leicht das Haupt, ohne zu antworten.

»Der Zug steht zu Eurer Majestät Verfügung, es sind bereits einige Minuten über die Aufenthaltszeit vergangen«, sagte der Graf Ezpeleta, indem er sich mit dem Hut in der Hand seiner Gebieterin näherte. Der Kaiser reichte der Königin den Arm und führte sie zu dem Waggon. Don Francesco folgte mit der Kaiserin, stumm nahmen die Herrschaften voneinander Abschied. Alle stiegen ein, die Türen der Waggons wurden geschlossen. Noch einmal winkte die Königin aus dem Waggon, die Lokomotive pfiff und schnell brauste der Zug dahin, welcher diesen letzten Zweig des einst so glanzvollen Hauses Bourbon in die Verbannung dahintrug, nachdem der einzige Thron, den dasselbe noch eingenommen, unter ihm zusammengebrochen war.

Einen Augenblick sah der Kaiser dem in der Ferne verschwindenden Zuge nach, dann führte er die Kaiserin zu dem an den Perron heranfahrenden Wagen.

»Die Arbeit eines Jahres ist verloren«, sagte er in düsterem Ton, indem die Pferde anzogen. »Das Schicksal durchkreuzt mit unerbittlicher Verneinung alle meine Pläne, man muss von Neuem anfangen – wird ein neuer Fehlschlag das Ende der neuen Arbeit sein?«

Er sank in die Kissen des Wagens zurück. In finsterem Schweigen fuhr man nach Biarritz.

Siebenundzwanzigstes Kapitel

Der Leutnant von Wendenstein, in einen weiten Schlafrock gehüllt, lag in seinem Zimmer auf dem breiten Kanapee vor dem Tisch, auf welchem sein Diener soeben nach deutscher Sitte den duftenden Kaffee mit einigen Weißbrotschnitten und frischer Sahne gestellt hatte.

Der junge Mann war spät in der Nacht nach Hause gekommen und spät aufgestanden. In träumerische Gedanken versunken, betrachtete er ein in zarten Farben gemaltes Miniaturbild in einem Etui von blauem Sammet, das er in der Hand hielt, – dann ließ er dies Bild langsam auf seinen Schoß niedersinken und richtete seinen matten Blick sinnend empor.

»Wenn ich allein bin«, sagte er tief aufseufzend, »und der zauberhafte Glutstrom aus den Augen dieser wunderbaren Frau sich nicht in meine Seele ergießt, – dann erfasst mich oft eine bange, angstvolle Unruhe, wohin der Weg führen werde, auf dem ich in süßem Rausch trunkenen Glückes dahingerissen werde, – ich denke an die Heimat – an meine Eltern, – an – alles« flüsterte er, das Gesicht mit den Händen bedeckend, – »wie soll ich mich wieder einfügen in den Rahmen jenes engen Lebens, – nachdem die schimmernden, farbenglühenden Bilder dieser großen reichen Welt vor meinem Blick sich erschlossen haben!

»– Und doch war ich so glücklich dort,« – sagte er mit weichem Blick und wehmütigem Lächeln, – »doch mutet mich die Erinnerung oft an wie der frische Atem des kühlen Waldes nach einem Marsch im verzehrenden Sonnenbrand, – wohin will mein Schicksal mich führen?«

Er richtete sich auf und starrte lange in tiefen Gedanken vor sich hin.

»Auf Wiedersehen!« sagte er dann, kaum die Lippen bewegend, – »wie klang dieses trostreiche Schlusswort jenes schönen Abschiedsliedes einst so tief in meiner Seele wieder – so voll Hoffnung und Zuversicht – und jetzt? – auf Wiedersehn!« – sagte er schmerzlich, – »welch' ein Wiedersehn mit all den Gefühlen im Herzen, von denen ich damals noch keine Ahnung hatte in der still gleichmäßigen Ruhe meines Lebens!«

Wie mechanisch schenkte er aus der Maschine von weißem Porzellan den dampfenden Kaffe in seine Tasse, – das Aroma des belebenden Getränkes verbreitete sich im Zimmer. »Wie oft so kleine äußere Dinge ganze Erinnerungsbilder in uns aufsteigen lassen!« sprach er dann träumerisch, indem er die bereits zum Munde gehobene Tasse langsam wieder niedersetzte, – »dieser Duft, lässt so lebhaft das trauliche Wohnzimmer im Pfarrhause vor mir erscheinen, wo Helene für ihren Vater so sorgsam den Kaffee bereitete, – auf den der alte Herr so großen Wert legte« – sagte er still vor sich hin lächelnd, – »und sie machte das alles so geschickt und anmutig und lächelte so glücklich dabei, – und dann später – später, – ach mein Gott,« rief er laut, – »warum bin ich nicht in jenem so still beschränkten Kreise geblieben, – warum hat mich mein Schicksal in die Welt hinausgetrieben und in den Frieden meiner Seele diesen Kampf und Zwiespalt geworfen?«

»Und doch« – sagte er dann, indem er das Bild wieder ergriff und seinen brennenden Blick wieder darauf ruhen ließ – »kann ich wünschen, die glühende, berauschende Wonne nicht kennengelernt zu haben, welche aus den Augen und von den Lippen dieser Frau strömt, die geschaffen ist, um Geist, Herz und Sinne in wirbelndem Entzücken fortzureißen?« –

Laute Worte, freudige Ausrufe ertönten im Vorzimmer, – schnell wurde die Tür geöffnet und der Diener des Herrn von Wendenstein trat ein:

»Fritz Deyke aus Blechow«, rief er – »ist draußen und wünscht den Herrn Leutnant zu sprechen.«

Der junge Mann hatte schnell das Bild auf den Tisch geworfen, – ein flüchtiges Rot flog über sein Gesicht, – mit einem Ruf freudigen Erstaunens, in welchem sich ein leiser Ausdruck verlegener Befangenheit mischte, sprang er auf und eilte nach der Tür.

Bereits war der junge Bauer eingetreten; er trug bürgerliche Kleider und sah stattlich in der ungewohnten Tracht aus – sein kräftiges, gerötetes Gesicht aber war ernst und fast streng, und finster blickten seine treuen blauen Augen, die sonst so heiter und klar in die Welt schauten, als er in militärischer Haltung sich aufrichtend den Leutnant begrüßte.

Dieser war mit einem Sprunge bei ihm, drückte ihn in lebhafter Bewegung an seine Brust und schüttelte ihm dann kräftig die Hand, während er mit innigen Blicken in seine Augen sah.

»Fritz, alter Freund,« rief er herzlich, – »Du hast mir das Leben gerettet, du hast mich der Freiheit erhalten, – du bist der beste, der treueste Freund, den ich habe, – was soll das heißen; dich hier mit militärischen Honneurs aufzustellen? – davon kann zwischen uns doch wahrhaftig keine Rede sein, – du siehst prächtig aus, – du bist stärker geworden, –

du wirst wohl bald Bauermeister werden, – was macht deine Frau – und dein kleiner Sohn?«

So sprach und fragte er in schneller Folge und wieder schüttelte er dem jungen Bauern die Hand, – immerfort blickte er in dies altbekannte treue Gesicht, das ihm all die lieben Erinnerungen, die soeben in träumerischen Bildern durch seine Seele gezogen waren, so lebendig und frisch wieder vor Augen stellte.

Fast schien es ihm, wenn er in dies Gesicht sah, als sei die ganze Zeit, welche ihn von der Vergangenheit trennte, nur eine flüchtig vorüberhuschende Vision gewesen, und als müsse er nun an der Hand dieses lebendigen Zeugen jener schönen Vergangenheit sein früheres Leben wieder unmittelbar da anknüpfen, wo er es verlassen. Unwillkürlich entrang sich ein tiefer Seufzer seiner Brust.

Fritz Deyke hatte bei der herzlichen Begrüßung des Leutnants und bei der warmen Innigkeit, welche in seinem Ton wie in seinen Worten lag, seine ernste, strenge und feierliche Miene nicht festhalten können.

Kräftig erwiderte er den Händedruck des Offiziers, und mit liebevoller Teilnahme ruhte sein Blick auf dem jungen Manne, den er von früher Jugend an stets als Muster und Vorbild anzusehen gewohnt war. Wehmütig zuckte es um seine Lippen, als er die bleichen, matten Züge und die tief liegenden, etwas müden Augen des Herrn von Wendenstein sah.

»Der Herr Leutnant finden, dass ich stärker geworden bin. Zu Hause sagt man mir das auch, das kommt von der Pflege meiner kleinen Frau, – aber der Herr Leutnant sehen nicht so gut aus als früher, – der Herr Leutnant gefallen mir gar nicht«, fügte er hinzu, indem sein Gesicht wieder den ernsten und strengen Ausdruck annahm.

Abermals seufzte Herr von Wendenstein tief auf, – er schlug einen Augenblick die Augen nieder, führte dann den jungen Bauern nach seinem Frühstückstisch hin, drückte ihn in einen Lehnstuhl nieder und befahl seinem Diener, während er sich selbst wieder auf das Kanapee setzte, noch eine Tasse zu bringen.

»Und nun lass uns plaudern, mein alter Freund«, sagte er, indem er seinem Gast den Kaffee servierte und eine Zigarre reichte. »Erzähle mir, was dich hierher geführt, dass du so plötzlich und unerwartet hier in mein Zimmer trittst, und wie es zu Hause geht bei meinen Eltern in

Hannover und – in Blechow«, fügte er mit etwas unsicherer Stimme hinzu.

»In Hannover bin ich nicht gewesen,« sagte Fritz Deyke, indem er vorsichtig an seiner Tasse nippte, »aber, soweit wir Nachrichten erhalten haben, geht es dem Herrn Oberamtmann und der gnädigen Frau Mutter ganz wohl. Bei uns aber in Blechow,« fuhr er fort, indem er seine Tasse zurückschob, und den Blick starr auf den Leutnant richtete, »bei uns geht es nicht gut – gar nicht gut – bei uns geht es sehr traurig,« sagte er mit einem leisen Beben der Stimme – »sehr traurig, und ich glaube nicht, dass der Herr Leutnant das so wissen. Deshalb bin ich gekommen, um es Ihnen zu sagen, dass etwas geschehen muss, damit ein großes, großes Unglück verhütet werde.«

»Mein Gott,« rief Herr von Wendenstein erschrocken, indem eine dunkle Röte sein Gesicht überzog. »Was ist geschehen? Welch ein Unglück soll verhütet werden?« – und abermals schlug er vor dem festen, forschenden Blick des jungen Bauern die Augen nieder.

»Es ist geschehen,« sagte Fritz Deyke mit rauem Ton, unter dem sich eine tiefe innere Bewegung verbarg, »dass Fräulein Helene krank ist, sehr krank, und es gilt, zu verhüten, dass sie stirbt – wenn das überhaupt noch zu verhüten ist«, fügte er leise flüsternd hinzu.

Tief erbleichend, mit großen, weit geöffneten Augen sah ihn der Leutnant an. »Helene krank«, sagte er mit zitternder Stimme, – »ich weiß, dass ihr Brustleiden noch nicht weichen will, dass ein hartnäckiger Husten sie quält, dass sie deshalb eine Luftveränderung versuchen, dass sie vielleicht nach der Schweiz oder nach Nizza gehen soll, aber dass das so ernst, so gefährlich ist, wusste ich nicht. Das hat sie mir nicht geschrieben, – das hat mir niemand geschrieben«, sagte er vor sich hinstarrend, als ob plötzlich ein Abgrund sich vor seinem Blick geöffnet hätte.

»Es ist so gefährlich,« sagte Fritz Deyke mit schmerzlichem Ausdruck, »dass Fräulein Helene schon zweimal einen heftigen Blutsturz gehabt hat, dass sie fast zum Skelett abgemagert ist, dass sie kaum noch gehen und sprechen kann, und dass, wenn nicht etwas Ernstes geschieht und schnell geschieht, ich für ihr Leben nicht mehr vier Wochen lang stehen möchte.«

»Das ist ja entsetzlich!« rief Herr von Wendenstein – »aber woher, – mein Gott?«

– »Woher?« fiel Fritz Deyke laut ein, indem ein bitterer Zug sich um seinen Mund legte und sein flammender Blick sich zürnend auf den Leutnant richtete, »woher das gekommen ist? – weil Fräulein Helene sich
grämt, weil der Kummer ihr das Herz zerfrisst, weil sie auf kein Glück
auf Erden mehr hofft – darum hat ihre Natur die Kraft nicht, der Krankheit zu widerstehen.«

»Aber«, sagte der Leutnant mit bebender Stimme, »diese Trennung – sie
musste ja sein, die Verhältnisse des Schicksals haben mich fortgeführt,
diese Zeit muss überwunden werden, die Zukunft –«

»Welche Zukunft?« fragte Fritz Deyke. – »Die Trennung,« fuhr er fort,
»die äußere Trennung hat Fräulein Helene so stark und mutig ertragen,
wie es nur möglich war. Aber was sie nicht hat ertragen können, was ihr
das Herz gebrochen hat,« fuhr er immer lauter, immer härter seine Worte betonend, fort, »das ist, dass die äußere Trennung auch das Band zerschnitten hat, an welches ihr Lebensglück sich knüpfte, dass die äußere
Trennung, welche die Herzen noch fester aneinander ketten sollte in gemeinsamem Leid und in gemeinsamer Hoffnung, auch die Liebe getötet
hat und die Treue gebrochen.« »Ich verstehe dich nicht«, sagte der Leutnant, indem er versuchte, den unsicheren Blick zu dem jungen Bauern zu
erheben, welcher nicht mehr wie früher in dem Ton achtungsvoller Ehrerbietung zu ihm sprach, sondern ihm gegenüber saß wie ein mahnen-
der und strafender Richter.

»Der Herr Leutnant verstehen mich ganz gut,« sagte Fritz Deyke, »der
Herr Leutnant wissen, dass Sie keinen treueren Freund auf Erden haben
als mich. Ich habe Sie vom Schlachtfelde fortgetragen, wo Sie elend gestorben wären, wenn ich Sie nicht aufgesucht hätte – das war meine
Pflicht und Schuldigkeit, und ich sage das nicht, um mir ein Verdienst
daraus zu machen. Aber wenn es meine Pflicht war, wenn mir Gott geholfen hat, Sie vom leiblichen Tod zu retten, so ist es mir noch eine höhere Pflicht, Sie vor Schlimmerem zu retten, vor der Schlechtigkeit, vor
ewigen Gewissensbissen, die schlimmer sein würden als der Tod.«

Der Leutnant wollte antworten – Fritz Deyke erhob mit einer einfachen
Bewegung voll natürlicher Würde die Hand – Herr von Wendenstein
ließ schweigend mit einem tiefen Atemzug das Haupt auf die Brust sinken.

»Wie es mir einst gelungen ist,« fuhr Fritz Deyke fort, »Ihren verwundeten Körper aus dem blutigen Leichenhaufen des Schlachtfeldes wieder

zum Leben zu retten, so will ich jetzt Ihre Seele retten vor dem Abgrund, aus dem sie sich nie wieder erheben würde. Dazu bin ich hergekommen, weil ich nicht denken kann, dass das einfache Wort Ihres alten treuen Freundes nicht seinen Weg zu Ihrem Herzen finden sollte, weil ich nicht glauben will, dass Sie nicht umkehren würden, wenn Sie so recht wüssten, welches Unheil Sie angerichtet und wie Sie das Herz Ihrer Braut quälen und in den Tod jagen.«

Der Leutnant sank auf die Lehne seines Kanapees zurück und bedeckte das Gesicht mit den Händen.

»Lange schon,« fuhr der junge Bauer fort, indem seine Stimme, frei von jeder Befangenheit, immer voller und metallischer klang, – »lange schon hat Fräulein Helene gefühlt, dass aus Ihren Briefen nicht mehr die alte Liebe sprach, sie hat das schwer empfunden, aber ihr Herz hat Sie immer verteidigt, und sie hat sich das alles erklärt oder erklären wollen durch die Unruhe des bewegten Lebens, das Sie umgibt, bis sie endlich die Gewissheit erlangt hat, dass Sie sie vergessen haben, dass Sie Ihre Liebe und Ihre Treue einer anderen Frau geopfert haben, welche, das weiß ich gewiss, weder so gut ist wie sie, noch Sie so warm und so aufopfernd lieben kann. Das ist schlecht, Herr Leutnant,« fuhr er fort, »o es ist traurig, sehr traurig, dass ich Ihnen das sagen muss! Aber es ist die Wahrheit, und wer soll Ihnen die Wahrheit sagen, wenn ich es nicht tue. Ihr Freund, der für Sie durchs Feuer geht, der jeden Augenblick für Sie sein Leben lassen würde und dem Sie einst danken werden, dass ich jetzt harte Worte zu Ihnen spreche, um Sie zu Ihrem wahren Glück zurückzuführen – seien Sie mir nicht böse, Herr Leutnant,« fügte er mit weichem, innigem Ton hinzu, indem er langsam die Hand des jungen Offiziers von dessen Gesicht herabzog und sie innig zwischen den Seinigen drückte. – »Ich meine es so gut wie niemand auf Erden mit Ihnen, und denken Sie, dass es in diesem Augenblick die Stimme Gottes ist, welche aus meinem Munde zu Ihnen spricht. Denken Sie an die Vergangenheit, denken Sie an Langensalza, denken Sie an das alte liebe Blechow, an Ihre Frau Mutter, an den Herrn Oberamtmann.« –

Der Leutnant sprang empor. In tiefer Bewegung ging er im Zimmer auf und nieder. Ein heftiger innerer Kampf malte sich auf seinem Gesicht.

Mit innigem, warmem Blick folgte ihm der junge Bauer.

»Fritz, mein guter Fritz«, rief Herr von Wendenstein endlich, vor ihm stehenbleibend. »Du treue Seele – woher hat sie erfahren?« –

»Der Kandidat«, erwiderte Fritz Deyke – »Gott mag ihm verzeihen, was er getan – er hat ihr ein Bild mitgebracht, – ein Bild von Ihnen, wie Sie zu den Füßen einer schönen Dame knien –«

»Dies Bild,« rief der Leutnant entsetzt – »dies Bild – der Kandidat – oh, das muss sie töten!«

»Sie hat lange mit dem Tode gerungen«, sagte Fritz Deyke, »und sie wird sterben, wenn Sie sie nicht retten, Sie allein, Ihre Liebe allein kann dies arme gebrochene Herz dem Leben wiedergeben, – dies edle Herz,« fuhr er fort, indem sein Blick sich mit Tränen füllte, »das Ihnen nicht einmal Vorwürfe macht, das Sie nicht einmal wissen lassen will, was es leidet – Fräulein Helene hat ihren Vater gebeten, ihre Verlobung aufzulösen. Sie will Ihnen die Freiheit wiedergeben, sie will allein und einsam ihr kummervolles Leben beenden.«

»Allmächtiger Gott,« rief der Leutnant, »dahin ist es gekommen!«

Fritz Deyke ließ seinen Blick über den Tisch gleiten, rasch ergriff er das Miniaturbild in dem blauen Etui, welches der Leutnant vorher da hinlegte. Mit einer Bewegung, als überwinde er einen inneren Widerwillen, hielt er das Bild Herrn von Wendenstein hin.

»Sehen Sie, Herr Leutnant,« sagte er, »sehen Sie diese Augen an, sehen Sie das Lächeln dieses Mundes und dann denken Sie an Fräulein Helenens liebes, treues Gesicht! Denken Sie, ob diese da« – er warf das Bild mit einer verächtlichen Bewegung auf den Tisch, – »an Ihrem Krankenbett gesessen haben würde, ob die Gebete dieser Frau Gott gerührt hätten, dass er Sie von den Grenzen des Todes zurückführte!«

»O warum,« rief der Leutnant, »warum hat das Schicksal mich aus meinem stillen Frieden herausgerissen – warum hat es mich vor diese Prüfung gestellt, in der es übermenschlicher Kraft bedurft hätte, um nicht schuldig zu werden?!«

»Der Herr Graf von Rivero«, meldete der eintretende Kammerdiener.

»Mein Gott, jetzt, in diesem Augenblick!« sagte der Leutnant, – »hast du dem Grafen gesagt, dass ich zu Hause wäre?«

Der Herr Leutnant haben mir nichts anderes befohlen.«

»Ich kann ihn nicht abweisen«, sprach Herr von Wendenstein, indem er seinem Diener einen Wink gab, und mühsam seine Verwirrung unterdrückend ging er dem Grafen Rivero entgegen, welcher ruhig und sicher in das Zimmer trat und ihn mit mehr Herzlichkeit begrüßte, als sonst in seiner kalten und etwas abwehrenden Höflichkeit zu liegen pflegte.

»Ich muss einen vorübergehenden Aufenthalt in Paris benutzen,« sagte der Graf, »um Ihre Bekanntschaft zu erneuern und mich ein wenig zu erkundigen, wie es mit Ihren persönlichen und Ihren politischen Angelegenheiten steht, die mir ein so aufrichtiges Interesse eingeflößt haben.«

»Es hat sich in beiden nichts verändert,« sagte Herr von Wendenstein, »ich bin noch immer der heimatlose Verbannte und auch für meinen König zeigt sich noch wenig Aussicht auf die Möglichkeit, sein Recht wieder geltend zu machen – die neuesten Ereignisse scheinen diese Möglichkeit noch weiter hinauszuschieben,« fuhr er fort, »in unserer Lage muss man sich daran gewöhnen, ruhig zu warten.«

»Nehmen Sie meine Frage nicht für Neugier,« sagte der Graf, »ich habe für Ihre Sache und für Ihre Person die wärmste Sympathie, und ich hätte besonders mit Ihnen gern ausführlich gesprochen, wenn Ihnen anders«, fügte er hinzu, »an dem Rat eines erfahrenen Mannes, der die Welt kennt und sich von allen Illusionen freigemacht hat, etwas liegen kann.«

Er warf einen fragenden Blick auf Fritz Deyke.

»Ein früherer hannöverischer Soldat, Herr Graf«, sagte Herr von Wendenstein, während Fritz sich in militärischer Haltung aufrichtete. »Ein Jugendfreund aus meiner Heimat, der mir das Leben gerettet hat und dessen treuem Beistand ich auch meine Freiheit verdanke.«

»Der Graf ließ seinen Blick voll wohlwollender Freundlichkeit auf Fritz Deyke ruhen, dessen ganze Erscheinung ihn sympathisch zu berühren schien, und sagte:

»Ich habe vor allen hannöverischen Soldaten, die sich so heldenmütig geschlagen, die größte Hochachtung und freue mich von Herzen, einen derselben hier kennenzulernen.«

Herr von Wendenstein rollte einen Sessel für den Grafen heran.

Eine kleine Pause entstand, der Graf schien zu erwarten, dass Fritz Deyke ihn mit dem jungen Offizier allein lassen würde.

Fritz Deyke stand einen Augenblick unschlüssig, widerstrebende Gedanken schienen in ihm miteinander zu kämpfen – endlich schien er einen Entschluss gefasst zu haben. Rasch trat er einen Schritt näher zu dem Grafen heran und sprach, während der Leutnant ihn erstaunt, fast erschrocken ansah:

»Herr Graf, Sie sprechen meine Muttersprache, das gibt mir Vertrauen zu Ihnen, ich glaube, dass Sie ein Freund meines Leutnants sind –«

»Ich hoffe,« sagte der Graf, der nicht recht zu wissen schien, was er aus dieser Anrede machen sollte, »dass Herr von Wendenstein mir die Ehre erzeigt, mich zu seinen Freunden zu rechnen.«

Herr von Wendenstein verbeugte sich leicht gegen den Grafen Rivero und blickte dann abermals mit unruhiger Erwartung auf Fritz Deyke.

»Wenn Sie der Freund des Herrn Leutnants sind,« fuhr dieser fort, »so können Sie auch hören, was ich ihm zu sagen habe. »Ja, Sie sollen es hören,« sprach er lebhafter, »und wenn mein Wort nicht die Kraft hat, zu seinem Herzen zu dringen, so sollen Sie mir beistehen. Sie werden das alles noch besser und eindringlicher sagen können, was ich vielleicht nicht ganz richtig auszudrücken weiß.«

»Ich bitte dich, Fritz,« rief Herr von Wendenstein, »wie kannst du dem Herrn Grafen –«

»Sprechen Sie«, sagte der Graf in freundlich aufmunterndem Ton, »und seien Sie überzeugt, dass ich mit Freuden jede Gelegenheit ergreifen werde, um meine Gesinnungen gegen Ihren Offizier zu betätigen.«

»Sehen Sie, Herr Graf,« sagte Fritz Deyke, indem er noch einen Schritt vortrat, »es kommt darauf an, meinen lieben jungen Herrn, für den ich meinen letzten Blutstropfen geben möchte, von schwerer Verirrung und Sünde zu retten. Er hat dort in der Heimat eine Braut zurückgelassen, die ihn so sehr liebt, deren eins und alles er auf Erden ist, und nun ist er hier bestrickt und verzaubert von irgendeiner dieser schönen Pariser Damen, die ich nicht kenne, aber von der ich gewiss weiß, dass sie weit nicht so viel wert ist, wie Fräulein Helene, und Fräulein Helene, Herr Graf, ist ein Engel an Sanftmut und Güte und Treue, und Herr Graf, sie wird sterben, wenn sie seine Liebe verliert, – das Einzige, was sie auf Erden hat, ihr Herz ist schon gebrochen, ihr Körper ist zerrüttet. Oh, wenn Sie sie einmal hätten sehen können mit dem matten Blick, mit den eingefallenen Wangen und doch mit dem frommen, still ergebenen Lächeln auf den Lippen, wie sie ihr armes krankes Leben doch noch ihrer Liebe aufopfern, wie sie still und schweigend verschwinden und in den Tod gehen will, indem sie für den betet, den sie so sehr liebte und der sie vergessen hat! Wenn Sie das gesehen hätten, Herr Graf, Sie würden mir beistehen, um den Leutnant zu befreien aus den Schlingen dieser Dame, die ihn umgarnt hat,« in unwillkürlicher Bewegung ergriff er das Bild auf dem Tisch und hielt es dem Grafen vor – »diese Dame«, sagte er bitter und zornig, »hat gewiss so viel in der Welt, sie wird ihn leicht vergessen, sie wird täglich Ersatz finden können. Aber Fräulein Helene, Herr Graf, hat nichts als ihn, und wenn sie so stirbt mit gebrochenem, verzweifelndem Herzen, so wird ihr selbst der Trost im Tode fehlen, einst dort oben den wieder zu sehen, der ihr alles auf Erden war. –

»– Sie müssen mir beistehen, Herr Graf,« fuhr er in dringendem, bittendem Tone fort, ohne auf die Blicke und Winke des Herrn von Wendenstein zu achten, der in äußerster Verlegenheit, kämpfend mit den wogenden Gefühlen, die ihn bewegten, dasaß, – »Sie müssen mir beistehen, wenn Sie der Freund meines Leutnants sind, – denn er wird niemals wieder Ruhe und Frieden finden, wenn Fräulein Helene so vor Gram und Kummer dahinsterben sollte – sie ist ja doch mehr wert als diese Dame –«

Der Graf hatte immer ernster den Worten dieses jungen Menschen zugehört, der in so natürlicher Einfachheit mit der Beredsamkeit des vollen, überfließenden Herzens zu ihm sprach, – er hatte voll tiefen Mitleids auf Herrn von Wendenstein hingeblickt, der, bleich und zitternd, Fritz Deyke nicht zu unterbrechen wagte, – als er das Bild der Marchesa erblickte, zuckte es wie flammendes Wetterleuchten in seinen Augen, zornig bebten seine Lippen, – dann aber ließ er den Kopf auf die Brust niedersinken, wie gebrochen bog sich seine schlanke, sonst so stolz aufgerichtete Gestalt zusammen, tief seufzte er auf und ein leiser, klagender Ton drang aus seinem Munde.

»Ich bitte Sie, Herr Graf,« sagte Herr von Wendenstein mit fast tonloser Stimme, als Fritz Deyke innehielt, – »ich bitte Sie um Verzeihung, dass mein Landsmann hier Sie mit so rein persönlichen Angelegenheiten behelligt, – er hat gewiss die beste Absicht, – das Vertrauen zu Ihnen –«

»Ja, bei Gott, sie ist mehr wert,« rief der Graf, düster aufblickend, ohne auf die Worte des jungen Offiziers zu achten, – »sie ist mehr wert, und jede Träne, die ihr Auge geweint hat, fällt wie ein glühendes Verdammungsurteil auf mein Herz, – denn ich,« sprach er leise, – »ich bin es gewesen, der diesen Armen jenem dämonischen Weibe überliefert, – der das Glück und den Frieden zweier Menschen zerstört hat.«

Und in finsterem Schweigen starrte er vor sich hin, indem er die gefalteten Hände an seine Brust presste.

Herr von Wendenstein blickte ihn erstaunt an, er konnte sich diese heftige Bewegung des sonst so kalten, ruhigen und sicheren Weltmannes nicht erklären, – Fritz Deykes Augen ruhten mit banger Erwartung forschend auf dem Grafen, – er kannte die große Welt und ihre Formen nicht, – er sah diesen Mann zum ersten Male, – aber er begriff, dass er mit seinen Worten das Herz desselben getroffen hatte, dass er bei ihm Beistand finden würde, um seinen Leutnant von dem Abgrund zurückzuführen, an dessen Rand er stand.

Er trat ganz nahe zu dem Grafen heran und sprach mit treuherzigem Ton:

»Ich sehe, Herr Graf, dass Sie an meinem jungen Herrn Anteil nehmen, – ich sehe, dass Sie ein gefühlvolles Herz haben, – Sie werden mir helfen, ihn zu retten, – ich bin nur ein einfacher Bauer, – Sie sind ein hoher, vornehmer Herr, aber ein gutes Werk zu tun, können sich ja die Höchsten und die Niedrigsten verbinden, und meinen jungen Herrn zu seinem wahren Glück zurückzuführen, ihn vor ewigen Gewissensqualen zu bewahren, das ist ein gutes Werk, – das ist ein wahrer Gottesdienst.« »Das ist es beim Himmel!« rief der Graf von Rivero, indem er aufstand und Fritz Deyke die Hand reichte, – »und ich will Ihnen helfen – Gott möge verhüten, dass noch ein Opfer diesem finsteren Dämon verfalle, den ich als Werkzeug im Dienst einer heiligen Sache glaubte, gebrauchen zu können« – fügte er leise hinzu.

Dann trat er schnell zu dem Tisch, ergriff das Etui mit dem Farbenbilde, und indem er sich hoch aufrichtete und dieses Bild mit den so schönen lächelnden Zügen Herrn von Wendenstein entgegenhielt, sprach er mit tiefer, wohlklingender Stimme:

»Sie sind einem dämonischen Zauber verfallen, mein junger Freund, dem Zauber eines Wesens, das durch die Zulassung Gottes aus den Tiefen der Hölle heraufgestiegen zu sein scheint, um menschliche Seelen zu verderben und menschliches Glück zu zerstören, wohin immer sie ihre fluchbeladene Hand ausstreckt.«

Auf seinem Stuhl in sich zusammengesunken, starrte Herr von Wendenstein den Grafen bleich und unbeweglich an, während Fritz Deyke mit leuchtenden Blicken, das Gesicht von dankbarer Freude belebt, an den Lippen des Sprechenden hing.

»Kein Vorwurf soll Sie treffen,« fuhr der Graf fort, – »der Zauber, der Sie bestrickt, hat schon viele vor Ihnen in seinen Bann gezogen –«

Herr von Wendenstein zuckte zusammen und presste die Hand auf sein Herz.

»– Und jedes Mal«, fuhr der Graf fort, »ist Unheil, Tod und Verderben der Berührung dieser Frau gefolgt, deren Blick bestimmt zu sein scheint, alles, was licht und rein ist, in dunkle Finsternis versinken zu lassen, – kein Vorwurf soll Sie treffen,« sprach er düster weiter, – »ich habe in vermessener Überhebung geglaubt, die verhängnisvollen Gaben, mit denen dies Weib ausgestattet ist, für große und heilige Zwecke, die mein Leben erfüllten, nutzbar machen zu können, – meine Vermessenheit ist hart bestraft – auf mich falle alle Schuld, – aber meine heilige Pflicht ist es, den Bann zu brechen, dem Sie verfallen sind, – und, Gott sei Dank,« fuhr er fort, –« ich habe die Macht dazu. Ich kann Ihnen das wahre Bild zeigen, das hinter dieser täuschenden Maske sich birgt, – ein Blick auf dieses Bild aber wird genügen, um Sie mit Schaudern sich abwenden zu lassen von dem Wege des sichern Verderbens, auf den Sie hingerissen sind.«

Er trat unmittelbar zu Herrn von Wendenstein heran und sprach mit gedämpfter Stimme, indem er den jungen Mann unter der Gewalt seines dunkel glühenden Blickes hielt:

»Wissen Sie, wer diese Marchesa Pallanzoni ist, die Sie hier mit allem Reiz der Schönheit, des Reichtums und eines großen Namens umgeben sehen, deren Geist Sie blendet, – deren Liebe Sie berauscht?«

»Diese Frau hat alle Tiefen des Lasters und der Erniedrigung durchmessen,« sprach er nach einem augenblicklichen Schweigen, – »sie hat die Liebe, welche sie Ihnen jetzt heuchelt, verkauft an den ersten Besten, den sie fand, um hohen und geringen Preis, wie es ihr gelang, – sie ist der öffentlichen Gerechtigkeit verfallen und hat – den geringsten Teil ihrer Verbrechen freilich – im Strafgefängnis gebüßt, – sie ist die Gattin eines Betrügers und Wechselfälschers geworden, der es vorzog, aus dem Leben zu scheiden, um der Schande zu entgehen, – sie hat mit kaltem Vorbedacht ein reines Wesen, das ihren Hass und ihre Eifersucht erregte, auf grausame und entsetzliche Weise morden wollen, – und ihre Schuld war es nicht, dass ihr teuflischer Plan nicht gelang, – sie hat einen jungen Mann, ein gutes, vertrauensvolles Herz kaltblütig in den Tod gejagt, – und sie wird auch Sie verderben, – wenn Sie sich ihrem furchtbaren Einfluss nicht entziehen!«

Der Graf schwieg.

Herr von Wendenstein hatte immerfort starr und unbeweglich seinen Worten zugehört, wie abwehrend erhob er die Hände, als wolle er ein vor ihm aufsteigendes Gespenst zurückdrängen.

»Ich kann Ihnen für alles, was ich gesagt,« fuhr der Graf Rivero fort, »den Beweis, den unwiderleglichen Beweis liefern, – ich gebe Ihnen mein Ehrenwort, dass alles die Wahrheit ist, die Wahrheit, welche nur das enthält, was mir über die Verbrechen dieser Frau bekannt ist, deren Leben ohne Zweifel noch Abgründe birgt, in welche auch mein Blick nicht hat dringen können.«

Herr von Wendenstein stand auf. Fast schwankend, mit unsicheren Schritten näherte er sich Fritz Deyke, – er legte den Arm um die Schultern des jungen Bauern und blickte ihm in die Augen, dann erbebte sein ganzer Körper in fast konvulsivischen Zuckungen, Tränen stürzten aus seinen Augen und ein lautes Schluchzen, noch heftiger durch die Anstrengung, die er machte, um es zu unterdrücken, brach aus seiner schwer arbeitenden Brust hervor. »Helene, meine arme Helene!« rief er, die abgebrochenen Worte einzeln hervorstoßend, – »ich habe sie getötet – sie, die mein Leben gehütet, als ich mit dem Tode rang, – Fritz – sage mir, – sage mir die Wahrheit, – ist sie noch zu retten, – oder bin ich verurteilt zu ewiger Verzweiflung?«

Er lehnte seinen Kopf wie betäubt an die Brust des jungen Bauern, der mit liebevoller Sorge auf ihn herabsah und dann wie Hilfe suchend nach dem Grafen Rivero hinüberblickte.

Der Graf trat heran und berührte leicht den Arm des Herrn von Wendenstein.

»Fassen Sie Mut, mein junger Freund,« sagte er mit weicher Stimme, »noch ist nicht alles verloren, danken Sie diesem treuen Freunde, – danken Sie der Fügung, welche mich in diesem Augenblick hierher geführt hat, um Ihnen die Augen zu öffnen, – alles kann wieder gut werden – und ich verspreche Ihnen, meine ganze Kraft zu Ihrem Beistand aufzubieten!«

»Herr Graf,« sagte der junge Mann, in dem er sich aufrichtete und mit tieftraurigem Blick dem Grafen die Hand reichte, – »Sie sind durch einen Zufall, – einen glücklichen Zufall«, fügte er mit freundlich wehmütigem Lächeln hinzu, »tief in die innersten Verhältnisse meines Lebens eingeweiht, – Sie haben die finstern Tiefen des Abgrundes beleuchtet, der sich vor mir öffnet, – raten Sie mir, Sie kennen ja die Welt so viel mehr und so viel länger als ich, – mein Kopf verwirrt sich, mein Blick ist nicht imstande, einen Weg der Rettung zu erkennen.« »Wollen Sie sich meiner Führung überlassen?« fragte der Graf mit liebevoller Teilnahme.

»Führen Sie mich,« erwiderte Herr von Wendenstein, – »ein so furchtbares Erwachen aus so langem, betäubendem Traum, wie ich ihn geträumt, bricht die eigene Kraft und den eigenen Entschluss und lässt die starke, leitende Hand um so dankbarer erfassen.«

»So geben Sie mir zunächst Ihr Ehrenwort,« sprach der Graf ernst, »dass Sie jene Frau niemals wiedersehen wollen, – dass Sie jede Annäherung, die sie versuchen möchte, zurückweisen werden –«

»Herr Graf,« rief der junge Mann, – »Sie könnten glauben, dass ich –«

»Sie kennen die höllische Geschicklichkeit jener Frau nicht, wie ich,« fiel der Graf ein, – »Sie kennen noch alle die Mittel der Verführung und Überredung nicht, über die sie gebietet, – und wenn Sie sie wiedersehen –«

»Sie haben ein Recht, meiner Kraft zu misstrauen,« sagte Herr von Wendenstein, die Augen niederschlagend, – »ich gebe mein Ehrenwort, wie Sie es verlangt haben.«

»Und ich,« rief Fritz Deyke mit funkelnden Augen – »ich werde die Türe des Herrn Leutnants bewachen, – ich werde nicht von seiner Seite weichen und bei Gott im Himmel,« sagte er, die Zähne zusammenpressend und die geballte Faust erhebend, »ehe dieses Weib ein Wort zu ihm spricht, werde ich sie mit meinen Händen zerreißen!«

»Dann«, fuhr der Graf fort, »müssen Sie sobald als möglich Paris verlassen und zu derjenigen zurückkehren, welche der Gram dem Tode zuführt und bei der auch Sie die volle Heilung Ihrer Seele wiederfinden werden.«

»Hurra!« rief Fritz Deyke mit glückstrahlendem Gesicht und jubelndem Ton, – »das ist ein gutes Wort, Herr Graf, – das ist recht, dass Sie das sagen, – ich sehe Sie heute zum ersten Male,« fügte er etwas zurückhaltend hinzu, wie erschrocken über seinen heftigen Ausbruch, – »aber bei Gott – Sie sind ein braver Mann, und wenn Sie jemals einen Freund brauchen für einen schweren und gefährlichen Dienst, – so rufen Sie mich – und ich werde kommen, so weit Sie auch von mir sein mögen.«

»Zurückkehren?« sagte Herr von Wendenstein, – »Sie wissen, Herr Graf, dass ich ein Verbannter bin. – dass ich als Hochverräter verurteilt bin.«

Ernst sprach der Graf:

»Und wenn Ihr Weg Sie unmittelbar in den Kerker führte, so dürfen Sie nicht zögern, – es handelt sich um das Leben derjenigen, die Sie liebt, – und die Sie ebenfalls lieben, die Sie trotz Ihrer Verirrung nie aufgehört haben zu lieben, – es handelt sich nicht nur um ihr Leben, sondern um die Ruhe ihrer Seele, um den Frieden ihres Herzens –«

»Oh, nicht aus Furcht für mich würde ich zögern,« rief Herr von Wendenstein, indem eine helle Röte in seinem Gesicht aufflammte, – »aber würde der Kummer über meine lange Kerkerhaft jenes schon so leidende Herz nicht vollends brechen?«

»Jenes kranke Herz«, sagte der Graf, »wird gesunden, wenn es Ihre Liebe, die es verloren glaubte, wieder findet, – auch bin ich überzeugt, dass Sie wenig zu befürchten haben, wenn Sie freiwillig zurückkehren; wenn Sie Ihren Prozess wieder aufnehmen lassen, so wird man jetzt Sie kaum Ihrer Freiheit berauben, und wenn Sie wirklich verurteilt werden, wird man Sie begnadigen, – die Verhältnisse sind andere geworden und ich bin überzeugt, dass, wenn Sie sich an die hiesige Gesandtschaft wenden –«

»Ich sollte meinen König, – meine Kameraden verlassen!« rief Herr von Wendenstein.

»Sie dürfen in diesem Augenblick nur einen Gedanken haben,« sprach Graf Rivero, – »das ist Ihre sterbende Braut, der Ihre Gegenwart das Leben wieder geben kann. – Ist es Ihrem Könige beschieden, sein Recht wieder zu erkämpfen, so wird ein Arm mehr oder weniger dazu nichts beitragen, – für die Sache Ihres Königs sind Sie ein einzelner Mensch, – für Ihre Braut sind Sie eine Welt, – eine Welt des Glückes, der Liebe – des Glaubens! – Lassen Sie mich alle Schritte für Sie tun, – ich habe viele Beziehungen, viele Freunde, – ich möchte fast mit Gewissheit Ihre Rückkehr ohne lästige Verfolgungen zu erwirken versprechen – nur schweigen Sie gegen jedermann und überlassen Sie mir die Führung Ihrer Sache.«

»Handeln Sie, Herr Graf, wie Sie wollen,« sagte Herr von Wendenstein, – »man wird mich verachten, meine Freunde werden mich für einen Verräter halten,« fügte er traurig hinzu, – »doch das mag die Sühne sein für meine Verirrung, – bin ich doch ein Verräter gewesen an dem treuen, liebevollen Herzen meiner Helene!«

»Niemand wird Sie verachten, Herr Leutnant,« rief Fritz Deyke, »niemand wird Sie für einen Verräter halten, – jeder weiß, dass Sie gelitten haben für die Sache des Königs und dass Sie gelitten haben, nur weil Sie Ihre Freunde nicht verraten wollten, – wenn Sie jetzt zu den Ihrigen zurückkehren, um das Leben Ihrer Braut zu retten, um dem Lebensabend Ihrer alten Eltern Frieden und Freude zu geben, – wer wollte es wagen, das zu tadeln? Oh, glauben Sie mir, Herr Leutnant, es ist nicht mehr so bei uns wie damals, als Sie und die übrigen Herren Offiziere und die Soldaten voll frohen Mutes und voll Hoffnung hinauszogen, um dem König eine Armee zu schaffen, – das alles ist vorbei; – ja hierher, auf die Legion, da blickt man im Lande noch mit Liebe und Teilnahme, und auch den König, den armen edlen Herrn, den trägt noch jeder im Herzen, – aber Hoffnungen? – nein, Hoffnungen hat man nicht mehr, – man hat zu viel von Hietzing gehört und von der Umgebung des armen Königs, dort wird über die Legion und über alle diejenigen, welche hier in der Verbannung ihre Jugend und ihre Lebenshoffnungen dem König opfern, nicht gut gesprochen, – glauben Sie mir, man hört viel Böses über Sie alle hier, – und das alles kommt von dort her, – das macht sehr böses Blut bei uns allen, denn wir wissen doch sehr gut, warum die Legionäre ausgezogen sind und dass sie alle ordentliche und brave Leute sind, die wahrlich nicht um des Geldes willen ihr Vaterland verlassen haben. Wenn heute«, fuhr er fort, – »abermals zum Ausmarsch aufgefordert würde, – glauben Sie mir, Herr Leutnant, es würde kein rechtlicher

Bauernsohn mehr folgen, um sich nachher« – setzte er mit bitterem Ausdruck hinzu – »von den Hofschranzen als Blutsauger bezeichnen zu lassen! – Kein Mensch wird es dem Herrn Leutnant verdenken, wenn Sie zurückkehren und auch an sich selbst und Ihre Familie denken.«

Der Graf Rivero hatte aufmerksam den lebhaft gesprochenen Worten des jungen Bauern zugehört.

»Sie hören hier,« sagte er zu Herrn von Wendenstein, »die Stimme des hannöverschen Volks, – was Sie heute tun, einer höheren Pflicht gehorchend, der höchsten Pflicht, die Sie in diesem Augenblick haben, – das werden Ihre Kameraden früher oder später auch tun, – glauben Sie mir, – der Einzelne kann dem Strom der Weltgeschichte sich nicht entgegenstemmen, ohne selbst unterzugehen, – und bei der Art, wie Ihre Sache geführt wird, – ich habe das mehrfach zu beobachten Gelegenheit gehabt, – ist kaum noch ein ehrenvoller Untergang möglich.«

»Aber«, fragte Herr von Wendenstein, – »wird es nicht zu spät sein, – wird meine Rückkehr dies teure Leben retten können?« rief er, mit tief schmerzvollem Ton den Blick fragend auf Fritz Deyke richtend.

Dieser schlug schweigend die Augen nieder.

»Ich werde Sie begleiten,« sagte der Graf, – »auch ich habe eine heilige Pflicht zu erfüllen, indem ich versuche, dies bedrohte Leben zu retten, denn auch ich«, sprach er, demutsvoll das Haupt neigend, »trage eine Schuld – eine schwere Schuld daran, dass alles so gekommen ist, – ich kenne die Heilkräfte der Natur,« fuhr er zuversichtlich fort, – »und wenn Rettung möglich ist, so wird meine Hand sie bringen können, – aber ich bedarf des mächtigen Agens der Freude und des Glücks, das Sie allein zu geben imstande sind. Vertrauen Sie mir und fassen Sie Hoffnung – in acht Tagen werden wir abreisen, bis dahin kann ich meine und hoffentlich auch Ihre Angelegenheiten geordnet haben.«

»Herr Graf«, sagte Herr von Wendenstein, indem sein trüber Blick sich mit einem Schimmer von Hoffnung belebte, – »ich habe stets einen Zug der Sympathie zu Ihnen hin gefühlt, – jetzt aber glaube ich, dass der Himmel Sie zu meinem schützenden Freunde bestimmt und auf meinen Lebensweg geführt hat.«

Er reichte dem Grafen die Hand.

Dieser blickte einst vor sich hin.

»Und doch bin ich es,« flüsterte er leise und unhörbar, – »der diesen unheilvollen Einfluss in die Kreise seines ruhigen Lebens hineingeführt, – der ich abermals Menschenherzen, die Gott nach seinem Ebenbilde schuf, zu Werkzeugen meiner Hand zu machen mich vermaß!«

Er schlug den brennenden Blick fragend empor – dann unterdrückte er seine tiefe innere Bewegung und sprach, gewaltsam einen heiteren Ausdruck auf sein Gesicht zurückrufend:

»Vor allem schreiben Sie sogleich an Ihre leidende Braut, – erwähnen Sie nichts von der Vergangenheit, – aber lassen Sie in Ihren Worten all' die alte Liebe wiederklingen – sie wird die Wahrheit derselben fühlen – und das wird der erste Schritt zur Genesung, zum Leben sein. Ich gehe und überlasse Sie diesem treuen Freunde, dem Sie es doch zuerst zu danken haben, wenn alles sich noch zum Guten wendet.«

»Und machen Sie, Herr Graf,« rief Fritz Deyke, – »dass wir bald reisen, – denn mir brennt der Boden dieses unheilvollen Paris unter den Füßen, das an allem Elend schuld ist, – in der alten lieben Heimat wird alles wieder gut werden!«

»Ich komme bald wieder und hoffe gute Nachricht zu bringen,« sagte der Graf, – »Mut und Hoffnung, mein junger Freund,« sprach er, sich von Herrn von Wendenstein verabschiedend, – dann reichte er Fritz Deyke die Hand, die dieser ein wenig zögernd mit ehrerbietiger Scheu ergriff und dann kräftig und herzlich schüttelte.

Der Leutnant setzte sich an seinen Schreibtisch, während Fritz Deyke dem Diener im Vorzimmer auf die tausend Fragen antwortete, die dieser über alles, was in der Heimat vorgegangen, an ihn zu stellen nicht müde wurde.

Der junge Mann schrieb, – und Bogen auf Bogen füllte sich unter seiner Feder, – die purpurne Wolke war verschwunden, welche seine Seele umhüllt hatte mit berauschendem, betäubendem Duft, – die alte liebe gute Zeit stieg herauf aus den Tiefen seines Herzens, so rein und klar, – die alte Liebe, so warm und treu, erwachte wieder mit ihrer edlen, heiligen Wärme; – diese Liebe ergoss sich in vollem Strom in die Worte, welche er schrieb, und jedes Wort wurde ein lebendiger Bote, der die Schwingen regte, um die Grüße der Liebe in die Ferne zu tragen.

Und als er endlich geendet, – er hatte nicht gesagt, dass er kommen wolle, um keine frühen Hoffnungen, keine unruhige Spannung zu erregen, – da setzte er zum Schluss unter seinen Brief das liebe Wort: auf Wiedersehen, das sie ihm einst im Liederklang mit in den Kampf gegeben, das ihn begleitet hatte, als er in die Verbannung zog, und das jetzt wieder aus der Tiefe seiner Seele herauftönte, sehnsuchtsvoll und tröstend zugleich.

Fritz Deyke nahm mit strahlendem Blick den Brief, um ihn dem Diener zur Besorgung zu geben, – denn er selbst wollte, getreu dem Versprechen, das er dem Grafen Rivero gegeben, seinen Leutnant keinen Augenblick verlassen.

»Gott sei Dank!« sagte er freudig aufatmend, – »das macht mich so recht von Herzen froh, – mir ist zu Mut, als wenn ich einer verschmachtenden Blume frisches Wasser brächte!«

Und ganz glücklich den Brief in der Hand schwingend, eilte er hinaus.

Achtundzwanzigstes Kapitel

Der Graf von Rivero war finster und gedankenvoll in seinen vor der Wohnung des Herrn von Wendenstein wartenden Wagen gestiegen, indem er dem Kutscher befahl, ihn nach der Place St. Augustin zu der Marchesa Pallanzoni zu fahren.

Ernst und schweigsam stieg er die Stufen der Treppe hinauf und trat, ohne die Antwort der meldenden Kammerfrau abzuwarten, in den Salon der Marchesa.

Bereits zur Morgenpromenade angekleidet, saß die junge Frau frisch und reizend wie immer in einem von Blumendekorationen umgebenen Fauteuil und begrüßte den Grafen mit der eleganten Artigkeit der Weltdame, in welche sich jedoch ein gewisser Ausdruck demütiger Unterwürfigkeit mischte.

Der Graf trat vor die Marchesa hin und ließ den Blick seines dunkeln Auges forschend auf ihr ruhen, als wolle er eine Antwort auf die Frage suchen, ob hinter dieser so schönen idealen Form wirklich eine Seele und ein fühlendes Herz verborgen sei.

»Ich habe Ihre Befehle ausgeführt, mein Meister,« sagte die junge Frau, indem sie, sich leicht zur Seite neigend, ein Taburett für den Grafen heranzog, auf welchem dieser jedoch nicht Platz nahm, – »und ich kann Ihnen einige Mitteilungen machen, die für Sie von Interesse sein werden.«

»Und diese Mitteilungen sind?« fragte der Graf.

»Sie wünschten zu wissen,« sagte die Marchesa, »welche Beziehungen die spanische Revolution hier in Paris hat, und ob man hier auf den Erfolg jener Erhebung Einfluss nehmen könnte.«

Der Graf neigte leicht den Kopf.

»Nun, ich kann Ihnen sagen,« fuhr die Marchesa fort, »dass neben anderen, die ich nicht kenne, vor allem hier Herr Angel de Miranda einer der wesentlichsten Agenten der spanischen Revolutionäre ist. Wenn Sie sich demselben nähern wollen, werden Sie wahrscheinlich bald die ganzen Fäden in Händen halten, an welchen diese Bewegung geleitet wird.«

Der Graf zog eine Karte hervor und notierte sich den genannten Namen.

»Das ist ein früherer Kammerherr der Königin Isabella,« sagte er, »welcher gegenwärtig hier bei der Redaktion des Gaulois tätig ist.«

»Derselbe«, erwiderte die Marchesa ein wenig erstaunt. »Ich sehe, dass es kaum möglich ist, Ihnen etwas Neues mitzuteilen.«

»Sprechen Sie immerhin,« sagte der Graf kalt und ruhig.

»Nun,« fuhr die Marchesa fort, »ich weiß aus derselben Quelle, dass man großes Vertrauen auf den Sieg der Revolution hat, wenn es nur gelingt, das nötige Geld herbeizuschaffen, – das«, fuhr sie mit einem schnellen, scharf forschenden Blick fort, »würde also vor allem die Aufgabe derjenigen sein, welche ein Interesse an der Förderung des Aufstandes haben. Außerdem scheint es,« sprach sie weiter, »dass hier der Krieg beschlossen war, und dass man besonders in den Kreisen, welche Beziehungen zu Ihrer Majestät der Kaiserin haben, sehr dekontananziert ist über dieses plötzliche Ereignis jenseits der Pyrenäen, welches alle lang vorbereiteten Pläne infrage stellt. Dies meine Nachrichten,« sagte sie, »so viel ich deren in den wenigen Tagen habe sammeln können. Ich weiß jedoch, dass Ihnen eine Andeutung genügt, um schnell mit sicherem Blick den Faden in den verborgensten Zugängen des politischen Labyrinths zu finden.«

»Ich danke Ihnen«, sagte der Graf kalt und ruhig, »für die Mühe, die Sie sich auch diesmal wieder gegeben haben, um meine Wünsche zu erfüllen. Ich hatte allerdings ähnliche Mitteilungen schon auf anderem Wege erhalten. Dies nimmt indes Ihrem Eifer nichts von seinem Wert, und ich werde denselben anzuerkennen wissen.«

Ein leichtes höhnisches Zucken erschien einen Augenblick um die Mundwinkel der Marchesa, und ein Blitz höhnischen Triumphs schoss zu gleicher Zeit aus ihren Augen. Doch neigte sie schweigend das Haupt, das ruhige, demütige Lächeln erschien wieder auf ihren Lippen und sie schlug die Augen auf ihren Schoß nieder, um den Ausdruck ihrer Blicke zu verbergen.

»Ich habe Ihnen nun«, sagte der Graf, »noch in Betreff eines Punktes meinen Willen zu erklären.«

Bei diesen in kurzem, fast hartem Ton gesprochenen Worten zuckte es abermals feindlich und höhnisch über das Gesicht der Marchesa, abermals aber neigte sie noch tiefer als vorher das Haupt, wie in gehorsamer Unterwürfigkeit unter die Befehle, welche der Graf ihr geben würde.

»Ich habe Sie vor längerer Zeit«, fuhr dieser fort, »mit einem jungen hannöverischen Offizier bekannt gemacht, welcher seitdem –«

Erstaunt und betroffen richtete die Marchesa den Kopf auf.

»Welcher seitdem«, fiel sie ein, indem sie mit großen Augen den Grafen fragend ansah, »zu meinen intimeren Freunden gehörte und welchem ich, wie Sie auch früher ganz richtig voraussetzten, manche nützliche Aufklärungen und Nachrichten verdanke, unter andern auch diejenigen, welche ich Ihnen nach der Schweiz sandte, und welche ich Ihnen soeben gemacht habe.«

»Gut,« sagte der Graf, mit dem Kopfe nickend, »Sie haben meine Andeutungen zu benützen verstanden. Dafür habe ich Ihnen bereits meine Anerkennung ausgesprochen. Ich habe indes«, fuhr er in sehr bestimmtem Tone fort, »entscheidende Gründe, welche mich bestimmen, zu wünschen, dass jedes Verhältnis und jede Beziehung zwischen Ihnen und dem Herrn von Wendenstein aufhören solle. Derselbe wird in kurzer Zeit Paris verlassen, ich wünsche nicht, dass Sie ihn während seines Aufenthaltes hier noch wiedersehen, und sollte er seinerseits irgendeinen Versuch machen, sich Ihnen zu nähern, so werden Sie denselben zurückweisen.«

Wie von einer Dolchspitze getroffen, richtete sich die Marchesa in fast konvulsivischer Bewegung empor. Ihre Augen flammten, ihre Lippen bebten, ein Zug stolzer Herausforderung erschien auf ihrem Gesicht. Mit einer Stimme, welche sie mit Mühe zum ruhigen Tone zwang, fragte sie:

»Und warum, Herr Graf, warum soll ich den Herrn von Wendenstein nicht wiedersehen? Warum soll er Paris verlassen?«

Der Graf richtete sich hoch empor, kalt wie Eis ruhte sein Blick auf dem flammend erregten Gesicht der Marchesa.

»Sie wissen,« sagte er mit schneidendem Ton, »dass ich weder Verpflichtung noch Gewohnheit habe, denjenigen, welche meinem Willen unterworfen sind, Gründe für meine Entschlüsse anzugeben. Ihnen muss genügen, dass ich meinen Willen ausspreche; das Warum desselben zu erfahren, gebührt dem Werkzeug seiner Ausführung nicht.«

Noch brennender, noch drohender hefteten sich die Blicke der Marchesa auf den Grafen. Doch mit mächtiger Anstrengung kämpfte sie ihre Bewegung nieder und sprach, indem sie den Kopf neigte und die leicht gefalteten Hände erhob:

»Ich habe Ihnen bewiesen, dass ich nicht daran denke, Ihrem Willen zu widerstreben. Aber es gibt Fälle, in denen Sie mir das Recht zugestehen werden, Sie um die Angabe eines Grundes zu bitten, – eines Grundes für einen Befehl, der mich in meinem persönlichen Leben trifft. Werden Sie in diesem Falle die Erfüllung meiner Bitte verweigern, wenn ich Ihnen sage, dass dieser junge hannöverische Offizier mich liebt, dass er durch eine Trennung von mir schwer leiden wird? – Wenn ich Ihnen sage,« fuhr sie fort, indem sie ihren Zügen einen weichen, schwärmerischen Ausdruck gab, – »dass ich ihn wieder liebe, und dass diese Liebe die einzige Blume ist, deren Duft mein einsames Leben voll Mühe und Kampf verschönt ...«

Der Graf sah sie einen Augenblick mit einem Ausdruck von strenger Zurückweisung, fast von Verachtung an.

»Welches Recht«, sprach er in tiefem Ernst, »haben Sie auf die Liebe, welches Recht haben Sie, Ihr Leben mit Blumen zu bekränzen, dieses Leben, das der strafenden Gerechtigkeit verfallen wäre, wenn ich es Ihnen nicht gelassen hätte, um durch Buße und Sühne, durch den Dienst für eine heilige Sache Ihre Seele zu reinigen und zu retten. Dennoch«, fuhr er fort, »würde ich Ihnen die Liebe, dieses heiligste Recht aller Menschen, diese himmlische Gabe, welche Gott auch den Verbrechern lässt und durch welche er sie wieder zu sich emporzuziehen sucht, – dennoch würde ich Ihnen die Liebe lassen, wenn ich Sie einer wahren Liebe für fähig hielte und wenn Sie durch diese Liebe nicht, wie Sie schon so oft getan, das Lebensglück anderer zerstörten. Dieser Herr von Wendenstein,« fuhr er fort, indem er das Wort, welches die Marchesa sprechen wollte, mit einer gebieterischen Bewegung seiner Hand zurückwies, »dieser Herr von Wendenstein ist kein Gegenstand für Ihre Liebe. Er gehört Ihnen nicht und kann Ihnen nicht gehören. Er gehört einem edlen und reinen Herzen, welches fern von hier sich in Sehnsucht und Kummer verzehrt und durch den Gram dem Tode entgegen getrieben wird. Zu diesem Herzen will ich ihn zurückführen, und deshalb verbiete ich Ihnen, ihn wiederzusehen und die Künste Ihrer Verführung gegen ihn anzuwenden. Es darf dem Fluch der Berührung durch Ihre Hand kein neues Opfer mehr fallen. Denken Sie an jenen jungen, braven Mann, den

Sie zum Tode in die Fluten der Seine getrieben, und schaudern Sie zurück davor, Ihre Hand abermals nach dem Glück menschlicher Herzen auszustrecken.«

Die Marchesa trat einen Schritt vor den Grafen hin. Kalte Ruhe lag auf ihrem Gesicht, und mit einem leisen, aber tief durchdringenden Ton sprach sie:

»Sie haben mir, Herr Graf, viele Sünden und Vergehungen meiner Vergangenheit vorgeworfen, Sie haben mich verurteilt, weil ich einst in Wien meine Liebe, meine wirkliche und wahre Liebe – verteidigte gegen eine jener Damen, welche das Schicksal auch jetzt hoch gestellt hat, bis zu denen die Not, bis zu denen die Sünde selbst nicht heranreicht – und ich habe mich Ihrem Urteil gebeugt. Aber«, fuhr sie fort, »ich habe bereits Ihre Vorwürfe zurückweisen müssen, die Sie mir über den Tod jenes armen George Lefranc machten, den ich wahrlich herzlich bedauert habe, und ich muss auch Ihre Vorwürfe zurückweisen, welche Sie mir jetzt wieder über diesen jungen Hannoveraner machen, der mich liebt, der in dieser Liebe glücklich ist und längst jene matten, lauwarmen Gefühle vergessen hat, die seinen Geist und sein Herz in die Sphären der alltäglichen Gewohnheit hinabzogen.«

»Ich muss diesen Vorwurf zurückweisen, Herr Graf,« sprach sie in scharfem, zischendem Ton. »Richter darf nicht der Mitschuldige, – nicht der allein Schuldige sein. Ich habe weder den George Lefranc noch den Herrn von Wendenstein aufgesucht, – Sie sind es, der mich auf den Lebensweg dieser Personen geführt hat. Ich bin Ihr Werkzeug gewesen und habe Ihren Befehlen gehorcht, und wenn hier eine Schuld ist, so ruht dieselbe auf Ihrem Haupt.«

»Ich werde meine Schuld tragen,« erwiderte der Graf düster, – »habe ich gefehlt, so habe ich es in edler Absicht und um heiliger Zwecke willen getan, und um dieser Absicht und um dieser Zwecke willen darf ich Vergebung hoffen. Weit entfernt bin ich, mich über diejenigen zum Richter aufzuwerfen, welche aus Verirrung fehlen. Ihr Richter aber«, fuhr er mit flammendem Blick fort, »darf ich sein und werde ich sein, und ich werde verhüten, so weit ich es kann, dass Ihre Hand jemals wieder ein warmes, fühlendes Menschenherz berührt. Ihr Richter werde ich sein, und vergessen Sie niemals, dass ich Ihr Herr bin.«

Die Marchesa zuckte zusammen und machte eine Bewegung, als wolle sie im flammenden Zorn sich dem Grafen entgegenstürzen, aber wiederum bezwang sie sich. Sie schlug die Augen nieder, aber sie konnte den Ausdruck von Grimm und Hass nicht verschwinden lassen, welcher ihre schönen Züge verzerrte, sodass dieselben fast keine Ähnlichkeit mehr mit dem Bilde hatten, welches die elegante und sorglos heiter lächelnde Frau sonst darbot.

Einige Augenblicke standen sie beide unbeweglich einander gegenüber. In der tiefen Stille des Zimmers waren ihre Atemzüge hörbar.

Da erscholl aus dem neben dem Salon liegenden Boudoir ein deutlich vernehmbares Geräusch, ähnlich dem Ton eines unterdrückten Hustens.

Die Marchesa erbebte, ein schneller, scheuer Blick fuhr nach den Portieren hin, welche sich leise zu bewegen schienen.

Der Graf hatte sich rasch umgewendet, sein Auge folgte der Richtung des Blickes der jungen Frau.

»Sind wir nicht allein?« rief er.

Und mit einem einzigen Sprung war er an der Türe des Boudoirs und riss die Portieren auseinander. Unmittelbar hinter denselben stand Herr Charles Lenoir. Im ersten Augenblick machte er eine Bewegung, als wolle er schnell aus dem Kabinett eilen, doch er erkannte, dass dies zu spät war, und trat mit ruhig unbefangenem Lächeln dem Grafen entgegen, der langsam in den Salon zurück schritt, immer das Auge auf diese so plötzlich vor ihm auftauchende Erscheinung gerichtet, welche im ersten Augenblick keinen Platz in seinen Erinnerungen zu finden schien. Endlich leuchtete ein Blitz des Erkennens in seinem Blick auf. Er sah einen Augenblick mit unbeschreiblichem Ausdruck die Marchesa an, welche ihre Fassung und Unbefangenheit wieder gewonnen hatte und ruhig auf die Entwicklung dieser Szene hinblickte.

»Ich bin, glaube ich, durch eine falsche Tür eingetreten,« sagte Herr Lenoir, indem er sich vor der Marchesa ehrerbietig verneigte. »Die Frau Marchesa hatte mich um diese Stunde befohlen, ich glaubte deshalb keine Meldung nötig zu haben und habe die Tür des Salons verfehlt. Ich hörte sprechen und wollte mich soeben wieder zurückziehen, um die Unterhaltung nicht zu stören –,« sagte er im vollkommen höflichen, fast ehrerbietigen Ton, durch welchen jedoch bei den letzten Worten eine leichte, höhnische Ironie hindurchklang.

»Herr Lenoir,« sagte die Marchesa zum Grafen gewendet, »der mir meine Einkäufe in alten Kunstgegenständen besorgt. Sie sehen, ich habe Besuch,« fuhr sie fort, indem sie Herrn Lenoir einen Wink mit der Hand gab. »Wollen Sie vielleicht zu einer andern Stunde wieder kommen?«

Herr Lenoir verbeugte sich tief und wollte sich zurückziehen.

»Ich glaube«, rief der Graf Rivero mit volltönender Stimme, »das würdige Ehepaar Balzer sollte mich genügend kennen, um zu wissen, dass ein solches Spiel meinen Blick nicht täuschen kann. Bleiben Sie, Herr Balzer,« fuhr er streng und gebieterisch fort, »bleiben Sie und erklären Sie mir, wie es zugeht, dass Sie es gewagt haben, meinem Gebot ungehorsam zu sein und aus der Verbannung, in welche ich Sie gesendet, wieder zurückzukehren. Und Sie, Madame, erklären Sie mir, warum Sie es gewagt haben, mir das Wiedererscheinen dieses Elenden zu verbergen und ihn der Strafe zu entziehen, welcher er nunmehr verfallen ist.«

Die Marchesa hielt nur mit Mühe ihre Fassung aufrecht und sank wie ermüdet in ihren Lehnstuhl zurück.

Bevor sie antworten konnte, trat Herr Lenoir immer höflich und zurückhaltend, aber mit einer Miene, als wisse er durchaus nicht, was er aus den Worten des Grafen machen solle, näher zu diesem heran und sprach:

»Ich verstehe Ihre Worte nicht, mein Herr, und kann nur vermuten, dass Sie mich mit irgendjemanden verwechseln, gegen den Sie Ursache haben, keine freundlichen Gesinnungen zu hegen. Sie haben da einen mir ganz unbekannten Namen genannt, und wenn ich mit irgendeiner Person, der Sie Vorwürfe zu machen berechtigt sind, Ähnlichkeit haben sollte, so kann ich Ihnen deshalb doch nicht die Befugnis zugestehen, in der Weise zu mir zu sprechen, wie Sie dies soeben getan. Mein Name ist Lenoir, Charles Lenoir, und ich muss Sie dringend bitten, Ihre Apostrophen künftig dahin zu richten, wohin sie gehören, und sich die Leute erst genau anzusehen, bevor Sie in solchem Ton zu sprechen sich herausnehmen.«

Die Marchesa blickte ganz erschrocken auf Herrn Lenoir. Sie stand auf, indem sie wie beruhigend die Hand erhob, als wünsche sie, dieser peinlichen Szene eine freundliche Wendung zu geben.

»Sie haben sich soeben vermessen, Madame,« sprach der Graf mit zornig flammendem Blick, »mir zu sagen, dass ich nicht das Recht habe, Sie zu richten. Wollen Sie das auch jetzt noch behaupten, da Sie hier vor mir stehen als die Mitschuldige dieses Elenden, den ich aus der Welt hatte verschwinden lassen, um ihm die Möglichkeit der Buße und Besserung zu geben, und der meinem Befehl zum Trotz wieder zurückgekehrt ist, um ohne Zweifel neue Verbrechen zu seiner früheren Schuld hinzuzufügen. Ich habe Sie an seinen Tod glauben lassen, um auch Ihnen einen neuen Lebensweg zu öffnen. Von dem Augenblick, da Sie wissen, dass er lebt, da Sie mit ihm in einer – wie es scheint, ziemlich nahen Verbindung stehen,« fügte er mit bitterem Hohn hinzu, »von diesem Augenblick an sind Sie wissentlich der Doppelehe schuldig, von diesem Augenblick an gibt es kein Erbarmen mehr für Sie. Sie sind beide Ihrer Strafe verfallen, die unverzüglich über Sie hereinbrechen wird.«

Einen Augenblick schien die Marchesa mit ihren Entschlüssen zu kämpfen. Es schien, als wolle sie den Sturm beschwören, der sie plötzlich umbrauste. Ein Blick auf den Grafen aber schien sie von der Unmöglichkeit dessen zu überzeugen, und indem sie wie durch einen Zauberschlag den Ausdruck ihres Gesichts änderte, trat sie mit kaltem, höhnischem Lächeln und mit einem trotzig herausfordernden Blick einen Schritt vor und sprach:

»Sie führen eine Sprache in meinem Salon, Herr Graf, die ich nicht zu hören gewohnt bin. Wenn Sie diesem Herrn da, den ich als einen rechtlichen und ehrenhaften Mann kenne, irgendwelchen Vorwurf zu machen haben, so muss ich Sie bitten, sich dazu einen andern Ort zu wählen!«

»Welch ein Abgrund frecher Verwegenheit!« rief der Graf, kaum seine Bewegung meisternd, »ihr Verworfenen, die ich in meiner Hand halte, die ich zermalmen kann, wenn ich will, wagt es, auch gegen mich euch aufzulehnen? Was hindert mich, euch sofort ergreifen zu lassen und den Gerichten zu überliefern? Das Maß eurer Verbrechen ist voll. Ihr habt die Sühne und die Buße, die ich euch aufgelegt, zurückgewiesen, so soll denn die Strafe euch unerbittlich treffen.«

»Und was hindert mich, mein Herr,« sagte Herr Lenoir, indem er mit höhnischem Lächeln die flammenden Blicke des Grafen aushielt, »was hindert mich, die Frau Marchesa und mich selbst vor Ihren Ausbrüchen zu schützen, welche ich gern«, fügte er mit schneidender Ironie hinzu, »mit irgendeiner Geistesstörung entschuldigen will. Was hindert mich, die Lakaien hereinzurufen und die Dame hier von Ihrer Gegenwart zu befreien?«

»Du wirst mir folgen, Elender!« rief der Graf in zitternder Entrüstung, indem er die Hand gegen Herrn Lenoir erhob, »du wirst mir folgen, damit ich dich deinem Schicksal übergebe!«

»Es ist Zeit, ein Ende zu machen,« sagte Herr Lenoir, immer in demselben Ton, indem eine triumphierende Freude aus seinen Augen sprühte. »Kennen Sie dies, mein Herr?« fragte er, indem er eine Karte aus der Tasche zog und dem Grafen vorhielt, – »wenn Sie nicht augenblicklich das Haus verlassen, so werde ich auf der Stelle die ersten besten *sergants de ville* herausrufen und Sie zunächst nach Bicétre bringen lassen, wo man untersuchen wird, ob Ihr unerhörtes Benehmen durch Geistesverwirrung Entschuldigung finden kann.« Der Graf warf einen Blick auf die Karte, – er erkannte die Legitimation eines Beamten der geheimen Polizei. Wie erstarrt blickte er auf diese beiden Menschen hin, als öffne sich vor ihm ein Abgrund, dessen Tiefe er für unmöglich gehalten hätte.

»O mein Gott,« murmelte er leise, »wohin führt es, wenn menschliche Kraft sich vermisst, die Hölle lenken und meistern zu wollen!«

Schweigend wandte er sich um, verließ das Zimmer und stieg die Treppe hinab zu seinem Wagen.

»Welch eine Unverständigkeit,« rief die Marchesa, als sie mit Herrn Lenoir allein war, »wie konnten Sie diese Szene hervorrufen. Sie wissen, dass ich vom Grafen abhängig bin! Meine Stellung, meine Einnahmen, alles liegt in seinen Händen.«

»Es lag in seinen Händen,« sagte Herr Lenoir, »eine so schöne, eine so kluge, eine so gewandte Frau wie Sie bedarf dieses phrasenhaften Gecken nicht – sie kann wahrlich ihr Schicksal sich selbst machen und freie Herrin ihres Willens sein. Dazu will ich Ihnen helfen, wir sind ja Alliierte und werden wahrlich Mittel finden, Geld und Macht zu gewinnen, ohne unter der drohenden Zuchtrute dieses Schulmeisters zu stehen.«

»Aber, mein Gott,« rief die Marchesa noch immer ganz verwirrt, »wenn er –«

»Er wird nichts tun,« erwiderte Herr Lenoir ruhig, »und kann nichts tun. Alles, was er versuchen möchte, wird vergeblich sein, hier in Frankreich wenigstens, er ist in hohem Grade verdächtig geworden,« fügte er mit einem eigentümlichen Lächeln hinzu. »Von Biarritz, wohin ich neulich,« sagte er mit halb spöttischer, halb ehrerbietiger Verbeugung, »ein Schreiben der Frau Marchesa gebracht habe, ist der Befehl zu seiner Ausweisung gekommen. Und ich zweifle nicht, dass man der Frau Marchesa sehr dankbar sein wird für den Wink, den sie über die gefährlichen Machinationen des Grafen gegeben hat.«

»Oh,« rief die junge Frau, die Augen mit stolzem Ausdruck aufschlagend und die Arme emporstrebend, »so bin ich frei, – frei von dieser Fessel, die ich so lange hinter mir herzog, und die Zukunft gehört mir!«

»Haben die Frau Marchesa sonst noch Befehle?« sagte Herr Lenoir. »Der Polizeipräfekt wird sich, wie ich weiß, morgen die Ehre nehmen, Ihnen seinen Besuch zu machen.«

Ein Lächeln hoher Befriedigung umspielte die Lippen der Marchesa, sie öffnete eine Kassette, nahm eine Rolle aus derselben und reichte sie Herrn Lenoir.

»Ich danke Ihnen,« sagte sie. »Ich lerne Ihre Dienste schätzen und werde sie immer zu belohnen wissen. Auf Wiedersehen!«

Herr Lenoir steckte die Rolle ein und ging schweigend hinaus. Die Marchesa lehnte sich in ihren Sessel und versank in tiefe Träumereien, welche ihr aber heitere und fröhliche Bilder zeigen mussten, denn immer lächelnder, immer freundlicher wurde der Ausdruck ihrer schönen Züge. – – –

Finster und starr, immer noch wie betäubt durch den Eindruck des Vorgefallenen, war der Graf Rivero nach seiner Wohnung gekommen. Er hatte seine Tochter umarmt und lange in ihre reinen, liebevollen Augen geblickt, als suche er in diesen Augen einen Gruß des Himmels, nachdem sich die Tiefen der Hölle vor ihm geöffnet.

»Wir werden bald nach Deutschland abreisen, mein Kind,« sagte er, »ich will versuchen, eine arme Kranke zu retten, die einem Freunde von mir teuer ist. Auch du wirst deine Aufgabe bei ihrer Pflege haben.«

»Oh, ich danke dir, mein Vater, ich danke dir!« rief das junge Mädchen, »kann es einen schöneren Beruf für mich geben, als dich zu unterstützen in deinem edlen Streben, überall Gutes zu tun, Menschen zu beglücken und Gott zu dienen?«

Finster blickte der Graf vor sich nieder.

»Gott wollte ich dienen,« sagte er leise, »zur immer größeren Ehre Gottes wollte ich Menschenschicksale lenken und Menschen zu Werkzeugen meiner Hand machen, und zertrümmert liegt das Werk meines vermessenen Stolzes vor mir. Aber haben die Unschuldigen gelitten, so dürfen die Schuldigen nicht straflos bleiben, das bin ich der ewigen Gerechtigkeit schuldig.«

Er wandte sich zu seinem Schreibtisch, ergriff ein Blatt Papier und eine Feder und schickte sich an, zu schreiben.

Sein Diener trat herein und brachte einen großen Brief mit amtlichem Siegel.

Der Graf brach die Enveloppe auf und überflog tief erbleichend die wenigen Zeilen, welche das Papier enthielt. Als könne er seinen Augen nicht völlig Glauben schenken, wiederholte er langsam die gelesenen Worte:

»Der Polizeipräfekt ersucht den Herrn Grafen Rivero, aufgrund des Fremdengesetzes das Gebiet des französischen Reiches binnen vierundzwanzig Stunden zu verlassen. Sollte der Herr Graf nach Ablauf dieser Zeit seine Reise noch nicht angetreten haben, so wird derselbe sich selbst die Ausführung der gesetzlichen Maßregeln zuzuschreiben haben.«

Lange saß der Graf Rivero wie betäubt da.

»Gott will meinen Stolz demütigen,« sagt er dann, während Julia teilnehmend zu ihm getreten war und den Arm auf seine Schulter gelegt hatte, – »oder vielleicht,« fügte er tief sinnend hinzu, »mich auf den rechten Weg führen, auf welchem ich kämpfen kann für die Herstellung seines Reiches auf Erden. Möge denn Frankreich seinem Verhängnis verfallen, vielleicht finde ich in Deutschland außer der Rettung jenes Opfers meiner Vermessenheit noch einen höheren und weiteren Beruf. Aber dieser junge Herr von Wendenstein,« sagte er dann wie in plötzlicher Erinnerung, »ich darf ihn nicht hier zurücklassen. Er muss mich sofort begleiten, er darf nicht einen Tag dieselbe Luft mit diesem dämonischen

Weibe mehr atmen. Ich muss hin zu ihm und muss ihn mit mir nehmen. Dieser junge Bauer wird mir beistehen, wenn er schwanken sollte.«

Er trug seiner Tochter und seinem Diener auf, alles für die Reise an demselben Abend vorzubereiten, und begab sich eilends zu Herrn von Wendenstein, wo seine Mitteilung großen Jubel bei Fritz Deyke erregte, der mit eiliger Hast alles zusammenpackte, um seinen Leutnant aus dem ihm so verhassten Paris zur alten Heimat zurückzuführen.

Neunundzwanzigstes Kapitel

Ein einfacher Fiaker fuhr an dem großen Eingang der Staatskanzlei am Ballhausplatz in Wien vor.

Aus demselben stieg ein großer schlanker Mann von etwa fünfzig Jahren in elegantem Zivilanzug und mit einem länglichen, etwas bleichen Gesicht voll energischer Willenskraft, auf dessen regelmäßigen Zügen ein unruhiges und viel bewegtes Leben sichtbar seine Linien eingegraben hatte. Sein kurz geschnittenes, kaum leicht ergrauendes Haar, der lange, sorgfältig gepflegte, nach beiden Seiten hin in seinen Spitzen auslaufende Schnurrbart, die lebhaften Augen voll dunklen, glühenden Feuers, und besonders seine geschmeidigen und elastischen Bewegungen ließen diesen Mann, aber namentlich in einer gewissen Entfernung, erheblich jünger erscheinen.

Er schritt an dem alten Portier der Staatskanzlei in dem langen blauen Rock mit dem vergoldeten Bandelier und dem großen Stab mit leichtem Gruß vorbei und stieg mit jugendlicher Leichtigkeit die große Treppe zu dem Empfangszimmer der Reichskanzlei empor; er trat in den großen weiten Vorsaal mit den Möbeln von blauem Seidendamast, in welchem das lebensgroße jugendliche Bild des Kaisers Franz Joseph aus mächtigem goldenem Rahmen von der Wand herabsah.

Der diensttuende Bureaudiener trat ihm mit fragendem Blick entgegen.

»Melden Sie Seiner Exzellenz den General Türr, Generaladjutanten des Königs von Italien.«

Mit tiefer Verneigung eilte der Bureaudiener in das Kabinett des Grafen Beust und kehrte nach wenigen Augenblicken wieder zurück, um den General zu bitten, einige Minuten zu warten, da der Reichskanzler nur einen eben stattfindenden Vortrag zu Ende hören wolle.

Der General Türr, der seine Karriere als österreichischer Soldat begonnen, der dann als ungarischer Revolutionär gegen Österreich gekämpft, zum Tode verurteilt worden war, der darauf in italienischen Diensten bis zum General und Adjutanten des Königs emporgestiegen und durch seine Gemahlin, die Tochter der Madame Bonaparte-Wyse, ein entfernter Verwandter der Familie des Kaisers Napoleon und Schwager des italienischen Ministerpräsidenten Rattazzi geworden war, ging mit großen Schritten einige Male in dem Salon auf und nieder. Dann blieb er vor dem Bild des Kaisers Franz Joseph stehen und blickte dasselbe mit seinen geistvollen, sinnigen Augen lange an.

»Die Tage folgen sich und gleichen sich nicht!« sagte er. – »Als dieser Kaiser in der jugendlichen Gestalt, in welcher er hier unverändert auf alle die sich einander ablösenden diplomatischen Generationen herabblickt, auf den Thron Österreichs stieg, da stand ich tief unten auf der Stufenleiter des Lebens und über meinem Haupte schwebte das unerbittliche Urteil des Hochvrrates. Jahre sind dahin gegangen, sie haben ihre Linien in die kindlichen Züge dieses damals kaum dem Knabenalter entwachsenen Monarchen gezogen. Die Last der Krone hat sein Haupt gebeugt, die Sorgen haben seine Stirn gefurcht und mancher Edelstein, den er aus dem Kampf jener Tage rettete, ist heute aus seinem Diadem gebrochen – und ich, der damals Verfemte und Geächtete, stehe heute als ein mit Auszeichnung empfangener Gast in dem alten Heiligtum der Kaunitz und Metternich.«

Voll stolzen Selbstgefühls leuchteten seine Blicke auf. Dann aber legte sich der Ausdruck einer tiefen Wehmut auf seine Züge, und immer das Auge auf das Bild des Kaisers gerichtet, sprach er weiter:

»Ich stehe heute auf der Höhe eines durch eigene Willenskraft und Ausdauer geschaffenen Lebens; wofür ich damals gekämpft und geachtet wurde, das ist heute erreicht und ich fühle, wie mächtig das Band der Liebe mich an das alte Vaterland fesselt, welches ja jetzt erkannt hat, dass mein Streben einst nur sein Wohl bezweckte, an dies Vaterland, das heute Österreich-Ungarn heißt, und auch an diesen edlen und ritterlichen Fürsten, den die Hand des Unglücks so schwer getroffen, der die eiserne Krone und das Diadem Venetiens verloren, aber auf dessen Haupt heute heller als je die Krone des heiligen Stephan glänzt. Ich bin nicht mehr Österreicher, ich bin nicht mehr sein Untertan,« sagte er mit leiser bebender Stimme, »aber mein Blut macht mich zum Ungarn und dem Fürsten der Ungarn werde ich dienen und beistehen, soviel ich kann, und ich will ihm auch jetzt den festen Halt bringen, um der Zukunft stolz und sicher entgegengehen zu können.«

Der Bureaudiener erschien und lud den General ein, in das Kabinett des Reichskanzlers zu treten.

Der General Türr warf noch einen langen Blick auf das schöne Bild des Kaisers, durchschritt dann das zweite kleinere Vorzimmer und trat in das Kabinett des Grafen Beust, der sich von seinem Schreibtisch erhoben hatte und ihm fast bis zur Türe entgegenging.

»Ich freue mich, Sie hier zu sehen, Herr General,« sagte der Reichskanzler mit seinem freundlich gewinnenden Lächeln, indem er dem General die Hand reichte, welche dieser mit freiem Anstande ergriff.

»Sie sind lange nicht in Wien gewesen. Ich habe Ihnen noch zu danken für die wesentlichen Dienste, welche Sie uns durch Ihre Beziehungen und Ihren Einfluss in Ungarn bei der Regelung und Entwickelung der dortigen Verhältnisse geleistet haben.«

Er setzte sich an seinen Schreibtisch. Der General nahm auf einem neben demselben bereitstehenden Lehnstuhl Platz.

»Ich bin glücklich, wenn es mir hat gelingen können, Eure Exzellenz in Ihrem schweren Werk zu unterstützen. Sie haben mit klarem Blick die Wahrheit der Idee erkannt, für welche ich und meine Freunde einst gefochten haben. Sie haben die Kraft erkannt, welche in Ungarn liegt, und haben durch die freie Anspannung dieser Kraft Österreich die Bürgschaft einer großen Zukunft gegeben. Seien Sie überzeugt, dass ich stets bereit sein werde, Sie nach allen Kräften zu unterstützen. Ich habe zunächst noch«, fuhr er schnell fort, »Ihnen meine Glückwünsche für die erneuerte Anerkennung Seiner Majestät auszusprechen. Ich habe soeben bei meiner Ankunft in Wien gehört, dass der Kaiser Sie in den Grafenstand erhoben hat.«

Graf Beust neigte leicht den Kopf und erwiderte lächelnd: »Dieser Titel an sich hat für mich wenig Wert, meine Familie ist alt genug, um ihn entbehren zu können, und führt ihn auch bereits in einigen ihrer Zweige, aber die Verleihung desselben macht mich in diesem Augenblick glücklich, denn sie zeigt mir, dass der Kaiser meine Bemühungen und Arbeiten und die, wenn auch vielleicht geringen, Erfolge derselben gnädig anerkennt, und zwar in einem Augenblick, in welchem erneute und eifrige Versuche gemacht worden sind, meine Stellung zu untergraben. Versuche, welche gerade von denjenigen ausgehen, denen Österreichs Größe und glückliche Zukunft doch wahrlich mindestens eben so sehr am Herzen liegen sollten als mir, der ich als ein Fremder in die Geschichte dieses Landes eintrete. Ein Teil jener alten österreichischen Aristokratie,« fuhr er mit einem Anklang von Bitterkeit fort, », welche nichts lernen und nichts vergessen will, und welche am Gängelbande Roms zu gehen gewohnt ist, hat alles Mögliche getan, um meine Stellung zu untergraben und mich bei dem Kaiser zu verdächtigen als einen Protestanten und Neuerer, der den Glauben und die Religion in Österreich zerstören möchte. Der Kaiser hat diesen dunklen Agitationen und Konspirationen durch meine Ernennung zum Grafen eine klare und deutliche Antwort gegeben, welche die Welt und das österreichische Volk verstehen wird. Und das ist es, was mich glücklich macht und mir freudige Zuversicht für die Zukunft gibt.«

»Die Zukunft Österreichs«, rief der General Türr mit blitzenden Augen, »liegt auch mir am Herzen, und ich komme, um Eurer Exzellenz eine Idee, vielleicht mehr als eine Idee mitzuteilen, welche nach meiner Überzeugung geeignet ist, Österreichs künftige Stellung zu sichern und zu kräftigen.«

Graf Beust, welcher die Unterhaltung bisher im ruhigen, leichten Konversationston geführt hatte, wurde ernst. Sein helles, klares Auge richtete sich fragend auf den General. Er fuhr in unwillkürlicher Bewegung einige Male mit einem Bleistift, der ihm zur Hand lag, über einen Bogen Papier und sagte dann:

»Jede Idee, welche mir zum Heil Österreichs entgegengebracht wird, ist mir von hoher Wichtigkeit. Von um so höherer Wichtigkeit,« fügte er verbindlich den Kopf neigend hinzu, »wenn sie von einem Manne ausgeht wie Sie, Herr General.«

»Euer Exzellenz werden, wie ich, erkennen,« sagte der General Türr, »dass nach dem letzten Kriege eine tiefe Kluft zwischen Österreich und Preußen entstanden ist, eine Kluft, welche sich bei jedem Ereignis immer weiter öffnen kann und welche es für Österreich, das bisher den Schwerpunkt seiner Stellung in Deutschland und auf deutschem Boden zu finden gewohnt war, notwendig macht, einen neuen festen Boden in dem Konzert der Mächte zu gewinnen, um nicht isoliert in Europa dazustehen.«

Graf Beust neigte wie zustimmend den Kopf. Dann aber sagte er:

»Ich vermag in den augenblicklichen Konstellationen der Politik keine Gefahr für Österreich zu erblicken, unsere Isolierung ist nach keiner Richtung hin eine feindliche. Es ist die Zurückgezogenheit der Rekonvaleszenz, um mich so auszudrücken, der inneren Sammlung, welche wir bedürfen, um jemals wieder aktiv und maßgebend in die Politik eingreifen zu können.«

»Dennoch,« erwiderte der General Türr, »ist diese Isolierung gefährlich, um so gefährlicher in einer Zeit, in welcher jeder Augenblick Katastrophen herbeiführen kann, deren Entwicklung Österreich unmöglich ruhig und untätig zuzusehen imstande ist. Preußen«, fuhr er fort, »ist im Jahre 1866 bis an den Main gegangen, es hat die österreichische Suprematie in Deutschland zerstört, aber der Natur der Sache nach kann und wird die Politik des Berliner Hofes dabei nicht stehen bleiben, sie wird jede Gelegenheit benutzen, um das, was im Jahre 1866 noch unvollendet geblieben ist, durchzuführen und in irgendwelcher Form das Wesen des preußischen Kaisertums in Deutschland zu schaffen.«

»Die Verträge stehen dem entgegen,« sagte Graf Beust ruhig, »die Selbstständigkeit und Unabhängigkeit der süddeutschen Staaten ist gesichert.«

»Gesichert,« rief der General Türr lebhaft – »gesichert durch ein Blatt Papier, das in jedem Augenblick zerrissen werden kann, ja, das durch die Militärverträge mit den süddeutschen Staaten fast schon zerrissen ist. Eine solche Sicherheit, Exzellenz, bedeutet nichts in unseren Tagen. Wie viele Verträge – noch feierlichere Verträge als den Prager Frieden – haben die letzten Dezennien nicht schon zerreißen sehen! Ich bin Ungar«, fuhr er fort, »und im Interesse des Volks, aus dem ich hervorgegangen, kann ich Eurer Exzellenz nur aufrichtig sagen, dass ich eine Wiederherstellung der früheren Stellung Österreichs in Deutschland, eine Aufhebung des Werkes von 1866 nicht wünsche, weil eine solche in der Politik des Kaiserstaats vorzugsweise wieder die deutschen Interessen maßgebend machen würde und alles infrage stellen müsste, was für Ungarn zu seinem Heil und zum Heil des Hauses Habsburg gewonnen ist. Aber ebenso wenig«, fuhr er fort, »wünsche ich und kann ich wünschen, dass das Werk von 1866 im Sinne des Berliner Hofes zu Ende geführt werde, dass sich an den Grenzen Österreichs und Ungarns ein übergewaltiges deutsches Reich aufrichte. Es liegt im Interesse Österreichs und Ungarns,« fügte er mit Nachdruck hinzu, »dass der Prager Frieden die dauernde Grundlage der Zustände in Deutschland bleibt, damit Österreich nicht von übermächtigen Militärstaaten umgeben werde, welche von zwei Seiten und aus zwei verschiedenen Interessen die Zersetzung und Zerstörung des Kaiserstaates wünschen müssten. Richten Sie das ganze militärische geeinte Deutschland an Ihren Grenzen empor, so wird Österreich von Russland und Deutschland eingefasst werden, jeder selbstständigen politischen Aktion unfähig, und wird sich, wenn es nicht untergehen will, gezwungen sehen, mit seinen beiden gewaltigen Nachbarn eine feste Allianz zu schließen, in welcher das Wiener Kabinett wahrlich nicht die maßgebende Stimme führen würde.«

»Eine solche Eventualität liegt noch nicht vor,« sagte Graf Beust.

»Wenn sie in diesem Augenblick nicht vorliegt,« erwiderte der General, »so hat sie doch wenigstens noch vor ganz kurzer Zeit sehr nahe gelegen. Sprechen wir offen, Exzellenz,« sagte er, »Sie werden wissen, wie ich weiß, dass der Ausbruch eines Krieges zwischen Frankreich und Preußen in unmittelbar naher Vergangenheit nur an einem Haar hing und dass nur diese so plötzlich dazwischen getretene spanische Revolution die vollkommen vorbereitete Katastrophe verhindert, – verschoben hat.«

Graf Beust neigte schweigend das Haupt, ohne dass man in seinen Mienen merken konnte, ob dies ein Zeichen der Aufmerksamkeit sei, mit welcher er dem General zuhörte, oder eine Zustimmung zu den von ihm ausgesprochenen Worten.

»Jener Krieg zwischen Preußen und Frankreich«, fuhr der General lebhaft fort – »und ein solcher Krieg ist nur eine Frage der Zeit, er wird und muss kommen mit sicherer Notwendigkeit – ein jeder Krieg zwischen Frankreich und Preußen würde die Frage, von der ich vorhin gesprochen, unmittelbar herantreten lassen, denn würde Preußen in einem solchen Krieg siegen, so würde Deutschland ihm ohne Widerstand gehören; würde es aber vollkommen besiegt werden, so würde dadurch auf der anderen Seite wieder ein solches Übergewicht Frankreichs in Europa begründet, wie es wahrlich nicht im Interesse der übrigen Mächte, am wenigsten in demjenigen Österreichs liegen könnte. Österreich muss eine solche Entscheidung zunächst zu verhindern suchen, und wenn dies nicht mehr möglich ist, so muss es mit fester Hand in dieselbe eingreifen können, um auf der einen Seite ein weiteres Vordringen Preußens, das bereits mit einem Fuß an dem Brenner und mit dem andern am St. Gotthard steht und dadurch auch Italien bedroht, zu verhindern, auf der andern aber auch zugleich den dominierenden Einfluss Frankreichs in Mitteleuropa auszuschließen und zurückzuweisen.«

Ein leichtes Zucken zeigte sich in den Augenwinkeln des Grafen Beust.

»Sie glauben, Herr General,« sagte er im Ton eines gewissen Erstaunens, »dass das Vordringen Preußens nach dem Süden Italien bedrohen könne – ich glaubte, dass Ihre Beziehungen zu Preußen die besten seien, und dass Sie die Stärkung dieser Macht im Interesse der Ziele, welche Sie verfolgen, nur wünschen können.«

»Weil Italien,« erwiderte der General, »die notwendigen Ziele seiner nationalen Politik nicht anders erreichen konnte, hat es damals diese Allianz mit Preußen geschlossen. Diese Allianz aber lastet schwer auf uns, es wäre wahrlich besser, unsere Politik auf andere Grundlagen zu basieren. Und gerade darüber wollte ich mit Eurer Exzellenz sprechen, gerade darüber wollte ich Eurer Exzellenz eine Idee mitteilen, deren Ausführung, wie ich glaube, sowohl für Österreich und Italien als auch für Europa jede künftige Gefahr eines zu großen Übergewichts der einen oder der anderen Macht ausschließen könnte.«

Graf Beust sah den General einen Augenblick mit seinen klaren Augen forschend an.

»Herr General,« sagte er dann, »Sie haben eine hervorragende Rolle in der Geschichte Italiens gespielt, Sie stehen der Person Ihres Königs nahe, Sie wollen mir die Ehre erzeigen, mir eine politische Idee mitzuteilen: Darf ich mir die Frage erlauben, ob unsere Unterhaltung ein privater Meinungsaustausch sein soll oder ob die Gedanken, deren Mitteilung ich mit Spannung entgegensehe, Ihrer Regierung und Ihrem Könige nahestehen?«

Der General blickte den Reichskanzler frei und offen an.

»Sie wissen, Exzellenz,« sagte er, »wie sehr der König Viktor Emanuel wünscht, dass die Vergangenheit aus den Erinnerungen Österreichs und Italiens verschwinde, und ich glaube Sie versichern zu können, dass der König die Gedanken, welche ich zur Erreichung dieses Zieles Ihnen mitteilen möchte, vollkommen billigt und zu ihrer Ausführung – wenn sie je praktische Formen annehmen sollten, mit Freuden die Hand bieten wird.« »Ich kenne diese Gesinnungen des Königs,« erwiderte Graf Beust, »und kann Ihnen meinerseits die Versicherung geben, dass dieselben vom Kaiser, meinem allergnädigsten Herrn, und von mir geteilt werden.«

»Nun,« fuhr der General fort, »ich gehe einen Schritt weiter. Die bloße Sympathie, die Freundschaft ist kein Faktor im politischen Leben, wenn sie sich nicht in bestimmte Formen kleidet und ihren Ausdruck in Bündnissen und festen Stipulationen findet.« »Zu jedem Bündnis«, erwiderte

Graf Beust, »gehört ein bestimmtes, gleichartiges Ziel – zu jedem Bündnis gehören Leistungen und Gegenleistungen.«

»Das gleiche Ziel, Exzellenz,« sagte der General, »besteht zwischen Österreich und Italien, und ich glaube, dasselbe bereits angedeutet zu haben. Es liegt darin, dass beide Staaten das gemeinsame ernste Interesse
haben, den gegenwärtigen Zustand in Deutschland zu befestigen und
für die Zukunft zu erhalten, und ein weiteres Vordringen Preußens nach
dem Süden, welches Ihnen wie uns gefährlich werden müsste, zu verhindern.«

»Wenn ein solcher Fall eintreten sollte – –,« sagte Graf Beust.

»Nicht wenn der Fall der Gefahr da ist«, rief der General Türr lebhaft,
»schließt man die Bündnisse, man muss sich vorher rüsten, der Gefahr
entgegenzutreten, und für den Fall derselben auch vorher den zweiten
Punkt feststellen, welchen Eure Exzellenz vorhin so scharf und richtig zu
bezeichnen die Güte hatten – die Leistungen und Gegenleistungen.«

»Und wenn wir diesen Fall nun ins Auge fassten?« fragte Herr von Beust
mit feiner Betonung.

»So würden sich«, sagte der General Türr, »die Leistungen und Gegenleistungen, wie mir scheint, sehr klar und einfach ergeben. Österreich hat
bei jeder europäischen Katastrophe,« fuhr er fort – »und eine solche Katastrophe könnte gegenwärtig doch nur aus den deutschen Angelegenheiten entstehen – das dringende Interesse, mit seiner vollen Kraft in die
Aktion eingreifen zu können. Das Hindernis eines solchen Eingreifens
würde nun, wie ich überzeugt bin, wesentlich von Osten kommen, von
derjenigen Macht, deren Herübergreifen in das westliche Europa entgegenzutreten Österreich-Ungarn und Italien gleich sehr bestrebt sein
müssten. Diese Macht ist Russland, Exzellenz, und Russland ist durch
die innigsten Beziehungen gegenseitiger Unterstützung mit Preußen
verbunden. Ich habe keinen Zweifel, dass Russland im Augenblick einer
preußischen Aktion sich jeder Teilnahme Österreichs energisch widersetzen würde.«

»Und wenn das geschähe?« fragte Graf Beust. »So würde es vor allem
darauf ankommen,« fiel der General Türr ein, »der Macht Österreichs
einen solchen Zuwachs zu geben, dass sie imstande wäre, auch eine russische Einmischung kraftvoll zurückzuweisen und zugleich den Süddeutschen einen Halt zu geben, damit diese nicht gezwungen sind, sich

auf Gnade und Ungnade an Preußen anzuschließen. Ich glaube,« fuhr er fort, »dass ein festes Bündnis mit Italien, dessen Armee sich fortwährend verbessert und konsolidiert, dessen finanzielle Kräfte sich stärken, diesen erforderlichen Machtzuwachs Österreichs zu gewähren imstande wäre.«

»Das wären die Leistungen,« sagte Graf Beust mit seinem Lächeln – »wir sprachen vorhin auch von der Gegenleistung.«

»Italien, Exzellenz,« sprach der General weiter, »hat für seine Politik zunächst nur das eine bestimmte Ziel: seine vollständige nationale Konstituierung. Dieselbe ist zum Teil vollendet, vollendet im feindlichen Gegensatz gegen Österreich – im Krieg mit Österreich, – dass dies geschah, dass Österreich sich zwischen zwei Feinde stellte, statt sich einen mächtigen Freund und Alliierten zu schaffen, war nach meiner Überzeugung einer der größten Fehler der früheren österreichischen Regierung, ein Fehler, den, wie ich glaube, Eure Exzellenz ebenso sehr erkennen und würdigen als ich.«

Graf Beust neigte diesmal mit unverkennbarer vollkommener Zustimmung das Haupt.

»In diesem Augenblick«, fuhr der General fort, »fehlen zur vollständigen nationalen Konstituierung Italiens noch zwei Punkte. Diese Punkte sind Rom und das italienische Tirol.«

Graf Beust atmete auf, ein Zug des Verständnisses erschien auf seinem Gesichte. Die Unterhaltung hatte ihren eigentlichen Kernpunkt berührt.

»Rom«, fuhr der General Türr fort, »hat Frankreich uns zu geben, welches seine Hand auf diese natürliche Hauptstadt Italiens gelegt hat. Das italienische Tirol kann Österreich uns gewähren. Was nun Rom betrifft, so glaube ich, dass es trotz des Drängens von einem gewissen Teil der Aktionspartei im Interesse Italiens liegt, die definitive Entscheidung dieser Frage noch der Zukunft zu überlassen. Es ist unmöglich,« fuhr er fort, »dass nicht über kurz oder lang unter einem neuen Papste eine Verständigung zwischen dem Papsttum und dem Königreich Italien stattfinde. Das Papsttum ist so sehr eine italienisch nationale Institution, Italien auf der andern Seite ist so sehr katholisch, dass diese beiden, jetzt einander so feindlich gegenüberstehenden Elemente sich mit der Zeit finden müssen. Italien muss verstehen, welche Kraft und welchen Einfluss ihm das Papsttum gibt. Der Papst wird endlich begreifen müssen, um wie viel höher und mächtiger seine Stellung ist, getragen von der nationalen Kraft und dem nationalen Gefühl, als wenn er in feindlicher Abgeschlossenheit sich von den Lebensbedingungen seiner Macht trennt. In dem Augenblick aber, in welchem das Papsttum und Italien sich miteinander verständigen, wird der französische Einfluss und die französische Okkupation von selbst verschwinden, während jetzt ein vorzeitiges Angreifen dieser Frage gefährliche und bedenkliche Verwickelungen herbeiführt. Viel einfacher dagegen liegt die Sache mit dem italienischen Teil Tirols; nachdem Österreich die Lombardei und Venezien nicht mehr besitzt, ist das kleine Gebiet von keiner Bedeutung mehr. Es ist eigentlich nur noch eine Prinzipien- und keine Machtfrage. Österreich – das von Eurer Exzellenz geleitete Österreich,« fuhr er, sich verbeugend, fort, »wird zu der Erkenntnis gekommen sein, dass es durch die Beherrschung von Teilen fremder Nationalität niemals an Macht gewonnen, sondern sich nur Verwickelungen und schließlich Niederlagen zugezogen hat, und Österreich wird, wenn es seine wahren Interessen erkennt, wahrlich nicht zögern, durch eine Konzession von verschwindend kleiner praktischer Bedeutung sich die freie und ungehinderte Vertretung seiner Interessen in allen möglichen Katastrophen der Zukunft durch eine feste Allianz mit Italien zu sichern.«

Graf Beust schwieg einige Augenblicke. Dann blickte er mit schnellem Aufschlag seines Auges den General scharf und forschend an und fragte in leicht hingeworfenem, fast gleichgültigem Ton: »Haben Sie mit dem Kaiser Napoleon über diese Idee gesprochen?« »Ja, Exzellenz«, erwiderte der General Türr. »Und der Kaiser würde über die Ausführung meines Gedankens in hohem Grade erfreut sein, da derselbe eine Basis bieten würde für die gerade von ihm so dringend gewünschte und mehrfach schon erstrebte Koalition zwischen Frankreich, Österreich und Italien.«

»Das herzliche und innige Einverständnis zwischen diesen drei Mächten,« erwiderte Graf Beust, »erfüllt mich mit großer Befriedigung. Ich werde stets alles mögliche tun, um dieses Einverständnis zu erhalten und immer inniger zu gestalten. Eine Allianz,« fuhr er fort, »eine Koalition ohne ein in dem Augenblick hervortretendes Objekt derselben würde, wie ich aufrichtig sagen muss, große Schwierigkeiten haben.«

»Ich glaube,« sagte der General Türr, »dass die Schwierigkeiten am wenigsten bei Österreich liegen sollten, da die österreichische Leistung doch eigentlich nur das vollständige Aufgeben einer bereits verlorenen Position und die letzte Anerkennung der nationalen Konstituierung Italiens ist. An wirklicher Macht verliert Österreich nichts, gewinnt dagegen eine sehr bedeutende Stärke im festen Rückhalt an Italien und Frankreich, welche es davor bewahren wird, Preußen und Russland in die Hände zu fallen, was sonst jedenfalls sein Los sein müsste.«

»Sie dürfen eins nicht vergessen, Herr General,« erwiderte Graf Beust, »dass namentlich in unsern Tagen die Politik nicht mehr nach Utilitäts- prinzipien im geheimnisvollen Dunkel der Kabinette gemacht wird, sondern dass die öffentliche Meinung und ihr Urteil heute maßgebend auf die Entschließungen der Staatsmänner einwirken muss. Ich bin nicht sicher, wie die Führer der öffentlichen Meinung Österreichs und auch Deutschlands, auf das wir doch ebenfalls sehr viel Rücksicht nehmen müssen, eine solche Gebietsabtretung aufnehmen würden, und ob die- selbe nicht als ein Zeichen unwürdiger Schwäche erscheinen möchte, um so mehr, als es unmöglich wäre, die Vorteile, welche Österreich dagegen eintauscht, der öffentlichen Meinung klarzulegen, da dieselben doch für eine Eventualität der Defensive oder, Offensive«, fügte er mit Betonung hinzu, »berechnet sind, welche es mit Rücksicht auf die internationalen Beziehungen unmöglich macht, sich öffentlich auszusprechen.«

»Die öffentliche Meinung«, erwiderte der General Türr, »bekennt sich zum Nationalitätsprinzip. – Deutschland strebt aufgrund dieses Prinzips nach fester Einigung. Österreich hat unter Zustimmung seiner ganzen Bevölkerung die nationalen Rechte Ungarns anerkannt, die öffentliche Meinung wurde es also nur billigen, wenn Österreich Italien das Opfer eines kleinen Gebietsteils darbringt. Außerdem«, fuhr er fort, »lässt sich auf die öffentliche Meinung sehr erheblich durch alle diejenigen einwir- ken, welche ein Interesse an der Verstärkung Österreichs und an der Zu- rückweisung eines weiteren Vordringens in Deutschland haben. Ich habe mit einem hervorragenden Mitglied der deutschen Demokratie über den Gegenstand gesprochen, mit Herrn August Röckel, den Eure Exzellenz ja kennen.«

Graf Beust nickte mit dem Kopf.

»Je mehr ich ihn kennenlerne,« sagte er, »um so mehr bedaure ich, dass er einst in Sachsen das Opfer seiner irregeleiteten, aber in ihrem Grunde sehr edlen und idealen Gesinnung geworden.«

»Röckel und alle ihm Gleichgesinnten«, fuhr General Türr fort, »würden ein Arrangement zwischen Österreich und Italien in dem angedeuteten Sinne durchaus billigen und auch das ganze Gewicht ihres Einflusses geltend machen, dasselbe von der öffentlichen Meinung in Österreich und Deutschland billigen zu lassen, auch ohne dass man die konkreten Zielpunkte einer solchen Abmachung vor die Öffentlichkeit brächte.«

»Außer der öffentlichen Meinung«, fuhr Herr von Beust fort, ohne in seinen Mienen erkennen zu lassen, ob er den Bemerkungen des Generals Türr zustimme oder nicht, »ist noch ein Faktor bei Erwägung des von Ihnen angeregten Gegenstandes in Betracht zu ziehen, welcher für die praktische Ausführung desselben ebenso schwer wiegt. Dieser Faktor«, fuhr er fort, »ist das persönliche Gefühl Seiner Majestät des Kaisers. Ich habe bereits bemerkt und wiederhole, dass der Kaiser ebenso sehr wie ich die Beziehungen innigster Freundschaft zu Italien wünscht. Indes hat Seine Majestät eine tiefe Gewissenhaftigkeit gegen die von seinen erlauchten Vorfahren überkommenen Rechte. – Abtretungen von Ländern und Untertanen, welche die Geschichte mit der österreichischen Monarchie vereinigt hat, widerstreben dem Gefühl des Kaisers, wie ich weiß, in hohem Grade, gerade weil der Kaiser in seiner edlen Pflichttreue alle seine Untertanen und deren Wohl und Wehe als von der Vorsehung ihm anvertraut betrachtet.«

»Ich kenne und würdige vollkommen«, erwiderte der General Türr, »dies pietätvolle Pflichtgefühl des Kaisers; indes möchte ich mir doch zu bemerken erlauben, dass die Rücksicht auf die Größe, Macht und künftige Sicherheit des ganzen Staats Seiner Majestät eine höhere und allgemeinere Pflicht auferlegt, als diejenige auf eine fast verschwindende Anzahl einzelner Untertanen.«

»Meine Bemerkungen«, sagte Graf Beust, »sollten auch durchaus nicht die Unausführbarkeit des von Ihnen angeregten Arrangements ausdrücken, sondern nur eine der großen Schwierigkeiten bezeichnen, auf welche dasselbe in seiner Ausführung stoßen könnte.«

»Wenn aber, abgesehen von der Sicherheit und Unabhängigkeit Österreichs«, bemerkte der General Türr, »auf die Entschließungen Seiner Majestät noch die Erwägung einwirken würde, dass, wenn die infrage stehende Allianz geschlossen wäre, und wenn sie in einer europäischen Katastrophe dazu beitrüge, einen entscheidenden Sieg über die Gegner Österreichs zu erringen – dass dann,« fuhr er fort, indem er den Grafen Beust voll und scharf ansah, »dass dann das Haus Habsburg für die Gebietsabtretung an Italien nach einer andern Seite hin Entschädigung finden könnte. Nach einer andern Seite hin, wo ebenfalls die Traditionen der österreichischen Geschichte mächtig ins Gewicht fallen.«

Der Graf Beust blickte einige Zeit nachdenklich auf ein Blatt Papier, das vor ihm auf dem Schreibtisch lag, und auf welchem er mit leicht spielenden Zügen, wie unwillkürlich verschiedene Worte hingeworfen hatte. Dann sprach er:

»Sie gehen nach Pest, General?«

»Es war meine Absicht, dort einen Besuch zu machen,« erwiderte der General Türr, »doch würde ich gern zuvor mit Eurer Exzellenz zu einer bestimmten Meinungsausgleichung gelangt sein und würde auch, falls wir uns über die wesentlichsten Gesichtspunkte, die ich hier zur Sprache gebracht, verständigt haben sollten, gern bereit sein, nach Florenz zurückzugehen, um dem Könige Bericht zu erstatten.

»Es würde schwer für mich sein,« sagte Graf Beust, »Seiner Majestät gegenüber eine Angelegenheit zur Sprache zu bringen, welche an mich doch bisher nicht in offizieller Form herangetreten ist. Seine Majestät könnte mich mit Recht auf den Weg verweisen, welcher mir als Reichskanzler und Minister der auswärtigen Angelegenheiten vorgeschrieben ist. Wenn daher die ganze Frage an Seine Majestät gebracht werden soll, – und ich halte es für nützlich, dass dies geschieht, denn Seine Majestät muss alle Verhältnisse, alle Wünsche der mit Österreich befreundeten Mächte kennen, um mit sicherer Hand das Steuer zu führen, – dann scheint es mir richtiger und auch praktisch besser, dass dies in derselben Weise geschehe, wie es mir gegenüber der Fall gewesen ist, nämlich durch eine private Eröffnung, welche der Kaiser gewiss aus Ihrem Munde gern und mit hohem Interesse entgegennehmen wird. Sie werden begreifen, Herr General, dass, wenn Seine Majestät sich bewogen finden sollte, ein Eingehen auf den Gedanken, der bereits, wie Sie mir angedeutet, die Zustimmung des Königs Viktor Emanuel und des Kaisers Napoleon gefunden – abzulehnen, sich leicht die Beziehungen, statt sich zu verbessern, trüben und verstimmen könnten, sofern die Sache durch mich, also auf amtlichem Wege, bei Seiner Majestät angeregt worden wäre. Bei einer lediglich privaten Diskussion mit Ihnen, Herr General, wäre eine solche verstimmende Wirkung nicht zu besorgen. Auch ich möchte daher nach allen Richtungen für besser halten, wenn Sie Ihre Anwesenheit in Pest dazu benützen wollten, dem Kaiser Ihrerseits die Gesichtspunkte zu entwickeln, über welche Sie mir soeben zu sprechen die Ehre erzeigten.«

Ein leichter Zug der Missstimmung erschien auf dem Gesicht des Generals Türr.

»Da Eure Exzellenz dies für besser halten, so werde ich gern den von Ihnen angedeuteten Weg gehen, und ich hoffe, dass Seine Majestät der Kaiser in der Anregung des besprochenen Gedankens meinerseits nur einen Beweis für meine aufrichtigen Wünsche erblicken wird, ihm und meinem alten Vaterlande nach Kräften nützlich zu sein.«

Er machte eine Bewegung, um sich zu erheben.

»Haben Sie vielleicht«, fragte Graf Beust, »daran gedacht, die Idee, welche Sie mir soeben entwickelt und welche auch wohl bereits den Gegenstand Ihrer Unterhaltung an andern Orten gebildet hat, in eine bestimmte Form zu bringen? Es wäre mir interessant, – da ich mir gern die Gedanken in klare, fassbare Formen zu kleiden wünschte – Ihre Ansicht auch darüber zu hören.«

Der General zog einen Bogen Papier aus der Tasche und sagte:

»Da ich dringend wünsche, die Idee zur Ausführung zu bringen, so habe ich natürlich auch die Form zu finden gesucht, in welcher das möglich wäre. Sie würde einfach und kurz sein. Es käme nur darauf an, zu bestimmen, dass Italien bei jedem Krieg, in welchen Österreich verwickelt werden möchte, eine wohlwollende Neutralität zu beobachten habe, und im Fall vonseiten Russlands der österreichischen Aktionsfreiheit Schwierigkeiten bereitet werden sollten, eine bestimmt zu bezeichnende Truppenmacht zu den österreichischen Armeen stoßen zu lassen verspräche. Dagegen würde sich Österreich verpflichten, nach dem Kriege das italienische Tirol an Italien abzutreten.«

Graf Beust neigte mehrmals gedankenvoll den Kopf.

»In diesem Fall«, fuhr der General fort, »würden die Bedenken, welche Sie vorhin wegen der öffentlichen Meinung äußerten, zum großen Teil fortfallen und der Vertrag bis zu seiner Ausführung vollkommen geheim bleiben können. Auch könnte man sehen, ob dann – und ich glaube, dass der König von Italien gern dazu bereit sein würde – der Sache die Form einer vollständig offensiven und defensiven Allianz zu geben sei, in welcher sich Italien verpflichtet, seine Armeen mit den Truppen Österreichs zu vereinigen und vor allen Dingen durch einen Anmarsch gegen Süddeutschland, Bayern und Württemberg ebenfalls zum Anschluss an Österreich zu zwingen. In diesem Fall«, fuhr er, sich leicht verneigend, fort, »müsste aber allerdings, wie Eure Exzellenz gewiss billig finden werden, die Abtretung des italienischen Tirols sofort erfolgen. Ich habe die beiden Eventualitäten in Vertragsform skizziert.«

Er übergab dem Grafen Beust ein Blatt Papier, das er in der Hand hielt. Dieser las den Inhalt desselben aufmerksam durch.

»Sie haben keine Bedenken,« sagte er, »mir diese Skizze zu überlassen? Ich möchte meine Gedanken vollständig über den Gegenstand ins Klare bringen, um, wenn derselbe zu praktischen Unterhandlungen führen soll, einen festen Standpunkt zu haben.«

»Ich bitte Eure Exzellenz,« sagte der General, indem er sich erhob, »über mein Manuskript zu verfügen, und ich wünsche, dass das, was wir besprochen, zum Wohl Österreichs und Italiens zur Ausführung kommen möge.«

»Ich hoffe,« sagte Graf Beust, indem er den General artig zur Tür begleitete, »Sie nach Ihrer Rückkehr von Pest zu sehen und werde Ihnen stets zu hohem Dank verpflichtet sein, wenn Sie dazu beitragen wollen, die Beziehungen zwischen Österreich und Italien immer freundlicher und inniger zu gestalten – mögen sie nun in der einen oder der andern Form zur Ausführung gelangen.«

Langsam kehrte er, als der General das Zimmer verlassen, zu seinem Schreibtisch zurück.

»Dieser General Türr ist eine offene und ehrliche Natur,« sagte Graf Beust, »er will Österreich und Italien einen Dienst leisten. Und die Sache wäre auch ernster Erwägung wert, wenn nur die so oft wechselnde italienische Regierung nicht gar so unzuverlässig und die Militärmacht Italiens nicht gar so schwach wäre. Aber hinter der Sache steckt etwas anderes,« fuhr er nach einigen Augenblicken fort, »diese Idee ist nicht in dem Kopf des Generals Türr, auch nicht in dem des Königs Viktor Emanuel entstanden, ihr Ursprung liegt in den Tuilerien. Der Kaiser Napoleon, so sehr er selbst jeden kriegerischen Konflikt vermeiden möchte, sieht die Notwendigkeit eines Entscheidungskampfes mit Preußen voraus, er fühlt, dass die öffentliche Meinung in Frankreich ihn dazu drängen wird, und er will dazu eine Koalition auf seine Seite bringen. Ei will vor allen Dingen Italiens sicher sein; schon solange versucht er, diese Tripelalliance herzustellen, die auch dieser Kombination wieder zugrunde liegt. Immer sind die Ereignisse dazwischengetreten. Jetzt ist seine spanische Kombination gescheitert,« sagte er lächelnd, »nun kommt er wieder auf die alte Idee zurück. Aber er will keinen Preis für die Alliance bezahlen, er will Rom nicht aufgeben, und Österreich soll es diesmal sein, das Italien den Preis für seinen Eintritt in die französische Kombination gewährt. Ohne Weiteres ablehnen darf ich die Sache nicht – denn ich bedarf der Fühlung nach allen Seiten hin, und Österreich kann eines Tages gezwungen weiden, in die Koalition einzutreten, wenn die Verwickelungen mit den Nachbarn im Norden und Osten nicht mehr zu beseitigen sind. Nun,« fuhr er fort, wie erleichtert aufatmend, »es ist mir günstig, dass diese Proposition gerade auf diesem nichtoffiziellen Wege an mich herangetreten ist. Das überhebt mich einer direkten und unmittelbaren Antwort und gibt mir die Möglichkeit, Zeit, viel Zeit zu gewinnen, und Zeit ist ja das kostbare Arkanum, durch welches allein ich die Wunden Österreichs heilen und ihm Kraft für die Zukunft geben kann. Vor allem ein Avis an den Kaiser, damit Seiner Majestät die Sache nicht unvorbereitet entgegentritt.

Er beschrieb schnell mit jener fließenden Leichtigkeit, welche ihm eigentümlich war und ihn in seinen Expeditionen fast nie ein Wort korrigieren ließ, mehrere Seiten des großen Quartpapiers, welches auf seinem Schreibtisch bereitlag, dann versiegelte er das Geschriebene und klingelte.

»Dies zum geheimen Chiffrierbureau,« befahl er dem eintretenden Bureaudiener, »die Ausfertigung soll mit dem heutigen Kurier an Seine Majestät den Kaiser nach Pest gehen.«

Der Bureaudiener empfing die Depesche und sagte:

»Der hannöverische Regierungsrat Meding ist im Vorzimmer und fragt, ob Eure Exzellenz ihn empfangen wollten.«

»Er wird mir angenehm sein«, erwiderte Graf Beust.

Unmittelbar darauf trat der Regierungsrat Meding in das Kabinett. Graf Beust reichte ihm die Hand und lud ihn ein, auf dem Sessel Platz zu nehmen, welchen der General Tun soeben verlassen hatte.

»Ich habe bei meiner kurzen Anwesenheit hier nicht unterlassen wollen,« sagte er, »Eurer Exzellenz meine Aufwartung zu machen, und freue mich, die Gelegenheit zu haben, Ihnen zu der Auszeichnung Glück zu wünschen, welche Seine Majestät der Kaiser Ihnen durch die Erhebung in den Grafenstand hat zuteilwerden lassen. Ich freue mich über diese Auszeichnung um so mehr, als ich auch bei dem nur kurzen und gelegentlichen Aufenthalt in Wien vollkommen Gelegenheit habe, zu bemerken, wie sehr man hier von gewissen Seiten, und zwar vonseiten, welche am Hof großen Einfluss haben, Eurer Exzellenz Werk erschwert, namentlich seit der Aufhebung des Konkordats. Eine so bestimmte Kundgebung, wie sie in diesem öffentlichen kaiserlichen Gnadenbeweis liegt, wird Eurer Exzellenz dunkle Gegner zurückschrecken.«

»Das hoffe ich kaum,« sagte Graf Beust mit leichtem Seufzer, »diese Parteien und Personen sind unverbesserlich und unversöhnlich. Indes ist es sehr nützlich und bedeutungsvoll, wenn das Volk sieht, dass die kaiserliche Autorität rückhaltlos auf meiner Seite steht. Wie geht es dem Könige?« fragte er, »ich habe ihn lange nicht gesehen und wollte mir in diesen Tagen die Ehre nehmen, mich bei ihm zu melden.«

»Seine Majestät wird gewiss glücklich sein, Eure Exzellenz zu sehen«, erwiderte der Regierungsrat Meding. »Der König hat als Freund Österreichs ein so hohes Interesse an der von Eurer Exzellenz begonnenen Regeneration des Kaiserstaats und ist stets hoch erfreut, wenn er erfährt, dass Sie auf Ihrem schwierigen und epinösen Wege weiter vorschreiten. Ich wollte mir zugleich erlauben,« fuhr er dann fort, »in Betreff der Angelegenheiten meines allergnädigsten Herrn Eurer Exzellenz noch eine Mitteilung zu machen und eine Frage zu stellen.«

»Die Angelegenheiten des Königs«, sagte Graf Beust mit verbindlicher Neigung des Kopfes, »haben für mich stets das höchste Interesse, wie ich Ihnen schon bei einer früheren Gelegenheit gesagt und bewiesen habe, und ich halte es für eine Ehrenpflicht Österreichs, diesem unglücklichen Herrn, welcher als Alliierter der österreichischen Sache seinen Thron verloren hat, soviel als irgend tunlich mit Rat und Tat beizustehen. Leider«, fuhr er fort, »ist es zuweilen schwierig. Sie wissen, wie delikat die Stellung Österreichs in diesem Augenblick ist, wie viel Rücksichten wir nehmen müssen, und wie jede Beziehung zu dem Hietzinger Hof von gewissen Seiten mit feindlichem Misstrauen aufgenommen wird. Die zarteste und vorsichtigste Behandlung der Beziehungen Österreichs ist daher unerlässlich, und wenn es dann leider vorkommt – oft vorkommt, dass bedenkliche Unvorsichtigkeiten und Indiskretionen begangen werden –«

»Ich bitte Eure Exzellenz,« sagte der Regierungsrat Meding, »sich dadurch nicht von Ihrer Teilnahme für den König und sein Haus irremachen zu lassen. Der König bedarf wahrlich oft treuen Rats und Beistandes, und wenn Eure Exzellenz irgend in der Lage sind, ihm solchen zu gewähren, so möchte ich Sie dringend bitten, stets unmittelbar selbst zu Seiner Majestät zu gehen: seiner Diskretion und äußersten Rücksicht auf alle Notwendigkeiten der Verhältnisse sind Sie ja vollständig sicher. Gerade heute«, sprach er dann weiter, »bin ich auch in der Lage, Eurer Exzellenz über eine Sache zu sprechen, welche ich unmöglich dem gewöhnlichen Geschäftsgang von Hietzing überantworten darf. – Der Staatsrat Klindworth hat mir ein Projekt auseinandergesetzt, nach welchem unter vorzugsweiser Beteiligung des Königs und unter Hinzuziehung des Kurfürsten von Hessen und der Herzoge von Toskana und Modena ein großes Geldinstitut ins Leben gerufen werden soll, welches auf die vollste Unterstützung der österreichischen Regierung in seinen Geschäften zu rechnen hätte und nicht nur dazu dienen soll, das Vermögen der beteiligten Herren höher zu verzinsen und sukzessive erheblich zu vermehren, sondern welches auch eine Finanzmacht bilden soll, die imstande wäre, unter gewissen Eventualitäten einer ernsten Aktion Österreichs die materiellen Mittel zur Verfügung zu stellen. Ich kenne zu wenig«, fuhr er fort, »die Stellung des Staatsrats Klindworth, um bei einer Sache von so großer Wichtigkeit und Tragweite auf seine Vorstellung hin Seiner Majestät über die ganze Sache ausführlichen Vortrag zu halten, und kann noch weniger auf jene einseitigen Mitteilungen hin irgendwie versuchen, den König zum Eingehen auf die gemachten Propositionen zu bestimmen. Etwas durchaus anderes wäre es,« sagte er, »wenn dasjenige, was der Staatsrat Klindworth mir über die Tendenz des fraglichen Unternehmens und über die Stellung der österreichischen Regierung zu demselben gesagt hat, mir von Eurer Exzellenz bestätigt würde. Die Sache würde damit eine ernste Bedeutung gewinnen, und ich würde die bestimmte Pflicht haben, nicht nur dem Könige davon zu sprechen, sondern ihm auch alle Gründe ausführlich vorzutragen, welche für seine Beteiligung an dem Projekt sprechen würden. Ich erlaube mir daher, an Eure Exzellenz die ganz offene Frage zu richten: Ist es Ihnen und der österreichischen Regierung wirklich erwünscht, dass die fragliche Bank zustande komme, und ist dasjenige, was der Staatsrat Klindworth mir, darüber gesagt hat, in Wirklichkeit die Intention der österreichischen Regierung? Eure Exzellenz dürfen überzeugt sein, dass ich über das, was Sie mir etwa zu sagen haben möchten, mit niemand anders als mit meinem allergnädigsten Herrn sprechen werde.«

Graf Beust hatte mit den seinen Fingern seiner schlanken Hand leicht auf den Tisch geklopft. Er schwieg einen Augenblick nachdenklich, dann richtete er den Blick seines hellen Auges klar und frei auf den Regierungsrat und sagte: »Ich freue mich, dass Sie sich direkt an mich gewandt haben, denn in allen ernsten Fragen werden durch Zwischenvermittelungen leicht Unklarheiten geschaffen, und ich nehme keinen Anstand, Ihnen auf Ihre Frage ebenso offen zu antworten, wie Sie mir dieselbe gestellt. Ich kenne das Projekt«, fuhr er fort, »wenigstens in seinen großen Grundzügen. Was zunächst die finanzielle Seite desselben betrifft, so glaube ich, dass es allerdings sehr im Interesse der betreffenden Herren – und besonders in demjenigen des Königs von Hannover läge, dessen Vermögen ja zum größten Teil ihm sequestriert worden ist – dem ihm gebliebenen Besitz einen möglichst hohen Ertrag zu schaffen und ihn, zugleich so sehr als möglich auch zu vermehren. Dass dies in weit höherem Maße geschehen kann durch ein großes finanzielles Unternehmen, als wenn die Herren ihre Gelder zu zwei oder drei Prozent, wie dies bei Ihrem König der Fall sein soll, ihren Bankiers übergeben, liegt auf der Hand, und in dieser Beziehung scheint mir ein solches Unternehmen im Interesse der Betreffenden zu liegen. Dabei müssten«, fuhr er fort, »Formen gefunden, Garantien festgestellt werden, durch welche die Beteiligten gegen gefährliche Spekulationen und Verluste sichergestellt würden. In dieser Beziehung würde ich kaum einen Rat geben können. Es würde Sache des Königs und seiner Finanzverwaltung sein, diese Formen und Garantien zu suchen und feststellen zu lassen. Dass ein solches Unternehmen, wenn es durch Österreich befreundete Fürsten ins Leben gerufen würde und schon durch die Persönlichkeit seiner Gründer die Bürgschaft einer reellen Geschäftsbehandlung böte, die kräftigste und nachhaltigste Unterstützung der österreichischen Regierung finden würde, glaube ich bestimmt aussprechen zu können, und wird der Reichsfinanzminister von Becke darin vollkommen mit mir übereinstimmen. Die Regierung wird die verschiedenen in ihrer Hand liegenden Geschäfte einem solchen Finanzinstitut naturgemäß vorzugsweise gern anvertrauen. Was nun die angeregte politische Seite der Frage betrifft,« fuhr er fort, während der Regierungsrat mit gespannter Aufmerksamkeit seinen Worten folgte, »so ist es ja ganz natürlich, dass in kritischen Momenten die Regierung für Befriedigung ihrer finanziellen Bedürfnisse leichter Unterstützung bei einem großen Geldinstitut finden könnte, dessen Gründer und Leiter mehr als irgend gewöhnliche Finanziers Verständnis für politische Fragen und zugleich Interesse daran haben, dass die Politik Österreichs nach innen und nach außen nicht durch finanzielle Schwierigkeiten gehemmt werde. Von diesem Gesichtspunkt aus sehe ich in dem angeregten Unternehmen Lebensfähigkeit und auch Nutzen für Österreich, und ich glaube, dass Sie gewiss wohl tun, über die Sache in diesem Sinne mit Seiner Majestät zu sprechen. Was nun meine persönliche Stellung zu der Konzeption dieser Idee und zu ihrer Ausführung betrifft, so erinnert mich die ganze Sache«, fuhr er lächelnd fort, »an einen Vorgang bei den Dresdener Konferenzen. Dort war ein Maler, welcher gern das Bild des Fürsten Schwarzenberg malen wollte. Er begann deshalb damit, den Mitgliedern der Konferenz unter der Hand mitzuteilen, dass der Fürst gern zur Erinnerung an die Konferenz sein Bild gemacht sehen würde, wenn ihm nur dazu die Anregung vonseiten der dort vereinigten Diplomatie gegeben werde. Dem Fürsten Schwarzenberg auf der andern Seite stellte er vor, dass die Konferenzmitglieder sein Bild wünschten, wenn der Fürst nur die Güte haben wolle, irgend merken zu lassen, dass ihm das genehm sei, und auf diese Weise wusste er es richtig dahin zu bringen, dass ihm die Ausfertigung des Bildes übertragen wurde. Sehen Sie,« sagte er, »– der Fürst Schwarzenberg und dieser Maler – das ist meine Stellung zur projektierten Fürstenbank.«

»Ich verstehe vollkommen,« sagte der Regierungsrat, – »ich danke Eurer Exzellenz für diese Mitteilung und werde nicht unterlassen, Seiner Majestät dem Könige darüber noch vor meiner Abreise nach Paris, wohin ich in den nächsten Tagen zurückkehren muss, Mitteilung zu machen. Ich hoffe, dass Eure Exzellenz in nächster Zeit den König selbst sehen, und es wäre gewiss sehr erwünscht, wenn Sie die Güte haben wollten, Seiner Majestät selbst im gleichen Sinne zu sprechen.«

»Ich werde das nicht unterlassen, und der König wird dann selbst ermessen müssen, ob er dem Projekt nähere Beachtung schenken will.«

Der Regierungsrat Meding empfahl sich, verließ das Kabinett und fuhr von der Staatskanzlei nach Hietzing zurück, wo er nach kurzer Zeit vor der Villa Braunschweig hielt und sich durch den alten Kammerdiener Mahlmann sogleich beim Könige melden ließ.

Georg V. saß allein in stillem Nachdenken, wie er öfter zu tun pflegte, in dem schottischen Kabinett, welches ihm als Wohn- und Arbeitszimmer diente.

»Was bringen Sie mir?« rief er dem Regierungsrat Meding mit seiner gewohnten Liebenswürdigkeit entgegen, »setzen Sie sich zu mir – ich habe vorhin noch nachträglich verschiedene der Adressen gelesen, welche zum Geburtstage des Kronprinzen aus Hannover hier eingetroffen sind, und es ist mir wieder eine rechte Herzensfreude gewesen, alle diese treuen Ausdrücke liebevoller Erinnerungen aus der Heimat zu vernehmen.«

»Ich komme soeben vom Grafen Beust«, sagte der Regierungsrat Meding, »und habe mit ihm über die Eröffnung gesprochen, welche mir vor Kurzem der Staatsrat Klindworth gemacht.«

»Ah, in Betreff des Bankprojekts,« rief der König, »mit dem man mich seit einiger Zeit verfolgt!«

»Zu Befehl, Majestät,« sagte der Regierungsrat, »es lag mir wesentlich daran, wie ich bereits früher die Ehre hatte, Eurer Majestät zu bemerken, genau zu konstatieren, wie der Graf Beust und die österreichische Regierung zu diesem Projekt stehen. Für die finanzielle Seite der Sache, – welche zu beurteilen ich allerdings am wenigsten kompetent bin, könnte ja gewiss manches sprechen. Indes scheint es mir doch auch in hohem Grade bedenklich, dass Eure Majestät gerade jetzt, wo Allerhöchstdieselben wirklich bedeutende finanzielle Kapazitäten nicht zu Ihrer Verfügung haben –«

»Ich müsste denn die Herren von Bar und von Malortie hierher rufen!« rief der König lächelnd.

»Selbst diese«, sagte der Regierungsrat Meding mit leichter Ironie, »würden mir immer noch nicht die nötige Beruhigung gewähren.«

»Das glaube ich«, flüsterte der König vor sich hin. »Nun?« fragte er dann laut, indem er den Kopf in die Hand stützte.

»Deshalb«, fuhr der Regierungsrat Meding fort, »würde ich vom finanziellen Gesichtspunkt aus niemals glauben, Eurer Majestät ein Eingehen auf die gemachten Propositionen raten zu können. Der einzige für mich maßgebende Gesichtspunkt würde die politische Seite der Sache sein. Wenn Eure Majestät wirklich die Gewissheit erlangen könnten, durch die betreffende Bank der österreichischen Regierung einen ernsten und nachhaltigen Dienst zu leisten, ihr eine Quelle zur Beschaffung von Aktionsmitteln zu geben und dadurch also einen bedeutungsvollen und bestimmenden Einfluss auf die österreichische Politik zu gewinnen, damit dieselbe unter gewissen Eventualitäten mit Eurer Majestät rechnen müsste, dann würde ich es allerdings für zweckmäßig halten, auf das Unternehmen einzugehen, wobei dann allerdings auch die österreichische Regierung die Verpflichtung übernehmen müsste, durch Übertragung ihrer großen Geschäfte der Bank die Garantie einer prosperierenden Tätigkeit zu geben. Deshalb lag mir vor allen Dingen daran, aus dem Munde des Reichskanzlers selbst etwas Bestimmtes über diese Seite der Frage zu hören.«

»Nun, und was sagte der Graf?« fragte der König gespannt.

»Er ist der Meinung,« erwiderte der Regierungsrat, »dass das Unternehmen finanzielle Erfolge haben könne, dass es auch politisch wichtig und bedeutungsvoll sein *könne*, dagegen aber hat er mir eine kleine Anekdote erzählt, welche für mich zur Beurteilung der ganzen Sache entscheidend ist.«

»Eine Anekdote?« fragte der König, indem er sich mit dem Ausdruck gespannter Aufmerksamkeit vorwärts neigte.

Der Regierungsrat Meding erzählte den Vorgang mit dem Bilde des Fürsten Schwarzenberg.

Der König lachte laut.

»Sehr gut!« rief er. »Graf Beust hat ganz mit seiner gewohnten Feinheit sich unter diesem Bilde sehr verständlich ausgesprochen.«

»Und ich verstehe diesen Ausspruch so,« sagte der Regierungsrat Meding, »dass es sich hier lediglich um ein Projekt des Herrn Klindworth handelt, dass Graf Beust und die österreichische Regierung zwar gern bereit sein würden, die Vorteile, welche etwa aus der Sache erwachsen könnten, anzunehmen, dagegen aber durchaus nicht die Absicht haben, irgendwelche Verantwortung zu übernehmen. Unter diesen Umständen«, fuhr er fort, »glaube ich Eurer Majestät den dringenden Rat geben zu sollen, auf jede Proposition, die an Allerhöchstdieselben herantreten sollte, einfach und kategorisch Nein zu antworten, solange nicht die politische Seite der Frage durch einen festen, mit der österreichischen Regierung abgeschlossenen Vertrag, in welchem die finanziellen und politischen Verpflichtungen zweifellos festgestellt werden, geregelt sein wird. Ohne einen solchen Vertrag«, fuhr er mit Betonung fort, »halte ich die ganze Sache für ein sehr gefährliches und bedenkliches Unternehmen, das nur dazu beitragen kann, Eure Majestät zu kompromittieren und Ihnen unter Umständen schwere Verluste hinzuzufügen.«

Der König stützte einige Augenblicke sinnend das Haupt in die Hand.

»Ich glaube, Sie haben vollkommen recht,« sagte er, »es widerstrebt mir, mich in Bankunternehmungen einzulassen, und nur große Vorteile für meine Sache und die Verfolgung meiner Rechte könnten mich dazu bestimmen.«

»Diese Vorteile aber müssten sehr sicher gewährleistet werden,« sagte der Regierungsrat Meding, »denn die Richtschnur für die Tätigkeit Eurer Majestät muss in dieser Zeit die äußerste Vorsicht sein, die vollkommenste Freiheit des Handelns und die jederzeit freieste Disposition über Ihre materiellen Mittel. Welche Ereignisse die Zukunft bringen kann, lässt sich nicht vorhersagen, dass aber erschütternde Ereignisse kommen werden, das steht fest, und Eure Majestät müssen stets bereit und gerüstet dastehen, um in die Ereignisse in der für Ihre Sache günstigsten Weise eingreifen zu können. Euer Majestät dürfen sich keiner Macht, weder Frankreich noch Österreich, in die Hände geben. Was für Sie zu erreichen ist, können Sie nur selbst durch vollkommen eigene und freie Tätigkeit erreichen. Erinnern sich Eure Majestät,« fuhr er fort, – »wenn die großen Dampfschiffe an Norderney vorbeifuhren, – sie konnten nicht anhalten, auch der Küste sich nicht nähern, die Passagiere mussten in einer Schaluppe hinausfahren, und diese Schaluppe musste ihren Kurs so einrichten und ihre Zeit so berechnen, dass sie mit dem großen Dampfschiff zusammentraf, um sich an dessen Seite legen zu können. Misslang dies, so fuhr der Dampfer vorüber, und die Passagiere mussten auf die nächste Gelegenheit warten. So ist Eurer Majestät politische Lage. Eure Majestät sind in der Schaluppe, die Weltereignisse werden ihren Gang gehen, wie der große Dampfer. Unsere Aufgabe ist es, diesen in Sicht zu halten und genau zu verfolgen, damit wir den Anschluss nicht verfehlen. Denn wenn wir denselben verfehlen, so wird sich für uns kaum eine zweite Gelegenheit finden.«

»Wahr, sehr wahr!« rief der König, »und so soll es geschehen, helfen Sie mir nur weiter, in Paris den Gang des großen politischen Schiffs zu verfolgen. Seien Sie überzeugt, dass ich stets bereit sein werde, um den Augenblick nicht zu versäumen.«

»Ich möchte Eure Majestät nun um Erlaubnis bitten,« sagte der Regierungsrat, »nach Paris zurückzukehren. Wenn auch die entscheidende Aktion, welche ganz nahe bevorstand, durch die spanische Revolution verhindert wurde und auf längere Zeit hinausgeschoben sein möchte, so ist es doch von großem Interesse, die Fäden zu verfolgen, welche der Kaiser Napoleon ohne Zweifel unmittelbar wieder anzuknüpfen suchen wird, ja sogar schon anzuknüpfen begonnen hat.«

»Sie haben recht,« sagte der König, »so gern ich Sie noch hier behalten möchte, sehe ich doch die Notwendigkeit ein, dass Sie auf Ihren Posten zurückkehren müssen.«

»Erlauben mir Eure Majestät«, sagte der Regierungsrat, »nun noch eine dringende Bitte auszusprechen, deren Erfüllung von großer Wichtigkeit für Eurer Majestät Sache ist.«

»Sprechen Sie«, sagte der König.

»Für die schon ohnehin so schwierige Vertretung Eurer Majestät in Paris, welche ja nur die Natur rein persönlicher Beziehungen haben darf, ist vor allen Dingen notwendig, auf das Sorgfältigste zu vermeiden, was der französischen Regierung Unannehmlichkeiten und Schwierigkeiten bereiten könnte.

»Gewiss, gewiss«, sagte der König.

»Ich bitte deshalb dringend darum,« sagte der Regierungsrat, »in dem Verkehr mit der Emigration alles zu vermeiden, was derselben einen militärischen Charakter geben könnte, und allen Wünschen der französischen Regierung entgegen zu kommen.«

»Geschieht es nicht?« fragte der König.

»Nein, Majestät,« erwiderte der Regierungsrat, »wenigstens geschieht es nicht in genügendem Maße. So scheint es mir durchaus ungeeignet, dass Graf Platen von hier aus Befehle in militärischer Form an das Kommando der Emigration erlässt. Jeder Brief kann, wie Eure Majestät wissen, in falsche Hände geraten. Solchem Fall verdanken wir ja schon die Konfiskation des königlichen Vermögens, und außerdem werden der französischen Regierung durch jeden solchen Fall Verlegenheiten bereitet, vor allen Dingen, wenn die von hier erteilten Befehle die Wünsche vollkommen unberücksichtigt lassen, welche die kaiserliche Regierung nie ausspricht. So ist jetzt zum Beispiel verfügt worden, dass das Kommando der Emigration von Paris nach einer Provinzialstadt verlegt werden soll, und trotz meiner Gegenvorstellung hat der Major von Düring den bestimmten Befehl erhalten, die Maßregel auszuführen. Die französische

Regierung wünscht dies aber durchaus nicht, weil der Mittelpunkt der Emigration in einem jeder Beachtung offenstehenden Provinzialort viel leichter einen militärischen Charakter annehmen kann, als in Paris, der großen Weltstadt, wo sich das Leben und Treiben der Emigranten weit mehr der öffentlichen Kenntnis entzieht.«

»Wie kann man aber militärische Befehle geben,« sagte der König, indem er die Zähne zusammenbiss und einen zischenden Atemzug aus seinen Lippen hervorstieß, »und wenn man militärische Befehle gibt, wie kann Graf Platen, der ja nicht Militär ist – seien Sie ganz ruhig,« sagte er, sich unterbrechend, »ich werde Sorge tragen, dass dergleichen nicht wieder geschieht, und sagen Sie Düring, dass das Kommando der Emigration in Paris bleiben soll.«

»Dann möchte ich Eure Majestät noch bitten,« fuhr der Regierungsrat Meding fort, »doch auch mit Entschiedenheit dem Absenden geheimer Agenten hinter meinem Rücken Einhalt zu tun. Unausgesetzt erfahre ich, dass bald die eine, bald die andere zweifelhafte und kompromittierende Persönlichkeit sich in Paris als Agent Eurer Majestät ausgibt. Ja sogar zwei Frauen von ziemlich zweifelhafter Natur haben sich diese Eigenschaft beigelegt, und neuerdings ist ein aus der französischen Diplomatie entfernter Graf Breda wiederum dort erschienen.«

»Graf Breda?« fragte der König, »Breda – was ist das? Ich habe nie davon gehört.«

»Ich habe auch niemals voraussetzen können, dass Eure Majestät mit solchen Personen nur im entferntesten in Verbindung stehen könnte. Indes Allerhöchstdieselben werden ermessen, welch einen Eindruck ein solches Treiben auf die französische Regierung machen muss, und wie peinlich es für mich ist, fortwährend derartige Mitteilungen zu erhalten und dann eine so schwierige Aufgabe zu erfüllen, als in diesem Augenblick die Vertretung Eurer Majestät ist. Dazu gehört wenigstens das, was die Franzosen *le feu sacre* nennen, und dieses *feu sacre* muss allmählich erlöschen, wenn man fortwährend neben den äußeren Gegnern noch mit den Intrigen aus dem Schoße der eigenen Sache zu kämpfen hat.«

»Nun,« rief der König lebhaft, »das alles soll aufhören. Seien Sie überzeugt, dass ich daran gar keinen Teil habe, und lassen Sie sich durch solche Intrigen nicht entmutigen, für meine Sache tätig zu sein. Ich sage Ihnen noch nicht Lebewohl, denn ich hoffe, Sie noch bei der Tafel zu sehen.«

Er reichte dem Regierungsrat Meding die Hand, welche dieser an seine Lippen führte.

»Ich bitte Eure Majestät nochmals dringend,« sagte er dann, »jede Beteiligung an der projektierten Bank zurückzuweisen, wenn nicht ein bindender Vertrag mit der österreichischen Regierung Ihnen alle möglichen finanziellen und politischen Garantien gibt.«

»Seien Sie unbesorgt,« sagte der König, »Auf Wiedersehen!«

Dreißigstes Kapitel

Immer mehr hatte der vorschreitende Herbst seine zerstörende Hand an die einfache Natur in Blechow gelegt, immer dichter fielen die gelben Blätter von den Bäumen, immer mehr senkten die Blumen im Garten des Pfarrhauses ihre Häupter unter dem scharfen Winde und den häufiger und häufiger bereits eintretenden Nachtfrösten, nur die alten Föhrenwälder allein zeigten das immer dunkler sich färbende Grün, das auch im tiefen Winter wie eine unzerstörbare Erinnerung an den Sommer sein Recht behauptet.

Ruhig und still war das Leben im Pfarrhause fortgeschritten. Zwischen dem Pastor Berger und seiner Tochter war der Gegenstand ihrer letzten Unterredung über die Aufhebung der Verlobung mit dem Herrn von Wendenstein nicht weiter zur Erörterung gekommen. Der alte Herr hatte diese ihm so schmerzliche und peinliche Frage nicht wieder berühren mögen, und Helene hatte über dieselbe geschwiegen, nicht weil Hoffnung auf Glück und eine freundliche Zukunft ihr Herz erfüllten, – diese Hoffnungen, welche bloß einen Augenblick leise aufgetaucht waren, hatten schnell wieder der traurigen Resignation Platz gemacht, in welche sie sich bereits seit längerer Zeit hineingelebt, aber sie hatte auch der treuen und freundlichen Vermittelung des jungen Bauern, der so aus vollem Herzen in ihr Schicksal einzugreifen verlangt, nicht entgegenhandeln wollen und deshalb auch ihrerseits den Gegenstand nicht weiter berührt, da sie gehört, dass Fritz Deyke abwesend sei, wie man sagte, um wegen der Abholzung eines Teils des Besitzes seines Vaters in Hannover geschäftliche Verhandlungen zu führen.

Die junge Frau Deyke war auf den Pfarrhof gekommen und hatte Helene das wirkliche Reiseziel ihres Mannes mitgeteilt, sie auch gebeten, seine Rückkehr zu erwarten, bevor sie irgendeinen Entschluss fasse. Sie hatte ihr mit soviel Liebe und Teilnahme Mut und Hoffnung zugesprochen, dass das junge Mädchen, wenn sie auch keine Hoffnung fassen konnte, dennoch sich durch die Teilnahme dieser einfach treuen Menschen innig beglückt fühlte.

Auch ihr körperlicher Zustand hatte sich ein wenig gebessert. Nach der großen, schmerzlichen Katastrophe, die sie durchgemacht, war gerade, weil sie kein Glück und keine Freude mehr erwartete, eine gewisse Ruhe in ihrem Innern eingetreten, welche ihren Nerven wohltat und auch günstig auf ihre Brust einwirkte.

Der alte Pastor sah mit stiller Freude diesen Schein von Genesung. Er schrieb die günstige Wirkung vorzugsweise dem erheiternden und tröstenden Zuspruch der Frau Deyke zu und bat dieselbe, täglich seine Tochter zu besuchen, – eine Bitte, welche die fröhliche, heitere und lebenskräftige Frau mit Freuden erfüllte, und so war in das Leben des Pfarrhofes wenigstens ein Sonnenstrahl wieder gefallen, zwar matt und kalt noch immer, wie die Sonne des Herbstes, welche erfreut und beruhigt ohne die belebende Kraft des Frühlingslichts – aber es war doch immer ein Sonnenstrahl, für den der alte treue Diener des Evangeliums in seinem stillen Gebet Gott auf das Innigste dankte.

So saß Helene eines Nachmittags auf ihrem gewohnten Platz am Fenster, immer noch matt und zurückgelehnt in ihrem Stuhl, immer noch fast unfähig, eine jener kunstvollen weiblichen Arbeiten auszuführen, welche sonst ihre Freude gewesen waren. Über ihrem bleichen, krankhaft matten Gesicht lag eine gewisse stille, verklärte Ruhe. Sie erwartete die Zeit, zu welcher die junge Frau Deyke nach Besorgung ihrer häuslichen Wirtschaftsarbeiten zu ihr zu kommen pflegte.

Sie blickte mit ihren großen tiefen Augen hinaus in die Herbstlandschaft, welche heute noch einmal von einem letzten Scheideblick des Sommers beleuchtet schien, und fast mit Mühe musste sie die Regung freudiger Hoffnung unterdrücken, welche wie unwillkürlich in ihr aufsteigen wollte.

Da öffnete sich leise die Tür, und in seiner gewohnten bescheidenen Haltung trat der Kandidat in das Zimmer; den Ausdruck inniger, wehmütiger Teilnahme auf seinen glatten Zügen, näherte er sich mit kaum hörbaren Schritten seiner Cousine, welche ihm mit leichtem Erstaunen entgegensah, und trotz des peinlichen Eindrucks, den sein Erscheinen jedes Mal bei ihr hervorrief, ihn mit einem milden, freundlichen Lächeln begrüßte.

Der junge Geistliche zog einen Stuhl neben das Fenster, setzte sich seiner Cousine gegenüber und begann mit jenem leisen, etwas salbungsvollen Ton, welcher auch im gewöhnlichen Leben ihm zur andern Natur geworden war:

»Ich habe zu meiner großen Freude gesehen, liebe Helene, dass du in der letzten Zeit etwas kräftiger und ruhiger geworden bist, und dass das böse und qualvolle Leiden, welches dein Leben bedrohte, durch Gottes Hilfe« – er faltete die Hände, indem er sein scharfes, stechendes Auge nach oben aufschlug – »von dir zu weichen scheint.«

»Ich fühle mich in der Tat etwas wohler«, sagte das junge Mädchen. »Aber«, fügte sie mit einem traurigen und ergebenen Lächeln hinzu, »ich glaube darum nicht an meine völlige Genesung. Die Krankheit hat mich zu tief ergriffen, meine ganze Natur ist zu schwer erschüttert, als dass ich das wieder überwinden könnte.«

»Bei Gott ist kein Ding unmöglich«, sagte der Kandidat. »Hat er nicht bis hieher geführt? Und so müssen wir glauben und vertrauen, dass er auch weiter alles zum Besten lenken werde. Vielleicht war das alles nur eine Prüfung, um deinen zu sehr der Welt zugewendeten Sinn zu läutern und dem Himmel wieder zuzuführen.«

Helene sah ihn groß an.

»Ich glaube nicht, den Himmel jemals vergessen zu haben,« sagte sie, »Glück und Hoffnung hat mich stets an denjenigen denken lassen, von dem alles Glück ausgeht, und welcher allein alle Hoffnungen erfüllen kann. Freilich«, fügte sie tief aufseufzend hinzu, »führen uns vielleicht Schmerz und Kummer noch inniger zu dem liebevollen Herzen Gottes, um so mehr, wenn man, wie ich, so nah an der Grenze lebt, welche diese Welt von der Ewigkeit scheidet.«

Der Kandidat senkte einen Augenblick die Augen zu Boden, dann fuhr er immer in demselben sanften und leisen Ton fort:

»Ich habe in dieser ganzen Zeit vermieden, mit dir zu sprechen, – nicht darum, weil ich für das Leiden deines Körpers und deiner Seele nicht die innigste und tiefste Teilnahme empfunden hätte, – ich wollte es vermeiden, dich durch mich an jene schmerzliche Täuschung zu erinnern, deren Opfer du geworden, und welche aufzuklären der Himmel gerade mich zum Werkzeug gewählt hatte. Ich wollte dir Zeit lassen, um in eigener Kraft die Kämpfe durchzukämpfen, welche dein Herz bewegen müssen. Aber ich habe darum nicht nachgelassen, mit dem Blick eines treuen Freundes dich zu beobachten, und mit tiefer Freude, mit innigem Dank gegen Gott sehe ich, dass du zur Ruhe gekommen bist, und dass du die Kraft gefunden, nicht nur das Leid, das dich betroffen, zu ertragen, sondern auch dasselbe zu überwinden und, wie ich hoffe, zu erkennen, dass diese Prüfung zu deinem Besten dir geschickt wurde.«

Helene neigte leicht den Kopf. Sie schien nicht recht zu begreifen, was die Worte ihres Vetters bedeuten sollten, die im Wesentlichen nur das enthielten, was sie sich selbst sagen konnte und sich selbst oft gesagt hatte.

»Da du nun«, fuhr der Kandidat fort, »deine innere Ruhe und Kraft wiedergefunden, das vergangene Leid überwunden hast, da ich nicht mehr fürchten muss, durch mein Erscheinen eine noch ungeschlossene Wunde in dir aufzureißen, da dein Sinn, wie ich hoffe, von allen weltlichen Richtungen sich wieder zurückgewendet hat zu dem engen, aber segensvollen Kreis eines einfachen christlichen Lebens, so halte ich es für meine Pflicht – für eine Pflicht meines Herzens,« fuhr er mit innigem Ton fort, »zu dir heranzutreten und dir abermals meine Hand zur festen Stütze für dein Leben zu bieten, das nach dieser heilsamen, aber schweren Erschütterung fortan unter der Leitung und dem Schutze eines liebevollen Freundes in ruhigem, stillem und bescheidenem Glück dahinfließen soll.«

Helene blickte erstaunt auf. Sie konnte sich über den Sinn der Worte ihres Vetters nicht täuschen. Langsam schüttelte sie schweigend den Kopf.

»Du weißt,« fuhr der Kandidat ruhig fort, »dass ich in Übereinstimmung mit den Absichten meiner Mutter und deines Vaters den innigen und treuen Herzenswunsch hege, dir als meinem christlichen Weibe die Hand zu reichen und dir eine segensvolle Lebenstätigkeit zu bereiten, nach welcher du als die Tochter eines Dieners des Herrn besonders tüchtig und vorbereitet bist. Dein Herz hatte dich nach anderer Richtung hingezogen, das jugendliche Herz ist ein törichtes und ungestümes Ding, ich habe damals mit Schmerzen gesehen, dass seine Wallungen dich hinauszogen aus dem Kreis, in welchem dein Leben erwachsen war. Aber ich habe mich schweigend zurückgehalten, bereit, auch auf dem Wege, auf welchen deine Liebe dich hinführte, mit meinen treuen Gebeten dich zu begleiten. Gott selbst hat dich schwer und schmerzlich aus dem Traum erweckt, in welchem du befangen warst. Die Hoffnungen deines Herzens sind zerstört, deine Liebe ist getäuscht worden, vielleicht aber bist du darum um so tüchtiger, um so mehr ausgerüstet mit Glauben und Ergebung, um alle die Pflichten zu übernehmen, welche auch die Gattin eines Geistlichen, eines Dieners Gottes, eines Verkündigers des Evangeliums zu erfüllen hat. Ich verlange und erwarte von dir nicht jene stürmische Liebe, welche wie ein betäubender Rausch die Sinne erfüllt und mit ihrer Glut die Seele auch in Unklarheit und Unruhe stürzt, du hast gesehen und empfunden, wohin jene Liebe führt, du wirst um so mehr das einfache, treue und warme Gefühl schätzen können, welches ich dir entgegentrage, und du wirst mehr und mehr auch imstande sein, dieses Gefühl erwidern zu können. Es ist ein Sturm über dieses Haus hingegangen, Helene,« fuhr er fort, »ein Sturm, der es leicht hätte zerstören und uns alle unglücklich machen können. Ich hoffe und vertraue, dass die Hand Gottes diesen Sturm überwunden hat, lass uns jetzt eine neue, stille und glückliche Zukunft erbauen. Reiche mir deine Hand zum christlichen Ehebunde – dein Vater wird uns segnen, du wirst die letzten Tage seines Lebens mit Freude und ruhigem Glück erfüllen. Du wirst mich glücklich machen und selbst in deinem schönen und segensreichen Beruf Vergessenheit aller vergangenen Schmerzen finden.«

Er reichte ihr die Hand hin, während seine Blicke scharf und forschend auf ihr ruhten und ein mildes, freundliches Lächeln auf seinen Lippen lag.

Helene hatte mit niedergeschlagenen Augen dagesessen, während die Fingerspitzen ihrer in den Schoß gesenkten Hände leicht zitterten.

»Ich habe mit dem Leben abgeschlossen,« sagte sie, »alle Hoffnungen, die ich einst gehegt, sind verschwunden, alle Gefühle, die in meinem Herzen lebten, sind abgestorben, außer dem einen, meines Vaters Leben zu verschönen und, soviel ich kann, mich dem Dienst meiner Nebenmenschen zu weihen.«

»Und kannst du nicht beides an meiner Hand ebenso gut, besser noch, als wenn du allein stehst? Gott kann deinen Vater abrufen aus diesem irdischen Leben, und dann bedarfst du des stützenden und leitenden Führers.«

Helene richtete sich empor und heftete den Blick groß und klar auf ihren Vetter.

»Mein Leben,« sagte sie, »solange dasselbe noch dauern mag, gehört den Pflichten gegen meinen Vater und gegen alle Leidenden auf Erden. Mein Herz aber gehört der Erinnerung, die ich nie in ihm werde ertöten können, die ich nie in ihm ertöten will. Um dir meine Hand zu reichen, wie du es wünschest, dazu gehören Gefühle, die ich mit jener Erinnerung im Herzen dir niemals geben kann.«

»Die Zeit –« sagte der Kandidat.

»Keine Zeit,« erwiderte Helene schnell, indem ihre Augen heller glänzten, »kann das verwischen, was ewig und unvergänglich ist. Und ewig und unvergänglich ist die Erinnerung an meine Liebe. Mag sie auch ihre grünen Ranken um eine tote Urne winden,« fügte sie mit Ernst hinzu, »zwischen uns kann kein anderes Band bestehen, als das der Freundschaft naher Verwandter. Und dies Gefühl,« fügte sie mit mildem Ausdruck hinzu, indem sie ihrem Vetter die Hand reichte, »dies Gefühl sollst du stets bei mir finden, in diesem Gefühl wollen wir uns verbinden in gemeinsamem Wirken christlicher Liebe.«

Der Kandidat ergriff wie mechanisch ihre Hand. Aber trotz der Gewalt, welche er über den Ausdruck seiner Züge hatte, erschien auf seinem Gesicht eine zornig feindliche, fast hämische Bitterkeit, und mit kalter, schneidender Stimme sprach er:

»So hat also selbst die Verachtung deiner Liebe, von der ich dir die Beweise gebracht, den unwürdigen Gegenstand derselben nicht aus deinem Herzen reißen können?«

Helene erhob den Kopf, ihre Blicke flammten, ihre eingefallenen Wangen überzogen sich mit Purpur, und ihre bleichen Lippen kräuselten sich. Mit stolzer Verachtung sprach sie:

»Wer sagt dir, dass meine Liebe verachtet ist? Der, dem ich mein Herz geschenkt habe, kann sich verirren, sich von mir abwenden, er mag mich vergessen können, aber verachten wird er mich niemals, das bin ich sicher.«

»Vielleicht wird jene schöne Dame,« sagte der Kandidat in kaltem, höhnischem Ton, »vielleicht wird jene schöne Dame, zu deren Füßen er auf dem Bilde ruhte, das ich dir gebracht, anders darüber urteilen, vielleicht hat sie von seinen Lippen den Spott gehört über die verlassene Braut, die er mit kurzem Liebestraum betört hat. Vielleicht ist das Lächeln, das um ihre Lippen schwebte, ein Lächeln des Mitleids über die Vermessene, welche es gewagt hat, ihre Blicke zu demjenigen zu erheben, den sie, die gefeierte glänzende Schönheit der großen Welt, ihrer Beachtung wert gefunden.«

Wie von einer Feder bewegt, sprang Helene auf, sie stützte sich mit der Hand auf ihren Arbeitstisch, und indem sie den andern Arm gebieterisch gegen ihren Vetter ausstreckte, rief sie mit ihrer kranken, matten Stimme, welche durch die Anstrengung und Aufregung hohl und rau klang:

»Ich habe auf deinen Antrag ruhig und freundlich geantwortet, ich habe ihn zurückgewiesen, weil ich allein und einsam den noch übrigen Weg meines Lebens gehen will. Ich habe dir nicht gesagt, dass mein Herz sich kalt und schaudernd von dir abwendet, von dir, der du so sorgfältig aufgesucht hast, was mich krank und elend macht. Ich habe dir das nicht gesagt, weil ich dir nicht wehe tun wollte, wie ich niemanden wehe tun will, – wer selbst so viel gelitten hat, wie ich,« fügte sie mit zitternder Stimme hinzu, »der scheut sich, andere leiden zu lassen. Aber du hast dich nicht gescheut, zu dem Kummer, dessen erste Kunde du mir ge-bracht, noch Spott und Hohn zu fügen und denjenigen herabzusetzen, den ich trotz des schmerzlichen Verhängnisses, das mir sein Herz ent-fremdet, noch immer hochhalte und hochhalten werde, solange ich lebe und atme. Das verzeihe ich dir nicht, denn das ist schlecht und niedrig, und fortan ist nichts mehr zwischen uns gemein, nichts, gar nichts, blei-be mir fern, wie du mir bisher fern bliebest, unsere Lebenswege sollen und werden sich nicht berühren. Ich bedarf deiner Freundschaft und deiner Stütze nicht. Sollte mein Vater vor mir abgerufen werden, so werde ich auch allein meinen einsamen Weg zu gehen wissen.«

Der Kandidat war aufgestanden. Er hatte diesen heftigen Ausbruch nicht erwartet. Sein Gesicht nahm wieder seine gewöhnliche Ruhe an. Er schlug die Augen nieder und trat einen Schritt näher zu seiner Cousine.

»Aber, Helene, ich bitte dich, welche Aufregung! Du weißt doch, wie ich nur an dein Wohl denke, und wie nur die Entrüstung über das Unrecht, das man dir getan, mich fortriss!«

»Ich will deine Teilnahme nicht!« rief Helene, immerfort den Arm gegen ihn ausstreckend. »Verlass mich und bleibe fern von mir, wenn du nicht willst, dass ich meinen Vater um Schutz anrufe, damit er, da alles Glück von mir gewichen ist, mir wenigstens Ruhe und Frieden schaffe!«

Und langsam gegen ihn vorschreitend, den flammenden Blick starr auf ihn gerichtet, drängte sie ihn fast mit den ausgestreckten Spitzen ihrer Finger gegen die Tür hin, während er ganz erschrocken und fassungslos zurücktrat. Als er fast unmittelbar bis zur Tür gekommen war, öffnete sich diese schnell, und die junge Frau Deyke trat mit freudig bewegtem, glückstrahlendem Gesicht ein. Erstaunt blieb sie diesem sonderbaren Bilde gegenüberstehen und blickte ganz verwundert auf das vor Aufregung zitternde junge Mädchen, das mit zornflammendem Gesicht vor ihrem in sich zusammengebeugten Vetter stand.

Der Kandidat fasste sich schnell. Freundlich, mit ruhigem Lächeln grüßte er die junge Frau und sagte mit sanfter Stimme:

»Das ist schön, dass Sie kommen, meine liebe Frau Deyke, meine arme Cousine ist sehr aufgeregt und schmerzlich bewegt. Ihre Unterhaltung wird sie trösten und aufheitern, und die Heiterkeit der Seele wird auf den Körper heilend wirken. Es ist ein gutes, christliches Werk, das Sie tun – ich lasse Sie mit ihr allein.«

Und indem er mit geistlicher Würde den Kopf neigte, schritt er an der jungen Bauersfrau vorüber aus dem Zimmer hinaus.

»Was um Gotteswillen ist denn das?« fragte Frau Deyke, ihm erstaunt nachsehend, »was ist denn hier vorgegangen, was hat Sie so bewegt?« sagte sie, mit liebevoller Zärtlichkeit die beiden Hände Helenens ergreifend und diese sanft zu ihrem Stuhl am Fenster zurückführend.

»Es ist nichts«, sagte Helene mühsam und schwer aufatmend. »Mein Vetter berührte die Vergangenheit in einer Weise, die mich peinlich bewegte. Ich mag davon nichts hören,« sagte sie, die Hände schmerzlich auf die Brust drückend, »lassen wir die Toten ruhen.«

»Nein, lassen wir sie nicht ruhen,« erwiderte die junge Frau mit fröhlichem, beinahe jubelndem Ton, »lassen wir die Vergangenheit auferstehen, die Vergangenheit mit all ihrer Liebe, all ihrem Glück und all ihren Hoffnungen.«

Helene sah sie groß an.

»Die Gräber öffnen sich nicht,« sagte sie, – »ebenso wenig die Gräber der gestorbenen Menschen, als die Gräber der gestorbenen Hoffnungen.«

»Doch,« rief Frau Deyke, »sie öffnen sich, sie öffnen sich vor dem Glauben, vor dem Ruf der allmächtigen Liebe, das wiedererstandene Glück, die wiedergeborene Hoffnung ist um so schöner, und Ihnen sollen sie sich öffnen. Mein Mann ist zurückgekehrt«, fuhr sie leiser fort, indem sie sich zu Helene herabbeugte und ihr tief in die Augen sah.

Helene ergriff angstvoll zusammenzuckend ihre Hände, tief erbleichend sah sie mit ihren kranken, fieberglänzenden Augen in das von frischer

Gesundheit und froher Zuversicht strahlende Gesicht dieser Frau, die so oft in ihrem Kummer und Leiden sie zur demütigen Ergebung in den Willen der Vorsehung ermahnt hatte, und die jetzt so plötzlich vor sie hintrat, um ihr von Hoffnung und von Glück zu sprechen, welche in ihren Gedanken keinen Platz mehr hatten. Eine Frage zitterte auf ihren Lippen, aber sie hatte nicht die Kraft, sie auszusprechen.

»Mein Mann hat den Leutnant gefunden«, sagte die junge Frau weiter. »Er hat ihm alles erzählt, er ist zu seinem Herzen gedrungen, das bestrickt und betört war von falschem Zauber, und er hat in dem Abgrund seines Herzens noch die alte Liebe und die alte Treue gefunden. Der Zauber ist gebrochen, die Liebe und Treue sind wieder mächtig. Hoffen Sie, Fräulein Helene, alles wird wieder gut werden, alles wird sich wieder zum Glück wenden.«

»Mein Gott,« flüsterte Helene kaum hörbar, indem sie ihren Kopf leicht auf die Schulter der jungen Frau sinken ließ, »er hat ihn gesehen? – und warum kommt er nicht, um mir zu erzählen? – mein Gott, wie dies törichte Herz, das ich mit so vieler Mühe zur Ruhe gebracht, wieder zittert und bebt in neuer Unruhe!«

»Mein Mann wird kommen,« sagte Frau Deyke, »er wird gleich hier sein, er bringt –«

»Einen Brief von ihm?« rief Helene, – »o, fast fürchte ich diese neue Bewegung, fast sehne ich mich zurück nach dem Frieden meiner ruhigen Ergebung.«

»Er bringt keinen Brief«, sagte Frau Deyke mit vor Rührung zitternder Stimme. »Er bringt Besseres, als kalte geschriebene Worte, die doch nicht alles ausdrücken können, was wieder zusammengefundene Herzen sich sagen können.«

Rasche Schritte ertönten durch die Stille des Abends auf dem Wege, welcher zum Pfarrhause hinaufführte.

Helenens Augen öffneten sich weiter und weiter, sodass das ganze Rund ihrer dunklen blauen Pupillen auf dem perlmutterweißen Grund hervortrat. Sie richtete sich auf, und die Hände auf die Schulter der jungen Frau gestützt, blickte sie starr nach der Tür hin, als sähe sie einer Geistererscheinung entgegen.

Fritz Deyke trat ein, ohne die Tür hinter sich zu schließen.

»Da bin ich wieder, Fräulein Helene!« rief er mit seinem treuherzigen Ton. »Ich habe wohl recht gehabt, wenn ich sagte, dass das alles sich aufklären müsste, wenn nur ein ehrlicher Mensch ein treues und aufrichtiges Wort dazwischenspräche. Ich kannte meinen Leutnant, er ist nicht schlecht, er musste sich wieder zu richtigen Wegen zurechtfinden. Wollen Sie ihm helfen, ich habe das Meinige getan, jetzt müssen Sie das übrige besorgen.«

Er trat von der Tür zurück, und langsam heranschreitend erschien die schlanke Gestalt des Leutnants von Wendenstein in dem Rahmen.

Helene stand fortwährend unbeweglich, die brennenden Blicke auf diese Erscheinung gerichtet; nun erhob sie langsam die Arme – wollte sie dieses Bild, das da so unerwartet vor ihr auftauchte, das ihr soviel Leid gebracht, abwehren, oder wollte sie ihre Hände dem wiederkehrenden Geliebten entgegenstrecken?

Der Leutnant von Wendenstein war einen Augenblick auf der Türschwelle stehen geblieben. Tief erschrocken blickte er auf diese magere Gestalt, auf diese leidenden Züge hin, welche kaum eine Ähnlichkeit mit der Erscheinung des jungen Mädchens darboten, die in seiner Erinnerung lebte. Dann brach ein Strahl tiefen, weichen Gefühls und inniger Liebe aus seinen Augen. Mit zwei großen Schütten war er bei Helenen.

Er schloss sie sanft in seine Arme, nahm ihre beiden zarten, durchsichtigen Hände in die seinen, lehnte ihr Haupt an seine Brust und blickte ihr lange schweigend in die Augen.

»Helene,« sagte er leise, »meine arme, meine liebe Helene, kannst du mir verzeihen?«

Sie antwortete nicht, aber aus ihren Blicken strahlte eine reine, klare Flamme zu ihm auf, sanft machte sie ihre Hände los, legte beide um seine Schultern und sagte:

»Du bist wieder bei mir, du liebst mich noch, was habe ich noch zu verzeihen, da Gott mir soviel Glück schenkt?«

Der Leutnant näherte leicht seine Lippen ihrer Stirn, als fürchte er, diese zarte, in seinen Armen schwankende Gestalt zu berühren, und lange standen beide schweigend aneinander geschmiegt, während Fritz Deyke und seine Frau glücklich und stolz zu ihnen hinüberblickten.

»Arme Helene,« sagte Herr von Wendenstein, sanft ihr Gesicht empor-hebend, »wie sehr hast du gelitten! Warum hat man mir nicht früher ge-schrieben, wie krank du warst, ich hätte allem getrotzt und wäre sofort gekommen.«

»Ich habe gelitten,« sagte Helene mit mildem Lächeln, – »das ist jetzt vo-rüber – ich bin glücklich, und jetzt bitte ich Gott, mein Leben zu erhalten, mit dem ich schon abgeschlossen hatte.«

In düsterem Schweigen blickte Herr von Wendenstein vor sich nieder.

Helenens zarter Körper begann zu zittern, mit aller Kraft versuchte sie einen Hustenanfall, der sie erfasste, zu unterdrücken, aber es gelang ihr nicht, in konvulsivischer Erschütterung erbebte sie, und sich schnell von ihrem Geliebten losmachend, sank sie in ihrem Stuhl zusammen, wäh-rend röchelnde Töne aus ihrer schwer atmenden Brust hervordrangen.

Die junge Frau Deyke eilte heran und stützte sorgsam den Kopf Hele-nens mit ihren Händen, während Herr von Wendenstein einige Schritte davon auf seine Knie niedersank und mit Blicken voll Schmerz, Angst und Liebe die Krisis verfolgte.

Herr Pastor Berger trat in diesem Augenblick in das Zimmer, hoffnungs-volle Freude strahlte von seinem Gesicht. Hinter ihm erschien die Gestalt des Grafen Rivero mit Fräulein Julia im dunklen Reiseanzug.

Alle drei blieben bei dem Anblick des mit dem Krampfhusten ringenden jungen Mädchens einen Augenblick in der Tür stehen. Tiefe Teilnahme erschien auf Julias schönen Zügen.

Der Pastor warf einen fragenden, sorgenvollen Blick auf den Grafen Ri-vero, welcher scharfen und forschenden Auges zu Helenen hinübersah und dann rasch zu ihr herantrat. Seinem gebieterischen Wink folgend trat Frau Deyke zurück. Er stützte den Kopf der Kranken in die eine sei-ner Hände und legte die andere auf ihre Brust, sorgsam die Bewegungen derselben beobachtend.

»Ein Glas Wasser!« rief der Graf.

Frau Deyke eilte hinaus und kehrte nach wenigen Augenblicken mit einem Kristallkelch voll frischen Quellwassers zurück.

Der Graf zog ein Etui hervor und ließ aus einem kleinen Fläschchen einige Tropfen in das Wasser fallen, welche dessen Farbe und Klarheit nicht veränderten. Dann näherte er das Glas dem Munde Helenens, sodass sie über dessen Inhalt hinatmen musste.

Nach kurzer Zeit ließen die krampfhaften Hustenanfälle nach. Nach einigen tiefen, ruhigen Atemzügen lehnte sie sich bleich und erschöpft, aber freundlich lächelnd in ihren Stuhl zurück.

»Für diesmal ist es vorüber«, sagte der Graf, sich zu dem Pastor wendend, indem sein Blick tiefernst und sorgenvoll noch immer auf der Kranken ruhte. »Ich hoffe, wir werden bald dieser bösen Anfälle Meister werden«, fuhr er fort, indem er seinen Zügen einen heitern, zuversichtlichen Ausdruck gab. »Ich werde morgen eine ernste Kur beginnen, für heute ist nichts mehr zu besorgen, und die Freude des Wiedersehens wird das Ihrige zur Hebung der gesunkenen Kräfte tun.«

Helene hatte sich mehr und mehr erholt. Mit einer matten Bewegung streckte sie Herrn von Wendenstein die Hand entgegen, welcher rasch aufstand und diese bleiche, abgemagerte Hand zärtlich an sein Herz drückte.

Dann zog man den Lehnstuhl der Kranken an den großen Tisch in der Mitte des Zimmers.

Frau Deyke, welche die wirtschaftliche Einrichtung des Pfarrhauses kannte, eilte hinaus, und bald stand der dampfende Samowar in der Mitte des Tisches, umgeben von allen jenen kleinen vortrefflichen kalten Fleischgerichten, an denen die ländlichen Wirtschaften Niedersachsens so reich sind.

Helenens Gesicht war von stiller Glückseligkeit verklärt. Herr von Wendenstein saß neben ihr. Julia hatte an ihrer andern Seite Platz genommen. Die beiden jungen Mädchen hatten wenig miteinander gesprochen, aber ein Zug tiefer Sympathie hatte vom ersten Augenblick an sie miteinander verbunden.

Der Pastor hatte darauf bestanden, dass Fritz Deyke und seine Frau, welche sich bescheiden hatten entfernen wollen, bei ihm blieben, und mit einer gewissen Verlegenheit, doch aber stolz und glücklich saß der junge Bauer da an dem Tisch, fortwährend mit liebevoller Teilnahme den Leutnant anblickend, den er wieder zurückgebracht, und dessen Erscheinen die lange Zeit des Kummers und der Sorge in diesem Hause so schnell geendet hatte.

»Ich weiß nicht, wie ich Ihnen danken soll, Herr Graf,« sagte der Pastor, »dass Sie aus der großen, glänzenden und bewegten Welt hier in diese stille, abgeschiedene Einsamkeit gekommen sind, um die Heilung meines Kindes zu unternehmen. Wenn Gott Ihr Werk segnet, so machen Sie viele Herzen glücklich, und dies Bewusstsein«, sagte er einfach und ruhig, »wird Sie höher belohnen, als mein Dank es vermag.«

Der Graf, dessen Blicke fortwährend prüfend und beobachtend auf Helene ruhten, drückte die Hand des alten Herrn und sprach mit tiefem Ernst:

»Ich bin der Freund des Herrn von Wendenstein, und ich habe gegen ihn eine ernste Pflicht zu erfüllen. Der Himmel gebe meinem Werk seinen Segen, denn ich würde«, fügte er, den Kopf auf die Brust senkend, kaum verständlich hinzu, »wohl schwer wieder Ruhe finden, wenn es mir nicht gelänge, dieses Leben zu retten. Doch,« fuhr er dann fort, »Sie müssen noch heute Abend mit dem Herrn von Wendenstein zu dem Amtsverwalter gehen, um demselben die Ankunft unseres jungen Freundes anzuzeigen. Er ist *in contumaciam* wegen Hochverrats verurteilt, er hat ein Recht, seinen Prozess wieder aufnehmen zu lassen, ich bin überzeugt, dass derselbe mit seiner Freisprechung oder Begnadigung endigen wird. Der Oberamtmann von Wendenstein, welchen ich in Hannover gesprochen, wird morgen hieher kommen und jede geforderte Kaution stellen, um seinen Sohn von der Untersuchungshaft zu befreien, von welcher man auch ohnehin, wie ich glaube, unter den gegenwärtigen Verhältnissen Abstand nehmen wird. Brechen Sie sogleich auf. Ihre Tochter bedarf ohnehin nach dieser Aufregung der Ruhe und Einsamkeit, um ihre Kräfte zu sammeln. Kann ich mit meiner Tochter ein Unterkommen in Ihrem Hause finden?« fragte er, »wir werden Sie so wenig als möglich stören. Herr von Wendenstein hat bereits in dem Hause unseres Freundes Deyke seine Wohnung aufgeschlagen.«

»Und er soll sie, so Gott will, nicht eher wieder verlassen,« rief Fritz lebhaft, »bis das junge Paar in seine eigene Häuslichkeit zieht, denn nun wird es ja mit der Genesung von Fräulein Helene schnell gehen, und

512

wenn dann der unglückliche Prozess beendet ist, werden wir eine Hochzeit feiern, so lustig und fröhlich, wie sie das alte Wendland lange nicht gesehen.«

Der Graf blickte bei diesen Worten trübe und schmerzlich zu Helenen hinüber. Dann stand er auf, der Pastor erhob sich ebenfalls. Der Leutnant nahm Helene sanft und vorsichtig in seine Arme und flüsterte ihr leise zu:

»Auf Wiedersehen morgen, meine Geliebte! Träume von mir.«

Dann ging er mit dem Pastor zu dem alten Amtshaus, in welchem noch immer Herr von Klenzin die Stelle versah, welche einst sein Vater seither innegehabt.

Mit eigentümlichen Gefühlen betrat der junge Mann den Vorplatz, auf dem sonst die alten Eichenschränke gestanden hatten, welche die Leinenschätze seiner Mutter enthielten. Tief bewegt durchschritt er die Zimmer, welche damals so traulich und behaglich waren, an welche alle Erinnerungen seiner Kindheit sich knüpften, und die jetzt, nur notdürftig möbliert, fast leer standen, bis zu den ehemaligen Wohnräumen seines Vaters, in welchen der neue Verwalter des Amts sich installiert hatte.

Leicht wurde die geschäftliche Angelegenheit geordnet. Herr von Klenzin erklärte mit entgegenkommender Freundlichkeit, dass das freiwillige Erscheinen des Herrn von Wendenstein ihm Bürgschaft dafür biete, dass derselbe sich nicht durch die Flucht der Wiederaufnahme seines Prozesses entziehen werde, und dass er daher keine Veranlassung zu seiner Verhaftung finde. Er sprach in herzlicher Weise seine Freude darüber aus, dass der Leutnant wieder in die geordneten Verhältnisse seiner Heimat zurückkehre.

Dann begaben sich der junge Mann und Fritz Deyke zu dem Hause des Bauermeisters, wo ihm ein behagliches, mit allem irgend herzustellenden städtischen Komfort ausgestattetes Zimmer eingerichtet worden war.

Die junge Frau Deyke hatte inzwischen im Pfarrhause mithilfe der alten Dienerin zwei Zimmer für den Grafen Rivero und seine Tochter hergerichtet.

Als der Pastor zurückgekehrt war, um dem Grafen Rivero, der mit Julia noch bei Helenen im Wohnzimmer saß, den befriedigenden Erfolg seines Besuchs auf dem Amtshause mitzuteilen, trat der Kandidat, welcher nach seiner Unterhaltung mit Helenen in das Dorf hinabgegangen war, in das Zimmer, um, wie er zu tun gewohnt war, sich noch eine Stunde lang mit seinem Oheim zu unterhalten und demselben die Zeitungen und neu erschienenen Bücher vorzulesen. Er blieb erstaunt stehen, als er die Fremden erblickte, und hoch verwundert sah er den glückstrahlenden Ausdruck auf Helenens Gesicht, welche sich lebhaft und heiter mit Julia in französischer Sprache unterhielt.

»Mein Neffe und Adjunkt, wie ich hoffe, einst mein Nachfolger im Amt,« sagte der alte Pastor, indem er den jungen Geistlichen dem Grafen vorstellte, – »und hier der Graf Rivero und seine Tochter, – ein Freund des Leutnants, welcher mit diesem hierher gekommen ist, um durch seine Kenntnis der Medizin unsere liebe Helene zu heilen. Freue dich mit mir«, fuhr er fort, während der Graf sich artig verneigte, »über das Glück, welches Gott unserem Hause schenkt – der Leutnant ist wieder da, und wenn Helene nun wieder gesund wird, so wird all die schwere Trübsal vorüber sein, welche zu unserer Prüfung und Läuterung über uns verhängt wurde.«

Der Kandidat war einen Augenblick starr und unbeweglich stehen geblieben, kaum hatte er den Grafen und Fräulein Julia begrüßt.

»Der Leutnant von Wendenstein ist zurückgekommen?« stieß er heftig mit rau klingender Stimme hervor, sodass Julia ihn betroffen ansah, während Helene ihre großen Augen mit kaltem und strengem Blick zu ihm hinwandte. »Das bestürzt mich,« sagte der Kandidat, indem sein Gesicht den gewöhnlichen ruhigen Ausdruck milder Freundlichkeit wieder annahm, – »Herr von Wendenstein ist wegen Hochverrats verurteilt, sein Erscheinen hier –«

»Alles ist in Ordnung,« rief der Pastor fröhlich, »er hat sich beim Amtsverwalter gemeldet und hat nichts zu besorgen.«

»Dann habe ich nur meine herzlichsten und innigsten Glückwünsche abzusprechen,« sagte der Kandidat, indem er vollkommen wieder gefasst zu dem Tisch herantrat. »Möge Gott auch dem Herrn Grafen beistehen, damit es ihm bald gelinge, meiner teuren Cousine ihre volle Kraft und Gesundheit wiederzugeben.«

Bald trennte sich der kleine Kreis, da der Graf darauf bestand, dass Helene so schnell als möglich zur Ruhe gebracht werde, und Fräulein Julia ließ es sich nicht nehmen, ihre neue Freundin, für deren Schicksal und deren Leiden sie das tiefste Mitgefühl empfand, zu Bett zu bringen und ihr alle jene kleinen Dienste zu leisten, welche den von körperlichen Leiden ermatteten Kranken doppelt wohltuend berühren.

Und als sie sich dann in das kleine, für sie bestimmte, bescheidene Zimmer mit den weißen Gardinen und den einfachen Möbeln zurückzog und durch das Fenster ihre Blicke über die so stille und friedliche, von der zunehmenden Mondsichel beleuchtete Landschaft hingleiten ließ, da überkam es sie wie ein tiefer Frieden, hier in diesem stillen kleinen Hause unter den einfachen Menschen verschwand ihre Vergangenheit mit all' ihrem berauschenden Glück und all' ihren bitteren Täuschungen wie ein ferner Traum.

Helene hatte ein ihr von dem Grafen bereitetes nervenberuhigendes und Schlaf bringendes Mittel genommen, sanft und leise lösten sich ihre Gedanken in den sie immer mehr und mehr umhüllenden Schlummer auf. Sie hatte die Hände über der Brust gefaltet und sprach leise, kaum noch die Lippen bewegend:

»Jetzt, mein Gott, lass mich leben, da mein Leben seine Blüte wieder gefunden hat.«

Dann wurden ihre Atemzüge tiefer und tiefer, und der feste Schlaf, dieser süßeste Balsam aller Leidenden und Unglücklichen, trug sie in seinen Armen fort in das Reich der Träume.

Einundreißigstes Kapitel

Die Internationale hatte ihren großen Kongress nach Brüssel ausgeschrieben, und in der Halle des Zirkus daselbst waren die Vorbereitungen getroffen, um diese große Versammlung der Delegierten des Arbeiterstandes aller Länder aufzunehmen, welche darüber beraten sollte, in welcher Weise die Organisation des großen Weltbündnisses immer fester geknüpft und wie am leichtesten und schnellsten die Grundlagen der heutigen Gesellschaft überall zerstört werden könnten.

Der Pariser Zweigverein war aufgelöst worden, Tolain und Fribourg hatten durch eine kurze Haft im Gefängnis von St. Pelagie dafür gebüßt, dass sie jenen Verein nicht politisch angemeldet hatten, da man es nicht gewagt hatte, außer diesem Formfehler einen andern Anklagegrund gegen sie geltend zu machen.

Es war daher die Einladung in der Form ergangen, dass jeder den Kongress besuchen durfte, der entweder ein Gewerkvereinsvertreter oder ein Mitglied eines sozialistischen Klubs sei.

So war Tolain fortwährend bemüht, die Arbeiterbewegung auf dem Wege der gesetzmäßigen Reform zu erhalten und vor den eigentlich kommunistischen Tendenzen zu schützen.

Varlin, den man erst später eingezogen hatte, war noch in St. Pelagie und beriet dort mit dem ebenfalls nach seinem vergeblichen Versuch zu einer Erhebung in Irland in Frankreich gefangen gesetzten senischen General Cluseret die Mittel und Wege zu einer praktischen Zerstörung des gegenwärtigen Staats- und Gesellschaftszustandes, ohne sich darum zu kümmern, was nachher geschehen sollte. Denn wenn nur einmal das Bestehende in Trümmer geschlagen worden sei, so würde ja die beste Form für die Gesellschaft der Zukunft sich von selbst ergeben.

Seit mehreren Tagen sah man in den Straßen von Brüssel diese Gestalten mit den bleichen Gesichtern und den glühenden, von Hass und Rache erfüllten Blicken einhergehen, welche zusammengekommen waren, um in öffentlicher Versammlung unter den Augen der Polizei die Mittel zu beraten zu einem Krieg auf Tod und Leben gegen alle Gesellschafts- und Staatsordnung in Europa.

Ernst und gedankenvoll saß Tolain in dem Hinterzimmer eines kleinen Restaurants in der Nähe des Zirkus. Ihm gegenüber stand ein Mann von etwa vierzig Jahren mit einer etwas gesuchten Eleganz gekleidet, der sowohl in seiner gebückten Haltung als in seinem scharf geschnittenen, gelblichen Gesicht von markierten Zügen, mit gekrümmter, hervorspringender Nase, kleinen schwarzen, stechenden Augen und kurzem krausem Haar, den Typus orientalischer Abstammung zeigte. Es war Armand Levy, ein französischer Jude, der seit längerer Zeit bereits in den verschiedensten Missionen dem Stern der Napoleoniden folgte. Er war zuerst in Paris bekannt geworden als Sekretär des polnischen Dichters Adam Mikiewicz, welcher in allen seinen Poesien das Thema variierte, dass der erste Napoleon der Messias der modernen Welt sei, und dass Napoleon III. gesandt worden, um das Werk seines großen Oheims fortzuführen und zu vollenden. Seit einiger Zeit hatte er sich der sozialen Bewegung angeschlossen, man hatte ihn oft nach dem Palais Royal, zuweilen nach der Polizeipräfektur und mehrere Male auch nach den Tuilerien gehen sehen und wollte auch von unmittelbaren Beziehungen wissen, in denen er zu den Vertrauten des Kaisers stände.

Jedenfalls konnte man ihm aus allen diesen Beziehungen keinen Vorwurf machen, denn er sprach es ja offen und laut aus, dass die ganze sozialistische Bewegung überhaupt nur dann zu einem Resultat führen könne, wenn sie einen Cäsar fände, der sie in seine mächtige Hand nähme und die ihr zugrunde liegenden Ideen, welche durch eine Revolution niemals realisiert werden könnten, zur Ausführung brächte.

Tolain hatte, um dem Übergewicht der aus allen Ländern herbeigeströmten Kommunisten zu begegnen, die französischen Delegierten vor der allgemeinen Versammlung des Kongresses zu einer Besprechung eingeladen, – bis zur Stunde aber, – und der Augenblick der Eröffnung des Kongresses stand nahe bevor, war nur Armand Levy allein in dem einfachen Zimmer dieses bescheidenen Restaurants erschienen, und Tolain begann mit Betrübnis zu empfinden, dass die Bewegung, zu deren ersten Urhebern er gehörte, sich von dem Wege entfernte, auf welchem sie nach seiner Überzeugung allein zum Heil führen konnte.

»Sie sehen,« sagte Armand Levy mit seiner harten, jedes Wort scharf hervorhebenden Stimme, »dass keiner von unsern Landsleuten geneigt ist, sich mit uns zu einem Programm zu vereinbaren und seine persönliche Stellung an gemeinschaftlich festzustellende Grundsätze zu binden. Aber«, fuhr er fort, »wir haben dies auch nicht nötig, jene unklaren Köpfe, jene zweifelhaften Existenzen, welche weder in Frankreich noch anderswo irgendwelchen Einfluss haben, welche nur ihrer persönlichen

Eitelkeit dienen und welche niemals einen Erfolg für die Sache erreichen können – wir haben sie nicht nötig,« fuhr er fort, »wenn wir uns zu festen Bündnissen vereinigen. Der große Teil des wirklichen Arbeiterstandes folgt Ihnen, und wenn Sie ein Wort in die Wagschale legen, so werden alle langen Reden jener Barrikadenhelden gleich in die Luft fliegen, – wenn Sie sich zur praktischen Erreichung Ihrer Ziele mit meinen Ideen vereinigen, so gehört die Zukunft uns. Sie wollen ja keine Revolution, Sie wollen ja die ruhige und gesicherte Form der Gesellschaftszustände, Sie müssen ja erkennen, dass dieselbe nur zu erreichen ist, wenn die starke Hand der Regierung deren Durchführung übernimmt, und ich glaube, dass Sie darüber mit mir einig sein werden, dass in Frankreich dem unberechenbaren Chaos der Revolution gegenüber nur eine Regierung möglich ist, das ist das Kaisertum. Lassen Sie uns beide gemeinschaftlich handeln, wir beide allein wiegen diese ganze Gesellschaft auf, welche sich in der Halle des Zirkus versammeln wird. Lassen Sie uns fest und entschieden auftreten und uns von dieser ganzen törichten Bewegung lossagen, wenn sie unsere Grundsätze nicht annehmen will, und dann nach Frankreich zurückkehren. Sie werden dann die Arbeiter organisieren und lenken, und ich werde die Verbindungen herstellen mit der Macht der Regierung. Wahrlich, wenn der Kaiser eine feste und sichere Allianz mit der arbeitenden Gesellschaft schließen kann, wenn dieselbe ihrerseits ernsthaft und aufrichtig die Stütze seines Thrones werden will, so wird er sich keinen Augenblick bedenken, diese halb verfaulte Bourgeoisie zu zertrümmern und den Geist der wahren Demokratie, welcher bereits im Prinzip des Kaisertums liegt, auch in allen dessen Institutionen zur Geltung und zum Ausdruck zu bringen.«

Tolain erhob langsam den Kopf, den er in die Hände gestützt hatte, sah Armand Levy, dessen brennendes Auge forschend auf ihm ruhte, einen Augenblick nachdenkend an und sprach dann mit dem ihm eigenen sanften und ruhigen Ton:

»Nach meiner Überzeugung, welche durch langes Studium begründet und bisher durch keine Gegengründe erschüttert worden ist, kann die Reform der Gesellschaftszustände, die Durchführung des Rechts der Arbeit, durch keinerlei Gewalt erreicht werden. Jede Gewalt wird immer wieder Gewalt hervorrufen und einen Zustand des fortwährenden Krieges erzeugen. Das Gebiet aber, auf welchem allein die Arbeit zu ihrem Rechte kommen kann, ist der Frieden, – das einzige Mittel, welches zu dem großen Ziel zu führen vermag, ist die ruhige Belehrung und Aufklärung der Arbeiter über ihre Rechte und ihre Pflichten. Die politische

Form des Staats ist dabei gleichgültig, die Reform der Gesellschaft kann sich vollziehen ebenso gut unter der legitimen Monarchie, als unter dem Kaiserreich und auch unter der Republik. Das alles sind andere Fragen, ihre Erörterung und Verfolgung zieht die Geister nur von der eigentlich wesentlichen Frage, von der Frage des Rechts der Arbeit ab. Es bedarf keiner politischen Umwälzung, um dieses Recht zur Geltung zu bringen, es kommt nur darauf an, dass die Arbeiter sich ihrer Macht bewusst werden und nach richtigen Grundsätzen in fester Organisation dieselbe ausüben. Wenn alle Arbeiter darüber einig sind, ihre Kräfte der Produktion nur nach gleichmäßigen und von ihnen selbst bestimmten Bedingungen zu leihen, wenn sie ihren Anteil an dem durch die Produktion erzielten Gewinn gleichmäßig und in fester Konsequenz in Anspruch nehmen, wenn sie nur den Einfluss ihrer ungeheuren Majorität nach bestimmten Plänen auf die Gesetzgebung anwenden, so vollzieht sich die soziale Reform ganz von selbst, ohne jede gewaltige Katastrophe und vor allen Dingen ohne jene verderbliche und fluchwürdige Zerstörung des Eigentums, welche von diesen törichten Aposteln des Kommunismus gepredigt wird, die da vergessen, dass ohne Eigentum keine Individualität, keine Menschenwürde mehr möglich ist, und dass die einzige gesunde Basis des ökonomischen Lebens nur darin liegt, dass jeder gleiche Berechtigung und gleiche Möglichkeit hat, im richtigen Verhältnis seiner Arbeit Eigentum und Güter des Lebens zu gewinnen.«

Mit allen Zeichen einer lebhaften Ungeduld hatte Armand den ruhig gesprochenen Worten Tolains zugehört.

»Sie vergessen,« sagte er, indem er näher zu ihm herantrat und leicht die Hand erhob,»dass es sich bei der Durchführung einer sozialen Reform nicht darum handelt, für eine zu bildende Gesellschaft den besten und richtigsten Zustand herzustellen; dann möchte vielleicht – aber auch nur vielleicht – der Weg der allgemeinen Belehrung und Aufklärung aller einzelnen zum Ziele führen können, obgleich es in der Geschichte ja noch nie gelungen ist, den großen Massen die eigentliche Erkenntnis ihres wahren Wohls und Nutzens zu geben. Nun aber«, fuhr er lebhafter fort, »bevor die Grundsätze der Gerechtigkeit und Gleichheit für die Arbeit zur Geltung gebracht werden können, handelt es sich darum, die festbegründete Herrschaft derjenigen zu brechen, welche durch das Kapital, das Nahrung, Kleidung und jeden Lebensgenuss repräsentiert, die Arbeit unterjocht haben, welche alle überlegenen Waffen in diesem Kampfe besitzen, und welche wahrlich entschlossen sind, auf Leben und Tod von diesen Waffen Gebrauch zu machen. Diese Herrschaft zu zerbrechen, ihre Bollwerke und Festungen zu zertrümmern und für die Neugestaltung der Gesellschaft freie Bahnen zu schaffen, dazu gehört Gewalt, und zwar eine sehr starke, überwiegende, mächtige Gewalt –«

Tolain schüttelte schweigend mit ruhigem Lächeln den Kopf.

»Und ich sehe,« fuhr Armand Levy fort, ohne Tolain Zeit zu einer Bemerkung zu lassen, –»ich sehe zwei Formen, in denen diese Gewalt wirksam und mächtig auftreten kann. – Die eine dieser Formen ist die Revolution, und ich habe keinen Zweifel an deren Sieg, das heißt, an ihrem negativen Siege. Die Revolution wird, wenn es gelingt, sie zu entfesseln, mit übermächtiger Gewalt alles Bestehende zertrümmern, aber sie wird auf den Trümmern des Bestehenden nicht diejenige Gesellschaftsordnung aufrichten, welche Sie mit mir übereinstimmend für die einzig richtige halten; die Gewalt wird wieder die Gewalt hervorrufen, nichts erschlafft schneller, als ein revolutionärer Aufschwung. Beispiele in der Geschichte zeigen, dass nach allen revolutionären Vernichtungskämpfen sich die Gesellschaft wiederum nach den alten Grundsätzen rekonstruiert und dass nur die Personen, die Träger und Vertreter jener Grundsätze, andere geworden sind; außerdem würde die soziale Revolution den Fehler begehen, die Staats- und Regierungsgewalt, welche sehr mächtig und bedeutungsvoll ist, zur Verbündeten derjenigen zu machen, welche durch den ausschließlichen Besitz des Kapitals die Arbeit in Fesseln schlagen, und wenn die Revolution nicht durchdränge, so würde die Welt in eine neue Ära der Sklaverei der Arbeit eintreten, eine Sklaverei von unberechenbarer Dauer und größerer Härte als zuvor.«

»Aber«, fiel Tolain ein, »was Sie mir da sagen, werde ich niemals bestreiten, ich bin immer ein Gegner der Revolution gewesen und habe gerade deshalb –«

»Ich bitte Sie«, unterbrach ihn Armand Levy, indem er leicht mit dem Finger seine Schulter berührte, »meine Deduktion zu Ende zu hören. Ich habe gesagt,« fuhr er fort, »dass der gegenwärtige Gesellschaftszustand nur durch eine übermächtige Gewalt beseitigt werden könne; als die eine Form dieser Gewalt bezeichnete ich die Revolution und Sie stimmen mit mir überein, dass dieselbe gefährlich und bedenklich sei und nach aller Wahrscheinlichkeit das erstrebte Ziel nicht erreichen werde. Ich sehe nun außer der Revolution nur noch eine Gewalt, welche imstande wäre, die gegenwärtige Klassenherrschaft zugunsten der Arbeiter zu brechen, und dies ist die Gewalt des Kaisertums, der auf demokratischer Basis gestützten Herrschaft des vom ganzen Volke erwählten Cäsars, welcher der Natur seines Ursprungs gemäß sich niemals mit einzelnen Klassen verbinden kann, sondern das ganze Volk in seiner gleichen und allgemeinen Berechtigung vertreten muss. Die Grundsätze dieser Gleichheit sind unter dem Kaiserreich in politischer Beziehung bereits eingeführt, das allgemeine Stimmrecht in allen unseren öffentlichen Institutionen gibt einem jeden den gleichen Anteil am politischen Leben. Das Kaiserreich hat nur noch einen Schritt, und zwar einen konsequenten und naturnotwendigen Schritt zu tun, um auch auf dem sozialen Gebiet den Grundsatz seines innersten Wesens durchzuführen und auch hier die Klassenherrschaft zu brechen, welche aus dem politischen Leben bereits verschwunden ist. Das Kaiserreich muss in seinem eigenen Interesse diesen Schritt tun – es wird ihn tun, wenn es nicht durch die Verblendung der arbeitenden Majorität auf einen falschen Weg gedrängt wird, indem diese sich, ihren eigenen Lebensinteressen entgegen, zu seinen Feinden erklärt; reichen die Arbeiter dem Kaiserreich die Hand, so wird dasselbe mit noch größerer Macht als die Revolution und mit unfehlbarer Sicherheit die ungesunden Zustände der Gesellschaft auf völlig gesetzlichem Wege beseitigen. Das Kaiserreich wird aber nicht wie die Revolution ein Chaos hervorrufen, sondern es wird in geordneter Kraft, gestützt auf die mächtige Majorität des Volkes, welche es organisieren und führen kann, eine neue Gesellschaftsordnung aufzurichten imstande sein, in, welcher der Arbeit ihr Recht gewährt wird. Darum ist es mein dringender Wunsch, die Arbeiter mit dem Kaisertum zu vereinigen, nicht um sie zu Werkzeugen und Dienern zu machen, sondern um ihre Rechte durch die konzentrierte Kraft der demokratischen Monarchie sicher in dauernder und von aller Welt anerkannter Form zur Geltung zu bringen.«

»Aber«, sagte Tolain, »glauben Sie denn, dass das Kaisertum die Rolle eines Dieners der Arbeiter annehmen würde, dass es nicht vielmehr dies Bündnis dazu benützen möchte, um Herr über dieselben zu werden?«

»Wenn es ihre Rechte vertritt,« erwiderte Armand Levy, »wenn es die richtigen sozialen Grundsätze zur Geltung bringt, so mag es immerhin ihr Herr sein, das heißt, der Herr der Einzelnen, es wird doch immer nur der Diener des Ganzen bleiben.«

»Ich will aber«, sagte Tolain mit etwas schärferer Betonung als vorher, »keinen Herrn der Welt für die Arbeit. Die Arbeit soll frei und gleich sein, sie soll weder der Sklave der Millionäre noch der Höfling eines Cäsars sein. Die soziale Welt soll sich aufbauen, unbekümmert um die Politik; eine Vermischung beider kann niemals zum richtigen Ziele führen.« In ungeduldiger Heftigkeit schlug sich Armand Levy vor die Stirn.

»Aber mein Gott«, rief er, »ist es denn unmöglich sich von dem haltlosen Boden der Theorie zu entfernen und sich zu überzeugen, dass die herrlichsten und vortrefflichsten Systeme, und wenn sie in den Köpfen aller Arbeiter lebten, nicht imstande sind, die so fest errichteten und so hartnäckig verteidigten Festungen des materiellen Besitzes zu zerstören?«

»Nun,« erwiderte Tolain ruhig, »in dem Augenblick, in welchem das richtige System in den Köpfen aller Arbeiter lebte, würden jene Festungen ohne alle Kämpfe ganz von selbst zusammenbrechen, denn ihre Inhaber würden einfach in denselben verhungern.«

Armand Levy ging in lebhafter Erregung auf und nieder und trank, um seine trockenen Lippen anzufeuchten, ein Glas jenes bläulichen Rotweins, welcher in einer mit hochklingender Etikette versehenen Flasche auf dem Tisch stand. Er schien in seinem Geist nach neuen Argumenten zu suchen, um Tolain zu, überzeugen, dessen sanfte, milde Ruhe ihm größere Schwierigkeiten machte, als die heftigsten Entgegnungen.

Die Tür öffnete sich schnell und drei Männer traten nacheinander in das Zimmer, bei deren Erscheinen Tolain freudig aufblickte, während Armand Levy neben dem Tisch stehen blieb und die Eintretenden erwartungsvoll ansah.

Die drei Eingetretenen waren Henri Rochefort, der Herausgeber jenes flatternden Irrlichtes, welches er die »Laterne« nannte und welchem die kaiserliche Regierung durch ihr Verbot Bedeutung und Verbreitung gegeben hatte.

Die magere, eckige Gestalt mit den unruhigen, heftigen Bewegungen, dem gelblich bleichen Gesicht, welches fast nur aus Haut und Knochen zusammengesetzt schien, mit dem hämischen, feindlichen Zug um den Mund, mit den schwarzen, stechenden, von unstetem Feuer erleuchteten Augen, mit dem schwarzen, aufwärts gekräuselten Haar und dem kleinen schwarzen Schnurrbart, gab diesem letzten Sprossen der alten Grafen von Rochefort etwas Dämonisches, das eigentlich nicht in seinem Charakter lag, dessen wesentliche Elemente unbefriedigter Ehrgeiz und eine zerrissene Bildung ausmachten, welche überall bei Halbheit und Mittelmäßigkeit stehen geblieben war.

Ihm folgte der bekannte Barrikadenkämpfer Blanqui mit seinem aufgeregten, wilden Gesicht, und der Violinmacher Dupont, welcher früher der Vertreter des Londoner Zweigvereins gewesen war und jetzt die neapolitanische Sektion der Internationale zu repräsentieren berufen worden. Eine schlanke, schmächtige Gestalt mit ziemlich unbedeutendem Gesicht, auf welchem der Ausdruck einer selbstgefälligen Eitelkeit vorherrschend war.

»Wir haben«, sagte Rochefort, indem er Tolain ziemlich kalt begrüßte und einen feindlichen Blick voll Hass und Drohung auf Armand Levy warf, – »wir haben Ihrer Einladung Folge geleistet – auch Herr Dupont, obgleich derselbe hier nicht als Franzose, sondern als Vertreter Italiens anwesend ist, – wir haben Ihrer Einladung Folge geleistet, weil wir Achtung und persönliche Sympathie für Sie haben und weil wir deshalb Ihren persönlichen Wünschen gerne entgegenkommen –«

»Ich bin der Meinung gewesen,« fiel Tolain ein, »dass, da hier die Interessen so vieler Länder vertreten werden, in denen andere Verhältnisse und Zustände bestehen, als bei uns, es im Interesse der französischen Arbeiter liegen müsste, wenn wir uns vorher darüber verständigten, welche Richtung wir festzuhalten und welche Ansichten wir zu verteidigen hätten –«

»Wie unser Freund Rochefort bereits gesagt«, fiel Blanqui ein, »sind wir hierher gekommen aus persönlicher Sympathie und Achtung vor Ihnen, wir können aber, wie ich gleich im Voraus auf das Bestimmteste erklären muss, in keiner Weise das Prinzip anerkennen, dass sich die Angehörigen eines Landes besonders zu einer gemeinsamen, im Voraus bestimmten Handlung verbinden sollen. Wir haben keine Länder und keine Nationen zu vertreten, der Begriff der Nation ist dem Ziele fremd, welches wir zu erstreben haben. Wir wirken für die Menschheit, für die Befreiung der ganzen arbeitenden Menschheit aus den Fesseln, in welche das Kapital sie geschlagen hat. Alle Arbeiter der Welt bilden eine große Verbrüderung, welche das gleiche Interesse hat und auf gleichem Wege vorschreiten muss. Der Begriff der Nationalität ist eben so veraltet, eben so feindlich der Befreiung der Menschheit, als der Begriff des Staats und der Kirche. Ich kenne keine andere Form der Gesellschaft, der sozialen wie der politischen, als die Kommune. Deshalb sehe ich keinen Nutzen und keinen Zweck einer Separatverständigung zwischen Personen, welche zufälligerweise auf dem Landgebiet geboren sind, welches man bisher als das Terrain der französischen Nation zu erklären gewohnt war.

Ich kann mich nicht binden an diese oder jene Rücksichten auf die äußerliche Verschiedenheit, welche heute noch das Leben der Menschheit durch nationale Grenzen trennt, und meine Freunde hier denken wie ich.«

»Ich denke ganz ebenso,« sagte Rochefort, während Dupont schweigend seine Zustimmung ausdrückte, »dennoch aber glaube ich, dass, weil eben noch die nationalen Grenzen bestehen und weil die Feinde der Befreiung der Arbeit in dem einen Lande mächtiger und gefährlicher sind als in dem andern, dennoch trotz der allgemeinen Gleichheit unserer Ziele eine Verständigung über gewisse naheliegende Zwecke erreicht werden könnte, welche das große Endziel vorbereiten und sich nach den Nationalverschiedenheiten auch verschieden gestalten. Für Frankreich,« fuhr er fort, indem seine brennenden Blicke noch glühender, noch unheimlicher umherflammten, »für Frankreich ist ein unmittelbares und naheliegendes Ziel allen Freunden und Dienern der Freiheit vorgesteckt, das ist die Vernichtung dieses heimtückischen, hinterlistigen Abenteurers, der sich Napoleon III. nennt, und die Zertrümmerung seines durch Lüge und Verrat aufgerichteten und mit Blut gekitteten Gebäudes, welches man das Kaiserreich nennt. Dieses Kaiserreich ist der gefährlichste Feind unserer Bestrebungen, weniger noch wegen der konzentrierten Militärmacht, über welche es gebietet, als weil es die Grundsätze der wahren Demokratie fälscht, weil es die Geister irreführt und weil es unter scheinbarer, heuchlerischer Anerkennung der Souveränität des Volks das Volk selbst in gefährlichere Ketten schmiedet, als jeder offene und erkennbare legitimistische Absolutismus. Vereinigen wir alle unsere Kräfte, verstärken wir uns durch Alliierte aus allen Ländern, um dieses Kaiserreich mit allen Mitteln von außen und innen zugleich anzugreifen und zu zerbrechen. Dann erst, wenn dies geschehen ist, werden wir frei auf dem breiten Wege fortschreiten können, der zu unserem großen Endziele führt.«

»Unser Freund Rochefort hat recht,« sagte Dupout, »wir müssen uns alle zur Vernichtung des Kaiserreichs verbünden, und namentlich Italien, das ich zu vertreten habe, ist berufen, in diesem Bunde eine wirksame Rolle zu spielen. Wir haben in Italien die Aufgabe, das Papsttum zu zerschlagen und zugleich auch dieses neu gebildete Königreich Italien zu vernichten, das auf dem Wege ist, nach dem Beispiel des französischen Cäsars auf einer trügerischen demokratischen Grundlage eine militärische Diktatur aufzurichten: sowohl das Papsttum als das Königreich Italien – obgleich sie sich in diesem Augenblick feindlich einander gegenüberstehen und dadurch unsere Tätigkeit begünstigen, stützen ihre Existenz wesentlich auf das französische Kaiserreich. Ist ihnen dieser Rückhalt zerbrochen, so wird das Königreich Italien zunächst den Papst verschwinden lassen, um dann allmählich nach außen isoliert und im Innern sich zersetzend ins Nichts zu zerfallen. Ich stimme deshalb durchaus dafür, dass die Internationale zunächst das Kaiserreich und den Kaiser für ihren allgemeinen Feind erklärt, und alle Kräfte aufwendet, um vor allem das Kaiserreich zu vernichten.«

Tolain hatte ruhig zugehört. Immer trauriger war der Ausdruck seines Gesichts geworden, während Armand Levy die Hände krampfhaft gegeneinander presste und nur mit Mühe seine innere Erregung unterdrückte.

»Ihr wisst, meine Freunde,« sagte Tolain, »dass ich immer und immer gegen die Vermischung unserer ernsten und heiligen Bestrebungen mit der Politik gekämpft habe. Wenn wir das soziale Leben reformiert haben, so wird ganz von selbst, und ohne Erschütterung jede politische Staatsform verschwinden, welche mit den Grundsätzen dieser Reform nicht im Einklang steht, jeder vorzeitige Kampf gegen die politischen Mächte kann uns nur schwere Gefahren bringen und ist deshalb –«

»Um so törichter,« fiel Armand Levy ein, »wenn wir uns derjenigen Staatsform gegenüber befinden, welche ihrem Prinzip nach viel mehr dazu angetan ist, uns zu unterstützen und unsere Ideen zur Ausführung zu bringen, als dieselben zu bekämpfen. Das Kaisertum ist die organisierte Demokratie.«

Mit einer wilden Bewegung sprang Rochefort vor.

»Organisierte Demokratie!« rief er mit heiserer Stimme, »ja, die Demokratie ist unter dem Kaisertum organisiert, wie die Galeerensklaven organisiert sind, um an ihren Sitz gekettet in gleichmäßigem Schlage die Ruder zu bewegen. Das Kaisertum ist die große Galeere, welche von der Kraft des Volkes getrieben wird und auf deren Verdeck der Tyrann in seinem blutigen Purpur dasteht, um hohnlächelnd zu sagen: ›Es ist die Kraft des Volkes, auf welcher ich meine Herrschaft errichtet und welche mein kaiserliches Fahrzeug so stolz und sicher über die Wellen dahinträgt.‹ Das ist«, fuhr er mit lautem Hohnlachen fort, »die Organisation der Demokratie, welche das Kaiserreich geschaffen hat. Solange diese Organisation nicht zertrümmert wird, solange das Volk seine Ketten nicht zerreißt und den heuchlerischen Cäsar in die Abgründe des Meeres hinabstürzt, so lange ist kein Heil für die unterdrückte Menschheit auch außerhalb Frankreichs möglich.«

»Nun, Herr Rochefort hat wenigstens verstanden«, sagte Armand Levy mit kaltem, höhnischem Lächeln, »sich den Ketten zu entziehen, welche ihn an die Galeere seines Landes fesselten. Es ist allerdings bequemer und leichter, aus sicherer Ferne brennende Geschosse zu werfen, welche mit dem Kaiser und der Regierung zugleich auch das Volk treffen, wenn sie,« fügte er achselzuckend hinzu, »wirklich einen Erfolg haben könnten – –«

»Ich bin im Auslande,« rief Rochefort mit vor Wut verzerrtem Gesicht, »als der Vorkämpfer und Verteidiger der Rechte meines Volkes, welches sich zuerst entfesseln und zum Mittelpunkt der neuen großen Gemeinde machen will, und das ist besser, als hier zu sein als erkaufter Agent der Tyrannei, um durch Verrat und Lüge das nach Freiheit ringende Volk in neue und schlimmere Ketten als jemals hineinzulocken.«

Armand Levy wurde bleich wie der Tod, im grünen Phosphorglanz sprühten seine Augen, die Hände vorstreckend sprang er gegen Rochefort heran, während seine Lippen zuckten und bebten, ohne ein Wort hervorzubringen.

Tolain erhob sich und trat zwischen beide, während Blanqui und Dupont sich neben Rochefort stellten.

Ruhig sagte Tolain, indem er die Hand gebieterisch gegen Armand Levy ausstreckte, welcher, Rochefort mit seinen Blicken durchbohrend, langsam zurückwich:

»Soll Streit, Hass und Beleidigung zwischen denen entstehen, welche dasselbe Ziel verfolgen und nur über die Mittel uneins sind, durch welche es erreicht werden kann? Beenden wir diese Unterhaltung, sie würde, wie ich zu meinem Schmerz sehe, zu nichts führen. Der Kongress beginnt, dort wird jeder seine Meinung aussprechen und für dieselbe eintreten – jeder von uns als einzelner Mann, an dessen redlicher Absicht niemand zu zweifeln das Recht hat; dort werde auch ich unerschütterlich und unermüdlich für meine Überzeugung eintreten, und ich werde,« fügte er sich stolz aufrichtend hinzu, »dazu um so höhere Kraft finden, als ich das Bewusstsein habe, dass der größere Teil der Arbeiter Frankreichs meine Überzeugung teilt und mir auf meinem Wege folgen wird.«

Rochefort wollte etwas erwidern. Blanqui zog ihn zurück und sagte in kaltem Ton:

»Welchen Weg die Arbeiter in Frankreich gehen werden, das wird sich zeigen. Ich hoffe, dass die Zeit vorbei ist, in welcher das Volk sich von irgendjemand führen lässt, sei er, wer er wolle.«

Und mit leichtem Kopfnicken gegen Tolain legte er seinen Arm in den Rocheforts und verließ das Zimmer, ohne noch einen Blick auf Armand Levy zu werfen.

Dupont folgte ihm.

»Sie sehen«, sagte Armand Levy zu Tolain, als sie allein geblieben waren, », welcher Geist hier herrscht. Dort ist jene wilde Gewalt der Revolution, von welcher ich vorhin gesprochen, und welche alles zertrümmern wird, ohne neues zu schaffen. Noch einmal bitte ich Sie, reichen Sie mir die Hand zum Bündnis mit dem Kaiser, dieser andern Gewalt, welche nicht nur zerstören, sondern auch schaffen und aufbauen kann.«

Tolain schüttelte den Kopf.

»Ich will keine Gewalt,« sagte er, »als die Gewalt der Wahrheit, denn ihr wird zuletzt der Sieg gehören.«

»So werden Sie isoliert bleiben,« rief Armand Levy, »zwischen den beiden sich bekämpfenden Mächten, die Ereignisse werden über Sie hinschreiten. Auch die Wahrheit bedarf der Macht zu ihrem Siege und der Form zu ihrem fruchtbaren Leben.«

»Die Wahrheit trägt ihre Macht in sich,« sagte Tolain, »und die Form ihrer Lebensbildung erwächst von selbst, wie die Krone des Baumes aus dem langsam und ruhig sich entwickelnden Keim erwächst. Lassen Sie uns gehen, der Kongress wird beginnen.«

Tief aufseufzend zuckte Armand Levy die Achseln und folgte Tolain, welcher das Zimmer verließ, um sich in die Versammlung der Delegierten der Internationale zu begeben.

Die große Vorhalle des Zirkus war angefüllt mit den Abgeordneten der Sektionen der Internationale aus allen Ländern.

Auf einer erhöhten Tribüne, über welcher an der Wand eine große rote Fahne angebracht war, stand der Tisch und Stuhl für den Präsidenten, darunter, einige Stufen tiefer, befand sich die Tribüne für die Redner, eine einfache und schmucklose Erhöhung mit einem kleinen viereckigen Tisch.

Tolain setzte sich auf einen der noch freien Stühle in der Nähe der Tür, während Armand Levy sich in die Nähe der Tribüne begab.

Ein dumpfes Gewirr von Stimmen erfüllte den Raum. Die einzelnen Gruppen unterhielten sich lebhaft miteinander und die oft heftig geführten Gespräche wurden noch unklarer durch die Sprachverwirrung, welche hier herrschte und welche die Delegierten der verschiedenen nationalen Sektionen zwang, sich durch die Vermittlung von Dolmetschern zu unterhalten, welche oft selbst die beiden Idiome, zwischen denen sie zu vermitteln hatten, nur ungenügend kannten. Tolain saß still da und blickte traurig auf diese Versammlung hin, deren ganze aufgeregte und unruhige Haltung so wenig mit der Anschauung übereinstimmte, welche er, der erste Gründer der internationalen Assoziation, von der Art und Weise hatte, in welcher die arbeitende Welt ihre Rechte zur Geltung bringen sollte, indem sie mit dem Ernst der Selbstbeherrschung ihre Pflichten anerkannte und auf sich nahm.

Die Versammlung schien vollzählig geworden zu sein. Seit einiger Zeit war niemand mehr eingetreten.

Dupont stieg auf die Tribüne.

»Meine Freunde,« sagte er, »das Erste, was wir zu tun haben, ist, einen Präsidenten unserer Versammlung zu erwählen. Wir müssen dabei wesentlich ins Auge fassen, dass viele unter uns die Sprache anderer nicht verstehen, und dass derjenige, der unseren Verhandlungen präsidieren soll, vor allen Dingen die Sprache der hier vertretenen Länder kennen muss. Wir haben nun unter uns unsern Freund Hermann Jung, welcher mit gleicher Sicherheit die Sprache Englands, Frankreichs, Italiens und Deutschlands beherrscht. Ihr kennt ihn alle und wisst, dass er außer dieser Kenntnis der verschiedenen Sprachen alle die Eigenschaften des Geistes und Charakters besitzt, welche ihn würdig machen, unserer Versammlung zu präsidieren. Ich schlage vor, unsern Freund Hermann Jung zum Präsidenten zu wählen, und bitte um eure Akklamation, wenn ihr meinen Vorschlag annehmt.«

Ein allgemeiner Ruf der Zustimmung erfolgte.

Hermann Jung mit seiner ruhigen Haltung, seinem ernsten, bärtigen Gesicht trat aus der Versammlung hervor und bestieg den Präsidentenstuhl.

Kaum hatte er mit wenigen Worten die Versammlung für eröffnet erklärt, als der Erste von allen, Armand Levy, die Tribüne bestieg.

Lautes Murren und unwillige Stimmen erhoben sich aus der Versammlung.

Hermann Jung forderte zur Ruhe auf, und nach einigen Augenblicken begann Armand Levy in seiner scharfen, akzentuierten Weise zu sprechen.

»Ich glaube, meine Freunde,« sagte er, »wir haben kaum ein Wort weiter über das Ziel zu verlieren, das wir verfolgen. Es ist uns allen bekannt, es ist die Befreiung der arbeitenden Welt von der Tyrannei des Kapitals. Dazu haben wir uns verbunden, danach wollen wir überall mit gemeinsamen Kräften streben. Aber unserer Vereinigung fehlt der Mittelpunkt, die leitende Hand, die ausführende Kraft. Wir werden in einzelnen Kämpfen den Mächten der alten Welt und der alten Gesellschaft niemals gewachsen sein, wenn wir nicht eine jener Mächte auf unserer Seite haben. Und eine dieser Mächte,« fuhr er mit lautem Tone fort, – »vielleicht die stärkste von allen, – ist ihrer Natur nach mit unseren Bestrebungen verbündet, da sie auf demselben Prinzip beruht, dem auch wir Geltung verschaffen wollen. In Gemeinschaft mit dieser Macht können wir einen praktischen Sozialismus zur Ausführung bringen, der sonst nach meiner Überzeugung unmöglich ist. Wir brauchen einen Führer, der zu unserem Bunde steht. Dieser Führer kann kein anderer sein, als der Vertreter der demokratischen Monarchie, der Vertreter des durch den nationalen Willen errichteten Kaiserthrons von Frankreich.«

Ein wilder Sturm von durcheinander rufenden Stimmen brach in der Versammlung aus.

Armand Levy wollte weiter sprechen. Seine Stimme schraubte sich bis zu dem höchsten gellenden Ton empor. Aber es war vergeblich. Immer lauter, immer wilder ertönte der betäubende Lärm.

Rochefort war gegen die Tribüne vorgedrungen; indem er den Arm gegen dieselbe ausstreckte, rief er laut:

»Nieder mit dem Kaiser! Nieder mit dem Kaisertum! Nieder mit allen Agenten desselben!«

»Nieder mit dem Kaiser! Nieder mit allen seinen Kreaturen!« tönte es von allen Seiten durch den Saal.

Man umringte Rochefort, man drängte, von ihm geführt, gegen die Tribüne vor.

Bleich und unbeweglich stand Armand Levy da, die Hände auf den Tisch gestützt und mit seinen stechenden Blicken die Herandrängenden anstarrend.

Vergeblich schlug Hermann Jung mit dem kleinen Hammer, den er in der Hand hielt, auf den Tisch. Jede Disziplin, jede Ordnung der Versammlung schien aufgelöst. Einzelne Mitglieder stellten sich neben der Tribüne an der Seite von Armand Levy auf, und der Augenblick schien gekommen, in welchem diese Versammlung, welche eine Zukunft voll ruhigen Friedens für die Welt vorbereiten wollte, ein Beispiel des Kampfes aller gegen alle geben würde.

Da sprang ein starker Mann von ungefähr sechzig Jahren, in militärischer, kräftiger Haltung, im grauen, bürgerlichen Anzug, mit intelligentem, frischem und gesundem Gesicht und großen klaren Augen, auf die Erhöhung neben dem Präsidentenstuhl.

Es war Philipp Becker, ein geborener Bayer und früherer Offizier, welcher seine ganze Lebenskraft der Sache des demokratischen Kommunismus gewidmet und unerschütterlich die Verurteilung und Verbannung über sich hatte ergehen lassen.

»Halt, meine Freunde!« rief er mit einer Stimme, deren eherner Kommandoton selbst den ungeheuren Lärm dieser Versammlung übertönte, »Halt! Im Namen der heiligen Sache, welcher wir dienen, verbiete ich euch jeden Akt der Gewalt. Setzt euch ruhig nieder und lasst jeden seine Meinung sagen. Wir werden danach beschließen, was wir für Recht halten.«

Er hatte seine Worte deutsch gerufen und wiederholte sie in französischer Sprache.

Die Aufregung beruhigte sich. Die meisten kehrten auf ihre Plätze zurück. Nur Rochefort blieb mit zornfunkelnden Augen der Tribüne gegenüberstehen – Armand Levy, welcher unbeweglich diesen ganzen Sturm ausgehalten hatte, atmete tief auf und schickte sich an, seine Rede fortzusetzen. Noch ehe er jedoch begonnen hatte, sprach Philipp Becker, immer neben dem Stuhl des Präsidenten stehend:

»Bevor der Redner, welcher soeben ein Bündnis der internationalen Assoziation mit dem französischen Kaiser vorgeschlagen hat, seine Ansicht weiter entwickelt, habe ich euch eine Mitteilung zu machen, nach deren Anhörung ihr entscheiden mögt, ob eine weitere Diskussion über die angeregte Frage angemessen und zulässig sei. Ich habe einen Brief von Varlin erhalten,« fuhr er fort, »von Varlin, den ihr alle kennt, der einer der treuesten und unermüdlichsten Kämpfer unserer Sache ist, – von Varlin, der in diesem Augenblick in dem Kerker des Kaiserreichs eingeschlossen ist. Ich werde euch nur wenige Worte dieses Briefes vorlesen, sie werden über die Frage entscheiden, welche hier soeben gestellt wird.«

Er zog ein Papier aus der Tasche, entfaltete dasselbe und las mit deutlicher Betonung jedes Wort:

»Man wird euch ein Bündnis mit Napoleon III. vorschlagen, der sich den ›Cäsar der modernen Zeit‹ zu nennen liebt. Wenn er je ein Cäsar gewesen, so ist er es jetzt nicht mehr; sein Stern ist untergegangen, seine Macht vorbei. Ihr müsst wissen, dass das Kaiserreich nicht mehr existiert, dass es nur noch ein Name ohne Inhalt ist, und der erste Hauch eines Sturmes, der in Europa sich erhebt, wird auch diesen Namen in nichts verwehen. Was ich euch schreibe, ist sicher und gewiss. So gut, wie ich Mittel habe, aus meinem Kerker euch diesen Brief zugehen zu lassen, so kann ich auch trotz der Mauern und Riegel, welche mich einschließen, genau verfolgen und beobachten, was in Frankreich vorgeht, und ich wiederhole euch: Das Kaiserreich existiert nicht mehr.«

Philipp Becker reichte den Brief, welchen er soeben gelesen, an Hermann Jung, der die Worte desselben in deutscher, englischer und italienischer Sprache wiederholte.

In tiefem Schweigen hatte die Versammlung zugehört.

Philipp Becker fuhr fort:

»Glaubt ihr, dass Varlin die Wahrheit kennt und sie ohne Verhüllung ausspricht?«

Eine laute Akklamation bejahte diese Frage, welche Hermann Jung wiederum in die verschiedenen Sprachen übersetzte.

»Wenn ihr also das,« fuhr Becker fort, »was Varlin geschrieben, für die Wahrheit haltet, so scheint es mir überflüssig, weiter die Frage zu erörtern, ob wir uns mit dem Kaiserreich verbünden sollen oder nicht, denn man verbündet sich nicht mit einem Toten. Ich schlage daher vor, die Debatte über diesen Gegenstand für geschlossen zu erklären.«

Ein allgemeiner Ruf der Zustimmung erfüllte den Saal, noch bevor der Präsident die Worte Beckers übersetzt hatte.

Armand Levy wandte sich nach der Estrade des Präsidenten um und wollte sprechen.

»Die Debatte ist geschlossen,« rief Rochefort, »fort von der Tribüne!«

»Fort von der Tribüne!« erscholl es durch den ganzen Saal.

Armand Levy warf einen schnellen Blick über die ganze Versammlung hin. Er begriff, dass er keine Unterstützung mehr finden würde, dass seine Sache verloren sei. Er stieg langsam mit höhnischem Lächeln und verächtlichem Achselzucken von der Tribüne herab.

»So geht denn die Wege des Wahnsinns, ihr Verblendeten,« sprach er leise, »ihr habt die Hand nicht annehmen wollen, die euch geboten wird. So wird es denn eure Schuld sein, wenn man euch zermalmt.«

Tolain war aufgestanden und hatte sich der Tribüne genähert; bevor er dieselbe erreicht, hatte Philipp Becker, welcher von der Estrade des Präsidenten herabgestiegen war, sie eingenommen.

Bei seinem Erscheinen stellte sich die Ruhe vollständig wieder her und er begann in französischer Sprache, nach jedem Satz innehaltend, um Hermann Jung Zeit zu lassen, denselben in die verschiedenen Idiome zu übersetzen.

»Ich bin hierhergesendet, meine Freunde, von dem Friedens- und Frei-
heitsbund in Bern, welcher um die Aufnahme in die internationale Assoziation nachsucht, wenn dieselbe diejenigen Grundsätze akzeptiert, welche jener Bund für die allein richtigen hält. Diese Grundsätze, über die
wir übereingekommen sind und welche, wie ich überzeugt bin, auch von
euch geteilt werden, – die einzigen Grundsätze, nach welchen überhaupt
eine radikale Reform der Gesellschaft erfolgreich durchgeführt werden
kann, sind folgende.«

Und die Stimme erhebend, fuhr er fort:

»Der Grund und Boden ist gemeinsames Eigentum und kann niemals
Privatpersonen gehören, demzufolge sind Wälder und Forsten gemeinsames Eigentum, – ebenso Bergwerke und Kohlengruben, – ebenso Straßen, Kanäle, Eisenbahnen und Telegrafen, – ebenso endlich alle land-
wirtschaftlichen Maschinen, welche dazu dienen, den Grund und Boden
zur Produktion zu bringen.«

Mit noch lauterer Betonung sprach er weiter:

»Wir erklären im Prinzip, dass jede Art von Eigentum allen Bürgern gemeinschaftlich gehört, und werden in der Ausführung beschließen, wie
dieses Prinzip im Einzelnen durchzuführen sei, ob durch freiwillige
Unterwerfung derjenigen, welche es anerkennen, ob durch Vernichtung
derjenigen, welche sich ihm widersetzen. Wir wollen die Abschaffung
der Religion und die Ersetzung des Glaubens durch das Wissen, die Ersetzung der göttlichen Gerechtigkeit durch die menschliche. Wir wollen
alle jene lügnerischen Ideen der Nationalität und des Patriotismus verschwinden lassen in der einzigen großen Wahrheit der universellen Demokratie. Dies, meine Freunde, sind unsere Grundsätze, und ich schlage
euch vor, sie durch eine Resolution anzunehmen, und dadurch das
Bündnis mit uns, die wir ohne Verhüllung, ohne Zögern und Zweifeln
die Wahrheit der radikalen, kommunistischen Demokratie auf unsere
Fahne schreiben, herzustellen. Ich bitte den Präsidenten, zu fragen, ob
die Versammlung die von mir vorgeschlagenen Resolutionen annimmt,
und wenn dies der Fall ist, so schlage ich zugleich vor, einen Abgeordneten zu ernennen, welcher sich nach Bern zu begeben hat, um dort mit
dem Bunde des Friedens und der Freiheit die weiteren Schritte zu organisieren, und unsere gemeinsame Tätigkeit in allen Distrikten zu verab-
reden und festzustellen.«

Bevor der Präsident die Frage stellen konnte, ob die Versammlung die Vorschläge Philipp Beckers annehmen wolle, erhoben sich von allen Seiten laute Rufe der Akklamation.

»Wir treten den Vorschlägen bei,« rief man, »wir wollen keine Halbheiten, keine Zweideutigkeiten! Wir wollen keinen Pakt mit der alten Gesellschaft! Angenommen! – Angenommen! – Man soll die Resolution ausfertigen! Wir alle wollen sie unterzeichnen!«

Verzweiflungsvoll schlug Tolain die Blicke empor. Mit Anstrengung aller seiner Kräfte drängte er sich durch die Menge der Versammelten hin, welche abermals ihre Plätze verlassen hatten und mit lauten Rufen den Präsidentenstuhl umgaben.

Tolain stieg auf die Tribüne, welche Philipp Becker soeben verlassen hatte. Er erhob die Hand und wollte sprechen.

»Die Sache ist erledigt,« rief Rochefort, »die Resolution ist angenommen, es kann keine Diskussion mehr geben!«

Die Nächststehenden stimmten laut Rochefort bei, und als Tolain dessen ungeachtet seine Stimme erhob und zu sprechen fortfahren wollte, wurde er von einem durch den ganzen Saal sich fortsetzenden Zischen und Pfeifen unterbrochen. Er wandte sich zu dem Präsidenten:

»Ich verlange Ruhe, ich verlange gehört zu werden!« rief er. »Ich vertrete Paris und die französischen Arbeiter, man muss mich hören, man muss eine Diskussion zulassen, bevor jene Resolution definitiv angenommen wird.«

Hermann Jung blickte in einiger Verlegenheit auf die zischende, pfeifende und lärmende Versammlung. Er zuckte leicht die Achseln, wie um anzudeuten, dass es ihm unmöglich sei, die Ruhe herzustellen.

Da trat ein kleiner magerer Mann von etwa vierzig Jahren, schwarz gekleidet, von heißblütiger, cholerischer Gesichtsfarbe, mit niedriger Stirn und tückisch unter den starken Brauen hervorblitzenden Augen, zu dem Präsidenten.

Es war Veyssière, der Sekretär der französischen Sektion der Internationale zu London. Er streckte die Hand aus, um anzudeuten, dass er reden wolle.

Viele der Versammelten kannten ihn und seine Gesinnung, sie wussten, dass er nie gegen die Resolutionen sprechen würde, und »Ruhe für Veyssière, Ruhe für Veyssière!« hörte man aus den verschiedenen Teilen der Halle rufen.

Bald war die Stille soweit hergestellt, dass es Veyssière möglich wurde, seine scharfe und durchdringende Stimme hörbar zu machen.

»Meine Freunde,« sagte er, »unser Freund Tolain verlangt gehört zu werden, und ich muss euch sagen, es ist nicht recht von euch, ihn einfach zu überschreien, wie ihr getan. In unserer Versammlung muss alles in richtiger Form zugehen und das Recht eines jeden von uns respektiert werden. Ich stelle deshalb an euch die Frage zur ordentlichen Abstimmung, und ich bitte euch, sich jeder tumultuarischen Äußerung zu enthalten; der Präsident wird jeden nach der Reihe um seine Stimme befragen – ich stelle die Frage, ob der Zweigverein von Paris in der Person unseres Freundes Tolain über die Resolution, welche soeben angenommen wurde, noch gehört werden soll oder nicht.«

Tolain schien erstaunt über diese Wendung der Sache, doch widersprach er nicht. Er mochte es für unmöglich halten, dass man ihm, dem Vertreter der französischen Arbeiter, dem Gründer der Internationale, das Gehör versagen würde.

Hermann Jung forderte die Versammelten auf, ihre Plätze einzunehmen, und nachdem dies geschehen, stellte er die von Veyssière aufgeworfene Frage zur Abstimmung, indem er einen nach dem andern zur Äußerung aufforderte, und »nein – nein – nein –« ertönte es fast ohne Unterbrechung aus den Reihen der Versammelten. Es waren kaum drei oder vier Stimmen, welche auf die von dem Präsidenten gestellte Frage mit »Ja« geantwortet hatten, als die Abstimmung geschlossen wurde.

Tolain war bleicher und bleicher geworden; wie einen Halt suchend stützte er sich auf den Tisch vor ihm, und als nun die Rundfragen beendet waren, als Hermann Jung sich herabbeugte und mit bedauerndem Ton erklärte, dass er ihm das Wort nicht mehr geben könnte, da warf er einen düstern Blick rings umher auf alle diese Männer, welche selbst schweigend wie, erschrocken dasaßen über diese Verleugnung desjenigen, der zuerst die Fahne erhoben hatte für die Sache der Befreiung der Arbeit.

Und mitten in dieser tiefen Stille stieg Tolain von der Tribüne herab. Er setzte seinen Hut auf, und ohne zu grüßen, ohne sich noch einmal umzublicken, ging er festen Schrittes der Eingangstür zu und verließ die Halle.

Draußen fand er Armand Levy, welcher kurz vorher die Versammlung verlassen.

»Nun,« sagte dieser mit bitterer Ironie, »Sie haben das Bündnis mit dem Kaisertum zurückgewiesen, mit der einen jener Mächte, welche die Gesellschaft umzuwandeln imstande sind. Sie haben nun drinnen jene andere Macht gesehen, glauben Sie, dass diese ihre Ideen durchführen könne?«

»Es sind Wahnsinnige«, rief Tolain, indem er einen Blick voll Abscheu und Entsetzen auf die Zirkushalle zurückwarf. »Sie wollen nicht Regel, nicht Gesetz, weder für das Eigentum noch für die Freiheit. Sie würden die Welt in Flammen aufgehen lassen, wenn sie je zur Herrschaft kämen. Ihr Prinzip ist die Zerstörung, die Vernichtung. Fort von hier, der Boden brennt unter meinen Füßen. Ich muss zurück nach Paris, um die Arbeiter Frankreichs, wenn es möglich ist, vor dem Einfluss dieser furchtbaren Gesellschaft zu schützen.«

Und indem er Armand Levy eilig grüßte, wandte er sich dem Gasthaus zu, in welchem er vorher die französischen Delegierten vergeblich erwartet hatte, um seine Reisetasche abzuholen und mit dem nächsten Zug nach Paris zurückzukehren.

Zweiunddreißigstes Kapitel

Um zehn Uhr abends an einem kühlen, dunkeln Wintertag fuhr einer jener eleganten und schnellen Fiaker Wiens, von der Mariahilfvorstadt herkommend, schnell in die Hauptstraße von Hietzing ein.

Ein mit Regen vermischtes Schneegestöber fiel vom Himmel herab. Schweigend und dunkel lag das weite Schloss von Schönbrunn inmitten des großen entlaubten Parks, und die Straße von Hietzing, auf welcher im Sommer sich die elegante Welt von Wien einherbewegte, schien verödet. Finster lagen die meisten Häuser da, welche nur den Zweck haben, den Wienern zum Sommeraufenthalt zu dienen, und den Winter über unbewohnt dastehen. Nur hie und da zeigte sich in einzelnen Fenstern Licht, aber auf der Straße selbst sah man keinen Menschen.

Der Fiaker fuhr schnell durch die lange Hauptstraße, indem unter dem Huf der Pferde der Schlamm des tief aufgeweichten Lehmbodens hoch emporspritzte und den Wagen mit einer grauen Kruste überzog.

Mit raschem Ruck der Zügel hielt der Kutscher vor dem kleinen Eingangstor der Villa Braunschweig, welche, durch eine lange, gleichförmige Mauer von der Straße geschieden, ebenfalls in tiefer Dunkelheit dalag. Der Kutscher warf rasch die dicke Decke über die dampfenden Pferde und aus dem geöffneten Schlage des Wagens stiegen zwei Personen, in dicke Überröcke gehüllt; die eine derselben groß, schlank und von elastischen Bewegungen; die andere klein, etwas gebeugt und so tief bis zur Höhe des Kopfes in Schals gehüllt, dass es unmöglich war, ihre eigentlichen Umrisse zu erkennen.

Der größere der beiden Männer zog an dem Knopf, welcher sich neben der Tür befand; augenblicklich wurde diese geöffnet und aus dem langen, mit Statuen und pompejanischer Wandmalerei dekorierten Korridor, in welchem eine Reihe von Gasflammen in Glasschalen brannten, drang ein helles Licht hervor und beleuchtete die glitzernden Regentropfen und Schneeflocken, welche immer dichter vom Himmel herabfielen.

Der Korridor war völlig leer, keiner der sonst auf demselben befindlichen Lakaien in scharlachroten Livreen war sichtbar. Der Leibkammerdiener des Königs von Hannover trat den Ankommenden entgegen und öffnete ihnen das kleine, neben der Eingangstür befindliche Entreezimmer, in welchem dieselben sich ihrer Umhüllungen entledigten.

Der jüngere der beiden Männer war der Doktor Wippern, ein wegen politischer Agitationen aus Hannover flüchtig gewordener Landwirt, welcher in den Dienst des Königs Georg von Hannover getreten war, und von diesem in der Verwaltung des königlichen Vermögens und des Haus- und Hofhalts verwendet wurde.

Er war ein hoher, schlanker Mann von fünf- bis sechsunddreißig Jahren, von schönen und regelmäßigen Gesichtszügen und leichten, gefälligen Bewegungen. Ein auffallend langer und sorgfältig gepflegter Schnurrbart, welcher mit der dunkelbraunen Farbe seines vollen, einfach frisierten Haares übereinstimmte, gab seinen sonst etwas weichen und sanften Gesichtszügen einen kräftigen und entschlossenen Ausdruck, aus seinen dunkelgrauen Augen blickte Intelligenz und Willenskraft, zugleich aber auch jene etwas unsichere Beweglichkeit, welche Personen sanguinischen Charakters eigentümlich ist, die sich leicht von Illusionen hinreißen lassen.

Er hatte seinen weiten Überrock abgeworfen und wandte sich dann zu seinem Begleiter, der langsam und etwas schwerfällig den großen dichten Schal abwickelte, den er über seine weiche, kleine Mütze um den ganzen Kopf geschlungen hatte, um ihm bei seiner Entpuppung behilflich zu sein. Rasch war der Schal entfernt und Doktor Wippern nahm dem mit ihm Eingetretenen einen großen, gelben Havelock ab, dessen Kragen hoch emporgeschlagen war. Und im hellen Licht stand nun in einen langen und weiten Überrock gehüllt, fröstelnd und die Hände reibend, die gebückte Gestalt des Staatsrat Klindworth da.

»Dies Winterklima von Wien ist das unerträglichste, das ich kenne«, sagte der Staatsrat mürrisch, indem er langsam auch noch seinen letzten Paletot auszog und nun, in seinem gewöhnlichen dunkelbraunen Rock sich leichter bewegend, einige Schritte machte. »Wenn ich auch die Antipathie von Gentz gegen die Franzosen nicht teile, so hasse ich doch, wie er, auf das Tiefste die Kälte, die den Geist lähmt und alle Gedanken einfrieren lässt.«

»Nun, wir haben es ja überwunden,« sagte der Doktor Wippern, »und der große Zweck, den wir erreichen wollen, ist ja wohl eines kleinen Opfers wert. Ist Seine Majestät allein?« fragte er den Kammerdiener.

»Seine Majestät erwartet die Herren«, sagte dieser, indem er mit leichter Verneigung und einem etwas verwunderten Blick auf die eigentümliche

Erscheinung des Staatsrats Klindworth durch den Korridor nach dem Zimmer des Königs voranging.

In dem großen chinesischen Wartesaal, dessen Fußboden mit feinen Matten bedeckt war, hingen große bunte chinesische Lampen von der Decke herab, in deren dämmerndem Licht die Porzellangesichter in den Gestalten der Seidentapeten fantastisch von den Wänden herabblickten, während die lebensgroßen Pagoden ringsumher langsam mit dem Kopf nickten.

In einem Lehnstuhl vor der Tür saß der Doktor Elster, des Königs Finanzverwalter, ein Mann von vier- bis fünfundvierzig Jahren, mit einem bleichen, langen Gesicht, dessen hervorspringende Nasenflügel sich weit öffneten und dessen tief liegende Augen ein wenig schielend seitwärts blickten, während sein breiter Mund mit dem dunklen Schnurrbart auf der Oberlippe unausgesetzt ein sanftes und freundliches, aber etwas gezwungen erscheinendes Lächeln festhielt.

Doktor Elster erhob sich und begrüßte mit einer tiefen, etwas demütigen Verbeugung den Staatsrat Klindworth, während der Kammerdiener nach einem kurzen, starken Schlag an die Tür des Königs in das Kabinett eintrat.

»Nun,« sagte der Staatsrat, indem sein stechender Blick sich forschend auf Doktor Elster heftete, »ist alles in Ordnung, oder haben wir noch große Schwierigkeiten zu überwinden?«

»Ich glaube, dass Seine Majestät entschlossen ist,« erwiderte Doktor Elster. »Er hat den Brief bekommen, und ich glaube, auch persönlich ist ihm nochmals der Wunsch ausgesprochen, die Bank ins Leben zu rufen.«

»Das ist gut,« sagte der Staatsrat brüsk, »wenn aus dieser Sache nichts geworden wäre, so wollte ich mit dieser ganzen österreichischen Politik nichts mehr zu tun haben. Dies ist der einzige Weg, um noch eine vernünftige Aktion herbeizuführen.«

Der Kammerdiener kam zurück und sagte:

»Seine Majestät lassen die Herren bitten.«

Auf dem großen Tisch mit roter, golddurchwirkter Decke brannte eine hohe Lampe mit großem, flachem Schirm von blauem Glase, welche nur matt die schottische Tapete an den Wänden, die Waffen und die Gemälde aus Walter Scotts Romanen beleuchtete.

Der König Georg V. hatte auf einer neben dem Tisch stehenden Chaiselongue lang ausgestreckt geruht. Beim Eintritt der drei Herren erhob er sich und blieb aufrecht, die Hand auf den Tisch gestützt, stehen.

»Eurer Majestät Befehl zufolge«, sagte der Doktor Wippern, »habe ich den Staatsrat Klindworth hieher geführt, welcher gekommen ist, um Eurer Majestät Befehle in Betreff des Bankprojekts entgegenzunehmen und Allerhöchstdenselben Auskunft über alle einzelne Punkte zu geben.«

»Eure Majestät haben die Gnade gehabt«, sagte der Staatsrat, indem er langsam herantrat und sich vor dem König verneigte, mit seiner leisen, aber eindringenden Stimme, »auch mich empfangen zu wollen und mir Ihr Vertrauen entgegenzubringen. Eure Majestät haben vergessen wollen, dass ich einst die Ungnade des hochseligen Königs auf mich gezogen – wie ich glaube, mit Unrecht und aufgrund von Missverständnissen und falschen Darstellungen; denn ich für meine Person habe immer das höchste Interesse für Hannover gehabt, das ja mein Vaterland ist, und wenn ich damals die Interessen des Herzogs Karl, in dessen Diensten ich stand, vertrat, so war das meine Pflicht und geschah nicht in der Absicht, um Hannover oder dem hochseligen König Schaden zu tun, sowie ich auch jetzt mit Freuden jede Gelegenheit ergreife, um Eurer Majestät und Ihre Sache nützlich zu sein.«

Der König, welcher die Uniform des früheren hannöverischen Gardejägerbataillons trug, unter welcher man, wo auf der Brust die aufgemachten Knöpfe sie offen ließen, das blaue Band des Hosenbandordens erblickte – hatte bei den Worten des Staatsrats den Kopf etwas vorgebeugt. Mit Spannung lauschte er dem Ton dieser leisen, aber doch so scharfen und wenig sympathischen Stimme, während seine Augen sich so fest nach der Richtung hinwendeten, aus der diese Stimme ertönte, dass es schien, als wolle der König durch die Willenskraft dem gelähmten Sehnerv seine Tätigkeit wiedergeben.

»Ich begrüße Sie mit Freuden, mein lieber Staatsrat,« sagte er dann mit liebenswürdiger Freundlichkeit, »ich lasse mein Urteil niemals durch Vorurteile der Vergangenheit bestimmen, und jeder Freund, der mir mit Rat und Tat beistehen will zur Verteidigung meines Rechts, ist mir willkommen. Setzen Sie sich, meine Herren, wir haben einen ernsten Gegenstand zu besprechen.«

Er legte leicht tastend die Hand auf die Lehne des fast unmittelbar neben der Chaiselongue stehenden Sessels und ließ sich in demselben nieder.

Doktor Elster rollte schnell für den Staatsrat einen Lehnstuhl heran, und die Herren nahmen um den Tisch Platz.

»Sie wissen, mein lieber Staatsrat,« sagte Georg V. mit seiner hellen, klangvollen Stimme, »dass ich lange die Propositionen zurückgewiesen habe, welche mir in Betreff der Gründung einer großen Fürstenbank gemacht worden sind. Ich habe es nicht für zweckmäßig und angemessen halten können, mich mit meinem Vermögen lediglich um eines größeren Gewinnes willen an einem solchen Unternehmen zu beteiligen und mich auf der andern Seite auch zugleich den unglücklichen Wechselfällen auszusetzen, welche ich nicht ertragen kann, da meine geringen verfügbaren Mittel mir schon die schwersten Beschränkungen in meinem Hofhalt, wie vor allem auch in meiner Tätigkeit zur Wiedererlangung meines Rechts auferlegen. Es könnten nur ernste politische Rücksichten sein, welche mich zu bestimmen imstande wären, die Vorschläge anzunehmen, die man mir gemacht hat.«

»Ich hoffe, Eure Majestät werden sich nunmehr überzeugt haben,« sagte der Staatsrat, als der König einen Augenblick innehielt, »dass solche politische Rücksichten in hohem Grade vorhanden sind. Seine Majestät der Kaiser interessieren sich auf das Höchste für die Sache,« fuhr er mit einem lauernden Blick auf den König fort, »worüber, wie ich glaube, Eure Majestät nicht im Zweifel sein können.«

»Ich habe einen eingehenden Brief darüber erhalten,« sagte der König, »der sich allerdings nur im Allgemeinen über die Notwendigkeit und Vortrefflichkeit der Bank ausspricht und mich dringend zur Beteiligung an derselben auffordert. Auch habe ich persönlich noch weiter darüber gesprochen und mich infolgedessen entschlossen, die Sache auszuführen – wenigstens soweit dies an mir liegt. In Betreff aller näheren Erörterungen über die Ausführung und über die dabei infrage kommenden politischen Gesichtspunkte bin ich auf Sie verwiesen worden und sehe mit Spannung Ihren Mitteilungen entgegen.«

»Ich kann,« erwiderte der Staatsrat, »in Betreff der finanziellen Durchführung der Sache nur die ersten maßgebenden Gesichtspunkte hervorheben, über deren weitere Entwickelungen Eurer Majestät Finanzbeamte, der Doktor Elster hier vor allen, in Verbindung mit dem österreichischen Finanzministerium und den Kapazitäten der Wiener Börse Eurer Majestät dann den besten Rat werden geben können.

»Es handelt sich also bei der ganzen Sache,« fuhr der Staatsrat fort, indem er sich in seinen Fauteuil zurücklehnte, die Hände über der Brust faltete und die Fingerspitzen leicht gegeneinander schlug, – »es handelt sich darum, ein Geldinstitut herzustellen, dessen Leitung sich nur von großen und weiten politischen Gesichtspunkten bestimmen lässt und allen kleinlichen, auf augenblicklichen und zweifelhaften Gewinn abzielenden Interessen des Börsenspiels fernbleibt. Ein solches Institut wird für Österreich den großen Vorteil haben, seine Finanzverwaltung von dem Beistande der Mitwirkung der gewöhnlichen Kräfte der Börsenwelt unabhängig zu machen, sodass sie ihre Operationen nach großen Gesichtspunkten ungehemmt und ungehindert auszuführen imstande ist. Schon aus diesem Grunde allein wird die österreichische Regierung, wie Eurer Majestät ja auch von maßgebendster Stelle zugesagt worden, alles tun, um dieses Institut zur höchsten Blüte zu bringen und in seine Hände alle großen und vorteilhaften Geschäfte legen, wobei ich, um nur eines sogleich herauszugreifen, unter anderem die ungarischen Bahnen, die Verwaltung der Domanialforsten und eine Reihe ähnlicher Geschäfte nennen will, die aus der neuen Entwickelung der österreichischen Finanzwirtschaft, aus dem fortschreitenden Verkehrsleben in Österreich sich ergeben werden.«

Der König stützte den Arm auf den Tisch und legte den Kopf in die Hand, wie er zu tun pflegte, wenn er gespannt und aufmerksam zuhörte.

»Mit diesem Vorteil, den die österreichische Regierung gewinnt, geht zugleich der Vorteil der hohen Gründer der Bank, als insbesondere Eurer Majestät, Hand in Hand, denn Sie werden den Ertrag Ihrer Kapitalien in einer nicht geahnten Weise vervielfachen, sodass nicht nur Ihre Revenüen sich sehr bedeutend erhöhen, sondern auch Ihr Vermögen in kurzer Zeit sich verdrei- und vervierfachen wird.«

»Gott ist mein Zeuge,« rief der König lebhaft, »dass ich nicht geldgierig bin – ich hänge nicht am Mammon, aber wenn es mir gelingen könnte, mir die Mittel zur weitesten Tätigkeit für die Durchführung meines Rechtes zu verschaffen, und ich das mir entzogene und mit Beschlag belegte Vermögen für die Zukunft meines Hauses entbehren könnte, so ist das ein Ziel, für welches ich alles daranzusetzen keinen Augenblick zögern darf.«

Doktor Elster warf dem Staatsrat Klindworth einen schnellen Blick zu. Der Staatsrat nickte, wie den Worten des Königs zustimmend, mit dem Kopfe und fuhr dann fort:

»Ich habe hier eben nur den einen mit dem projektierten Unternehmen verbundenen Vorteil angedeutet – ein großer Vorteil allerdings, denn Geld ist Unabhängigkeit. Über je mehr Geld die fürstlichen Herrschaften verfügen, um so mehr werden sie in der Lage sein, allen Strömungen und Ereignissen, die sich gegen ihr Recht richten, Widerstand leisten zu können. Für Eure Majestät insbesondere hat aber gerade dieses Unternehmen noch eine ganz speziell schwer ins Gewicht fallende Bedeutung. Damit komme ich auf das Wichtigste, auf den hohen politischen Teil der Sache, welcher aber, wie ich Eure Majestät dringend bitten muss, mit dem tiefsten Geheimnis zu behandeln, und von welchem außer den unmittelbar an der Sache beteiligten Personen niemand etwas erfahren darf – niemand, Majestät,« wiederholte er mit Betonung.

»Ich verstehe«, sagte der König.

»Eure Majestät«, sprach der Staatsrat weiter, »sind durch die Ereignisse des Jahres 1866 gewaltsamerweise Ihres Thrones und Ihrer königlichen Rechte beraubt. Eure Majestät arbeiten – und Sie tun Recht daran, an der Wiederaufrichtung Ihres Thrones und der Wiedererlangung Ihrer Rechte, während die meisten Fürsten heutzutage nichts anderes mehr verstehen, als eines ihrer Rechte nach dem andern abzugeben, um nur von dieser seichten liberalen öffentlichen Meinung geduldet zu werden; denn mehr erreichen sie doch nicht. Eure Majestät müssen sich aber darüber klar sein, dass Sie allein, als König von Hannover und auch wenn alle jungen Leute Ihres Landes sich auf Ihren Ruf und unter Ihren Fahnen versammeln würden, – dass Sie allein niemals imstande sein werden, den Kampf mit der Macht aufzunehmen, welche Sie Ihres Rechtes beraubt hat.«

»Darüber, mein lieber Staatsrat,« rief der König lebhaft, »bin ich mir vollkommen klar – ich leide wahrlich nicht an Größenwahn, ich weiß sehr gut, dass Hannover, wenn ich über seine ganze intakte Kraft verfügen könnte, nur ein kleines Reich ist, dessen Politik überhaupt nur von Bedeutung sein kann, wenn es sich an die Aktionen der größeren anschließt. Mein ganzes Streben geht dahin, mich fertig und bereit zu machen, um im Augenblick einer europäischen Krise mich denjenigen anschließen zu können, die die Feinde meiner Gegner sein werden, – und die kleine Schaluppe so zu steuern,« sagte er ganz leise vor sich hin, »dass sie den Anschluss an das große Dampfschiff erreicht.«

»Eure Majestät«, sagte der Staatsrat, »haben vollkommen genau das auszusprechen die Gnade gehabt, was ich soeben mir die Ehre geben wollte, zu sagen. Um aber«, fuhr er fort, »im Anschluss an die große Macht handeln zu können, ist es notwendig, dass auch diese selbst den Anschluss will, und dieser ihr Wille wird wiederum durch die Interessen und politischen Notwendigkeiten, nicht durch die Sympathie bestimmt. Mag der Kaiser Franz Joseph die dringende Pflicht fühlen, für Eure Majestät, seinen unglücklichen Bundesgenossen, alles Mögliche zu tun, mag der Kaiser Napoleon die größte Sympathie und Freundschaft für Eure Majestät haben, – beide werden wahrlich dennoch nichts tun, um Eure Majestät wieder auf den Thron zu setzen, wenn die Interessen der Politik ihrer Staaten es nicht erheischen. Dies kann aber nur dann geschehen, wenn das Bündnis mit Eurer Majestät ein schweres Gewicht in die Wagschale des Erfolgs wirft. Die Armee, welche Eure Majestät ins Feld stellen könnte, selbst eine allgemeine Erhebung des Königreichs Hannover, das alles wird weder Frankreich noch Österreich bestimmen können, feste Verpflichtungen Eurer Majestät gegenüber zu übernehmen, das wird beide Mächte nicht verhindern, jeden Augenblick, wenn ihre Interessen das sonst fordern, unter Aufopferung Eurer Majestät ihren Frieden zu machen. Alle militärischen Mittel, die Eure Majestät schaffen und ins Feld führen könnten, kommen bei den ungeheuren Massen, mit denen der nächste Krieg geführt werden wird, nicht in Betracht – ein anderes aber wird von höchster Bedeutung sein, und wenn Eure Majestät dies haben, wenn Eure Majestät in der Lage sind, dies den Krieg führenden Mächten zu geben oder zu verweigern, dann werden Eure Majestät eine Macht sein, mit welcher man rechnen, mit welcher man Verträge schließen muss und welche man nicht wird aufgeben und fallen lassen können – und dies andere, Majestät, ist das Geld, – das Geld, welches die zu gründende Bank schaffen und repräsentieren wird.«

»Sie sind also überzeugt davon,« fragte der König, »dass der große Krieg gegen das Werk von 1866 bald wieder beginnen wird?«

»Ich bin davon so sehr überzeugt,« sagte der Staatsrat, »dass nach meiner Überzeugung dieser Krieg die einzige Richtschnur aller politischen Erwägungen in diesen Tagen sein muss. Jene Politik, welche sich auf die Voraussetzung des Friedens stützt, wird zusammenbrechen und erfolglos bleiben. Der Kaiser Napoleon, Majestät,« fuhr er fort, »will den Krieg

nicht, er möchte ihn vermeiden, weil er wohlfühlt, dass bei einem un-
günstigen Ausgang alles auf dem Spiel steht. Dessen ungeachtet wird er
dazu gezwungen werden, die Waffen zu ergreifen, weil die stete Missstimmung in Frankreich, der er nicht mehr den Damm des kraftvollen
persönlichen Regiments entgegenzusetzen imstande ist, immer höher
steigt und ihm nur die einzige Möglichkeit übrig lässt, durch einen großen militärischen Erfolg seine Macht wieder zu konsolidieren und die
Zukunft des Kaiserreichs zu sichern. Der Kaiser fühlt das mit jenem seinen politischen Instinkt, der ihm stets eigen gewesen ist, und so sehr er
fortwährend nach einer Verständigungsbasis mit Preußen sucht, so ist
ihm doch vollkommen klar, dass er eine solche nicht finden und dass
ihm Preußen auf der Höhe seiner Erfolge niemals die Kompensationen
zugestehen wird, welche er bedarf, um der öffentlichen Meinung in
Frankreich den Beweis zu liefern, dass die französische Nation unter
dem napoleonischen Szepter noch die erste und maßgebendste in Europa ist. Um aber diesen Krieg mit der Sicherheit des Erfolges unternehmen zu können,« sprach der Staatsrat weiter, während der König immer
gespannter zuhörte, »bedarf Frankreich unter allen Umständen der Mitwirkung Österreichs, nicht nur in militärischer Beziehung, sondern vor
allen Dingen wegen der moralischen Einwirkung auf Deutschland.
Wenn nun Österreich den Kampf von 1866 wieder aufnimmt, nicht wie
damals von zwei Seiten angegriffen, sondern im Bunde mit der gewaltigen Macht Frankreichs, so ist kein Zweifel möglich, dass die süddeutschen Staaten, sowohl aus Neigung als aus Notwendigkeit, sich diesen
beiden Mächten anschließen und dass auch im übrigen Deutschland – ja
in der preußischen Machtsphäre selbst – zahlreiche und kräftige Sympathien aufseiten der gegen Preußen Verbündeten ihren Einfluss geltend
machen werden. Zu einer solchen Aktion im Bunde mit Frankreich, welche seine Selbsterhaltung erheischt, bedarf Österreich nun vor allen Dingen Geld. Alles übrige ist da, dies eine aber ist nicht zu schaffen. Der
Reichstag, der mit Freuden nach einem siegreichen Krieg jede Indemni-
tät bewilligen würde, die die Regierung fordern könnte, wird niemals
vorher zur Kriegführung Gelder bewilligen – diesem Bedürfnis nun soll
durch die Bank abgeholfen werden. Wenn dies Geldinstitut, dessen
Gründer und Leiter wesentliche politische Gesichtspunkte ins Auge fassen werden und für welche die Wiedererstattung Österreichs in Deutschland, die Zertrümmerung des Werkes von 1866 Lebensfrage ist, – wenn
dieses Geldinstitut die Börsen und die Finanzwelt beherrscht, so wird es
imstande sein, im kritischen Moment auch ohne vorherige Bewilligung
des Reichstages der österreichischen Regierung die finanziellen Ak-
tionsmittel zu schaffen. Das Risiko, welches die Gründer der Bank für

den Fall eines unglücklichen Krieges, – der aber unter solchen Verhältnissen, kaum wahrscheinlich ist, – dabei etwa laufen möchten, ist ihr Anteil an dem Unternehmen, ist der Einsatz, den sie leisten müssen, um alles wieder zu gewinnen, was sie verloren haben. Und dieser Einsatz,«
fuhr er fort, den Blick scharf und forschend auf den König richtend, –
»dieser Einsatz ist doch gewiss des zu erlangenden Gewinnes wert?«

Der König schwieg einen Augenblick.

»Aber welche Garantien«, fragte er dann ein wenig zögernd, »würde ich
haben, dass nicht bei etwa unglücklichen Wechselfällen des Krieges ein
schnell geschlossener Friede abermals über mich und mein Recht hin-
weggeht und mich preisgibt?«

»Es wird«, erwiderte der Staatsrat, »im Augenblick der Aktion und
wenn es sich darum handelt, durch die von Eurer Majestät beherrschte
Bank die Geldmittel zum Kriege zu schaffen, Allerhöchstihre Sache sein,
diese Garantien zu bestimmen und in einem festen Vertrag niederzulegen zu lassen – und damit,« fügte er, den Kopf mehr zwischen die Schultern zurückziehend, mit scharfer Betonung hinzu, »den Fehler zu vermeiden, den die Regierung Eurer Majestät im Jahre 1866 begangen hat,
als dieselbe sich ohne einen festen und sicheren Allianzvertrag in den
österreichischen Krieg hat hineinziehen lassen.«

»Die Großherzoge von Modena und Toskana,« sagte der König, »werden
ebenfalls der Bank beitreten, und auch der Kurfürst von Hessen ist aufgefordert worden, wie ich gehört habe – und zwar auch durch ein direkt
an ihn gerichtetes Schreiben.«

»Die Großherzoge von Modena und Toskana«, erwiderte der Staatsrat
Klindworth, »werden sich bei der Sache nur als Glieder des Gesamthau-
ses Österreich beteiligen. Für sie handelt es sich um keine Wiedereinset-
zung in ihre italienischen Besitzungen. Österreich hat dieselben definitiv
aufgegeben. Die Großherzoge werden aber dessen ungeachtet einer finanziellen Intervention der Bank zugunsten des Krieges, von dem ich
Eurer Majestät gesprochen, freudig beistimmen, da es sich ja um die
Wiederaufrichtung der alten Größe des Hauses Habsburg handelt, welche nur aus diesem Wege zu erreichen ist. Was den Kurfürsten von Hessen betrifft,« fuhr er achselzuckend fort, »so hat man hier Sympathien für
denselben, wie natürlich, da er auf der Seite Österreichs seinen Thron
verloren hat. Er ist deshalb aufgefordert worden, allein ich muss Eurer
Majestät aufrichtig sagen, dass ich eigentlich wünschen möchte – was bei

der Eigentümlichkeit des Kurfürsten auch anzunehmen ist – er möge sich nicht beteiligen, – denn wie ich Eurer Majestät bestimmt versichern kann, die Sache des Kurfürsten ist in Paris aufgegeben, man denkt an seine Restauration nicht und würde für dieselbe nicht das Geringste tun.«

»Soviel ich gehört habe,« sagte der König, »will der Kurfürst sich zu einer persönlichen Beteiligung nicht entschließen, – um jedoch dem von hier aus ihm so dringend ausgesprochenen Wunsch entgegenzukommen, hat er dem Prinzen Philipp von Hanau die Vollmacht erteilt, sich mit der Summe von zwei bis drei Millionen zu beteiligen.«

»Und der Professor Pernice«, fiel der Doktor Elster ein, »ist von kurfürstlicher Seite zum Eintritt in den Verwaltungsrat bestimmt.«

»Das ist eine sehr günstige Wendung,« sagte der Staatsrat, »man wird das Anerbieten leicht zurückweisen können, weil der Prinz nicht ebenbürtig ist und sich nicht in der Lage befindet, die Interessen des hessischen Kurhauses zu vertreten.«

»Aber die Summe, mit welcher er sich beteiligen würde,« sagte der König, indem er mit erstauntem Ausdruck den Kopf erhob, »würde doch für die Prosperität der Bank von hoher Wichtigkeit sein.«

»Die Bank wird auch ohne diese Summe,« erwiderte der Staatsrat, »durch die Geschäfte, welche man ihr übertragen wird, prosperieren. In politischer Beziehung,« fuhr er mit lauerndem Seitenblick fort, »ist es aber für Eure Majestät von hoher Bedeutung, die Teilnahme des Kurfürsten auszuschließen, denn eine solche würde nur zu großen Verwickelungen führen und den Abschluss der Verträge, welche die Garantie für die Erreichung der politischen Ziele geben sollen, erschweren, da, wie ich Eurer Majestät schon zu bemerken die Ehre hatte, in Paris eine Restauration des Kurfürsten von Hessen vollkommen aufgegeben ist, – auch in London, wo ich soeben gewesen bin und wo man die Wiederherstellung Hannovers indirekt in jeder Weise zu begünstigen geneigt ist, würde eine kurhessische Restauration keine Unterstützung finden, und wenn auch hier die Pietät des Kaisers an den alten Beziehungen zu dem Kurfürsten festhält, so teilt doch die Regierung vollkommen die Anschauungen, welche in Paris und in London maßgebend sind.«

»So würde man Kurhessen Preußen überlassen,« rief der König lebhaft, »um dadurch Hannover, wenn es wiederhergestellt würde, vollständig, zu einer Enklave innerhalb der preußischen Grenzen zu machen!?«

Ein listiges Lächeln spielte um den breiten Mund des Staatsrats, er schlug abermals mit den Fingerspitzen der Rechten auf die Oberfläche der Linken und sprach, indem er einen schnellen Blick zu dem Doktor Elster hinüberwarf:

»Das möchte ich nicht behaupten, Majestät. Der Kaiser Napoleon wird zwar auch im Falle eines vollständigen Sieges niemals dulden, dass Preußen, wie es seine erbitterten Gegner in Deutschland wünschen, über ein gewisses Maß verkleinert werde. Er wird das Gleichgewicht der Kräfte in Deutschland möglichst zu erhalten suchen und in jedem Falle bestrebt sein, aus dem geschlagenen Gegner sich einen Freund zu machen. Allein gerade um das Gleichgewicht in richtiger Weise herzustellen, bedarf es, so wie Bayern in Süddeutschland neben Österreich steht, auch im Nordwesten einer starken Macht, welche das Übergewicht Preußens kontrebalanciert. Diese Macht müsste Hannover mit seiner freien Seeküste bilden, freilich müssten dazu seine Grenzen ausgedehnt und ihm eine größere eigene Widerstandskraft gegeben werden, als es in seiner bisherigen Form hatte. Es sind ja da,« fuhr er fort, »verschiedene Gebiete, sowohl in Preußen als in Kurhessen, vorhanden, welche altes welfisches Eigentum waren und welche zu einer richtigen Arrondierung des wiederhergestellten Königreichs Hannover dienen könnten.«

»Ja, bei Gott,« rief der König lebhaft, indem er mit seiner rechten Hand stark auf den Tisch schlug, »die alten angestammten Besitzungen des Welfenhauses sind durch die Zulassung der Vorsehung in entsetzlich trauriger Weise auseinandergerissen, und wenn es je gelingen könnte, dieselben wieder unter welfischem Szepter zu vereinigen, so würde nur ein Akt historischer Gerechtigkeit vollzogen.«

»Nun, Majestät,« sagte der Staatsrat, »ich hoffe, dass der nächste Krieg die historische und politische Gerechtigkeit zur Geltung bringen wird, und dass ebenso wie Europa und Deutschland auch das edle und erhabene Welfenhaus seine Rechnung dabei finden wird.«

»Ich habe mich schon seit einiger Zeit damit beschäftigt,« sagte der König nach einer augenblicklichen Pause, »durch genaue geschichtliche Forschungen ermitteln zu lassen, welche Gebiete in Deutschland zum Reich Heinrich des Löwen gehörten. Ich werde Ihnen, mein lieber Staatsrat, darüber eine Denkschrift zugehen lassen, welche Sie bei Ihrer Tätigkeit für meine Sache zugrunde legen können, Sie werden daraus ganz genau ersehen können, wie weit Heinrich des Löwen große Macht sich ausdehnte.«

»Ich werde Eurer Majestät für diese Denkschrift sehr dankbar sein,« sagte der Staatsrat, indem er mit fast erschrockenem Blick zu den beiden anderen Herren hinübersah. »Doch möchte ich mir erlauben, Eure Majestät darauf aufmerksam zu machen, dass ich bei meinen vorherigen Bemerkungen allerdings nicht an ein Zurückgreifen bis auf Heinrich den Löwen gedacht hatte.«

»Gewiss nicht, gewiss nicht,« rief der König, »diese historische Arbeit wird aber immer von großem Wert für Sie sein und Ihnen bei Ihrem Handeln als Richtschnur dienen können. Doch nun,« fuhr er fort, »würde es sich darum handeln, die politische Seite des Unternehmens, welche wir hier soeben auseinandergesetzt haben, genau zu formulieren und daraufhin ein Abkommen – einen Staatsvertrag mit der österreichischen Regierung zu schließen – denn Sie werden begreifen, dass die politischen Gesichtspunkte für mich allein maßgebend sind, auf die Proposition einzugehen – der Regierungsrat Meding hat, wie er mir sagt, ja bereits mit Ihnen über diesen Gegenstand gesprochen, Herr Staatsrat.« Ein Ausdruck von Verstimmung und Unzufriedenheit erschien auf dem Gesicht des Herrn Klindworth.

»Der Regierungsrat Meding, Majestät,« sagte er, »hat die höchst delikate und zarte Natur dieser ganzen Angelegenheit nicht erfasst, wenn er daran denken kann, über diese Punkte in diesem Augenblick bestimmte Stipulationen aufzustellen. Das tiefste Geheimnis ist hier geboten, wenn die Erreichung des Zweckes möglich gemacht werden soll, und jede Erörterung darüber, welche durch irgendeinen Zufall bekannt würde, würde ja die österreichische Regierung absolut verhindern, auf dem Wege nach dem vorgesteckten Ziele vorwärtszugehen. Interpellationen im Innern und von außen her würden erfolgen, und ich bitte Eure Majestät dringend, sich durch jene etwas engherzige juristische Auffassung des Herrn Regierungsrat Meding nicht bestimmen zu lassen. Eurer Majestät Bürgschaften liegen darin, dass Sie im Augenblick der Aktion die zu derselben notwendigen Mittel in Händen haben werden, und dass man, um diese Mittel von Ihnen zu erlangen, Alles wird bewilligen und verbürgen müssen, was Sie verlangen. Sie werden ein bedeutender und maßgebender Alliierter sein und auch nach dem Siege so erhebliche ma-

terielle Forderungen haben, um vollkommen darüber beruhigt sein zu
können, dass man nicht ohne Berücksichtigung Ihrer Interessen Frieden
schließen wird.«

Der König blieb einige Zeit in schweigendem Nachsinnen.

»Sie mögen recht haben, Herr Staatsrat,« sagte er, »die materielle Macht
gibt mir vielleicht bessere Bürgschaften als vertragsmäßige Abmachungen. Ich werde,« sagte er dann, wie einem raschen Entschluss folgend,
»sogleich nach Paris telegrafieren und den Regierungsrat Meding wieder
hierher kommen lassen. Sie können dann sogleich die Angelegenheit mit
ihm weiter besprechen.«

»Ich würde Eure Majestät dringend bitten,« rief der Staatsrat schnell,
»dies nicht zu tun. Ich glaube nicht, dass ich mich mit dem Regierungsrat Meding darüber verständigen würde. Davon aber abgesehen.« fuhr
er, den Ton mäßigend, fort, »für das Geheimnis der ganzen Sache ist es
entschieden notwendig, dass der Regierungsrat in Paris bleibt und dass
Eurer Majestät Tätigkeit sich ganz und gar dort zu konzentrieren schei-
ne, damit von dem, was hier vorgeht, die forschenden Blicke abgelenkt
werden und damit die Bank, wenn sie ins Leben tritt, vor der Welt lediglich als ein finanzielles Unternehmen dasteht. Würde der Regierungsrat
Meding jetzt hierher kommen und längere Zeit hier bleiben, würde man
ihn in Beziehung zu der zu gründenden Bank treten sehen, so würde der
politische Charakter dieses Unternehmens dadurch gewissermaßen vor
den Augen aller Welt klar dargestellt werden. Man würde aber dadurch
der österreichischen Regierung in ihren Beziehungen zur Bank große
Verlegenheiten bereiten und sie zu einer Verhaltung und Zurückhaltung
zwingen, welche ausgeschlossen bleibt, wenn alle Welt die Sache nur als
eine reine Finanzoperation ansieht, um dem durch die Sequestrierung so
beschränkten Vermögen Eurer Majestät höhere Revenüen zu verschaffen.«

Wieder neigte der König einige Zeit lang in schweigendem Nachdenken
den Kopf.

»Haben Sie die finanzielle Seite erwogen und festgestellt, mein lieber Elster?« sagte er dann, sich zu dem Finanzassessor wendend.

»Zu Befehl, Majestät,« sagte dieser, »die Gelder sind flüssiggemacht, um
die Anzahlung für die auf Eure Majestät fallenden Aktien sofort zu leisten, sobald die Bank gegründet wird. Ich habe alles mit dem Staatsrat

besprochen. Es würde sich nur darum handeln, dass Eure Majestät drei Personen bestimmen, welche als Repräsentanten Allerhöchstihrer Anteile in den Verwaltungsrat einzutreten haben.«

»Sie werden mir morgen früh über die Finanzfrage ausführlichen Vortrag halten«, sagte der König. »Ich wünsche nun, da ich mich einmal entschlossen habe, dass die Sache auch so schnell als möglich zur Ausführung gebracht werde. Ich werde dem Grafen Platen meine Entschlüsse mitteilen und dann auf Ihren Vortrag in seiner Gegenwart die Geldfrage feststellen.«

»Wenn ich Eure Majestät bitten darf,« fiel der Staatsrat ein, – »aber nur die Geldfrage. Es scheint mir sehr wichtig, dass Graf Platen der politischen Seite vollkommen fern bleibt – er könnte sonst als Eurer Majestät Minister – in Verlegenheit kommen«, fügte er mit einem sarkastischen Ton hinzu.

Der König lächelte.

»Seien Sie unbesorgt,« sagte er, »es sollen keine Verlegenheiten entstehen, – was die Verwaltung betrifft,« fuhr er dann fort, »so sind Sie, mein lieber Elster, natürlich der erste derselben, Sie führen die Verwaltung meiner Finanzen mit so ausgezeichnetem Geschick und so pünktlicher Ordnung, dass Sie selbstverständlich auch dort, wo ein so großer Teil meines Vermögens engagiert wird, mich in erster Linie vertreten müssen. Sie müssen nun weiter überlegen, wen Sie sich an die Seite gestellt zu sehen wünschen.«

»Ich danke Eurer Majestät für das mir so gnädig geschenkte Vertrauen,« sagte der Doktor Elster, indem er seine rechte Hand auf die linke Brust legte und sich tief verneigte, »ich werde mich wie bisher bestreben, durch Aufbietung aller meiner Kräfte dasselbe zu rechtfertigen. Ich darf mir erlauben, Eurer Majestät zu bemerken, dass von den bei der Gründung der Bank beteiligten Finanzmännern vonseiten des Finanzministeriums gewünscht wird, dass ein praktischer Ökonom in den Verwaltungsrat eintrete, da die Bank besonders auch Forst- und Grundbesitz zu erwerben und zu verwalten bestimmt ist; ich darf ferner bemerken, dass die betreffenden Herren in dieser Beziehung das größte Vertrauen zu der Person des Doktor Wippern ausgesprochen haben.«

Doktor Wippern fuhr mit der Hand über seinen großen Schnurrbart und schlug die Augen zu Boden.

»Gut,« rief der König heiter, »da haben wir ja gleich den zweiten; Sie sollen mein zweiter Verwaltungsrat sein, mein lieber Doktor Wippern.«

Doktor Wippern verneigte sich.

»Dann möchte ich mir meinerseits erlauben,« sagte der Staatsrat Klindworth, »Eure Majestät darauf aufmerksam zu machen, dass von österreichischer Seite der Oberküchenmeister Graf Wratislaw zum Beitritt bestimmt ist. Es wäre deshalb gewiss sehr gut, wenn Eure Majestät auch einen Ihrer Hofkavaliere Ihrerseits dazu bestimmen wollten, damit auch in der äußerlichen Repräsentation die hohen Gründer und Interessenten der Bank richtig vertreten seien.«

»Ganz recht, ganz recht,« sagte der König, – »ich werde den Grafen Alfred Wedel bestimmen,« fuhr er nach einem augenblicklichen Nachsinnen fort, »er versteht zwar nichts von Finanzen, aber das ist ja auch nicht nötig – dafür sind Sie ja, mein lieber Elster.«

»Der Graf Wedel ist gewiss eine sehr geeignete Persönlichkeit,« sagte Doktor Elster, indem er sich tief gegen den König verneigte und zugleich einen fragenden Blick auf den Staatsrat hinüber warf, »und sein Name, als der einer der ersten Familien Hannovers, wird der Sache das wünschenswerte Relief geben.«

»Wenn ich nun hoffen darf,« sprach der Staatsrat in bescheidenem Ton, »dass Eure Majestät mir Ihr Vertrauen gewähren, so möchte ich Sie um die Erlaubnis bitten, von nun an das Verbindungsglied sein zu dürfen, welches Eure Majestät in unausgesetzter und inniger Beziehung zur Staatskanzlei hält. Eure Majestät müssen unausgesetzt auf das Genaueste informiert sein über alles, was auf dem Gebiete der hohen Politik geschieht. Das lässt sich weder schriftlich, noch durch einen in die geheime Allianz, die jetzt geschlossen worden, nicht Eingeweihten tun. Durch meine Hände, Majestät, geht dort alles und ich werde Eure Majestät stets so unterrichtet halten, dass Ihnen auch nicht die kleinste Nuance in der Haltung der politischen Kompassnadel entgehen soll.«

»Vortrefflich, mein lieber Staatsrat,« rief der König, »es wird mir eine Freude sein, den Gang der Politik mit Ihnen zu verfolgen und Ihren so geistvollen und scharfen Rat zu hören. Sie werden mir jederzeit willkommen sein und ich hoffe, dass Sie recht oft erscheinen werden, um mir Neues und Erfreuliches zu bringen.«

»Eure Majestät«, sagte der Staatsrat, »wollen sich gnädigst erinnern, dass ich bereits darauf aufmerksam zu machen mir erlaubte, wie die Lebensbedingung für das Gelingen unserer Pläne das absolute Geheimnis ist. Eure Majestät müssen sich äußerlich weniger als je mit der großen Politik zu beschäftigen scheinen, ein öffentlicher Verkehr mit Eurer Majestät würde die Aufmerksamkeit auf sich ziehen. Denn man weiß schon,« fügte er lachend hinzu, »dass, wo der alte Klindworth seine Hände im Spiel hat, irgendein politischer Trank gebraut wird – auch dem Grafen Platen würde mein Erscheinen auffallen – und da könnten wieder Verlegenheiten entstehen; wenn Eure Majestät die Gnade haben würden, mich so wie heute Abend spät, wo mich niemand mehr sieht, zu empfangen, so würde das alles ausgeschlossen bleiben.«

»So soll es sein, mein lieber Staatsrat,« sagte der König, »Doktor Elster oder Doktor Wippern soll Sie hierher führen, und ich werde dafür sorgen, dass so wie heute Sie niemand kommen sieht. So wird,« sagte er freundlich lächelnd, »das alte Sprichwort von dem späten Abend und den guten Gästen wieder wahr werden, – ich hoffe, dass Sie mir stets etwas Gutes bringen werden.«

»Wenigstens,« sagte der Staatsrat aufstehend, »werde ich bestrebt sein, alles zum guten und zum Besten für Eure Majestät zu wenden, und hoffentlich wird die Zeit nicht mehr fern sein, wo ich Eurer Majestät im alten Welfenschlosse zu Herrenhausen meine untertänigste Aufwartung machen werde.«

»Ich wollte noch bitten, mein lieber Staatsrat,« sagte der König, »dass Sie die Güte haben möchten, sich wegen der Entschädigung Ihrer Mühe, Ihrer Arbeiten, Ihrer Reisen im Dienst meiner Sache mit dem Doktor Elster zu verständigen, ich werde selbstverständlich allen Ihren Wünschen in diesem Punkt auf das Bereitwilligste entgegenkommen.«

Der Staatsrat verneigte sich.

»Ich möchte um keinen Preis,« sagte er, »Eurer Majestät ohnehin so viel in Anspruch genommenen Mitteln zur Last fallen und werde die Wünsche, die ich aussprechen muss, gewiss so bescheiden formulieren, dass Eure Majestät mir keinen Vorwurf machen soll. Wenn es meinen Bemühungen gelingen sollte, Eurer Majestät Recht zur Geltung zu bringen, so weiß ich ja, dass Allerhöstdieselben meine Tätigkeit mit königlicher Großmut anerkennen werden.«

Der König richtete den Kopf empor.

»Sie haben, mein lieber Staatsrat,« sagte er mit einer Miene voll edler Hoheit, »vorhin von dem Tage gesprochen, an welchem Sie in Herrenhausen, dem alten Schloss der Welfen, vor mir erscheinen würden, – wohlan, an diesem Tage soll eine Million Ihr Eigentum sein. Das ist ein geringer Preis für die Arbeit desjenigen, der den tausendjährigen Thron der Welfen im neuen Glanz wieder aufzurichten geholfen hat. Ich werde ein Dokument darüber ausstellen und es in Ihre Hände legen lassen.«

»Ich erkenne mit tiefem Dank Eurer Majestät Großmut und Gnade,« sagte der Staatsrat, indem er aufstand und sich tief verneigte, wobei indessen die Züge seines Gesichts nicht die seinen Worten entsprechende Freude und Dankbarkeit ausdrückten, sondern eher das leichte Zucken eines ironischen Lächelns zeigten.

»Leben Sie wohl, Herr Staatsrat,« sagte Georg V., indem er leicht den Kopf neigte, »auf baldiges Wiedersehen. Und Sie, mein lieber Elster, bringen Sie mir morgen früh die formulierten Bedingungen der Bankgründung, damit ich dem Grafen Platen die nötigen Befehle geben kann.«

Der Staatsrat verneigte sich tief und demütig und verließ mit den beiden Herren das Kabinett des Königs, der dann seinem Kammerdiener klingelte, um sich zur Ruhe zu begeben.

In dem Entreezimmer reichte Doktor Wippern dem Staatsrat Klindworth seinen Überrock.

»Um Gotteswillen,« sagte der Staatsrat, indem er langsam und vorsichtig in die weiten Ärmel hineinfuhr, »was ist das für eine Idee mit dem Reich Heinrich des Löwen! – und dass davon nur nicht laut gesprochen wird, wer bringt dem armen Herrn solche Gedanken bei?«

»Beunruhigen Sie sich darüber nicht,« sagte der Doktor Elster, »niemand hat einen schärferen politischen Blick und erkennt klarer die politischen Notwendigkeiten, als der König. Er wird niemals daran denken, aus historischen Erinnerungen die Grundlage für die Kombination der Gegenwart zu machen.«

»Aber das Memoire,« sagte der Staatsrat, »das er mir geben will – machen Sie doch, dass das unterdrückt wird, – aber Nein,« sagte er dann, wie plötzlich sich besinnend,»lassen Sie es mir nur zugehen, es kann mir nützlich sein,« sagte er mit einer eigentümlichen Betonung, indem er den Kragen seines weiten Oberrocks zuknöpfte,»nur machen Sie, dass die Sache bald zustande kommt. Diese Bank muss in kürzester Zeit ins Leben gerufen werden, und vor allen Dingen mache ich Ihnen zur Pflicht, dafür zu sorgen, dass der Regierungsrat Meding in Paris bleibt, denn er will immer allem auf den Grund gehen und alles in bestimmter Weise formuliert wissen, und dann darf der Prinz von Hanau nicht aufgenommen werden, er würde den Professor Pernice in den Verwaltungsrat setzen und den können wir ja gar nicht gebrauchen. Verstehen Sie wohl, ich rechne bestimmt darauf, dass hier alles richtig dirigiert wird; dort in Wien werde ich dafür sorgen.«

Doktor Wippern begann, den großen Schal um den Hals des Staatsrats zu legen.

»Kann man sich auf den Grafen Wedel vollständig verlassen?« fragte dieser, indem er das breite Kinn noch einmal aus der Umhüllung hervorhob.

»Vollständig,« sagte der Doktor Elster,»Graf Wedel ist Kavalier und Hofmann und wird sehr wenig Zeit und Lust haben, sich um die Details der Bankoperation zu kümmern.«

»Gut,« sagte der Staatsrat und zog sich in den immer höher um das Gesicht sich wickelnden Schal zurück.

Doktor Wippern führte ihn vor die Tür, der Kutscher nahm die Decken von den weiß beschneiten Pferden und der alte Herr und der Doktor Wippern stiegen in den Fiaker, und im schnellsten Trabe eilte dieser auf den von Schnee und Regen hoch emporspritzenden Wegen in der Richtung nach Wien davon, während Doktor Elster nun langsam und vorsichtig, die festeren Stellen des Weges aufsuchend, seiner nahe bei der Villa des Königs belegenen Wohnung zuschritt.

Dreiunddreißigstes Kapitel

Am nächsten Morgen saß der Graf Alfred Wedel, ein schöner, kräftiger Mann von sechsunddreißig Jahren mit vollem blonden, rückwärts gekämmtem Haar und kleinem blondem Schnurrbart, starken, edlen Gesichtszügen und blauen, offenen und treuherzigen Augen, in dem Arbeitszimmer seiner Wohnung in der Beletage der großen, von einem weiten Garten umgebenen Villa, deren Parterreräume der Minister Graf Platen bewohnte.

Graf Wedel hatte die Durchsicht der Tagesrechnungen beendet, welche der Küchenmeister des königlichen Hofhalts ihm vorgelegt, er hatte mit scharfer Genauigkeit die Ausgaben kontrolliert, über einzelne Punkte seine Bemerkungen gemacht, Befehle für das Diner des Tages gegeben, zu welchem der König eine Anzahl Einladungen aus der Wiener Gesellschaft befohlen, und sich dann, nachdem er den Küchenmeister entlassen, auf sein Sofa zurückgelehnt, indem er langsam die blauen Wolken einer Zigarette von türkischem Tabak in die Luft blies und sinnend den viel verschlungenen Linien nachblickte, welche dieselben durch das Zimmer hinziehend bildeten.

»Welch' ein Wechsel des Schicksals!« sprach er in ruhigem Ton, »wie anders ist die Zeit geworden, seit ich das Hofmarschallamt in Herrenhausen antrat! – Damals der Leiter eines der ältesten, glänzendsten und legitimsten Höfe, jetzt ein verbannter Flüchtling, heimatlos, zu langjähriger Zuchthausstrafe verurteilt, fern von meinem Hause, das ich mir eben erst gegründet, gezwungen, auch meine arme Frau zu einem heimatlosen Umherirren zu verurteilen, das ist in der Tat ein Wechsel des Schicksals, wie man ihn früher in unserer so prosaischen Zeit kaum für möglich gehalten hätte. Oft möchte ich den Mut verlieren, – aber,« fuhr er fort, indem ein warmes Licht aus seinen Augen schimmerte, »mein Weg ist mir durch die heilige Pflicht vorgezeichnet, die Pflicht der liebevollen Dankbarkeit gegen den König, der mir stets Gnade und Vertrauen bewiesen hat, und mit dem ich jetzt auch die Tage des Unglücks und der Demütigung teilen muss. Hätte ich, wie so viele andere, das ruhige Leben in der Heimat vorgezogen, so würde die Stimme der Ehre in meinem Herzen mich verurteilen; – besser so, da ich mir sagen kann, meine Pflicht erfüllt zu haben, – und ich erfülle sie gern und mit Freuden für meinen so edlen, so gnädigen und so großdenkenden König.«

Ein kurzes Klopfen ertönte an der Tür und unmittelbar darauf trat schnell in etwas aufgeregter, rascher Bewegung der Minister Graf Platen in das Zimmer.

Er war im Morgenanzug, das glänzend schwarze Haar sorgfältig frisiert, seine sonst matten und abgespannten Züge erschienen durch nervöse Erregung belebt.

»Ich komme vom König, lieber Wedel,« sagte Graf Platen, »und habe Ihnen einen Wunsch desselben mitzuteilen.«

Graf Wedel war aufgestanden und schob einen Sessel für den Grafen Platen heran, in welchem dieser sich erschöpft niederließ, und sagte lächelnd:

»Der König wird mich doch nicht in diplomatischer Mission versenden wollen, dazu würde ich sehr wenig passen – da meine Natur sehr offen ist und ich leider viel zu oft und viel zu deutlich sage, was ich denke.«

»Es handelt sich hier nicht um Diplomatie, sondern um Finanzsachen«, sagte der Graf.

»Finanzsachen,« fragte Graf Wedel erstaunt, »was kann ich damit zu tun haben? Sollte etwa der König noch weitere Einschränkungen im Hofhalt verlangen? Das wird kaum möglich sein, ich tue in der Tat das Äußerste und habe soeben noch einige Posten in der Küchenverwaltung reduziert.«

»Nein,« erwiderte Graf Platen, »es handelt sich um keine Ökonomie, im Gegenteil um eine Operation, welche hoffentlich alle Ökonomie überflüssig machen wird. Sie haben früher von dem Bankprojekt gehört, welches dem König proponiert wurde –«

»Ich erinnere mich,« sagte Graf Wedel, »es war eine ziemlich vage Idee, und der König lehnte das Eingehen auf dieselbe bestimmt ab.«

»Dieselbe hat eine festere Gestalt angenommen.« sagte Graf Platen, einen leichten Husten unterdrückend, »wir haben dieselbe eingehend geprüft, und der König hat mit großem Scharfsinn, wie ich bezeugen muss, erkannt, dass das ganze Unternehmen, welches die österreichische Regierung, die den dringenden Wunsch hat, sich von dem Einfluss der Wiener Börsenmatadore freizumachen, auf das entschiedenste unterstützen wird, – dass dieses Unternehmen sehr viele günstige Chancen bietet und dass es durch dasselbe möglich werden wird, das königliche Vermögen vielleicht so zu vermehren, dass man den unter Sequester befindlichen Teil desselben demnächst ersetzen kann, jedenfalls aber aus den Mitteln, welche dem König verfügbar geblieben sind, einen sehr viel höheren Ertrag erzielen muss.«

Graf Wedel schüttelte den Kopf.

»Ich verstehe davon wenig,« sagte, er, »aber es scheint mir denn doch für den König nicht unbedenklich zu sein, sich in derartige Unternehmungen einzulassen.«

»Der König hat wirklich,« fiel Graf Platen ein, »mit großer Weisheit die ganze Sache überdacht, und da er zugleich der österreichischen Regierung einen Dienst leistet, so glaube ich, dass das Unternehmen nach allen Seiten günstige Folgen haben wird.«

Graf Wedel schwieg.

»Der König«, fuhr Graf Platen fort, »hat sich das Recht vorbehalten, zur Vertretung der bedeutenden Zahl von Aktien, welche er für die Gründung der Bank zeichnet, drei Personen in den Verwaltungsrat zu ernennen, um bei den Beschlüssen der Bank einen sicheren Einfluss zu haben. Der König hat Elster, Wippern und Sie dazu bestimmt, Sie besonders auf meinen Vorschlag,« fügte er hinzu, – »und ich bitte Sie nun, den Wunsch des Königs zu erfüllen und in den Verwaltungsrat einzutreten.«

Graf Wedel fuhr erschrocken zusammen.

»Ich in den Verwaltungsrat einer Bank?« rief er, – »wenn mir auch jede Tätigkeit lieb ist,« fuhr er dann ernst fort, »so bin ich doch in der Tat zu wenig in Bankgeschäften bewandert, um eine solche Stellung, deren Verantwortlichkeit und Tragweite ich nicht zu übersehen vermag, anzunehmen.« »Seien Sie ganz ruhig,« erwiderte Graf Platen, »für die eigentliche Finanzierung ist eben Elster bestimmt, Wippern ist als Ökonom von der Bank gewünscht worden, und da der König noch eine dritte Person haben muss, um dreier Stimmen beim Verwaltungsrat sicher zu sein, so hat er Sie dazu bestimmt, und gerade Sie, weil von österreichischer Seite der Oberküchenmeister Graf Wratislaw dem Verwaltungsrat beitreten wird und es dem König deshalb erwünscht ist, auch einen seiner Kavaliere dazu zu bestimmen.«

»Graf Wratislaw?« fragte Graf Wedel. »Das ist ja ein merkwürdiges Bankinstitut,« fügte er lächelnd hinzu, – »ich weiß nicht,« sagte er dann ernst, »ob Graf Wratislaw etwas von Geschäften versteht.«

»Nun,« erwiderte Graf Platen, »mit den Geschäften werden Sie sich schon vertraut machen, Sie haben ja den Finanzassessor Elster als Finanzier zur Seite.«

Graf Wedel stand auf und ging einige Male nachdenkend auf und nieder. Dann blieb er vor dem Grafen stehen, der mit beobachtenden Blicken seinen Bewegungen gefolgt war, und sagte:

»Ich bin gewohnt, dem Könige zu gehorchen, und werde auch in diesem Fall keinen Anstand nehmen, den Allerhöchsten Befehlen nachzukommen. Seine Majestät kennen mich hinlänglich und Sie müssen daher am besten wissen, ob ich eine geeignete Persönlichkeit für die Stellung sei, die Sie mir geben wollen. Jedenfalls aber werde ich tun, was in meinen Kräften steht, muss aber dabei allerdings die bestimmte Voraussetzung aussprechen, dass der Finanzassessor Elster die Leitung der eigentlichen Finanzgeschäfte führe.«

»Gewiss, gewiss,« sagte Graf Platen, »Sie haben wesentlich zu repräsentieren, sich bei der Kontrolle zu beteiligen und den Aufträgen Seiner Majestät gemäß in dem Verwaltungsrat zu stimmen.«

»Nun, das werde ich wohl können,« sagte Graf Wedel, »vorausgesetzt, dass man mir deutlich sagt, was ich zu tun habe. Ich muss ohnehin zu Seiner Majestät gehen, um die Befehle wegen des Diners einzuholen, und werde dem König sogleich mitteilen, dass ich zum Eintritt in die mir zugedachte Stellung bereit bin.« »Sie werden der Sache des Königs einen großen Dienst leisten«, sagte Graf Platen aufstehend. »Wissen Sie, ob heute Diner in der Villa ist?«

»Der König hat noch nichts Bestimmtes gesagt,« erwiderte Graf Wedel, »doch glaube ich, dass er einige Einladungen nach Wien machen wollte, da werden Eure Exzellenz dann wohl jedenfalls auch dort essen müssen, ich will Sie aber gleich avertieren, wenn es nicht der Fall sein sollte.«

»Es wäre mir sehr lieb, wenn ich heute frei wäre,« sagte Graf Platen, »ich möchte gern nach Wien –«

»Um im Roten Igel zu essen, nicht wahr?« sagte Graf Wedel lachend.

»Der Rote Igel ist ein vortreffliches Lokal,« erwiderte Graf Platen, »und durchaus nicht so abstoßend, als sein Name vermuten lässt.«

»Nun, ich will Sie nächstens einmal dorthin begleiten, um auch ein wenig die Geheimnisse von Wien kennenzulernen«, sagte Graf Wedel, indem er die dargebotene Hand des Grafen Platen ergriff und ihn bis auf den Vorplatz hinaus begleitete.

Dann kehrte er zurück, vertauschte das weite und bequeme Jackett, das er trug, mit einem schwarzen Morgenüberrock und ging nach der Villa Braunschweig, wo er von dem im chinesischen Vorzimmer wartenden Kammerdiener sogleich dem Könige gemeldet wurde, der in dem weiten österreichischen Uniformüberrock in seinem Kabinett saß und aus einer langen hölzernen Spitze seine Zigarre rauchte.

»Guten Morgen, mein lieber Alfred«, rief der König mit heiterem Ton, als der Graf mit tiefer Verneigung in das Kabinett trat. »Ist Graf Platen bei Ihnen gewesen?«

»Zu Befehl, Majestät,« erwiderte Graf Wedel, »er verlässt mich soeben und hat mich, wie ich Eurer Majestät gestehen muss, in eine gewisse Bestürzung versetzt, indem er mir mitteilte, dass Eure Majestät mich zum Verwaltungsrat einer neugegründeten Bank ernannt habe. Ich war ein Offizier, wie viele andere, Majestät,« fuhr er mit einer gewissen treuherzigen Derbheit fort, »ich hoffe, dass ich ein ziemlich leidlicher Hofmarschall bin –«

»Ein vortrefflicher Hofmarschall,« rief der König lachend, »ganz vortrefflich, natürlich immer nach Herrn von Malortie, diesem Hofmarschall *par excellence.*«

»Aber,« sagte Graf Wedel, »ich sage es Eurer Majestät vorher, ich werde ein sehr schlechter Verwaltungsrat sein, und ich glaube, dass Eure Majestät besser tun würden, einen andern für diese Stelle zu ernennen. Wenn es aber sein muss,« sagte er seufzend, »so werde ich natürlich Eurer Majestät Befehl in diesem Punkt eben so unweigerlich folgen, wie in allen übrigen.«

»Nun, wenn ich eine Bank gründe,« sagte der König immer in demselben heitern Ton, »was ich auch kaum geglaubt hätte, wenn man mir es vor einiger Zeit vorhergesagt haben würde, so können Sie wohl mein Verwaltungsrat sein. Übrigens,« fuhr er fort, indem er mit tiefernstem

Ausdruck das Gesicht nach der Seite des Grafen hinwandte, »ist die ganze Sache keine Finanzangelegenheit allein, es handelt sich um ein politisches Zusammenwirken mit Österreich und dessen leitenden Persönlichkeiten – ich werde Ihnen das alles einmal erzählen, wenn ich Zeit dazu habe, denn Sie können das wissen, ich habe das Vertrauen zu Ihnen, dass Sie schweigen können.«

»Ich glaube nicht, dass jemals eine Eure Majestät betreffende Angelegenheit durch mich bekannt geworden ist,« sagte Graf Wedel mit offenem Ton. »Aber wenn ich aufrichtig sein soll, so ist es mir lieber, wenn Eure Majestät mir keine politischen Geheimnisse mitteilen, ich mag eine solche schwere Verantwortung nicht tragen, – weiß Graf Platen um die geheime Bedeutung des Unternehmens?« fragte er dann mit dem Ausdruck einer gewissen Besorgnis.

»Nein, o nein,« rief der König, »es weiß niemand davon, als die unmittelbar beteiligten Personen, und diese müssen natürlich auch darum wissen. Wie gesagt, ich werde Ihnen das alles erzählen. Elster wird Sie zunächst mit dem alten Staatsrat Klindworth bekannt machen. Sie werden einen sehr geistreichen und interessanten Mann kennenlernen.« »Jener alte Diener des Herzogs von Braunschweig – jener Agent Metternichs,« fragte Graf Wedel, »– er ist jetzt in Eurer Majestät Dienst?«

»Nun, nicht in meinem Dienst,« sagte der König, »aber er macht die Vermittlung zwischen mir und Österreich, – machen Sie nur immer seine Bekanntschaft, er wird Ihnen das alles noch besser erklären als ich.«

Ein Schlag ertönte an der Tür.

»Der Finanzassessor Elster bittet Eure Majestät um Audienz«, meldete der Kammerdiener.

»Er soll kommen«, sagte der König.

Und unmittelbar darauf trat die lange, magere Gestalt des Doktor Elster ein. Mit niedergeschlagenen Augen, ein demutvolles Lächeln auf den Lippen, die große, starkknochige Hand auf die Brust gelegt, verneigte er sich tief vor dem Könige.

»Guten Morgen, mein lieber Elster,« rief Georg V., »Sie sehen hier Ihren Kollegen,« auf den Grafen Wedel deutend, »im Verwaltungsrat der Wiener Bank. Nicht wahr, Wiener Bank will man meine Bank nennen?«

»Zu Befehl, Majestät,« sagte Doktor Elster, »dieser einfache Name wurde am geeignetsten gehalten, um alle Erörterungen und Deutungen auszuschließen.«

»Ich mache Sie also verantwortlich dafür,« fiel der König ein, »dass hier der Graf Wedel auf das Schnellste in das Getriebe der Bankgeschäfte eingeweiht wird. Er behauptet, ein schlechter Verwaltungsrat zu sein, ich hoffe das Gegenteil, wenn Sie ihn in Ihre vortreffliche Schule nehmen.«

Doktor Elster lächelte bei den schmeichelhaften Worten des Königs. Dann sagte er ein wenig zögernd mit gepresster Stimme:

»Ich habe soeben eine Nachricht erhalten, welche ich mich für verpflichtet halte, Eurer Majestät sofort mitzuteilen, da dieselbe auf die Entschließungen Eurer Majestät bestimmend einzuwirken imstande ist. Mir ist soeben bestimmt mitgeteilt worden durch den Herrn Ullmann –«

»Der famose Whipper in meiner Bank?« fiel der König ein. »Derselbe, Majestät,« erwiderte Doktor Elster, – »es ist mir also mitgeteilt, dass der Herzog von Modena den bereits zugesagten Eintritt in die Wiener Bank wieder zurückgezogen habe. Das ist sehr unangenehm, es ist ein ziemlich bedeutendes Projekt, an dem der Herzog sich beteiligen wollte, und wenn das nun ausfällt, so werden sich die Mittel der Bank und demgemäß auch ihre Operationen in dem Verhältnis dieses Ausfalles einschränken müssen.«

»Das ist ja sehr unangenehm,« sagte der König, in ernstem Nachsinnen den Kopf in die Hand stützend, »sehr unangenehm – und sehr eigentümlich, dass gerade Modena zurücktritt. Auch Graf Chambord wollt früher von der Sache, als dieselbe durch Langrand angeregt war, nichts wissen – schade, dass man die drei Millionen des Kurfürsten von Hessen nicht nehmen kann –«

»Der Kurfürst von Hessen hat drei Millionen angeboten,« fiel Graf Wedel erstaunt ein, »und dieselben sollen nicht angenommen werden?«

»Der Staatsrat Klindworth wird Ihnen das auseinandersetzen«, sagte der König mit leichtem Anklang einer gewissen Verlegenheit.

»Es handelt sich nun darum,« sagte Doktor Elster, »was diesem unvorhergesehenen Falle gegenüber zu tun ist, und in welcher Weise man die ausfallenden Mittel anderweitig zu decken imstande sein möchte.«

Rasch trat Graf Wedel einen Schritt näher an den König heran.

»Eure Majestät haben die Gnade gehabt«, sagte er mit offener Freimütigkeit, »mich zum Verwaltungsrat dieser zu gründenden Wiener Bank zu bestimmen. Von diesem Augenblick an glaube ich auch das Recht zu haben, meine Meinung auszusprechen, was ich sonst nicht gewagt haben würde. Majestät,« fuhr er in dringendem Ton fort, indem er leicht die Hand gegen den König erhob, »ich verstehe von den Finanzoperationen, die da gemacht werden sollen, nichts, aber das eine verstehe ich, das sagt mir mein Gefühl, mein natürlicher Menschenverstand, dass Eure Majestät sich da in ein sehr bedenkliches Unternehmen einlassen, welches große Gefahren für Sie mit sich bringen kann, und bei welchem es mir scheint, dass man mehr Eure Majestät zu irgendwelchem Zweck benutzen will, als Ihnen selbst nützen. Mir kommt es vor, als wenn dieser Rücktritt des Herzogs von Modena, welche doch zu der Seite gehört, mit welcher Eure Majestät Verträge schließen soll, als ob dieser unerwartete Rücktritt ein Fingerzeig des Himmels, vielleicht eine Mahnung sei. Wenn andere zurücktreten, so können es Eure Majestät auch. Erlauben mir Allerhöchstdieselben, Ihnen meinen ersten Rat als Verwaltungsrat der Wiener Bank dahin zu geben, diese Bank gar nicht entstehen zu lassen. Glauben mir Eure Majestät, ich habe ein Vorgefühl, dass da ein Unglück für Eure Majestät droht, und ich bitte Sie dringend, wenn es noch möglich ist, treten Sie zurück.«

»Das wird kaum möglich sein,« rief Doktor Elster rasch, Eure Majestät haben Ihre Zusage gegeben –«

»Wie ich höre,« fiel Graf Wedel ein, »hat der Herzog von Modena sie auch gegeben, und wenn er zurücktreten kann, so wird das für Eure Majestät auch möglich sein.«

»Aber die österreichische Regierung rechnet darauf«, sagte Doktor Elster. »Man hat bereits verschiedene Finanzoperationen beschlossen, bei welchen die Wiener Bank in Betracht gezogen worden, und hat danach seine Einrichtungen und Verfügungen getroffen.«

»So muss man rasch handeln,« rief Graf Wedel lebhaft, »noch ist es vielleicht Zeit. Erlauben mir Eure Majestät, nach Wien zu fahren und dem

Reichskanzler zu erklären, dass Sie nach dem Rücktritt des Herzogs von Modena ebenfalls Ihre Zusage der Beteiligung zurückzögen. Ich bin überzeugt, dass das das Beste wäre.«

»Es ist nicht der Reichskanzler,« sagte Doktor Elster, indem er seinen Blick forschend von der Seite auf den König richtete, der den Kopf in die Hand gestützt dasaß. »Es ist nicht der Reichskanzler, in dessen Händen die mit der Bank zusammenhängenden Geschäfte liegen, sondern der Reichsfinanzminister von Becke.«

»So lassen Sie mich zu Herrn von Becke gehen, Majestät. Auf die Person kommt es ganz und gar nicht an, mir liegt nur daran, so schnell als möglich Eure Majestät von Ihren Verpflichtungen zu lösen, welche Sie auf unberechenbare Wege hinziehen und Sie in schwere Verwicklungen stürzen können.«

Der König saß noch einige Augenblicke in sinnendem Schweigen, dann richtete er den Kopf auf und sagte, die Augen zu dem Grafen hinwendend:

»Vielleicht haben Sie recht, – die ganze Sache wurde mir so vortrefflich dargestellt – aber – allerdings ich vermag nicht so recht die Konsequenzen zu übersehen, zu denen ein solches Unternehmen führen kann. Ich kann nicht leugnen, dass mir der Rücktritt des Herzogs von Modena ein gewisses Misstrauen in all die Darstellungen einflößt, die man mir gemacht hat. Wenn ein österreichischer Erzherzog kein Vertrauen zu der Sache hat, so bin ich gewiss auch berechtigt, zu zweifeln. Ja, ja,« sagte er dann, »fahren Sie sogleich nach Wien, gehen Sie zu Herrn von Becke und erklären Sie ihm, dass ich von der Sache zurückzutreten wünschte, da durch den Rücktritt des Herzogs von Modena eine der Bedingungen hinfällig geworden ist, unter denen ich mich überhaupt auf das ganze Unternehmen eingelassen habe.«

Der Graf atmete tief auf.

»Eure Majestät wissen,« sagte er, »dass ich stets mit Eifer Ihre Befehle auszuführen bestrebt bin; aber den Befehl, den mir Allerhöchstdieselben jetzt gegeben haben, möchte ich ohne Verzug zur Ausführung bringen. Und wenn meine Tätigkeit als Verwaltungsrat,« fügte er lächelnd, aber mit dem Ton tiefer Überzeugung hinzu, »sich einfach darauf beschränken sollte, Eure Majestät von den eingegangenen Verbindlichkeiten wieder loszumachen, dann werde ich glauben, Eurer Majestät in dieser Sache einen nützlichen Dienst geleistet zu haben und ein guter Verwaltungsrat gewesen zu sein.« »Doktor Elster soll Sie begleiten,« sagte der König, »und bringen Sie mir bald Nachricht.«

Doktor Elster war bei dem kundgegebenen Entschluss des Königs bleich geworden. Einen Augenblick schien es, als wolle er eine Bemerkung machen, doch verneigte er sich schweigend und folgte mit einer tiefen Verbeugung gegen den König dem Grafen Wedel, der die Hand des Königs, die dieser ihm freundlich zum Abschied reichte, an die Lippen geführt hatte und schnell das Kabinett verließ.

Einer der diensttuenden Hoflakaien rief einen der Fiaker herbei, die auf dem Platz vor Domayers Kasino zu stehen pflegten.

Bald fuhren beide Herren im schnellen Trabe der Stadt zu und hielten vor dem Portal des Reichs-Finanzministeriums.

Der diensttuende Bureaudiener im Vorzimmer meldete den Grafen Wedel unmittelbar dem Minister, und schon nach wenigen Minuten wurde dieser und der Doktor Elster in das Kabinett des Baron Becke eingeführt.

Dieser Staatsmann, welcher es übernommen hatte, die großen politischen Operationen des Grafen Beust zur Regeneration Österreichs und den Ausgleich mit Ungarn auf dem im Habsburgischen Kaiserstaat stets so schwierigen finanziellen Gebiet zu unterstützen, stand damals im Alter von sechzig bis fünfundsechzig Jahren.

Er war ein Mann von mittlerer Größe. In dem stechenden, etwas kalt abstoßenden Blick seiner kleinen, lebhaften grauen Augen lag eine scharf berechnende Intelligenz, sein rundes Gesicht mit dem etwas langen, blond und grau gemischten Haar und dem am Kinn ausrasierten grauen Bart zeigte Charakter und Willenskraft, aber auch starre Härte.

Er stand in seinem großen weiten Arbeitszimmer an einem breiten, mit Papieren bedeckten Stehpult und wendete beim Eintritt der beiden Herren sein Gesicht, von seiner Arbeit aufblickend, mit drohendem und feindlich hartem Ausdruck nach ihnen hin.

Baron Becke begrüßte Graf Wedel mit kalter Höflichkeit, neigte gegen Doktor Elster freundlicher und mit dem Ausdruck einer gewissen Vertraulichkeit den Kopf und fragte, neben seinem Schreibtisch stehen bleibend, kurz und barsch:

»Womit kann ich den Herren dienen?«

»Ich komme«, sagte Graf Wedel, »zu Eurer Exzellenz in der Angelegenheit der Wiener Bank, für welche mein allergnädigster Herr mich zum Verwaltungsrat zu bestimmen beschlossen hat.« Der Baron Becke neigte den Kopf, als sei ihm diese Mitteilung nicht neu, und blickte erwartungsvoll in das offene, freie Gesicht des Grafen.

»Der König hat erfahren,« sagte Graf Wedel, »dass der Herzog von Modena, dessen Eintritt in die zu gründende Bank zugesagt war, sich zurückgezogen habe, und es sind deshalb bei Seiner Majestät Zweifel entstanden, ob unter diesen Umständen es möglich sein möchte, das gewünschte und in Aussicht genommene Resultat zu erreichen.«

Das Gesicht des Baron Becke verfinsterte sich bei diesen Worten noch mehr. Fast drohend sah er den Grafen an und richtete dann den Blick fragend auf den Doktor Elster, welcher die Augen zu Boden geschlagen hatte und anscheinend teilnahmslos dastand.

»Der König glaubt deshalb,« fuhr Graf Wedel fort, »da eine der wesentlichen Voraussetzungen, auf welche hin die Gründung der Bank beschlossen wurde, nunmehr nicht in Erfüllung gegangen ist, dass es besser wäre, das ganze Unternehmen fallen zu lassen. Ich möchte Eure Exzellenz nun bitten, bei den finanziellen Geschäften der Regierung die zu gründende Wiener Bank nicht ferner in Betracht zu ziehen, wenigstens soweit die Beteiligung Seiner Majestät an derselben dabei infrage kommt.«

Der Graf hatte kurz und bestimmt gesprochen und atmete nach dieser in entschiedenem Ton abgegebenen Erklärung wie erleichtert auf, als ob er eine Last von seiner Brust gewälzt habe.

Die lebhaften Augen des Baron Becke blitzten in heftiger Erregung, er machte rasch einige Schritte durch das Zimmer.

Graf Wedel und Doktor Elster blieben schweigend stehen.

»Ich muss Ihnen sagen, Herr Graf«, rief der Minister, indem er vor den Herren anhielt und seine Hand leicht auf den Schreibtisch stützte, »ich muss Ihnen sagen, dass mich diese Erklärung sehr überrascht. Die Gründung der Wiener Bank ist von uns als eine feststehende Tatsache angesehen worden, auch Seine Majestät der Kaiser hat sie so angesehen. Man hat mit dieser Tatsache gerechnet, man hat Rücksicht darauf genommen, und nun mit einem Mal fällt diese ganze Kombination zusammen – denn, wenn der König sich zurückzieht, wird natürlich aus der ganzen Sache nichts werden.«

»Aber Exzellenz,« sagte Graf Wedel, »der Herzog von Modena –«

»Der Herzog von Modena,« fiel Baron Becke heftig ein, »das ist ganz etwas anderes, der Herzog von Modena kann tun, was er will, er hat keine politischen Zwecke, bei ihm handelt es sich lediglich um eine Vermögensanlage; mit dem König ist das etwas anderes. Der König lebt hier in Österreich – das ist sehr ehrenvoll und sehr erfreulich für uns,« fügte er mit einer leichten Neigung des Kopfes hinzu, »aber das bereitet uns auch mancherlei politische Verlegenheiten, da der König durch die Verfolgung seiner Rechte fortwährend eine politische Persönlichkeit bleibt. Der König«, fuhr er immer erregter fort, »erwartet und verlangt von uns Unterstützung seiner Rechte – sei es auch nur zur Wiedererlangung seines Vermögens, und da können wir doch erwarten, dass er auch unseren Wünschen entgegenkommt. Der König ist vollkommen unterrichtet, was diese Bank bedeutet, er weiß, dass sie von unserer Seite gewünscht wird. Wenn der König seine Zusage zurückzieht, so werden wir nicht mehr in der Lage sein, das Geringste für ihn zu tun. Man wird ihn seinem Schicksal überlassen müssen. Ich bin überzeugt, dass auch Seine Majestät der Kaiser auf das Unangenehmste von diesem Rücktritt berührt sein wird.«

»Aber mein Gott, Exzellenz,« sagte Graf Wedel, »es handelt sich doch nur –«

»Es handelt sich«, rief Baron Becke, immer heftiger sprechend, »darum, dass wir für den König alles getan haben, was in unseren Kräften stand, dass wir zu allen Agitationen, die in seinem Namen stattfanden, geschwiegen haben, dass wir seine Interessen stets so gut als möglich vertraten, dass wir fortwährend unangenehme Interpellationen von Berlin auszuhalten haben, und nun, da wir wünschen, dass der König uns, und doch auch nur wieder in seinem eigenen Interesse, seinerseits entgegenkomme, will er sich zurückziehen und uns dadurch, da ja die Sache schon so weit gediehen ist, Verlegenheiten bereiten. Seien Sie überzeugt, Herr Graf, wenn der König das tut, so wird er nichts von uns zu erwarten haben, und wir werden kaum imstande sein, die großen und weitgehenden Rücksichten weiter zu üben, die wir bisher für ihn gehabt haben.«

Graf Wedel blickte ganz bestürzt auf den so zornig erregten Minister.

Doktor Elster, welcher bis jetzt schweigend und mit fortwährend nieder-geschlagenen Augen dagestanden hatte, trat einen Schritt vor und sagte, indem er die Hand auf die Brust legte, mit leiser und sanfter Stimme:

»Der Herr Graf Wedel hat wohl mehr eine Erwägung des Königs Eurer Exzellenz mitteilen wollen, als einen bestimmten Entschluss Seiner Majestät kundgeben. Der König war betroffen durch den Rücktritt des Herzogs von Modena und es waren in ihm Zweifel aufgestiegen, ob unter diesen Umständen das Projekt durchführbar sein möchte. Allein ich glaube nicht, dass Seine Majestät entschlossen sein möchten, unter allen Umständen von der von ihm zugesagten Teilnahme zurückzutreten. Wenn Eure Exzellenz glauben, dass trotz des Ausfalls des Anteils von Modena die Existenz und der Erfolg der Bank gesichert sein können –«

»Ganz gewiss ist das der Fall,« rief Herr von Becke, »der König kann ja, wenn er will, die Bank ganz allein machen. Eine zahlreiche Beteiligung wird aber ohnehin erfolgen; wenn die Sache richtig geleitet wird, so werden in kurzer Zeit die Aktien einen so hohen Kurs haben, wie kein anderes Papier an der Wiener Börse, und ich verstehe nicht, wie der König auch nur einen Augenblick schwanken kann.«

»So werden wir wohl,« sagte Doktor Elster, indem er sich im Ton bescheidener Frage an den Grafen Wedel wandte, »so werden wir wohl Seiner Majestät diese Ansicht Seiner Exzellenz des Herrn Ministers schleunigst mitzuteilen haben. Und ich möchte fast glauben,« fuhr er, sich wieder zu Baron Becke hinwendend, fort, »dass der König einer so bestimmten Erklärung Eurer Exzellenz gegenüber von dem augenblicklich in ihm aufgetauchten Bedenken sehr schnell zurückkommen wird. Namentlich,« fügte er mit einer gewissen akzentuierten Betonung hinzu, »wenn auch Seine Majestät der Kaiser fortfährt, sich lebhaft für die Sache zu interessieren. Die hohen Herrschaften werden sich ja in wenigen Tagen bei dem Familiendiner sehen, und ich bin überzeugt, dass dann auch die letzten Bedenken, wenn solche überhaupt noch bestehen sollten, verschwinden werden.«

Graf Wedel blickte finster und unschlüssig vor sich nieder.

Baron Becke hatte seine Ruhe und seine gleichmäßige freundliche Höflichkeit wiedergewonnen.

»Ich werde mich besonders freuen, wenn es so ist,« sprach er, »ich werde gewiss alles tun, was in meinen Kräften steht, um das Unternehmen in jeder Weise« –fuhr er mit Nachdruck fort – »zum Vorteil des Königs sich gestalten zu lassen. Ich bin überzeugt, dass alle Diener Seiner Majestät,« sagte er, den Blick fest auf den Grafen Wedel richtend, »dem Könige keinen besseren Dienst leisten können, als wenn sie ihn dazu bestimmen, mit aller Entschiedenheit und ohne alles Schwanken und Zaudern dieses so wichtige Unternehmen ins Leben zu rufen und auf dasselbe seine ganze Kraft zu konzentrieren.«

Graf Wedel seufzte.

»Auch ich«, sprach er, »glaube, dass nach dieser Erklärung Eurer Exzellenz die Bedenken des Königs fallen werden und dass nun ohne weitere Zögerung die Sache zustande kommen wird, welche mich,« fügte er mit einer Art mürrischen Humors hinzu, »vom Hofmarschall zum Verwaltungsrat macht.«

»Nun, verehrter Graf,« sagte Baron Becke lachend, »das ist keine so schlechte Karriere, ich kenne viele Personen, die sich dabei sehr gut gestanden haben. Die Finanz ist die bedeutungsvollste Macht unserer Tage, glauben Sie mir, es ist wahrlich kein schlechter Rat für Ihren Herrn, dass er sich diese Macht dienstbar machen möge. Ich hoffe, alsbald mit Ihnen als Vertreter eines festbegründeten Instituts in Verbindung treten zu können, und Sie werden sich dann überzeugen, dass es für den König besser ist, ein solches Institut zu beherrschen, als mit kleinen und momentan gänzlich unwirksamen Agitationen seine Rechte zu verfechten.« Graf Wedel verneigte sich artig gegen den Minister, ohne dass jedoch auf seinem Gesicht der Ausdruck der Zustimmung zu diesen Worten erschien.

»Ich hoffe in wenigen Tagen Eurer Exzellenz das Gründungsstatut übergeben zu können und werde alles tun, um die Sache möglichst zu beschleunigen«, sagte Doktor Elster, indem er den Abschiedsgruß des Ministers ehrerbietig erwiderte und dem Grafen Wedel folgte, welcher bereits das Zimmer verlassen.

»Sie sehen,« sagte er zu dem Grafen, mit dem er die Treppe herabstieg, »dass es für den König nicht möglich ist, zurückzutreten, das würde ja in Österreich zu tief verletzen, und wohin sollten wir uns wenden, wo fänden wir eine Zuflucht, wenn hier unsere Beziehungen zur Regierung, wenn gar die Beziehungen des Königs zu dem Kaiser getrübt würden?«

»Ja, ja,« sagte Graf Wedel, »ich sehe wohl, dass der König nicht zurücktreten kann. So möge denn Gott alles zum Guten wenden – ich bescheide
mich gern und will wenigstens, so weit ich dazu imstande bin, das meinige tun, um in dieser Sache dem Könige nach Kräften zu dienen. Wenn
es denn einmal sein muss, so bin ich auch für ein entschiedenes und
kräftiges Vorgehen.«

Sie waren am Portal des Ministeriums angekommen, stiegen in den sie
erwartenden Fiaker und fuhren nach Hietzing zurück.

Vierunddreißigstes Kapitel

Die Wintersaison war glänzend in Paris, die ganze elegante Welt bewegte sich in ununterbrochenen Festen, die Salons der Minister versammelten an den Empfangsabenden alles, was die große Welt an vornehmen und berühmten Namen vereinigte, die großen Rezeptionen des Kaisers, die kleinen Montagsbälle der Kaiserin fanden ohne Unterbrechung statt und bildeten den glänzenden Mittelpunkt des bunt bewegten Lebens, das die große Weltstadt in ihrer in so mannigfaltig zusammengesetzten Farben schimmernden Gesellschaft entwickelt.

Der Kaiser war gesünder und kräftiger als seit langer Zeit, er hatte für jeden ein heiteres, scherzhaftes Wort und war in den kleinen ausgewählten Kreisen der Hofgesellschaft von einer hinreißenden Liebenswürdigkeit.

Scheinbar war die Politik vollständig von der Oberfläche des Lebens verschwunden, die spanische Angelegenheit, welche eine Zeit lang alle Welt beschäftigt hatte, war aus der Mode gekommen, wie das in Paris meist nach kurzer Zeit mit fast allen großen und kleinen Angelegenheiten zu geschehen pflegt.

Die Königin Isabella war angekommen und hatte zunächst im Hotel du Pavillon Rohan ihre Wohnung genommen. Sie war lange Zeit der Gegenstand der öffentlichen Neugier gewesen, der Hof und die ganze Diplomatie hatten sie mit ausgezeichneter Höflichkeit begrüßt; dann hatte man noch einige Zeit von den Plänen gesprochen, welche sie für den Umbau und die Ausschmückung des Hotels Basilewsky an der Avenue du Roi de Rome aufstellen ließ, das sie gekauft hatte. Dann waren andere Dinge an die Tagesordnung gekommen. Man sprach wenig mehr von der Königin, und da dieselbe keinen regelmäßigen Empfang hielt, so war sie auch in der Gesellschaft des Hofes und der Diplomatie bald vergessen.

So schien alles auf das Beste und friedlichste geordnet. Alle Welt tanzte, plauderte und sprach von den neuen Erscheinungen der Theater und von den Opernbällen, welche diesen Winter mit besonderem Glanz wieder aufgenommen wurden, und der drohende Sturm, welcher im Herbst so nahe daran gewesen war, Europa zu erschüttern, blieb in die Tiefen des Geheimnisses und der Vergessenheit gebannt.

Der Kaiser Napoleon hatte, von dem General Fleury begleitet, seinen Morgenspaziergang auf der Terrasse des Tuileriengartens gemacht.

Nicht wie sonst folgte ihm sein treuer, großer Neufundländer, der langsam und gravitätisch hinter seinem Herrn herzugehen pflegte und zuweilen mit der feuchten, breiten Nase an die Hand des Kaisers stieß, die sich dann jedes Mal liebkosend auf seinen langhaarigen Kopf legte.

Nero war krank, ernsthaft krank, er hatte das Maß des Alters seiner Rasse erreicht. Es war wenig Hoffnung, ihn zu retten. Er lag in der Wohnung des Kammerdieners, in der Nähe des kaiserlichen Zimmers in den Tuilerien, unter der Behandlung der ersten Veterinärärzte von Paris.

Der Kaiser besuchte ihn oftmals am Tage und hatte die höchste Belohnung für seine Rettung ausgesetzt.

Napoleon war ernst und traurig und zwischen allen Gegenständen, über die er sich mit dem General auf seinem Spaziergang unterhalten hatte, waren immer wieder Äußerungen der Besorgnis um das treue Tier laut geworden, das so lange Jahre sein Begleiter gewesen.

Als er seinen Spaziergang beendet hatte und zu seinen Gemächern heraufstieg, wurde ihm gemeldet, dass der Staatsminister Rouher soeben erschienen sei und um Audienz bitte.

Der Kaiser entließ den General Fleury und befahl, indem er sich mit dem Ausdruck einer starken, aber wohltätigen und angenehmen Ermüdung in seinen Lehnstuhl sinken ließ, den Staatsminister einzuführen.

Herr Rouher trat in seiner würdevollen und feierlichen Haltung ein, indem er an der Tür des Kabinetts einem Lakaien eine große Mappe abnahm, welche derselbe ihm bis dorthin nachgetragen hatte, und näherte sich mit tiefer Verbeugung dem Kaiser.

»Mein lieber Minister,« rief Napoleon, indem er ihm die Hand entgegenstreckte, »setzen Sie sich sogleich hier zu mir, ich bin sehr ermüdet von meinem Spaziergang – das heißt, der Körper ist ermüdet, mein Geist aber ist frisch und kräftig und ich bin bereit zu hören, was Sie mir bringen werden, – »das jedenfalls etwas Gutes sein wird – denn,« fügte er verbindlich den Kopf neigend hinzu, »mit der Meldung der unangenehmen Dinge pflegen Sie ja doch immer zugleich die Mitteilung zu verbinden, dass dieselben beseitigt sind.«

Herr Rouher hatte mit ernster und gemessener Bewegung die Hand des Kaisers ergriffen, dann setzte er sich mit dem ihm eigenen Aplomb demselben gegenüber und öffnete die mit Papieren stark gefüllte Mappe, welche er neben sich auf den Boden gestellt hatte.

»Eure Majestät werden beurteilen, ob das, was ich Ihnen zunächst mitzuteilen habe, gut oder nicht gut sei, richtig ist es jedenfalls, und ich habe, wie Eure Majestät die Gnade hatten zu bemerken, auch diesmal mich allerdings bemüht, sofort den Schwierigkeiten und Gefahren entgegenzutreten.«

»Schwierigkeiten und Gefahren,« fragte der Kaiser lächelnd, – »woher sollten die kommen in dieser Zeit der Bälle, der Diners, der Routs? – in dieser Zeit, in welcher man selbst von Berlin her, wo uns doch sonst immer eine oder die andere kleine hämische Überraschung bereitet wird, nichts anderes zu berichten hat, als die Beschreibung der großen Feste im weißen Saal und der kleinen Bälle, welche die Königin Augusta im königlichen Palais veranstaltet.«

»Die Gefahren, von welchen ich Eurer Majestät sprechen will,« sagte der Staatsminister, ohne auf den scherzhaften Ton des Kaisers einzugehen, »steigen aus den Kreisen herauf, in welchen es keine Diners und keine Bälle gibt, und für welche die Feste des Hofes und der Aristokratie nur eine Quelle immer neuen Hasses, immer neuer Erbitterung bilden.«

»Ah,« sagte der Kaiser, »sind meine guten Freunde, die Arbeiter, wieder unruhig? Beginnt die Internationale wieder einmal über die Bühne zu schreiten, um,« sagte er, sich lächelnd die Hände reibend, »meiner guten Bourgeoisie wieder einen tüchtigen heilsamen Schrecken einzuflößen?«

»Ich sehe die Sache ernster an, Sire,« erwiderte Herr Rouher, indem er einen starken, mit mehreren Beilagen versehenen Bericht aus seiner Mappe hervorzog, »und ich glaube, Eure Majestät werden mir recht geben, wenn Sie die Ausdehnung und gefährliche Wendung genau kennen, welche jene Bewegung der Arbeiter genommen –«

»Jener Kongress,« fiel der Kaiser ein, »welcher in Brüssel stattfand, hat diesen kleinen Armand Levy mit seiner Idee, die Internationale zu einer Art von Armee für mich zu machen, abfallen lassen – ich weiß das, die Idee war gewiss ganz gut gemeint, aber doch nicht praktisch. Man kann von jenen Leuten in der Tat nicht verlangen, dass sie sich offen für Agitatoren des Kaisertums erklären sollen. Und wenn sie es tun wollten, wie sollte ich mich dazu stellen? Das würde ja an allen Höfen Europas ein Misstrauen hervorrufen, das ich nie mehr zu besiegen imstande wäre – nein, nein, auf solche Weise kann man diese Sache nicht angreifen. Jene Idee war eine Exzentrizität, die bei meinem heißblütigen Vetter Napoleon ihren Ursprung hatte. Ich habe sie gehen lassen, weil sie doch keine reellen Folgen haben konnte – so ist es denn auch gekommen – und auch ich bin zufrieden damit.«

Herr Rouher hatte den Kaiser mit einigen leichten Zeichen von Ungeduld aussprechen lassen.

»Es ist nicht der Kongress von Brüssel, Sire,« sagte er, als Napoleon geendet, »über den ich Eurer Majestät Vortrag halten wollte. Nach jenem Kongress, welcher das Gefüge der alten Internationale gesprengt hat, ist der Kongress in Basel gefolgt, und auf diesem Kongress in Basel ist an die Stelle der Internationale der französischen Gründer eine ganz neue Assoziation getreten, welche nicht wie jene die Möglichkeit der Führung und Leitung darbietet, deren Organisation die höchste Gefahr für den Bestand der staatlichen Ordnung in sich schließt.«

»Nun?« sagte der Kaiser, indem ein kaum bemerkbares ungläubiges Lächeln um seine Lippen spielte.

»Sire,« fuhr der Staatsminister fort, »auf jenem Kongress in Basel hat Michel Bakunin –«

»Bakunin,« sagte Napoleon mit eigentümlichem Ton, »dessen man nicht habhaft wurde, als er im vorigen Jahr hier erschienen war, um seine Lehren zu predigen?«

»Was ich noch heute sehr bedaure, Majestät,« sagte Herr Rouher mit fester Stimme. »Dieser Bakunin also hat dort unter Zustimmung der großen Majorität die allgemeine Liquidation der Gesellschaft, wie er es nennt, proklamiert, das heißt die absolute Aufhebung jedes Privateigentums, jedes Erbschaftsrechts.«

»Und darin sehen Sie eine Gefahr?« fragte der Kaiser, »Je toller die Grundsätze sind, die man proklamiert, um so weniger gefährlich erscheint mir die Sache, um so mehr wird sie nur dazu dienen, dieser ganzen liberalen Bourgeoisie die Sehnsucht nach dem Schutz einer starken und kräftigen Autorität einzuflößen.«

»Eure Majestät dürfen nicht vergessen«, sagte der Staatsminister, »dass diejenigen, welche ein Interesse an dem Umsturz der gegenwärtigen Besitzverhältnisse haben, eine große Majorität bilden und dass, so wahnsinnig jene Grundsätze sein mögen, immer Hunderttausende von Armen sich zu ihrer Verteidigung erheben werden. Die Gefahr liegt in der Organisation dieser Kräfte, und diese Organisation, Sire, ist in Basel festgestellt worden. Die alten Zweigvereine sind aufgelöst –«

»Von uns aufgelöst«, fiel der Kaiser ein. »Ich fürchte, dass das ein Fehler gewesen ist.«

»Die neuen Vereine,« sprach Herr Rouher weiter, – »ich habe darüber die genauesten polizeilichen Nachforschungen anstellen lassen, sind bereits über ganz Frankreich verbreitet. Sie haben überall ihre Syndikate und Klubs, sie nennen sich die Gewerksföderationen und haben den Widerstand gegen alle bestehenden Gewalten zum Zweck und Ziel. Bakunin hat ihnen den Geist eingehaucht, den Geist der tartarischen Zerstörung, und der Zimmermann Louis Champigny aus Paris hat sie organisiert. In seiner Denkschrift über die Organisation sagt er, dass die Verbände dieser Widerstandsvereine die zukünftige Kommune bilden und dass im gegebenen Augenblick die bestehende Regierung durch die Syndikate der Gewerkvereine ersetzt werden soll. Damit ist also eine organisierte Macht geschaffen, welche nicht nur die bestehende Autorität untergraben und ihren Sturz vorbereiten soll, sondern welche auch bereit und fähig ist, demnächst an ihre Stelle zu treten. Dies, Sire, ist etwas ganz anderes, als jene Sekte philosophierender Arbeiter, dies ist eine revolutionäre Korporation, welche auf den Umsturz aller bestehenden Rechte und Gesetze offen hinarbeitet, und zwar, wie sie sagen, durch eine ernste und unterirdische Aktion, dies ist die wirkliche Kommune, welche sich in den geheimen Vereinen vorbereitet, um bei der ersten großen Verwirrung in das Stadthaus einzuziehen und die Geschichte von 1793 wieder zu beginnen.«

Der Kaiser hatte ernst und aufmerksam zugehört, ohne dass jedoch der sorglose ruhige Ausdruck von seinem Gesicht verschwunden wäre.

»Und was denken Sie,« fragte er, »dass man tun müsste, um dieser Gefahr zu begegnen, welche, ich muss es Ihnen gestehen, mir gerade durch die Extravaganz und Gemeingefährlichkeit der proklamierten Grundsätze geringer erscheint als diejenige, welche in der stillen und friedlichen Agitation der früheren Vereine lag.«

»Sire,« sagte Herr Rouher, »ich habe auch in diesem Fall, wie Eure Majestät vorhin die Gnade hatten anzuerkennen, gehandelt, sobald ich die Gefahr gesehen und erkannt habe. Ich habe die Sitze aller dieser Gewerkvereine ermittelt und habe sie durch die Polizei auflösen lassen, alle Papiere, die man dort gefunden, sind mit Beschlag belegt, die Listen der Mitglieder sind in meinen Händen, und das, was an Schriften, an Protokollen, an Zirkularen dort gefunden worden, gibt vollkommen genügendes Material zum ernsten Einschreiten der Gerichte.«

Ein Ausdruck von Unzufriedenheit und Verstimmung erschien auf dem Gesicht des Kaisers, er ließ die langen Enden seines Schnurrbarts mehrmals durch die Finger gleiten und sagte dann, ohne den Blick zu dem Staatsminister zu erheben:

»Glauben Sie denn, dass man durch Schließung der Lokale, durch Konfiskation einzelner, und zwar gewiss nicht der geheimsten und wichtigsten Papiere die Sache selbst unterdrücken könne? Halten Sie es für möglich, zu verhindern, dass diese Leute in anderen Lokalen wiederum zusammenkommen?«

»Das wird man sicher verhindern können, Sire,« sagte Herr Rouher, »wenn man sofort, nach den in meinen Händen befindlichen Listen, die einflussreichsten Mitglieder der Widerstandsvereine verhaften lässt und sie vor Gericht stellt. Die Mitglieder jener doktrinären Internationale sind damals nur zu ganz geringen Strafen verurteilt worden, sie waren auch nur wegen nicht gesetzlicher Anmeldung ihrer Vereine angeklagt, da in den von ihnen ausgesprochenen Theorien eigentlich nichts Strafbares lag. Diesmal aber würde die Sache anders werden. Die Führer dieser Widerstandsvereine erklären dem Staat und der Gesellschaft den Krieg bis zum äußersten, und diese Leute würden zu langer Gefängnishaft verurteilt werden. Wenn man die Anzuklagenden richtig auswählt, so wird man sicher sein, das ganze Gewebe wenigstens auf lange Zeit hinaus zu zerstören. Später wird man dafür sorgen können, dass es nicht wieder geknüpft werde. Die Verhaftungen müssten aber schnell vorgenommen werden, da die Leute jetzt gewarnt sind, und die am meisten Schuldigen wahrscheinlich schnell sich in Sicherheit zu bringen versuchen werden.«

Der Kaiser blickte noch immer schweigend vor sich nieder und blieb auch, als der Minister geendet, noch einige Augenblicke in dieser Stel-

lung, während Herrn Rouhers forschende Blicke mit brennender Ungeduld auf ihm ruhten.

»Ich kann,« sagte er dann mit einer gewissen Zurückhaltung, als sei es
ihm peinlich, der Ansicht des Staatsministers entgegenzutreten, »ich
kann Ihre Auffassung nicht teilen, mein lieber Rouher. Sie sagen selbst,
dass diese Vereine eine große Verbreitung haben, ich würde also durch
eine Verfolgung der Mitglieder derselben einem großen Teil der Bevölkerung Frankreichs den Krieg erklären, und ich muss Ihnen aufrichtig
sagen: Ich habe der heimlichen und offenen Feinde außerhalb der Grenzen meines Landes so viele, dass ich gern mit meinem Volk selbst im
Frieden leben möchte. Ich kann auch jene Bewegung in der Tat nicht für
so gefährlich halten; einzelne Führer mögen, um krasse Schlagwörter
aussprechen zu können, die extremsten und radikalsten Theorien aufstellen, der der Menge der Arbeiter werden dieselben kaum wirkliche
Verbreitung finden. Ich fürchte, man würde einen Schlag ins Wasser tun
und nur den europäischen Mächten das willkommene Schauspiel geben,
das im Innern meines Landes eine Macht bestehe, gegen welche ich in
Kampf treten muss, und dieser Kampf selbst würde vielleicht die Bedeutung und Gefahr jener Vereine erst schaffen, indem man sie zum Widerstande, den sie bis jetzt nur theoretisch proklamiert haben, geradezu
zwingen würde.« Herr Rouher hatte unruhig und finster den Worten des
Kaisers zugehört.

»Die Vorbereitungen zum Widerstande, welche jene Vereine bereits treffen,« sagte er, »sind höchst praktischer Natur, und die Folgen derselben
werden bei der ersten Gelegenheit in erschreckender Weise zutage treten.«

»Nun,« sagte der Kaiser, »*dann* wird es Zeit sein, mit den Mitteln der
Gewalt gegen sie einzuschreiten. Ich fürchte, dass man jetzt nur reizen
würde, ohne den Gegner zu vernichten – und das ist immer ein politischer Fehler.«

»Sire,« sagte Herr Rouher, »ich bitte Eure Majestät inständigst, sich nicht,
wie ich seit einiger Zeit zu bemerken glaube, von gewissen liberalen
Doktrinen beeinflussen zu lassen. Frankreich, Majestät, bedarf einer
Hand von Eisen in einem Handschuh von Sammet, um regiert zu werden. Nur das starke, rücksichtslose persönliche Regiment kann unsere
unruhige Nation im Zügel halten und leiten. Bewegungen, wie die, auf
welche ich Eurer Majestät Aufmerksamkeit zu lenken mir erlaubt habe,

müssen im Keim erstickt werden, denn sie verbreiten sich in unserer Nation mit rapider Geschwindigkeit, und wenn sie erst in ihren letzten Konsequenzen der Regierung gegenüberstehen, so wird jeder Widerstand gegen dieselben vergeblich sein.«

Bei den ersten Worten des Staatsministers hatte der Kaiser die Augen von unten herauf schnell aufschlagend, denselben mit einem kurzen und scharfen Blick angesehen.

»Seien Sie überzeugt, mein lieber Rouher,« sagte er mit einem gewissen treuherzigen, offenen Lächeln, »dass keine Doktrin auf mich Einfluss gewinnen kann. Ich bin mein ganzes Leben über der Mann der Tat und der Praxis gewesen, und ich kenne meine Franzosen sehr gut; ich weiß, dass die liberale Phrase keine Macht über sie übt. Aber hier handelt es sich nicht um Rücksicht auf liberale Theorien, sondern um wirkliche politische Klugheit, wenn ich diese Sache nicht weiter verfolgen will.«

Er sprach diese Worte in festem und entschiedenem Ton, welcher einen unabänderlichen Entschluss andeutete.

»Wenn ich dieses Netz von Anklage und Verfolgung über das ganze Land nicht ziehen will, so tue ich es nicht aus Furcht vor dem Angriff der liberalen Phrase, sondern weil ich überzeugt bin, dass ich durch einen solchen Akt jene Leute erst wirklich zu meinen unversöhnlichen Feinden machen würde, was sie jetzt, wie ich überzeugt bin, noch nicht sind.«

»Eure Majestät haben zu befehlen«, sagte Herr Rouher, indem er seinen Bericht ergriff, um ihn wieder in seine Mappe zu stecken. »Ich habe getan, was ich im Interesse Eurer Majestät für notwendig erachtete, und ich bitte Eure Majestät, mich von der Verantwortung freizusprechen, wenn jemals aus der weiteren Entwicklung dieser neuen kommunistischen Internationale schwere Gefahren für Frankreich und das Kaiserreich erwachsen sollten.«

»Sie haben wie immer,« sagte der Kaiser, indem er sich etwas vornüber neigte und Herrn Rouher seine Hand bot, – »Sie haben wie immer mit unermüdlichem Eifer und schärfster Wachsamkeit mein Interesse wahrgenommen. Ich danke Ihnen dafür von Herzen und bitte Sie, meine abweichende Ansicht nicht übel zu nehmen. Wollen Sie mir den Bericht hier lassen, ich will die Sache genau studieren, vielleicht werde ich Ihnen dann recht geben. Und seien Sie dessen sicher, wenn dies geschehen sollte, so werde ich sogleich, und ohne jeden beschränkten Eigensinn meine gewonnene bessere Einsicht Ihnen mitteilen.«

Herr Rouher verneigte sich schweigend. Der Ausdruck seines Gesichts zeigte immer noch, dass er durch die Weigerung des Kaisers, auf seine Vorschläge einzugehen, tief verletzt war – er war in seiner langjährigen Laufbahn als Minister nicht oft daran gewöhnt, einen bestimmten Widerstand gegen seine Maßnahmen der inneren Politik Frankreichs beim Kaiser zu finden – er mochte vielleicht hier zum ersten Mal auch dem Kaiser selbst gegenüber das Wehen jenes neuen Geistes empfinden, welcher am Hofe sich fühlbar zu machen begann, und von welchem die öffentliche Meinung bereits behauptete, dass seine Strömungen neue Ideen und neue Männer zur Regierung bringen würden. Er legte den umfangreichen Bericht neben dem Kaiser auf den Tisch und sagte, indem er sich erhob:

»Ich bitte Eure Majestät, mir zu erlauben, dass ich die übrigen untergeordneten Gegenstände, über welche ich Ihnen heute noch Vortrag halten wollte, verschieben darf – sie sind nicht eilig, und ich möchte vor allem, da Eure Majestät eine weitere Verfolgung der Internationale für jetzt nicht befehlen wollen, dem Generalprokurator, dem ich bereits aufgetragen hatte, alles Nötige vorbereiten zu lassen, die erforderliche Weisung geben.«

»Tun Sie das, mein lieber Herr Rouher«, sagte der Kaiser. »Und«, fügte er lächelnd hinzu, »lassen wir diese armen Leute vorläufig noch in Freiheit, sie flattern ja doch an einem Faden, den wir in der Hand haben und den wir jeden Augenblick anziehen können. Vor allen Dingen nehmen Sie noch einmal den Ausdruck meiner Dankbarkeit für Ihre Wachsamkeit und Vorsicht. Sie werden es ein wenig natürlich finden,« sagte er mit verbindlichster Liebenswürdigkeit, »dass ich nicht so leicht geneigt bin, mich vor diesen Dingen zu fürchten, da ich ja Sie an meiner Seite habe und da ich Ihnen die Kraft zutraue, über alle meine Feinde siegreich Herr zu werden.«

Herr Rouher verneigte sich bei diesen liebenswürdigen Worten des Kaisers, ohne dass jedoch dieselben einen Eindruck auf ihn zu machen schienen.

»Solange ich an der Seite Eurer Majestät stehe,« sagte er mit fester Stimme, »soll allerdings so leicht kein Feind bis zu Ihrem Thron herandringen, und der erste Erfolg der Gegner des Kaiserreichs müsste der sein, mich zu verdrängen, denn dann erst würden sie imstande sein, zu weiteren Angriffen vordringen zu können.«

Er grüßte den Kaiser mit tiefer, ehrfurchtsvoller Verbeugung und ging dann mit festen, geraden Schritten hochaufgerichtet hinaus.

Napoleon blickte ihm einige Augenblicke schweigend nach.

»Er fühlt,« sagte er dann, »dass ich ein System vorbereite, in welchem für ihn kein Platz mehr ist. Er möchte mich in diese große Verfolgung der Internationale hineinziehen, das würde auf lange hinaus das Einschlagen anderer Wege für mich unmöglich machen, das würde einen Krieg heraufbeschwören, bei dem ich die strenge und straffe persönliche Gewalt nicht aufgeben könnte, das würde ihn unerschütterlich in seiner Stellung befestigen. – Was er über die Art, Frankreich zu regieren, sagt,« sprach der Kaiser weiter, indem er sich in fast liegender Stellung in seinen Lehnstuhl senkte, – »ist wahr, niemand weiß das besser als ich. Und doch, doch muss ich liberale Institutionen zur Grundlage meiner Regierung machen, wenn ich nicht durch einen auswärtigen Krieg das erschütterte Prestige wiederherstellen kann. Denn«, sagte er seufzend, »ich muss darauf rechnen, dass ich selbst jeden Tag diese Welt verlassen kann; wenn dann die ganze Maschine des Kaiserreichs auf rein persönlichem Regiment beruht, so müsste mein armer Sohn unter dieser Last zusammenbrechen, welche oft für meine alten und erprobten Schultern zu schwer wird, – dieser Rouher ist ein treuer Diener, er würde mit keinem anderen Regiment paktieren – und doch muss ich ihn entfernen, denn mit den alten Personen kann man keine neuen Institutionen machen. Und mit den neuen Personen? Nun, wir werden ja sehen. Im Grunde wird doch immer derjenige der persönliche und unumschränkte Herrscher bleiben, der die andern nach seinem Willen zu lenken versteht.«

Er sann lange nach.

»Ein Krieg? – Ja,« sagte er dann, »der Krieg möchte besser sein, wenn ich seines Erfolges sicher wäre. Die Kombination, welche mir diesen Erfolg zu sichern schien, ist gescheitert, und bis ich neue Kombinationen schaffen kann, wird vielleicht viel Zeit vergehen. Da bleibt mir,« sagte er seufzend, »nichts anderes übrig, als im Innern für alle Fälle den Thron mit Institutionen zu umgeben, welche die Zukunft meines Sohnes sichern. Und wenn dann,« sprach er mit leuchtenden Blicken, »wenn dann dennoch die Konstellationen der Politik mir sich günstig gestalten sollten, wenn ich dann durch den wohlvorbereiteten und siegreichen Krieg zum

Ziele gelangen könnte, dann würde es ja immer noch Zeit sein, die Zügel wieder fest anzuziehen und alle jene Phantome des liberalen Nebels vor der strahlenden Sonne des Ruhmes und des Sieges verschwinden zu lassen.« Er bewegte eine kleine Glocke.

»Der General Türr«, sagte er zu dem eintretenden Kammerdiener, »hat mir seine Ankunft anzeigen lassen und mich um Audienz ersucht. Ich hatte ihn um diese Stunde hieher bitten lassen.«

»Der General Türr ist im Vorzimmer, Sire«, erwiderte der Kammerdiener.

»Lassen Sie den General eintreten«, sagte der Kaiser, indem er sich erhob und einige Schritte nach der Tür hin machte.

Der General Türr trat in das Kabinett. Ein eleganter schwarzer Überrock umschloss seine hohe, schlanke Gestalt, er trug die Rosette der Ehrenlegion im Knopfloch. Er verneigte sich tief vor dem Kaiser und ergriff in ehrfurchtsvoller Bewegung dessen mit Herzlichkeit dargebotene Hand.

»Nun, mein General,« sagte Napoleon, indem er zu seinem Lehnstuhl zurückkehrte, während der General Türr auf seinen Wink neben ihm Platz nahm, – »Sie kommen von Wien?«

»Und von Pest, Sire«, erwiderte der General mit Betonung.

»Wollen Sie damit sagen,« fragte der Kaiser, »dass Pest wichtiger sei als Wien, – dass dort mehr der Mittelpunkt Österreichs liege, als in der alten Kaiserstadt?«

»In dem Augenblick, in welchem ich dort war, Sire,« erwiderte der General, »war dies gewiss der Fall, denn Seine Majestät der Kaiser war in Pest, – und wo der Souverän sich befindet, ist doch jedenfalls der Mittelpunkt der Monarchie.«

»Das muss ich zugeben,« sagte der Kaiser lächelnd – »aber gewiss werden es nicht alle Minister Ihnen einräumen – Herr von Beust war in Wien?«

»Ja, Sire,« – erwiderte der General – »und ich habe ihn dort gesehen und sehr eingehend mit ihm gesprochen, bevor ich nach Pest zu Seiner Majestät reiste.«

Der Kaiser blickte schnell zu dem General hinüber, – es war, als ob eine kleine Ecke des dichten Schleiers, der seine Augen umhüllte, sich lüftete, als ob ein leichter, schnell vorüberfliegender Blitz aus diesen so matten und gleichgültigen Augen aufleuchtete.

»Sie hatten,« sagte er leichthin, »als Sie vor Ihrer Abreise nach Wien hier waren, eine Idee, – eine sehr gute Idee, welche der König Viktor Emanuel billigte, wie Sie sagten, und welche Sie weiter verfolgen wollten –«

»Diese Idee, Sire,« fiel der General ein, – »welche die in Salzburg angebahnte und durch die unglückliche Erhebung Garibaldis zerstörte Tripelallianz zwischen Frankreich, Österreich und Italien wieder auf einer praktisch ausführbaren und möglichen Basis aufnehmen soll, – beschäftigt mich noch immer – und mehr als je, – nachdem ich in Wien und Pest über dieselbe gesprochen habe.«

»Ah,« sagte der Kaiser, – »Sie haben also in der Tat Gelegenheit gefunden, – wie Sie es beabsichtigten, über diesen Gedanken zu sprechen, – das interessiert mich sehr – wie nahm der Graf Beust die Sache auf?«

»Graf Beust, Sire«, erwiderte der General, »nahm sie gar nicht auf, – oder vielmehr, er wagte es nicht, sich klar auszusprechen, ohne zu wissen, wie der Kaiser über einen so delikaten Punkt dächte, – den er mir nicht bei seinem Herrn zu berühren geneigt schien.«

»Und warum nicht?« fragte Napoleon, – »der Kaiser Franz Joseph war ja schon früher von der Nützlichkeit freundlicher Beziehungen zu Italien überzeugt und hat alles getan, um die Vergangenheit vergessen zu machen.«

»Gewiss, Sire,« erwiderte der General, »auch wird der Kaiser weiter in diesem Sinne handeln, soweit es sich um freundliche äußere Beziehungen handelt, – aber, Sire, – schon der plötzliche Tod der Erzherzogin Mathilde hat auf Seine Majestät einen tiefen Eindruck gemacht – fast wie eine warnende Mahnung des Himmels, – und dann – wenn Eure Majestät sich zu erinnern die Gnade haben wollen, handelte es sich bei der von mir angeregten Allianz um eine Gebietsabtretung –«

»Das italienische Tirol ist ja aber seiner Nationalität nach völlig italienisch, – die Abtretung dieses Gebietes würde doch nur die letzte Konsequenz eines bereits anerkannten Prinzips sein,« – fiel der Kaiser ein. »Gewiss, Sire,« sagte der General Türr, – »aber gerade dies Gebiet ist innig mit den habsburgischen Traditionen verwachsen, – und dann, – die Kaiser von Österreich haben von den deutschen Kaisern her in ihre Titel das *Semper Augustus* übernommen, – das man mit: – allezeit Mehrer des Reiches – übersetzt, – und – der Kaiser Franz Joseph empfindet es tief und schmerzlich, dass die Ereignisse Seiner Regierung – gerade diesen Titel so wenig rechtfertigen.«

»Nun, – dies Bedenken ließe sich ja überwinden,« sagte Napoleon halb für sich, – »es wäre leicht – doch sprechen Sie weiter, mein lieber General, – Herr von Beust also –«

»Der Graf von Beust, Sire«, fuhr der General fort, »wollte auf eine Diskussion des Gedankens, den ich ihn aussprach, nicht eingehen, – überließ es mir aber – und schien es zu wünschen, dass ich nach Pest gehen möge, um Seiner Majestät dem Kaiser die Sache vorzutragen.«

»Sie hatten den Plan bestimmt formuliert?« fragte Napoleon.

»In einer kurzen Skizze, Sire,« erwiderte der General, – »es würde ja auch für die Ausführung nur eines sehr einfachen Traktats von wenigen Sätzen bedürfen – und zwar würden nach den Gesichtspunkten, die ich in meinen verschiedenen Unterredungen mir festgestellt habe, zwei Eventualitäten ins Auge zu fassen sein, – entweder Schutz- und Trutzallianz zwischen Österreich und Italien gegen sofortige Abtretung Tirols, – oder Italiens militärische Intervention für den Fall, dass Österreichs Aktion in einem Kriege gegen Norddeutschland durch eine fremde Macht gehindert werden sollte, – gegen das Versprechen, nach dem Kriege das südtirolische Gebiet abzutreten.«

»In Florenz, Sire,« fuhr der General fort, während der Kaiser, den Ellbogen auf das Knie gestützt und den Kopf seitwärts geneigt, aufmerksam zuhörte, – »in Florenz würde man die eine wie die andere Eventualität akzeptieren, – in Wien würde vielleicht die letztere mehr Aussicht auf Annahme haben, da durch dieselbe das Geheimnis bis zum entscheidenden Moment gewahrt bleiben könnte.« Der Kaiser nickte mehrmals zustimmend mit dem Kopf.

»Und Sie waren also in Pest,« fragte er dann, »und haben mit dem Kaiser Franz Joseph über Ihre Ideen gesprochen? – Wie hat Seine Majestät dieselben aufgenommen?«

»Sire,« erwiderte der General Türr, indem er die langen Enden seines prachtvollen Schnurrbarts langsam durch die Finger gleiten ließ, – »es fand eine der lebhaftesten und heftigsten Szenen statt, die ich mich erlebt zu haben erinnere, – bei dem Gedanken, noch einen Teil der alten Besitztümer des habsburgischen Hauses dahingehen zu sollen, brach die ganze innere Bitterkeit hervor, welche den so ritterlichen, so mit seiner ganzen Kraft voll selbstloser Hingebung für die Größe seines Hauses lebenden und strebenden Kaiser erfüllt, in dem Gefühl, dass gerade unter seiner Regierung ein Stück nach dem andern von den Erwerbungen seiner Vorfahren verloren gegangen ist –«

»Von Erwerbungen,« fiel Napoleon ein, »die seine Vorfahren besser niemals gemacht hätten, – ich verstehe die schmerzlichen Empfindungen des Kaisers, ich verstehe die Empörung seines edlen Stolzes, – aber er sollte begreifen, dass jene Besitzungen Österreich niemals Nutzen gebracht haben, und dass die Verhältnisse im Jahre 1866 sich viel besser und günstiger für Österreich gestaltet hätten, wenn er längst vorher jener fatalen Erwerbungen sich entäußert und dafür die Allianz Italiens eingetauscht hätte! – Sollte denn Seine Majestät dafür nicht empfänglich sein?«

»Gewiss, Sire,« erwiderte der General, – »ich ließ die erste heftige Erregung vorübergehen und machte dann den Kaiser auf die Gesichtspunkte aufmerksam, welche Eure Majestät soeben auszusprechen die Gnade hatten. Ich erlaubte mir, weiter darauf hinzuweisen, dass im Falle einer großen erfolgreichen Aktion es leicht werden würde, an die Stelle der verlorenen Besitzungen andere Gebietserwerbungen treten zu lassen, welche dem Interesse Österreichs mehr entsprächen –«

»Das ist es, – das ist es!« fiel Napoleon lebhaft ein, – »und – wie wurden Ihre Bemerkungen aufgenommen?« »Ich glaube, Sire,« sagte der General, »dass auf dieser Basis die Sache sich realisieren ließe, – doch müssten Eure Majestät die Vermittlung übernehmen, denn zu einer direkten Verhandlung mit Italien wird man in Wien nicht die Hand bieten, – so ist denn auch sowohl vom Kaiser als vom Grafen Beust eine bestimmte und direkte Antwort solange zurückgehalten worden, bis Eure Majestät Ihrerseits zu der ganzen Sache – wenn auch zunächst nur persönlich – klare Stellung genommen haben. Ich muss deshalb, wenn diese Angelegenheit einem praktischen Resultat zugeführt werden soll,« – fuhr er fort, den Blick fest und scharf auf den Kaiser richtend, – »Eure Majestät bitten, sich bestimmt erklären zu wollen und mir auszusprechen, was ich als Ihre Ansicht in Wien mitteilen kann, wenn ich wieder dahin zurück-kehre –«

»Ah,« sagte Napoleon, – »Sie wollen wieder dorthin zurückkehren?«

»Wenn ich meinen Plan und meine Ideen von Eurer Majestät gebilligt finde, – gewiss,« erwiderte der General, – »dann hoffe ich auch dort festeren Boden zu finden, – und, Sire,« sagte er mit lebhaftem Ton, »ich wünsche von ganzem Herzen, dass der besprochene Plan zur Ausführung kommt, denn er allein gibt die nachhaltige Kraft, welche erforderlich ist, um den großen Kampf siegreich auszufechten, bei welchen, Österreich ebenso sehr beteiligt ist, als Eure Majestät selbst, – den großen Kampf zwischen den zwei Kaiserkronen –« »Den zwei Kaiserkronen?« fragte Napoleon, erstaunt aufblickend.

»Ja, Sire,« fuhr der General fort, – »den zwei Kaiserkronen, denn darum handelt es sich ja doch eigentlich bei allen Kämpfen der Gegenwart, – ob die Krone Karls des Großen auf dem Haupte des Herrschers der Franken oder der Germanen endgültig ruhen solle.«

Ein leichtes Lächeln spielte um die Lippen des Kaisers.

»Eine originelle Auffassung, mein lieber General,« – sagte er dann, indem seine Augen sich weit öffneten und leuchtend und klar in das geistvolle Gesicht des Generals blickten, der im Tone tiefer Überzeugung gesprochen hatte, – »eine originelle Auffassung, – aber es liegt viel Wahrheit in derselben.«

»Es ist, Sire,« rief der General, »nach meiner Überzeugung die einzig wahre Auffassung der Lage in Europa! – Als Eurer Majestät großer Oheim«, fuhr er dann fort, – »den Bau des französischen Kaisertums gründete, – da musste das römische Kaisertum deutscher Nation zerbrechen, denn diese zwei Kaiserkronen haben keinen Platz nebeneinander im abendländischen Europa. Die ganze Politik Frankreichs durch das Mittelalter hindurch richtete sich gegen das deutsche Kaisertum, und das Werk des großen Cäsars unseres Jahrhunderts war die Krönung dieser Politik, – die deutsche Kaiserkrone versank – die französische erhob sich. – Eure Majestät sind der Erbe des Werkes Ihres Oheims geworden, – auf Ihrem Haupte ruht seine Krone – sie muss die Erste in Europa bleiben, – oder –«

Er vollendete nicht.

Napoleon, der mit äußerster Spannung zugehört hatte, schlug einen Moment die Augen nieder, um sie dann sogleich wieder mit fragendem Ausdruck zu dem General zu erheben.

»Preußen arbeitet nun daran, Sire,« sprach der General Türr weiter, »die deutsche Kaiserkrone, welche das Haus Habsburg verloren hat, für sich wiederherzustellen, – und ich, – so wenig ich als Ungar wünsche, dass der König von Ungarn wieder deutscher Kaiser werde, kann doch auch niemals wünschen, – und zwar weder als Ungar noch als Italiener, – dass überhaupt das germanische Kaisertum wiederhergestellt werde. Eure Majestät aber vor allen«, fuhr er mit schärferer Betonung fort, – »müssen im Interesse Frankreichs und Ihres Thrones alles aufbieten, dass jene deutsche Kaiserkrone, deren Reif schon in diesem Norddeutschen Bunde geschmiedet wird und nur noch der Vollendung harrt, – dass diese Krone nicht wieder sich erhebe, – denn neben ihr, – Sire, – verzeihen Sie meine Freimütigkeit, – würde dem kaiserlichen Frankreich kein Platz mehr in Europa bleiben. Deshalb, Sire, bitte ich Sie, mir eine bestimmte Erklärung über die Verbindung der drei Mächte zu geben, welche ein gleiches Interesse daran haben, dass das germanische Kaisertum nicht wiedererstehe, – und deren Koalition die Macht haben würde, diese Gefahr abzuwenden.«

Napoleon war bei den Worten des Generals immer ernster geworden, – er hatte mehrmals das Haupt geneigt, als stimme er diesen Worten bei, – dann schien er einige Augenblicke zu überlegen und sprach endlich mit klarer Stimme, langsam und ruhig jedes Wort betonend:

»Es ist wahr, mein lieber General, dass in diesem Augenblick ein Krieg nicht in drohender Nähe sich zeigt – aber ich halte ihn für unvermeidlich, – denn weder die deutsche Frage, – die Frage der zwei Kaiserkronen, wie Sie dieselbe nennen,« fügte er mit leichter Verneigung hinzu, – »noch die orientalische Frage können in ihrem gegenwärtigen Stadium bleiben. – Das Bündnis zwischen Frankreich und Österreich ist eine unerlässliche Vorbedingung für jede Aktion, – um aber ein solches Bündnis zu schließen und wirksam zu machen, muss man das Bündnis mit Italien hinzufügen, – wie ich stets ausgesprochen und betont habe. – Sie sagen mir nun, mein lieber General,« fuhr er nach einigen Augenblicken fort, – »dass der König Viktor Emanuel bereit ist, seine wohlwollende Neutralität zu garantieren, und selbst eine offensive und defensive Allianz zu schließen, wenn man ihm das italienische Tirol geben will.«

Der General nickte bestätigend mit dem Kopf.

»Nun wohl,« sprach der Kaiser weiter, indem er seine Worte noch schärfer und deutlicher betonte, – »Österreich scheint – und zwar mit Recht – Kompensationen für eine solche Gebietsabtretung zu verlangen. Ich nehme dieselben im Voraus an, – sei es nach der Seite des Orients, sei es – nach Schlesien hin.«

Der General rieb sich unwillkürlich mit dem Ausdruck zufriedener Genugtuung die Hände.

»Ich autorisiere Sie, mein lieber General,« fuhr Napoleon fort, »diese meine Worte sowohl dem Kaiser als Herrn von Beust zu wiederholen, – man kann fest auf mich rechnen.«

»Mit dieser Erklärung Eurer Majestät«, rief der General Türr, »kehre ich beruhigt und freudig nach Wien zurück, – auf dieser Basis werde ich, wie ich hoffe, meine Idee durchführen.«

»Vergessen Sie aber nicht,« fiel Napoleon schnell ein, »die ernsteste Aufmerksamkeit auf den Orient zu richten. Es gibt weder eine griechische Frage, noch eine Frage der Fürstentümer, – es gibt nur eine einzige große orientalische Frage – die man lösen muss, gründlich und endgültig lösen: – wir kennen genau die Pläne und Intrigen Russlands, aber um dem allen ein Ende zu machen, muss ich mit Österreich in fester Allianz gemeinsam handeln. Fügen Sie hinzu, dass, um in direkte Verhandlungen über alles zwischen uns Besprochene zu treten, ich nur eine Eröffnung vonseiten des Wiener Hofes erwarte, – sei es durch Grammont, – sei es durch den Fürsten Metternich.«

»Die Erklärungen, welche Eure Majestät mir zu geben die Gnade haben,« sagte der General, »lassen nichts zu wünschen übrig, – ich freue mich besonders, dass Eure Majestät so großes Gewicht auf die Frage des Orients legen, – meine Landsleute in Ungarn sind schwer für eine Aktion zu erwärmen, welche in ihrem Erfolg die Möglichkeit zeigt, dass Österreich wieder in Deutschland festen Fuß fassen könnte, – aber, Sire, – zeigen Sie den Ungarn nur den Ohrzipfel eines Russen, – und das ganze Land wird in kriegerischen Flammen stehen!«

Der Kaiser schwieg.

Der General erhob sich.

»Haben Sie Madame Ratazzi gesehen?« fragte Napoleon, – »würde sie und ihr Gemahl geneigt sein, die Ideen, über welche wir gesprochen, durch ihren Einfluss zu unterstützen?«

»Ich habe meine Schwägerin gesprochen, Sire,« erwiderte der General, »sie würde mit Freuden alle Pläne Eurer Majestät unterstützen, – um so mehr, da sie« – fügte er mit leichtem Zögern hinzu – »den großen Wunsch hegt, dass ihr Gemahl zum Botschafter Italiens am Wiener Hofe ernannt werde.«

Napoleon stand langsam auf und fuhr mit der Hand über seinen Schnurrbart.

»Nun,« sagte er, »dazu wäre ja die beste Gelegenheit, wenn durch ihre und Herrn Ratazzis Mitwirkung die Allianz Italiens mit Österreich auch bei den italienischen Parteien Zustimmung und Unterstützung fände, – sie hat kleine Differenzen mit der Kaiserin, die ich sehr bedaure, – ich werde sie besuchen und versuchen, das alles auszugleichen.«

»Dann werden Eure Majestät ihrer Unterstützung gewiss sein«, erwiderte der General.

»Auf Wiedersehen also, mein lieber General,« sagte der Kaiser, – »auf *baldiges* Wiedersehen, – ich wünsche von Herzen, dass Sie zustande bringen möchten, worüber wir in Salzburg vergeblich verhandelt, – die soldatische Offenheit hat ja schon öfter erreicht, woran alle diplomatische Feinheit scheiterte.«

Er reichte dem General die Hand, dieser berührte dieselbe mit ehrerbietiger Verneigung und ging hinaus.

»Madame Ratazzi Botschafterin in Wien,« sagte der Kaiser lächelnd, als er allein war, – »nur in ihrem Kopf kann ein solcher Gedanke Platz finden, – die ganze alte Aristokratie Österreichs mit ihrer exklusiven Grandezza würde aus der Fassung geraten – doch mag sie immer in dieser Hoffnung sich wiegen, – wenn sie dafür meine Pläne unterstützt, – später werden wir ja dann sehen.«

Ein kurzer Schlag gegen die Tür ertönte, – rasch trat der General Fleury in das Kabinett, – schmerzliche Bewegung in seinen Zügen.

»Sire,« sagte er, als der Kaiser betroffen und erschrocken zu ihm hinblickte, – »ich habe Eurer Majestät eine traurige Nachricht zu bringen, – der arme Nero –«

»Ist es vorbei?« fragte der Kaiser, den Kopf auf die Brust senkend.

»Er lebt noch,« – sagte der General, – »aber in wenig Augenblicken wird das treue Tier geendet haben.«

»Er lebt noch?« rief der Kaiser, – »ich muss ihn sehen – ihm das letzte Lebewohl sagen, – er, das dankbarste, das treueste Geschöpf, soll sich nicht über die Undankbarkeit seines Herrn beklagen!«

Schnell, in fast jugendlich elastischer Bewegung schritt er hinaus, – der General folgte ihm. Der Kaiser ging durch das Vorzimmer, öffnete nach einigen Schritten auf dem Korridor eine kleine Tür und trat in ein einfaches Zimmer, in dem auf einem großen Polster, mit weißen Wollendecken bedeckt, der prachtvolle schwarze Neufundländerhund lag, der so lange der treue Gefährte des Beherrschers von Frankreich gewesen war.

Der mit der Wartung des kranken Tieres betraute Lakai, – des Kaisers Kammerdiener und der Tierarzt umstanden das Lager mit trüben und traurigen Blicken, denn der kluge, sanfte Hund war von allen Hofbedienten geliebt.

Nero, der sonst in so fröhlichen Sprüngen seinen Herrn begleitet hatte, lag bewegungslos auf seiner weißen Decke, seine Augen waren geschlossen, sein abgemagerter Körper schien schon leblos zu sein.

Als der Kaiser schnell in das Zimmer trat, zogen sich der Lakai und der Kammerdiener nach dem Fenster hin zurück, – der Tierarzt näherte sich ehrerbietig und sagte: »Ich glaube, es ist vorbei, Sire, ich habe schon seit einiger Zeit keinen Atemzug mehr bemerkt.«

»Nero, mein armer Nero!« rief Napoleon, indem er zu dem Lager des kranken Hundes herantrat und die Hand auf dessen großen zottigen Kopf legte.

Ein leises Zucken zeigte sich in den Ohren des Tieres, – die Spitze seines Schwanzes bewegte sich einige Male hin und her, und langsam öffnete er die Augen.

»Er lebt noch!« rief der Kaiser, »vielleicht kann er noch gerettet werden?«

Er blickte fragend auf den Tierarzt hin, der schweigend die Achseln zuckte.

Napoleon nahm den Kopf des Hundes in seine beiden Hände und hob ihn langsam empor. Der arme Nero streckte die Zunge hervor, um die Hand des Kaisers zu lecken, immer weiter öffnete er die Augen und sah seinen Herrn mit einem langsam und allmählich brechenden Blick an, der weit über den Ausdruck des tierischen Auges hinaus in einen letzten Gruß alles zusammenfasste, was an Liebe, Dankbarkeit und Treue in ihm lebte und in wehmutsvoller Klage zu beweinen schien, dass ihm die Sprache fehle, um demjenigen, den er nicht mehr sehen sollte, Lebewohl zu sagen. Dann wurden die Augen gläsern und starr, – der Hund streckte sich mit einem krampfhaften Zucken lang aus, – schwer sank sein Kopf von der Hand des Kaisers herab.

Eine Träne fiel vom Auge des Kaisers auf das schwarze Haar des armen Tieres.

»Ich werde nie diesen Blick vergessen,« sagte er leise, – »scheint es doch, als ob des Tieres Seele im letzten Augenblick seines Daseins schon zu einer höheren Ordnung der Wesen sich erhebt.«

Längere Zeit blickte er schweigend auf den toten Nero nieder.

»Lebe wohl, mein armer Freund,« sagte er dann, noch einmal mit der Hand über den Kopf des jetzt starr und steif daliegenden Hundes streichend, – »lebe wohl – du hast mich selbst geliebt – du wärest mit mir in Not und Verbannung gegangen – lebe wohl! – – Man soll ihm einen Stein setzen,« sagte er, – »ich werde den Platz bestimmen, an dem man ihn zur Ruhe legen wird.«

Und leicht mit dem Kopf grüßend verließ er das Zimmer.

»Ich will allein sein,« sagte er sanft und freundlich zum General Fleury auf der Schwelle seines Kabinetts, – »sorgen Sie dafür, dass mir niemand gemeldet wird.

»Ich verliere die Freunde einen nach dem andern,« rief er, in seinen Lehnstuhl zusammensinkend, – »jetzt auch diesen, – vielleicht den treuesten – den uneigennützigsten. – O, ich bin müde, – ich sehne mich nach Ruhe des Geistes – nach Frieden – o, nach Frieden, – meine Freunde verlassen mich, – aber meine Feinde bleiben – näher und näher rücken sie

an mich heran, – dies Wort des Generals Türr hat mich wunderbar erfasst, – er hat recht, – trotz aller meiner Sehnsucht nach Stille und Frieden werde ich ihn kämpfen müssen, diesen immer deutlicher am Horizont der Zukunft heraufsteigenden Kampf – den Kampf – der zwei Kaiserkronen.«

Fünfunddreißigstes Kapitel

Gleichförmig und ruhig war der Winter über den kleinen, so eigentümlich zusammengesetzten Kreis von Menschen hingegangen, welcher sich in dem vom Strom der großen Welt so weit entfernten stillen Ort Blechow zusammengefunden.

Der Prozess des Leutnants von Wendenstein war wieder aufgenommen und wurde ohne feindselige Prozeduren gegen denselben geführt. Auch war unter der Hand dem alten Oberamtmann die Beruhigung gegeben worden, dass, wenn die Beweisaufnahme nicht gar zu gravierende Tatsachen gegen den jungen Offizier ergeben würde, selbst im Falle seiner Verurteilung auf eine endliche Begnadigung mit Sicherheit zu rechnen sei, und soweit bisher die Beweisaufnahmen stattgefunden hatten, traf den jungen Mann eigentlich kein anderer Vorwurf, als dass er sich früher dem gegen ihn eingeleiteten Verfahren durch die Flucht entzogen hatte. Im Übrigen konnte man ihm keine wirklich aktive Teilnahme an Handlungen gegen die Gesetze und die Sicherheit des Staats vorwerfen, sodass die ganze Familie über den endlich zufriedenstellenden Ausgleich dieser Angelegenheit vollkommen beruhigt war.

Der alte Oberamtmann von Wendenstein war mit seiner Familie zum Weihnachtsfest nach Blechow gekommen.

Freundlich hatte ihm Herr von Klenzin einige Zimmer in dem alten Amtshause abgetreten. Und der Jubel im ganzen Dorf war groß gewesen, als der alte, von allen verehrte Oberamtmann dort zum Besuch erschien. Die sämtlichen Bauern waren in einer Art von Wallfahrt nach dem Schloss gezogen, um den alten Herrn zu begrüßen. Dieser hatte sie, mit seinem Takt die Verhältnisse berücksichtigend, in Gegenwart des preußischen Amtsverwalters empfangen, ihnen freundlich für ihre treue Erinnerung gedankt, sich nach allen ihren Verhältnissen erkundigt und sie dann in ernsten Worten ermahnt, bei aller frommen Erinnerung an die Vergangenheit offen und frei die Gegenwart zu erfassen und allem politischen Treiben fernzubleiben. Er hatte mit ihnen auch, und zwar immer in Gegenwart des Herrn von Klenzin, über ihre öffentlichen Angelegenheiten und die Verwaltung des Amts gesprochen. Er hatte mit ehrlicher Freimütigkeit anerkannt, dass manches besser und praktischer geworden sei, und dann die feste Hoffnung ausgesprochen, dass das Band des liebevollen persönlichen Vertrauens, das ihn mit seinen Amtseingesessenen verbunden hatte, sich immer fester und kräftiger auch

zwischen denselben und dem Vertreter der neuen Regierung herausbil-
den werde.

Und groß war der Eindruck der Worte des alten Herrn gewesen. Nachdem er in seiner kräftigen, ernsten und würdevollen Weise zu den
Bauern gesprochen hatte, begann mehr und mehr jene Kälte zu verschwinden, welche bis dahin das alte Amtshaus umgeben hatte. Es
schien, als ob die alte und die neue Zeit sich freundlich und versöhnend
zu begegnen beginne.

Und Herr von Klenzin war dem alten Herrn von Wendenstein auf das
Innigste dankbar dafür, dass er ihm den Weg zu den Herzen und dem
Vertrauen der Bauernschaft seines Amtssitzes geöffnet.

Wenige Tage nur war der Oberamtmann mit den Seinigen dort geblieben. Er fühlte, dass ein längerer Aufenthalt hier nur wieder verstimmend
wirken könne und leicht dazu beitragen möchte, seine Person zwischen
seinen Nachfolger und die Bevölkerung zu stellen.

Die wenigen Tage seines Aufenthalts waren Tage hoher Freude und stillen, reichen Glücks im Pfarrhause gewesen.

Helene hatte sich unter dem Eindruck der Wiederkehr ihres Geliebten,
den sie für sich verloren geglaubt, und unter der Wirkung der Mittel,
welche Graf Rivero ihr gegeben, auffallend und schnell erholt.

Zwar lag noch immer jene scharf abgegrenzte dunkle Röte auf ihren
Wangen, zwar glänzten ihre Augen noch immer in jenem eigentümlichen Schimmer inneren Fiebers, aber eine glückliche Ruhe, ein tiefer
Friede strahlte aus ihren Blicken, und um ihre Lippen spielte ein fast
verklärtes Lächeln, wenn sie, auf den Arm des Leutnants gestützt, durch
das Zimmer ging oder in schönen sonnigen Momenten einige Schritte in
dem kleinen Garten vor dem Hause machte.

Der Pastor blickte mit tiefer, freudiger Rührung auf sein Kind hin, das
sich scheinbar so schnell wieder erholte.

Und der Leutnant von Wendenstein fühlte sich wie neugeboren, wie er-
löst von einem furchtbar drückenden Bann, alle reinen, edlen und einfachen Gefühle seiner Jugend kehrten in seine Brust zurück. Hier in den
alten, mit seinen frühesten Erinnerungen verwachsenen Umgebungen,
hier unter dem reinen, treuen Blick seiner Geliebten verschwanden mehr

und mehr alle jene goldenen Zauberwolken mit ihren farbenglühenden Bildern, welche seinen Sinn umhüllt und seine Seele in einem süßen, betäubenden Rausch gefangen gehalten hatten.

Julia schloss sich immer inniger und liebevoller an Helene an und näherte sich während des Aufenthalts der Frau von Wendenstein dieser alten Dame mit einer tiefen, fast staunenden Verehrung. Sie fühlte sich hier wie von einer ganz neuen Welt umgeben, deren Dasein sie nie geahnt hatte, und welche sie trotz ihrer Fremdartigkeit wunderbar wohltuend ansprach. Ihr ganzes Wesen, von der Glut des Südens durchströmt, empfand wie eine sanfte Erquickung diese so kühlen, stillen und ruhigen Verhältnisse, welche sie umgaben, und welche doch in ihrer Einfachheit und Natürlichkeit soviel tiefe Wärme, soviel inniges, herzliches Gefühl umschlossen.

Diese Verhältnisse wirkten so wohltätig auf ihre Seele, wie ein kühles Bad in schattiger Waldesstille auf den von der Glut des Hochsommers zugleich aufgeregten und erschöpften Körper.

Sie war aufgewachsen in jener trüben, schmutzigen Atmosphäre der Pariser Halbwelt, nur durch ein Wunder war sie vor der inneren Vergiftung dieser Atmosphäre bewahrt geblieben. Ihre vergangene, versunkene und begrabene Liebe und dann die schwärmerische Hingabe für ihren Vater waren die einzigen edlen Gefühle gewesen, welche bis jetzt ihr Leben bewegt hatten, das im Übrigen nur in einem fortwährenden Kampf gegen die auf sie eindringende Niedrigkeit und Schlechtigkeit bestanden hatte. Hier nun sah sie sich plötzlich von einer kleinen Welt umgeben, in welcher alles rein, klar, durchsichtig und gut war. Sie sah in der Gestalt dieser alten, so freundlichen, so sanften und doch so würdevollen und ernsten Matrone die treue, sorgende, mütterliche Liebe verkörpert, welche sie in ihrem ganzen Leben hatte entbehren müssen. Mit tiefem Schmerz gedachte sie derjenigen, welche ihr das körperliche Leben gegeben und doch alles getan hatte, um das Leben ihrer Seele und ihres Herzens zu vergiften. – Sie hätte der alten Dame zu Füßen sinken mögen und sie bitten, auch ihr einen reinen Sonnenstrahl jener stillen und frommen mütterlichen Liebe zu gewähren, welche sie mit so heißer Sehnsucht entbehrte.

Und wenn sie diese beiden jungen Leute sah, deren Liebe einer so glücklichen, hellen Zukunft entgegen zu gehen schien, so faltete sie still die Hände und sendete ein inniges Gebet zum Himmel empor, dass er sie schützen möge vor dem tiefen Leid und Kummer, welche die einzige duftige Blüte ihrer eigenen Jugend gebrochen hatten.

Alle waren glücklich und zufrieden. – Der Kandidat schien in seiner gewohnten bescheidenen Zurückhaltung an der allgemeinen Freude teilzunehmen.

Nur Graf Rivero blieb ernst, fast traurig, und zuweilen ruhte sein Blick mit tief schmerzvollem Ausdruck auf Helenens bleichem und eingefallenem, aber von verklärter Freude und seliger Hoffnung strahlendem Antlitz.

Der alte nordische Tannenbaum mit seinen Weihnachtslichtern hatte am Heiligen Abend die ganze Gesellschaft im Pfarrhause vereinigt. Zu den vielen kleinen Geschenken, welche den großen Tisch bedeckten, hatte der Oberamtmann einen schönen Schmuckkasten von getriebenem Silber hinzugefügt, welcher die Schenkungsurkunde des Gutes enthielt, das er seinem Sohn und Helenen zur künftigen Heimat bestimmt hatte.

Auch der alte Deyke war erschienen – der Oberamtmann und der Leutnant hatten darauf bestanden – auch Fritz mit seiner jungen Frau, die ihren kleinen einjährigen Buben auf dem Arm trug, der mit leuchtenden, großen Augen die glänzenden Lichter des Baumes anstarrte und jubelnd die kleinen Hände nach den bunten Sachen ausstreckte.

Unter dem Baum stand die Krippe, umgeben von schönen Figuren, welche die Anbetung der Könige und die Verkündigung der Hirten darstellten.

Und als der alte Pastor Berger, mit gefalteten Händen an den Tisch herantretend und den feuchten Blick zu dem Lichterglanz des Weihnachtsbaumes erhebend, mit bewegter Stimme sprach:

»Ehre sei Gott in der Höhe und Friede auf Erden und den Menschen ein Wohlgefallen!« Da stürzten heiße Tränen aus Julias Augen, mächtig erschüttert sank sie auf die Knie, in der Tiefe ihres Herzens klang jener Vers wieder, den Herr von Grabenow ihr einst gesagt und übersehen hatte, jener Vers vom Tannenbaum und der Palme, der Palme, die einsam und schweigend trauert an brennender Felsenwand.

Der Graf Rivero aber stand schweigend zur Seite, auch er faltete unwillkürlich die Hände. Sein dunkler Blick ruhte mit wunderbarem Ausdruck auf diesem Licht schimmernden Baum, auf diesem Bild der Geburt des Heilandes unter demselben, auf diesem alten, so gläubig frommen Geistlichen, der den einfachen, durch die Jahrtausende hindurch tönenden Gruß der Engel wiederholte, auf allen diesen froh bewegten Gesichtern rings umher – er gedachte der stolzen, prunkvollen Messen im Dom von St. Peter, er gedachte der strahlenden Pracht des irdischen Statthalters dieses auf dem Stroh der Krippe geborenen Welterlösers, und kaum die Lippen bewegend flüsterte er, indem sein Haupt sich langsam tiefer und tiefer auf die Brust niedersenkte:

»Wo ist die allein selig machende Kirche – wo ist der Weg zu Gott? Können *diese* verworfen sein? Kann der Heiland diesen die Seligkeit verschließen, die so dem Bild seiner heiligen Geburt nahen in der Einfachheit ihrer Herzen mit dem Gruß, der seinem Eintritt in die irdische Welt von dem Himmel herab entgegentönte?«

Ernst und schweigend war er den ganzen Abend über inmitten der allgemeinen Fröhlichkeit geblieben, die ihn umgab, und lange noch war er in später Nacht einsam in seinem Zimmer wach geblieben – fortwährend standen vor seinem inneren Blick nebeneinander der strahlende Dom von St. Peter und diese kleine Krippe unter dem Weihnachtsbaum im Hause des lutherischen Pastors. –

Als der Oberamtmann wieder nach Hannover zurückgekehrt war, schloss sich der kleine Kreis der Zurückbleibenden noch enger aneinander.

Julia war unermüdlich in aufmerksamer Pflege für ihre Freundin; der Leutnant, welcher im Hause des alten Deyke wohnte, brachte fast den ganzen Tag im Pfarrhause zu, bald mit Helenen schöne Pläne für ihr zukünftiges Leben entwerfend, bald mit den beiden jungen Mädchen über alle möglichen Gegenstände plaudernd, wobei jedoch, wie in stillschweigender Verabredung, er sowohl wie Julia sorgfältig vermieden, jemals über Paris zu sprechen.

Der Graf Rivero, welcher einen großen Teil des Tages in seinem Zimmer blieb, seine zahlreiche, weit ausgedehnte Korrespondenz zu besorgen, fand immer mehr Freude an der Unterhaltung mit dem Pastor Berger.

Der Graf, der unermüdliche, begeisterte Streiter für die Weltherrschaft der katholischen Kirche, welcher sein Leben dazu verwendet hatte, alle Waffen des Geistes und der Bildung zu beherrschen, der vielerfahrene

Weltmann, der in den größten Hauptstädten Europas, an den glänzendsten Höfen der Welt ein viel bewegtes und wirkungsvolles Leben geführt hatte, bewunderte immer mehr die tiefen und reichen Kenntnisse, das feine Urteil und dabei wieder die einfache Klarheit dieses bescheidenen Geistlichen, der fast sein ganzes Leben in stiller Abgeschiedenheit hier im Kreise natürlicher und fast ungebildeter Menschen zugebracht hatte.

Er lenkte öfter auch das Gespräch auf religiöse Fragen, auf die Verhältnisse der lutherischen Kirche, auf die Wirksamkeit des Pastors in seinen Beziehungen zur Gemeinde, und wiederum erstaunte er über die Tiefe und innige Begeisterung, mit welcher dieser so stille und ruhige Mann sein Priesteramt erfasste, über das glaubensfeste Gottvertrauen, das ihn erfüllte, und über die Milde, mit der er über alle Andersglaubenden urteilte. So waren die Tage des Februar herangekommen.

Die Tage nahmen merklich zu, die Sonne begann wärmer zu scheinen, und zuweilen wehte es wie ein erster leiser Frühlingsgruß durch die Luft, sodass einzelne kleine Schneeglöckchen und Krokus bereits vertrauensvoll ihre grünen Spitzen dem Sonnenlicht entgegenstreckten, um sie freilich bald wieder traurig unter dem Schnee zu verbergen, mit dem der widerwillig sein Reich abgebende Winter immer wieder die erwachende Natur zu bedecken strebte.

Der Graf Rivero beobachtete Helene in dieser Zeit sorgfältiger als je. Er hatte ihr die strengste Vorsicht empfohlen, und nur mit fest verbundenem Munde durfte sie sich wenige Augenblicke in sonnigen Stunden der freien Luft aussetzen.

Das junge Mädchen war heiterer und glücklicher als je, sie glaubte eine Wiederkehr ihrer Kraft und Gesundheit zu fühlen, und fast den ganzen Tag über sprach sie mit Julia und mit ihrem Verlobten von den Plänen für die Zukunft, von ihren häuslichen Einrichtungen, namentlich aber von den Reisen – sie wollte eine weite Hochzeitsreise machen, und im Mai, im schönen, blühenden Mai sollte ihre Hochzeit sein. Dann wollten sie nach der Schweiz reisen, der Graf und Julia sollten dort mit ihnen sein – und mit kindlicher Glückseligkeit freute sich Helene auf den Anblick aller jener herrlichen Naturschönheiten, von denen ihre neue Freundin ihr so viel gesprochen hatte, und welche sie dann sehen sollte auf dem Gipfel ihres Glückes und umgeben von allen denen, die sie am meisten auf Erden liebte.

Es war ein wunderbar schöner und sonniger Nachmittag. Der Schnee war geschmolzen, und fast ganz trocken lagen die Kieswege des Gartens vor dem Pfarrhause da.

Helene saß allein auf ihrem alten gewohnten Platz am Fenster. Ihr Gesicht war blass, ihre Augen brannten, und auf ihren Wangen glühte eine scharf abgegrenzte Röte. Sie atmete mühsam und schwer, aber reines Glück strahlte aus ihrem bleichen Gesicht, und wie mit inniger Dankbarkeit blickte sie durch die Fenster hinaus in die Natur, welche noch des grünen Schmuckes entbehrte, aber so hell, so heiter, so warm und hoffnungsvoll erschien. Sie dachte jener traurigen Tage, in denen sie hier von derselben Stelle hoffnungslos und starr in die herbstliche Landschaft hinausgeblickt hatte, und unwillkürlich faltete sie die Hände, und ihre Lippen bewegten sich in stillem Dankgebet gegen die Vorsehung, welche ihrem erstorbenen Herzen die Liebe, den Glauben und die Hoffnung wiedergegeben hatte.

Da sah sie an der Biegung des Weges, welcher zu dem Pfarrgarten hinaufführte, den Leutnant von Wendenstein erscheinen. Er hatte sie gesehen – er beschleunigte seinen Schritt und winkte mit der Hand grüßend hinauf, wie einst in jenen vergangenen Tagen, wenn er von Lüchow her zum Besuch seiner Eltern kam, die damals noch im alten Amtssitze haushielten.

Helle Freude leuchtete in dem Gesicht des jungen Mädchens auf, rasch erhob sie sich, warf ein Tuch um die Schultern und eilte zur Türe hinaus ihrem Geliebten entgegen.

»Er soll sehen,« flüsterte sie vor sich hin, »wie kräftig und wohl ich bereits bin, – diese reine, sonnige Luft kann mir nicht schaden.«

Und etwas schwankend und unsicher zwar, aber doch fast mit der Elastizität ihrer früheren Zeit eilte sie auf dem absteigenden Kieswege dem Leutnant entgegen, der ihr schnell entgegenkam, die Arme ausbreitete und sie mit glückstrahlenden Blicken an seine Brust drückte.

»Helene, meine geliebte Helene,« rief er, »du kommst mir entgegen? Wie schön ist das! Wie erweckt das so liebe, so süße Erinnerungen und noch liebere, noch süßere Hoffnungen!«

Sie hatte ihr Haupt an seine Brust gelegt, er hörte ihre scharfen und schweren Atemzüge.

»Aber«, rief er, »ich fürchte, du bist unvernünftig gewesen, du bist so schnell hier herabgegangen in dieser strengen Luft, es wird dich ermatten. Lass uns schnell hineingehen.«

»Ja, ja,« sagte sie kaum hörbar, – »ich fürchte selbst, ich habe mir zu viel zugetraut, aber mein Herz, meine Sehnsucht trieb mich dir entgegen, – ich muss mich doch noch immer schonen«, sagte sie noch leiser in traurigem Tone. Und er fühlte, wie sie sich schwerer an ihn lehnte, indem ein heftiges Zittern durch ihre ganze Gestalt lief. Langsam hob sie ihr Taschentuch empor und bedeckte damit ihren Mund.

»Schnell, schnell, lass uns ins Haus gehen!« rief er, und den Arm um ihre Schulter legend, führte er sie den leicht ansteigenden Weg hinauf.

Immer lauter und schärfer wurden ihre Atemzüge, mühsam, von dem Leutnant gestützt, erreichte sie das Haus. Der junge Mann trug sie fast nach ihrem Lehnstuhl, in dem sie wie gebrochen zusammensank.

»Ich bin doch noch sehr schwach,« sagte sie, als der Leutnant mit angstvollen Blicken ihre matten Augen, ihre zitternden Lippen, ihre schwer atmende Brust ansah, – »aber es ist nichts«, fuhr sie dann fort, indem sie sich zu einem heiteren Lächeln zwang; »es wird gleich vorübergehen, ich brauche nur etwas Ruhe.«

Auf ihrem Gesichte wechselten in schneller Folge helle fliegende Röte und tiefe tödliche Blässe miteinander ab.

Unschlüssig und ratlos stand Herr von Wendenstein vor ihr, von tiefer Besorgnis erfüllt und doch bestrebt, seiner leidenden Geliebten seine Unruhe zu verbergen.

»Erlaube, dass ich den Grafen rufe,« sagte er, »er wird dir ein beruhigendes Mittel geben, um diesen Anfall zu überwinden.«

Helene nickte matt mit dem Kopf.

Der junge Mann eilte schnell hinaus und kam nach wenigen Augenblicken mit dem Grafen Rivero zurück, dem er mit kurzen Worten die Ursache des plötzlichen Anfalls mitgeteilt hatte.

Rasch trat der Graf zu Helenen hin, welche noch immer matt und schwer atmend mit halbgeschlossenen Augen in ihren Stuhl zurückgelehnt dasaß.

»Mein Gott, Fräulein Helene,« rief er, »wie haben Sie so unvorsichtig sein und meinen bestimmten Anordnungen entgegen das Zimmer verlassen können?«

Ein wunderbar schwärmerisches Lächeln erschien auf dem leidenden Gesicht Helenens, sie hob ein wenig die Hand empor, deutete auf den Leutnant und sagte mit leiser, kaum hörbarer Stimme: »Ich wollte ihm entgegengehen.«

Herr von Wendenstein beugte das Knie neben ihrem Stuhl, ergriff ihre Hand und drückte sie stumm an seine Lippen.

Der Graf prüfte den Puls und den Herzschlag des jungen Mädchens, deren Brust immer heftiger arbeitete, und auf deren Gesicht immer schneller glühende Röte und fahle Blässe miteinander wechselten.

»Nicht wahr, es ist nichts?« hauchte sie mühsam.

Der Graf antwortete nicht. Mit schmerzvoller Sorge ruhte sein Blick auf dieser gebrechlichen, zitternden Gestalt. Fast vorwurfsvoll richtete sich sein Blick nach oben.

»Ein Glas Wasser«, sagte er mit kurzem befehlenden Ton zu dem jungen Mann, welcher schnell aufsprang und hinauseilte. »Wo ist Ihr Medikament?« fragte er dann.

Helene erhob matt die Hand und deutete auf ein kleines Fläschchen, das auf dem Tisch neben dem Fenster stand.

Herr von Wendenstein brachte ein Glas frischen Wassers. Der Graf tat einige Tropfen aus dem Fläschchen in dasselbe und näherte den Rand des Glases den Lippen Helenens.

Sie erhob mühsam ein wenig den Kopf, um die Flüssigkeit einzusaugen, aber noch ehe ein Tropfen ihre Lippen berührt hatte, hob sich ihr ganzer Körper in konvulsivischer Zuckung, ihre Augen öffneten sich weit und blickten starr mit dem Ausdruck unendlicher Angst umher. Ihr Gesicht färbte sich mit einer dunklen, ins Bläuliche spielenden Röte, ein dumpfer, röchelnder Ton drang aus ihrer Brust hervor, dann färbte ein leichter roter Schaum ihre Lippen, krampfhaft ergriff sie den Arm des Grafen und richtete sich starr empor. Ihre Lippen öffneten sich, als wollte sie einen Schrei ausstoßen, aber es drang kein Laut über dieselben. Ein voller Blutstrom schoss aus ihrem Munde, und mit gebrochenem Blick sank sie gegen die Lehne ihres Sessels zurück.

Mit einem Aufschrei entsetzlicher Angst sprang der Leutnant von Wendenstein heran.

»Rufen Sie Julia,« sagte der Graf fest und kalt, »sie ist in ihrem Zimmer.«

Und wie man ein Kind auf seine Arme nimmt, erhob er das röchelnde, leblose junge Mädchen, trug sie in ihr Schlafzimmer und legte sie auf ihr Bett nieder.

Angstvoll, verstörten Blickes folgte ihm Julia nach wenigen Minuten. Der Leutnant blieb starr, wie betäubt, an der Türe stehen.

»Sie muss sofort entkleidet werden, alles muss entfernt werden, was sie beengt«, sagte der Graf zu seiner Tochter. »Ich werde ein Linderungsmittel bringen.«

Und schnell sich umwendend, führte er den Leutnant hinaus, während Julia und die alte Dienerin des Hauses das leblose junge Mädchen entkleideten.

»Um der ewigen Barmherzigkeit willen,« rief der Leutnant, »sagen Sie mir die Wahrheit, Herr Graf! Ist Gefahr vorhanden?«

Der Graf blickte ihn mit tiefem, starrem Ernst an.

»Wenn Gott kein Wunder tut,« sagte er mit dumpfem Ton, »so ist sie verloren, – und ich fürchte«, fügte er leiser hinzu, »Gott wird mir dies Wunder versagen, um mich zu strafen für mein vermessenes Spiel mit Menschenherzen und mit Menschenglück.«

Die Sonne, welche so hell und freundlich aufgegangen war und die Luft mit trügerischem Frühlingshauch erfüllt hatte, war hinabgesunken, und über all die Hoffnungen auf Glück und Freude, welche noch kurz vorher den kleinen Kreis im Pfarrhause erfüllten, hatte sich winterliche Kälte und nächtliches Dunkel gelegt nach kurzem Licht und kurzer Wärme.

Helene lag in schneeweißem Nachtkleide auf ihrem Lager; das Zimmer war matt erhellt durch eine Lampe, deren Licht durch einen großen Schirm gedeckt war.

Der Graf Rivero saß am Fußende des Bettes, mit forschendem Blick jede Zuckung im Gesicht der Kranken beobachtend, das, wie von Wachs geformt, in seinen edlen Umrissen wunderbar schön erschien. Die seinen und durchsichtigen Hände Helenens ruhten gefaltet auf der Decke. Fast schien sie dem Leben nicht mehr anzugehören. Die Verklärung des Todes schien ihre reine Stirn berührt zu haben.

Der Leutnant von Wendenstein kniete neben dem Bett, die starren Blicke auf das schmerzvolle Bild geheftet.

Julia saß am Fenster, das Gesicht mit ihrem Taschentuch bedeckt.

Und leise weinend in der Mitte des Zimmers stand der Pastor Berger mit gefalteten Händen, die betenden Lippen bewegend, Hilfe und Trost da suchend, wo er in allen schweren Stunden seines Lebens allein Trost und Hilfe gefunden hatte.

Tiefe Stille herrschte in dem kleinen Raum, sodass man die Atemzüge aller dieser Menschen hörte, welche mit angstvoller Spannung an dem vom Hauch des Todes schon berührten Leben der Kranken hingen.

Der Graf hatte mit einem kleinen Löffel einige Tropfen einer ätherischen Flüssigkeit den Lippen Helenens eingeflößt.

Ein leises Zittern bewegte den Körper des jungen Mädchens.

Helene schlug die Augen langsam auf, ihre gefalteten Hände lösten sich; – mit einem Blick voll Staunen und Überraschung blickte sie über die Anwesenden hin, – ihr Auge war ruhig und klar – kein Fieberglanz zitterte mehr in demselben – es leuchtete daraus hervor wie stille Freude und Verklärung.

»Ich kehre noch einmal zu euch zurück,« flüsterte sie, fast ohne die Lippen zu bewegen, – »welches Glück, – ich verlasse euch nicht ohne Abschied! – Es ist zu Ende,« sagte sie nach einigen Augenblicken, – »Gott ruft mich zu sich, – ich kann nur noch dort oben für euch beten, – aber Gott ist gnädig, – er hat mich nicht abgerufen im Dunkel des Elends und der Verzweiflung, – er verklärt mein Scheiden mit allem reinen Glanz der Liebe – der Hoffnung auf ewiges, seliges Glück.«

Sie richtete den Blick mit bittendem Ausdruck auf ihren Vater, leise winkend bewegte sich ihre Hand.

Der Graf stand vom Bette auf und trat zurück.

Der Pastor näherte sich seiner Tochter und beugte sein weißes Haupt zu ihr hinab. »Segne mich, mein Vater,« sprach sie, – »zu dem weiten Wege in die Ewigkeit!«

Die feste Gestalt des alten Mannes erbebte wie unter einem elektrischen Schlage, – es schien, als würde er über dem Lager seiner Tochter zusammenbrechen, – der Graf Rivero machte eine Bewegung, um ihn zu stützen.

Aber der Diener des Evangeliums richtete sich wieder hoch auf, – in gläubiger Ergebung strahlte sein von einer langsam herabrinnenden Träne feuchtes Gesicht, – er breitete die Hände aus über das Haupt seines sterbenden Kindes und sprach mit tiefer, das stille Zimmer voll durchtönender Stimme:

»Der Herr segne dich und behüte dich, der Herr erhebe sein Angesicht auf dich und sei dir gnädig, – der Herr erleuchte sein Angesicht über dir und gebe dir seinen Frieden!«

Dann beugte er sich abermals nieder und drückte seine Lippen auf die Stirn seiner Tochter.

»Lebt wohl, ihr alle,« sprach Helene mit immer schwächerer Stimme, – »ich danke euch für eure Güte, – denkt meiner in Liebe!«

Julia presste ihre Hände auf die Brust, – immer neue Tränenströme rannen aus ihren Augen, – die alte Dienerin war neben der Tür auf die Knie gesunken, – der Graf Rivero stand mit untergeschlagenen Armen da, den düstern Blick starr und brennend auf diese zarte Gestalt gerichtet, aus der das Leben entfloh, – das Leben, das er mit allen Mitteln seiner menschlichen Wissenschaft nicht festzuhalten vermochte.

»Nun zu dir, mein Freund, den ich über alles geliebt,« sagte Helene, indem sie mit einer letzten Anstrengung ihr Haupt nach ihrem immer neben dem Bette knienden Verlobten hinwendete, – »mein letztes Wort sei dein, – nimm mich noch einmal in deine Arme!«

Der Leutnant sprang empor. Er legte seinen Arm um die Schultern der Sterbenden und lehnte ihr Haupt an seine Brust.

»Wie selig ist der Tod in deinen Armen!« hauchte sie, das wunderbar leuchtende Auge zu ihm aufschlagend. – Einen Augenblick ruhte sie stumm an seiner Brust, dann tönte es leise, leise, wie aus dieser Ferne herüberklingend, von ihren Lippen:

»– wenn Menschen – auseinandergehn –
So sagen sie – auf Wiedersehn!«

Schwer sank ihr Haupt zurück – ihre Augen brachen – noch einmal hauchte sie: »Auf Wiedersehn!« – dann ein tiefer, röchelnder Atemzug – sie hatte vollendet.

Der Leutnant legte sie sanft auf die Kissen nieder und trat dann verzweiflungsvoll an das Fenster, hinausstarrend in die finstere Nacht.

Tiefe Stille herrschte einige Minuten im Zimmer – dann trat der Pastor an das Bett, hauchte auf die starren Augen der Leiche – und sanft und leicht schlossen sich dieselben unter seiner Hand.

Dann schritt er langsam hinaus, um Kraft zu suchen in der Einsamkeit seines Zimmers allein mit Gott.

Der Leutnant trat an den Grafen heran.

»Ich habe sie getötet,« sagte er mit dem Ton dumpfer Verzweiflung, – »ich habe dies Herz gebrochen, das mir nur Liebe und Treue geweiht, – ich werde niemals wieder Ruhe finden auf Erden!«

Starr und finster sagte der Graf:

»Sie waren verirrt in menschlicher Schwäche, – sie hat Ihnen vergeben, – sie ist glücklich und selig hinübergegangen in Ihrem Arm, – der Segen ihrer Liebe wird auf Ihnen ruhen, – aber«, sprach er dann leise, die Hand auf sein Herz drückend, »wie soll meine Schuld gesühnt werden, der ich es gewagt in vermessenem Frevel, das Glück und den Frieden von Menschenherzen zu Mitteln für meinen Zweck zu machen, – für meinen Zweck,« fügte er dumpf hinzu, – »an dem ich irrezuwerden und zu zweifeln beginne! – Aber Licht soll es werden,« rief er dann, sich hoch emporrichtend, – »Licht soll es werden, bei dieser reinen Seele, die zu Gott aufgestiegen ist, – bei der ewigen Wahrheit, der ich meine Kraft geweiht und der sie gehören soll bis zum Ende!«

CPSIA information can be obtained
at www.ICGtesting.com
Printed in the USA
LVHW100351011222
734242LV00009B/237